btb

Aus Freude am Lesen

Manchmal ist die Liebe stärker als eine Naturgewalt. Manchmal verschlingt sie alles um sich herum. Manchmal setzt das blinde Verlangen jede Ordnung außer Kraft. Daniel Emersons Leben mit seiner Freundin und deren Tochter verläuft in geregelten Bahnen. Bis ein heftiger Schneesturm über die kleine Stadt am Hudson River hinwegfegt. Und während die schneeüberladenen Bäume unter ihrem eigenen Gewicht zusammenbrechen, die Stadt im Chaos versinkt und alle Gesetze aufgehoben scheinen, verbringt Daniel eine leidenschaftliche Nacht mit der schwarzen Studentin Iris, die er lange schon heimlich begehrt. Eine Nacht, die alles verändert. Auf einmal sind alle Grundlagen seines Lebens in Gefahr: Seine Beziehung, seine Arbeit, das Wohl des Kindes, sein eigener moralischer Anspruch. Aber endlich ist Liebe das, was sie sein sollte: Die Bereitschaft, notfalls dafür zu sterben. Doch was darf Leidenschaft? Und was wiegt schwerer: Die Ordnung der Dinge oder die Liebe, die diese Ordnung außer Kraft setzt?

Scott Spencer, geboren 1945 in Washington, D.C., gilt als einer der wichtigsten amerikanischen Autoren der Gegenwart. Er arbeitete lange Jahre als Journalist, unter anderem für die *New York Times* und den *New Yorker*. 2004 erhielt er – wie einst John Updike und Saul Bellow – das renommierte Guggenheim-Stipendium. Zwei seiner Romane – darunter »Während des Sturms« – waren für den National Book Award nominiert. Seine Bücher wurden millionenfach verkauft und zum Teil verfilmt. Er lebt in Rhinebeck in Upstate New York.

Scott Spencer

Während des Sturms

Roman

Deutsch von Hans Pfitzinger

btb

Die amerikanische Originalausgabe erschien 2003 unter dem Titel *A Ship Made of Paper* bei Ecco/ HarperCollins, New York.

MIX
Papier aus verantwortungsvollen Quellen
FSC® C083411
FSC
www.fsc.org

Verlagsgruppe Random House FSC-DEU-0100
Das für dieses Buch verwendete
FSC®-zertifizierte Papier *Pamo House*
liefert Arctic Paper Mochenwangen GmbH.

1. Auflage
Genehmigte Taschenbuchausgabe Januar 2012

Umschlaggestaltung: semper smile, München
Umschlagmotiv: Benedict Redgrove/ Gallery Stock
Satz: Uhl + Massopust, Aalen
Druck und Einband: CPI – Clausen & Bosse, Leck
UB · Herstellung: BB
Printed in Germany
ISBN 978-3-442-73215-9

www.btb-verlag.de

Jo Ann

On a ship that's made of paper
I would sail the seven seas

»Just To Be With You«
Bernard Roth

Erstes Kapitel

Daniel und Hampton kamen zufällig zusammen, ohne dass sie es wollten. Sie waren keine Freunde – Hampton mochte Daniel nicht besonders, und Daniel hatte gute Gründe, Hampton lieber nicht unter vier Augen zu begegnen. Aber Daniels Freundin oder Partnerin, oder wie auch immer er sie nennen sollte, Kate, Kate war heimgefahren, um das Mädchen abzulösen, das sich als Babysitter um ihre Tochter kümmerte, und Hamptons Frau, hier gab es keine Mehrdeutigkeiten, seine Ehefrau, Iris, in die Daniel heftig verliebt war, hatte sich nach Hause begeben, weil sie sich um den gemeinsamen Sohn kümmern wollte. Daniel und Hampton waren zurückgeblieben, um nach einem blinden Mädchen zu suchen, einem verzweifelten blinden Mädchen auf Selbstzerstörungsmission, das heute von der Cocktailparty weggelaufen war, entweder um verloren zu gehen oder um sich suchen zu lassen – da war keiner sicher.

Die Suchmannschaft, vierzehn Leute insgesamt, bekamen alle Feuerwerkskörper – wer auch immer das verschwundene Mädchen finden würde, sollte die Rakete in den Himmel schießen, damit die anderen Bescheid wüssten –, und jedem Zweierteam wurde ein Abschnitt des Anwesens zugeteilt, in dem es nach Marie suchen sollte.

»Sieht nach uns beiden aus«, sagte Daniel zu Hampton, weil er irgendetwas sagen musste.

Hampton antwortete kaum und beachtete Daniels nervöses Geplapper weiterhin so wenig wie möglich, als sie von dem Herrenhaus über eine brachliegende Fläche mit wildem Gras liefen, die bald in einen dichten Wald mit Kiefern, Robinien, Ahorn und Eichen führte. Vom Kontrast ihrer Hautfarbe einmal abgesehen – Daniel war weiß, Hampton schwarz – sahen sich die beiden Männer in ihrer äußeren Erscheinung bemerkenswert ähnlich. Sie waren beide Mitte dreißig, etwas über eins achtzig groß, breitschultrig, ganz gut in Form. Sie waren sogar ähnlich angezogen: Khakihosen, weiße Hemden und blaue Blazer, nur war Daniels Jackett von der Stange bei Macys, während das von Hampton von einem chinesischen Maßschneider in der Stadt kam.

Zwei Jahre, nachdem er die Treppen in seinem Apartmentgebäude in New York hinuntergestoßen wurde, wobei er einen Handgelenkbruch erlitt, einen Schneidezahn einbüßte und, wie er es selbst ausdrückte, sich das Herz brach, lebt Daniel Emerson wieder in seiner Heimatstadt. Er fährt Ruby, die vierjährige Tochter seiner Freundin, zur Kindertagesstätte mit dem Namen »My Little Wooden Shoe«. Je nach Wetter dauert die Fahrt zehn bis fünfzehn Minuten, und obwohl Daniel weder Rubys Vater noch ihr Stiefvater ist, fällt es gewöhnlich ihm zu, das kleine Mädchen hinzufahren. Daniel kann nicht verstehen, weshalb Rubys Mutter sich so gern und beständig vom Tagesanfang ihrer Tochter fernhält; Kate Ellis kann frühes Aufstehen am Morgen nicht ertragen, ebenso wenig wie den Gedanken, sich mit Melody oder Tammy, Keith, Tamara, Griffin, Elijah, Avery, Stephanie, Joel, Tess, Chantal, Dylan oder irgendeinem anderen der Kinder im »Wooden Shoe« abzugeben, von deren Vätern und Müttern ganz zu schweigen. Daniel kennt einige von ihnen noch von damals, als er vor zweiunddreißig Jahren in dieser Stadt so alt war wie Ruby jetzt.

Daniel ist das schon recht. Er nimmt gern die Gelegenheit wahr, bei dem kleinen Mädchen die Vaterrolle zu spielen, und diese zehn Minuten am Morgen mit der süßen kleinen vierjährigen Ruby, mit ihren tiefgründigen, beseelten Augen und den wunderlichen Dingen, die sie damit sieht, ihrer schmachtenden Stimme und den kostbaren, wenn auch nicht immer ganz erinnernswerten Sachen, die sie damit sagt, dem Geruch von Baby-Shampoo und Frühstücksmüsli im Auto, diese glänzende, kleine Zeitkapsel ist für ihn wie am Morgen Cellomusik hören oder Vögel mit geschäftigem Geflatter beim Nestbau beobachten, es erinnert einen einfach daran, dass – sogar wenn Gott tot sein sollte, oder es ihn sowieso nie gegeben hat – im Zentrum der Schöpfung etwas Zartes liegt, irgendein Sinn, ein Zweck und Poesie. Er glaubt an Elternliebe mit der Inbrunst eines Menschen, der selbst nicht geliebt wurde, und diese zehn Minuten mit Ruby an jedem Werktagmorgen, bevor er sie in »My Little Wooden Shoe« absetzt und dann in sein Büro fährt, wo er wenig Geld verdient mit einer eintönigen, provinziellen Rechtsanwaltskanzlei, in der ziemlich eintönigen Stadt Leyden, hundertzwanzig Kilometer nördlich von New York City, diese sechshundert herrlichen Sekunden sind seine Art Gottesdienst, und der acht Jahre alte schwarze Saab mit all seinen Mucken ist seine Kirche.

Oder war es, genau genommen. Denn unglücklicherweise ist das nicht mehr der Fall. Die Fahrt dauert immer noch zehn Minuten, Ruby ist immer noch fest in ihren Kindersitz auf der Rückbank des Autos geschnallt, ihr kräftiger kleiner Körper steckt in einem lilafarbenen Overall, ihre quadratischen Hände mit den kurzen Fingern halten eine Schachtel Rosinen und einen Karton mit Traubensaft – und heute kommentiert sie alle markanten Punkte auf der Strecke: die Schule der großen Kinder, den verlassenen Apfelgarten, wo die knorrigen alten Bäume im Morgennebel eingehüllt und so Angst einjagend verkrümmt scheinen, das große, gelbe Bauernhaus, wo immer irgendeine Art Flohmarkt stattfindet, die riesige Weide, wo jeden Juli das Volksfest veranstaltet wird, mit den Kühen und den Eiskremkugeln, dem Riesenrad und den Schießbuden – aber heute hat Daniel für Ruby lediglich ein ganz kleines bisschen Aufmerksamkeit übrig, denn sein Kopf ist erfüllt, besessen und vollständig beherrscht von einer sich ständig wiederholenden Frage: *Wird Iris da sein?*

Daniel hat die sperrige Last dieser Sehnsucht nun seit Monaten getragen, und bis jetzt war sein Verhalten makellos. Was Iris betrifft, waren die Regeln, die er für sich aufgestellt hatte, ganz einfach: anschauen, aber nicht berühren; sich nach ihr sehnen, sie aber nicht bekommen; denken, aber nichts sagen. Er will nur in einem Raum mit ihr sein, sehen, was sie anhat, an ihren Augen erkennen, ob sie gut geschlafen hat, ein paar Worte wechseln, sie zum Lächeln bringen, hören, wie sie seinen Namen ausspricht.

Bis vor kurzem hing es vom Zufall ab, ob sich ihre Pfade kreuzten. Wann sie Nelson brachte oder abholte, das war ein völliges Durcheinander. An einem Tag brachte sie ihn um acht, am nächsten um halb zehn – das kam auf ihren Stundenplan im Marlowe College an, wo sie sich aufs Examen vorbereitete, und genauso auf Nelsons Stimmung am Morgen, die unvorhersehbar war. Aber jetzt kommt sie auf einmal fast jeden Morgen zum selben Zeitpunkt wie Daniel, ihr Volvo Kombi biegt praktisch gleichzeitig mit seinem Auto auf den Parkplatz ein. Er fragt sich, ob sie das mit Absicht macht. Er hat den Punkt erreicht, wo er so oft an sie denkt, so oft einen Umweg macht, um an ihrem Haus vorbeizufahren, nach ihr Ausschau zu halten, überall, wohin er geht, dass es ihm schwerfällt zu glauben, Iris würde nicht – wenigstens manchmal – an ihn denken.

Daniel fährt auf den Parkplatz des »Little Wooden Shoe« und sieht ihr Auto bereits an der gewohnten Stelle stehen, dem Spielplatz mit den Klettergerüsten aus Redwood-Holz, dem Sandkasten und den Schaukeln zugewandt. Er freut sich so darüber, sie hier zu wissen, dass er lachen muss.

»Was ist denn so witzig?«, will Ruby wissen, als er sie von ihrem Autositz losmacht und hochhebt. Ihre Fragen sind direkt; wahrscheinlich würde sie später mal ganz schön hartnäckig werden.

»Nichts.«

»Warum lachst du dann?« Sie lächelt. Ihre Milchzähne sind braun verfärbt: Als Baby wurde ihr manchmal erlaubt, mit einer Flasche Saft in ihrer Wiege einzuschlafen, und der Zucker hat den Belag angegriffen. Jetzt sagt der Zahnarzt, das Beste sei, sie einfach ausfallen zu lassen. Doch die braunen, glanzlosen Zähne – dazu ihre leichte Körperfülle und ihre roten Wangen – lassen sie arm und ländlich aussehen, wie ein Kind im Hintergrund eines Gemäldes von Breughel.

»Nur verrückte Gedanken«, sagt Daniel. »Und du? Hast du mal verrückte Gedanken gehabt in letzter Zeit?«

»Ich will nach dem Kindergarten mit Nelson nach Hause gehen.«

»Das ist gar nicht so verrückt.«

Sie denkt einen Moment nach. »Ich will über Nacht bleiben.«

»Man weiß ja nie«, gibt Daniel zurück. Er nimmt sie hoch in seine Arme und dreht sie herum. Sie packt ihren Beutel fest, damit ihr Pausensnack und der Saft nicht herausfallen. *Frag ihn, frag Nelson, ob du über Nacht bleiben darfst,* hätte Daniel ihr am liebsten vorgeschlagen, aber das kann er sich gerade noch verkneifen. Iris hat heute eine gebügelte Baumwollhose an, die etwas zu kurz ist, und einen unförmigen, grünen Pullover, der etwas zu groß ist. Ihre Kleidung ist selten elegant, und Daniel musste schon öfter denken, dass Iris selbst gar keine Vorstellung davon hat, wie reizend sie aussieht. Ihr dunkles Haar ist kurz geschnitten, sie trägt kein Make-up, keinen Schmuck, alles an ihr sagt: *Ich bin ganz gewöhnlich, es lohnt sich gar nicht, mich anzuschauen.* Vielleicht hat es ihn in die Randgebiete ihres Daseins verschlagen, weil er irgendwie im großen Plan des Lebens – und diese geheime, überwältigende Liebe lässt ihn an große Pläne glauben – der Mann ist, der sie zu ihrer eigenen Schönheit erwecken muss. Gibt es eine beiläufige, unaufdringliche Art und Weise, ihr zu sagen: *Weißt du eigentlich, wie schön du bist?*

Er will sie im Mondlicht an sich drücken. Er will ihre Schulter streicheln, bis sie eingeschlafen ist.

Sie hockt neben Nelson und flüstert ihm etwas ins Ohr. Er mag es, wenn er sie zusammen mit ihrem Sohn sieht, die Intimität dabei geht ihm durch und durch. Sie scheint die ideale Mutter zu sein: ruhig, aufmerksam und liebevoll, ohne zu erdrücken. Nelson ist ein gut aussehender Junge, kräftig, größer als die meisten Kinder in der Tagesstätte, einige Schattierungen heller als seine Mutter. Er hat etwas Aristokratisches und Herablassendes an sich: die Ausstrahlung von jemandem, der gezwungenermaßen mit Leuten zusammenleben muss, die seine Besonderheit nicht ganz zu schätzen wissen. Er nickt ungeduldig, während seine Mutter mit ihm spricht. Seine Augen leuchten auf, als er Ruby erblickt; er rennt zu ihr, und die beiden Kinder begrüßen einander auf eine wilde, fast possenhafte Art, halten sich an den Händen, hüpfen auf und ab. Iris seufzt laut und steht kopfschüttelnd auf.

»Tut mir leid«, sagt Daniel.

»Diese beiden«, sagt Iris.

»Es sah so aus, als hätten Sie ihm noch schnell ein paar Anweisungen gegeben«, bemerkt Daniel.

Iris schaut sich um, ob auch bestimmt niemand zuhört. »Ich habe eine Nachricht von Linda in seinem Fach gefunden. Anscheinend hat er gestern eines der anderen Kinder geschlagen.«

»Ach Gott, diese Erzieherinnen machen aus allem eine Katastrophe.«

»Ich will einfach nicht, dass das einzige afroamerikanische Kind im ganzen Kindergarten als einziges wegen Gewalttätigkeit auffällt.«

Sie hat in seinem Beisein noch nie auf Hautfarbe angespielt, und Daniel fragt sich, ob sie ihn jetzt ins Vertrauen zieht oder eher auf Distanz halten will.

»Haben Sie Zeit für eine Tasse Kaffee oder so was?«, fragt er.

Sie schaut auf ihre Uhr. »Ich muss in einer halben Stunde meinen Doktorvater treffen.«

»Das ist gar nichts im Vergleich zum dicht gefüllten Terminkalender eines erfolglosen Kleinstadtanwalts«, antwortet er.

»Wo ginge es denn schnell?«

»Im Koffee Kup. Der Kaffee ist so schlecht, dass sie ihren Namen mit K schreiben. Und die Beleuchtung ist so scheußlich, dass man unmöglich länger als fünfzehn Minuten dableiben will. Wir fahren um die Wette.«

Er fährt hinter ihr her, weil er sie nicht aus den Augen verlieren will, und er spürt diesen jungenhaften, leicht debilen Kitzel, auf ihren Hinterkopf zu schauen, auf ihre Hände am Steuerrad. Ein Aufkleber vom Marlowe College prangt an ihrer Heckscheibe. Der Anblick löst in ihm ein kleines Prickeln aus, von Mitleid und Zärtlichkeit – mit dreiunddreißig ist sie neu im Graduiertenstudium von Marlowe, und dass sie den Aufkleber an ihrem Auto anbringt, zeigt wohl den Wunsch, sich zu identifizieren, den Willen dazuzugehören – jedenfalls kommt es ihm so vor. Sie hält sich auf dem ganzen Weg zum Miniatur-Broadway von Leyden genau an die Geschwindigkeitsbegrenzung von fünfunddreißig Meilen pro Stunde, und als sie vor dem Diner auf den Parkplatz einbiegt, schaltet sie den Blinker ein. Solch eine Hingabe an die Regeln, solch eine Verpflichtung der Sicherheit im Straßenverkehr gegenüber – es wäre grotesk zu glauben, so eine Frau könnte auch nur im Entferntesten an die Möglichkeit eines sexuellen Abenteuers denken, sich auf die harte Realität eines Seitensprungs einlassen.

Er wundert sich über seinen eigenen Eifer. Er ist wie ein Mann, der plötzlich merkt, dass er singen kann, der eines Tages unter der Dusche den Mund aufmacht und Musik bricht aus ihm hervor, strömt aus seiner Kehle wie pures Gold, nur der Zeitpunkt stimmt nicht: Er ist sechsunddreißig Jahre alt, er hat Verpflichtungen, und bis jetzt hat er der verwandelnden, beherrschenden Macht der Liebe nicht mehr Glauben geschenkt als dem Mythos von Atlantis. Doch dieses Begehren, dieses überwältigende Bedürfnis Iris anzuschauen – die nach seiner Überzeugung nicht nur schön ist, sondern auf eine Weise schön, die nur er wirklich zu schätzen weiß, eine Schönheit, die irgendwie nur für seine Augen geschaffen wurde –, das ist etwas, dem nachzugeben er sich gestattet hat. Was kann daran schon schlimm sein?

Daniel will weder jemandem weh tun, noch will er, dass ihm selbst etwas zustößt. Tatsächlich ist er ja hauptsächlich nach Leyden zurückgezogen, der Heimat seiner idyllischen, unspektakulären Kindheit, und hat eine blühende Karriere in New York City aufgegeben, weil er monatelang Angst davor hatte, dass ein oder mehrere Afroamerikaner ihn halbtot schlagen oder vielleicht noch weitergehen und ihn töten würden. Es war keine bloße rassistische Phantasie; man hatte ihm ohne Umschweife gesagt, dass er fällig sei. Daniel hatte einen Schwarzen erfolglos verteidigt, der wegen Drogenhandels angeklagt war, und am Tag der Urteilsverkündung flüsterte ihm ein kleiner, harmlos aussehender Schwarzer in einem blauen Anzug, weißem Rollkragenpullover und mit einem Brillanten im Ohr zu: »Halt die Augen auf. Du weißt, was ich meine?« Binnen einer Woche hatte sich Daniel so in seine Furcht verstrickt, dass er keinen dunkelhäutigen Menschen mehr sehen konnte – eine Putzfrau, einen Busfahrer, Akrobaten und Breakdancer im Washington Square Park, ein paar Highschool-Kids auf dem U-Bahnsteig –, ohne zu denken, dass dieser oder jener ein Abgesandter seines wütenden Mandanten sein könnte. »Ich habe Angst vor Schwarzen«, sagte er schließlich zu Kate. Er hatte sich noch nie so geschämt. Er kam sich wie ein Insekt vor, wie ein Narr. Kate ihrerseits hatte vollstes Verständnis. *Wenn man sich vorstellt, dass du diesen Vollidioten auch noch kostenlos verteidigt hast,* sagte sie immer wieder. Hatte ihm irgendetwas, was sie gesagt hatte, geholfen? Er kann sich nicht mehr erinnern. Er verbrachte noch zwei Monate damit, die Straßenseite zu wechseln, um verdächtig aussehenden Dunkelhäutigen aus dem Weg zu gehen, gab ein Vermögen für Taxifahrten aus, rieb sich auf mit Schrecksekunden und Unterstellungen, fühlte sich schwach und hasste sich selbst, und dann hatten sie ihn trotzdem erwischt.

Daniel und Iris betreten das Koffee Kup gemeinsam. Von den drei Frühstückslokalen in Leyden ist dies das älteste, und die Stammkundschaft sind Einheimische. Der Laden ist einfach und spärlich eingerichtet, mit einer hohen Decke, an der Ventilatoren angebracht sind, einer Reihe dunkler Holznischen, einer langen Resopaltheke und ein paar verstreuten Tischen am Fenster. Die Frauen, die den Laden führen – Provinzlerinnen mit wechselvollem Privatleben und einem Hang zum Necken und Sprücheklopfen – machen um sechs

Uhr morgens auf, wenn die Truckfahrer, kleinen Bauunternehmer und Farmarbeiter sich bei Eiern mit Schinken versammeln. Jetzt, mit den Veränderungen in Leyden, mit immer mehr Leuten, die aus der Stadt zuziehen, gibt es schickere und, ganz ehrlich gesagt, bessere Plätze zum Frühstücken, aber Daniel schaut immer noch häufig im Doppel-K vorbei, wohin ihn seine Eltern zum ersten Restaurantessen mitgenommen hatten. Er hält Iris die Tür auf, wobei er weiß, dass sicher Leute hier sein werden, die er kennt, Leute, denen er zunicken oder die er begrüßen oder mit denen er sogar reden muss. Kate wird jedoch bestimmt nicht hier sein. Es ist noch nicht einmal neun, und sie wird wahrscheinlich noch schlafen, oder, wenn sie wach ist, noch im Bett liegen. Kann gut sein, dass sie sich eine Tasse Wiener Röstung aus der Thermoskanne einschenkt, die er ihr immer ans Bett stellt, bevor er am Morgen mit Ruby losfährt.

Daniel und Iris sitzen an einem Tisch in der Nähe des Schaufensters. Die jüngste der Bedienungen, Becky mit dem Pferdeschwanz und dem Piercing, bringt Daniel einen Kaffee und ein Glas Wasser, was sie immer macht, sobald er sich hinsetzt.

Für Iris bringt sie nichts – ja sie scheint deren Anwesenheit nicht einmal zu bemerken.

»Ich glaube, wir brauchen noch einen Kaffee, Becky«, sagt Daniel zu ihr. Becky wirkt einen Moment irritiert, dann wendet sie sich an Iris und schaut sie an, als ob sie sie zum ersten Mal sieht.

»Oh, Verzeihung«, sagt sie mit teilnahmsloser Stimme.

»Haben Sie Koffeinfreien?«, fragt Iris freundlich lächelnd. Sie hat eine Lücke zwischen den Vorderzähnen.

»Sie wollen Koffeinfreien?«, fragt Becky. Sie stößt einen Seufzer aus.

»Das wäre toll«, sagt Iris zu Becky.

Was Daniel nicht sieht: Iris klopft nervös mit dem Fuß auf den Boden. Die etwas unfreundliche Art der Bedienung wegen des Koffeinfreien könnte zu Ärger führen. Iris möchte die Sache am liebsten übergehen; ihren Ehemann dagegen würde die kleine Unverschämtheit in Rage versetzen, wenn er jetzt hier wäre. Er ist dünnhäutig, sein Radar für Kränkungen ständig eingestellt, ständig bereit, den gesellschaftlichen Horizont nach anfliegenden Raketen abzusuchen. Iris hat mit ihm in unzähligen Restaurants gesessen, während er die Bedienung wütend angestarrt oder ungeduldig mit dem Kellner gestikuliert hat, die Suppe zurückgehen ließ, den Fisch zurückgehen ließ, mit dem Geschäftsführer sprechen wollte und mit ein paar wohlgesetzten Worten klarmachte, dass mit ihm nicht zu spaßen ist. Und nicht nur in Restaurants sorgt diese fein eingestellte Empfindlichkeit gegen Beleidigungen dafür, dass simple Ausflüge zu einer Art verzweifeltem Krieg gegen Vorurteile werden. Bei einem Spiel der Yankees, wenn der Platzanweiser zum zweiten Mal Hamptons Ticket sehen will, in der ersten Klasse auf einem Flug nach Hawaii, wenn die Stewardess vergisst, ihm ein Extrakopfkissen zu bringen und dann sagt, es gebe keine Macadamia-Nüsse mehr, beim Jaguar-Händler, wenn der Autoverkäufer ihnen eine Probefahrt verweigert, bevor er nicht den Führerschein kopiert und einen Abdruck der American-Express-Karte genommen hat.

»Wahrscheinlich müssen die erst eine frische Kanne Koffeinfreien machen«, sagt Daniel. »Haben Sie denn so lange Zeit?«

Sie reden über die Kinder, und Daniel spürt, wie die Minuten verstreichen; es ist ein Gefühl, als ob man verblutet. Er möchte liebend gern wissen, ob Iris sich daran erinnert, dass er nicht Rubys richtiger Vater ist. Wie kann er das Thema ansprechen, ohne kleinkariert zu wirken? Der Kaffee für Iris lässt immer noch auf sich warten, und sie schaut auf ihre Uhr, wirft einen Blick über die Schulter auf Becky, die ohne Eile mit einem alten Mann mit Traktorkappe und Hosenträgern redet.

»Ich hab gerade eine schwere Zeit an der Uni«, sagt Iris, »und ich darf zu diesem Termin bei meinem Doktorvater nicht zu spät kommen. Der denkt sowieso schon, dass ich eine Niete bin.«

»Wie kommen Sie denn darauf?«

»Ich mache meinen Doktor in Amerikanistik, und ich kann nicht mal ein Thema für meine Arbeit finden. Ich ändere es dauernd. Die Sache ist die: Ich will wirklich meinen Abschluss machen, aber ein anderer Teil von mir wäre froh, ewig zu studieren. Es macht solchen Spaß, und ich muss ja auch nicht meine Familie ernähren.«

»Als ich Sie zum ersten Mal getroffen habe, haben Sie an Thurgood Marshall gedacht.«

»Das war die Idee meines Mannes. Marshall war irgendwie mit seiner Familie befreundet. Na ja, seitdem haben sich die Themen oft geändert. O Gott. Die lange Zeit, die ich von der Uni weg war, die ganze Ehe und Mutterschaft, das hat irgendwie mein Gehirn aufgeweicht. Ich kann mich zurzeit ganz schwer konzentrieren.«

»Ich mochte die Uni nie«, sagt Daniel, obwohl das nicht stimmt. Er weiß nicht genau, weshalb er das gesagt hat.

»Ich mag sie. Ich mag nur mein Gehirn momentan nicht.« Ihr Lachen ist weich, herzzerreißend. Sie schiebt die Ärmel ihres Pullovers hoch, zeigt ihre ausgeprägten Unterarme, dunkel und haarlos. »Ich muss jetzt unbedingt los«, sagt sie.

»Das ist ja furchtbar. Sie haben nicht mal Ihren Kaffee bekommen.«

»Das macht nichts.« Ihr Herz rast; wie lang wird er brauchen, bis ihm klar wird, dass die Bedienung sie absichtlich nicht bedient hat? »Außerdem haben Sie gesagt, dass der Kaffee hier sowieso nicht sehr gut ist.«

»Na, dann trinken Sie wenigstens das Wasser. Das Wasser ist ausgezeichnet.«

Draußen lassen sie sich einen Moment Zeit. »Becky war heute wirklich komisch«, sagt Daniel.

»Becky?« Iris sieht es kommen; er wird sich in ihrem Namen empören. Er wird ihr Prinz in der glänzenden liberalen Rüstung sein.

»Ja, unsere Bedienung«, sagt er. Sein Puls geht schneller, er hat einen Weg gefunden, zu sagen, was er schon so lange sagen wollte. »Die Sache mit Becky ist die: Sie verhält sich schönen Frauen gegenüber merkwürdig.« Da. Es ist gesagt. Er macht eine hilflose Bewegung, als ob er sein Leben hochwirft, um zu sehen, wo es landen könnte. Er traut sich nicht, sie anzuschauen. »Denn das sind Sie. Außergewöhnlich schön.«

»Oh.« Sie sagt es, als wäre er ein Kind, das mit etwas Bewundernswertem angekommen ist. »Danke.«

»Ich schulde Ihnen immer noch eine Tasse Kaffee«, sagt er. »Wie wär's mit morgen?«

»Morgen ist Samstag«, antwortet sie.

Er sieht ihr nach, während sie zu ihrem Auto eilt. Der Himmel ist dunkelblau, und die Herbstsonne ist warm und beständig, als würde sie versprechen, dass es nie Winter wird. Eine leichte Brise weht die Straße hinunter und trägt den Duft der allmählich absterbenden Blätter mit sich, den Duft eines zum letzten Mal gemähten Feldes, den Duft des Flusses. Was kann dir die Welt antun mit ihrer Schönheit? Kann sie dich auf den Schultern tragen, als ob du ein Held wärst, kann sie dich jauchzend hochheben und in die Arme nehmen, als ob du ein Kind wärst? Kann sie dein verschüchtertes Herz anstacheln, dich dazu drängen, endlich das zu ergreifen, was du klammheimlich ersehnst? Ja, all das, und noch mehr. Die Welt kann dich mit ihrer Schönheit erdrücken.

Früher, in New York, hatte Daniels Firma Büroräume, die drei Stockwerke in einem eleganten Art-déco-Gebäude an der Lexington Avenue einnahmen. In der Lobby gab es astrologische Mosaiken, über den Messingtüren des Aufzugs waren filigrane Ziffern angebracht. Aber hier in Leyden hat er einen Arbeitsplatz, der an Bescheidenheit seinen Aufträgen gleichkommt, zwei Zimmer in einem Holzrahmenhaus nicht weit vom Stadtzentrum. Es ist ein ödes, irgendwie dumpfes Gebäude, die architektonische Entsprechung einer Gouvernante, einer Nonne, einer alten Jungfer; früher, von 1925 bis 1960, war es tatsächlich mal ein Wohnheim, das zwei Musik liebenden, frei denkenden Schwestern aus Deutschland gehörte und ausnahmslos für unverheiratete Frauen da sein sollte – vornehme Ladenbesitzerinnen, Lehrerinnen und eine Frau mit Namen Marjorie Ingersoll, die ein kleines Privateinkommen hatte, das sie mit Mal- und Zeichenstunden aufbesserte. Ihre munteren Landschaftsbilder mit den wild bewegten Himmeln und den steil abfallenden Tälern und Bergen hängen immer noch im Treppenhaus und auf den Gängen. Heute wird das Haus als Bürogebäude genutzt, und Daniel hat dort eine Zwei-Zimmer-Suite gemietet, wo jahrhundertealte Robinien mit ihren Ästen an den Fenstern kratzen, sobald auch nur eine leichte Brise weht. 850 Dollar im Monat – dafür hätte er in der City gerade mal 30 Quadratmeter in Staten Island bekommen.

Daniel steigt die hinteren Treppen zum ersten Stock hinauf. Er ist so sehr in Gedanken versunken und spielt noch einmal die Was-wäre-wenn-Möglichkeiten des morgendlichen Treffens mit Iris durch, dass er vergisst, mit wem er heute den ersten Termin hat: mit seinen Eltern. Sie haben angekündigt, dass sie ihr Testament ändern wollen. Daniel vertritt sie nicht als Anwalt; mit den wenigen juristischen Angelegenheiten, die im Laufe ihres Lebens auf sie zukamen, wurde der Oldtimer der Stadt betraut, Owen Fitzsimmons, ein seltsam unkörperlich wirkender alter Typ mit Grabesaugen und eiskalten Händen. Fitzsimmons war lange Jahre als Patient von Daniels Vater in chiropraktischer Behandlung, und als Mrs. Fitzsimmons noch am Leben war, fuhren die beiden Ehepaare zusammen in Golfurlaub nach Phoenix oder nach San Diego und gründeten in den späten siebziger Jahren einen Weinproben-Verein, der in Leyden ziemlichen Erfolg hatte. Eines Sommers reisten sie zusammen nach Schottland und Irland, wo sie in Schlössern übernachteten, Golf spielten und nach ihrer Rückkehr Pläne schmiedeten, in den Ruhestand zu gehen und auszuwandern, auf die »Britischen Inseln«, wie sie sich auszudrücken pflegten. Als seine Eltern anriefen, um einen Termin auszumachen, fragte sich Daniel, ob sie vielleicht Krach hatten mit Fitzsimmons. Aber das kam ihm unwahrscheinlich vor. Daniel fand Fitzsimmons so eitel wie halsstarrig: ein eiskalter Mann in einem abgetragenen blauen Blazer mit einem mysteriösen Wappen auf der Brusttasche. Aber schließlich waren Daniels Eltern – Carl und Julia Emerson – nicht weniger halsstarrig, und mit Fitzsimmons hatten sie sogar das Kreislaufproblem gemeinsam, das die Durchblutung verhindert, die nötig ist, um Hände, Finger und insbesondere Fingerspitzen auf der Körpertemperatur eines Säugetiers zu halten. Weil es zu ihrer Arbeit gehörte, Menschen zu berühren, hauchten sie ständig in die Hände beim Versuch, sie zu erwärmen.

Daniels Sekretärin heißt Sheila Alvarez. Sie ist eine korpulente Frau mit rundem Gesicht. Ihre dunklen Zöpfe wickelt sie um den Kopf, so dass sie wie ein dunkler Korb aussehen, und sie trägt aufwendige Halsketten mit winzigen Steinen, Muschelstücken und pantheistischen Amuletten. Sie ist die unattraktivste von drei Töchtern, eine der Frauen, deren Aufgabe es war, sich um die alten, leidenden Eltern zu kümmern. Als die starben, war sie ganz allein auf der Welt und emotional zu erschöpft, um daran etwas ändern zu können. Sie unterhält ein ausgedehntes Netz von Freundinnen, mit denen sie ständig telefoniert. Aber sie ist verlässlich und effizient, und seit dem letzten Winter, als sie krank wurde und Daniel ihr trotz langer Rekonvaleszenz nicht nur den Job freihielt, sondern auch noch den Teil der Krankenhausrechnung übernahm, der von der Versicherung nicht bezahlt wurde, verhält sie sich Daniel gegenüber unbedingt loyal, beschützend und wachsam, als sei das Büro unter ständiger Attacke oder von Attacken bedroht, auch wenn das selbstverständlich nicht der Fall ist. Es ist nun mal nur eine langweilige Landkanzlei, in der ein Kriminalfall auf zehn Immobilienabschlüsse kommt, und die Kriminalfälle landen nur selten vor Gericht.

Mit dieser Kanzlei kann er kaum einen ausreichenden Lebensunterhalt verdienen – tatsächlich holt er nicht viel mehr für sich heraus als das, was er Sheila bezahlt –, und im Vergleich zu seinem früheren Berufsleben ist sie eher ein Lagerfeuer als ein Flammen sprühender Hochofen. Manchmal kommt es Daniel bemerkenswert vor, dass er dieses ruhige Landleben gewählt hat und es auch noch so angenehm findet. Von New York wegzugehen war daher eigentlich eine Flucht, aber er hätte irgendeinen Ort mit mehr Menschen wählen können, mit besseren Fällen, mehr Geld verdienen. Dennoch ist er hier, zurück in Leyden. Jahrelang hatte er jedes Mal, wenn er wegging, das Gefühl, es zum letzten Mal zu sehen – während der Highschool, im College, an der juristischen Fakultät, nach den Ferien, Sommeraufenthalten, dem Begräbnis eines alten

Freundes von der Grundschule. Als Kate einwilligte, mit ihm nach Leyden zu ziehen, spürte sie, dass Daniel in der Nähe seiner alt werdenden Eltern sein wollte, und obwohl es ihr nicht ganz recht war, sah sie nicht, wie sie ihn von der Erfüllung seiner Sohnespflichten abhalten konnte – wenn jede Geschichte, die er ihr jemals über seine Eltern erzählt hatte, sie wie gleichgültige Monster erscheinen ließ, zwei hochaufragende Rührmichnichtans, die Daniel behandelten, als wäre er nicht ihr Sohn, sondern ihre Bürde, einer dieser Jungen aus einem Roman des 19. Jahrhunderts, ein wilder Neffe, der von einem Flittchen von Schwester zurückgelassen wurde, ein Waisenkind, dessen Eltern unter mysteriösen Umständen in Indien verschwunden sind, eine kleine menschliche Schweinerei, die jemand aufputzen muss.

Als Daniel die Tür zu seinem Vorzimmer hinter sich schließt, legt Sheila den Hörer auf. Sie beendet ganz schnell ihr offensichtliches Privatgespräch, aber ihr Lächeln ist warm und ohne Schuldgefühle.

»Alles in Ordnung hier?«, fragt er.

Sie legt einen kurzen, mit Ringen geschmückten Finger über ihre Pfirsichlippen und kritzelt dann rasch eine Nachricht auf einen gelben Klebezettel. »Ihre Eltern warten drinnen auf Sie«, steht da.

Er hat wirklich vergessen, dass sie kommen, und er spürt tatsächlich eine kleine Abneigung, aber er übertreibt seine Gefühle, um Sheila zu amüsieren – sein Gesicht wird zur unbewegten, starren Maske mit gespieltem Entsetzen. Er zerknittert die Nachricht, seine Augen schießen hin und her, als ob er gleich wegrennen würde. *Was soll ich machen?* Seine Lippen formen die Wörter stumm. Seine Hand fährt an seine Kehle. Sheila lacht, ebenfalls lautlos, dann lehnt sie sich in ihrem federnden Hightech-Bürostuhl zurück, und der moderne Apparat kippt so abrupt nach hinten, dass es aussieht, als ob sie umkippt, was ihr einen entzückten Schreckensschrei entlockt.

Großartig, gibt Daniel ihr mit seiner Mimik zu verstehen, und schlendert dann in sein Büro, wo Carl und Julia auf der Couch sitzen, aber vorgebeugt, die Köpfe aufmerksam hochgereckt, besorgte Mienen auf den Gesichtern.

»Was war das für ein Schrei?«, fragt Daniels Vater.

»Sheila«, sagt Daniel. »Umgekippt.« Er begrüßt seine Eltern liebevoll, besser gesagt sanft und zartfühlend, mit der Art von Zurückhaltung, die man in einem Begräbnisinstitut oder auf der Intensivstation übt. Er küsst seine Mutter zärtlich auf die Wange, schüttelt dem Vater die Hand, ohne ihm in die Augen zu schauen. Er setzt sich an den Schreibtisch und streicht mit der Hand über die saubere, polierte Oberfläche.

»Also, was habt ihr für Probleme mit eurem letzten Willen?«, fragt Daniel, um das Gespräch gleich an sich zu ziehen. Ihre Höflichkeitsfragen nach Kate und Ruby zu beantworten ist das Letzte, was er tun will. Sie haben keine der beiden richtig kennen lernen wollen, aber wahrscheinlich würden sie der Form halber nach ihnen fragen.

Carl und Julia tauschen nervöse Blicke aus, ganz offen, als ob sie sich über einen Patienten verständigen, der bäuchlings auf dem chiropraktischen Tisch liegt. Daniel seinerseits tut so, als würde er das nicht bemerken. Als er klein war, wollte er immer wissen, was hinter der ständigen Geheimniskrämerei und Zurückhaltung seiner Eltern lag, was für grässliche kleine Gewohnheiten sie verbergen wollten, was für schmierige sexuelle Geheimnisse, welche versteckten Teile ihres Lebenslaufes. Vielleicht waren sie zutiefst bösartig, vielleicht gar nicht richtig verheiratet, vielleicht war er adoptiert, vielleicht war sein Vater ein Quacksalber, vielleicht lag seine Mutter abends im Bett und schnüffelte an einem äthergetränkten Lappen, und vielleicht kamen die beiden ja auch aus dem Weltall. Erstaunlicherweise hatte diese Neugierde eine ganze Weile angehalten, aber inzwischen würde er sich wahrscheinlich die Ohren zuhalten, sollten sie ihm je irgendwelche Geständnisse machen. Es ist zu spät für so was. Er hatte sich angestrengt, seinen Frieden mit den Menschen zu machen, die ihn aufgezogen hatten, mit dem empfindlichen Ehepaar, das immer zusammenzuckte, wenn er lauter redete, dem pünktlichen Paar, das in jedem Zimmer eine Uhr hatte und das Verstreichen der Stunden mit seinen Seufzern markierte, seinen Mahlzeiten, seinem Fernsehprogramm. Wenn sie ihm jetzt etwas anderes vorführen würden, wäre dieser Frieden bedroht, der Vertrag würde ausgelöscht, er müsste den Versuch starten, sie zu verstehen, und daran lag ihm nichts.

Irgendwie beschließen sie bei dem kurzen Austausch ihrer Blicke, dass Carl es übernehmen soll, Daniel das Problem vorzutragen. »Wir haben einige Änderungen in unserem Testament vorgenommen«, sagt er mit seiner ruhigen, gebieterischen Stimme. »Und Owen hat uns dringend geraten, sie mit dir durchzusprechen.«

»Okay«, sagt Daniel und dehnt das Wort. Er sieht seinen Vater aufmerksam an und stellt sich vor, in vierzig Jahren auszusehen wie er. Es könnte schlimmer kommen. Carl ist gut in Form, schlanker als Daniel jetzt. Seine blauen Augen blicken scharf unter den buschigen, stark betonten Brauen hervor. Sein durchdringender Blick hat etwas Seltsames. Wenn er einem in die Augen schaut, hat man nicht das Gefühl von Offenheit, sondern von Aggressivität. Sein Haar ist immer noch dunkel und voll, seine Haltung eine lebende Reklame für seinen speziellen Teil der medizinischen Kunst. Er sieht aus wie frisch geschrubbt, gut ausgeruht, wohlhabend – zufrieden mit dem Leben, zufrieden mit sich selbst. Julia hingegen beginnt rasch zu altern. Sie ist zerbrechlich geworden, etwas zittrig, und ihre früher herrischen Züge machen den Eindruck, als wären sie von der eigenen, zügig näher rückenden Sterblichkeit überrascht.

»Nun«, fährt Carl fort, »wie du weißt, haben deine Mutter und ich uns in den vergangenen drei oder vier Jahren verstärkt um das Windsor-County-Raubvogelzentrum drüben in Bailey Point gekümmert.«

»Nein«, sagt Daniel. »Davon weiß ich eigentlich nichts.« Raubvogelzentrum? Und dann fällt es ihm auf: Sein Vater hat die Augen eines Habichts, eines Adlers, eines Falken.

»Doch«, sagt Julia leicht vorwurfsvoll. »Erinnerst du dich nicht an die Bilder von deinem Vater und mir im Zentrum, die ich dir gezeigt habe? Vater hatte einen Falken auf dem Arm?« Es hört sich an, als sei ihr Hals von der Anstrengung des Sprechens gereizt, und sie hustet in die Hand.

»Du kennst mich doch, Mama, ich habe ein fürchterliches Gedächtnis. Aber ich kenne den Laden. Ein alter Freund von mir aus der fünften Klasse leitet ihn.«

»Lionel Sanderson«, sagt Carl lächelnd.

»Genau«, gibt Daniel zurück. »Wie geht's ihm?«

»Überarbeitet, aber welcher Mann, der mit Hingabe arbeitet, ist das nicht?«

»Er erinnert sich selbstverständlich an dich«, fügt Julia hinzu. »Er denkt oft an die netten Nachmittage nach der Schule bei uns zu Haus.«

Daniel ist ebenso verblüfft wie amüsiert von dieser Unwahrheit. Zuerst einmal waren er und Lionel nie enge Freunde und verbrachten die Zeit nach der Schule niemals miteinander. Und zweitens kam *niemand* nach der Schule, an Wochenenden, in den Sommerferien oder sonst irgendwann zu den Emersons nach Hause, es sei denn, um Daniel abzuholen und rasch zu verschwinden. Seine Eltern fanden den Lärm und die Unordnung von Jugendlichen unerträglich. Das Haus an sich war ein pedantischer und unfreundlicher Ort, und die Bilder an den Wänden zeigten Schädel und Wirbelsäulen, wodurch das Haus eine permanente Halloween-Atmosphäre bekam – ein kaltes, kinderloses Halloween. Aber Daniel wird sich hüten, ihre Version der Vergangenheit anzugreifen – das hat er schon versucht, als andere Ungereimtheiten aufgetaucht sind, und da sind sie böse geworden.

»Nun, wir planen zwar nicht, in nächster Zeit den Löffel wegzulegen«, sagt Carl, »aber wir wollten dir mitteilen, dass wir uns entschlossen haben, den Großteil unseres Grundstücks dem Raubvogelzentrum zu überschreiben. Im Moment ist der ganze Betrieb auf zehn Hektar zusammengepfercht, und es gibt kein Gebäude auf dem Grund, das nicht renoviert werden muss. Was sie gern tun würden …«

»Tun müssen«, wirft Julia ein.

»… ist, den Grund zu verdoppeln und Einrichtungen zu schaffen, in denen fünfzig Vögel sicher untergebracht werden können.«

»Ich verstehe«, sagt Daniel. Er spürt das Verletzende an dem Gesagten, aber es dringt nicht zu ihm durch. Es ist, als ob man sich mit einer dünnen Klinge in den Daumen geschnitten hätte: Man sieht den kleinen Schnitt in der Haut, aber es blutet noch nicht. »Nun, das klingt gut. Raubvögel.«

»Wir wollten unter allen Umständen vermeiden«, sagt Julia, »dass du das erst erfährst, wenn wir nicht mehr da sind. Und dann glaubst, wir hätten das irgendwie *gegen* deinen Willen getan.«

»Denn nichts könnte der Wahrheit ferner sein«, ergänzt Carl.

»Ja«, sagt Daniel. »Na ja. Raubvögel. Ihr plant nicht irgendein Szenario für einen frühen Abgang, oder?« Er sieht die Verwirrung auf ihren Gesichtern. »Na, ihr wisst schon, Schluss machen mit allem. Selbstmord.« Er hebt die Stimme bei diesem Wort, erschrickt selbst.

»Auf gar keinen Fall«, sagt Carl

»Aber wir werden ja nicht jünger«, sagt Julia. »Dan, konzentrieren wir uns auf das, was hier wichtig ist. Wenn dein Vater und ich glauben würden, dass du Geld brauchst, würden wir selbstverständlich jeden Pfennig dir hinterlassen. Aber schau dich um.« Sie macht eine großzügige Armbewegung, die sein Büro, den marokkanischen Teppich auf dem Boden, die verglasten Buchvitrinen, die antiken Aktenschränke aus Eiche einbezieht. »Das Raubvogelzentrum dagegen kommt kaum über die Runden.«

»Wir nehmen an, dass du hübsch was auf die Seite gelegt hast von deinem Job in New York – warum hättest du ihn sonst aufgegeben?«

Er geht nicht darauf ein. »Ich habe nur nicht gewusst, dass ihr beide euch so stark mit Raubvögeln befasst.«

»Das ist ja auch relativ neu«, erklärt Carl. »Wir wollen nicht, dass es deshalb Ärger gibt. Deine Mutter und ich haben das monatelang besprochen, und das ist das Wichtigste, kein Ärger. Das soll unter keinen Umständen unsere Gefühle für dich ausdrücken, Dan. Du bist unser Sohn.«

»Unser einziger Sohn«, fügt Julia hinzu. »Unser einziger Nachkomme. Unsere ganze Familie.«

»Reden wir jetzt von jedem Pfennig, den ihr habt?«, fragt Daniel.

»Und vom Haus«, sagt Carl.

»Aber nicht von der Einrichtung«, schränkt Julia ein und stupst Carl mit dem Finger.

Mir ist das so was von egal, denkt Daniel. Doch der Affront ist nicht zu übersehen. *Sie enterben mich? Weshalb wollen sie mich bestrafen? Habe ich ein Sonntagsessen verpasst? Habe ich vergessen, das Laub zusammenzurechen, ihren Abfluss zu reinigen, die leeren Flaschen zum Recycling zu bringen?* Und dann kommt ihm plötzlich ein großer, trauriger Gedanke: *Ich bin hierher zurückgekommen, um in ihrer Nähe zu sein.* Und im nächsten Moment ist der Gedanke wieder weg.

Carl hat seine Aktentasche geöffnet und einen gelben Umschlag hervorgezogen, mit Polaroid-Fotos der verschiedenen Möbelstücke und Kunstwerke, die Carl und Julia als ihre wertvollsten Besitztümer ansehen: die Standuhr, mit dem langen, angelaufenen Perpendikel, das Daniel nie anfassen durfte, der dünne Schubladentisch, den er auch nicht anfassen durfte, das blaue Porzellanservice für zwölf Personen mit den chinesischen Landschaftsbildern, auch verboten, der lila und rot gemusterte Perserteppich, über den er laufen durfte, aber nur ohne Schuhe, den antiken Hutständer, an dem Daniel seine Mütze nie aufhängen durfte – die Emersons wurden spät Eltern, und als Daniel schließlich kam, haben sie nicht das Haus kindersicher gemacht, sondern das Kind haussicher.

»Wenn du etwas siehst, das du wirklich und wahrhaftig willst«, sagt Julia, »dann dreh das Bild um und schreib deinen Namen hinten drauf.«

»Ich weiß nicht recht, was das für einen Zweck haben soll«, erwidert Daniel.

»Wir wollten, dass du die erste Wahl hast«, sagt Julia.

»Erste Wahl vor wem? Ihr habt doch keine anderen Kinder. Glaubt ihr, die Vögel wollen euer Porzellan?«

Wieder tauschen Carl und Julia besorgte Blicke, gestikulieren hin und her, als ob sie allein wären.

»Genau deshalb wollten wir das erledigen, wenn wir drei in

aller Ruhe zusammensitzen und es bequatschen können«, sagt Carl. »Wir wollen keine Missverständnisse.«

»Wisst ihr, ich will euer Geld nicht. Ich habe ein anständiges Einkommen – übrigens werde ich euch für diesen Termin hier eine Rechnung schicken.« Daniel lacht, ist aber nicht überrascht, als seine Eltern nicht mitlachen. Einmal, vor etwa fünfundzwanzig Jahren, hat er seine Mutter mit einem Es-klopft-an-der-Tür-Witz zum Lachen gebracht, aber seitdem ist es ihm nicht gelungen, aus einem der beiden auch nur ein Glucksen herauszukriegen.

»Na siehst du«, sagt Julia, »genau das haben wir uns gedacht.«

»Dir geht's gut«, sagt Carl. »Dir ging's immer gut, schon von Anfang an. Ich hoffe, du weißt, was es für deine Mutter und mich für ein Segen war, einen Sohn zu haben, dem wir vertrauten, der die richtigen Dinge getan hat, der nicht in Schwierigkeiten geriet, der weder für sich noch für andere eine Gefahr darstellte. Glaub mir, du denkst vielleicht, dass deine Mutter und ich unter einer Käseglocke leben, aber wir sehen schon, was andere Leute mit ihren Kindern mitgemacht haben. Drogen und Homosexualität sind nur die krassesten Beispiele. Du hast uns dagegen den großen Luxus ermöglicht, dass wir an deiner grundlegenden Charakterfestigkeit nie zweifeln mussten. Es war so eine Erleichterung, zu wissen: Egal, was passiert, es wird dir gut gehen. Du hast immer einen kühlen Kopf bewahrt.«

»Tja, das ist wirklich unglaublich berührend, Dad«, sagt Daniel, sammelt die Fotos ein, steckt sie in den Umschlag und reicht ihn seinem Vater zurück. »Vielleicht hebt ihr die lieber auf, okay? Wer weiß? Ich könnte euch ja doch einmal enttäuschen, und ihr wollt doch nicht, dass diese feinen Möbelstücke in die falschen Hände geraten.«

Den ganzen Tag lang klopft er mit dem Fuß unter seinem Schreibtisch, während er so tut, als ob er Mandanten zuhört, und später, im Gericht, hat er eine Hand mit geballter Faust in der Hosentasche, während er in einem Fall von arglistigem Betrug auf Freispruch plädiert. Gedanken an Iris haben alle Überlegungen verdrängt, die er möglicherweise angestellt hätte, weil ihn seine Eltern enterbt haben. Er kann nur noch daran denken, die Kanzlei zu verlassen und an Iris' Haus vorbeizufahren. Er schaut sich gerne an, wo sie wohnt, allein die Realität des Hauses erfreut ihn. Es hat zugleich etwas Heiliges und Pornografisches: zu wissen, dass sie da drin ist. Heute ist Freitag, ein besonders wichtiger Tag zum Vorbeifahren. An diesem Tag kommt Hampton, ihr Ehemann, fürs Wochenende zu Hause aus der City zurück. Der Sonnenuntergang sieht aus wie geschmolzenes Zinnober, die Häuser und Bäume sind mit schwarzer Tusche gezeichnet. Daniel steuert sein Auto die Juniper Street hinunter, hört sich dabei Dinah Washington mit »What a Difference a Day Makes« an, und plötzlich fällt ihm auf, dass er sein Leben lang in dunkelhäutige Frauen verliebt war – Dinah Washington, Billie Holiday, Irma Thomas, Ivie Anderson, Ella Fitzgerald, Ma Rainey, Bessie Smith.

Die Juniper Street erstreckt sich nur über vier Blöcke; auf beiden Seiten stehen Einfamilienhäuser, einige mit einem Willen zur Größe, andere wie kompakte holländische Puppenhäuser, enge kleine Gebäude, braun oder gelb gestrichen, mit kirchenartigen Fenstern und Bronzeschildern über der Eingangstür, die das Jahr ihrer Entstehung verkünden. Während er sich dem Haus von Iris nähert, dreht er die Musik ab und fährt so langsam, dass er praktisch anhält. Ihr Haus ist mit weißen Schindeln verkleidet, hat eine kleine Veranda, rote Fensterläden, und ein Quartett Ahornbäume steht auf dem Rasen im Vorgarten. Die Fenster sind dunkel; schwach spiegelt sich der Sonnenuntergang darin. Iris' Auto steht nicht in der Einfahrt. Daniel, dem ihr Kommen und Gehen nicht fremd ist – tatsächlich hat er davon mehr Kenntnis, als er jemals einem Freund gegenüber zugeben würde –, erklärt sich das fehlende Auto damit, dass sie weggefahren ist, um Hampton vom Bahnhof abzuholen. Sein Zug kommt um 18.05 Uhr an. Daniel kann es kaum ertragen, daran zu denken – sich vorzustellen, wie sie am Bahnsteig entlangläuft und in die Fenster des einfahrenden Zugs schaut, um zu sehen, ob er das ist, oder der da, oder der, und dann taucht er auf, der siegreiche Held, nach Hause zurückgekehrt, nachdem er eine Woche lang teures Papier hin und her geschoben hat, in seinem Hugo-Boss-Anzug mit kahlrasiertem Kopf, der Mark-Cross-Ledertasche, den Burberry-Regenmantel über die Schultern gehängt wie ein Cape, hier kommt der Graf des Risikokapitals, und jetzt der unvermeidliche Kuss, das Kind steht zwischen ihnen, Symbol ihres unzerbrechlichen Bundes, das kleine Zwinkern über Nelsons Kopf hinweg, das Versprechen einer engeren, intimeren Vereinigung später: Innerhalb kürzester Zeit ist Daniels Verstand ein Skorpion, der sich selbst zu Tode sticht.

Er widersteht dem Impuls, zum Bahnhof hinüberzufahren, und fährt stattdessen nach Hause, neun Kilometer nach Osten aus der Stadt hinaus zur Red Schoolhouse Road. Eigentlich gehört das Haus Kate, sie hat die Anzahlung gemacht, aber seine Hälfte der monatlichen Raten gibt ihm ein gewisses Besitzergefühl. Es ist ein zweihundertfünfzig Jahre altes Farmhaus, ruhig und elegant wie Kate selbst, mit Glastüren, einem riesigen Kamin, vier Hektar Grundbesitz, den Überresten einer Scheune. Die dunkle, graue Nacht hat die klaffende Wunde des Sonnenuntergangs geheilt; vom Fluss weht der Wind herüber. Als er in die Einfahrt biegt, steht neben Kates makellosem Toyota ein alter, vom Winter gebeutelter Dodge, und als er ins Haus tritt, sitzt Ruby auf dem Wohnzimmersofa und daneben ihr Babysitter.

»Schau, Daniel, mein Babysitter!«, ruft Ruby mit ganz unpassender Begeisterung.

Der Babysitter ist ein Mädchen aus der Highschool namens Mercy. Daniel führt Rubys Freude darauf zurück, dass sie Mercy das Versprechen entlockt hat, später fernsehen zu dürfen. Er redet kurz mit den beiden Mädchen und geht dann nach oben, um herauszufinden, wo er heute Abend hingehen wird, denn soweit er sich erinnert, gab es vorher keine Pläne.

Er findet Kate in ihrem gemeinsamen Schlafzimmer, einem dunkelgrünen Raum mit ungewöhnlichen Winkeln, breiten Holzbodenbrettern und einem Perserteppich. Sie malt sich die Lippen an, ohne den tragbaren Fernseher aus den Augen zu lassen, der für sie unentbehrlich geworden ist. Der Ton ist abgedreht, und sie schaut ständig auf den Bildschirm – manchmal im Spiegel, manchmal indem sie sich umdreht und direkt darauf schaut. Sie will sehen, ob in den Nachrichten etwas über O. J. Simpson kommt, der in den letzten Monaten wegen Mordes an seiner Exfrau vor Gericht gestanden ist.

»Gibt's was Neues?«, fragt Daniel, nur um höflich zu sein.

»Nichts, immer das Alte.«

»Und wenn er unschuldig ist, Kate?«

»Geh ich ins Kloster.«

»Du hast für Ruby einen Babysitter besorgt?«

»Du wolltest doch, dass wir öfter ausgehen. Also, presto! Wir gehen aus.«

»Wohin gehen wir?«

»Iris Davenport hat heute Nachmittag angerufen.« Sie beobachtet Daniel im Spiegel, um seine Reaktion zu sehen. Nichts. Sie ist beeindruckt. Er kommt gut damit klar. »Sie wollte irgendetwas für die Kinder arrangieren. Ich bin etwas überrascht, dass sie das nicht mit dir ausgemacht hat, mir kommt es so vor, als ob das hier so abläuft. Na, egal, sie hat erwähnt, dass sie und ihr Ehemann heute Abend zu einem Konzert gehen, und schon habe ich mich freiwillig erboten, dass wir mitgehen.« Sie dreht sich nach Daniel um und fasst sich an den Hals. »Ist das recht so? Und danach Abendessen?«

»Ich dachte, du magst nicht mit fremden Leuten essen«, sagt Daniel und versucht, locker zu bleiben. »Ich dachte, du siehst ihnen nicht gern dabei zu, wie sie Essen in den Mund schieben.«

Kates Aufmerksamkeit wird einen Moment lang von etwas auf dem Fernseher abgelenkt, aber es handelt sich um einen anderen dunkelhäutigen Sportler, der über eine flimmernd grüne Landschaft mit sanft rollenden Hügeln geht, Golfschläger über der Schulter. Tiger Woods.

Wie kann das sein? Heute keine Nachrichten über O. J. Simpson? Wie Millionen anderer Menschen ist Kate von dem Prozess wie besessen – nicht nur vom Angeklagten, auch von den Verteidigern, dem Richter, den DNS-Experten. Da sie mit ihrem Roman nicht weiterkommt, unfähig ist, ihn anzurühren, hat sie sich in letzter Zeit journalistisch betätigt und öfter über den Fall geschrieben. Nachdem die Jury sowieso abgeschirmt wird und Kate nicht für ihre Objektivität bezahlt wird, konnte sie ungehemmt Simpsons Verurteilung fordern.

»Ich dachte, du freust dich, dass ich das organisiert habe«, sagt Kate. »Du erwähnst sie ja dauernd. Ich fand, wir sollten die beiden allmählich kennen lernen, ein anderes Paar, wie erwachsene Menschen.«

»Ich erwähne sie dauernd?«

»Ich weiß nicht, vielleicht auch nicht. Ich versuche nicht, dich zu ärgern. Ich versuche, dich glücklich zu machen.« Mit ihrem dichten, glänzenden, brünetten Haar, der glatten Haut mit einer feinen Duftwolke um sich, stellt sie sich direkt neben Daniel. Sie würde ihn gern umarmen, aber das könnte aussehen, als ob sie weiter auf dem Thema beharrt.

»Du *magst* sie doch, oder?«, fragt sie. Ein Überrest ihres alten Südstaatenakzents dehnt das »a« in »magst«.

»Ich kenne ihn nicht mal richtig.«

»Aber sie magst du?«

»Iris?«

Sie wirft ihm einen Blick zu. Selbstverständlich Iris, über wen reden wir denn sonst?

»Doch«, sagt er. »Sicher. Warum denn nicht? Sie ist die Mutter von Rubys bestem Freund. Das ist schon mal was wert. Und sie ist nett. Sie ist witzig.«

»Erzähl mir was Witziges, was sie gesagt hat. Das wird meinen Appetit auf einen Abend ungebremster Ausgelassenheit verstärken.«

»Okay.« Er holt tief Luft. »Im letzten Frühjahr …«

»Letztes Frühjahr? So weit musst du zurückgehen?«

»Eigentlich war es im Sommer. Sie hatte einen Mückenstich, und ich nehme an, sie hat ständig dran gekratzt.« Seine Augen wenden sich von Kate ab, ihm wird klar, dass er sich um Kopf und Kragen redet. »Plötzlich war der Stich eine Wunde, du weißt ja, wie das passiert. Und dann hat sie mit Kugelschreiber ›au au au au‹ im Kreis um diese Wunde geschrieben.«

»Das ist es schon? Sie hat ›au‹ auf ihren Arm geschrieben?«

»Weißt du was, Kate? Wir sollten sie anrufen und sagen, dass wir es nicht schaffen.«

Genau das wäre ihr auch am liebsten, aber jetzt gibt es kein Zurück mehr. »Unsinn«, sagt sie. Sie hält ihm ihre Perlenkette hin, und er tritt hinter sie, um sie ihr umzulegen. In dem weit ausgeschnittenen Kleid sehen ihre Schlüsselbeine stabil wie Lenkstangen aus.

»Du siehst gut aus«, sagt Daniel. Er scheint es ernst zu meinen. Er berührt sogar ihr Haar. »Du bist schön.«

Sie kann nicht glauben, dass Daniel tatsächlich einen Flirt laufen hat. Es widerspricht nicht nur dem Vertrauen, dass sie zu ihm hat, sondern auch ihren bisherigen Eindrücken von ihm. Sie hat ihn getroffen, als sie all die exzentrischen, neurotischen Männer auf den Tod nicht mehr ausstehen konnte. Sie hatte ein einjähriges Baby, eine gescheiterte Ehe hinter sich, einen erfolgreichen Roman und den Vertrag für einen zweiten in der Tasche, und von einem Mann wollte sie nur Klarheit, Freundlichkeit und Zuverlässigkeit. Verzweifelten Menschen misstraute sie und hatte gegen häusliche Dramen eine Abneigung entwickelt. Daniel war zu der Zeit Anwalt in der Kanzlei, die Kates Verlag vertrat, und er hatte ebenfalls gerade eine unschöne Affäre hinter sich, in diesem Fall mit einer Frau, die sich als jähzornig und gewalttätig entpuppte. Kate und Daniel machten Scherze darüber, dass sie die letzten normalen Menschen auf der Welt wären, und aus den Scherzen wurde eine Art Vertrag über Gefühl: Sie versprachen einander Zuneigung mit Seelenruhe, ein Leben der gemessenen Gesten, mit Respekt für Grenzen. Es sollte eine vernunftbetonte Verbindung sein; sie wollten Schweizer Bankiers des Herzens werden.

»Ich kann einfach nicht glauben, dass du das gemacht hast, diesen … diesen Abend zu organisieren«, sagt er jetzt.

Sie beobachtet sein Gesicht, sehr aufmerksam. Obwohl sie sich nicht vorstellen kann, dass er je tatsächlich eine Affäre anfängt, scheint er ein Mann zu sein, der eine Reise antreten will. Er hat keine Überfahrt reserviert, er hat kein Ticket, er hat keinen Mut dazu. Betrogen hat er sie noch nicht, da ist sich Kate sicher. So weit ist es nicht gegangen, noch nicht. Es ist immer noch eine Affäre in der Vorstellung. Er glaubt, eine Liebesaffäre würde ihn retten. Bloß wovor? Vielleicht ist es natürlich genau dieses scheinbar so wohlgeordnete Leben, vor dem er gerettet werden will. Kate spürt eine unbeteiligte Neugier. Sie hat beschlossen, nicht einzugreifen.

Sie möchte sich Iris gern genauer anschauen. In letzter Zeit hat er sie erwähnt, Geschichten erzählt, die keinen Sinn hatten, außer den Namen »Iris« auszusprechen. Kate geht bisher nicht auf, was so attraktiv an ihr sein soll. Iris ist fünf Kilo zu dünn, zappelig, von der Art her unverbindlich, aber physisch ein bisschen *zu* präsent. Sie hat Eigenschaften wie »Die Katze auf dem heißen Blechdach« an sich, eine Frau, die es gewohnt ist, dass man ihr nachläuft, geliebt, ohne wirklich befriedigt zu sein, an Verehrung gewöhnt – vom Pappi verzogen womöglich.

Bestimmt macht es einen Teil ihrer Attraktivität für Daniel aus, dass sie schwarz ist, da ist Kate sicher. All diese Bluesplatten, die ganze Soulmusik, sogar Gospels. Der Mann hört zu, wie Sam Cooke über Jesus singt, und bekommt Tränen in die Augen, obwohl er selbst so wenig an Christus glaubt wie an den Osterhasen. Wahrscheinlich hat er schon sein ganzes Leben auf dieses Ereignis vorbereitet. Hat die Filmmusik zusammengestellt für sein großes Kinospektakel. Die Geschichte seines Lebens nimmt Gestalt an, seine eigene Geschichte als großer romantischer Held, der die Grenzen der Hautfarbe überschreitet. Wie altmodisch! Wie armselig! Als ob die Beziehung zu einer Afroamerikanerin die Lösung seiner Probleme wäre. Als würde er etwas bekommen, woran er glauben könnte. Der arme, ungeliebte Sohn hüllt sich auf einmal in drei Jahrhunderte Geschichte eines anderen Volkes, der unsichtbare Mann kommt unter schwarzen Bandagen erst richtig zum Vorschein.

»Habe ich noch Zeit zum Duschen?«, fragt Daniel.

Die Nacht ist kühl. Ein heftiger Westwind fegt durch die Bäume, und schwarze Wolken schnappen nach dem Mond. Ein beständiger Strom von Konzertbesuchern marschiert in die St.-John's-Kirche, wo heute Abend die Musikalische Gesellschaft Leyden den *Messias* aufführt. Für Kate ist es eine Prozession von Fremden, obwohl sie jetzt schon drei Jahre in Leyden wohnt, aber Daniel kennt die meisten Leute mit Namen. Sie beobachtet, wie er jedem, der ihn erkennt, zuwinkt und dabei lächelt. Manchmal findet sie seine extrovertierte Art anstrengend. Sein Lächeln reizt sie dann wie ein Husten. Natürlich ist so etwas im weiten Feld weiblicher Beschwerden nicht besonders stark zu bewerten, aber Daniel lächelt zu leicht, und Kate mag das nicht an ihm. Der Mann lächelt noch im Schlaf.

Doch sogar während er lächelt, reckt er den Hals und hält Ausschau nach Iris und Hampton. Kate will nicht in Kategorien von Hautfarben denken, aber es kommt ihr vor, als ob Schwarze immer zu spät dran sind. Vielleicht steckt da ein bisschen Aggression gegen Weiße dahinter, vielleicht sind sie untereinander so pünktlich wie die Sechs-Uhr-Nachrichten. Daniel verdreht den Kopf wie eine Eule beim Fremdgehen.

»Daniel?« Sie tätschelt seinen Arm. »Du siehst leicht irre aus.«

»Ich?« Er blinzelt, als hätte man ihn frisch aufgeweckt. Und dann sehen sie die beiden. Sie kommen eilig die Manchester Avenue herunter, Arm in Arm.

»Hallo!«, ruft Daniel und hebt eifrig die Hand wie ein Schuljunge, der die richtige Antwort weiß. Iris trägt einen grauen Mantel, schwarze Hose, Stiefel und eine afrikanisch anmutende Kopfbedeckung. Alles sieht aus, als wäre es ihr zwei Nummern zu groß, wie bei einem Kind, das zum Spaß die Kleider seiner Mutter anhat. Ganz im Gegensatz zum Ehemann. Hampton – kaffeebraune Haut, energiegeladene Ausstrahlung, eine Aura von Reichtum –, Hampton trägt ein Kaschmir-Jackett, das aussieht, als könnte man es aufessen, dazu einen Seidenschal mit Paisley-Muster und Fransen. Er hat eine Brille mit runden, kleinen Gläsern und einem dünnen Stahlgestell, wie ein Wissenschaftler. Kate interpretiert das als betont seriös, unsexuell, fast ein bisschen eunuchenhaft, die Art Brille, die erfolgreiche schwarze Geschäftsmänner tragen.

Daniel küsst Iris auf die Wange, und als Hampton das sieht, drückt er Kate einen raschen Kuss auf, mit der Zärtlichkeit eines Buchhalters, der eine Rechnung als »bezahlt« abstempelt.

Zu viert gehen sie in die Kirche. St. John's dient den Mitgliedern der Episkopalkirche aus der Leydener Oberschicht und denen, die mit den Besserverdienenden beten wollen. Der Raum ist kalt, spartanisch, wie eine Berghütte in den österreichischen Alpen – alles holzgetäfelt, frische weiße Blumen und die episkopale Fahne, die Kate ans Rote Kreuz erinnert. Sie und Daniel und dann auch Iris und Hampton finden Plätze in einer der hinteren Bankreihen. Das Orchester stimmt schon die Instrumente, als sie sich hinsetzen. Daniel und Iris achten eifrig darauf, nicht den geringsten Augenkontakt herzustellen.

Kate versucht, ihre Aufmerksamkeit während des ganzen Konzerts ausschließlich dem Orchester und dem Chor zu widmen. Der Dirigent ist Ethan Greenblatt, der Präsident des Marlowe College, ein gut aussehender, junger Superstar der Uniszene mit einer wilden Lockenmähne und einer pedantischen Fliege. Er jagt die Musiker mit halsbrecherischer Geschwindigkeit durch das Stück, als fürchte er, das Publikum länger aufzuhalten, als dessen Aufmerksamkeitsspanne reicht. Von Zeit zu Zeit muss Kate allerdings doch einen Blick auf Daniel werfen. Seine Augen sind geschlossen, aber er ist bestimmt wach. Hampton nimmt die Hand seiner Frau und führt sie an seine Lippen, während Iris aufmerksam nach vorne starrt. Und dann beobachtet Kate, wie Daniel Iris einen Blick zuwirft. Ihre Augen treffen sich einen Moment lang, aber das wirkt, als würden zwei Becken im Orchester aneinandergeschlagen werden. Es ist ein schockierender, beunruhigender Anblick: als ob man mit jemandem in einem Laden steht und ihm zuschaut, wie er etwas klaut.

Nach dem Konzert gehen die vier zu Fuß zum George Washington Inn, wo Iris zum Abendessen einen Tisch reserviert hat. Das Lokal ist überladen mit Kolonialgeschichte – niedrige Balkendecken, wurmstichige alte Tavernentische, ein riesiger, rußgeschwärzter offener Kamin. Ein Highschool-Mädchen serviert ihnen einen Korb mit Brötchen, kommt dann wieder und füllt die Wassergläser. Hampton schenkt sie zuletzt ein und versehentlich zu viel; tatsächlich läuft sein Glas ein bisschen über. »Hoppla«, sagt sie, aber Hampton blickt demonstrativ weg. Sein Kinn verspannt sich plötzlich. Iris berührt sein Knie, tätschelt es, als wollte sie ihn beruhigen. Mit der anderen Hand wischt sie die kleine Lache von der Größe eines Zehn-Cent-Stücks mit ihrer Serviette weg.

Im nächsten Moment erscheint ein Kellner und nimmt die Getränke auf. Daniel und Kate kennen den Kellner, nicht mehr ganz jung, eingebildet und förmlich. Hampton jedoch sieht die übertriebene Höflichkeit des Kellners als Fortsetzung der Art und Weise, wie das Mädchen das Wasser verschüttet hat. Er bestellt mit mürrischer Stimme einen Wodka Martini. »Nehmen Sie Absolut«, sagt er. »Ich merke es, wenn der Barmann die Hausmarke nimmt.«

Iris schaut auf ihren Schoß; als sie den Blick wieder hebt, sieht sie, wie Daniel sie anschaut und lächelt. Spontan lächelt sie zurück. Die beiden sehen sich mit solcher Wonne an, dass Kate sich vorkommt wie Prinzessin Kitty, die von der Zimmerecke aus beobachtet, wie Wronsky und Anna Karenina die

Freude im Gesicht steht, als sich ihre Augen begegnen. Wie weit sind diese beiden wohl schon gegangen? Ist es zu spät, sie aufzuhalten?

»Nun, Hampton«, fängt Kate an, »erzählen Sie mir. Ich höre von Daniel alles Mögliche über Iris, aber nichts von Ihnen. Sie sind die meiste Zeit in der City?«

»Ich komme übers Wochenende hierher«, sagt Hampton. »Unter der Woche bin ich in der Wohnung, in der wir gewohnt haben, bevor Iris aufs Marlowe College gegangen ist.«

»Eine wunderschöne Wohnung«, sagt Iris. Sie blickt Hampton an, der ihr zulächelt.

»Was hält Sie denn die ganze Woche in der Stadt?«, fragt Kate.

»Ich bin einer der Geschäftsführer des Atlantic Fund«, erwidert Hampton.

»Er ist Investmentbanker«, erklärt Iris, im selben, nach Anerkennung suchenden Tonfall, in dem sie gesagt hat, dass ihre Wohnung schön ist. Für Kate klingt das, als hätte ihr Mann sich darüber beklagt, wie sie ihn in der Öffentlichkeit behandelt.

»Der Atlantic Fund stellt afroamerikanischen Firmen Kapital zur Verfügung«, sagt Hampton. »Firmen, die im Besitz von Schwarzen sind, haben manchmal Schwierigkeiten, vom weißen Bankensystem das zu bekommen, was sie brauchen.« Er verdreht den Hals, um nach dem Kellner zu schauen. »Genau so schwer, wie man einen weißen Kellner dazu bringt, einem einen Drink zu servieren.« Er atmet so heftig aus, dass sich seine Wangen einen Moment lang aufblähen. »Ich bin noch nie her gewesen, und jetzt weiß ich, warum.«

»Warten wir denn schon so lange?«, fragt Kate. »Mir kommt es vor, als hätten wir uns gerade erst hingesetzt.« Sie schaut Daniel fragend an, aber der bringt lediglich ein Schulterzucken zustande. Er sitzt in einem Flugzeug, und er hat gerade im Motorengeräusch einen Ton gehört, der ihm das Gefühl gibt, dass das Flugzeug abstürzen wird.

»Ach Gott, die Musik war so wunderbar«, sagt Iris.

»Ich habe Händels *Messias* zum ersten Mal mit vier Jahren gehört«, sagt Hampton und schaut dabei Kate an. »Meine Großmutter hat in einem Chor gesungen, der das Oratorium für Richard Nixon aufgeführt hat, im Weißen Haus.« Diese Bemerkung passt zu allem, was er seit Verlassen der Kirche gesagt hat. Sie haben bereits Anspielungen auf den Mitbewohner seines Großvaters in Harvard gehört, die Presbyterianer-Missionsstation seines Urgroßvaters im Kongo, seine Mutter, die mit elf Jahren in Paris 5000 Dollar für Haute Couture ausgab, die kurze Verlobung seiner Tante Dorothy mit Colin Powell, das verdächtige Feuer im Ferienhaus der Welles' auf Martha's Vineyard. Er gibt mit seiner Herkunft auf eine Art und Weise an, wie man es nach Kates Ansicht einem Weißen einfach nicht durchgehen lassen würde.

»Thurgood Marshall war ein Freund der Familie, und er war selbstverständlich auch da. Unglücklicherweise schlief er nach zehn Minuten ein. Unsere Oma sagte, sie haben alle extra laut gesungen, um Richter Marshalls Schnarchen zu übertönen.«

Kate fragt sich, ob Hampton versucht, Daniel zu warnen. Er muss ja auch mitkriegen, was da abläuft. Sie muss zugeben, dass ihr das Vierertreffen größeres Vergnügen macht, als sie zu hoffen gewagt hat. Es packt ihre Phantasie auf eine gruselige, schmerzhafte Art und Weise, wie wenn man an einem Zahn lutscht, der hoffnungslos verfault ist.

»Ist das dieselbe Großmutter, die auch Cello gespielt hat?«, fragt sie. *Vielleicht solltest dich du etwas weniger mit dem Stammbaum deiner Großmutter beschäftigen und ein bisschen mehr mit deiner Frau, dann würde sie jetzt nicht auf ihrem*

Stuhl hin und her wetzen und meinem Freund schöne Augen machen.

»Nein, die Cellistin war Abigail Welles, aus Boston, die Mutter meines Vaters. Die singende Großmutter war Lucille Cox, aus Atlanta, von der mütterlichen Seite.«

»Ich habe auch eine Menge Leute mit dem Namen Cox in meiner Familie«, sagt Kate. »Auf der mütterlichen Seite kommen viele davon ebenfalls aus Georgia.«

Eine kurze Stille tritt ein, und dann spricht Kate aus, was wohl allen durch den Kopf geht. »Da ist es schon möglich, dass einer von meinen Cox einen der Ihren als Sklave gehalten hat.«

»Wenn das so ist«, Daniel erhebt sein Weinglas, »zahlen wir das Abendessen.«

Zum ersten Mal an diesem Abend lächelt Hampton. Wenn er so strahlt, wird sein Gesicht jünger. Er hat gleichmäßige und sehr weiße Zähne, und er senkt den Blick, als ob ihn das momentane Vergnügen schüchtern macht. Kate kann sich den Augenblick vorstellen, als Iris dieses Lächeln zum ersten Mal gesehen hat, wie es sie angezogen haben muss, wie sie auf Anhieb ausloten wollte, welches Geheimnis hinter diesem Lächeln lag.

»Hampton«, sagt Kate, »das ist ein interessanter Name.«

»In meiner Familie gibt es jede Menge Hamptons«, antwortet er. »Wir kommen aus Hampton, in Virginia. Einige von uns sind auf die Hampton University gegangen, zu der Zeit, als es noch das Allgemeine und Landwirtschaftliche Institut von Hampton war.«

»Hampton Hawes«, wirft Daniel ein.

»Wie?«, fragt Hampton.

»Das ist ein Jazzpianist, Westküste.«

»Daniel weiß alles über Jazz«, erklärt Kate. »Und Blues. Und Rhythm and Blues.«

Die Bedienung kommt an und serviert ihnen Yellowfin-Thunfisch, Coq au Vin, Filet mignon, Risotto Funghi. »Schaut doch«, sagt Iris, »sieht alles so gut aus!«

»Ist das Thunfisch?«, fragt Hampton und guckt auf Iris' Teller.

Jede Ehe, überlegt Kate, hat anscheinend einen Partner, der das will, was auf dem Teller des anderen ist.

Iris lächelt, aber nicht besonders glücklich. »Willst du was davon?«

»Okay, nur probieren.« Er guckt zu, wie sie den Thunfisch in Sesamkruste mit dem Messer halbiert und dann vorsichtig auf seinen Teller transportiert, neben sein Steak vom Holzkohlegrill, die Pommes und den hausgemachten Kohlsalat. Er bietet ihr nicht mal einen Bissen von seinem Gericht an.

»Iris kann mit meinem Interesse an der Familientradition nichts anfangen«, sagt Hampton und schneidet sein Steak an.

»Ich sage ja nur, dass es manchmal etwas einengend sein kann«, erwidert Iris und versucht, nicht unnachgiebig zu klingen, aber Kate merkt, dass sie es gerne sein würde. »In Amerika kann man seine eigene Geschichte machen.«

»Selig die, die Illusionen haben«, sagt Hampton.

»Danke. Und bis sie mir vergehen, können wir uns doch einfach entspannen und uns freuen, dass wir am Leben sind, oder?«

»Sie arbeiten also an der Wall Street?«, fragt Kate.

»Überrascht Sie das?«, fragt Hampton zurück. »Dass ich Investmentbanker bin?«

»Ja«, sagt sie. »Ich hätte gedacht, Sie sind Stepptänzer.«

Hampton lächelt und zeigt mit dem Finger auf Kate. »Der war gut«, sagt er, statt zu lachen.

»Letztes Jahr habe ich einen Artikel über die Börse geschrieben«, sagt Kate. »Mir gefällt das, wie all die Männer durcheinanderrennen und Zahlen rufen, als ob ihr Leben davon abhängt. Und dann klingelt die Schlussglocke, und alle gehen einen trinken. Mir hat das alles sehr gefallen, inklusive der Glocke und der Drinks.«

»Ich mache zwar etwas anderes, aber trotzdem würde ich gern Ihren Artikel lesen.«

»O nein, bitte, nein. Ich kann diesen Mist nur deshalb am Fließband produzieren, weil ich mir sage, dass es ja doch niemand liest.« Sie macht sich bei der Bedienung bemerkbar und deutet ihr mit einer Fingerdrehung an: noch eine Runde Drinks hier drüben. »Das mache ich nur, um die Rechnungen zu bezahlen. Und damit man den Fisch einwickeln kann.«

»Schreiben Sie hauptsächlich über Finanzthemen?«, fragt Hampton.

»Eigentlich sollte ich an meinem nächsten Roman schreiben, aber das sollte ich jetzt schon eine ganze Weile. In der Zwischenzeit rufen mich Redakteure an, und sie kriegen, was auch immer sie haben wollen. Es ist erstaunlich, wie leicht einem das Schreiben fällt, wenn einem nicht viel am Thema liegt. Im Moment schreibe ich gerade über den O.-J.-Prozess und über eine Künstlerin, die sich Ingrid Newport nennt.«

»Was für eine Künstlerin ist sie denn?«, will Hampton wissen.

»Sie hat sich die Vagina zugenäht«, sagt Kate. Sie kann buchstäblich *hören*, wie Daniel das Herz schwer wird. Er macht sich Sorgen um sie, wenn sie trinkt. Und dann tut er etwas, das sie als unerträglich empfindet: Er schaut tatsächlich zu Iris hinüber und zuckt die Schulter.

»Ich kriege dauernd diese Aufträge, über sexuelle Verstümmelung zu schreiben«, sagt Kate. »Das ist irgendwie mein Fachgebiet geworden. Da bin ich Expertin.« Wird das Iris einschüchtern? Kate hat keine Ahnung. Womöglich ist Iris eines dieser seltenen Monster: ein Mensch mit unerschütterlichem sexuellem Selbstvertrauen. »Ich sage: ›He, Jungs, wie wär's mit einem Artikel über die Rückkehr der Lobotomie als anerkannte psychiatrische Behandlungsmethode?‹ Aber nein, es heißt: ›Was wir wirklich brauchen, sind 1500 Wörter über Peter Peterson, diesen Typen in Dover, Delaware, der seinen Penis an ein Kreuz genagelt hat.‹ Alle erzählen mir, dass ich so gut über Themen zu den Geschlechterrollen schreibe, und damit meinen sie eigentlich Sex. Aber wahrscheinlich sollte ich einfach zufrieden sein. Wenn es um Sex ging, bin ich schließlich noch nie ausdrücklich gelobt worden.« Kate lacht. »Aber jetzt kriege ich jede Menge O.-J.-Simpson-Aufträge, das ist schon recht so. Habt ihr den Prozess auch verfolgt?«

Niemand schluckt den Köder bei diesem Thema. Dieses Vierergrüppchen über O. J. Simpson diskutieren zu lassen, wäre genau so ein Kraftakt, wie es zu überreden, sich hier im Restaurant auszuziehen. Kate ist sauer, mit einem Anflug von Selbstgerechtigkeit, so wie jemand, der als Einziger willens ist, sich mit etwas Hässlichem zu befassen.

Iris blickt starr auf ihr Essen. Sie scheint sich zu beeilen damit, bevor Hampton sich noch einmal bedient. Kate beobachtet, wie sie sich betont auf Messer und Gabel konzentriert. Sie findet Iris niedlich, aber kaum unwiderstehlich. Schlanker Körper, breite Schultern, dicker Hintern. Kate tun Schwarze mit Sommersprossen leid: Irgendwie sind die doppelt benachteiligt.

»Wisst ihr, was wir hätten tun sollen?« Daniels Stimme klingt glockenhell. »Die Kids zusammenlassen, mit einem einzigen Babysitter.«

»Bin ich nicht ein Glückspilz, dass ich Daniel gefunden habe?«, verkündet Kate. »Als meine Ehe auseinanderging, saß ich mit meinem Kind da und dachte schon, ich würde allein bleiben. Aber Daniel ist für die elterlichen Pflichten besser geeignet als ich.« Sie legt eine Pause ein, damit Daniel widersprechen kann, aber er tut es nicht. »Na ja, vielleicht nicht besser. Aber er kann so gut mit Ruby umgehen.«

»Sie ist ein prima Kind«, sagt Daniel.

»Das ist sie«, bestätigt Iris.

»Und sie hat Nelson so gern«, fügt Daniel hinzu. Er wird rot und sieht Kate hilfesuchend an. »Stimmt doch, oder? Dauernd redet sie von ihm, oder nicht?«

»Kinder können sich verlieben«, sagt Kate. »Tatsächlich sind wir gerade in der Kindheit fähig, Hals über Kopf einem anderem Menschen ganz und gar zu verfallen. Ich war in einen kleinen Jungen verliebt, als ich fünf war. In einen kleinen schwarzen Jungen mit einem typisch schwarzen Namen: Leroy. Leroy Sinclair.« Sie winkt dem Kellner zu und bedeutet ihm, dass sie noch mehr Wein will. Wer A sagt, muss auch B sagen. »Seine Mutter putzte das Ärztehaus, in dem mein Vater seine Praxis hatte. Er war ein richtiger kleiner Fettklops, dieser Leroy. Dick wie ein Mops, aber mit dem charmantesten, lässigsten Lächeln, ein richtiges Sommer-auf-dem-Mississippi-Lächeln. Er trug Overalls und knöchelhohe Turnschuhe. Seine Mutter musste ihn zur Arbeit mitnehmen, und anscheinend hat sie ihn den ganzen Tag mit Süßigkeiten gefüttert, damit er Ruhe gibt. Ich bin samstags immer in Daddys Praxis gegangen und Mrs. Sinclair …«

»Sie haben sie Mrs. Sinclair genannt?«, fragt Hampton.

»Damals noch nicht. Bei uns hieß sie Irma. Sie hat höchstens zwei Pfund gewogen, mit Schuhen und allem.«

»Armer Leroy«, sagt Iris.

»Ich habe Leroy immer vorgelesen. Ich war so altklug. Ich habe samstags immer ein Buch mitgebracht und ihm vorgelesen, während mein Daddy in seinem Büro gearbeitet hat.

Zwei Stunden Papierkram, von halb zehn bis zwanzig vor zwölf, jeden Samstag, auf die Minute. Ich habe Leroy immer diese Gute-Nacht-Geschichten vorgelesen, am helllichten Tag, mitten im Treppenhaus dieses kleinen Ärztehauses am Calhoun Boulevard. Und Leroy hatte die Taschen vollgestopft mit all den Süßigkeiten, die seine Mutter ihm gegeben hatte, kleine rot-weiße Minzebonbons, Karamelllutscher, alle schön eingewickelt …«

»Die hat sie wahrscheinlich in einem der Häuser mitgenommen, wo sie unter der Woche geputzt hat«, meint Iris.

»Ja, das nehme ich auch an. Gestohlene Süßigkeiten. Was könnte besser sein?« Sie zieht die Augenbrauen zusammen und lässt Iris ihre eigenen Schlüsse ziehen. »Ich habe ihm *Gute Nacht, Mond* vorgelesen, und er hat den Kopf in meinen Schoß gelegt und die Augen zugemacht, und ich habe ihn gestreichelt und in den Schlaf gewiegt, und er hat so getan, als ob er wirklich einschläft. Und wenn ich zu Ende gelesen hatte, habe ich einen Kuss in meine Handfläche gedrückt und sie ihm an die Wange gelegt, immer wieder, Hand an meine Lippen, Hand auf seine Wange. Und ich kann mich noch erinnern, dass ich gedacht habe: Ich liebe Leroy. Ich liebe Leroy Sinclair. Allein diese Worte zu sagen, versetzte mich in eine Art hypnotischer Trance.«

Das Highschool-Mädchen hat die Teller weggeräumt. Der Kellner wartet im Hintergrund auf eine Pause in der Unterhaltung.

»Und dann habe ich eines Tages mitbekommen, wie mein Vater mit Mrs. Sinclair geredet hat«, fährt Kate fort. »Mir war sofort klar, dass sie Leroy nie wieder zur Arbeit mitbringen durfte. Und ich hatte Recht. Das nächste Mal habe ich ihn zwei Jahre später gesehen, da war er auf dem Weg zur Schule, und ich war mit zwei meiner albernen, grässlichen kleinen Freundinnen von der Beaumont-Country-Tagesschule zusammen und habe über die Straße nach ihm gerufen, aber er hat mich nur angeschaut, als ob ich das Lächerlichste wäre, das er je gesehen hat, und er hat kein Wort gesagt. Aber wer war daran schuld? Wir waren beide Opfer einer so komplizierten, entsetzlichen Geschichte. Seine Leute kamen in Ketten hierher, und meine Leute saßen auf der Veranda und schlürften ihren Gin. Wenn etwas so schlimm beginnt, kann es nicht gut enden …«

Kate schaut lächelnd von einem zum andern.

»Und wie steht's mit Ihnen, Hampton?«, fragt sie. »Haben Sie sich schon einmal in jemanden verliebt, der eine andere Hautfarbe hatte als Sie?« Wenn er das als Beleidigung empfindet, zeigt er es nicht – aber Kate dreht sich schnell weg und sieht erst Iris und dann schließlich Daniel mit leicht verschleiertem Blick an. »Sonst irgendjemand?«

Zweites Kapitel

Als sie schließlich im Wald waren, schien das Restlicht des Nachmittags zu verschwinden. Die Schatten der Bäume – eine erschreckend große Anzahl war unter dem Gewicht des unerwarteten Schneesturms letzten Monat umgeknickt – sahen aus, als wären sie aufeinandergestapelt, ein Schatten über dem anderen, als bildeten sie eine einzige dunkle Mauer. Früher einmal hatte es Pfade durch die Wälder gegeben, entweder von den Rotwildrudeln oder aus den alten Zeiten, als noch genug Geld da war, um den Besitz von Richmond zu unterhalten und sogar zu pflegen. Aber der Oktobersturm hatte tausende von Bäumen entwurzelt, und die Pfade waren irgendwo darunter begraben, nirgends mehr zu erkennen. Daniel und Hampton konnten keine zwei Schritte machen, ohne dass sie über die Krone eines umgekippten Baums klettern mussten, oder über mehrere Stämme steigen, die übereinanderlagen und schon ganz glitschig und verwittert waren. Und wo es keine umgestürzten Bäume gab, wuchsen Brombeerranken, die sich über den Waldboden ausbreiteten wie ein mit Stacheln bewehrter, böswilliger Nebel.

Der Abend war kein Erfolg. Nach Kates Geschichte über Leroy wurden die Pausen immer länger. Als Kate einen Verdauungskognak bestellte, schlossen sich weder Iris noch Hampton an, so dass Daniel gezwungen war, einen Kognak für sich zu bestellen. Er befürchtete, damit den Eindruck zu erwecken, dass sie beide, Kate und er, schwere Trinker waren. Sobald Kate ihren Schwenker ausgeleert hatte, verkündete Hampton, dass sie ihrem Babysitter eine frühe Heimkehr versprochen hatten, und der Abend war zu Ende.

Im Auto sagen Kate und Daniel nichts. Daniel hat den Kassettenrecorder leise gestellt. Etta James singt »Love's Been Rough on Me«, dann bringt Buddy Guy »Hold That Plane«. Als Albert Kings »I Found Love in the Welfare Line« kommt, reißt sich Kate aus ihrer Trägheit und drückt auf den Abschaltknopf. »Keine singenden Neger bitte.«

»Schon recht. Wie du willst.«

»Kommst du dir vor wie Herman Melville, mein Schatz?«, fragt Kate. Ihr Atem riecht stark fermentiert.

»Tu ich das?«

»›In der Seele eines Mannes steckt eine Insel wie Tahiti, voller Frieden und Freude, aber sie ist umgeben von all dem Schrecken eines halb gelebten Daseins.‹ Hast du einen kleinen Blick auf Tahiti geworfen und musst jetzt nach Hause fahren, zu deinem halb gelebten Leben?«

Daniel sagt nichts. Er will nicht mit Kate streiten, sich nicht als Sparringspartner zur Verfügung stellen. Er will einfach fahren und an die verschiedenen kleinen Gesten denken, die Iris während des Essens gemacht hat. Er denkt daran, was sie gegessen hat. Er denkt daran, wie sie am Ende der Mahlzeit ihre Serviette wieder zusammengefaltet und neben ihren Teller gelegt hat, so gut wie neu. Er denkt an ihren Gesichtsausdruck, während sie den anderen zugehört hat, ein aufmerksamer, zugewandter Ausdruck, als ob ihr Verstand Informationen aufleckte wie eine Katze Milch aus einer Schale. Er denkt daran, wie sie ständig ihren Ehering am Finger drehte, als ob er die Durchblutung behindern würde.

Sie hatte das Parfum aufgelegt, das er inzwischen mit ihr verband – Chanel No. 19. Vor ein paar Wochen war er zu Saks gegangen und hatte an dreißig Testflaschen geschnüffelt, ehe er ihren Duft fand, und dann kaufte er sich ein Fläschchen und stellte es in seinen Schreibtisch im Büro. *Kann ich Ihnen behilflich sein? Kann ich Ihnen behilflich sein?* Die Verkäuferinnen im Erdgeschoss hatten vergeblich versucht, ihn zu beraten. Aber sie konnten ihm nicht helfen; das konnte niemand.

»Fühl mal meine Stirn«, sagt Kate. »Ich glaube, ich habe Fieber.«

Er berührt sie mit den Fingerspitzen und dann mit seiner Handfläche. Die Erinnerung an Liebesstunden durchzuckt ihn. Das Auto zieht nach links, die Reifen drehen sich im Kies am Straßenrand. »Du bist warm.«

»Ich sterbe.«

Sie schließt die Augen, und das Schweigen nimmt wieder überhand.

»War der Abend in Ordnung für dich?«, fragt Daniel. Je größer seine Schuldgefühle werden, desto weniger erträgt er die Stille. Er weiß, dass er nur daherplappert, aber immerhin schien sie Hampton zu mögen. Sie, die niemanden mag.

»Eigentlich nicht. Es kam mir wie Arbeit vor.«

»Du scheinst dich aber amüsiert zu haben«, sagt er. »Du und Hampton …«

»Scheiß auf mich und Hampton«, faucht Kate und wendet ihr Gesicht von ihm ab, als die zweispurige Asphaltstraße in eine engere Schotterstraße übergeht, die zu ihrem abgelegenen alten Haus führt. Sie fahren an den hügeligen Feldern eines Nachbarn vorbei, an einem Teich, der von Trauerweiden umringt ist. Eine Kieseinfahrt führt von der Straße zu ihrem Haus, und erst als die Steine unter den Reifen knirschen, macht Kate die Augen wieder auf. Die Autoscheinwerfer beleuchten das rote Autowrack des Babysitters.

»Ich hoffe nur, dass Mercy Kinder besser behandelt als ihr Auto«, sagt Daniel. Er stellt den Motor ab; die erleuchteten Fenster im vorderen Raum schimmern vor ihnen.

»Warum hast du eigentlich die Geschichte von diesem kleinen Jungen erzählt?«, fragt er.

Kate richtet sich auf und reibt sich mit den Handballen die Augen. »Hat sie dir gefallen?«

»Ich habe noch nie etwas von Leroy gehört. Ich dachte, ich kenne so ziemlich alle Jungs, die jemals in deinem Leben vorgekommen sind.«

»Ich glaube, ich wollte damit sagen, dass Leroy und ich einfach keine Freunde werden konnten.«

»Und warum? Weil er schwarz ist und du weiß?« Ohne triftigen Grund reagiert er unwillig. Für seinen Geschmack macht sich Kates weiße Kindheit im Süden gerade höchst unangenehm bemerkbar.

»Sei froh, dass ich nicht erzählt habe, warum wir aus New York weggegangen sind, wie du jedes Mal Todesangst hattest, wenn du einen Schwarzen gesehen hast.«

»Wie kannst du so etwas sagen?«

»Weil es stimmt. Genau so war's.«

»Mein Leben war bedroht. Und die Leute, die mir gedroht hatten, waren schwarz. Ich habe überreagiert, ich gebe es zu.«

»Du hattest Todesangst.«

»Hören wir auf damit«, sagt Daniel. »Ich bin drüber weg.« Er macht die Tür auf, um auszusteigen, aber Kate hält ihn am Arm fest.

»Wenn es dich irgendwie tröstet – die Ehe wird nicht lange halten.«

»Welche Ehe?«

»Die von Iris und Hampton. Er hat ständig Angst, dass jemand an seiner Würde kratzt. Sie will dagegen in einer Welt leben, wo ein bisschen verschüttetes Wasser nur ein Zufall ist, kein Vorfall.«

Als Kate und Daniel ins Haus kommen, hängt Mercy Crane gerade am Telefon und legt sofort ohne Abschiedsgruß auf.

Kate geht hinauf, um nach Ruby zu sehen. Daniel bezahlt Mercy und schließt die Tür. Er geht zurück ins Wohnzimmer, um die Schüssel mit den zur Hälfte aufgegessenen chinesischen Nudeln und die Dose Sprite wegzuräumen, die Mercy hinterlassen hat. Aus dem Spalt zwischen den Sofapolstern ragt etwas heraus – eine halb volle Packung Camel Lights, mit einem Streichholzbriefchen, das unter die Plastikhülle geschoben ist. Er wirft sie auf den Tisch, wobei er für Mercy hofft, dass ihre Eltern den Geruch von Rauch in ihren Haaren nicht bemerken. Ihr Vater ist Polizist und die Mutter Lehrerin an der christlichen Grundschule; beide sind für ihre rigorose Strenge bekannt.

Nachdem er Mercys kleine Schlamperei weggeräumt hat, lässt er sich aufs Sofa fallen und steckt sich eine von ihren Zigaretten an. Als er bei Kate einzog, hatte sie ihn gebeten, nicht in Gegenwart des Babys zu rauchen, und er fand das in Ordnung und hörte ganz auf. Aber jetzt möchte er Tabak schmecken, zieht den Rauch tief ein, bläst einen Rauchring aus und sieht zu, wie er sich wie eine Qualle durch den Lichtstrahl der Lampe bewegt. Dann hört er Kates Schritte die Treppe herunterkommen.

»Ich habe doch kein Fieber«, verkündet sie. Sie hat bereits das Nachthemd an.

»Wahrscheinlich bist du einfach müde. Leg dich doch hin. Ich bring dir einen Orangensaft rauf.«

»Du rauchst?«, fragt sie. »Im Haus?«

Im selben Moment klingelt es. Daniel schnippt die Zigarette in den Kamin und geht zur Tür. Sein Pulsschlag beschleunigt sich, als ob das wirklich Iris sein könnte. Kate bleibt auf der halben Treppe stehen. Daniel dreht sich zu ihr um, zuckt mit den Achseln und öffnet die Tür.

»Mein Auto springt nicht an, Mr. Emerson«, sagt Mercy.

»O nein, du Ärmste!« Seine Stimme dröhnt verräterisch: ein Mann, dem sich gerade unerwartet ein Fluchtweg eröffnet hat. »Ich fahr dich nach Hause.« Er merkt, wie übereifrig das klingt, also fügt er hinzu: »Ich verstehe rein gar nichts von Autos. Wenn ein Kanister Benzin oder Starterkabel nichts bringen, bin ich völlig hilflos.«

»Ich könnte auch hierbleiben, wenn das einfacher für Sie ist.« Sie sagt es mit klagender Stimme. »Ich könnte auf der Couch schlafen. Wenn Sie wollen, mache ich für Ruby am Morgen Frühstück, dann könnten Sie und Kate ausschlafen.«

»Ist schon recht«, sagt er. »Es macht wirklich nichts.«

In den ersten paar Minuten ihrer Fahrt zurück in die Stadt wechseln Daniel und Mercy kein Wort. Daniel kurbelt das Fenster herunter. Ein leichter Geruch nach Stinktier hängt in der Luft.

»Es tut mir wirklich leid mit dem Auto«, sagt Mercy.

»Hoffentlich kriegst du es wieder in Gang.«

»Mein Bruder hat gerade Urlaub von der Army. Der kann es bestimmt richten. Ist es Ihnen recht, wenn wir morgen Vormittag vorbeikommen?«

»Selbstverständlich.« Er bremst ab. Unter den Bäumen am Straßenrand schauen dunkle, leuchtende Augen hervor. Rotwild. Man weiß nie, ob es nicht plötzlich auf die Fahrbahn springt.

»Meine Brüder sind beide in der Army«, sagt Mercy.

»Dann bist du also die Jüngste in der Familie?«

»Ja.« Sie seufzt und rutscht auf ihrem Sitz hin und her. Gleich wird sie eine Frage stellen. Sie umkreist sie schon wie ein Hirsch, der das hohe Gras niedertrampelt. »Welche Rechte hat eigentlich ein Teenager?«, fragt sie.

»In welcher Hinsicht?«

»Was ist, wenn ein Teenager von zu Hause ausziehen will oder so? Machen Sie so was? Als Rechtsanwalt? Sheri Nack hat gemeint, ich soll Sie fragen.«

»Will Sheri zu Hause ausziehen?« Sheri ist ein teigiges Mädchen mit Hundehalsband, das ein paar Mal auf Ruby aufgepasst hat – bis Kate bemerkte, dass harte Getränke verschwanden.

»Eigentlich nicht.«

»Aber du?«

»Genau.«

Sie sind fast in der Stadt angelangt. Die Häuser stehen jetzt enger. Eine Tankstelle. Eine Gärtnerei. Die Reha-Klinik von Riverside. Eine kleine, mit Ranken bewachsene Hütte, ein früheres Immobilienbüro – »Farms and Fantasies« –, das ein Typ aus Yonkers geführt hat, der sich später als Drogendealer entpuppte. Und dann kommt die gelb blinkende Ampel, die ein paar hundert Meter vor dem eigentlichen Städtchen an einem durchhängenden Kabel baumelt. Es hat angefangen zu nieseln, und die Ampel schwankt im Wind wie die Laterne in der Hand eines Nachtwächters.

»Es gibt Rechtsanwälte, die auf Familienrecht spezialisiert sind«, sagt Daniel.

»Außer Ihnen kenne ich aber keine Rechtsanwälte.«

»Was willst du genau, Mercy?«

»Ich will ausziehen.«

»Wie alt bist du?«

»Siebzehn. Ich muss da raus, Mr. Emerson. Ich muss weg

von meinen Eltern. Vielleicht eine eigene Bude haben. Vielleicht könnte ich Kinderschwester oder so was machen.«

»Siebzehn ist ein bisschen jung. Kannst du nicht noch ein Jahr warten?«

»Ein ganzes Jahr?« Das kalte Licht der Straßenlampen springt ins Auto und wieder heraus, blitzt über ihr Gesicht. Sie sieht hilflos und wütend aus.

Bis ihm einfällt, was er ihr sagen könnte, sind sie schon am Haus der Cranes angelangt. Es ist ein kleiner, gelber Bungalow, bei dem eine steile Holztreppe zur Eingangstür führt. Das Verandalicht brennt, zwei Nachtfalter fliegen immer wieder herum, als würden sie um einen Abfluss aus Licht herumwirbeln.

»Ist alles in Ordnung, Mercy? Kommst du zurecht?«

»Ich komm zurecht.«

»Bist du zu Hause sicher?«

»Ja, ist schon gut.«

»Wenn du bei mir im Büro vorbeischauen und darüber reden willst, kannst du das tun – jederzeit. Du brauchst keinen Termin, muss ja keine große Sache sein. Du kannst einfach vorbeikommen, und wir können darüber reden.«

»Gibt es denn irgendein Gesetz für mich?«

»Es gibt etwas, das nennt sich Verordnung über selbständige Minderjährige.«

Sie ist einen Augenblick still. Daniel hat seine eigene Jugend ad acta gelegt, und es fällt ihm schwer, sich in Mercys Alter zu versetzen und tatsächlich vorzustellen, wie das ist, in diesem Durcheinander aus Leid und Hilflosigkeit, hormoneller Energie und schierer Mattigkeit.

»Es gibt Präzedenzfälle«, erklärt er, »in denen die Eltern gerichtlich dazu verpflichtet wurden, selbständigen Minderjährigen die Miete und das Essen zu bezahlen.«

»Sie meinen, die müssten für mich bezahlen, auch wenn ich ausziehe?«

»Ich bin eigentlich nicht darauf spezialisiert. Ich müsste mal nachschlagen.«

»Da hätte ich wahrscheinlich ein furchtbar schlechtes Gewissen«, sagt sie und lächelt zum ersten Mal.

»Ein schlechtes Gewissen? Wieso denn?«

»Na ja, sie sind meine Eltern. Ich will ihnen ja nicht weh tun.« Aber ihr Lächeln bleibt.

»Es gibt überhaupt keinen Grund für ein schlechtes Gewissen. Du hast das Recht, dich selbst glücklich zu machen. Du musst nicht an einem Ort bleiben, wo du dich elend fühlst. Das muss niemand.«

Sie nickt rasch. Sie hat genug gehört. Sie macht die Beifahrertür auf. Das Licht im Auto geht an, und sie wirft Daniel noch einen Blick zu. »Danke, Mr. Emerson«, sagt sie. »Wirklich, danke schön.« Und dann, kurz bevor sie aus dem Wagen schlüpft, umarmt sie ihn und berührt seine Brust mit der Stirn.

Daniel wartet, bis sie sicher im Haus ist, obwohl er sich fragt, ob sie in diesem Haus wirklich sicher ist. Sie öffnet die Eingangstür und winkt ihm zum Abschied zu. Einen Augenblick später ist die Tür zu, das Verandalicht geht aus, und alle Fenster des Hauses sind dunkel.

Er fährt rückwärts aus der Einfahrt und biegt dann in die Culbertson Street, während sich im Licht seiner Scheinwerfer flatternde Motten drängen. Er dreht das Radio an, als ob von irgendwo auf der Skala die Stimme der Vernunft ausgestrahlt würde. Aber da sind nur Liebeslieder, die ihn zum Weitermachen drängen.

Er versucht so zu tun, als hätte er keine Ahnung, wohin er als Nächstes fährt. Aber nach ein oder zwei Minuten muss er einsehen, dass er in Richtung Juniper Street fährt, wo Iris wohnt.

Er will nur ihr Haus anschauen – nur einen Blick darauf werfen –, und dann wird er imstande sein, nach Hause zu fahren, dann könnte er die Treppen in den ersten Stock hochgehen, sich auf Zehenspitzen ins Schlafzimmer schleichen, sich ausziehen, neben Kate ins Bett schlüpfen, die Augen zumachen.

Minuten später steht er vor dem Haus von Iris. Der Volvo Kombi parkt in der Einfahrt; jedes Fenster im Haus ist pechschwarz. Das bedeutet, sie schlafen schon. Im Bett. Zusammen. Daniels Hände spannen sich an, er senkt den Kopf, bis er das Steuerrad berührt. *Fahr nach Hause*, sagt er zu sich selbst.

Doch eine widerstreitende innere Stimme meldet sich ebenfalls, ein entschiedeneres, hungrigeres, konzentrierteres Selbst, das er irgendwie sein Leben lang in Schach halten konnte, und diese Stimme fragt sich stumm: *Überall um dich herum tobt das Leben, packt zu, erobert, und hier bist du, zehn Meter entfernt von dem, was du am meisten begehrst, und du kannst nur zittern, dir fällt lediglich ein, nach Hause zu fahren.*

Er fährt los. Er dreht das Radio an. Van Morrison singt »Here Comes the Night«.

Oben, im Bett, schläft Hampton in seiner gewohnten würdevollen Totenhaltung: flach auf dem Rücken, die Beine ausgestreckt, die Zehen hochgestellt, die Arme über der Brust verschränkt, die Fingerspitzen berühren die Schultern, sein Gesicht ist wächsern und unbewegt, sein Atem so ruhig und langsam, dass es manchmal scheint, er sei gar nicht da.

Er träumt vom Zug. Er steigt in New York ein, an der Pennsylvania Station, und offenbar ist er unterwegs nach Leyden. Der Amtrak-Schaffner, der ihm einen der Wagen anweist, kommt ihm bekannt vor, ein Weißer, der Typ, der auf der Chambers Street Souvlaki und heiße Würstchen verkauft. Hier entlang, Mr. Davis, sagt der Schaffner und deutet auf eine offene Tür. Dampf steigt von den Gleisen auf und strömt über den Bahnsteig. Hampton läuft durch den Dampf und steigt in den Zug, und er fragt sich, weshalb der Mann ihn Mr. Davis genannt hat. Hat er ihn verwechselt, oder glaubt der Schaffner vielleicht, dass Schwarze immer so heißen?

Im Traum trägt Hampton einen Nadelstreifenanzug von Hugo Boss, einen Burberry-Regenmantel mit Futter, einen Schal und Handschuhe. Im Zug ist es heiß. Alle anderen sind sommerlich angezogen; die meisten scheinen einander zu kennen. Vielleicht sind sie ein Verein, unterwegs zu irgendeinem See. Er schwitzt. Er spürt Schweiß in den Augen, spürt, wie ihm das Wasser die Rippen hinunterläuft. O mein Gott, denkt er, und presst seine Ellbogen an, als käme ein fürchterlicher Gestank aus seinen Achselhöhlen. Er sucht nach einem freien Platz in den Sitzreihen. Und er bemerkt ein paar Reihen weiter hinten zwei Schwarze, richtige Hinterwäldler, rundum alte Schule, einer im Overall, der andere in einem gelben, zweireihigen Samtanzug mit lila Hemd. Sie lassen eine Bierflasche kreisen und lachen, so laut sie können. Hampton will nicht einmal Augenkontakt mit ihnen, aber sie machen es ihm unmöglich, sie zu ignorieren. *Hey, Mann, komm doch rüber*, ruft der im Samtanzug, und Hampton bleibt nichts übrig, als zu ihnen hinzugehen und zu sagen: *Wisst ihr, ihr vertretet nicht nur euch selbst in diesem Zug*. Und sobald er das sagt, bemerkt er seine Mutter, die steif auf der anderen Seite des Ganges sitzt, die Hände im Schoß gefaltet. Sie schiebt die Lippen vor und nickt, als ob sie zu seiner Aktion sagen wollte: gut gemacht.

Als Nächstes, der Zug ist bereits abgefahren, sitzt er neben einer weißen Frau, die anscheinend so weit von ihm abgerückt ist, wie der Sitz es zulässt. Sie lehnt sich zum Fenster hin, als nähme der Zug gerade eine scharfe Kurve. Hampton presst immer noch die Ellbogen an die Rippen. H*offentlich stellen sie* *die Klimaanlage an*, schießt es ihm durch den Kopf, aber nicht nur die Klimaanlage funktioniert nicht, auch die Leselampen flackern an und aus. Er schaut zum Fenster hinaus. Sie haben den Tunnel hinter sich gelassen. Die Spätnachmittagswolken liegen wie zerklüftete Felsen am Horizont, rot, orange, dunkelblau. Der Fluss ist dunkles Lavendel, der Bug eines verrosteten Tankers teilt das Wasser in lange, leuchtende Winkelstreifen. *Wunderschön, wunderschön*, denkt er. Und dann sagt er zu der weißen Frau: *Meine Station ist eineinhalb Stunden von hier.* Sie lächelt ihn dankbar an, sie weiß, er versucht, ihr Vertrauen zu vermitteln. *Ich mache nur mal für ein paar Minuten die Augen zu*, sagt er. Sie schaut ihn an, schüttelt dann den Kopf. Warnt sie ihn, es nicht zu tun?

Und dann sieht er Iris. Wie alle anderen ist sie für sommerliches Wetter angezogen. Sie trägt eine ärmellose Bluse, Shorts, Sandalen. Sie läuft direkt an ihm vorbei mit einer Flasche Club Soda und einer Tüte Salzbrezeln von der Erfrischungstheke. Irgendwie weiß er, dass er nichts zu ihr sagen soll. Sie setzt sich auf einen Platz drei oder vier Reihen hinter ihm. Sie ist mit einem weißen Mann unterwegs, der Hampton ziemlich bekannt vorkommt. Er nimmt ihr die Tüte mit den Brezeln ab, reißt sie auf, aber bevor einer von beiden davon essen kann, fangen sie an, sich leidenschaftlich zu küssen. Erst ein langer Kuss, dann noch einer, und jetzt schiebt sich der weiße Typ praktisch auf sie drauf. Verzweifelt wendet sich Hampton an die Frau neben sich. *Schau dir das an*, sagt er zu ihr. Und kaum ist das heraus, schlägt sie ihm die Krallen ins Gesicht.

Verwirrt und verängstigt wacht er auf. An Alpträume ist er nicht gewöhnt; meistens kann er sich an seine Träume nicht einmal erinnern. Er braucht einen Moment, bis er merkt, dass er sicher und zu Hause ist. Er stützt sich auf einen Ellbogen, um nicht wieder einzuschlafen – diese Welt, diese entsetzliche

Traumwelt des Zuges, ist immer noch da und wartet darauf, dass er wieder hineintaumelt. Er zwingt sich, die Augen aufzumachen, und schaut nach Iris neben sich. Das Bett ist leer, das Laken an ihrem Platz ist kalt. Er will gerade nach ihr rufen, da sieht er sie am Fenster stehen. Sie trägt viel zu große Männer-Boxershorts und ein ehemals rotes T-Shirt, an dem die meiste Farbe ausgebleicht ist.

Draußen leuchten die Scheinwerfer eines Autos.

»Iris?«, sagt Hampton.

Sie wirbelt herum. »Du bist wach«, sagt sie.

Das Licht vom Fenster beleuchtet ihr Haar von hinten. Er kann ihre Gesichtszüge nicht erkennen, aber aus ihrer Stimme und ihrer Haltung kann er spüren, dass er sie unterbrochen hat oder erschreckt. »Wer ist da draußen?«, fragt er.

»Niemand.« Sie dreht sich um, schaut noch einmal hinaus, wie um ihre eigenen Worte nachzuprüfen. »Niemand.«

»Ich habe gerade einen Alptraum gehabt«, sagt er und streckt die Hand aus, um sie ins Bett zu bitten. Er weiß, dass er nicht so befehlend sein sollte – Iris hat es ihm sogar einmal gesagt –, aber die Gesten des Lieblingssohnes, des Mannes, der immer gefragt war, kommen aus seinem Innersten. Das zu ändern, wäre wie seine Stimme zu ändern, das würde ständige Aufmerksamkeit erfordern. Sie findet ihn arrogant, aber er kommt sich nicht arrogant vor. Für ihn ist die Tatsache, dass er anziehend wirkt, ein Teil der natürlichen Ordnung der Dinge, und wenn Iris sich ihm verweigert oder zögernd reagiert, so irritiert ihn das – nicht, weil er ein Potentat wäre und sie seine Untergebene, sondern einfach, weil die natürliche Ordnung gestört wird.

Der Anblick dieser langen, ausgestreckten Finger löst in Iris eine Wut aus, die sich wie Pulver entzündet. Sie überlegt, ob sie stehen bleiben oder zu ihm gehen soll. Manchmal bringt sie die Energie auf, ihm Widerstand zu leisten, aber dann lässt sie sich auf den Konflikt mit dem Wissen ein, dass es die ganze Nacht dauern wird.

Hampton dreht seine Leselampe an. Sein preiselbeerfarbener Pyjama ist vom Nachtschweiß gestreift. Er setzt sich weiter auf, richtet sein Kissen und streckt dann wieder die Hand nach ihr aus.

»Alles in Ordnung?«, fragt sie.

Er tätschelt das Laken auf ihrer Seite des Bettes und deutet damit an, wo er sie gern hätte. Manchmal denkt sie an die Männer, die mit ihr ins Bett wollten, kluge, großherzige Männer, und wie seltsam es ist, vom Leben an diesen Punkt gebracht worden zu sein: behandelt wie ein kleiner Hund, der ermuntert wird, aufs Sofa zu springen.

Na gut, wenn er das so will. Sie springt quer durch den Raum, hüpft aufs Bett, fällt auf alle viere und schaut ihn an. Um ihren eigenen Witz zu komplettieren, lässt sie die Zunge heraushängen und atmet hechelnd ein und aus.

Er reagiert mit qualvoll berechneter Zärtlichkeit. Er streichelt ihre Wange. »Wir müssen schlafen«, flüstert er.

Das ist Nachtsprache, Code; irgendwann im Lauf der blinden, improvisierten Ehereise hatte Schlafen die Bedeutung von Sex bekommen. Es bedeutete: Ich will mich in dir verlieren, lass mich den Absturz ins stille Herz der Nacht zwischen deinen Beinen beginnen. »Bist du müde?«, ist zu einer Einladung zum Liebesspiel geworden; ein lautes Gähnen und ausgiebiges Strecken der Arme sollen die Art und Weise ersetzen, in der er vor langer Zeit hinter sie getreten ist und seine Lippen auf ihren Nacken gepresst hat.

Sie hechelt immer noch wie ein Hund, bis sein verängstigter, verwirrter Gesichtsausdruck in ein Stirnrunzeln übergeht. Sie nimmt ihren Platz neben ihm ein. Sie legt sich flach hin, spürt ihr Blut rasen, als würde es versuchen, ihren Körper zu verlassen. Jedes Mal, wenn es eine Runde gedreht hat, ist ihr noch ein bisschen wärmer.

»Ich kann es kaum erwarten, bis du deine Doktorarbeit fertig hast und wir alle zurück nach New York ziehen«, sagt Hampton. Das ist zärtlich gemeint, es soll bedeuten, er vermisst sie, er kann die Last ihrer allwöchentlichen Trennungen nicht mehr weit tragen. Aber Iris weiß, was er eigentlich sagen will: Ich fand diese Leute heute Abend entsetzlich.

»Tut mir leid, dass es so lange dauert«, sagt sie. Sie überlegt, ob sie wieder wie ein Hund tun sollte, entscheidet sich aber dagegen. Sie spürt, wie sich seine langen, harten Finger um ihre Hand schließen. Er hebt ihre rechte Hand und legt sie sehr vorsichtig, bestimmt, zeremoniell auf seinen Penis, drückt dann mit seinem Handrücken darauf und hebt die Hüften, als ob er auf sie reagieren würde, obwohl er nur auf sich selbst reagiert.

Sie entzieht ihm ihre Hand – aber bevor er sich beklagen kann, dreht sie sich zur Seite und drapiert ihr Bein auf ihm. Sie stützt sich auf den Ellbogen hoch, schaut zu ihm hinunter und sagt: »Tu so, als ob du mich vergewaltigst.«

»Was?«

»Schlag mich nicht oder so was, aber vergewaltige mich, richtig vergewaltigen, reiß mir die Kleider vom Leib und zwing mich, dich aufzunehmen.«

»Ist das dein Ernst?«

Sie nickt zustimmend.

»Iris«, sagt er in einem väterlichen, mahnenden Tonfall. Aber ihr Wunsch hat schon seine Wirkung auf ihn. Er spürt, dass er drängend und brutal hart wird. Er packt den Bund ihrer Shorts, zieht daran, wartet, was sie tun wird.

Iris dreht sich auf den Rücken. Sie hebt das Kinn, schließt

die Augen. Sie wird gerade ausgelöscht, vernichtet, aber nach ihren eigenen Bedingungen.

»Wer soll ich sein, wenn ich das mache?«, fragt er. Seine Kehle ist trocken, seine Stimme klingt brüchig.

Sie spürt, wie sie im Inneren weich wird, so wie ein Pfirsich, in den jemand den Daumen gedrückt hat, wie sie weich wird und zu faulen beginnt. »Du bist einfach du, und ich bin ich.«

»Das ist verrückt.«

»Pssst«, antwortet sie. »Komm schon, ist schon in Ordnung.«

Sie hat das Gefühl, ihn vollständig unter ihrer Befehlsgewalt zu haben. Sie hat die Situation unter Kontrolle, ihn, die Nacht gehört endlich ihr. Aber dann überrascht er sie. Er zieht ihr die Boxershorts herunter, rasch, mit einer fachmännischen und unwiderstehlichen Geste – einfach in einem langen Zug, bis zu den Knien. Und dann – bevor sie auch nur einen Atemzug tun kann – dreht er sie herum, schnell und ein bisschen grausam, und dann werden ihr Mund und ihre Nase auf die Matratze gepresst, und sie kann nur noch denken: *Gott im Himmel, der tut mir das wirklich an.*

Daniel kommt nach Hause, macht leise die Tür hinter sich zu und geht mit übertriebener Sorgfalt auf Zehenspitzen über ein Minenfeld knarrender Dielenbretter. Er kommt sich vor wie der Pantoffelheld in einem Cartoon, der sich nach einer durchzechten Nacht ins Haus zurückschleicht. Er setzt sich auf die Treppenstufen, zieht die Schuhe aus und steigt auf Socken die Stufen zum ersten Stock hoch.

Er weiß, dass es seine Unruhe nur verstärken wird, dass er auf eine unselige Weise die Selbstquälerei hofiert, aber er schaut trotzdem noch zu Ruby rein. Seine Liebe zu Kates Kind ist so qualvoll geworden wie ein Verbrechen im Planungsstadium.

Sie ist der Nachtwächter in einem Laden, den er ausrauben wird, sie steht der Untat im Weg. Er hat einen Traum von seinem eigenen Glück, und wenn er das Glück hat, ihn sich eines Tages zu erfüllen, wenn er mutig genug ist, ihn zu ergreifen, Manns genug, ihn festzuhalten, dann wird diese Freude, zumindest teilweise, mit Rubys Tränen bezahlt.

Ihr Schlafzimmer ist so dunkel, dass er sie nicht sehen kann. Doch er hört ihren langsamen Atem. Etwas trifft ihn bis ins Mark, er spürt einen Schlag, als hätte er im Dunkeln eine Vase vom Sockel gestoßen.

Wie er befürchtet hatte, wartet Kate auf ihn, hellwach. Sie hat die Kissen als Rückenstütze hinter sich geschoben, ihr Kopf lehnt an der Wand, genau in der Mitte des Kopfteils. Sie hat die Arme um die Brust verschränkt und trommelt mit den Fingern auf die Oberarme. Instinktiv überfliegt sein Blick ihren Nachttisch: ein Stapel Bücher, ein kleiner Kassettenrecorder, in den sie Einfälle diktiert, eine kleine chinesische Schale mit einer Schlafmaske von United Airlines und Ohrenstöpsel aus Schaumstoff, und, wonach er geschaut hat und was ihm das säuerliche Vergnügen einer bestätigten Annahme bereitet – eine Flasche Zinfandel, mit der sie schon weit fortgeschritten ist.

»Entschuldigung«, sagt sie.

»Wofür?«

»Dass ich dich geärgert habe, im Auto.« Sie will anscheinend einen reuevollen Eindruck machen, aber ihre Stimme hat einen Unterton von Sarkasmus, obwohl ihm nicht klar ist, wen sie verspottet – ihn, weil er so empfindlich reagiert hat, oder sich selbst, weil sie sich so schlecht benommen hat?

»Ist schon gut«, sagt er, »alles in Ordnung.«

»Ich war im Unrecht.«

»Nicht so tragisch. Es ist ja nur… weißt du, Gerede.« Es

kommt ihm vor, als wollte er einer Unterhaltung ausweichen, sie ist der Bulle, er der Matador.

»Ich möchte mich entschuldigen«, sagt sie, und ihre Augen verengen sich. »Und ich möchte gern, dass du die Entschuldigung annimmst.«

»Du hast nichts getan und nichts gesagt, wofür du dich entschuldigen müsstest.«

Sie schüttelt ungläubig den Kopf.

»Nicht mal das willst du mir zugestehen?«

»Ich wüsste gar nicht, weswegen. Ich weiß wirklich nicht, worüber wir reden.«

Sie holt tief Atem, schenkt sich noch ein bisschen Wein nach, eine mikroskopisch kleine Menge, die auf den Boden ihres großen Glases plätschert. »Daniel, ich habe dieses furchtbare Gefühl wegen dir. Nein, verzeih, nicht wegen dir. Wegen dem, was mit dir passiert.«

»Es ist spät«, sagt er. »Ich habe einen langen Tag hinter mir, haben wir beide. Morgen ist Samstag, morgen können wir reden.« Er hat seine Socken ausgezogen, und jetzt ist die Hose dran. Für einen Augenblick hat er sich erlaubt, daran zu denken, wie es wohl wäre, wenn er sich ausziehen würde, um mit Iris Davenport ins Bett zu gehen, und nachdem ihm der Gedanke gekommen ist, wird er ihn nicht wieder los. Er flattert in seinem Kopf herum, wie ein Vogel, der das Fenster nicht findet, durch das er ins Haus gekommen ist.

»Es ist schon morgen, und ich will jetzt reden. Es ist keine große Sache, ich will dich nur was fragen. Ist das in Ordnung? Eine winzig kleine Frage? Oder vielleicht nicht winzig klein, eher mittelgroß.«

»Du bist betrunken, Kate.«

Es macht ihr nichts aus, dass er das sagt. »Glaubst du an die Liebe?«

»Ich weiß nicht. Nein. Doch. Ich weiß nicht mal, was du meinst.«

»O. J. hat an die Liebe geglaubt. Wenn er wegen dem Mord an seiner Frau lügt, im Herzen weiß er, dass er es getan hat, und wahrscheinlich meint er sogar, er hätte es aus Liebe getan.«

»Ich glaube nicht daran, jemanden umzubringen, falls du das meinst.«

»Weißt du«, sagt Kate und schenkt sich noch mehr Wein ein, diesmal etwas weniger umsichtig, »die Menschen glauben, dass die *Liebe* das Beste in jedem von uns ist, unsere Fähigkeit zur *Liebe*, unser Bedürfnis nach *Liebe*. Sie glauben, die Liebe ist wie Gott, und sie beten ihre eigenen Liebesgefühle an, was aber nur Narzissmus ist, verkleidet als Spiritualität. Verstehst du? Wenn wir sagen, dass Gott Liebe ist, dann sagen wir, Liebe ist Gott, und das gibt uns das Recht auf all die chaotischen, bedürftigen, begehrlichen, verrückten Gefühle in unserem Innern. Wir können das *Liebe* nennen, und von da ist es nur ein kleiner Hopser oder Hüpfer oder Sprung, es Gott zu nennen. Aber jetzt kommt's: Was, wenn Gott nicht Liebe ist? Und Liebe nicht Gott? Was wäre, wenn all diese Gefühle, die wir Liebe nennen, sich als das herausstellen, was das Schlimmste in uns ist, was, wenn sie nur Fehlzündungen aus dem schmutzigsten, primitivsten Teil unseres Großhirns sind, was, wenn die Liebe so ungezähmt und egoistisch ist wie Jähzorn oder Habgier oder Begehren?«

»Ich weiß nicht, Kate. Intuitiv, meine ich.«

»Intuitiv? Was heißt das denn? Wir tun etwas intuitiv, weil wir es gern tun wollen. Wir tun intuitiv nie etwas, das gegen unsere Interessen und Wünsche steht. Vielleicht ist Intuition nur eine der vielen Möglichkeiten, die wir haben, um unsere Wünsche zu überhöhen, aus etwas ganz Profanem etwas Mystisches zu machen. Hast du daran jemals gedacht?«

»Nein.«

»Liebe ist zu einem aberwitzigen Ersatz für Religion verkommen, das ist meiner Meinung nach passiert. Und in diesem Land wird es uns dauernd eingehämmert, jeder Rundfunksender, jeder Fernsehsender, all die Zeitschriften, all die Anzeigen, es ist, als würde man in einer Theokratie leben, es ist, als würde man in Jordanien leben, und die Leute würden Sprüche aus dem Koran von jeder Moschee herabrufen. Liebe, Liebe, Liebe, Liebe, aber was sie wirklich sagen wollen, ist: Nimm, was du kriegen kannst, und zur Hölle mit allem anderen. Wir haben sogar die Bibel verändert, damit sie zu dieser neuen Religion passt. Als ich klein war, wurde der Brief des Paulus an die Korinther gelesen, als ginge es dabei um Barmherzigkeit– es hieß einmal Glaube, Hoffnung und Barmherzigkeit. Erinnerst du dich an Barmherzigkeit? Die Demut, die das bedeutet? Aber jetzt haben sie die Übersetzung geändert, und es geht gar nicht mehr um Barmherzigkeit, es geht um Liebe. Die gute alte allumfassende Liebe, die sich über alles ausbreitet wie Sumpfgas. Liebe ist wie eine Kristallkugel, man schaut in ihr zersplittertes Herz und sieht, was man sehen will. Es ist wirklich zum Fürchten, man hat das Gefühl, als sei der ganze Kulturkreis verrückt geworden.«

Bestimmt wäre Stillschweigen das Beste. Daniel hat sich in Gedanken sein häusliches Recht zur Verweigerung der Aussage vorgelesen, aber eine Bemerkung kann er sich nicht verkneifen: »Ich bin nicht verrückt geworden, Kate, falls du das meinst.«

»Das weiß ich doch und hoffe, du wirst es auch nicht. Ich habe wirklich das Gefühl, dass ich in dir einen Gleichgesinnten gefunden habe. Und das hat nichts mit Intuition zu tun oder mit irgendeinem mystischen Quatsch von wegen, dass wir kosmische Zwillinge sind, oder dass es in den Sternen steht, denn, seien wir ehrlich, so ist das Leben nicht, das Leben ist eine Serie von Zufällen, ohne Sinn. Wir improvisieren, wir halten es zusammen. Aber mit dir, da ist noch mehr. Da habe ich ein gutes Gefühl. Und wenn ich auf Wetten stehen würde, ich würde mein Geld auf uns setzen. Ich glaube, wir werden immer zusammen sein.«

Er sagt nichts. Sicher erwartet sie nicht, dass er das kommentiert.

»Wir mögen schwere Zeiten gehabt haben«, fährt Kate fort, »und wir müssen vielleicht manchmal Abstand voneinander haben, vielleicht sogar für längere Zeit. Aber ich glaube, wir werden nie voneinander loskommen. Und das nicht, weil wir das romantischste Paar der Welt sind oder so was. Es ist eine geheimnisvolle Beziehung, ein verficktes Geheimnis ...« Sie lacht. »Oder es hat gar nichts mit Ficken zu tun, oder es ist ein Geheimnis mit hin und wieder ficken. Wer weiß? Aber ich war mir schon sicher, als ich dich zum ersten Mal getroffen habe, ich hab's dir nur nie gesagt.«

Sie schweigt, und Daniel merkt, dass er etwas sagen muss. »Tatsächlich?«

»Ja. Ich habe gedacht, von dem Typen komme ich nie mehr los.«

»Wolltest du das denn?«

»Und dann habe ich gedacht: Und er kommt von mir nicht mehr los.« Sie dreht sich von ihm weg, aber dann schiebt sie sich wieder zu ihm hin und drückt ihr Hinterteil an seine Hüfte. »Und jetzt spüre ich es noch stärker. Ich bin so dankbar dafür. Ich habe dich und Ruby und mein Talent, und das, was von meinem guten Aussehen noch übrig ist.« Sie drückt sich fester an ihn. »Ich weiß, was du denkst. Sie ist betrunken, wieder einmal. Aber ich bin es nicht. Vielleicht war ich es. Vorhin, im Restaurant, mit diesen grässlichen Leuten. Aber jetzt bin ich nüchtern, und ich meine jedes Wort, das ich sage. Ich könnte gar nicht betrunken werden, beim besten Willen nicht.«

»Hast du es denn probiert?«, fragt Daniel.

Er bedauert sofort, dass er das gesagt hat. Es klingt so aufgesetzt, so nach Leidensmiene. Aber es ist gesagt, er kann es nicht zurücknehmen. Er wartet auf ihre Antwort und legt sich schon mal zurecht, wie er sich verteidigen soll. Doch die Pläne sind unnötig. Er hat sie nicht verletzt, er hat sie nicht geärgert. Sie atmet tief und ein paar Sekunden später noch tiefer, mit einem hörbaren Anflug von Schnarchen.

Draußen krächzt triumphierend eine Eule. Aus größerer Entfernung kommt der manische Schlachtruf der Kojoten. Je kälter es draußen wird, umso mehr scheinen die Nachtwesen ihre gelungenen Beutezüge zu feiern, den Triumph, eine weitere Saison überlebt zu haben. Die Welt gehört denen, die ihren Hunger stillen können. Die anderen sind das Futter. Sogar die Sterne am Himmel strahlen die Geschichte ihres eigenen Überlebens aus.

Drittes Kapitel

Sie hatten keine Ahnung, wohin sie gingen. Sie liefen einfach weiter. Das Knirschen ihrer Schritte. Die Stimmen unsichtbarer Vögel. Daniel hielt die Hände vor den Mund und rief Maries Namen, was die Vögel zum Schweigen brachte. Das Geräusch ihrer Schritte auf dem mürben Laubbelag am Waldboden hörte sich an wie eine Säge, die unermüdlich hin und her geht.

Sie liefen bergauf, im Zickzack um gestürzte Bäume und Flächen mit Brombeersträuchern herum. Daniel ging voraus. Er schaute über die Schulter zurück. Hampton stakste umständlich vorwärts.

»Ich ruiniere mir die Schuhe«, sagte Hampton. Er lehnte sich an einen halb umgestürzten Kirschbaum und besah sich die Sohle seines Schuhs aus Korduanleder. Es glänzte, rosig und feucht, wie die Zunge eines Menschen.

Am nächsten Morgen nimmt Daniel Ruby mit in ein neues Café im Ort, wo er sie mit Schoko-Croissants und Schokoladenmilch beschäftigt. Iris hat diesen Ort einmal erwähnt – viel Chrom und Glas, mit einer Art Vierzigerjahre-Atmosphäre, überteuert, aber mit bequemen, hochbeinigen Stühlen, die dem riesigen Fenster auf den Broadway zugewandt sind –, und er sitzt da mit Ruby, tut so, als würde er die Zeitung lesen und Espresso trinken, aber in Wirklichkeit hält er Ausschau nach Iris oder ihrem Auto. Nach einer Stunde dieser nervenaufreibenden Beschäftigung, in der er unfähig ist, mehr als ein paar Schlagzeilen zu lesen – der Kaffee schmeckt wie verbrannte Tinte –, nimmt er Ruby wieder mit nach Hause, dazu einen Café Latte und ein Preiselbeermuffin für Kate, die zu seiner Überraschung schon wach und angezogen ist, als sie zurückkommen.

»Wo wart ihr denn alle?«, fragt sie.

»Frühstücken«, sagt er und reicht ihr die Tüte.

»Was haben die Leute eigentlich in Amerika vor der Muffin-Zeit gegessen?«, fragt Kate, nachdem sie in die Tüte geguckt hat. Sie bemerkt, dass Rubys Mund mit Schokolade umrandet und ihr T-Shirt damit gesprenkelt ist. Kate schaut Daniel fragend an.

»Das passiert mit kleinen Mädchen, deren Mütter lange schlafen«, sagt er und ist selbst überrascht, wie bissig das klingt.

»Ich will mit Nelson spielen«, sagt Ruby.

Es kommt Daniel komisch vor: Während sein Herz anschwillt vor lauter Liebe und Sehnsucht, wird es in seiner Fülle immer unstofflicher, bis es ihm wie eine Feder in einem heftigen Wind vorkommt, unberechenbar hierhin und dorthin geblasen, spiralförmig nach oben, im Sturzflug nach unten, wie eine Rakete seitwärts, und das beim leisesten Hinweis: dem Glück verheißenden Telefonklingeln, der melancholischen Lichtveränderung am Nachmittag, dem Brummen eines ankommenden Autos. Den ganzen Morgen hat er den verräterischen Impuls unterdrückt, Ruby den Gedanken einzupflanzen, dass sie heute mit Nelson zusammenkommen sollte. Und nun, Gott segne sie, ist sie von alleine auf die Idee gekommen. Seine Stimmung schnellt in die Höhe.

»Das wird nicht gehen«, sagt Kate. »Nelsons Vater ist zu Hause, und da brauchen die bei Nelson mal Zeit für sich.«

Ruby schaut Kate an, blinzelt, verdreht die kleinen Hände, während sie versucht, auf ein Gegenargument zu kommen. Aber die Kombination aus Kates beruflichen Notwendigkeiten und ihrem Naturell hat das Konzept »Zeit für sich« zu einer heiligen Sache gemacht. Doch Ruby kann ihre Enttäuschung nicht verbergen, und sie bringt sogar eine kurze, erfolglose Verhandlung in Gang, während Daniel wie erstarrt danebensteht, unfähig, das Gefühl abzuschütteln, dass sein Glück auf dem Spiel steht.

Schließlich setzt Kate sich durch. Ruby darf nicht nur nicht zu Nelson gehen, Nelson darf auch nicht zu ihr kommen. Und als Ruby mit allem kontert, was ihr bleibt – »dann wird es mir so langweilig« –, sagt Kate, sie könnten doch gemeinsam zur Lubochevsky-Farm fahren, wo die geschäftstüchtigen Besitzer eine Möglichkeit gefunden haben, Touristen und sogar ein paar Einheimische für das Privileg bezahlen zu lassen, die jährlichen Himbeer- und Apfelerträge zu ernten. Daniel hält überhaupt nichts von Kates Vorschlag. Er kann sich nicht vorstellen, wie sie die wackligen Stehleitern erklimmt, die schwachen Körbe mit Äpfeln füllt, das Sonnenlicht und die herbstlich aggressiven Bienen erträgt. Und was dann? Die Äpfel aufessen? In den drei Jahren, die er sie kennt, hat er sie noch nie in einen Apfel beißen sehen. Nein. Es gibt nur eine Erklärung. Sie ersinnt diesen kleinen Ausflug als eine Möglichkeit, ihn anzuleinen, und als Daniel das merkt, reagiert er wie jemand, der einem heranbrausenden Auto aus dem Weg springt.

»Ich muss in die Kanzlei«, sagt er. Er spürt die Verzweiflung eines Spielers: Wenn er sich nur an den Tisch setzen kann, dann bekommt er vielleicht ein gutes Blatt.

»Am Samstag?«

»Tut mir leid. Das passiert schon mal.« Er spürt diesen doppelbödigen Irrsinn eines Mannes mit einem geheimen Leben; er redet mit Kate, entschuldigt sich, verzieht sein Gesicht, um sein Bedauern zu demonstrieren. Er ist schon weg.

»Ich muss auch arbeiten«, sagt sie. »Ich sitze an zwei O.-J.-Artikeln, und beide sind fällig.«

»Was hast du nur mit diesem Fall? Ich habe immer gedacht, du seist Romanschriftstellerin.«

»Er hat seine Frau zerstückelt, und es könnte sein, dass er davonkommt. Ich weiß ja, dass wir gern die afroamerikanische Seite anfeuern, aber es geht da auch noch um so etwas wie Gerechtigkeit. Bestimmt würde mir da sogar Iris Davenport zustimmen.«

Es nervt ihn, wenn sie Iris' Namen ausspricht, und er schaut weg, aus Angst, sich zu verraten, obwohl er sich allmählich fragt, wie geheim sein geheimes Leben überhaupt ist. Es könnte sein, dass er nicht besser versteckt ist wie ein Strauß mit dem Kopf im Sand und dem dicken gefiederten Hintern in der Luft.

»Warum teilen wir den Tag nicht einfach auf. Ich brauche ja nur zwei oder drei Stunden. Ich kann es jetzt machen oder am Nachmittag. Oder meinetwegen auch am Abend.« Es ist wirklich egal. Er muss nur für ein paar Stunden raus aus diesem Haus. Aber sobald ihm dieser Gedanke in den Kopf kommt, wird er von einem zweiten, dringlicheren Einfall ersetzt. Er sollte zuerst gehen, dann könnte Kate am Nachmittag arbeiten, und dann könnte er sich am Abend noch einmal abseilen. Dann hätte er an die sechs Stunden. Um was zu tun? Diesen Teil hat er noch nicht ausgearbeitet. Um am Haus von Iris vorbeizufahren? Um das Städtchen nach ihrem Auto abzusuchen? Um an seinem Schreibtisch zu sitzen und immer wieder ihre Nummer zu wählen?

»Na gut«, sagt Kate mit beherrschter, etwas kühler Stimme. »Dann gehst du zuerst.« Er weiß, dass sie ihn durchschaut. Er spürt den Druck ihrer Intelligenz und ihres ausgeprägten gesunden Menschenverstands. Er kommt sich vor wie ein geistig minderbemittelter Schurke, dem ein Meisterdetektiv auf der Fährte ist.

Das Gefühl, gleich entlarvt zu werden, beschleunigt seine Schritte, und es dauert nur Minuten, bis er aus dem Haus ist, im Auto sitzt und sich auf den Weg macht – wohin, weiß er nicht. Vom Haus an der Willow Lane bis zu seiner Kanzlei in der Stadtmitte dauert es zehn Minuten, und dabei könnte er, ohne große Umwege, am Haus von Iris vorbeifahren, wenn er sich entschließen würde, diesen Weg zu nehmen, und das tut er schließlich.

Der Samstag ist warm geworden; es ist schon Oktober, das sind jetzt die letzten angenehmen Tage. Daniel fährt an den vertrauten Plätzen seiner Kindheit vorbei: dem Putnam-See mit seinem kleinen silbernen Lichtkräuseln auf den Wellen, umringt von hohen Blautannen, der inmitten von Maisfeldern liegenden Livingstone-Highschool, deren Asphaltparkplatz gerade frisch aufgemalte, gelbe Streifen erhält, dem berüchtigten Ranchhaus, in dem sein alter Freund Richard Taylor mit seinen ständig betrunkenen Eltern wohnte, wo man einfach ohne anzuklopfen reingehen konnte, wo nie geputzt oder aufgeräumt wurde, wo es kein Essen, keine Aufsicht gab, mit Lampen ohne Schirm, und wo Daniel mit elf Jahren seinen ersten Whiskey trank, mit zwölf den ersten Joint rauchte, und, im selben Jahr, in einen wütenden Boxkampf mit Richards taubem, älterem Cousin geriet. Das Taylor-Haus war eines von einem Dutzend Häusern in Leyden, wo Daniel die Zeit nach der Schule verbrachte, wo er an Wochenenden über Nacht blieb, wo er sich wie ein kleiner Desperado versteckte. In diesen harten, aber in der Erinnerung irgendwie angenehmen Kindheitstagen – als er sein eigener Herr war, von niemandem gebraucht wurde, niemandem verantwortlich war, als er nur sich selbst gehörte, was ihm so sehr gefiel, dass es jeden Verzicht und jeden Ärger aufwog –, da wäre er lieber an jedem Ort der Welt gewesen als im Haus seiner Eltern.

Seine Eltern wurden spät Eltern. Sie waren Vegetarier, in der unabhängigen Kirchengemeinde, Camper, große, grauhaarige Menschen mit Geschmack an einsamen Beschäftigungen wie Lesen, Wandern und zu Hause Bier brauen. Sie waren schon über vierzig, als Daniel geboren wurde, und als er ins Teenageralter kam, waren sie fast 60, mit gründlich verkalkten Gewohnheiten. Das Essen, das sie mochten, der Mozart, der sie besänftigte, ihr Zubettgehen um 10, ihr Aufstehen um 6.45 Uhr, ihre stundenlangen Badzeremonien, ihre Gymnastik nach dem System der kanadischen Luftwaffe, ihre Abneigung gegen Zugluft (keine Klimaanlage, keine Ventilatoren), ihr tägliches Verandakehren, ihr Geschirr, ihre Tassen, ihr Silberbesteck, das in Töpfen mit kochendem Wasser gereinigt wurde – das waren die Dinge, die Julia und Carl Emerson hochhielten. Das waren nach ihrer Meinung nicht nur die Ecksteine der Zivilisation, sondern der geistigen Gesundheit; ohne sie wären sie dem Wahnsinn preisgegeben.

Als Daniel in ihr Leben kam, brachten sie ihm bei, die Vasen nicht zu berühren, welche antiken Teppiche zu meiden waren, welche Lampen sicher benutzt werden konnten. Er durfte nicht rennen, nicht springen, nicht schreien. Er durfte die Stereoanlage im Wohnzimmer nicht benutzen, ebenso wenig wie die elektrische Schreibmaschine, die Rechenmaschine, den Entsafter, den Mixer, keinen der beiden Staubsauger oder die elektrischen Zahnbürsten. Vor allem aber war der hintere Teil des Hauses für ihn gesperrt; hier empfingen die Emersons ihre

Patienten. Hier war das Wartezimmer mit der verlockenden Sammlung an Zeitschriften – von *Vorsorge* bis hin zur *Saturday Review* –, der dunkle Apothekenschrank aus Nussbaum mit den braunen Vitaminflaschen, das vanillefarbene Plastikskelett, das an einem Haken hing, und die Chiropraktikertische für sie und ihn – keiner der beiden hat jemals jemanden vom anderen Geschlecht behandelt. Hierher kamen alle, vom dicken Farmer mit Rückenschmerzen bis zur nervenschwachen Hausfrau, hier wurden Rückenwirbel eingerenkt, Hüften gerade gerichtet, an Zehen gezogen, Finger geknackt, Köpfe nach links und rechts geruckt, Stöhnlaute gestöhnt, und aus irgendeinem Grund, den Daniel nie herausfand, kamen die Leute immer wieder.

Daniel fährt weiter durch die Außenbezirke des Städtchens. Heute sind Touristen im Ort – das Wochenende, die grandiose Laubfärbung, wenn die Ahornbäume zu Flammen werden und die Eichenblätter die Farbe von Honig annehmen. Es kommt ihm komisch vor, dass die Stadt eine Touristenattraktion geworden ist; er kann sich nicht vorstellen, wie die Tagesausflügler ihre Zeit verbringen. Es gibt spaßige T-Shirts zu kaufen, mit der Aufschrift »Paris London Tokyo Leyden«. Es gibt hausgemachte Marmelade. Aber die Bagels hier sind nicht so gut wie in der City, und dasselbe gilt für Brot, Kuchen, Croissants. Schuhe, Hosen, Kleider, Hüte – alles ist in New York billiger und besser. Die Restaurants sind lediglich annehmbar. Die Antiquitätenläden sind längst leer gekauft und bieten inzwischen Sachen aus den siebziger Jahren an. Trotzdem tauchen jedes Wochenende, vom tiefen Winter mal abgesehen, mindestens hundert Neuankömmlinge auf, paradieren die zwei Blocks des Einkaufszentrums rauf und runter, in der einen Hand eine Eiskremtüte, in der anderen ein T-Shirt, werfen scheue Blicke auf die Einheimischen und freuen sich, wenn einer zurücknickt oder Hallo sagt.

Nicht weit von der Highschool liegt der städtische Friedhof, wo die Grabsteine so dünn wie Platzdeckchen und im Lauf der Jahre unleserlich geworden sind. Auf diesen Friedhof hat sich Daniel immer geflüchtet, in die Gesellschaft all des kolonialen Staubs und der unermüdlichen Eichhörnchen, wenn er alle Freunde besucht hatte und es immer noch zu früh war, um heimzugehen. Mit dem Grabstein eines Stuyvesant im Rücken, las Daniel die Bücher seiner Jugend – Salinger, Heller, Baldwin –, und als er 13 war, bevor seine Eltern ihn aus ihren gut gemeinten Fesseln entließen und auf eine drittklassige Internatschule in New Hampshire schickten, schrieb er hier zum ersten und einzigen Mal in seinem Leben Gedichte.

Es waren keine großen oder auch nur halbwegs guten Gedichte, nach den meisten Maßstäben waren es nicht einmal richtige Gedichte. Es war Poesie, wie er sie verstand, die Poesie, zu der er fähig war, und sie drehte sich um Sehnsucht und Verzweiflung, Verführung und Herzschmerz, Vertrauen und Untreue wie ein Hamster im Rad. Sie feierte Lippen, die er nie geküsst hatte, Augen, in die er nie geschaut hatte, Zärtlichkeiten, die ihn erst noch erfreuen sollten. Die Gedichte waren für Baby und für Darlin', für Janey, obwohl er niemand mit diesem Namen kannte, sie waren für Suzie, und obwohl er zufällig eine Suzie kannte, liebte oder mochte er sie nicht einmal. In jedem dieser Gedichte war Daniel allein und trug ein Herz mit sich herum, das wie eine Bombe tickte. Oft fingen sie an mit: *Und ich laufe ...* Eines ging so: *Und ich laufe durch diese Nacht / mit einem einzigen Licht / und das ist mein Herz, Darlin', und es brennt für dich.* Ein anderes: *Und ich laufe und laufe und laufe und laufe / und auf all meinen Wegen schau ich nach dir.*

Wer dieses »dir« war? Sie existierte nicht. Es gab Mädchen in seiner Alltagswelt, die er mochte, die ihn anscheinend auch mochten, aber sie passten nicht in die taumelnde, narkotisierte

Welt seines Begehrens, die Atmosphäre war ihnen nicht förderlich, sie ließ sie zusammenschrumpfen und absterben. Und dann war eines Tages die Sehnsucht weg. Er kann sich an keinen bestimmten Anlass erinnern. Es passierte einfach, so ähnlich wie damals, als er plötzlich aufhörte an Elfen und Gespenster zu glauben, oder damals, als die Vorstellung vom Weihnachtsmann auf einmal lächerlich wurde. Wochen vergingen, in denen er nichts in sein Notizbuch mit den Liebesgedichten schrieb, und dann fiel ihm ein, dass er die Demütigung nicht überleben würde, wenn irgendwann jemand diese Verse fände, und er nahm sie mit zum Fluss hinunter, dachte an eine Zeremonie zu ihrer Beseitigung, eine Art Seebegräbnis, aber um an den Fluss zu gelangen, musste er heimlich über eines der riesigen Ufergrundstücke laufen, und als er schließlich ans Wasser kam, hörte er ein Hausmeisterauto heranrumpeln, das sicher unterwegs war, um ihn rauszuschmeißen, und so warf er das Notizbuch schließlich in wilder Panik ins Wasser und rannte davon.

Jetzt, als er ein paar Mal links abbiegt, um immer näher an das Haus von Iris zu kommen, erinnert er sich zum ersten Mal seit zwanzig Jahren wieder an dieses kitschige Geschreibsel.

Das Notizbuch ins Wasser zu schleudern bedeutete nicht, dass er von da an in einer Art schmerzlichen Exils der Romantik lebte; er war nicht wie ein abtrünniger Priester, der dann zum Trunkenbold oder Lüstling wurde. Er spürte keine Verbitterung, keinen Verlust. Er hatte einfach dazugelernt, und es war vorbei. Diese Gefühle waren wie Milchzähne; danach war sein Biss kräftiger. Und an die Stelle dieses Sehnens traten andere Interessen: gemeinnützige Arbeit, gesellschaftliche Anerkennung, Sex, Geld. Sein kurzer Kindertraum von Liebe war zu Ende, und er machte weiter. Er hatte Beziehungen. Er hatte ein *Leben*, womit die Leute anscheinend eine gewisse Anhäufung von Tagen und Erfahrungen meinten, alles von einer erwachsenen Ernsthaftigkeit in eine Art formlose Form gemeißelt. Er ging auf die private Highschool, aufs College, an die juristische Fakultät, reiste ein Jahr billig durch Europa, ging dann nach Mississippi, wo er für einen Bürgerrechtsanwalt arbeitete, zum weiteren öffentlichen Dienst nach Minneapolis, wo er mit der Tochter eines blinden norwegischen Klavierstimmers zusammenlebte, einem großen, braunhaarigen Mädchen mit cremefarbener Haut und großen Augen, die ihm wie ein altmodisches Dessert vorkam, von der Art, wie es einem serviert wird, wenn man zu satt ist, um noch einen weiteren Bissen zu essen, und dann nach New York, zu Kate und Ruby und weiter und weiter, immer weiter – aber war er nicht die ganze Zeit auf einer elliptischen Bahn unterwegs gewesen? Denn jetzt war er wieder hier, nicht genau an der Stelle, an der er vor zwanzig Jahren diese Reime geschrieben hatte, aber mit Sicherheit in Rufweite. Er war immer wieder im Kreis gegangen, und jetzt schien alles an diesem Punkt anzukommen: diese Phantomfrau, diese geisterhaften »Darlin's« und »Babys«, all diese Wesen seiner Sehnsucht, all diese Geister der Liebe und des Begehrens, von denen er geglaubt hatte, sie mit der Kraft des guten, alten gesunden Menschenverstands exorziert zu haben, ihnen mit Ironie, Erfahrung und praktischem Geschick ihren Platz auf den hinteren Bänken zugewiesen zu haben, die hatten doch überlebt, sie waren nicht vertrieben worden, sie waren nur zusammengeschrumpft, hatten Winterschlaf gehalten, und jetzt sind sie wach, wirbeln herum und herum, und sie haben sich zu einer einzigen Frau verbunden.

Juniper Street. Die Flagge als spielerisches Bekenntnis ist in Mode gekommen. Im Häuserblock von Iris zählt Daniel elf Flaggen, die über den Eingangstüren angebracht sind, und nur zwei davon sind die Sterne und Streifen. Die anderen Haushalte scheinen ihre Untertanentreue Phantasieländern zu geloben. Die Flaggen hier zeigen eine Krähe, die auf einem Pflug thront, Dorothy und den Blechmann, einen kobaltblauen Himmel, vernietet mit silbernen Sternen, einen Golden Retriever und ein Paar Ballettschuhe. Es ist nach zehn an einem schönen Vormittag, aber kein Mensch ist auf der Straße, wofür Daniel dankbar ist, denn inzwischen fährt er so langsam, dass er genauso gut mitten auf der Straße parken könnte.

Iris' Volvo steht nicht mehr in ihrer Einfahrt, und sein Gedankenkarussell wirbelt, um dieser Tatsache einen Sinn zuzuschreiben. Eines weiß er sicher: Es bedeutet, dass die beiden nicht mehr miteinander im Bett liegen – zumindest einer von ihnen ist außer Haus. Vielleicht ist Iris weggefahren, um einige Besorgungen zu erledigen. In diesem Fall könnte Daniel sie vielleicht treffen, wenn er schnell zum Broadway rüberfährt. Oder sie ist zum Campus gefahren oder über den Fluss in eines der Einkaufszentren. Vielleicht ist aber auch Hampton weggefahren, dann wäre Iris hier im Haus. Er ermahnt sich, dem Plan nicht plötzlich einen neuen Aspekt hinzuzufügen; er hat sich vorgenommen, nur an ihrem Haus vorbei- und dann weiterzufahren. Jetzt sucht er nach Gründen, aus denen er an ihre Tür klopfen könnte, und er zwingt sich, jede spontane Abweichung vom Drehbuch zu unterdrücken und am ursprünglichen Plan festzuhalten.

Er hat das Haus gesehen. Genug. Vielleicht kommt er in einer Stunde noch einmal vorbei, um nachzuschauen, ob das Auto wieder da ist. Vielleicht sind da andere Lebenszeichen, kleine Veränderungen, Hinweise, aus denen er eine plausible Geschichte ihres Tagesablaufs entnehmen kann. Er drückt aufs Gaspedal, beschleunigt auf 30, aber kaum liegt das Haus hinter ihm, packt ihn der Gedanke, dass Iris da ist und dass ihn nur fünfzehn Schritte und ein Klopfen an die Tür von ihr trennen. Und obwohl er sich keine ungeplanten Handlungen versprochen hat, fügt er seiner heutigen Erkundungstour eines hinzu: Er wählt ihre Nummer auf seinem Handy. Doch beim ersten Klingeln überwältigt ihn ein Gefühl von Schuftigkeit und Reue, und er drückt seinen Daumen mit derartiger Wucht auf die Taste zur Beendigung, dass er beinahe in ein parkendes Auto gefahren wäre – einen alten Mercedes mit einem Stoßstangenaufkleber, auf dem steht: *Viel besser geht's mit Freundlichkeit.*

Weil er Kate gesagt hatte, er würde etwas arbeiten, fährt Daniel direkt in die Kanzlei. Das sollte ihm etwas moralische Erleichterung verschaffen, doch erst fährt er ein letztes Mal den Broadway hinunter und hält Ausschau nach Iris' Auto. Er tut so, als würde er jeden übersehen, der ihm zuwinkt, und er gesteht sich ein, dass er nie hierher zurückgezogen wäre, wenn er sich etwas deutlicher an all das Gewinke und Wie-geht's-denn-so? erinnert hätte, das in Leyden abläuft. Aber nicht zurückgekommen zu sein – darüber nachzugrübeln führt in eine unendliche Leere, wie die Vorstellung, nie geboren worden zu sein. Die Gleichung ist einfach: kein Leyden = keine Iris. Sicher, es gibt Tausende von Details im Leben, und die Umstände mussten genau zusammentreffen, um ihn an den Ort zu bringen, an dem er sich jetzt befindet. Aber im Endeffekt sieht es für Daniel so aus: Hätte er den Prozess in der City nicht verloren, wäre er nicht von diesen drei Schlägern die Treppe hinuntergestoßen worden, mit ihren riesigen Pranken und ihren rot unterlaufenen Augen, hätte er nicht diese demütigende, auf der Haut scheuernde Angst vor jedem dunkelhäutigen Fremden bekommen, den er auf der Straße sah, dann würde all das jetzt nicht passieren.

Er überlegt, was Iris wohl von der Geschichte über seine Flucht aus New York halten wird. Ob er sie ihr jemals erzählen muss? Nervös stellt er sich vor, wie das für afroamerikanische Ohren klingt – der verängstigte kleine Weiße, der seine Sachen packt, seine Kanzlei verlässt, unterwegs zu den Maisfeldern und den Wiesen und dem weißen Bilderbuchstädtchen, mit seiner Südstaatenfreundin und ihrer Porzellantochter im Schlepptau. Das wird sicher für Iris eine andere Bedeutung haben, als die für ihn gewohnte, und der einzige Grund dafür ist: Sie hat dunkle Haut. Er greift den Dingen weit vor, aber er kann nichts dagegen tun. Er erinnert sich an Kates Bemerkung über Leroy am Abend zuvor: *Seine Leute kamen in Ketten herüber, und meine saßen auf der Veranda und haben Gin geschlürft. Etwas, das so schlimm beginnt, kann nie gut enden.* Wird das der Ringkampf sein? In einer Ecke die historischen Tatsachen, in der anderen die Liebe? Na fein. Schlagt die Glocke. Der Kampf kann beginnen. *Die Liebe*, denkt er, *wird die Geschichte in die Knie zwingen.*

Endlich ist Montag, und Daniel steht im Gerichtssaal vor Richter Hoffstetter. Neben ihm steht Rebecca Stefanelli, die den meisten Leuten unter ihrem Spitznamen Lulu bekannt ist. Sie ist eine fünfmal geschiedene, etwas verlebte Frau Anfang vierzig, rothaarig und mit einem verführerischen, abwartenden Lächeln, dem Lächeln einer Frau, auf deren Kosten ein paar unfreundliche Bemerkungen gemacht worden sind und die bei dem Scherz lieber mitlachen würde, als unwissend die Zielscheibe zu sein. Auf der anderen Seite von Daniel steht James Schmidt, ein muskulöser, sauber geschrubbter Witwer, der in seiner Garage eine kleine Reparaturwerkstatt für Rasenmäher und Kettensägen betreibt; Rebecca und James hatten vor zwei Jahren eine kurze, mehr oder weniger geografisch bedingte Affäre, und seither sind die Beziehungen zwischen den beiden eher stürmisch. Neben Schmidt steht ein weißhaariger, rotgesichtiger alter Rechtsanwalt mit breit gewölbter Brust namens Montgomery Paisley, der schon in Rente gegangen ist und nebenher noch gut verdient als Rechtsvertreter der Firma, bei der Schmidt sein Haus versichert hat. Obwohl der Sommer längst vorbei ist, trägt Paisley einen blau-weißen Seersucker-Anzug und hellbraune Schuhe.

Rebecca klagt gegen Schmidt, weil er es versäumt hat, seinen Gehweganteil vom Eis zu befreien. Im vergangenen März rutschte sie vor Schmidts Haus aus und fiel hin, wobei sie sich eine Gehirnerschütterung zuzog, und sie behauptet, seitdem an unerträglichen Kopfschmerzen zu leiden.

Richter Hoffstetter macht kein Hehl daraus, dass er Lulu Stefanelli nicht mag. »Miss Stefanelli«, sagt er, »ich wäre Ihnen dankbar, wenn Sie in meinem Gerichtssaal keine Sonnenbrille tragen würden.«

»Euer Ehren«, wirft Daniel schnell ein, »meine Mandantin trägt die dunkle Brille auf Anraten ihres Arztes, um ihre Kopfschmerzen zu mildern.«

»Hier im Saal scheint keine Sonne, Mr. Emerson. Bitte weisen Sie Ihre Mandantin an, die Sonnenbrille abzusetzen.«

Daniel findet es unerhört, dass Hoffstetter Lulu wegen ihrer Sonnenbrille zurechtweist. Hoffstetter war früher Streifenpolizist in Windsor County; genau genommen war er es, der Daniel sein erstes und einziges Strafmandat wegen überhöhter Geschwindigkeit verpasst hatte, vor zwanzig Jahren, als Daniel siebzehn war. Damals war Hoffstetter ein harter, durchtrainierter Typ, mit einer anklagenden, militärischen Haltung, und er trug grundsätzlich verspiegelte Sonnenbrillen. Jetzt aber ist der Richter dick geworden; seine Augenbrauen sehen aus wie verwickelter Silberdraht über seiner professoralen Halbbrille, seine lange, poröse Nase weist verräterisch auf seine Zügellosigkeit hin.

Hoffstetter schweigt. Er lehnt sich in seinem knarzenden Stuhl zurück und tippt die Fingerspitzen aneinander. Er sieht Daniel an, als würde er ihm gleich eine Rüge wegen Missachtung des Gerichts erteilen. Aber dann beugt er sich nach vorn und klatscht in die Hände.

»Okay, ihr beiden, Richterzimmer!«

»Was wird denn das?«, flüstert Rebecca Daniel zu. Ihr warmer Atem riecht leicht nach Wermut, und Daniel kann nur hoffen, dass Hoffstetter nichts gerochen hat.

»Keine Sorge«, sagt Daniel. Und als sie ihn fragend ansieht, fügt er hinzu: »Wir sind im Recht, die nicht, und das hat schließlich noch etwas zu bedeuten.«

Montgomery Paisley lässt die Lasche an seiner mächtigen alten Aktentasche zuschnappen; er sieht aus, als trüge er die Akten von allen Fällen mit sich herum, mit denen er je befasst war. Er hebt die Tasche hoch und winkt Daniel mit einer galanten Geste, er möge vorangehen.

Die Zimmer von Richter Hoffstetter sind eigentlich nur ein einziger Raum, der in ein Richter-Hoffstetter-Gedächtnismuseum verwandelt wurde: an allen Wänden Bilder von ihm, auf denen die Höhepunkte seines Lebens festgehalten sind – vom Baseball in der Highschool, über seine Einstellung bei der Polizei, seine Heirat mit Sally Manzardo und ihren fünfzehnten Hochzeitstag auf Barbados, bis zu seinem späten Abschluss des Jurastudiums an der Fordham Law School und seiner Ernennung zum Bezirksrichter.

Hoffstetter setzt sich gewichtig hinter seinen Schreibtisch, zieht die oberste Schublade auf und holt eine Zigarette sowie einen kleinen, batteriebetriebenen Ventilator hervor, um den Rauch zu vertreiben.

»Sie haben keine Beweismittel, Mr. Emerson«, sagt er.

»Darf ich mich setzen?«, fragt Paisley.

»Du kannst machen, was du willst, Monty, du gehst hier sowieso als Sieger raus.«

»Diese Bemerkung ist höchst unpassend, Euer Ehren«, sagt Daniel.

»Herr Rechtsanwalt, Mr. Paisley hat drei schriftliche Aussagen vom Personal in der Notaufnahme des Leyden Hospitals, die alle besagen, Ihre Klientin sei, als sie mit der Kopfverletzung nach dem Sturz vor Schmidts Haus ankam, betrunken gewesen wie ein Stinktier.«

Das hört Daniel nicht zum ersten Mal. Seine ganze Strategie in diesem Fall läuft darauf hinaus, die Anschuldigungen wegen Stefanellis Trunkenheit zu widerlegen.

»Euer Ehren, der springende Punkt in diesem Fall ist weder der Wert, der bei meiner Mandantin mit einem Alkoholmessgerät ermittelt wurde, noch der Alkoholgehalt in ihrem Blut – denn meine Mandantin wurde keinerlei Tests unterzogen, und sämtliche Anschuldigungen, sie wäre unter Alkoholeinfluss gestanden, stützen sich auf nicht die geringsten Beweise. Der springende Punkt ist doch, dass Mr. Schmidt es versäumt – genauer gesagt, sich geweigert – hat, den Schnee und das Eis vor seinem Haus zu beseitigen, und damit eine Gefährdung herbeigeführt hat. Auf diesem tückischen Teil des Pflasters hätte jeder hinfallen können.«

»Es fiel aber keiner hin, Daniel«, sagt Hoffstetter lächelnd. »Außer Ihrer ständig besoffenen Mandantin.«

»Euer Ehren, ich muss wirklich Einspruch …«

»Geben Sie sich keine Mühe«, seufzt Hoffstetter, schüttelt den Kopf und fährt fort. »Ich muss Ihnen sagen, Mr. Emerson, ich hätte nie erwartet, dass Sie jemals in einem Fall mit solch geringen Meriten vor meinem Gericht erscheinen würden. Warum haben Sie sich die Mühe gemacht, eine so renommierte Ausbildung hinter sich zu bringen, wenn Sie nun das

Recht nach dem kleinsten gemeinsamen Nenner praktizieren?«

Geht es ihm darum?, überlegt Daniel. *Dass ich auf der Columbia University war und Hoffstetter an der proletarischen Fordham studiert hat?*

Und doch ist da etwas merkwürdig Ernsthaftes an der Frage des Richters, und es sickert allmählich durch Daniels übliche Abwehrhaltung. Manche der Fälle, die er übernimmt, machen ihm schon ein bisschen Kummer, obwohl es sich bei Lulu Stefanellis Klage nach seiner Meinung um einen anständigen Fall handelt, anders als bei diversen Scheidungen, an denen er gearbeitet hat, oder bei Vermögensangelegenheiten für einige der örtlichen Paschas.

Doch wenn Daniel auf seine Anfänge zurückblickt, kommt es ihm wie so vielen Anwälten vor, als hätte er sich mehr als nur ein Stückchen von seinen ursprünglichen Zielen entfernt. Während des Studiums hatte er die Vorstellung gehabt, eine Art öffentliche Rechtspflege zu betreiben, aber wie das konkret aussehen sollte, änderte sich ständig. Kinderrechte, Bürgerrechte, Umweltrecht, etwas, das die Welt ein bisschen besser macht. Und um diese Art von Recht zu praktizieren, musste er in einer Großstadt sein, in New York oder in Washington. Sein erster Job nach dem Examen war bei der dem Untergang geweihten Rechtshilfegesellschaft für Einwanderer, deren Finanzierung nach sechs Monaten eingestellt wurde. Dann ging er in eine private Anwaltskanzlei, die für eine große Anzahl von Konzernen arbeitete, aber im Ruf stand, interessante Fälle umsonst zu übernehmen – einer der Partner hatte einen Sohn in Malaysia unter falschen Anschuldigungen wegen Drogen im Gefängnis sitzen, was das Gewissen der ganzen Firma entflammte.

»Meine Mandantin verdient hier etwas Rücksichtnahme, Euer

Ehren«, sagt Daniel leise und deutet damit an, dass er zu einem Vergleich bereit ist. Lulu wäre schon froh, wenn Schmidts Versicherung die Rechnungen für die Notaufnahme übernehmen und sie vielleicht mit zehn oder fünfzehn Tausendern Schmerzensgeld entschädigen würde.

»Und all das für ein paar mickrige Scheine?« Hoffstetter schüttelt den Kopf. »Wie die Mächtigen doch gefallen sind.«

Paisley spricht aus der Tiefe seines Sessels. »Wir sind willens, ihre medizinischen Erstkosten zu ersetzen, Richter.«

»Wir sollten sie nicht ermutigen, Monty. Die wird sich vor Autos werfen und in leere Swimmingpools springen, wenn wir ihr ihre kleine Inszenierung hier durchgehen lassen.«

»Euer Ehren …«

»Mr. Emerson, ich hätte wirklich Besseres von Ihnen erwartet.«

Aber Daniel bleibt hartnäckig. Er weiß, dass sich Paisley und Hoffstetter verbündet haben, aber in ein paar Minuten kann er in den Gerichtssaal zurückgehen und Rebecca Stefanelli erzählen, dass die andere Seite bereit ist, die medizinischen Kosten zu tragen, plus zehntausend Dollar – und sie ist tatsächlich so begeistert, dass sie ihn ausgelassen umarmt und erst aufs Ohr und dann aufs Auge küsst. Und wenige Minuten später sitzt er in seinem Auto, fährt durch einen kalten, prasselnden Regen nach Leyden zurück, zu seinem nächsten Termin. Die Berge auf der Westseite des Flusses sind von Nebel verhüllt. Ein steifer Wind kommt aus Nordwesten; die Bäume schwanken kaum, sie biegen sich zur Seite und bleiben so.

Daniel ist auf dem Weg ins Büro, wo er einige Papiere abholen muss, bevor er zu seinem nächsten Termin fährt. Ein paar Kilometer vor Leyden hält er an einer Tankstelle an. Es ist eine Exxon-Tankstelle, die früher vom Vater eines Schulfreundes geführt wurde. Jetzt gehört sie zwei ägyptischen Brüdern.

Er tankt und geht dann nach drinnen, um eine Tasse Kaffee und einen Bagel in Klarsichtfolie zu kaufen. Der Wind peitscht an die Fenster der Tankstelle. In einem Regal stehen stark parfümierte, aus Holz geschnitzte rote Rosen, deren künstliches, entfernt an Rosen erinnerndes Aroma sich mit den Gerüchen der Kaffeemaschine vermischt, dem Wachs auf dem Linoleumboden und dem unterschwelligen Benzinduft. Beide Brüder stehen hinter der Theke, bullige Männer über dreißig, mit rauer Haut, schwarzem, gewelltem Haar und kurzärmeligen Hemden.

Schon als sie noch vom Vater seines Freundes geleitet wurde, war die Tankstelle einer der wenigen Plätze in der Gegend, wo Jungs und Männer Pornozeitschriften finden konnten. Früher hatten die Magazine Titel wie *Chic* und *Cheri*. Jetzt gibt es nicht nur eine größere Anzahl von Zeitschriften, auch ihre Namen sind eindeutiger, oft sogar richtig ordinär. *Juggs* und *Beaver* stehen neben *Ass Time* und *Pink and Tight*. Und obwohl nur sehr wenige Schwarze in Leyden wohnen, hat dieser Laden eine große Auswahl an afroamerikanischen Pornomagazinen.

Daniel hat sich schon seit einiger Zeit die Titel der schwarzen Pornos angeschaut, aber bisher nicht den Mut aufgebracht, sie auch nur durchzublättern. Aber heute schlendert er mit seinem Kaffee und dem Bagel in der Hand zum Zeitschriftenregal hinüber. Er ist sich bewusst, dass ihn die Ägypter beobachten, aber damit kann er leben.

Big Black Butt, Brown Sugar, Black Booty… Die plakativen Titel bringen eine eher zögernde Saite in Daniel zum Schwingen. Er greift nach einem freundlicheren Titel – *Sugar Mama* – und schlägt das Magazin auf.

Er hat noch nie mit einer schwarzen Frau geschlafen, noch nie eine schwarze Frau ohne Kleider gesehen. In der Highschool hatte er sich in den Bergen von New Hampshire einmal in ein schwarzes Mädchen namens Carol Johns verguckt. Sie küssten sich, sie drückte ihre Hand auf den Reißverschluss seiner Jeans. Aber als er versuchte, ihre Brüste zu berühren, rückte sie weg und sagte »Mmm, mmm«, und am nächsten Tag kam ihr Bruder an, ein ehrgeiziger Junge mit Blazer und Brille, und haute Daniel sein Algebrabuch mit aller Kraft auf den Schädel.

Die Frauen in dem Magazin haben »Künstlernamen« wie Afreaka, Supremacy, Kenya und Downtown Sugar Brown. Afreaka ist festgehalten, während sie sich auseinanderzieht wie eine offene Brieftasche. Downtown Sugar Brown hat eine rasierte, feuchte Achselhaut, die wie brüchiges Leder aussieht, lange Aqua-Fingernägel und einen rasierten Schoß mit fett glänzenden Schamlippen. Sie hat die Hände von jemandem, der damit arbeitet, mit dunkler, an den Knöcheln hervortretender Haut, ein verblasstes Schmetterlingstattoo auf der Schulter, lange, schwingende Brüste mit glanzlosen Warzenhöfen. Die Schwangerschaftsstreifen um ihre Hüften sehen aus wie die Spuren einer Gabel in brauner Butter. Daniel fühlt sich irgendwie nicht wohl, reduziert, hilflos, aber in Verbindung mit einer Art Reptilien-Ich in seinem Innern, das auf ihn gewartet hat. Er blättert um, und zu Downtown Sugar Brown kommt noch eine Frau dazu – Cydney. Die beiden kauern auf allen vieren auf einem Bett, ihre langen Zungen berühren sich.

Plötzlich packt ihn eine Hand an der Schulter; er spürt, wie ihn Schnurrbarthaare am Ohr kratzen, und in seinem Kopf tönt das heisere, aggressive Flüstern seines Angreifers: »Was ham wir denn da, du geiler Hundesohn? Stehste jetzt auf die Dunklen?«

Es ist Derek Pabst, einer der vier Polizisten vom Leyden Police Department. Derek und Daniel sind seit der ersten

Klasse befreundet. Derek war ein kräftiger Junge mit einem großen Kopf und dem herausfordernden Grinsen eines Jungen mit vielen Geschwistern und überarbeiteten Eltern. Er machte nie seine Hausaufgaben und bestand selten eine Prüfung, aber die Lehrer versetzten ihn jedes Jahr wieder, in stillschweigendem Einverständnis, dass sein Leben so schwer war und die Schule schließlich so unwichtig für ihn, dass sie alle dankbar sein konnten, wenn er überhaupt kam. Er hatte eine wilde Ader, die Daniel faszinierte. Während ihrer ganzen Kinderzeit, ob Schule oder Ferien, waren sie einander ständige Kameraden. Sie kletterten auf Bäume, durchwateten Flüsse, schossen mit Pistolen, küssten Mädchen. Für Derek waren sie bis zum heutigen Tag die besten Freunde, obwohl vor allem er dafür gesorgt hatte, dass sie sich nicht aus den Augen verloren hatten. Als Daniel ins Internat geschickt wurde, schrieb Derek ihm Briefe und fuhr die hundertfünfzig Kilometer per Anhalter, um auf dem Fußboden von Daniels Zimmer im Schülerheim zu übernachten. Als Daniel schließlich nach Leyden zurückzog, war Derek zur Stelle, als der Umzugslaster ankam, mit einer Kühltasche voll Bier, einer anderen mit belegten Brötchen und mit drei seiner Kinder, um beim Ausladen des Wagens zu helfen.

Daniel fühlt sich bloßgestellt und lächerlich. Er legt das Magazin ins Regal zurück und geht zur Verkaufstheke, um für das Benzin, den Kaffee und den Bagel zu bezahlen. »Sonst noch was wollen?«, fragt der Ägypter, als wolle er ihn dazu bringen, für eines der Magazine zu bezahlen.

»Danke, das ist alles«, sagt Daniel und zwingt seine Stimme, fröhlich zu klingen. »Wie geht's Ihnen, Eddie?«, fragt Derek, und er klatscht einen Fünf-Dollar-Schein auf die Theke. »Geben Sie mir doch eine Packung Camel Lights.« Er nimmt die Zigarettenpackung entgegen, die paar Münzen Wechselgeld.

Eddie verhält sich Derek gegenüber ängstlich, zeigt den fast rituellen Respekt eines Mannes, der eine Warnung erhalten hat.

Derek reißt die Packung gierig auf und steckt sich eine an. »Seit Stephanie die neuen Möbel bekommen hat, lässt sie mich im Haus nicht mehr rauchen«, sagt er und lässt den Rauch aus seinen großen, dunklen Nasenlöchern strömen.

Daniel und Derek stellen sich unter das Vordach der Tankstelle und schauen dem peitschenden Regen zu.

»Wie geht's Stephanie?«, fragt Daniel.

»Gut geht's ihr. Sie sagt, sie will Kate anrufen und ein Abendessen oder so was verabreden.«

Daniel zuckt zusammen. Natürlich wird Kate Stephanies Einladung ausschlagen, er hofft nur, dass sie es taktvoll tut. Wenn sie Stephanie verletzt, dann verletzt das auch Derek.

»Die Kinder könnten auch mal zusammen spielen«, fügt Derek hinzu. Er nimmt einen weiteren langen Zug aus der Zigarette. »Wie geht's Kate?«

»Schlägt sich so durch.«

»Mit der hast du wirklich einen Treffer gelandet«, sagt Derek. »Sie ist eine tolle Frau. Sie sieht so gut aus, und sie ist verdammt intelligent. Weißt du, was ich an ihr mag? Ihr Lachen. Sie hat ein tolles Lachen. Ich achte auf so was, weißt du. Das ist ein gutes Zeichen.«

Daniel hebt seine Einwegtasse, zuckt die Schultern. »Ich bin schon wieder zu spät dran.« Es klingt zu abrupt in Daniels Ohren, also fügt er noch als Entschuldigung hinzu: »Ich geh jetzt rüber zum Eight Chimneys, endlich mal meine Nase in einen Geldhaufen von den Adligen am Fluss da reintauchen.« Er grinst, reibt seine Daumen an den ersten zwei Fingern.

Aber Derek, der genau weiß, dass Geld Daniel nicht sehr viel bedeutet, tut so als hätte Daniel gar nichts gesagt. »Heute

Morgen hab ich einen Ausreißer eingefangen«, sagt Derek. »Ausgebrochen und gefährlich. Ich hab ihn am Bahnhof erwischt.«

»Zu wem gehört er denn?«

»Einer der Jungs vom Stern von Bethlehem. Ich schwör dir, die Leute, die dieses Heim leiten, haben nicht die geringste Scheißahnung, was sie da machen. Die versuchen, diese Jungs zu *respektieren* oder sie zu *rehabilitieren*, und dabei ist es ein gottverdammter Dschungel, mit einigen der schlimmsten jugendlichen Straftäter im ganzen Staat, und dort ist nichts, was sie aufhält, außer ein paar Betreuern und einem elektrischen Zaun.« Er schaut Daniel an und versucht den Grad seiner Zustimmung oder Ablehnung zu ermessen. »Das sind diese jungen Schwarzen, die dafür gesorgt haben, dass du deinen weißen liberalen Arsch aus New York rausbewegt hast und nach Hause zurückgekommen bist. Der Junge, den ich aufgelesen habe? Es fängt schon damit an, dass seine Mutter, die wahrscheinlich zwölf war, als sie ihn gekriegt hat, ihn Bruce genannt hat, wahrscheinlich nach einem Bruce-Lee-Film. Und dann, nur damit es nach Schwarzsein ausschaut und damit er bestimmt nie Rechtschreibung lernt, buchstabiert sie es auch noch B-r-e-w-s-e.«

»Seit wann ist dir denn Rechtschreibung so wichtig?«

»Ich habe Rechtschreibung gelernt. Du hast sie mir vor den Schulaufgaben immer eingepaukt.«

»Ich kann mich nicht erinnern, dass es viel geholfen hätte. Wie auch immer, Rechtschreiben ist nur eine Gepflogenheit. Afroamerikaner haben ihre eigenen Gepflogenheiten.«

»Ach ja. Nun, dieser Junge hat *eine Menge* eigener Gepflogenheiten. Wie zum Beispiel die Angewohnheit, das erstbeste Arschloch umzulegen, das zwischen ihm und einem neuen Paar Nikes steht.«

Dereks Stimme klingt sauer, voller Abscheu, was für Daniels Begriff bei Polizisten ein Berufsrisiko ist, wie Augenzwinkern bei einem Juwelier oder makabre Witze bei einem Chirurgen, aber da ist ein rassistischer Unterton, an den sich Daniel beim Derek von früher nicht erinnern kann. Liegt es daran, dass er gesehen hat, wie Daniel die afroamerikanischen Pornomagazine angeguckt hat? Oder spürt Derek irgendwie, dass Daniel sich in eine schwarze Frau verliebt hat? Hat Daniel jemals – mitgerissen von nostalgischer Verzückung, weil sie sich als Kinder so nahe standen – mit Derek über Iris gesprochen?

Derek zieht an seiner Zigarette und inhaliert den Rauch tief in die Lunge – er hat Marihuana geraucht, bevor er mit Zigaretten anfing, und das sieht man. Als er schließlich ausatmet, kommt nur noch wenig Rauch heraus.

»Wie wär's mit heute Abend?«, fragt er Daniel. »Willst du was essen gehen oder so was?«

»Ich weiß nicht, Derek. Kate kriegt man nicht so leicht aus dem Haus, das weißt du ja.« Vermutlich spürt Derek sogar, dass Kate ihn für langweilig hält und dass Stephanie irgendwie ein Musterbeispiel für sinnlose Existenz im Vorort darstellt, mit ihrer Ponyfrisur aus dem Einkaufscenter, den türkisfarbenen Stretch-Hosen, ihrem anstrengenden Frohsinn – Kate nennt sie die letzte der Frauen von Stepford.

»Ich habe gemeint, nur du und ich, Danny«, sagt Derek. Er wird rot, und Daniel durchzuckt die hilflose Empfindung, dass es seinen alten Freund verlegen macht, wenn er ihn fragt, ob sie sich zu einer gemeinsamen Mahlzeit treffen könnten. Aber die Verlegenheit bremst Derek keineswegs, sondern spornt ihn erst recht an. Er hat nichts mehr zu verlieren. »Das fände ich wirklich toll«, sagt er. »Wir ...«

»Nein, das wäre prima«, sagt Daniel, der die Peinlichkeit keinen Moment länger ertragen kann. »Ich will nur vorher herausfinden, ob zu Hause nichts anliegt. Ich ruf dich so um sechs, halb sieben an.« Wer weiß? Sie könnten in ein Restaurant gehen und am Ende auch noch zufällig Iris begegnen. Das wäre doch was!

Derek schnippt seine Camel Light in den Regen. »Ist es nicht toll, dass du hierher zurückgekommen bist?«, sagt er grinsend und schüttelt den Kopf. Sein Streifenwagen parkt neben Daniels Auto, das Blaulicht dreht sich langsam, und jedes Auto auf dem Highway bremst bei seinem Anblick ab. Er hat das Fenster offen gelassen, und das Geräusch des Funkverkehrs ist zu hören. Die Stimme aus der Zentrale, dazu statische Geräusche wie das Rauschen von Stromschnellen. Daniel versteht kein Wort, und Derek scheint es nicht zu hören.

»Wie läuft's denn mit Mercy Crane?«, fragt er.

»Sie ist großartig. Danke, dass du das vermittelt hast.«

»Sie war Babysitter bei Chelsea.« Er verschränkt die Hände hinter dem Rücken und streckt sich ausgiebig. »Das Mädchen hat was.«

»Mercy?«

»Aber ganz strenge Eltern. Besonders Jeff. Der hat sie nicht alle, auf den muss man aufpassen. Das ist die Art Bulle, die Bullen in schlechten Ruf bringen.«

»Sie schaut gern Filme an. Ich versuche immer, etwas Interessantes für sie auszuleihen.«

»O ja, Filme mag sie. Und Musik und Lachen bis zum Abwinken. Sie ist ein erstaunliches Mädchen. Und sexy, findest du nicht? Nicht, dass ich jemals was anfangen würde, aber, mein Gott, die ist verdammt heiß, diese großen Augen und die spindeldürren Handgelenke, und immer legt sie genau so viel Parfum auf, um dir klarzumachen, dass sie genau weiß, was du denkst.« Er klopft Daniel auf den Rücken. »Na fein, Kumpel, geh wieder rein und kauf deine Sachen. Ich muss los.«

»Ich auch.«

»Ach ja? Und die Zeitschriften?«

»Nur zum Gucken.«

»Ich wollte dich nicht blamieren, Danny. Mach, was du willst. In unserem Alter kann ein bisschen Wichsen den Dampf ablassen. Aber mit einer schwarzen Frau könnte ich nie. Bringt's einfach nicht für mich.«

»Ich ruf dich dann am Abend an«, sagt Daniel.

»Okay, fein. Ich muss wirklich mit dir reden.«

»Ist alles in Ordnung, Derek?«

Derek sieht ihn an, als ob er verrückt sei. »Natürlich nicht«, sagt er und lacht dann. Daniel steht da und sieht zu, wie Derek in den Streifenwagen steigt und wegfährt. Dann steigt er in sein eigenes Auto und fährt nach Leyden, durch den Regen, in den sich gerade ein paar Striche Schnee zu mischen beginnen, lose, weiße Stränge, die sich mit dem Grau des Tages verweben.

Daniel kommt an seinem Bürogebäude an und fährt in den Hof, wo nur Mieter und Kunden parken dürfen. Als Erstes sieht er einen grünen Volvo Kombi mit dem Nummernschild WDC785.

Iris.

Was macht sie hier? Es ist unwahrscheinlich, dass sie mit Software Solutions Geschäfte macht, und der Finanzplaner ist diesen Monat in Österreich. Sie muss hier sein, um den Kinderpsychologen Warren Maltby zu treffen, einen extrem kleinen Mann mit pechschwarzem Haar. Der Gedanke, dass Iris da oben ist, mit oder ohne Nelson, trifft Daniel wie ein Schlag. Was könnte das Problem sein? Bringen sie ihn zum Seelenklempner, weil er angeblich in der Tagesstätte ein Kind geschlagen hat? Daniel hatte eigentlich den Eindruck, dass Nelson eines der Lieblingskinder der Kindergärtnerin ist – mit seinen sauberen, angenehmen Tischmanieren, der perfekten Aussprache, seiner auffallenden Schönheit. Rubys Ansehen ist tatsächlich gestiegen, seit sie Nelsons beste Freundin ist. Wie die Ballkönigin am Arm des Football-Helden der Schule.

Inzwischen ist er zu Iris' Volvo hinübergeschlendert und schaut hinein. Der Babysitz ist am ansonsten leeren und sauber gereinigten Rücksitz festgeschnallt. Der Familienhund, eine ältere australische Schäferhündin namens Scarecrow, schläft ganz hinten im Auto, ihre Augenlider zittern, während sie träumt. Daniel klopft mit dem Fingerknöchel an die Seitenscheibe, und Scarecrow öffnet ein gerötetes Auge. »Hi, Crow«, sagt er und versucht, sich bei dem Hund einzuschmeicheln. Dann schaut er in den vorderen Teil des Autos. Auf dem Beifahrersitz liegt ein Stapel Bücher mit Bibliothekssignaturen am Rücken. Obendrauf liegt ein Notizbuch mit Spiralheftung, offen und mit ihrer Handschrift auf der Seite, schwarze, fließende Buchstaben, altmodisch in ihrem Ebenmaß. Durch die Blendung und die Spiegelung liest er: *Harlem Ren. ökonom. Aufschwung Schw.Intellekt. lehn. Marx ab 19% Arbeitsl. Großfam. »Ein soziales Netz, das nicht aus staatlichen Almosen gemacht und von Möchtegern-Sozialpolitikern geschaffen wurde, sondern aus gewachsenen Familienstrukturen, ländlichem Gemeinsinn und christlicher Nächstenliebe bestand.* Und dann macht er die Tür auf und nimmt das Notizbuch in die Hand. Er überfliegt die Seiten wie ein Spion, und dann sieht er, geheimnisvoller- und schrecklicherweise, auf einer sonst leeren Seite seine Initialen, *DE*, in kleiner Schrift, mitten auf der Seite, genau in der Mitte, mit einem Kreis darum. Sein Herz schlägt schneller, als wären ihm plötzlich Flügel gewachsen und er hätte zu fliegen begonnen.

Aber jetzt ist nicht die Zeit, um sich in so etwas hineinzusteigern. Er dreht sich um und sieht sie über den Parkplatz laufen. Sie ist allein, keine 30 Meter entfernt. Es ist immer aufregend, sie zu sehen, wie wenn man eine Berühmtheit bemerkt. Sie scheint auf ihn zuzuschweben.

»Ich dachte, Ihre Lichter sind an«, sagt er, lässt das Notizbuch fallen und schlägt die Tür zu. Sie schließt sich mit einer soliden schwedischen Endgültigkeit, dass er hofft, Iris vergehen jedwede Fragen.

»Sie sind ja richtig fein angezogen«, sagt sie.

Daniel berührt seinen Krawattenknoten. »Ich war auf dem Gericht.«

»Haben Sie gewonnen?«

»Das ist so eine Sache mit dem Gericht, man gewinnt selten und man verliert selten.«

»Früher habe ich einmal gedacht, ich werde Rechtsanwältin«, erzählt Iris. »Mein Vater hat immer gesagt, ich sollte es werden, aber nur, weil ich bei jeder Gelegenheit widersprochen habe, Sie wissen schon, wie das so ist bei etwas verwöhnten Kindern. Ich habe gedacht, ich könnte ihn zu allem überreden.«

Der Gedanke an sie als Kind verblüfft und provoziert ihn dazu, sie sich in dieser fernen Welt vorzustellen. Sie spürt, dass er an etwas anderes denkt, und beugt sich zu ihm.

»War das bei ihnen ähnlich?« fragt sie.

»Ich habe nie mit meinen Eltern gestritten, dazu hatte ich viel zu große Angst vor ihnen. Ich dachte immer, die schmeißen mich sonst raus.«

»Ich stelle mir gern vor, wie andere als kleine Kinder waren. Sie müssen eines dieser kleinen Kinder gewesen sein, die einem das Herz brechen, mit einem ganz ernsten Gesicht und verschwiegen, wirklich verschwiegen. Die Art Kind, dem die Mutter nachspionieren muss, um herauszufinden, was wirklich mit ihm los ist.« Ein gequälter Ausdruck huscht über ihr

Gesicht, wie ein schnell ablaufender Film von Wolken, die über den Himmel ziehen. Daniel vermutet, dass sie an Nelson denkt.

»Das hat Spaß gemacht am Freitagabend«, sagt sie. Ihre Stimme wird höher, klingt nach gezwungener Fröhlichkeit.

»Ich habe hier meine Kanzlei«, sagt Daniel und weist auf das Gebäude.

»Ich weiß«, antwortet Iris. Sie macht ihre übergroße Handtasche auf und wühlt nach den Autoschlüsseln, findet sie. »Ich habe auf dem Weg nach draußen an Ihre Tür geklopft.«

»Tatsächlich?«

»Ich nehme an, Sie waren gerade hier unten.«

»Ja, war ich.« Etwas mehr Erklärung scheint nötig zu sein. »Ich bin auf dem Weg zu einem Mandanten … aber ich habe angefangen, dem Schnee zuzuschauen. Früh für Schnee, nicht wahr?«

Sie steigt ins Auto, lässt den Motor an. Die Scheibenwischer schneiden winkelförmige Bögen in den flockigen Schneebelag. Während Daniel zusieht, wie ihr Volvo zurückstößt, denkt er: *Sie hat an meine Tür geklopft.*

Viertes Kapitel

Sie erreichten den Gipfelpunkt des Hügels, den sie hochgestiegen waren, aber die Sicht war nicht besser als unten. Vom Himmel konnten sie nur den Ausschnitt direkt über sich sehen, er ging von Grau in Schwarz über.

»Was meinen Sie?«, fragte Daniel.

»Ich glaube wir haben uns verirrt«, sagte Hampton kopfschüttelnd.

»Als Nächstes schicken sie eine Suchmannschaft nach uns aus«, sagte Daniel. Er bemerkte etwas am Boden und guckte es sich genauer an. Ein toter Kojote, wie ein flacher, grauer Schatten. Manchmal, nachts, konnten Kate und er Kojoten in der Ferne hören, ein Rudel, das sich in ein rasendes Geheul und Gejaule hineinsteigerte, aber dieses vertrocknete Fell, ohne Augen und Zunge, war das Erste, was er tatsächlich je von einem gesehen hatte. Wodurch das Tier wohl umgekommen war?

»Was haben Sie denn da?«, fragte Hampton.

»Einen Ex-Kojoten«, sagte Daniel.

Daniel brach einen niedrigen, nackten Ast von einer abgestorbenen Schierlingstanne ab und stocherte in den Überresten des Kojoten herum. Hampton stand neugierig daneben. Ein Wölkchen Staub stieg auf. Die Welt kam den beiden auf einmal zutiefst unwirtlich vor – aber das war sie natürlich nicht: Sie waren nur an einem Ort, der für sie nicht geschaffen war. Hier gehörte Rotwild hin, gehörten Füchse, Waschbären, Vögel und Mäuse hin, chitingepanzerte Insekten, Fische, Kröten, Schnecken und Maden. Hampton trat einen Schritt zurück und hielt sich die Hand vor den Mund, als wäre es gefährlich für ihn, den Staub aus dem Wölkchen einzuatmen, das von dem Kojoten aufgestiegen war. Iris hatte sich oft über Hamptons Zimperlichkeit beklagt, seine Abscheu vor Unordnung, seine Furcht vor Bakterien. Er hatte den Heißwasserboiler so weit hochgedreht, dass kochend heißes Wasser aus der Leitung kam, heiß genug, um die meisten haushaltsüblichen Bakterien abzutöten. Neben jedem Waschbecken im Haus standen Pumpbehälter mit antibakterieller Seife; wenn Iris eine Erkältung hatte, schlief Hampton im Gästezimmer, und wenn Nelson auch nur einen Schnupfen bekam, vermied es Hampton, dem kleinen Jungen einen Gutenachtkuss zu geben. Er schüttelte ihm stattdessen buchstäblich die Hand und gleich danach presste er die helle, smaragdgrüne Seife auf die Handfläche, schäumte sie auf und wusch sie dann mit dampfend heißem Wasser ab.

Ferguson Richmond beobachtet den Regen von der Vorderseite seiner mächtigen, verfallenden Villa aus, in einen alten Rohrstuhl gelehnt, die Arbeitsstiefel auf dem Geländer der Veranda. Er hat eine lange Ahnenreihe privilegierter Männer, und er kann nichts dazu tun, diese Tatsache zu verschleiern, obwohl er sich an allen Ecken und Enden um Unterstatement bemüht. Auf seine äußere Erscheinung legt er beispielsweise überhaupt keinen Wert: Die Haare schneidet er sich selbst, er holt aus seinem Einwegrasierer zwanzig Rasuren heraus, und er trägt eine große Brille mit schwarzem Gestell aus dem Eisenwarenladen, die von Isolierband zusammengehalten wird. Heute ist er angezogen wie ein Automechaniker, mit ölfleckiger Khakihose und einem ausgeleierten grünen T-Shirt, das einmal einem Texaco-Tankwart namens Oscar gehört hat. In einer Familie mit groß gewachsenen Männern und stämmigen Frauen – Menschen mit großen Köpfen und breiten, einschüchternden Schultern – ist Richmond der Zwerg. Er ist einen Meter vierundsiebzig groß, hat dünne Beine und zarte Hände und hat ein beständiges Desinteresse an jeglichem Sport und Spiel. Er boxt nicht, klettert nicht, fährt nicht Kajak, schießt nicht; seine Leidenschaft gilt schwarzem Kaffee und alten Landmaschinen. Trotzdem strahlt er eine gewisse Zuversicht und Autorität aus. Seine hellblauen Augen haben dieses arrogante Flackern, das aus einem genetischen Gedächtnis von Luxus und Macht kommt; sie sind wie Räume, die nach einer denkwürdigen Party ausgeräumt und geschrubbt wurden.

Eight Chimneys ist ein riesiges, heruntergekommenes Anwesen, zu dem über 400 Hektar Grund auf beiden Seiten einer fünf Kilometer langen, kurvigen Teerstraße gehören. Überall herrscht Durcheinander, von auseinanderfallenden Torpfosten, die mit Ranken überwachsen und von kopflosen Löwen flankiert sind, bis hin zu ungemähten Feldern, in denen verrostete Dreschmaschinen, uralte, verlassene Traktoren und tote Rehe versteckt sind.

Manche Leute fragen sich, ob Ferguson überhaupt mitkriegt, dass die ehemals stolze Villa seiner Vorfahren ein Wrack ist, ein Haufen verwitterter Steine und bröckelnder Putz. Doch er ist sich des heruntergekommenen Zustands seines Hauses schmerzlich bewusst. Parzellen mit zwanzig- bis vierzigtausend Quadratmeter könnten auf den Markt gebracht werden, und die würden sich bestimmt Bauunternehmer und Investoren schnappen, aber die vollen Ausmaße von Eight Chimneys waren durch keinerlei Grundstücksabtretung geschmälert worden, seit König George das Anwesen den Richmonds übereignet hatte, und wie Generationen seiner Vorfahren war Ferguson überzeugt, dass all seine Würde, seine Männlichkeit, sein Ansehen und sein Platz in der Geschichte davon abhingen, den Besitz zusammenzuhalten. Unglücklicherweise geht das Haus wohl für immer verloren, wenn er nicht bald etwas tut. Aber wie soll er jemals an genug Geld kommen, um es wiederherzurichten?

Geld bedeutet ihm fast nichts, es sei denn, es bedrohte sein Recht, im Eight Chimneys zu wohnen. Obwohl seine Brüder Bronson und Carl wie auch seine Schwester Mary alle ihre Anteile an dem Besitz haben, jeder mit einem Flügel des Hauses, wo sie nach Belieben kommen und gehen und sogar Freunde zu Besuch einladen, will keiner von ihnen hier wohnen. Im Gegenteil, sie haben ihren Lebensmittelpunkt in St. Croix, Santa Barbara und Nairobi, und sie kommen nur gelegentlich an Feiertagen oder zu einer Beerdigung zurück. Da überschütten sie Ferguson dann mit Hohn und Spott, weil er den Platz so verkommen lässt.

Aber jetzt hat er eine Idee, die von einem hübschen, erstaunlich klugen blinden Mädchen namens Marie Thorne stammt, die seit einem Jahr wieder in Eight Chimneys wohnt und mit der er gerade die aufregendste und schönste Liebesaffäre seiner zweiundvierzig Jahre auf dieser Erde hat. Marie will einen Teil von Eight Chimneys in ein Museum verwandeln. Ergebnis? Steuerbefreiung und dazu noch umfangreiche Renovierungen aus öffentlichen Mitteln. Die Steuerzahler begleichen die Rechnung, und das ist eine tolle Vorstellung. Die Rechnung begleichen, die Rechnung begleichen – bisweilen muss Ferguson es sich immer wieder buchstäblich vorsagen. Es ist sein neues Mantra, so hat er das seiner in religiösen Dingen sprunghaften Frau erklärt. *Begleiche die Rechnung, om shanti shanti.* Selbstverständlich müssen noch die Einzelheiten ausgearbeitet, Anträge in der seltsamen Sprache solcher Angelegenheiten gestellt, Quellen für öffentliche Unterstützung angezapft und Abgeordnete an Bord geholt werden – und das ist der Zweck des heutigen Treffens mit Daniel, ein erster Schritt in diese Richtung.

Aber auf einmal stellt Ferguson fest, dass er auf etwas starrt, das er im Oktober noch nie gesehen hat. Er verlagert das Gewicht, die Vorderbeine seines Stuhles krachen auf die Dielenbretter der Veranda, und er springt auf. Der Regen verwandelt sich in Schnee! In dicken, schweren Schnee. Mindestens einen Monat zu früh. Sein Vater hat ihm einmal von einem Schneefall Anfang Oktober und den Zerstörungen, die er angerichtet hat, erzählt. Allein auf diesem Besitz gingen Tausende von Bäumen verloren. Im Ablauf der Natur ist es vorgesehen, dass der Schnee kommt, wenn die Blätter von den Bäumen gefallen sind. Dann fällt der Schnee auf den Boden. Aber wenn die Blätter noch an den Ästen sind, bleibt der Schnee in den Baumkronen hängen, bis die Äste das zusätzliche Gewicht nicht mehr tragen können, und das war's dann, die Bäume brechen unter der Last zusammen, sie biegen sich so weit in die eine oder andere Richtung, dass die Wurzeln aus dem Boden kommen, oder sie knicken entzwei wie alte Zigarren.

Ferguson steht wie versteinert da, während sich der Schnee über alles legt. Innerhalb von einer knappen Stunde gibt es kein Grün mehr, kein Rot, kein Braun, kein Gold: Jeder Baum ist weiß, und jeder Zentimeter offenen Landes ist ebenfalls weiß. Der Schnee ist nass, flockig; er liegt auf den Feldern wie dieser Schaum, den sie nach einem Flugzeugabsturz auf die Landebahnen sprühen. Das ist ganz, ganz schlimm, denkt Ferguson. Und doch lächelt er. Er spürt ein gewisses Vergnügen angesichts des bevorstehenden Unheils, eine morbide Empfänglichkeit für das Desaster. Gut, denkt er, gut, lass es nur alles runterkommen.

Ein paar Minuten später erscheint Fergusons Frau Susan auf der Veranda. Während sich Ferguson anzieht wie ein Handwerker, bevorzugt seine Frau Capes und mindestens zwei Pfund Schmuck. Sie ist eine großknochige, üppige Frau, voller Enthusiasmus und Launen. Mit ihren herabfließenden, dichten, schwarzen Haaren und den strengen grünen Augen gehört sie zu der Sorte Frauen, die Kindern Angst einjagen. Sie und Ferguson sind seit zwölf Jahren verheiratet. Sie sind Cousin und Cousine zweiten Grades, aber ob das genetisch riskant ist, spielt keine Rolle: Sie haben keinen Nachwuchs.

»Der Strom ist eben ausgefallen«, verkündet Susan. »Und wieder einmal sitzen wir in der Scheiße.«

Leck mich, wenn dir doch nur der Kopf platzen würde, verschwinde aus meinem Leben, denkt Ferguson. *Lass mich ungestört mit Marie schlafen, erspar mir deine kleinlichen, langweiligen Schuldzuweisungen, hau ab, hau ab …*

»Ich weiß nicht, weshalb wir keinen Generator haben«, fügt Susan hinzu.

»Ich kümmer mich drum«, sagt Ferguson. »Setz dich, Susan. Schau dir all den Schnee an. Kann sein, dass du so etwas nie wieder siehst. Wir kriegen es wirklich ab. Das ist schon mal passiert, 1934, und es war ein komplettes Desaster.«

»Ich wollte eigentlich ein Bad nehmen«, sagt Susan. »Und ich wollte beim Ordnen der Bibliothek endlich vorankommen.« Der baufällige Zustand von Eight Chimneys irritiert Susan zunehmend, und in letzter Zeit ist sie buchstäblich davon besessen, irgendeine Art von Ordnung einzubringen. Sie kann es einfach nicht mehr ertragen. Was sie einmal als charmante, witzige Lockerheit empfunden hat, eine Art stilvolles Naserümpfen für all die Blaublütigen, die früher die Räume bewohnt haben, kommt ihr jetzt vor wie eine Hölle, ein Inferno aus zerbrochenen Leuchtern, abblätternden Tapeten, rissigem

Putz, fleckigen Zimmerdecken, fadenscheinigen Teppichen, zerbrochenen Fensterscheiben, klinkenlosen Türen, gefährlichen Treppen, unerklärlichen Luftzügen, grotesken Rüstungen und Familienerbstücken alter Möbel, die theoretisch Tausende von Dollar wert sind, in Wirklichkeit aber nichts, weil niemand, der noch bei Trost ist, sie jemals haben will.

»Ich will nicht, dass du die Bibliothek aufräumst«, sagt Ferguson. »Ich muss das alles erst einmal selbst durchgehen.«

»Was genau musst du eigentlich ›durchgehen‹?«

»Da gibt's eine ganze Menge.«

»Und in der Zwischenzeit herrscht eine unerträgliche Unordnung.«

»Du solltest versuchen, etwas toleranter zu sein, Susan. Die Welt ist Urmasse, nie wird etwas so sein, wie wir es uns wünschen. Wir müssen uns anpassen, wir müssen wachsen, lernen, uns verändern. Hat dir das noch keiner von deinen spirituellen Ratgebern gesagt?«

Susan kann nicht mehr beurteilen, ob Ferguson seine Gedanken offenbart oder sie in den Wahnsinn treiben will. Er spielt gern den advocatus diaboli, und sie hält das für die denkbar übelste, anstrengendste Parodie eines echten Gesprächs.

»Auf wen wartest du eigentlich?«, fragt sie. »Du bist jetzt schon seit einer Stunde hier draußen.«

»Dan Emerson. Er wird uns beraten, wie wir Eight Chimneys in ein historisches Wahrzeichen und vielleicht sogar ein Museum verwandeln können.«

»Ach ja, Maries grandiose Idee.« Sie schaut in den Schnee hinaus. »Er wird wahrscheinlich nicht kommen.«

»Er wird bald hier sein. Ein Mann wie Dan Emerson lässt sich doch nicht von ein paar Schneeflocken aufhalten. Der ist bis zum Rand mit Energie geladen. Und ich glaube nicht, dass er was gegen Mandanten vom Fluss hat.«

»Ach, inzwischen kümmert sich doch keiner mehr einen Pfifferling um die Leute vom Fluss.«

»Aber das weiß er vermutlich nicht. Er ist in unserem kollektiven Windschatten aufgewachsen.«

Susan streckt die Hand über das Geländer hinaus ins Freie, und der Schnee schmilzt auf ihrer dunklen, hennagefärbten Handfläche. »Vielleicht sind die Straßen schon gesperrt. Wir wissen nie so genau, was draußen in der Welt passiert. Wir sind an diesem Ort weggesperrt wie Verrückte.«

»Ich arbeite dran, Susan. Und überhaupt, schau mal, wer da kommt.« Er deutet nach Westen, wo eine Reihe Zedern wie Ausrufezeichen aufragen. Ein Auto kommt auf das Haus zu, Schnee spritzt unter den Reifen hervor.

Ein paar Minuten später gehen Ferguson, Susan und Daniel in die Bibliothek, wo Marie Thorne sie erwartet. Gelassen und zerbrechlich starrt sie ohne etwas zu sehen aus dem Fenster. Sie hat glänzendes langes Haar, praktisch bis zu den schmalen Hüften: das Haar einer Frau, die nicht ganz von dieser Welt ist. Sie ist von Geburt an blind.

Daniel hat davon gehört, was zwischen Ferguson und Marie abläuft – die Leute in Windsor County tratschen über die Vertreter der Oberschicht am Ort, als wären sie Mitglieder der Königsfamilie oder Filmstars. Marie ist die Tochter von Skip Thorne, einem früheren Verwalter von Eight Chimneys, und sie ist auf dem Besitz aufgewachsen. Ferguson steht im Ruf, dass er besonders von jungen Mädchen angezogen wird, und man munkelt, er hätte Marie schon anziehend gefunden, als sie gerade acht Jahre alt war.

Als die drei eintreten, wendet sich Marie ihnen zu. Sie freut sich schon seit langem auf dieses Treffen. Ihr Plan, Eight Chimneys zu retten, ist ein Geschenk an Ferguson; sie hofft, es wird sie auf die gleiche Stufe stellen und ihnen eines Tages ein gemeinsames Leben erlauben. Sie trägt Geschäftskleidung: ein hellbeiges Tweed-Kostüm und eine Perlenkette.

»Ich bin mit Daniel Emerson gekommen«, sagt Ferguson. »Dem Rechtsanwalt.« Seine Stimme dröhnt ohne Anstrengung, es kommt ihm fast vor wie ein unfreiwilliges akustisches Wunder: Er öffnet den Mund, und es dröhnt.

»Mr. Emerson.« Marie streckt ihre Hand aus und schreitet quer durch die Bibliothek, um Daniel zu begrüßen. Sie bewegt sich sicher in Räumen, die sie ihr ganzes Leben lang gekannt hat.

»Sie wollen also diesen Ort in ein Museum verwandeln?«, fragt Daniel, sobald sie am Bibliothekstisch sitzen.

»Nicht alles!«, sagt Susan etwas beunruhigt. »Nicht das ganze Haus.«

»Wir denken lediglich an das Erdgeschoss und den Keller«, sagt Ferguson. »Vielleicht etwas vom Grund dazu, den Besitz direkt um das Haus herum.«

»Und ein Streifen bis runter zum Fluss«, fügt Marie hinzu.

»Ein Streifen?«, fragt Susan. Sie spricht das Wort aus, als wäre es vulgär.

»Ich will Ihnen etwas den Hintergrund erläutern«, sagt Ferguson. »Sie müssen verstehen, weshalb wir in Betracht ziehen …«

Susan steht auf und zündet die Kerzen in verschiedenen Kerzenhaltern im Raum an. Aus unbewusster Sparsamkeit versucht sie alle mit einem Streichholz anzuzünden. Mit einem Flackern brennt plötzlich die grün beschirmte Lampe auf dem Schreibtisch, und einen Augenblick später erwacht das Gewinsel der Wasserpumpe im Keller wieder zum Leben.

Aber das Aufatmen dauert nicht lang. Die Lampe geht wieder aus, und die Pumpe wird wieder still. Ferguson lacht sein merkwürdiges, aufgekratztes Lachen. »Die Stromfirma hier in der Gegend ist ein Saustall«, sagt er. »Und das war sie von Anfang an. Unser Onkel saß mal im Aufsichtsrat von Windsor Power. Clare Richmond. Die Leute haben gedacht, er wäre eine Frau. Genau genommen hatte ich damals einen Onkel Clare und eine Tante Michael. Erinnerst du dich an Tante Michael?«, fragt er Susan.

Susan mag keinerlei Anspielungen auf die Tatsache, dass sie und ihr Ehemann verwandt sind, wie entfernt auch immer, deshalb geht sie auf die Frage auch gar nicht ein. »Man kann nicht einen Streifen Land herausschneiden, das hat überhaupt keinen Sinn.«

Die Fenster verschneien immer dichter, und plötzlich ertönt das Krachen eines splitternden Baumes wie das tödliche Bellen eines Gewehrs. Ferguson kommt auf das Thema Museum zurück. Er zieht eine gewisse Schau ab, als er Daniel vom finanziellen Druck berichtet, der auf Eight Chimneys liegt. Gute professionelle Manieren schreiben vor, dass Daniel das als schockierende, bedrückende Neuigkeit aufnimmt, doch jedermann in der Gegend weiß genau Bescheid über die permanente Bedrohung, mit der der Richmond-Besitz fertig werden muss, und sogar wenn Daniel den örtlichen Klatsch nicht mitbekommen hätte – ein Blick auf das Anwesen hätte ihm alles gesagt, was er wissen muss.

»Wenn wir diese Geldprobleme nicht sehr bald lösen können«, fährt Ferguson fort, »dann könnte dieser Besitz wohl in die Hände von Entwicklungsfirmen fallen und als Eight-Chimneys-Wohnanlage enden, oder als Altersheim oder als Irrenanstalt.«

»Manche Leute sind der Überzeugung, dass es bereits eine Irrenanstalt *ist*.« Susan kann sich diese Bemerkung nicht verkneifen.

»Etwas hat mich vorhin neugierig gemacht«, wirft Daniel ein. »Sie haben gesagt, Sie wollten das Erdgeschoss und den Keller benützen.«

»Oh, der Keller!«, wirft Marie ein. Sie hat ihre Augen auf Daniel gerichtet. Sie sind hell und irgendwie dick, wie die Innenseite einer Austernschale. »Das ist einer der wichtigsten Teile. Sie haben doch bestimmt schon von der so genannten Underground-Railroad gehört?«

»Ja, sicher.«

»Nun, wie Sie wissen, war das keine richtige Eisenbahn, sondern eine ganze Anzahl von Verstecken. Ein ganzes System. Und der Keller hier gehörte dazu. Es gibt da verborgene Räume und Geheimgänge. Hier wurden Sklaven untergebracht, die meisten aus Georgia.«

»Was haben wir für ein Glück, dass Marie hier ist, nicht wahr?«, sagt Susan und wendet sich ab. Ihre Mundwinkel sind nach unten gezogen, und ihre weit auseinanderstehenden Augen blitzen vor Wut. »Sie ist nicht nur mit ihrem ganzen Wissen über die Verwaltung von Kunst zu uns gekommen, sie kennt sich auch in der Geschichte aus.«

»Die Räume werden jetzt als Lagerräume genutzt«, sagt Marie unbeeindruckt. »Aber wir werden sie ausräumen und in den früheren Zustand versetzen. Sie können gern hinuntergehen, wenn Sie wollen. Man spürt immer noch den Geist der entflohenen Sklaven.«

Wie choreografiert wenden sich alle dem Gepolter zu, das plötzlich aus der Halle zu hören ist, und einen Augenblick später schwingt die Bibliothekstür auf, und zwei Männer treten ein. Einer der beiden ist um die vierzig, hat ein warmes, strahlendes Lächeln und trägt eine Daunenweste und ein kastanienbraunes Barett, auf dem der Schnee funkelt. Er hat verschiedenfarbige tibetische Zeremonienfahnen über dem Arm.

Der andere Mann ist groß und kantig, mit langen, schwarzen Haaren bis über die Schultern und einer Augenklappe; er trägt eine große Kiste mit Feuerwerkskörpern.

»Es tut mir leid«, sagt der kleinere der beiden Männer mit leiser, spanisch gefärbter Stimme, »wir haben angeklopft, aber es hat niemand geantwortet.«

»Oh, Ramon!«, sagt Susan und springt von ihrem Stuhl auf. »Mir war nicht klar, dass du das alles heute rüberbringst.«

»Ich fliege morgen nach Bogotá und dann weiter nach Buenos Aires.«

»Draußen auf dem Laster ist noch mehr«, sagt der größere Mann, »wir sollten uns lieber beeilen.«

Susan lässt sich von Ramon auf beide Wangen küssen, und dann schaut sie in die Kiste, die mit Feuerrädern, Leuchtkugeln, orangefarbenem Glitzerregen gefüllt ist. »Komm schon, Ferguson«, bittet sie. »Hilf uns beim Ausladen, bitte, bevor alles nass wird. Laden wir es ab und bringen es in den Ballsaal.«

»In den Ballsaal?«, fragt Ferguson. »Was soll es denn da? Was ist das überhaupt für ein Zeug?«

»Es ist für eine Reinigungszeremonie in zwei Wochen. Ein ganzer Kleinbus mit Mönchen wird dafür heraufkommen.«

Ferguson erhebt sich zögernd. »Du überraschst mich, Ramon. Ich dachte, du wärst ein guter Katholik.«

»Ich sitze jedem zu Füßen, der die Weisheit hat«, antwortet Ramon strahlend.

»Wenn wir nicht bald abladen, dann findet gar nichts statt«, sagt der große Mann.

»Bitte, Ferguson, beeilen wir uns«, sagt Susan. Einen Augenblick lang sieht es so aus, als ob sie in die Hände klatschen würde, aber stattdessen macht sie eine flehentliche Geste zu ihm hin. »Marie kann Mr. Emerson alles erzählen, was er wissen muss, und was sie vergisst, können wir hinzufügen, wenn wir zurückkommen.«

Als die Richmonds und die beiden Männer die Bibliothek verlassen – ihre Schritte verhallen bald in der dumpfen, porösen Stille des Hauses –, sitzen Daniel und Marie einige Momente lang schweigend im flackernden Lichtschein. Daniel blickt Marie verstohlen an, aus Angst, sie könnte es spüren, wenn er sie direkt anstarrt. Sie sitzt ruhig da, die zerbrechlichen Hände gefaltet. Sie hat eine ausgeprägte Stirn, die sie, in Verbindung mit der hellen Haut und dem dunklen Haar, launisch erscheinen lässt, wie jemand, der sich ständig Sorgen macht, jemand, der leidet, jemand, der imstande ist, um sich zu schlagen. Sie atmet tief ein; die Löcher ihrer langen, geraden Nase schließen sich fast, und dann atmet sie aus und rutscht tiefer in ihren Stuhl und lässt ihren Kopf gegen die Lehne mit dem brüchigen Leder fallen.

»Es ist so traurig, wenn die Liebe stirbt«, sagt sie.

»Ja, das stimmt«, gibt Daniel zu.

»Hier war einmal ein sehr glücklicher Haushalt«, fährt sie fort.

»Ferguson ist ganz aufgeregt wegen Ihrer Idee«, sagt Daniel.

»Mein Vater hat dieses Haus geliebt, und alles, was damit verbunden ist.«

»Ich habe Ihren Vater ein paar Mal getroffen«, sagt Daniel. Marie reagiert nicht darauf; vielleicht glaubt sie, wie die Hausherren, dass jedermann in Leyden sie und ihre Familie irgendwie kennt. »Er war ein paar Mal bei meinem Vater. Er kam zu uns ins Haus.«

»Wer ist denn Ihr Vater?«

»Dr. Emerson. Er ist Chiropraktiker.«

»Mein Vater hatte sein Leben lang schlimme Rückenprobleme«, sagt Marie. Das Geräusch eines umknickenden Baumes hallt nach wie Kanonendonner und lässt Daniel auf seinem Stuhl hochfahren, doch Marie bleibt regungslos. »Ich kann mich erinnern, dass er über Dr. Emerson gesprochen hat. Er hat ihn gemocht, er hielt ihn für einen guten Arzt.«

»Ich freue mich, wenn mein Vater helfen konnte.«

»Lebt Ihr Vater noch?«

»Ja.«

»Hat er Sie jemals behandelt?«

»O nein, nie. Ich hatte immer irgendwie körperlich Angst vor meinem Vater. Der Gedanke, dass er mir den Rücken einrenkt oder an meinen Kopf herumreißt und mir den Hals einrenkt – in die Lage könnte ich mich nie versetzen. Wenn der mich auf seinen Tisch legt, würde ich wahrscheinlich nie mehr aufstehen.« Daniel meint das witzig, aber Marie zieht die Stirn in Falten und nickt mit dem Kopf.

Sie steht auf und tritt an die hohen Fenster. Sie legt ihre Handfläche auf das sich verdunkelnde Glas und presst dann die kalte Hand auf ihre Wangen. Daniel sieht, dass sie rot im Gesicht ist; Schweißtropfen haben sich am Haaransatz gebildet.

»Alle in dieser Stadt reden über Ferguson und mich, nicht wahr?«, sagt Marie und dreht sich wieder zum Fenster. Sie presst die andere Hand an die Scheibe, berührt dann ihre Stirn, ihren Hals.

»Die Leute tratschen gern, Marie. Ich gebe nicht viel darauf, was sie sagen.«

Als sie sich wieder umdreht, sieht Daniel einen einzelnen Blutfaden, der aus ihrem rechten Nasenloch sickert und seinen Weg durch den blassen Flaum über ihren Lippen nimmt.

»Sie bluten, Marie«, sagt er. Er sucht in seinen Taschen nach einem Taschentuch, findet aber nur die Plastikfolie von dem Tankstellen-Bagel am Morgen, und die Berührung damit löst eine bestürzende Erinnerung aus: diese Zeitschriften. Er beginnt die ungezügelte Natur des Begehrens zu verstehen, wenn es auf das Reich der Phantasie beschränkt ist, wie es – ohne dass die Realität eines wirklichen Menschen im Weg steht – ungestüm dahinrast, blind und schäumend.

Marie scheint ihn nicht gehört zu haben. »Mir ist es egal, was die Leute sagen. Zwischen mir und Ferguson ist etwas Erstaunliches passiert. Und nur darum geht es. Wenn das die Leute aufregt, dann müssen sie selbst damit zurechtkommen.«

»Marie …«

»Ich sage Ihnen das, weil ich will, dass Sie mit Susan vorsichtig umgehen. Sie hat diesen Ort einmal geliebt, aber das ist längst vorbei, und Ferguson hat sie nie geliebt. Und sie wird alles tun, um zu sabotieren, was wir tun wollen, ihr wäre es lieber, wenn Ferguson das Haus und alles andere verliert – und das würde ihn umbringen. Das ist sein Zuhause. Er kann nirgendwo sonst leben. Es ist schon sehr komisch, wenn man darüber nachdenkt. Da interessiert sie sich für all diese Weltreligionen, Muslims, Buddhisten, Göttinnenkult, Meditation, Trommeln, Derwischtänze, aber sie ist grausam und egoistisch, sie kann es nicht ertragen, dass andere Menschen ihr Glück finden könnten.« Endlich erreicht das herabfließende Blut ihre Lippe, und sie kann es schmecken. Sie hält die Luft an, ihre Finger gehen an ihre Lippen, dann an die Nase. »Blut«, sagt sie. Sie hat es über ihre Oberlippe verschmiert.

»Ich habe kein Taschentuch und kein Kleenex oder so was dabei.«

»Wenn Sie bitte in die Küche gehen könnten?« Sie hat sich wieder hingesetzt und beugt den Kopf nach hinten.

»Wo ist denn die Küche?«

»Gehen Sie zur nächsten Tür raus, dann kommen Sie in die Porträtgalerie, da gehen Sie durch die Doppeltür, dann rechts bis zum Ende des Flurs, und da ist die Küche.«

Die Porträtgalerie ist nur schwach von dem blutleeren, dünnen Licht erhellt, das durch drei nebeneinanderliegende Terrassentüren einfällt. Hier hängen Gemälde und Zeichnungen der Richmonds und der verschiedenen angeheirateten Familien an der blau verputzten Wand so eng nebeneinander, dass sich die Rahmen berühren, obwohl hier und da ein blasses Rechteck leer ist, wo ein Porträt abgehängt und bei einer Auktion verkauft wurde.

Daniel eilt durch die Doppeltür und in den langen Flur, der von ein paar nackten Glühbirnen beleuchtet wird. Der Strom kommt und geht immer noch, und so flackern sie ein und aus, als ob ein Kind mit dem Schalter spielt. Ein kleiner Südamerikaner Mitte zwanzig, der einen Umhang und einen breitkrempigen Hut trägt und eine Krähe auf der Schulter sitzen hat, lehnt an der Wand und zieht einen Nagel aus der Sohle seiner Turnschuhe. Er gibt kein Anzeichen, dass er Daniel bemerkt, der vorbeirennt zur Küche, wo es düster und katastrophal unaufgeräumt ist und Ferguson und Susan in einen heftigen Streit verwickelt sind.

»Ich habe nichts davon gehört, Susan«, sagt Ferguson.

»Du hast mich mit Absicht ignoriert«, antwortet sie. »Du blendest mich einfach aus.«

»Du bist verrückt, Susan.«

Daniel hat die Küche betreten und kann nicht mehr zurück. Er steht neben dem alten Herd, auf dessen acht Gasbrennern jeweils ein gusseiserner Kessel oder eine Pfanne steht. Die Kräuter, die an dem darüberliegenden Balken hängen, sind längst grau und pulvertrocken. Die Doppelspüle ist mit zwei Türmen schmutzigen Geschirrs gefüllt; eine gefleckte Katze mit einem Wildlederhalsband schlägt mit der Pfote nach den Tropfen, die anschwellen und dann aus dem silbernen Wasserhahn fallen. Ferguson und Susan haben sich ihm zugewandt.

»Entschuldigen Sie bitte«, sagt Daniel. »Ich brauche ein Papierhandtuch oder so was.«

»Wofür?«, will Susan wissen.

»Marie hat Nasenbluten.«

Susans Lachen ist überraschend kehlig und warm. »Haben Sie sie geschlagen?«

»Wir haben hier keine Papierhandtücher«, sagt Ferguson. Er zieht ein nicht sehr frisch aussehendes Taschentuch aus der hinteren Hosentasche, und als er es Daniel reicht, gehen die Lichter aus und dann wieder an – es ist, als ob jemand an dem Raum rüttelt – und dann endgültig aus.

Die drei befinden sich nicht in totaler Dunkelheit, sondern in einem undurchsichtigen Grau, als wären sie in einen Pulloverstoff eingewoben.

»Beeil dich, Ferguson«, sagt Susan. »Lauf, sie braucht dich.«

»Ich brauche sie, Susan. Das ist der Schlamassel, in dem wir stecken, und wenn du das nicht siehst, dann begreifst du überhaupt nichts.«

Daniel kommt sich vor wie ein Diener, vor dem sich die Dame und der Herr des Hauses ungeniert ausziehen. Er nimmt Richmonds Taschentuch und geht aus der Küche, aber bevor er draußen ist, schwingt die Tür auf und die beiden Männer, die die tibetischen Fahnen und Feuerwerkskörper geliefert hatten, treten ein.

»Alles ist verstaut«, sagt der Ältere der beiden. Er trocknet sich mit seinem Barett die Stirn ab.

»Bevor der Schnee noch schlimmer wird«, sagt der Jüngere. »So was habe ich ja noch nicht gesehen.«

»Danke, Ramon«, sagt Susan freundlich. »Du bist ein Engel.«

»Ich arbeite dran«, sagt Ramon lächelnd. »Darf ich dich etwas fragen? Wer ist der junge Mann mit der Krähe auf der Schulter?«

»Unser Freund aus Slowenien«, sagt Ferguson. »Er lebt in Albany. Er kam im Juli aus Troy herunter, um am Dach des Schweinestalls zu arbeiten, und aus irgendeinem Grund ist er noch nicht abgereist. Er hat die Krähe am Fluss gefunden und sie zu einer Art Haustier gemacht.«

»Ich werde mich um die Sache kümmern«, sagt Daniel und verlässt endgültig die Küche. Er hat plötzlich Angst, die Straßen könnten unbefahrbar werden und er säße längere Zeit im Eight Chimneys in der Falle. Als er den Flur hinunterläuft, bemerkt er eine offen stehende Außentür. Es ist nicht die Tür, durch die er hereingekommen ist, aber er kann nicht widerstehen hinauszugehen, und statt Fergusons Taschentuch bei Marie abzuliefern, stopft er es in die Tasche und geht aus dem Haus.

Er steht auf einer halbkreisförmigen Steinveranda, einem Abstellplatz für kaputte Möbel. Er weiß nicht, auf welcher Seite des Hauses er sich befindet; die Welt ist Chaos. Er schaut zum Himmel, in die Schneeflut, die herabfällt. Er breitet die Arme aus. Er will ihren Namen rufen. Ihr Name ist ihr Körper, ihr Geruch, der Schatten, den sie auf die Welt wirft. Die plötzlich hereingebrochene Urgewalt dieses Wetters verleitet ihn nicht direkt zum Glauben, die Welt befinde sich in einem Ausnahmezustand und jetzt sei alles erlaubt – aber fast, es sind schon die Vorboten. Er geht vorsichtig die Treppen hinunter, der Schnee dringt durch seine Schuhe. Dann geht er um das Haus herum, bis er sein Auto findet, das in der halben Stunde, seit er hier ist, mit einer fast fünfzehn Zentimeter dicken, nassen schweren Schneeschicht überzogen wurde.

Er muss im Kofferraum herumsuchen, um den Schneekratzer und den Besen zu finden, und als er die Windschutzscheibe endlich frei bekommt, weiß er nicht, wo die Straße sein könnte. Er sucht nach den Spuren, die die beiden Männer mit den Fahnen und Feuerwerkskörpern hinterlassen haben würden, aber die Spuren sind schon zugeschneit. Er fährt die mehr als zwei Kilometer langsam, rutscht auf dem nassen Schnee, hat keine Ahnung, ob er auf Asphalt oder auf Gras fährt.

Er ruft vom Auto aus in der Kanzlei an. Der Anrufbeantworter schaltet sich ein, aber mit einer neuen Ansage, die Sheila Alvarez hinterlassen hat. »Hier ist die Kanzlei von Daniel Emerson. Wir haben heute wegen des Schnees früher geschlossen. Und Mr. Emerson, Kate hat angerufen, um zu sagen, dass die Tagesstätte zugemacht hat und Ruby mit Iris Davenport nach Hause gefahren ist, und wenn Sie es schaffen, sollen Sie sie bitte abholen. Alle anderen – hinterlassen Sie eine Nachricht nach dem Piepton.«

Fünftes Kapitel

Ein paar Meter neben ihnen lag eine riesige Eiche auf dem Boden. Hampton stellte den Fuß darauf und schrie Maries Namen, so laut er konnte. Die Adern an seinem Hals schwollen an; Daniel bekam einen Eindruck, wie es wohl wäre, mit Hamptons Zorn konfrontiert zu werden, über den Daniel von Iris schon viel gehört hatte. Wie viele Menschen mit klaren Zielen war Hampton ungeduldig und rasch verärgert. Hampton schrie noch einmal. Falls Marie in der Nähe war, hätte sie sich wohl vor dem wütenden Ton des Schreis versteckt. Daniel verschränkte seufzend die Arme vor der Brust.

Es schneite und schneite, und es würde noch mehr schneien. Ein Laster mit der Aufschrift »Breite Ladung«, der ein gelbbraunes Fertighaus hinter sich herzog und auf dem Weg zu einem Hang war, der schon mit den gleichen Fertighäusern bebaut war, verlor einen halben Kilometer vor Leyden auf der Hauptstraße die Bodenhaftung, stellte sich auf der Gegenfahrbahn quer und stieß mit einem entgegenkommenden Mietlaster zusammen, in dem ein junges Paar aus New York für sein gerade gekauftes kleines Wochenendhaus Sofa, Stühle, Tische, Lampen, Bett, Töpfe, Pfannen, Silberbesteck, Krimis, Langlaufski, Aquarium und Bilder heranschaffte. Feuerwehr,

Polizei und Sanitäter kämpften sich zur Unfallstelle durch – viele hatten Probleme, hinzukommen –, und als die Wracks weggeräumt und die Opfer abtransportiert waren – der Lastwagenfahrer ins Leydener Krankenhaus, das Ehepaar ins Leichenhaus im Süden des Bezirks –, wurden die Helfer zur nächsten Unfallstelle auf dem Highway gerufen und dann zur übernächsten.

Neun Kilometer nördlich war auf derselben Straße ein Lastwagenfahrer, der aus den Adirondack-Bergen kam und auf dem Tieflader zwölf Tonnen Schierlingstannen transportierte, auf die Bremse getreten, um einen Zusammenstoß mit einem Chevrolet zu verhindern, der von einem alten Mann gefahren wurde und mit fünfzehn Stundenkilometern dahinkroch. Der Lastwagenfahrer schaffte es zwar, nicht auf den alten Mann aufzufahren, aber der plötzliche Stopp sorgte dafür, dass die Stämme erst nach vorn und dann nach hinten rutschten, und obwohl sie mit schweren Ketten gesichert waren, machten sich zwei der kleineren Bäume los und schossen wie von einem Katapult geschleudert über den hinteren Teil des Lasters. Einer flog über das Dach des Toyotas hinter dem Laster, prallte aufs Pflaster und sprang von der Straße direkt in den Wald. Der andere Stamm jedoch krachte genau in die Windschutzscheibe des Toyota, wie das Bein eines Riesen, der durch eine dünne Eisfläche stampft, zerquetschte den Fahrer und verwandelte das Fahrzeug in ein tödliches Geschoss, das direkt in einen weiteren Toyota, unterwegs auf der Gegenfahrbahn, einschlug.

Ein alter Silberkombi mit hochgerundetem Dach und merkwürdig kleinen Reifen kippte in einer scharfen, rutschigen Kurve auf der Frankenberg-Straße um. Der Kombi transportierte zwei Rennpferde von Kanada herunter zu einer Pferdefarm in Leyden. Die Pferde, ein Wallach und eine Stute, waren beide mit Geschirr gesichert, das an den Innenseiten des Kombis festgezurrt war. Als der Kombi sich überschlug, hingen die beiden Pferde verkehrt herum in den Riemen und wieherten panisch, Schaum vor dem Maul und die pinkfarbenen Zungen hilflos in Aufruhr. Die Frau, der die Pferde gehörten, und der Mann, der sie trainierte, stolperten blutend und mit Prellungen übersät am Straßenrand herum, froh, noch am Leben zu sein. Aber dann, als der Kombi erst zu rauchen anfing und dann zu brennen, wurde ihnen klar, dass das Wunder ihres Überlebens für alle Zeiten überschattet sein würde von der Erinnerung an das anschwellende Schreien und die noch entsetzlichere Stille, als die Pferde zu Brandopfern wurden.

Im Bridgeview-Rehabilitations-Krankenhaus springt bei einem Stromausfall normalerweise automatisch der Zusatzgenerator an, aber im letzten Winter hatten Stromausfälle das ganze Benzin verbraucht, und niemand hatte daran gedacht nachzufüllen – der Winter kam ja erst in zwei Monaten. Die Lichter wurden schwächer, dann dunkel, wie sterbende Augen. Die Uhren blieben stehen. Die Krankenschwestern, die sowieso ziemlich nervös waren, wurden noch nervöser. Die Patienten, die sowieso ziemlich verwirrt waren, wurden noch verwirrter. Die bettlägerigen Patienten stützten sich auf einen Ellbogen und blickten sich hilfesuchend nach einer Erklärung um. Die Patienten, die sich chronisch beschwerten, schüttelten die Fäuste, spuckten auf den Boden, beschimpften das Personal. Die Ängstlichen überkam Entsetzen – draußen fielen krachend die Bäume um, und die Fernsehgeräte standen mit ihren grauschwarzen Bildschirmen stumm in der Ecke wie unbeschriebene Grabsteine.

In einem viktorianischen Haus draußen an der Ploughman's Lane war ein Erziehungsheim für Jungen, die mit dem Gesetz in Konflikt geraten waren und von den Jugendgerichten von der Bronx bis Buffalo hierhergeschickt wurden. Es hieß neuerdings »Stern von Bethlehem« und wurde von der katholischen Caritas geleitet. Mit Rücksicht auf die Leute in Leyden waren nie weniger als vier Wachleute im Dienst, muskelbepackte, schweigsame Männer, die auf den Fluren und dem Grundstück in geschnürten Springerstiefeln und schwarzen Rollkragenpullovern patrouillierten und schwarze Schlagstöcke trugen. Die Türen waren immer abgesperrt, die Fenster ebenfalls; der Zaun um das 40 000 Quadratmeter große, hügelige Grundstück war elektrisch geladen. Kurz nach dem Stromausfall trieb das Personal die Jungen in ihre Zimmer. Das Personal im »Stern von Bethlehem« bestand zum größten Teil aus Männern, die in ihrer Jugend selbst harte Auseinandersetzungen mit dem Gesetz gehabt hatten. Sie schienen nach dem Prinzip zu handeln, dass, wenn sie ihr Leben ins rechte Gleis gebracht hatten, die Jungen auch lernen konnten, richtig zu leben. Sie pflegten einen rauen Umgang, und mit dem Stromausfall schoben und stießen sie die Jungen in ihre Zimmer, als wäre schon ein schwerer Verstoß gegen die Disziplin geschehen. Alles wurde total verriegelt.

Verwirrt von der zunehmenden Dunkelheit, dem heulenden Wind und dem entfernten Krachen der umstürzenden Bäume leisteten die Jungen Gehorsam. Nachdem sie einmal in ihren Zimmern waren, beobachteten sie durch vergitterte Fenster, wie der Schnee einen Baum nach dem anderen fällte. Die Notstromversorgung des »Stern von Bethlehem« war bereits in Betrieb: Der Honda-Generator erzeugte genug Strom für das Licht und den Warmwasserboiler. Aber es war unwahrscheinlich, dass der Generator auch noch Strom für den einige hundert Meter entfernten Elektrozaun lieferte. Zwei Jungen hoben ein Bett hoch und rammten den Metallrahmen durch die Fensterscheibe – die Alarmanlagen gingen nicht los, sie waren tot, nutzlos. Dann zogen sechs der acht Jungen im Zimmer

Matratzen von den Betten, umarmten sie, hielten sie fest, als seien sie warme, weiche Schlitten, und sprangen aus den Fenstern im ersten Stock in den perlweißen Schnee. Die Matratzen landeten mit einem dumpfen Aufschlag drei Meter tiefer, und die Jungen ließen sie liegen, während sie sich aufrappelten und den Hügel hinunterrutschten, auf den stromlosen Zaun zu und die vereisten Hügel dahinter.

Sechstes Kapitel

Entmutigt und erschöpft setzte sich Hampton auf den umgestürzten Baum – und sprang sofort wieder auf. Er hatte sich auf den Feuerwerkskörper in seiner hinteren Hosentasche gesetzt und ihn dabei zerbrochen. Er zog ihn mit hektischen Bewegungen heraus, als ob das Ding explodieren könnte, und warf die obere Hälfte des bonbonbunt gestreiften Papprohrs so weit von sich, wie er nur konnte. »O nein«, sagte er.

Jetzt war seine hintere Tasche voll Schwarzpulver aus dem Feuerwerkskörper, einer Mischung aus Salpeter, Schwefel, Arsen und Strontium. Wenn ich ihn in den Arsch trete, könnte er explodieren, dachte Daniel. Er stellte sich vor, wie Hampton davonflog, hoch über die Baumwipfel, mit einer Rauchfahne, die aus seinem Hintern zischte.

Daniel braucht für die siebeneinhalb Kilometer zwischen Eight Chimneys und dem Haus von Iris in der Juniper Street fast eine halbe Stunde. Manche Straßen sind bereits gesperrt, auf anderen kriecht der Verkehr mit Mühe dahin. Er hört eine Mixkassette, die er aufgenommen hat – Don Covay, Marvin Gaye, Ray Charles, Irma Thomas. Er verflucht den Sturm, die Straßen, die anderen Fahrer, und stellt sich vor, mit Iris zu schlafen. Er denkt an ihre Stimme, die leicht verwöhnt, etwas schüchtern und immer wieder anders klingt. Er beneidet nicht nur Hampton, sondern auch ihre Studienkollegen, das Bibliothekspersonal, die Angestellten im Supermarkt, die Ladenbesitzer auf dem Miniatur-Broadway von Leyden, einen Mann namens Timmy Krauss, der ihren Rasen mäht, die Bankangestellten in der Leydener Sparkasse, sogar Nelson.

Er biegt in die Einfahrt und stellt sich hinter Iris' Wagen. Ein Ast, so lang und dick wie das Hinterteil eines Hengstes, ist unter der Schneelast von einem der Ahornbäume vor dem Haus abgebrochen und steckt wie ein Speer im Boden. Daniel schaut hoch. Der Strom der herabfallenden Schneeflocken, die ungewöhnlich groß sind, sieht wie die verwischten Sterne aus, wenn ein Raumschiff auf Hypergeschwindigkeit beschleunigt. Er hört das knarrende Holzgeräusch eines Fensters, das aufgeht.

»Kommen Sie einfach rein, okay?« Es ist Iris im ersten Stock. Sie hat den Kopf zum Fenster herausgesteckt, und ihr schwarzes, kurzes Haar wird sofort weiß. »Ich bin hier oben mit den Kindern.« Ihre Stimme tönt in die lautlose Welt hinaus.

Er betritt die Diele und zieht seine Handschuhe aus, spürt, wie der schmelzende Schnee seinen Rücken hinunterrieselt. Er hört heisere Schreie überdrehter Aufregung von Ruby, die außer sich ist vor Freude, zu Hause bei Nelson zu sein. Er hört, wie Iris beruhigend auf sie einredet.

Weil das Hinbringen und Abholen gewöhnlich Daniels Aufgabe ist, war er schon zehn- oder fünfzehnmal im Haus von Iris, aber jedes Mal hatte Iris Ruby angezogen und fertig zum Gehen gemacht, wenn er ankam. Trotzdem hat er in diesen Momenten höflichen Austauschs die Gerüche ihrer Häuslichkeit eingeatmet – den Duft einer Mahlzeit, die gerade zubereitet wurde, den Geruch eines frisch gestrichenen Zimmers, von Eukalyptuszweigen, die in einer mit Tropfen verzierten Vase auf einem Beistelltisch im Wohnzimmer standen, gerade noch sichtbar von der Stelle, an der er gewöhnlich stand. Er hat alles aufgesogen, was in der Diele selbst zu sehen war: die blau und silbern gestreifte Tapete, das Bild auf dem Häkelteppich (Straßenlampe, Pferd und Kutsche), der Tisch aus Tigerahorn neben der Tür mit dem Körbchen, in dem unerwünschte Werbung, ein einzelner Fäustling und ein Kassenzettel vom Supermarkt lagen. Von dem erfuhr er, dass ihre Einkäufe Posten enthielten wie Playtex-Tampons und Dry-Idea-Deodorant, Marcal-Klopapier, Sominex-Schlaftabletten, Tom's-Naturminze-Mundwasser, Revlon-Nagelfeilen aus Pappe, Tylenol-Schmerztabletten.

Draußen: das Krachen umstürzender Bäume. Einen Augenblick lang sieht es aus, als würde auch hier der Strom ausfallen.

Iris kommt herunter, bittet ihn herein. Sie hat die Schuhe ausgezogen, ihre Socken sind neonhellblau. Sie trägt einen weit geschnittenen gelben Pullover, Jeans. Sie ist eine Frau zu Hause, sie hat die Welt hinter sich gelassen.

»Sind die Kinder brav?«, fragt Daniel.

»Ruby ist erstaunlich. Sie hat so viel Mitgefühl und Weisheit in ihren Augen. Ich schau sie gern an.«

Daniel fühlt sich unerklärlicherweise berührt davon. Es kommt ihm irgendwie zärtlicher vor als alles, was Kate je gesagt hat. Kate liebt Ruby, selbstverständlich, aber sie hat keine Geduld fürs Muttersein. Das nicht enden Wollende dabei verwirrt und irritiert sie. Kate braucht Alleinsein, ungestörte Vormittage, für – wie sie es nennt – ihre Traumzeit.

»Waren Sie jemals in Ruby Falls?«, fragt Iris.

»Nein. Wo ist das?«

»In Tennessee, in der Nähe von Chattanooga. Es ist ein unterirdischer Wasserfall, der größte in der Welt, und er ist rot. Vielleicht beleuchten sie ihn einfach rot, damit es so aussieht. Als ich zehn Jahre alt war, sind wir mit der ganzen Familie dort hingefahren. Ich kann mich hauptsächlich daran erinnern, wie heiß es draußen war und wie kühl in der Höhle, und dass alle bei der Führung weiß waren, aber supernett zu uns.«

»Wie wunderbar zivilisiert von ihnen.«

»Ich war damals an weiße Menschen nicht gewöhnt. Ich war ganz nervös.« Sie seufzt und beendet das Thema. Dann: »Ich mach etwas Tee, wollen Sie auch einen?«

Er erinnert sich, dass auf einem der Kassenzettel Tee auftauchte: Mandel-Sonnenuntergang und Emperor's Choice, beide von Celestial Seasonings.

»Klar.« Er steht immer noch in der Diele, stampft den Schnee aus dem Waffelprofil seiner Schuhsohlen. »Tee wäre prima. Haben Sie zufällig so was wie Mandeltee?«

»Hab ich tatsächlich«, sagt Iris.

Die Hündin kommt an. Daniel beugt sich vor und lässt Scarecrow seine Hand beschnüffeln. Sie hat keinen Schwanz, wackelt aber mit dem Hinterteil hin und her, um zu zeigen, dass sie ihn akzeptiert. Er streichelt ihr sacht über den Kopf, und sie lässt ein leises, zufriedenes Brummen hören.

»Dieser Hund ist Jesus«, sagt er und schaut zu Iris auf. Er wendet sich wieder Scarecrow zu. »Bist du Jesus?«

»Gib keine Antwort, Scarecrow«, sagt Iris.

Mit der Kraft einer Erleuchtung wird ihm auf einmal klar, dass er nie, nie in seinem ganzen Leben so vergnügt war, dies ist der Gipfelpunkt, die größte Freude, die er jemals verspürt hat, genau hier, als er die Hündin fragt, ob sie Jesus ist, und Iris zu ihr sagt, sie soll nicht antworten.

Sie gehen durchs Wohnzimmer mit den vorspringenden Panoramafenstern, dem dunklen Mahagonirahmen, einem weißen Marmorsims über dem Kamin; auf der Südseite führt eine neu eingepasste Tür in die Küche. Daniel bleibt beim CD-Regal stehen, um zu sehen, was für Musik sie hört, und ist ein bisschen enttäuscht: Fleetwood Mac, Tony Bennett, Boyz 2 Men, Aaron Copland.

»Ich kann es gar nicht glauben, dass Sie Tee mit Mandelaroma mögen«, sagt sie zu Daniel, als sie ihre Küche betreten. »Mir kommt es vor, als ob er nach Arsen oder so was schmeckt. Ist das wieder so was typisch Männliches? Es ist der einzige Tee, den mein Mann trinkt.«

Iris kann Chaos nicht ertragen. Hinter den Ritualen des Alltagslebens liegt die Gefahr. Die befestigte Straße verlassen – Gefahr. Schwimmen im Dunkeln – Tragödie. Diese Menschen in London, alle zusammengedrängt in der U-Bahn, während die Bomben fielen? Das hätte sie nie geschafft. Eher hätte sie sich aufgehängt. Das Leben ohne die Annahme vernünftiger Sicherheit – unerträglich.

Sie merkt, wie in ihrem Innern allmählich ein umfassender Schrecken wächst. Die letzten zwei Stunden hat sie ihre Panik unter Kontrolle gehabt, hat sich eingeredet, dass dieser Sturm und all die explodierenden Bäume Teil der Natur sind und dass sie fähig ist, spielend damit fertig zu werden. Aber sie kann nicht spielend damit umgehen, sie kann nicht einmal *spielen*, sie sitzt in der Falle und wartet, dass etwas Schreckliches passiert. Und zu wissen, dass alles nur in ihrer Vorstellung passiert, macht es nicht besser; tatsächlich wird es dadurch schlimmer – wie kann man sich vor seinem eigenen Kopf verstecken?

Es ist dunkel geworden. Es sieht aus, als würde es stärker schneien als noch vor einer Stunde. Dem Taghimmel ging gerade der Schnee aus, als der Nachthimmel mit einem neuen Vorrat an seine Stelle trat. Es gibt keine Angst, die im Dunkeln nicht schlimmer wird.

Daniel. Sie staunt, wie aufmerksam er ihr zuhört, wie er

sich vorbeugt, wenn sie redet, und mit dem Kopf nickt, ja, wie die alten Damen in der Kirche ihrer Großmutter, der »Amen-Chor«, vor dem man singen oder weinen konnte und sich nicht im Geringsten schämte. Er scheint sich an alles zu erinnern, was sie je gesagt hat, von ihrem ersten »Hallo« an. Wie die meisten Verheirateten ist sie daran gewöhnt, dass man ihr nur halb zuhört, sogar daran, nicht beachtet zu werden. Daniel hört nicht nur zu, er scheint die Dinge wirklich in sich aufzunehmen, die sie zu ihm sagt. Vor sechs Monaten hatte sie gesagt, sie hätte sich entschlossen, ihre Doktorarbeit über irgendeinen Aspekt der Strafanstalt Parchman Farm zu schreiben, und heute, als sie in der Küche sitzen, mit den Kerzen in den Kerzenhaltern und einer Schachtel Streichhölzer in Bereitschaft, erfährt sie, dass Daniel *Schlimmer als Sklaverei* gelesen hat, eines der besten Bücher über Parchman Farm. Erst hat sie Schuldgefühle und wird verlegen, weil sie das Parchman-Thema aufgegeben hat – es war nicht das Richtige. Wahrscheinlich ließ sie das Thema sogar an dem Tag fallen, an dem sie es Daniel gegenüber erwähnt hatte. Es ist ihr schwergefallen, sich auf ein Doktorarbeitsthema festzulegen; dass sie von einem zum anderen gesprungen ist, hat bei Hampton nicht selten hämische Bemerkungen ausgelöst. Er will, dass sie ihren Doktor macht und dann wieder in die City zieht. Aber Daniel macht es nichts aus, dass sie die Parchman-Sache aufgegeben hat.

»Ich hab mich auf die Musik verlegt«, sagt sie. »Ich konnte nichts mehr über all die Prügel lesen, es hat mein Leben kaputtgemacht.«

»Die Musik?«

»Die Leute haben überlebt, haben Songs gemacht, da gibt's sehr reiches Material.«

Er steht auf vom Küchentisch, plötzlich ist er ganz aufgeregt.

»Ich hab genau das Richtige für Sie! Haben Sie hier einen Kassettenrekorder?«

Sie deutet auf einen Ghettoblaster auf der Anrichte.

»Ich bin gleich zurück«, sagt er. Er geht hinaus zum Auto, um ein Tape aus dem Handschuhfach zu holen. Er trägt keine Jacke; nasse Schneeflocken rutschen ihm den Rücken hinunter, während er sich durch klamme alte Straßenkarten und ein Dutzend meist leere Kassettenbehälter wühlt, bis er findet, wonach er gesucht hat: eines der Tapes aus der berühmten musikethnologischen Sammlung von Alan Lomax. Es ist nicht die, auf die er gehofft hatte – er wollte die authentischen Aufnahmen der Gefängnis-Songs –, aber diese würde es auch tun. »Sheep, Sheep, Don'tcha Know the Road«. Er schüttelt die Kassettenbox und hört das Rattern des Tapes im Innern. *Gott sei Dank.* Als er ins Haus zurückgeht, bricht ein weiterer Ast vom Ahornbaum in ihrem Vorgarten ab und wird heruntergeschleudert und stürzt keine drei Meter von ihm entfernt in den Garten. *Noch mal danke, lieber Gott.*

Drinnen spielt er »You Got Dimples in Your Jaw«, gesungen von einem Mann namens Willie Jones. Daniel steht neben dem Kassettenrecorder und kann sich nur mit Mühe vom Mittanzen abhalten, er weiß, dass er sich damit zum Narren machen würde, aber die Musik ist so sexy und gut, es ist schwer, stillzustehen und wie ein Professor die Arme vor der Brust zu verschränken. Der Song ist ein Lobgesang auf die Freundin des Sängers, besonders ihre Grübchen. »I love the way you walk, I'm crazy about the way you walk, I got my eyes on you. You got dimples in your jaw. You my babe. Got my eyes on you.«

Als der Song zu Ende ist, drückt Daniel mit einem tiefen, zufriedenen Seufzer auf die Stopptaste. »Das hat wirklich Tiefe, finde ich. Es ist ein Liebeslied für eine Frau, deren Äußeres von Rassismus, Sklaverei und Armut entwertet wurde, und dieser

Typ sagt zu ihr: Ich sehe dich, ich bemerke alle Kleinigkeiten an dir, und das macht mich so glücklich. Die Sexualität unterminiert das ganze System der Sklaverei.«

»Glauben Sie?«

»John Lee Hooker hat einen mittleren Pop-Hit daraus gemacht, für so eine kleine Plattenfirma in Chicago, Vee-Jay Records, in den fünfziger Jahren.« Er weiß, dass es 1956 war, aber im letzten Moment entschließt er sich, ungenau zu sein, weil er nicht einer dieser Spießer sein will, die Banalitäten über Musik auswendig lernen.

»Den kenne ich. Mein Onkel Randall hat seine Platten gehabt. Hat er nicht immer einen Turban getragen oder so was? Ein Cape?«

Sie muss ihn mit Screaming Jay Hawkins verwechseln, denkt Daniel. »Kann sein«, sagt er, weil er sie nicht in Verlegenheit bringen will. »Ich bin nicht sicher.« Seine Finger streichen über die Knöpfe des Kassettenrekorders. »Wollen Sie noch eines hören? Da ist diese phantastische Version von ›The Prayer Wheel‹, vom Bring Light Quartet.«

»Um ehrlich zu sein, von der Musik bin ich auch wieder abgekommen. Es hat nicht gepasst.«

Er beschließt, sie nicht zu fragen, weshalb; das ist sie bestimmt oft genug gefragt worden. »Haben Sie sich für ein neues Thema entschieden?«, fragt er.

»Noch nicht so richtig. Wie das so ist in der Amerikanistik. Da gibt's eine große Auswahl. Die Sache ist die …« Sie hält inne, senkt den Blick. Daniel schaut sie an. Er hat das Gefühl, er könnte sich erlauben, über den Tisch zu greifen und sie zu berühren.

»Die Sache ist die«, sagt Iris und hebt den Blick. Ihre Augen sind klar, mit kleinen bernsteinfarbenen Einsprengseln. »All meine Themen waren afroamerikanisch, und ich glaube, das ist der Grund, dass ich nicht dabeibleiben konnte.« Sie holt tief Luft. »Ich hab's allmählich *satt*, Afroamerikanerin zu sein. Ich habe mich immer einfach als Individuum gesehen. Ich weiß, das klingt irgendwie schwach, und wenn eine *sister* so was sagt, glauben die Leute, sie will sich irgendwie durchmogeln, oder sie ist eine Verräterin oder so was. Aber das ist es nicht, nicht bei mir. Ich bin einfach erschöpft davon, es ist so viel *Arbeit*, schwarz zu sein. Und Urlaub gibt's auch keinen. Und die Bezahlung ist miserabel. Aber was soll ich machen? Es ist mein Leben. Aber ich glaube, ich will daraus nicht auch noch mein akademisches Leben machen. Vielleicht schreibe ich über Eisenhower oder über *I Love Lucy* oder so was. Was Weißes, oder besser noch was ohne Farbe, falls es so was gibt. Ich würde gern ewig an die Uni gehen. Ich lerne gern. Mir ist schon klar, dass das in unserer Gesellschaft nicht die am höchsten angesehene Beschäftigung ist, mir ist klar, dass man in Amerika nichts gilt, wenn man nicht Geld macht, aber etwas zu lernen macht mich richtig glücklich. Es ist, als würde man auf wunderbare Weise von all dem Wissen erfüllt, das es je gegeben hat.«

»Im Videoladen gibt's eine Menge alter Lucy-Tapes, wenn Sie das wirklich interessiert.«

Draußen bersten weiterhin krachend die Bäume unter dem Gewicht des Schnees. Es klingt, als würde ein langer, böser Krieg ausgetragen.

»Es bricht mir das Herz, wenn ich an all die sterbenden Bäume denke«, sagt Iris.

»Es ist ein Alptraum«, sagt er leise.

»Wenn der Schnee nur gewartet hätte. Ich liebe den Schnee. Aber die Blätter …«

»Wenn die Blätter nicht dran wären, würde der Schnee einfach durch die Äste fallen.«

»Es kommt immer auf den richtigen Zeitpunkt an«, sagt sie. »Die wunderbarste Sache zur falschen Zeit? Katastrophe.«

»Aber das weiß man nie.«

»Erst wenn es zu spät ist«, sagt Iris. »Ich habe Angst vor Dingen, die man nicht zurücknehmen kann. Das ist ein weiterer Grund, weshalb ich das Thema für die Arbeit ständig wechsle. Ich will einfach kein Dokument erstellen, das sagt: Das hier weiß ich, das hier bin ich. Ich bewundere wirklich Ihre ... wie soll ich sie nennen? Ihre ...« Sie lächelt. »Frau?«

»Kate.«

»Gut, ich bewundere Kate wirklich, dass sie es einfach aufschreibt, rausschickt und dann weitermacht.«

»Aber das, was ihr am meisten bedeutet – ihr Roman –, das kann sie auch nicht schreiben.« Er spürt, wie sich ihm der Magen umdreht. »Ich glaub, ich ruf sie lieber an. Sie wird wissen wollen, wo Ruby ist.«

Iris bringt das Telefon. Sie kann Kates »Hallo« quer durch die Küche hören, eine starke Stimme, Furcht erregend, jemand, mit dem man sich nicht anlegen will.

»Ruby und ich sind bei Nelson«, sagt Daniel. Oh, denkt Iris, bei *Nelson*. Sie wendet sich auf ihrem Stuhl etwas ab, sie will nicht sehen, wie er aussieht, wenn er so verschlagen und clever ist. »Ich glaube, wir warten erst mal ab, bevor wir versuchen, nach Hause zu fahren.«

»Ich glaube nicht, dass es überhaupt wieder aufhört zu schneien«, sagt Kate. Sie sitzt in ihrem Arbeitszimmer am Schreibtisch, auf dem eine alte Smith-Corona-Schreibmaschine und ein Dutzend Kerzen verschiedener Größe stehen, deren Flammen im Zug tanzen, mit einem kirchlichen Geruch nach Paraffin in der Luft. »Und wenn doch, dann braucht es schon etwas mehr als nur die kleinen Männer in ihren Lastern, um alles wieder in Gang zu kriegen. Die Bäume! Sie liegen überall herum, und jeder einzelne muss zersägt und weggeschleppt werden. Wie ist es bei dir?«

»Schaut schlimm aus.«

»Habt ihr Strom?«

»Ja, im Moment schon.«

»Da hast du Glück. Dann habt ihr auch Heizung. Und Wasser.«

»Noch, jedenfalls.«

»Ich kann es dir nicht verdenken, dass du dableiben willst. Ist der Mann zu Hause?« Aber bevor er antworten kann, übergeht sie es rasch. »Weißt du, was ich mir wünschen würde? Dass es hier ein Radio gäbe, das ich hören könnte.«

»Das in Rubys Zimmer geht mit Batterien«, sagt Daniel.

»Rubys Zimmer? Sie hat da ein Radio?«

»Ja, das rote. Mein erster Sony oder so was. Du wirst es gleich sehen.«

»Ich will nur die Nachrichten hören und über den Sturm auf dem Laufenden bleiben.«

»Ich hab erst vor zwei Tagen die Batterien ausgewechselt«, sagt Daniel.

»Ach, du bist wirklich toll«, sagt Kate mit etwas Unsicherheit in der Stimme. Dann das Geräusch des Einschenkens. Ihm wird klar, dass sie sich betrinkt. Er kann sich nur schwer erinnern, aber es gab eine Zeit, wo er es mochte, dass sie trank, er mochte den sorglosen Aspekt dabei – das schlimme Mädchen aus den Südstaaten, die nächtliche Romantik. Diese betrunkenen Nächte gaben ihnen die Gelegenheit zum ungehemmtesten Sex. Schwitzend, ein wenig gemein. Es war, wie mit einer Entflohenen zu schlafen. Alles konzentrierte sich auf Kate. Was würde sie mögen, was könnte sie noch ertragen? Ihr Körper wand sich und zuckte, als ob sie unter Strom stünde. Berauschend, diese Nächte, eine seltsame Mischung aus Flitterwochen und Pornofilm. Schmutzig und intim und hinterher nie wieder erwähnt. Aber selbst damals hatte er gespürt, dass diese Augenblicke nicht so ganz echt waren, wie die Sportergebnisse, die im Buch der Rekorde mit einem Sternchen versehen sind, als Hinweis darauf, dass die Saison verkürzt war oder der Kurs verschlammt.

»Kate ist vor Glück ganz aus dem Häuschen«, sagt er und gibt Iris das Telefon zurück.

Ein weiterer Baum birst, diesmal, wie es sich anhört, nur ein paar Meter neben dem Haus.

»Jeder Baum, der umstürzt, hat so lange gebraucht, um zu wachsen«, sagt Iris. Von Kate wird nicht mehr die Rede sein. »Einige davon hundert Jahre.«

»Vielleicht sogar länger.«

»Ich halte es nicht aus, sie so sterben zu hören. Es ist, als ob man Jägern zusieht, die eine Herde Elefanten abschießen.«

»Genau das ging mir auch durch den Kopf«, sagt Daniel. »Wie Elefanten. Wollte ich gerade sagen. Aber machen Sie sich keine Sorgen. Es wird schon wieder.«

»Sie sind so jemand, der glaubt, *alles* wird sich wieder zum Guten wenden.«

»Woher wissen Sie das?«

»Stimmt's nicht?«

»Vielleicht habe ich ein bisschen was von einem Optimisten.«

»Ich glaube schon.«

»Könnte es sein, dass das etwas ... typisch Weißes ist?«, fragt Daniel.

»Na, mit Sicherheit ist es nichts Schwarzes, mein liebes Kind.« Iris lacht, sie ist selbst etwas verblüfft über diese vertrauliche Floskel.

»Fehlen Ihnen eigentlich schwarze Menschen in Ihrer Umgebung?« fragt er sie – sehr zur eigenen Überraschung.

»Wie kommen Sie darauf, dass ich nicht mit Schwarzen zusammen bin?«

»Hier in der Gegend gibt's nicht viele.«

»Das ist wahr. Und hier wohne ich. Ich bin gern hier, und offen gestanden, es ist nicht leicht, eine wirklich schöne Wohngegend zu finden, wo es viele afroamerikanische Familien gibt. Ich fahre gern Ski, segeln tu ich auch gern, und ich geh gern im Wald spazieren. Ich habe gern einen Garten, und die Studienbedingungen in Marlowe sind wirklich gut. Wie auch immer, es war ein langer Weg aus dieser Höhle in Ruby Falls. Ich bin daran gewöhnt, in einer weißen Welt zu leben.«

Scarecrow kommt in die Küche getappt, geht schnurstracks zu Daniel hinüber, lehnt sich an und stöhnt leise, mit tiefer Hundezufriedenheit.

»Was willst du, Scarecrow?«, sagt Daniel. »Was schaust du mich so an? Weil ich gesagt habe, du siehst wie Jesus aus?«

»Ich möchte Sie etwas fragen, Daniel«, sagt Iris. »Warum haben Sie das eigentlich gesagt?«

»Dass der Hund aussieht wie Jesus? Ich weiß nicht. Sie kommt mir so tiefgründig vor. Sind Sie beleidigt deswegen?«

»Ich habe dasselbe gedacht. Gestern erst. Es kam mir irgendwie verrückt vor, und jetzt sagen Sie heute dasselbe.«

»Das ist merkwürdig. Hat Jesus eine große Bedeutung für Sie?«

»Nicht so sehr. Ich glaube, wir sind allein. Es gibt niemanden, der uns vergibt oder uns bestraft oder uns in der Stunde der Not hilft, und ich glaube, im tiefsten Innern weiß das fast jeder. Als Erstsemester habe ich ein Seminar besucht über ›Tod und Sterben‹.«

»Tatsächlich?«

»O ja, der Tod hat mich immer stark interessiert. Jedenfalls habe ich als Teil der Seminararbeit freiwillig in einem Hospiz gearbeitet, und ich habe eine ganze Anzahl Menschen kennen gelernt, die im Sterben lagen, die meisten wegen Krebs. Mein Vorgesetzter hat mir gesagt, wir sollten den Leuten, mit denen wir reden, keine religiösen Vorstellungen aufdrängen, aber es wäre schon in Ordnung, ihnen feinfühlig und auf allgemeine Art den Trost des Glaubens anzubieten, vielleicht den Himmel erwähnen, wo sie geliebte Menschen wiedertreffen würden, so in der Art. Und wissen Sie, was ich gemerkt habe? Je mehr es für Sterbende dem Ende entgegengeht, umso mehr wissen sie, dass danach nichts kommt. Sie hatten dieses Wissen im Körper, sie wussten, dass das alles war, es gab keinen Himmel, keinen Gott, nur Blut und Knochen und Schmerzen und dann Stille. Man konnte das Wissen in ihren Augen sehen. Sogar die Menschen, die ihr ganzes Leben lang religiös waren, und die anderen, die solche Angst bekamen, dass sie in letzter Minute an den Himmel glauben wollten, sich verzweifelt an etwas klammern wollten, um mit der Angst fertig zu werden, sogar in ihren Augen konnte man es sehen – Gott war eine Vorstellung, etwas da draußen, weit, weit weg, es war eine Geschichte, die die Leute erzählten, eine wunderschöne Geschichte oder eine blöde Geschichte, aber die hatte mit den Lebenden zu tun, und diese sterbenden Körper hatten dafür keine Zeit mehr, die waren zu sehr mit dem Sterben beschäftigt, mit der Arbeit daran. Sogar wenn sie laut gebetet haben, an den Rosenkranz geklammert, wenn sie Jesus anriefen, sei bei mir, Jesus, sei bei mir – ihre Körper wussten es, da war ein endgültiges Wissen in ihren Zellen, dass alles vorüber war.«

»Im Juli habe ich Sie gesehen, als Sie in die Kirche gegangen sind. Ich bin an St. Christopher vorbeigefahren, und ich habe ihr Auto abbiegen sehen.«

»Ich geh dreimal im Jahr in die Kirche, Weihnachten, Ostern und im Juli, um den vierten Juli herum. Mein jüngster

Bruder, Leonard, ist mit sechs Jahren ertrunken, am vierten Juli. Ich zünde eine Kerze für ihn an, und ich bete und ich weine, aber ich weiß nicht, weshalb ich das tue.«

»Es gibt nicht viele Orte, wo man hingehen kann und diese Gefühle bekommt.«

»Haben Sie einen Ort?«

»Kino. Manchmal höre ich mit der Arbeit auf und fahre über den Fluss in eines der Kinos in der Einkaufszone. Ich sitze da am hellen Nachmittag mit einem Becher Popcorn und M&M-Bonbons und weine ein bisschen. Es ist ganz erbärmlich, und das Erbärmlichste ist – Sie sind nicht der erste Mensch, dem ich das erzähle. Ich erzähl's jedem.«

»Vielleicht wollen Sie den Menschen damit sagen, dass Sie einsam sind.«

»Glauben Sie, dass es das ist?«

»Es muss den Menschen seltsam vorkommen, Sie sich als einsam vorzustellen.«

»Ich weiß, ich weiß. Weil ich so ein munterer Mitmensch bin.«

»Na ja, das sind Sie doch.«

»Ich weiß«, sagt Daniel. »Alle mögen mich.«

»Es ist schön, wenn die Leute einen mögen. Ich mag Sie.«

»Gut. Ich mag Sie auch.«

»Ich weiß.«

»Na, dann steht das ja fest.«

»Können wir jetzt mal ehrlich sein?«

»Wir können es versuchen. So leicht ist das nicht.«

»Ich meine nur, wir können jetzt doch aufrichtig sein, warum denn nicht? Vielleicht ist das ja Armageddon.«

»Der Schneesturm?«

»Genau«, sagt Iris. »Vielleicht ist es eine Gelegenheit. Wir kommen fast nie dazu, das zu sagen, was wir sagen möchten.

Deshalb sind Menschen, die Krisen erleben, richtige, gewaltige Krisen, plötzlich die ehrlichsten.«

»Okay, manche Menschen haben den Kampf um Algier, wir haben den Schneesturm. Ich glaube, ich weiß ungefähr, was Sie jetzt gleich sagen.«

»Was ich jetzt gleich sage?«

»Sie sagen gleich: ›Ich weiß, dass Sie mich mögen, ich habe auch bemerkt, dass Sie mich öfters anstarren, und Sie sind immer unangemessen aufgeregt, wenn wir uns zufällig treffen.‹«

»Das stimmt«, sagt Iris, »außer ›unangemessen‹, das Wort hätte ich nicht gewählt.«

»Also halten Sie es nicht für unangemessen?«

»Vielleicht ist es das. Aber ich hätte es nicht so ausgedrückt.«

»Wie wollten Sie es denn ausdrücken?«

»Ich wollte sagen, dass Sie mich ein paar Mal auf eine Art angesehen haben, die mich irritiert hat.«

»Das tut mir leid. Ich wollte Sie nicht irritieren.«

»Es *hat* mich mal irritiert. Jetzt nicht mehr. Jetzt mag ich es.«

»Ich glaube, ich bekomme gleich einen Herzinfarkt.«

»Schauen Sie, bitte, machen Sie nicht mehr draus, als damit gemeint ist. Ich hätte gar nichts sagen sollen. Ich lasse mich gehen. Kurzurlaub von der Wirklichkeit.«

»Dies hier ist die Wirklichkeit.«

»In den letzten zwei Monaten, seit Nelson und Ruby sich so angefreundet haben und unsere Wege sich öfter kreuzen – das war für mich so ein heimliches Vergnügen in meinem Leben. Das ist wie ein Fluss unter der Straße. Reden wir von was anderem.«

»Haben Sie was zu trinken?«

»Noch Tee?«

»Der Tee schmeckt nicht. Der Tee war ein Fehler. Was Stärkeres?«

»Bourbon? Ich trinke auch einen.«

Zu Hause ist Daniel fürs Fahren zuständig, ob mit Auto oder ohne. Er hat es übernommen, nicht zu trinken und durch sein Beispiel Kate irgendwie vom Trinken abzuhalten. Diese Handlungsweise – oder dieses Nichthandeln – hat nie auch nur den mindesten Erfolg gezeitigt, aber er hält trotzdem daran fest, begrenzt seinen Alkoholkonsum auf ein oder zwei Glas Wein beim Abendessen, ein- oder zweimal die Woche. Jetzt sitzt er mit Iris in ihrer Küche, sieht zu, wie sie aus einem oberen Wandschrank eine Flasche Jack Daniel's holt, beobachtet, wie sich ihre Muskeln unter den Kleidern bewegen – und er denkt: *Was wäre, wenn das wirklich mein Leben sein würde? Wenn ich sie jeden Tag eine Zeitlang sehen könnte? Was, wenn das ganz leicht wäre? Wenn ich jetzt hinter sie trete, sie in meine Arme nehme, ihren langen, nackten Hals küsse, meine Hände über ihre Brüste lege, meine Hüften gegen diesen prachtvollen Hintern drücke? Könnte ich so viel Glücklichsein aushalten?*

Sie schenkt die Drinks ein, sie heben die Gläser und bewegen sie dann ganz langsam aufeinander zu, bis sie sich berühren.

Iris hofft, ein Drink würde ihre Nerven beruhigen – die harte Arbeit, einen ruhigen Eindruck zu machen, strengt an. Und ein Drink könnte sie beide etwas lockern, könnte vielleicht sogar eine kleine Behelfsbrücke zwischen ihnen bauen. Vorher, mit Ruby im Schlepptau, als sie wusste, dass Daniel kommen würde, hatte Iris das Gefühl, hier und jetzt war der logische perfekte Zeitpunkt, um endlich etwas aus diesen Monaten des Flirtens mit Blicken zu machen. Da kam es ihr vor, als müsste sie ihn nur wissen lassen, dass sie alles bemerkt hat, dass sie seine Augen auf ihr gespürt hat, dass sie gehört hat, was er nicht sagte. Sie müsste ihm nur sagen, dass sie in eine Ehe verstrickt ist, die ein Fehler war. Es wäre einfach, schnell erledigt. Sie muss sich keine Sorgen machen, ob er sie attraktiv findet. All das hat er schon deutlich zu verstehen gegeben: Sie hat sich noch nie so begehrt gefühlt.

Aber jetzt merkt sie, dass es nicht so einfach sein wird, dass es überhaupt nicht einfach sein wird.

Das Schwindelgefühl, das sie bei all dem erfasst, kann nicht ganz davon ablenken, dass sie die Unannehmlichkeiten vorhersieht, die ausgelöst würden, wenn sie die Hand über den Tisch strecken und Daniels weiches, glattes Haar berühren würde. Im Endeffekt ist so wenig nötig, ein Kuss, und jetzt denkt sie daran, stellt es sich vor.

Aus dem ersten Stock ist Musik zu hören, die Village People singen »YMCA«.

»Nelson!« Iris wendet sich ab und schaut zur Decke. »Stell das leiser!«

»Wie ist das eigentlich auf einmal ein Kinderlied geworden?«, fragt Daniel. Er macht immer noch Smalltalk, will nur zusehen, dass kein Schweigen entsteht. »Das ist doch typisch West Village, die Christopher Street rauf- und runterziehen, 1978. Es ist schon merkwürdig, wie die Kultur Dinge aufsaugt und für alle möglichen Zwecke benützt.«

Sie füllt die Gläser nach, sehr bedacht, als wäre das ein Familienritual.

Plötzlich hören sie einen dumpfen Aufschlag genau über ihnen, beunruhigend in seiner Plötzlichkeit und Stärke. Daniel reagiert sofort. Vom Stuhl hoch, aus der Küche, die Treppe hoch, zwei Stufen auf einmal. Iris folgt ihm. Beide hören Rubys kläglichen Aufschrei. Iris rutscht das Herz in die Hose.

Sie erreichen die Kinder. Daniel hat klugerweise abgebremst, damit er mit seinem Schreck nicht den der Kinder verstärkt. Ruby rappelt sich gerade auf. In ihren angeschwollenen blauen Augen glitzern ungeweinte Tränen, ihr Gesicht ist scharlachrot. Ohne ein Wort streckt sie die Arme nach Daniel aus. Er hebt sie hoch; ihre Knie umklammern seinen Brustkorb, sie legt die Arme um ihn und kuschelt den Kopf zwischen seinen Hals und die Schulter. Iris merkt, dass ihre Hände zu Fäusten geballt sind; sie zwingt sich dazu, sie zu entspannen.

»Was ist los, Ruby?«, fragt Daniel.

Nelson steht einfach da, die Arme über der Brust verschränkt, den Körper unter der Cargo-Hose und dem Sweatshirt angespannt, sein Gesicht zeigt unbewegten Trotz.

»Sie ist schon in Ordnung«, sagt er eindringlich, »sie hat sich nicht weh getan.«

Das Zimmer, in dem sie gespielt haben, hat einen breiten Holzboden mit einem großen, runden orange-blauen Teppich. Die Wände sind mit Reiseplakaten aus Bermuda und Dänemark geschmückt. Die Decke ist schräg, die Fenster klein und niedrig – ein Erwachsener müsste in die Knie gehen, um hinausschauen zu können. In diesem Zimmer herrscht strenge Ordnung. Die Regale und Kisten sind angefüllt mit Action-Figuren, Autos und Lastwagen, Büchern, Kassetten, CDs, Puppen, Malfarben, Blöcken und Legosteinen, alles sauber aufgeräumt.

»Nelson hat mich geschubst«, flüstert Ruby.

»Oh, Nelson, Nelson«, sagt Iris. »Warum machst du so was?« Sie versucht seinen Arm zu fassen, aber er reißt ihn weg. »Ist ihr was passiert?«, fragt Iris Daniel.

»Nein, ist schon gut«, sagt er. »Nicht wahr, mein Schatz?«

Ruby presst ihr Gesicht stärker an Daniel und schüttelt heftig verneinend den Kopf.

»Was ist hier passiert, Nelson?«, will Iris wissen. Sie packt ihn, und dieses Mal entkommt er ihr nicht.

»Nichts.« Sein Blick ist aufsässig und selbstgerecht.

»Wie ist das passiert, dass Ruby hingefallen ist?«, fragt Iris.

»Kinder fallen doch dauernd hin«, sagt Daniel und streichelt Rubys Kopf.

»Ich warte auf eine Antwort, Nelson«, sagt Iris. »Wie ist sie hingefallen? Hast du sie gestoßen?«

Nelson funkelt seine Mutter weiterhin wütend an, und plötzlich wendet Iris ihre Aufmerksamkeit Ruby zu. »Ist alles in Ordnung mit dir, Ruby?«

»Mir geht's gut«, antwortet Ruby. Sie fängt an zu zappeln, und Daniel stellt sie auf den Boden. Ihr Gesicht ist nicht mehr rot angelaufen, und ohne die Farbe im Gesicht können sie eine blasse kleine Beule auf ihrer Stirn sehen.

»Oh, Nelson«, sagt Iris.

»Ich hab überhaupt nichts getan!«, schreit Nelson. »Sie hat versucht, mich zu küssen!«

»Hab' ich nicht!« Ruby brüllt richtig.

»Ruby ist Gast in unserem Haus, Nelson. Du weißt, wie die Tradition ist.«

Nelson senkt den Blick.

»Vertragt ihr euch wieder?«, fragt Daniel. »Oder führt ihr euch weiter auf wie Kinder?«

Er will Frieden, um jeden Preis. Er will Iris beruhigen, und er will mit ihr in die Küche zurück. Er macht ihr Zeichen zum Gehen – ein kleiner Wink mit den Augen, so weit reicht ihr Einverständnis schon –, und beide gehen rückwärts aus dem Spielzimmer.

In der Küche setzen sie sich wieder an den Tisch. Draußen: das Krachen umstürzender Bäume. Wieder sieht es aus, als würde der Strom ausfallen. Die Dunkelheit stottert, kann sich aber noch nicht ausdrücken.

»Nelson kann manchmal etwas grob sein«, sagt Iris.

»Wirklich? Er kommt mir immer so brav und rücksichtsvoll vor.«

»Das ist er auch eigentlich schon. Aber manchmal… Sein Vater bringt ihm Boxen bei, und das ist das Schlimmste, was er tun kann. Sobald er Freitagabend aus dem Zug steigt, rennt Nelson zu ihm hin, und Hamp geht in Stellung, als wäre es Runde eins. Das kann doch nicht gut sein. Nelson muss besänftigt werden, nicht…«

Aber wohin dieses Gesprächsthema auch führen sollte, es wird von einem lauten, seufzenden Krachen unterbrochen, mit dem ein weiterer Baum umstürzt, und dann flackern die Lichter.

Iris wimmert, bedeckt ihre Augen.

»Alles in Ordnung?«, fragt Daniel.

»Es macht mich fertig. Es ist, als ob man seinen Verwandten beim Sterben zusieht.«

Er schaut sie erstaunt an. Alles, was sie sagt, macht sie noch attraktiver. »Ich mache lieber Ruby fertig und hau hier ab«, sagt er. »Solange wir noch können.«

»Glauben Sie denn, dass es sicher ist?«, sagt Iris, und man hört die Beunruhigung in ihrer Stimme.

»Was soll ich denn sonst tun?«

Iris nimmt einen kleinen Schluck Bourbon. Er schmeckt plötzlich nach Chemie. Und betrunken will sie auch nicht werden. Aber einen kleinen Klaps auf den Hintern könnte sie gebrauchen, so wie es die Flugausbilder bei den Fallschirmspringern machen. Sie ist von ihrer eigenen Ehrlichkeit überrascht. Offenheit gehört zu ihren guten Eigenschaften. Oder *gehörte.* Sechs Jahre mit Hampton haben ihr Selbstvertrauen angegriffen. Die besondere Herabwürdigung im Zusammenleben mit einem Menschen, der es zwar nicht sagt, der aber *denkt*, dass sie nicht intelligent genug für ihn ist. Früher hatte sie es leicht mit Männern – das war etwas, das sie konnte, wie schwimmen oder singen. Es hatte wenig mit Schönheit zu tun, geschweige denn mit Sex, es war einfach eine Übereinstimmung, ihr war unbewusst klar, was sie dachten, was sie wollten. Sie war mit vier Brüdern und deren hundert Freunden aufgewachsen. Und doch, hier mit Daniel, da weiß sie nicht, wie sie anfangen soll. Sie holt tief Luft, gibt sich einen Ruck.

»Das hat mir gefallen, wie Sie gleich aufgesprungen sind, als Sie hörten, wie Ihr Kind stürzt«, sagt sie.

»Aufspringen, wenn ich ein lautes Geräusch höre, das gehört zu meinen ganz großen Talenten.«

»Ich meine es ernst. Im letzten Sommer hat Nelson hinten im Garten mit seinem Dreirad gespielt. Er hat es umgedreht und das Vorderrad immer wieder zum Drehen gebracht und kleine Steine zwischen die Speichen geworfen. Für ihn war das seine Popcorn-Maschine.«

»Das habe ich auch immer gemacht, genau dasselbe.«

»Dann hat er irgendwie den Finger zwischen die Speichen gebracht. Es war nicht schlimm, aber es hat wehgetan, und er hat geschrien. Hampton ist gerade aus der Wanne gestiegen, er pflegt nämlich sein Samstagsritual.«

Daniel stellt ihn sich vor, in der Wanne ausgestreckt, sein Kopf ruht auf einem Frotteelappen, der mit japanischer Präzision zusammengelegt ist, die Augen geschlossen, sein Schwanz schwebt auf der Wasseroberfläche, schiebt sich durch den Seifenschaum wie ein Krokodil durch Wasserlilien.

»Und er stand einfach da«, fährt Iris fort. »Er hörte Nellie schreien, ich lag im Bett, ich war krank, und ich rief nach ihm. Er machte sich auf den Weg, die Treppe runter, aber auf halber Höhe hielt er an, drehte sich um, lief *zurück* ins Badezimmer und holte seinen Bademantel. Sein Kind schrie, und er lief zurück, um den Bademantel zu holen.«

Daniel weiß nicht, was er dazu sagen soll. Sie vergleicht Hampton zu dessen Ungunsten mit ihm, sie bietet sich ihm an, sie ist unglücklich.

»Ich meine ja nur«, sagt Iris. »Wenn dein Kind schreit, dann sollte es das Erste sein, nach dem Kind zu sehen, nicht in die entgegengesetzte Richtung zu laufen. Ich bin also aus dem Bett aufgestanden …«

»Mit Ihrem Bademantel an?«

»Wollen Sie mich ärgern?«

»Nein, aufheitern.«

»Es hat mich richtig empört. Ich habe gespürt, wie etwas …« Jetzt wird sie entweder »verloren« oder »gestorben« sagen, aber sie sagt nichts von beidem. Stattdessen fragt sie Daniel: »Sie hätten das nicht getan, oder? Sie wären nicht wegen des Bademantels umgekehrt, wenn Ruby draußen im Garten schreit?«

Er schüttelt den Kopf. Dann, lächelnd: »Aber ich bin auch ein Exhibitionist.«

Gewöhnlich lacht sie bei Daniels Scherzen, doch jetzt sieht es so aus, als würde er krampfhaft eine Distanz zwischen ihnen aufrecht halten, sich aus der ganzen Sache zurückziehen. *Feigling*, denkt sie. Sie will nur vorwärtsgehen. Und wenn er noch einen Schritt zurückgeht, muss sie noch einen vorwärtsmachen.

»Hampton könnte man schon auch für einen Exhibitionisten halten. Er ist so stolz darauf, *wer* er ist. Familie und all das entsetzliche Zeug.«

»Ich bin gar kein Exhibitionist.«

»Ich weiß.«

»Und meine Familie ist auch nicht der Rede wert. Beide Eltern waren zu alt für den Job als Eltern, und irgendwie haben sie's dann aufgegeben. Keine Geschwister.«

»Nun, für Hampton ist Familie alles. Das heißt: seine Familie. Sie haben ja einen kleinen Vorgeschmack bekommen, nicht wahr?«

»So schlimm war's nicht.«

»Es strengt an. Diese Leute – vielleicht muss man schwarz sein, um sich wirklich über sie ärgern zu können. Aber diese Gruppe von weißen Negern schaut ja auf alle anderen herab.« Sie deutet auf sich.

»Auf Sie?«

»Erstens«, erklärt sie, »zu dunkel. Zweitens, Kräuselwolle auf dem Kopf.«

»Ihr Haar ist wunderbar«, sagt Daniel.

»Sie haben keine Ahnung von meinem Haar«, sagt sie lachend. »Ich kann es nicht ausstehen, wenn Leute über meine Haare reden, besonders ... Na, egal, meine Familie hat nicht zu ihrer Gesellschaft gehört. Hamptons Verwandte sind wirklich erstaunlich provinziell. Sie sind alle miteinander verbunden, gegenseitig an den Geschäften beteiligt. Meine Familie hatte genug Geld, das war eigentlich nicht das Problem. Ich meine, ich komme nicht aus den Sozialwohnungen oder so. Mein Vater ist Geschäftsführer eines Krankenhauses, meine Mutter war Kindergärtnerin, bevor sie Arthritis bekommen hat. Aber ich war nie in den richtigen Klubs, hatte keine Ahnung von Oak Bluffs oder Sag Harbor. Ich glaube, Hampton hat mich auch deshalb gemocht, weil ich in den Augen seiner Familie nicht perfekt war. Ich war seine kleine Rebellion. Ein dunkelhäutiges Mädchen mit radikalen politischen Ansichten. Aber ... Sie wissen ja, die Rebellion wächst sich aus, und langsam aber sicher wird er so, wie er nie werden wollte. Er wünscht sich wirklich und wahrhaftig, dass ich heller wäre, und ich glaube, bei Nelson geht's ihm genauso. Und das wirklich Merkwürdige daran ist, dass Hampton von seinem Schwarzsein besessen ist, er ist vierundzwanzig Stunden am Tag schwarz, er denkt an nichts anderes. Er mag Weiße eigentlich nicht, aber andererseits ist er wie die meisten von uns: Er will, dass Weiße *ihn* mögen. Und das ist übrigens das schmutzige kleine Geheimnis der Afrikaner in Amerika. Wir wollen wirklich, dass ihr uns alle mögt.«

Der Strom fällt für die Dauer eines langen Lidschlags aus, die Welt vergeht und schüttelt sich dann doch wieder wach. Als die Lichter wieder angehen, blinkt die Digitaluhr am Herd immer wieder 12:00. Daniel und Iris sitzen einander gegenüber, schweigend. Sie warten ab, was als Nächstes passiert. Und dann, einige Augenblicke danach, gehen die Lichter aus, und diesmal nicht wieder an. Diesmal ist es endgültig, das spüren sie beide. Die Kinder oben schreien, eher entzückt als erschrocken.

»Ich liebe dich«, sagt Daniel in der Dunkelheit.

Siebtes Kapitel

Plötzlich hörten sie in der Entfernung einen Knall, und dann stieg eine funkelnde Rauchsäule über den Bäumen auf, wie eine bunte Träne im dunklen, seidigen Himmel.

»Jemand hat sie gefunden«, sagte Daniel. »Ich habe gerade eine Rakete gesehen.«

Hampton schaute nach oben. Nur ein kleiner, kreisförmiger Ausschnitt des Himmels war zu sehen. »Was hat ein verdammtes blindes Mädchen überhaupt hier draußen zu suchen? Sogar mit sehenden Augen kommt man hier nicht durch.«

»Sie ist hier aufgewachsen«, sagte Daniel. »Ihr Vater war Hausverwalter. Sie ist zurückgekommen, um ihn zu pflegen, als er krank wurde. Smiley.«

»Smiley? Was meinen Sie damit?«

»So hat ihn jeder genannt. Als ich noch klein war, hab ich ihn immer in der Stadt gesehen.«

Hampton schüttelte den Kopf. »Diese Leute leben doch im vorigen Jahrhundert. Sie haben ihre Familientraditionen, ihre Fuchsjagd-Klubs, ihre Eissegelboote, sie spielen Tennis mit diesen winzig kleinen Holzschlägern, und an Silvester ziehen sie die verstaubten Fräcke an, die ihre Großväter immer getragen haben.«

»Ein paar von ihnen«, sagt Daniel. »Sie sind verrückt, aber das ist schon in Ordnung, wenn man es mit Humor nimmt.«

»Das war das Erste, was Iris immer über Sie gesagt hat, dass Sie diesen wunderbaren Sinn für Humor haben.«

»Klassenclown«, sagte Daniel. »In meinem Fall Mittelklasse.«

Wenn Hampton in New York nach Hause kommt, dann betritt er die Wohnung, in der er mit Iris gelebt hat und die er jetzt allein bewohnt. Vier Zimmer in einem Hochhaus in der Jane Street im Village. In dem Block mit malerischen Stadthäusern, die meisten über hundertfünfzig Jahre alt, löst das fünfundzwanzigstöckige Gebäude Augenschmerzen aus, aber für Hampton wird es dadurch erträglich, dass er es nicht mehr sehen muss, sobald er drin ist. Seine Aussicht besteht nur aus Straßen mit lauter Bäumen und pastellblauen, pinkfarbenen, grauen und cremefarbenen Backsteinhäusern aus der Föderationszeit, mit kleinen Hinterhöfen, steilen Ziegeldächern und schiefen alten Kaminen wie in *Mary Poppins*.

Er ist mit der U-Bahn nach Hause gefahren, das ist die effektivste Art, um nach der Arbeit aus dem Bankenviertel zu kommen. Ein Taxi von der Wall Street zur Jane Street würde eine Stunde brauchen, mit der U-Bahn dauert es zehn Minuten. Und es kostet eine U-Bahnmarke, nicht die vierzehn bis zwanzig Dollar, die ein dahinschleichendes Taxi kosten würde. Hampton passt beim Geldausgeben mehr und mehr auf. Dieser zunehmend konservative Umgang mit dem Geld hat nichts mit seinem Einkommen zu tun, denn er verdient mehr denn je, und es hat auch nichts mit steigenden Kosten zu tun, denn seine Ausgaben sind unverändert. Offenbar achtet er einfach mehr auf seine Ausgaben, je älter er wird. Er hat zwar noch lange nicht die geizigen Angewohnheiten seines Großvaters übernommen – der, wie man sich in der Familie erzählt, einen Dollar so lange behielt, bis der Adler grinste –, und er mag auch ein für alle Mal nicht, wie seine hochnäsige, scharfzüngige Mutter Sachen sagte, wie: »Dieser Neger schmeißt sein Geld raus wie ein Nigger.« Aber in letzter Zeit kommt es Hampton wie ein Zeichen schlechten Geschmacks vor, Geld zu verschwenden. Beim Einkaufen zählt er sorgfältig das Wechselgeld, in zunehmendem Ausmaß überzeugt, dass man ihn betrügen will. Auf dem Weg nach Leyden sieht er mit Verachtung auf die Leute herab, die beinahe das Doppelte dafür bezahlt haben, in der windigen Business-Klasse von Amtrak zu fahren. Wozu? Für eine Flasche Saratoga-Wasser und das Luxusgefühl, auf einem Sitz Platz zu nehmen, der genauso ist, wie alle anderen Sitze auch, nur dass er blaue Polster hat, nicht rote. Aber auch wenn er seine Ausgaben sorgfältig überwacht, bleibt Hampton unzufrieden und unsicher. Er macht sich Sorgen um seine Investitionen, leidet unter dem Auf und Ab der Börsenkurse, dem langsamen Niedergang eines schlecht gewählten Immobilienfonds. Aber mehr noch als über den Aktienmarkt macht sich Hampton Sorgen über die Art, wie Iris ihr Haushaltskonto führt. In seinen Augen ist sie beim Umgang mit Geld ein Kind geblieben, bedenkenlos, ohne Sinn für Pragmatik, Planung oder Selbstdisziplin. Manchmal blickt Hampton mitten am Tag von seiner Arbeit auf, wie eine dieser Mütter, über die man gelesen hat, sie hätten plötzlich mit Sicherheit gewusst, dass ihr Sohn gerade auf einem Schlachtfeld irgendwo auf der Welt gefallen ist, und er kann praktisch *spüren*, dass Iris einen unnützen Einkauf tätigt – einen antiken Teppich, eine Digitalkamera, die nie benutzt wird, einen Liter Biomilch, die doppelt so viel kostet wie gewöhnliche Milch, eine Tankfüllung Superbenzin, obwohl er ihr immer wieder gesagt hat, ein Freund, der sich mit Petrochemie auskennt, hätte ihm versichert, dieses so genannte Hochqualitätsbenzin verlängere die Lebensdauer des Motors nicht um eine Stunde, und es schütze auch nicht die Umwelt.

Er sitzt im L-förmigen Esszimmer, dessen schmales Fenster auf die Houston Street geht. Es regnet wie aus Eimern, laut genug, um den gewöhnlichen Verkehrslärm, das Holpern der Taxis auf dem Kopfsteinpflaster, zu übertönen. Er geht die heutige Post durch – Auszüge von Smith Barney und von der Citibank, zwei Telefonrechnungen, eine Stromrechnung von Con Ed, Anfrage wegen Zeitschriftenabos, kaufen Sie Golfschläger, bringen Sie Ihre Alarmanlagen auf den neuesten Stand, Urlaub in Portugal, wechseln Sie Ihre Kreditkarte, kaufen Sie Vitamine, unterstützen Sie den Vereinigten-College-Fonds für Schwarze, und, ganz unten im Stapel, ein richtiger *Brief*, auf dem mit Tinte sein Name und seine Adresse steht.

Gespannt macht er den Umschlag auf. Der Brief ist von seiner alten Freundin Brenda Morrison, inzwischen Morrison-Rosemont, aufgegeben in Atlanta, wo sie und ihr Ehemann Clarence als Ärzte arbeiten – er ist Allergologe, Brenda Kinderärztin. Der Brief ist auf Brendas Geschäftspapier geschrieben, wo oben auf der Seite der erste und der letzte Buchstabe ihres Namens anscheinend umkippen und nur durch die Anstrengungen von zwei schwer schuftenden Teddybären aufrecht stehen bleiben. Sie hat einen Schnappschuss mitgeschickt, und Hampton bemerkt, dass sie weiterhin ungehindert zunimmt. Sie wiegt jetzt an die zwei Zentner, hat ein Doppelkinn und arbeitet am dritten. Hampton kennt Brenda seit der Kindheit, damals war sie ein wildes, knochiges Ding, mit Haaren wie Schmirgelpapier und zornigen Augen und mit genügend Überlebenswillen, um sich ihren Weg ins Geflecht der Welles-Familie zu bahnen, zuerst als beste Freundin von Hamptons Schwester und dann als eine Art Ehrenmitglied der Familie Welles – Hamptons Eltern ermöglichten Brenda schließlich das College-Studium. Auf dem Schnappschuss sitzt sie neben Clarence mit seinem gezierten kleinen Schnurrbart und seinem babyblauen Rollkragenpullover, und rechts und links von ihnen Golden-Retriever-Hunde, Martha und Ticonderoga, Mutter und Sohn. Der Klebezettel auf der Fotorückseite erläutert: *Ti war der kleinste in Marthas Wurf, und wir haben es nicht übers Herz gebracht, ihn wegzugeben. Aber jetzt ist er fast achtzehn Monate und benimmt sich immer noch wie ein Baby. Und blöderweise hält er mich für seine Mutter.*

Hampton starrt lange auf den Zettel. Er bleibt an der Tatsache hängen, dass sie »blöd« mit »öh« geschrieben hat. Ein Anflug rassischer Ungeduld durchzuckt ihn – seine Leute haben jetzt dreihundert Jahre Zeit gehabt, die Sprache zu erlernen, und immer noch machen sie die dümmsten Rechtschreibfehler. *Lieber Hampton!*

Hampton blickt vom Brief auf. Warum zum Teufel setzt sie nach seinem Namen ein Ausrufezeichen?

Wie geht es dir? Du wolltest, dass wir dir einige Unterlagen schicken im Zusammenhang mit der Idee, die Clarence und ich für eine Firma hatten – Patienten helfen, das Geld von den Versicherungen zu bekommen, das ihnen zusteht. Nun, wir haben hart an einer Broschüre gearbeitet, und, wenn ich das selbst so sagen darf, was dabei herauskam, ist verdammt eindrucksvoll! Unglücklicherweise war die Computerdesign-Firma, der wir unsere Arbeit anvertraut haben, gerade am Umziehen. Ich bin sicher, du hättest mir abgeraten, Geschäfte mit der Familie zu tätigen, aber der Neffe von Clarence kann wirklich erstaunlich gut mit Computern und Graphik und dieser ganzen Welt, in der ich mich so unwohl fühle, umgehen. Unglücklicherweise ist er ziemlich schlampig. Ich glaube, er hat Konzentrationsprobleme, er springt einfach von einer Sache zur nächsten. Ich nehme an, eine Menge kreative Typen haben das Problem. Damit will ich nur sagen: Unsere Arbeit ging im Durcheinander verloren. Dem Neffen von Clarence hat es sehr leidgetan, und wir haben alle ein ganzes Wochenende überall nach dem Zeug gesucht. Es war zum Heulen und richtig ärgerlich, und es wird uns zwei Wochen zurückwerfen. In der Zwischenzeit wollte ich nicht, dass du denkst, ich hätte dich und das Projekt vergessen. Wir wollen das Ganze immer noch in die Gänge bringen, und du bist immer noch unser Lieblingsinvestmentbanker. (Na gut, du bist der EINZIGE Investmentbanker, den wir kennen, aber auch wenn wir andere kennen würden, wärst du immer noch unser Favorit.)

Auftritt der Amateure. Erwartet sie wirklich von ihm, dass er Geld für ihre kleine Firmenklitsche beschafft? Hampton kann ihre Unsicherheit direkt aus ihrer Handschrift spüren. Genauso, wie er früher, als er Frauen den Hof gemacht hat, das Zögern, das Gestammel des sehnsuchtsvollen Herzens ausmachen konnte, so hat er jetzt, in diesen vom Geld bestimmten, frühen mittleren Jahren seines Lebens, einen Radarblick für das kleinste nervöse Zittern, bevor jemand mit einem Verkaufsgespräch loslegt. Dass dieses Gestrampel um ein sicheres Auftreten ausgerechnet von Brenda kommt, ist irgendwie traurig – sie gehört zur Familie, und sie braucht das Geld nicht einmal. Aber es gibt ihm auch das grimmige Wohlbehagen, in einer Welt erfolgreich zu sein, die zum größten Teil brutal und unbewohnbar ist. Den überwiegenden Teil des Tages verbringt er mit Leuten, die Geld machen, nur Geld, keine Häuser, keine Suppen, keinen Stahl, keine Songs, nur Geld, und die ganz ungeniert für finanzielle Vorteile alles tun würden, alles, was legal ist, und noch so manche Dinge darüber hinaus. Aber Hamptons Nähe zu diesem Haifischschwarm ist mehr als nur körperlich, er hat eine *Allianz* geschlossen mit diesen verlorenen Seelen. Das sind seine Leute, seine Mannschaftskameraden, und unter ihnen spürt er den Stolz der Verdammten. Seine Freunde sind Typen, die um die halbe Welt fliegen, um jemanden dazu zu bringen, bei einem Vertragsabschluss ein Viertel Prozent weniger zu berechnen. Alles andere sind Zivilisten, all diese Spinner und Träumer, die nicht im Angesicht dieses endlosen Stroms von Transaktionen leben und sterben, der die Welt insgeheim regiert, diese Wirklichkeit in der Wirklichkeit, der geschmolzene Kern von Gewinn und Verlust, der im Zentrum der Geschichte brennt und den zu verbergen alles andere erbaut wurde – Tempel, Stadien, Konzertgebäude, *alles*.

> Clarence und ich hoffen, vom 2. bis 5. Dezember zum Kongress der afroamerikanischen Mediziner in New York zu sein. Clarence nennt es den Fun-gress der afroamerikanischen Happyziner. Wir würden uns liebend gern an einem dieser Tage mit dir zum Abendessen oder zu einer Show oder sonst was treffen. Wenn du Iris überreden könntest, nach Manhattan zu kommen, wären wir zu viert. Ich hoffe, du kannst sie von ihrer Doktorarbeit weglocken. Vielleicht macht sie mit uns ja die Harlem-Renaissance-Tour, die sie versprochen hat. Geht ihre Arbeit immer noch über die Harlem-Renaissance – oder hat sie es sich anders überlegt?

Hampton hört zu lesen auf. Der Regen peitscht immer noch gegen die Fenster, Donner poltert wie eine Lawine aus Felsblöcken. Er wusste, natürlich brachte Brenda den Brief nicht zu Ende, ohne Iris einen Seitenhieb zu versetzen. Nicht dass sie sich wirklich dafür interessiert, womit Iris die Anforderungen für ihren Doktortitel erfüllt. Ihre Wissbegier erreicht ungefähr den Wert 2 auf der intellektuellen Richter-Skala. Was hat sie vor? Will sie vielleicht in eine Uni-Bibliothek und Iris' Abhandlung lesen?

Dennoch. Sein Herz zieht sich zusammen, als ob es plötzlich Blut pumpen müsste, das etwas ölig und kalt ist. Hampton ist empfindlich, wenn es um Andeutungen geht, dass Iris vielleicht keinen messerscharfen Verstand hat. Sie neigt zu Ungenauigkeit, einem Mangel an Präzision. Manchmal kommt es ihm vor, als sei das die Folge ihrer zutiefst weiblichen Art, aber beruflich trifft er Dutzende von Frauen, deren Verstand wissenschaftlich, logisch, berechnend, aggressiv ist. Iris fehlen diese Eigenschaften nicht. Beide, sie und Hampton, haben sich und der Welt ihr langes Doktorandenstudium irgendwie als Folge von übermäßiger intellektueller Wissbegier erklärt, einer Abneigung, sich festlegen zu lassen, dazu noch durch die Anforderungen als Mutter. Hampton beschränkt sich nur zu gern auf diese offizielle Erklärung. Was er nicht sagen will, höchstens im Stillen: Iris ist immer noch Doktorandin und nicht weiter Richtung Abschluss als vor einem Jahr, oder vor zwei Jahren, oder vor drei Jahren, weil sie einfach zu konfus ist, um ihre Arbeit zu Ende zu bringen; dass, mit anderen Worten, die Anlagen ihres Verstandes den Anforderungen nicht ganz gewachsen sind. Betrachtet er sie als ihm *unterlegen*? Nein, nicht unbedingt – eigentlich überhaupt nicht. Sie ist etwas abstrakt in ihrem Denken. Aber sie ist scharfsichtig, sie durchschaut ihn bis in sein zartes, wehrloses Inneres. Sie ist der Dreh- und Angelpunkt seines Gefühlslebens. Sex mit ihr hat ihn öfter als einmal zu Tränen gerührt. Sie bremst ihn, wenn es nötig ist, hilft ihm, die zerbrechliche, vergängliche Schönheit der Welt zu sehen. Er ist mit ihr im Haus in Leyden gesessen, auf dem Boden vor dem Kamin, in völliger Stille, hat eine Stunde, zwei Stunden ins Feuer geschaut, hat eine Ruhe und Einfachheit genossen, die er sich ohne sie niemals hätte vorstellen können. Nein, das sind nicht die Gaben eines zweitklassigen Verstands, doch, so traurig es ist, er muss sich eingestehen, dass es auch nicht die Eigenschaften eines Verstands auf dem Weg zu akademischen Höchstleistungen sind.

Hampton steckt Brendas Brief und das Bild zurück in den Umschlag. Vielleicht war aber auch Brenda die Dumme. Zwar hat sie das Medizinstudium irgendwie geschafft – aber nur in Kinderheilkunde, die oft als unterste Stufe der Medizin betrachtet wird.

Er starrt in den Regen hinaus, und dann denkt er daran, dass es bei solch schlechtem Wetter in Leyden wahrscheinlich noch schlimmer sein wird. Das gibt ihm einen guten Grund, Iris anzurufen. Er lehnt sich in seinem edlen Sessel zurück und wählt die Nummer mit derselben Hand, in der er das Telefon hält; seine Finger bewegen sich, als würde er Akkordeon spielen.

Beim sechsten Klingeln antwortet Nelson. »Hallo?«, schreit er, seine Stimme klingt durchdringend und offensichtlich aufgeregt, wenn auch weit entfernt. Er spricht ins falsche Ende des Telefons.

»Hey, Nels, ich bin's.« Hampton muss laut sprechen, um gehört zu werden.

»Wir haben kein Licht mehr«, sagt Nelson.

»Dreh das Telefon herum, Nels. Du sprichst ins falsche Ende.«

»Wir haben kein Licht mehr«, wiederholt Nelson, nachdem er das Telefon herumgedreht hat. »Ruby küsst mich.« Seine Aussprache und sein Rhythmus sind roboterhaft, er macht einen Androiden aus einem Samstagscomic nach.

Ruby?

»Wo bist du, Nelson?«

»Wir sind im Spielzimmer.«

»Wo ist deine Mutter?« Kaum fragt er das, nimmt Iris an der Nebenstelle ab.

»Hallo?«

Nelson legt oben abrupt auf.

»Iris, ich bin's.«

»Hampton!« Sie klingt fast ein bisschen erschrocken.

»Was ist los?«, fragt er. Das waren die ersten Worte, die er je zu ihr gesagt hat, hervorgestoßen in einem, wie es ihm jetzt scheint, fernen, sonnigen Land. Atlanta 1991. Iris war in einem schäbigen, auf fünfziger Jahre getrimmten Restaurant namens Blueberry Hill gesessen, mit einem Wirtschaftsprofessor, der etwa zwanzig Minuten lang ihr Freund war, sie haben gestritten, er hat ihr Handgelenk gepackt, sie hat aufgeschrien, als hätte er sie mit dem Brandeisen berührt, ein Zuckerstreuer rutschte vom Plastiktisch, sie war noch nie im Leben körperlich angegriffen worden, nie geohrfeigt, nie geschlagen worden, niemals zuvor hatte jemand sie angeschrien, und hier war dieser riesenhafte, jähzornige Kerl, ein Zwei-Zentner-Mann aus Malaysia, mit einem militärischen Bürstenhaarschnitt und einem bunten Hawaii-Hemd, das er wie ein Muumuu-Kleid über seinem mächtigen Bauch trug, quetschte ihr Handgelenk und bot eine perfekte Gelegenheit, galant einzugreifen. Hampton war rasch an ihren Tisch gekommen und hatte die Frage gestellt, die irgendwie zum Denkmal für ihre Vertrautheit wurde: Was ist los?, eine Frage, die er seitdem ein paar hundert Mal gestellt hat, und jedes Mal hatte er damit die Erinnerung an Blueberry Hill und den Beginn der Liebe heraufbeschworen.

»Nichts«, sagte Iris.

Nichts ist *nie* eine Antwort.

»Ist der Strom ausgefallen?«, fragt Hampton.

»Ja, es ist eben passiert, vor zwanzig Minuten.«

Eben passiert, vor zwanzig Minuten? Der Satz klingt etwas unrund, und Hampton spürt es, so wie man manchmal in ein Haus kommt und weiß, dass etwas nicht stimmt, dass irgendeine Kleinigkeit leicht verschoben worden ist. »Das ist wirklich ein Jammer. Man sollte glauben, die Infrastruktur müsste mit ein bisschen Regen fertig werden.«

»Es schneit, deshalb ist es passiert, der Schnee, es schneit wie verrückt, seit Stunden.«

»Es schneit?«

»Und die Bäume haben noch die Blätter dran, sodass sie das Gewicht nicht aushalten. Es ist furchtbar. Die armen Bäume. Sie reißen die Stromleitungen herunter, wenn sie umstürzen. Überall hört man Sirenen heulen. Es ist das totale Chaos da draußen, es ist wie im Krieg, nur dass es keinen Feind gibt, nur den Schnee. Es ist wirklich seltsam, wenn man bedenkt, wie leicht es ist, alles durcheinanderzubringen. Wenn du herkommst, wirst du es sehen. Alles ist zusammengebrochen, alles.«

Sie gibt sich keine Mühe, den Schrecken in ihrer Stimme zu verbergen, eher scheint sie ihn aufzubauschen, sie will ihm mitteilen, dass es schlimm ist, vielleicht sogar außer Kontrolle geraten. Iris' Art ist es gewöhnlich, ihn zu beruhigen, ihn vor Überreaktionen zu bewahren, aber jetzt schafft sie absichtlich ein Gefühl drohenden Unheils, und Hampton fragt sich, weshalb.

»Aber das Telefon funktioniert prima«, sagt er.

»Die Telefonleitungen sind eingegraben. Aber es gibt kein Licht, keine Heizung.«

»Warum gehst du dann nicht …« Die Worte bleiben ihm im Hals stecken. »Warum gehst du nicht in ein Hotel?« Iris führt sich in Hotels besonders extravagant auf, und sie beim Plündern der Minibar zu beobachten ist eine Übung in Gelassenheit für Fortgeschrittene.

»Du verstehst nicht. Wir sind eingeschneit. Die Straßen sind gesperrt. Es ist gefährlich da draußen. Wir könnten nirgends hin, selbst wenn wir wollten.«

Selbst wenn wir es wollten, das ist eine sonderbare Bemerkung. Warum sollte sie ein Haus nicht verlassen wollen, das keine Heizung, kein Wasser, kein Licht hat?

»Ich mach mir Sorgen um dich«, sagt er.

»Wir sind sicher hier drinnen. Es ist nur etwas klaustrophobisch zu wissen, dass man nicht rauskann. Und es wird morgen vielleicht auch nicht besser sein, dabei soll ich mich doch auf der Marlowe mit Professor Shafer zu einer Besprechung der Doktorarbeit treffen.«

»Professor Shafer?« Ihr Doktorvater *war* ein alter Radikaler aus Berkeley namens Steven Pearlstein. Dass sie einen Termin mit jemand anderem hat, bedeutet, dass sie wieder einmal ihr Thema für ein anderes aufgegeben hat.

»Er ist großartig. Er ist neu.«

Da wette ich drauf. »Wer ist bei dir?«

»Hier? Im Haus? Daniel und Ruby. Sie sind vorbeigekommen, nachdem der ›Wooden Shoe‹ zugemacht hat.« Sie macht eine Pause, lässt ihre Worte in der Luft hängen, wie eine Tänzerin, die mitten in der Bewegung anhält und stocksteif dasteht, während der Rhythmus weitergeht. »Die ganze Stadt ist geschlossen.«

»Was werden sie tun?«

»Ich weiß es nicht. Hierbleiben, nehme ich an.«

Er hört ein Geräusch, die Stimme eines Mannes, weit weg und undeutlich.

»Was war das?«

»Das war Daniel. Viele Grüße.«

»Wann fährt er nach Hause?«

Iris wendet sich ab, sagt zu Daniel: »Viele Grüße von Hampton.«

»Wird er übernachten?«

»Ich weiß es wirklich nicht.«

Die Möglichkeit, dass Iris eine Nacht in diesem Haus allein mit Daniel Emerson verbringt, macht ihn momentan sprachlos.

»Tu's nicht, Iris«, sagt er schließlich.

»Was?«

Kann sie ihn nicht hören? Ohne es eigentlich zu wollen, fährt Hampton mit dem Daumen auf die Auflegtaste und unterbricht die Verbindung. Während des Gesprächs war er gestanden, aber jetzt fühlt er sich schwach und muss sich setzen. Er sitzt da und umklammert das Telefon. Ob er zur Penn-Station rasen soll, einen Zug nehmen und in Leyden ankommen, bevor irgendetwas passiert? Wie lange würde das dauern? Es ist jetzt halb sieben. Er hat sich den Fahrplan eingeprägt – sein Gedächtnis, das wie ein Hai funktioniert, der nach neuem Futter Ausschau hält, hat ihn schon vor langer Zeit verschlungen. Der nächste Zug fährt um zwanzig nach sieben. Die Fahrt nach Leyden dauert eine Stunde und fünfzig Minuten. Es wäre zehn nach neun, wenn er ankommt. Zehn Minuten bis ein Taxi kommt, noch mal zehn Minuten, um das Haus zu erreichen. Neun Uhr dreißig. Vor neun geht Nelson nicht ins Bett. Das gäbe Iris und Daniel gerade eine halbe Stunde, bis Hampton ankommt. Sie wären wahrscheinlich nicht über sehnsüchtige Blicke hinausgekommen, vielleicht ein oder zwei Küsse.

Doch sobald er in Gedanken die einzelnen Schritte durchgeht – ein paar Sachen in eine Tasche packen, ein Taxi im Regen anhalten, den ganzen Weg nach Windsor County im Zug sitzen, den Treck bis zu seinem Haus, und dann alles in umgekehrter Reihenfolge am frühen Morgen, um wieder in der Arbeit zu sein –, da geht plötzlich sein Wille, seine Frau vor ihrer eigenen Anfälligkeit ihren Wünschen gegenüber, oder vor ihrer Schwäche, zu schützen, in eine große Ungewissheit über.

Es ist nicht das erste Mal, dass er in diesen Räumen sitzt und überlegt, ob Iris ihn betrügt. Er kennt seinen Hang zur Eifersucht, weiß, dass er der treuesten Desdemona nicht vertrauen würde, kann sich mit ein wenig gutmütiger Selbstironie daran erinnern, dass er Iris sogar verdächtigt hat, als sie schwanger war – er glaubte, sie sei in den Gynäkologen verknallt, einen silberhaarigen Pakistani, den sie bei kleinsten körperlichen Beschwerden telefonisch um Rat fragte. Bevor sie zu ihren regelmäßigen Terminen in seine Praxis ging, verbrachte Iris immer zwei Stunden im Bad, duschte, besprenkelte sich mit Babypuder, malte die Nägel an, ölte das Haar ein – und sie zog etwas Dunkles mit Streifen an, weil das schlank macht, als wollte sie ihre Schwangerschaft tarnen. Er sah ein, wie gering die Wahrscheinlichkeit war. Doch die Ehe mit Iris brachte seinen Hang zur Eifersucht praktisch an den Druckpunkt, sein Herz gleicht einer Bank, die mit einer Alarmanlage ausgestattet wurde, die viel zu empfindlich eingestellt ist und vom leichtesten Schritt ausgelöst werden kann.

Obwohl Hampton manche seiner früheren Verdächtigungen als albern und ungerecht erkannt hat, lebt er trotzdem mit den demütigenden Qualen der Eifersucht, und in den letzten Monaten hatte er es zum Bestandteil seiner Überlebensstrategie gemacht, selbst kleine Akte der Untreue zu begehen. Er weiß nicht genau, wie er auf diese Idee gekommen ist, aber er kann die Vorstellung, dass Iris von einem anderen Mann berührt wird, nur ertragen, wenn er sich beweisen kann, immer wieder beweisen kann, dass körperliche Intimität allein nur verhältnismäßig wenig Bedeutung hat – er muss also genau die Sache herabwürdigen, die er innerlich hochhält. Der Ehebruch, den Hampton begeht, läuft nach festen Regeln ab: Er verbringt zwei bis drei Stunden pro Monat mit einer von zwei Prostituierten, die für hundertfünfzig Dollar die Stunde in seine Wohnung kommen, Lotion über seinen Körper verteilen, ihn massieren und mit der Hand zu einem schnellen, milchigen Höhepunkt bringen, dessen Heftigkeit ihn jedes Mal angenehm überrascht. Er ist auf diese beiden Frauen gekommen, nachdem er auf verschiedene Anzeigen in den kostenlosen Wochenblättern geantwortet hat, die hinten Kleinanzeigen für Escort-Service und Masseusen ohne Lizenz drucken. Er hat mit zehn verschiedenen Prostituierten zu tun gehabt und mit keiner von ihnen richtig geschlafen – obwohl das für ein Extrahonorar möglich ist. Ein paar Mal kam es beinahe zu Geschlechtsverkehr – besonders bei Mia, dem chinesischen Mädchen, deren federsanfte Berührungen, mit denen sie seine Hinterbacken streichelte, in Verbindung mit dem leeren, unbeteiligten Ausdruck auf ihrem unglücklichen Gesicht, er als besonders erregend empfand –, aber bisher ist er seinem Vorsatz treu geblieben, das Risiko, sich mit einer Krankheit zu infizieren, nicht einzugehen. Und wenn Mia sagt: »Willst du ihn mir jetzt reinstecken?«, dann schafft er es immer, den Mund vor Verlangen ausgetrocknet, verneinend den Kopf zu schütteln.

Die andere Frau, die er ins Haus bestellt, um ihn zu erregen und ihm Erleichterung zu verschaffen, ist eine Afroamerikanerin, die sich Anyuh nennt – sie hat ihm eine Visitenkarte mit Namen und Handynummer in Prägedruck gegeben, die er mutig in seiner Brieftasche aufhebt. Anyuh – vollbusig, breithüftig, mit dem Lachen eines kleinen Mädchens, großen, schwarz umrandeten Augen und langen pfirsichfarbenen Nägeln – kostet ebenfalls hundertfünfzig Dollar für einmal Massage plus Handarbeit, den doppelten Preis für richtigen Sex. Bei solchen Preisen sind natürlich die meisten ihrer Kunden weiß. Das bedeutet, dass sie Hampton mit einer Vertrautheit behandelt, die er abstoßend findet; er will nicht, dass er ihr einziger schwarzer Kunde ist, ihr brüderlicher Vertrauter, mit dem sie über ihre finanziellen Probleme plaudert. Anyuh versucht es gar nicht mit Koketterie und hält sich mit ihren Verführungskünsten zurück, gähnt stattdessen und lässt kleine Rülpser mit Kohlgeruch los; während sie sich mit seinem Körper beschäftigt, legt sie ihr Handy neben sein Kopfkissen, wo es genau in sein Ohr trillert, wenn andere Kunden bis tief in die Nacht hinein hinter ihr her sind.

Mias Nummer weiß er auswendig, und er tippt sie rasch ein. Ihre Stimme klingt traurig und etwas heiser, aber er beschließt, das nicht zu beachten, und endlich bekommt er das Gefühl, dass die Dinge plötzlich wieder richtig laufen, als sie sagt, sie könne in zwanzig Minuten bei ihm sein.

Mia kommt nie zu früh zu ihren Verabredungen, und das Unwetter wird dafür sorgen, dass sie noch später als sonst kommt. Trotzdem beeilt sich Hampton, um sich auf sie vorzubereiten. Er geht ins Schlafzimmer, zieht seinen dunkelgrauen Anzug, sein weißes Hemd und den gestreiften Schlips aus, entfernt die Bilder von Iris und Nelson vom Nachttisch und legt sie zusammen mit seinen Kleidern in den Schrank. Nackt sitzt er auf dem Rand des Doppelbetts – das Bett, in dem er und Iris zum ersten Mal miteinander geschlafen haben. Eine Erinnerung an Iris in genau diesem Bett trifft ihn – Iris auf allen vieren, sie schaut ihn über die Schulter an. Oh, wie weh das tut.

Er kann sich von seinem Platz aus im Wandspiegel sehen. Er setzt sich aufrecht hin, zieht das bisschen Bauch ein, das er hat, und betrachtet sich mit einer ganz eigenartigen Mischung aus Bewunderung und Verachtung. Er hebt den Arm hoch, riecht an sich. Der Arbeitstag hat einen säuerlichen Geruch hinterlassen. Er geht schnell ins Bad, dreht die Dusche an, stellt sie so heiß, wie er es ertragen kann. Wenn Mia ankommt, soll sie nur die antibakterielle Seife mit dem Pfefferminzduft riechen, nur das Honig- und Mandel-Shampoo. Er macht den Mund auf und lässt das dampfende Wasser hineinlaufen. Einen Moment kommt ihm der Gedanke, dass er sich ertränkt; er dreht der Dusche den Rücken zu, beugt sich vor, reinigt den Anus. Der Gedanke, dass Mia auch nur den Hauch eines unangenehmen Geruchs wahrnehmen könnte, während sie ihn in der Mangel hat, ist ihm unerträglich.

Kate sitzt in Rubys Zimmer vor dem roten Radio. Sie kann nicht fassen, dass es Sender gibt, die Musik spielen, es scheint ihr unverzeihlich, wie Neros Gefiedel. Mit wachsender Ungeduld sucht sie die Skala nach Nachrichten ab. Sie will sicher sein, dass es da draußen Menschen gibt, die wissen, dass sich eine Katastrophe ereignet, und die irgendeinen Zusammenhang herstellen. Wie viele Leute sind eingeschlossen? Wie viele Häuser sind ohne Strom? Wie viele Straßen sind gesperrt? Sie will Zahlen. Endlich findet sie eine Nachrichtensprecherin, eine Frau mit rostfreier Edelstahlstimme. Kate geht in Rubys dunklem Zimmer in die Hocke und beugt sich vor, berührt das Radio wie einen Freund.

Die Nachrichtensprecherin bringt neue Entwicklungen im O.-J.-Simpson-Prozess, der jetzt in den zehnten Monat geht. Die heutige Nachricht bezieht sich nicht so sehr auf den Fall als auf die Berichte über den Fall – der Reporter eines Wochenblattes hat Simpson angeblich als Nigger bezeichnet (in den Radionachrichten hieß es, der Reporter »benutzte ein rassistisches Schimpfwort«, aber jeder wusste, was das hieß), und jetzt haben die Arbeitgeber des Reporters eine Erklärung veröffentlicht, dass der Vertrag des Magazins mit dem Autor »in beiderseitigem Einvernehmen« aufgelöst worden sei.

Nach ein paar weiteren Meldungen und einigen lärmenden Werbespots werden die allgemeinen Nachrichten von Lokalmeldungen abgelöst. Jetzt spricht ein Mann, der vermutlich irgendwo in der Nähe sitzt. Schätzungsweise 70 000 Häuser sind ohne Strom. Alle Hauptstraßen sind gesperrt. Die Bezirksbehörden wissen nicht, wann sich die Lage wieder normalisieren wird. Der U.S.-Wetterdienst sagt voraus, es könnten in den nächsten acht Stunden weitere 30 Zentimeter Schnee fallen. Bisher hat es elf Tote gegeben. »Und aus Leyden wird gemeldet, dass der Stromausfall die Alarmanlagen in einer örtlichen Anstalt für schwer erziehbare Jugendliche, dem Stern von Bethlehem, lahmgelegt hat. Nach offiziellen Angaben der Verantwortlichen im Stern von Bethlehem haben sechs Jugendliche die Anstalt verlassen und halten sich irgendwo in der Umgebung auf.« Er legt eine Pause ein und fügt dann hinzu: »Wow.«

Kate nimmt Rubys Radio und geht damit in den von Kerzen erleuchteten Flur hinaus. Diese Kerzen hat Daniel gekauft, sie sind parfümiert, und Kate kann den Geruch nicht ausstehen. Sie geht durchs Wohnzimmer, wo eine Kerze brennt, und weiter in die Küche, wo sie ein Dutzend Opferkerzen angezündet hat. Das klagende Licht fällt durch perlenverzierte Gläser.

Sie dreht das Radio ab, um Batterie zu sparen, und stellt es auf den Küchentisch. Die Temperatur im Haus sinkt Grad um Grad, und an die Stelle heimeliger Wärme tritt Feuchtigkeit und das stärker werdende Gefühl von Unordnung. Sie will etwas zu trinken, etwas zum Aufwärmen. Etwas Alkoholfreies. Tee. Der Herd funktioniert mit Gas, der Stromausfall spielt also keine Rolle. Sie hält den Kessel unter den Wasserhahn, aber die Wasserpumpe läuft elektrisch, und als sie das kalte Wasser andreht, klopft es in der Leitung, und nur ein mattes, ungesundes Tröpfeln kommt heraus.

Plötzlich nimmt sie aus den Augenwinkeln eine rasche Bewegung wahr. Blitzschnell dreht sie sich zum Fenster. Zunächst kann sie nur ihre eigene Spiegelung sehen. Doch dann sieht sie es wieder: etwas, das nicht gesehen werden will.

Sie greift nach der Taschenlampe und leuchtet durchs Fenster, aber es spiegelt nur ihr eigenes beleuchtetes Gesicht. Da macht Kate das Fenster auf, lässt kostbare Wärme entkommen und eine Ladung Schnee hereinwehen, der wie ein Kometenschweif hereinzischt. Jetzt leuchtet sie mit der Taschenlampe in den Schneesturm. Nichts. Nichts. Doch dann sieht sie es. Fußspuren. Wie Krater in den Schnee gedrückt, mehrere Paare, und zehn Meter vom Haus entfernt hören sie auf.

Sie spürt eine Angst, die größer ist als alles, was sie bisher erlebt hat, und sie verschlimmert es noch mit der Frage: *Was ist, wenn sie ins Haus kommen?* Das Problem bei der Frage ist die Antwort – *sie werden mich vergewaltigen.*

Ihr Herz klopft, und ihr Magen klopft ebenfalls, wie ein zweites, rasendes Herz. Kate zieht das Fenster zu, verschließt es. Sie verriegelt auch die Hintertür, und während sie das tut, greift sie zum Telefon. Sie drückt auf den Einschaltknopf – aber sie hört kein Freizeichen. Es ist ein schnurloses Telefon, ist also aufs Stromnetz angewiesen. Sie braucht das Telefon im ersten Stock, in ihrem Arbeitszimmer, das einzige altmodische Telefon im Haus. Sie weiß nicht genau, wen sie dann anrufen soll. Bestimmt hat die Polizei andere Dinge zu erledigen, als einer Frau beizustehen, die zwölf Kilometer außerhalb wohnt und irgendwelche Fußspuren im Schnee entdeckt hat. Sogar wenn sie sagen würde, sie hätte die entflohenen Jungen aus dem Stern von Bethlehem gesehen – was würde die Polizei tun? Was *können* sie tun? Sie könnten mit ihren Autos nicht herausfahren, und selbst wenn sie Hubschrauber hätten, könnten sie bei diesem Wetter nicht starten. Also? Werden sie alle in ihre Schneemobile für die Verbrechensbekämpfung springen?

Sie schwingt die Taschenlampe hin und her, während sie durchs Haus geht, ein Ruder aus Licht, das durch das Meer der

Dunkelheit sticht. Ihr wird klar, dass sie nur Daniel anrufen kann, nur ihn anrufen will. Wahrscheinlich wird Iris das Telefon abnehmen und dann Daniel geben. Als Kate die Treppe hochsteigt, stirbt mit markerschütterndem Getöse ein Ahornbaum, der keine fünfzig Meter von ihrem Haus entfernt steht, ein würdiger alter Baum, der tatsächlich zu schreien scheint, als er umstürzt, als wäre er aus Fleisch und Blut. Kate schreit auf vor Schreck – nicht den hohen Horrorfilmschrei der bedrohten Maid, der einem das Blut in den Adern stocken lässt, sondern den heulenden, wütenden, monotonen Schrei echter Angst. Die Taschenlampe fällt ihr aus der Hand, sie rollt die Treppe hinunter, dreht das Haus um die eigene Achse, bis sie unten ankommt und ausgeht.

Kate gibt immer noch Geräusche von sich – ein leises, erstauntes »Oh-oh-oh«. Und dann reißt sie sich zusammen und ruft »Daniel!«. Sie umklammert das Geländer, dreht sich um. Sie will die Taschenlampe holen. Aber nein. Warum noch mal da runterlaufen in die Dunkelheit? Oben brennen Kerzen, und das Telefon ist auch da. Sie dreht sich wieder um, hält inne, erinnert sich, dass sie die Vordertür immer noch nicht abgeschlossen hat, und dreht sich noch einmal um. Sie dreht sich herum und herum. Und mitten in der Umdreherei fällt ihr auf, dass sie nass und klamm ist und der Geruch von Urin in der Luft hängt. Scheißbaum. Scheißschnee. Scheißrudelbumser da draußen, die ihr in die Fenster starren. Scheiß-Daniel, so weit weg da draußen, so weit weg von ihr.

Sie fasst sich an den Bauch, presst die Hände an die Wand, um nicht die Treppe hinunterzutaumeln. Sie setzt sich, fährt mit der Hand seitlich über die Hose. Nur etwas Feuchtigkeit, nicht so schlimm. Ihre Unterwäsche jedoch ist durchweicht. Okay, damit ist es entschieden. Hinauf, zum Umziehen. Sie steht halb auf, setzt sich dann wieder hin; da ist immer noch die Sache mit der nicht abgesperrten Tür. Sie kann nicht aufstehen, weil sie sich nicht entscheiden kann, ob es besser ist, weiter hinaufzugehen oder hinunterzulaufen, und je mehr sie nachdenkt, umso unwahrscheinlicher wird es, dass sie sich je entscheiden wird. Sie schließt die Augen. Die Dunkelheit in ihrem Innern lässt die Dunkelheit des Hauses wie eine behagliche Eisdiele erscheinen. Sie greift nach oben, packt das Geländer und zieht sich hoch. Immer noch schwankt sie, erzwingt aber jetzt mit aller Willenskraft eine Entscheidung. Sie dreht sich um und geht hinauf, wo es saubere Kleidung und ein funktionierendes Telefon gibt.

Als sie den oberen Treppenabsatz erreicht, hört sie das ungeduldige Klopfen an der Tür. Sie weiß, dass sie es sind, diese Jungs, die nichts zu verlieren haben. Das Einzige, was ihr einfällt, ist so zu tun, als hätte sie es nicht gehört.

Das Schlafzimmer war immer der kälteste Raum im Haus. Sie zieht die Schublade ihrer Kommode auf; ihre Unterwäsche fühlt sich kalt und glitschig an. Dann holt sie eine Jeans aus dem Schrank. Sie setzt sich auf den Bettrand, zieht sich aus und wieder an, und durch das Rauschen des Sturmes hört sie, wie die Jungs mit den Fäusten an die Eingangstür kümmern. Als einzige Strategie fällt ihr ein, sie nicht zu beachten und zu hoffen, dass sie schließlich weggehen werden.

Angezogen, trocken, aber immer noch frierend wartet sie darauf, dass die Jungs aufgeben. Sie stellt eine Opferkerze auf die Tagesdecke und hält die Hände darüber, wärmt ihre Handflächen über der winzigen Flamme. Sie hält den Atem an, damit das Geräusch ihrer Atemzüge sie nicht bei ihrem Versuch stört zu horchen, ob die Jungen immer noch reinwollen. Sie hört nur den Wind und das Stöhnen der gemarterten Bäume, deren Kronen mit Eis und Schnee gefüllt sind und jederzeit auseinanderbrechen können. Doch über dem Toben des

Sturms kann sie das drängende Klopfen der Jungen mit ihren Fäusten an der schweren Eingangstür hören. Und dann, ganz plötzlich, hört das Klopfen auf.

Kate zieht das Telefon vom Nachttisch auf ihren Schoß, sitzt da mit der Hand auf dem Hörer. Wenn sie Schritte im Haus hört, wird sie die Polizei anrufen. Aber sie hört keine Schritte, sie hört nichts – sie spürt nur, dass diese Jungen einen Weg in ihr Haus gefunden haben.

Sie kann nicht einfach dasitzen. Sie geht die Treppe hinunter, um sich umzusehen, und als sie auf halbem Weg zwischen dem Treppenabsatz des ersten Stocks und dem Erdgeschoss angekommen ist, bleibt sie stehen. Frischer Schnee wirbelt durch die Diele, und noch mehr weht herein.

So leise wie möglich geht Kate rückwärts die Treppe hoch, und als sie am oberen Treppenabsatz ankommt, dreht sie sich um und geht rasch in ihr Schlafzimmer. Es hat kein Türschloss; sie schiebt einen Stapel zusammengelegter Bettwäsche von einem Polstersessel, schleift ihn durchs Zimmer und klemmt ihn unter den Porzellantürgriff. Dann bläst sie das Teelicht und die freistehende Kerze auf der Marmorplatte der Kommode aus, und das Zimmer versinkt in Dunkelheit.

Sie sitzt am Fußende des Bettes, faltet die Hände im Schoß und atmet, so leise sie kann. Sie hat das Gefühl, dass ihr Leben jetzt absolut auf dem Spiel steht, dass eine dumme Bewegung, Hast, Panik, Ungeduld, Neugier, alles außer der größten und disziplinierten Ruhe ihren Tod zur Folge haben wird. Ihre Angst, die jetzt nicht mehr relevant, nicht mehr nützlich ist, wurde offenbar von einer außergewöhnlichen Klarheit abgelöst.

Die Angst bleibt unter Kontrolle, selbst als sie spürt, wie jemand die Treppe hochkommt. Es gehört zu den Eigenheiten des Hauses, dass ein Tritt auf die fünfte Stufe den Boden im Elternschlafzimmer zum Vibrieren bringt. Am Abend hörte sie immer Daniels mühseliges Hochstapfen, und tagsüber Ruby, wenn sie heraufkam, um sie aufzuwecken. Diese knarrende Stufe und ihr harmonisches Zusammenwirken mit der inneren Skelettstruktur des Hauses dient Kate als Frühwarnsystem; normalerweise ist es das Stichwort für sie, Schlaf vorzutäuschen, sich die Bettdecke übers Kinn zu ziehen, vielleicht ein Kissen auf den Kopf zu legen. Doch heute kann sie nur den Atem anhalten.

Die Schritte sind im Flur, kommen in ihre Richtung.

Ihr fällt nichts ein, was sie von Gott erbitten könnte. Um Schutz zu flehen käme ihr vor, wie um ein Paar Schlittschuhe zu bitten. Wenn er nicht will, dass du stirbst, dann stirbst du auch nicht. Wenn er es will, dann wirst du es ihm bestimmt nicht in letzter Sekunde ausreden können. Man betet nicht für seine Sicherheit, man betet nicht für einen Homerun beim Baseball, man betet nicht, dass dein nächster Roman vom Buchklub als Angebot des Monats ausgewählt wird. Das einzig einleuchtende Gebet ist für klaren Verstand, Gottvertrauen und Schicksalsergebenheit, und Kate findet, dass sie über genau das jetzt verfügt.

Die Schritte verstummen, bevor sie die Schlafzimmertür erreichen. Sie hört, wie eine andere Tür geschlossen wird. Wo ist er hingegangen? Auf die Toilette?

Stille. Kate zählt sie leise aus, um nicht den Verstand zu verlieren, die Zahlen schaffen einen Pfad, sind Brotkrumen im Wald. Bei dreißig angekommen, hört sie eine Stimme von unten rufen. Es ist die Stimme eines jungen Mannes, den sie als offensichtlich schwarz beschreiben würde. Seine Stimme erinnert an ein Nebelhorn, ein Ton, den man über ständigem Lärm hören kann.

»Komm schon, Kenny, wir hauen ab.«

»Lass mich in Ruhe«, antwortet eine Stimme aus der Toilette. Kenny. Seine Stimme ist hart, hoch, kläglich.

»Was machst du da oben?«

»Scheißen.«

»Komm schon. Was ist, wenn jemand kommt und uns hier findet?«

»Ich scheiß aber nicht draußen.«

Kate lehnt sich zurück und tastet im Dunkeln nach dem Telefon. Sie wird nicht einfach hier herumsitzen wie ein Tier in der Falle. Sie nimmt den Hörer ab und presst den Daumen auf die Ohrmuschel, damit der Ton des Freizeichens nicht zu hören ist.

Sie wählt 911 und wartet darauf, dass in der Notrufzentrale abgehoben wird, es klingelt einmal, klingelt zum zweiten Mal, drei …

»Heh, Cyril«, sagt eine andere Stimme im Erdgeschoss, »neben der Küche ist auch eine Toilette.« Dieser Junge spricht es aus wie »Tolette«, genau wie ihr Vater, wenn er seinen einzigen schwarzen Patienten imitierte, der immer gesagt hat: »Ich wünsch mir nur, ich könnt öfter auf die Tolette.« Dass er die Toilette in der Praxis von Dr. Ellis benutzen könnte, war Gegenstand einer mit witzigen Bemerkungen getarnten Furcht – »schließ die Tolette ab« und »hol mal Scheuerpulver für die Tolette«, waren die typischen Sprüche ihres Vaters.

Ihr Anruf bei 911 wird immer noch nicht beantwortet. Wie oft hat es geklingelt? Fünfzehnmal? Zwanzig? Verdammte Scheiße, was ist los mit denen?

Der Junge mit der heiseren Stimme schreit wieder nach oben. »Das ist vielleicht eine Drecksbude. Hier drin ist es ja dunkler als draußen. Wir hauen ab!«

Und keine zwei Sekunden, nachdem er das gesagt hat, kracht plötzlich der Ahornbaum vor dem Haus unter der Schneelast zusammen, der stolze, knorrige, zwölf Meter hohe Baum, der mit dafür verantwortlich war, dass Kate das Haus überhaupt kaufen wollte. Die Baumkrone trifft das Dach und reißt sofort die Rinne herunter; halb gefrorene Äste stoßen wie monströse Arme durch die Fenster auf der Ostseite des Hauses. Ein langer Ast kracht durch das Schlafzimmerfenster; die Zweige am Ende sind kalt und dünn und peitschen hart in Kates Gesicht. Wind und Schnee wehen herein.

Kate lässt sich vom Bett fallen, auf die Seite, rollt auf den Bauch, verdeckt ihr Gesicht. Mit Ellbogen und Knien schiebt sie sich unters Bett. Und während sie daliegt und sich versteckt, hört sie, wie die Jungs das Haus verlassen – unter lautem Gejohle, halb vor Schreck, halb vor Begeisterung.

Daniel steht neben Iris im Gästezimmer und hält die Taschenlampe, während sie die Bettcouch herrichtet.

»Sie müssen das nicht machen«, sagt er schließlich. »Ich bin durchaus imstande, ein Bett zu beziehen.« Er redet nervös weiter. »Ich habe sogar mal mein Geld mit Bettenmachen verdient. Im College, besser gesagt, in den Ferien, tatsächlich habe ich zwei Jahre hintereinander in einem Hotel in Delaware gearbeitet. Ich war Zimmermädchen.«

»Tatsächlich?«

»Oder Zimmerjunge, oder vielleicht Nachttopf. Ich habe Betten gemacht, mehr weiß ich auch nicht.«

»Sie können das Bett machen, wenn ich in Ihrem Haus eingeschneit bin«, sagt sie. Sie spricht sanft, als müsste sie ein aufgeregtes Tier beruhigen.

Und dann, weil er es bei ihr einfach nicht lassen kann und immer noch eins draufsetzen muss, sagt er: »Wir sind eigentlich nicht eingeschneit, wir sind einge*baumt*.«

Aber sie spielt den Ball nicht zurück, sie beendet den Austausch mit einem Lächeln, kurz, flüchtig, bedeutungslos, das man abwiegen, aber auf keiner Skala messen könnte. Sie bringt die Arbeit zu Ende. Sie hat kräftige, praktische Hände; sie streicht das Laken mit der Handfläche glatt, und alle Falten verschwinden.

»Ich weiß nicht mal, wie spät es ist«, sagt Daniel. Er richtet den Strahl der Taschenlampe auf seine Uhr; ein Kreis aus hellem, goldenem Licht erscheint auf seinem Handgelenk.

»Es ist zu kalt, um wach zu bleiben«, sagt sie. »Und wenn Nelson schlafen geht, ist für mich der Abend vorbei.«

So weit er es erkennen kann, ist die Bettwäsche, mit der sie sein Bett überzogen hat, dunkelblau. Bestimmt ist dieses Bettzeug wie in den meisten Haushalten von Bett zu Bett gewandert, bestimmt gab es eine Zeit, in der Iris und Hampton in ihrem Schlafzimmer am Ende des Flurs darin geschlafen haben. Er stellt sich Iris und Hampton auf diesen Laken vor, ihre schöne dunkle Haut auf dem tiefen Nachtblau.

Iris macht einen Schritt weg von der Schlafcouch und legt zwei Finger auf Daniels Handgelenk. Die Zärtlichkeit dieser Geste überwältigt ihn, es ist, als ob sie ihn geküsst hätte. Aber sie will nur den Strahl der Taschenlampe wieder zurücklenken. Sie leuchtet den Schrank an, wo sie zusätzliche Decken findet. »Sie werden es nett und gemütlich haben«, sagt sie und wirft die Decken auf das Fußende des Betts, und diese Ankündigung mit kehliger, gutmütiger Stimme entmutigt ihn total. Offenbar meint sie: Bleib in deinem eigenen Bett. Komm nicht in mein Zimmer geschlichen. Du bist hier, das sind deine Decken, bleib drunter liegen, sei ein braver Junge, braves Hündchen, Platz.

»Haben Sie genügend Decken in Ihrem Zimmer?«, fragt Daniel in etwas weinerlichem Ton, als müsste er um Vergebung flehen.

»Ja, danke, alles da.«

Es gibt so viele Möglichkeiten zu reden und zu handeln; er könnte ihr Handgelenk ergreifen, sie an sich ziehen, er könnte sagen: »Nein, ich will mit dir schlafen«; er könnte seufzen, könnte sagen: »Ich glaube wir wissen beide, was hier abläuft«; er könnte cool tun und einfach Gute Nacht sagen, er könnte die Hand aufs Herz legen, er könnte – irgendwie scheint auch das möglich zu sein – in Tränen ausbrechen, ja, doch, er könnte versuchen, sie per Tränen ins Bett zu kriegen. Das ist alles schon passiert, was ist denn noch nicht passiert in der Geschichte der Verführung? Aber im Endeffekt kann Daniel nichts tun. Er schaut ihr zu, wie sie zur Tür geht. Die Spielhölle in seinem Kopf fördert einen klaren Gedanken zu Tage.

»Ich leuchte Ihnen auf dem Weg«, sagt er.

»Okay«, antwortet sie. »Sie können der Nachtwächter sein, wie diese Typen früher, die eine Laterne dabeihatten und die Leute nach Hause brachten.«

»Nützliche Arbeit«, sagt Daniel. Seine Stimme klingt, als müsste er sich manisch Mut machen, fast schon hysterisch. Dann sagt er sich: *Halt um Himmels willen die Klappe.*

Er lenkt den Lichtstrahl nach oben, sodass das Licht von der Decke reflektiert wird und einen blassgrauen Schein wirft. Er geht hinter ihr her; ihre Silhouette hat ihn in eine Art übersinnlichen Dämmerzustand versetzt.

Sie haben ihr Ziel erreicht: das Elternschlafzimmer. Er wartet an der Türschwelle und leuchtet ins Zimmer, während Iris zum Nachttisch geht, eine Schublade aufzieht, ein Streichholzbriefchen findet und eine Kerze neben dem Bett anzündet.

Er kann nicht länger darauf warten, dass das Unmögliche passiert. Sie wird ihn nicht fragen, ob er sich zu ihr in dieses Bett legt. Im Gegenteil, die Art ihres Schweigens schiebt ihn jetzt weg. Anscheinend hat sie ihr Gleichgewicht wiedergefunden. Die Droge des Sturms lässt nach, sie kommt wieder zu sich.

»Ich lasse am besten die Taschenlampe hier bei Ihnen«, sagt er.

»Nicht nötig. Ich hab eine hier.«

Er zwingt sich zu einem Lächeln, nicht sicher, ob sie sein Gesicht sehen kann. »Schlafen Sie gut, Iris.«

Hier steht er, praktisch in ihrem Schlafzimmer, und sagt ihr Gute Nacht. *Es reicht*, sagt er sich. Er hat *Schlafen Sie gut, Iris* gesagt, das wollte er schon immer sagen.

Aber als er dann auf der Bettcouch liegt, stocksteif in der Kälte und in der Dunkelheit, stellt er fest, dass das Wunder, Iris Gute Nacht zu sagen, *nicht* genügt. Das Verlangen blüht in der Dunkelheit auf, er erstickt an dem Duft. Ihre Nähe quält ihn – wie kann er diese Gelegenheit vorübergehen lassen? Er versucht, sich zum Schlafen zu zwingen, doch der Schlaf entflieht ihm, je verzweifelter er ihn verfolgt. Niemals seit den Monaten unmittelbar vor seinem Treppensturz hat ihn Schlaflosigkeit so verrückt gemacht. Der tatsächliche Angriff damals hat ihm ein ganz neues Vokabular der Schmerzen hinterlassen – sengend, metallisch, pochend, Schwindel erregend, fröstelnd, brennend, elektrisierend – und eine anhaltende Abhängigkeit von Schmerztabletten. Percocet und Lortab haben die Schmerzen nicht richtig verschwinden lassen oder auch nur merklich gemildert, aber sie schienen einen kleinen chemischen Pavillon in seinem Bewusstsein zu erzeugen, einen halbwegs angenehmen Ort, an den er sich zurückziehen konnte, und die Schmerzen konnten ohne ihn weitermachen. Es hatte nicht lang gedauert, bis er seinen Konsum von vier auf sechzehn Tabletten am Tag erhöht hatte, und die Zahl hätte noch größer werden können, wenn er nicht in einem Anfall von Selbsterhaltung mit der Einnahme ganz aufgehört hätte, wobei er seinem Körper nicht nur die gewohnte Dosis synthetischer Endorphine entzog: Sein Körper hatte auch die Erinnerung verloren, eigene herzustellen, als hätte ihn die Versorgung mit Opiaten in einen Zustand metabolischen Gedächtnisschwunds versetzt. Zuerst begannen Teile seines Körpers, die nicht einmal verletzt worden waren, zu pochen und zu schmerzen; er kam sich vor, als sei er aus einer schwerelosen Kapsel herausgerissen worden und dazu verdammt, die Qualen der Schwerkraft zu ertragen. Dann kamen das Handgelenk, die Kinnlade, die Fußknöchel, der Rücken – der nie wieder richtig besser wurde –, und während der ganzen Zeit konnte er nicht schlafen.

Das brachte ihn für zwei Monate auf allabendliche Schlaftabletten, was ihn nun daran erinnert, dass Iris Schlaftabletten hat, wenn auch nur rezeptfreie. Daniel schlüpft aus dem Bett, tappt durch die Dunkelheit des Gästezimmers, und sein Fuß landet auf etwas Pelzigem, Lebendigem. Erschrocken fährt er zurück. Er hört ein leises Stöhnen und richtet die Taschenlampe darauf. Scarecrow. Sie hatte die ganze Zeit eingerollt neben ihm geschlafen. Sie schmiegt sich an seine Beine, und als er sich bückt, um sie zu streicheln, wackelt sie mit dem Hinterteil.

Er bahnt sich den Weg ins Badezimmer. Es ist klein. Kalt. Weiße Wände, Kacheln, strikt funktionell. Wanne, Toilette, Waschbecken. Er ist so vorsichtig und leise wie möglich. Neben dem Waschbecken hängt einer dieser neuen Geschenkspiegel, die wie das Titelbild der Zeitschrift *Time* aussehen sollen, mit dem Schriftzug HAMPTON WELLES MANN DES JAHRES aufs Glas geprägt. Links vom Waschbecken ist ein Zahnbürstenhalter an der Wand angebracht, zwei Zahnbürsten stecken darin, eine große und eine kleine. Er zieht die heraus, die bestimmt Iris gehört. Der Griff hat Zebrastreifen, einen taubenrosa Massagepfropfen aus Gummi am Ende, einen ungewöhnlich dichten Bürstenkopf. Er berührt seine Lippen damit.

Daniel legt die Taschenlampe auf den Waschbeckenrand und macht den Medizinschrank auf. Hamptons Rasierzeug, vier Sorten Hustensaft für Kinder, flüssiges Aspirin. Sominex. Neugierig macht er den Deckel auf, nur um festzustellen, dass die Sicherheitsfolie noch unverletzt ist. Er reißt sie auf, ohne sich der Dreistigkeit seines Tuns recht bewusst zu sein. Als er zwei Tabletten herausgeschüttelt hat, wird ihm klar, dass er sie ohne Wasser nehmen muss. Auch gut, was soll's.

Genau in diesem Moment klingelt das Telefon. Er löscht die Taschenlampe und hält den Atem an, als wäre er kein Gast, der hier übernachtet und mal aufs Klo muss, sondern ein Einbrecher, der gerade entdeckt wird. Ein zweites Klingeln. Und dann hört er die Stimme von Iris.

»Hallo?«

Daniel hält sich am Rand des Waschbeckens fest, um das Gleichgewicht nicht zu verlieren.

»Ich hab geschlafen«, sagt Iris.

In der dunklen Stille erfüllt ihre Stimme das ganze Haus, sie ist ganz nah, direkt neben ihm. »Du weißt mehr darüber als ich, und ich bin mittendrin«, sagt Iris. Und dann, etwas später: »Okay, wenn der Strom immer noch nicht wieder an ist, laufen wir zum Bahnhof und kommen zu dir in die City.« Und dann, schließlich: »Ich dich auch.«

Daniel weiß, was »ich dich auch« heißt.

Iris legt auf, und Sekunden später kommt der Schein ihrer Taschenlampe aus ihrem Schlafzimmer und den Flur herunter. Ihre Schritte sind lautlos; nur an dem heller werdenden Licht kann er erkennen, dass sie näher kommt. Sollte er so tun, als würde er pinkeln, sich rasch über die Toilette stellen? Und was ist mit der Tür? Wie kann er das tun bei weit geöffneter Tür? Er könnte sich die Hände waschen – aber welcher Irre würde sich mitten in der Nacht die Hände waschen? Ganz zu schweigen davon, dass es keinen Strom, keine Pumpe, kein Wasser gibt.

Iris kommt ins Badezimmer und erfasst ihn mit dem Lichtkegel ihrer Taschenlampe. Sie hat eine Trainingshose und einen Rollkragenpullover an, Hüttensocken und eine bunte ägyptische Mütze. »Alles in Ordnung?«, fragt sie. Sie streckt die Hand nach unten aus und krault das Fell auf Scarecrows hochgerecktem Kopf.

»Ja. Alles klar«, sagt Daniel.

»Ich hab Sie hier drinnen gehört«, sagt sie.

»Alles okay.«

»Ich wollte mal nach den Kindern schauen«, sagt sie. Wenn sie spricht, kann man ihren Atem in der Luft sehen.

Er tritt auf den Flur hinaus, und die beiden gehen zu Nelsons Zimmer. Daniel schaltet seine Taschenlampe aus und verlässt sich auf ihre. Er geht direkt hinter ihr, der Hund neben ihm. Der Hund mag ihn, das wertet Daniel als Vorteil für sich.

Plötzlich bleibt Iris stehen, und es kommt zu einer Berührung. Sie stoßen sanft aneinander, seine Zehen an ihre Ferse, seine Brust stößt an ihre Schulterblätter.

Sie weicht nicht aus, verlagert ihr Gewicht leicht in seine Richtung, verstärkt die Berührung, die das stille Wasser zwischen ihnen ersetzt, und beim Abfließen entsteht Intimität im Kielwasser.

Daniel senkt die Stirn und berührt damit ihren Nacken. Sie bewegen sich nicht. Er atmet ihren Duft ein. Sie drückt sich an ihn. Seine Lippen finden ihren Nacken. Sie hebt das Kinn und atmet aus. Er umarmt sie.

Sie haben eine Grenze überschritten, aber es kommt ihm vor, als wären sie noch nicht zu weit gegangen, noch nicht, sie können immer noch zurück, niemand wird etwas bemerken.

Iris macht einen Schritt vorwärts, und Daniel lässt sie los.

Sie gehen zu Nelson ins Zimmer. Nelson liegt im oberen Bett; er hat die Decke zur Seite gestoßen, seine Füße hängen über die Matratze heraus. Ruby liegt unten, eine langsam verlöschende Taschenlampe, die aus der Bettdecke ragt, wirft ein kaltes, weißes Licht auf ihr schlafendes Gesicht, wie der Schein eines untergehenden Mondes.

»Ich möchte Ihnen etwas sagen«, sagt Iris halblaut. Es ist fast, als wollte sie absichtlich in Kauf nehmen, dass die Kinder aufwachen.

»Gehen wir«, sagt Daniel und zieht sie sanft mit. »Wir wollen sie nicht wecken.«

Im Flur zieht sie die Tür von Nelsons Zimmer zu drei Viertel zu. »Sie schlafen ganz fest«, sagt sie. »Es ist so kalt für die armen Mäuse.«

»Ruby schläft immer fest.«

»Ich kann überhaupt nicht schlafen«, sagt sie. »Kann ich nie. Ich döse mehr oder weniger. Ich glaube, Schlaf ist mir eine zu große Verpflichtung.« Sie lacht.

»Vielleicht geht Ihnen zu viel im Kopf herum«, sagt er. *Ist es das?* Sie kommt ihm plötzlich exotisch vor, undurchsichtig und unbekannt. Nein, das ist es nicht. Er *durchschaut* sie einfach nicht, ihm fehlt hier das schnelle, instinktive Verstehen. Er muss sich konzentrieren, sie ist jemand, bei dem er sich anstrengen muss.

Daniel sagt nichts. Es ist, wie wenn man ruhig im Wald sitzt, man lässt die Dinge auf sich zukommen, das Leben des Waldes vergisst einen und geht wieder seinen Gang. Nach ein paar Sekunden lockt sein Schweigen sie heraus, scheu wie ein Reh kommt sie an den Waldrand.

»Ich werde Ihnen jetzt die Wahrheit sagen«, erklärt sie.

Sie sieht an seinen Augen, wie erschrocken er ist, und legt ihm beruhigend die Hand auf die Wange.

»Es ist nichts Schlimmes, keine Angst.«

»Okay.«

Sie legt verwirrt den Kopf zur Seite und betrachtet dieses seltsame Wesen.

»Als ich Sie zum ersten Mal gesehen habe«, sagt Iris, »habe ich Sie sofort sehr gemocht. Ich meine, auf Anhieb. Es war eine ganz seltsame Erfahrung für mich. Sie kamen mir so perfekt vor.«

»So bin ich nun mal.«

»Ich meine es ernst. Es hat mir Angst gemacht. Also, erstens hat es Sie erwischt und mich auch.«

Sie redet darüber in der Vergangenheitsform, denkt Daniel. *Als ob wir jetzt davon frei wären.*

»Und zweitens, ich meine, was noch beängstigender war: Ich habe gespürt, wenn wir zusammenkämen und irgendetwas passieren würde, wenn es sich herausgestellt hätte, dass Sie mich doch nicht mögen oder mich ausnützen würden, käme ich nie wieder auf die Beine. Ich wusste von Anfang an, dass das tödlich wäre.«

»Ich würde Ihnen nie weh tun«, sagt er. Er hört seine Stimme in der seltsam toten Luft dieses Hauses.

»Nicht mit Absicht«, sagt sie und zieht die Hand von ihm weg, aber er greift danach und drückt ihr die Lippen auf die Handfläche. Sie spürt den Kuss bis in die Magengrube.

Ruby wacht auf. Die Stimmen der beiden sind in ihren Schlaf gedrungen und haben sie unbewusst herbeigeholt. Sie ruft nach Daniel, ihre Stimme ist trocken, brüchig und leise.

Daniel geht zurück ins Kinderzimmer und setzt sich an ihren Bettrand. Er spürt, wie ihn etwas ans Ohr stößt, an die Wange. Er merkt, dass es Nelsons Fuß ist, der sich hin und her bewegt, obwohl Nelson immer noch schläft.

»Alles in Ordnung?«, flüstert Daniel Ruby zu.

»Ja«, sagt sie. »Ich muss aufs Klo.« Sie streckt die Arme aus, als wäre es selbstverständlich, dass er sie hochnimmt und trägt.

Als Ruby fertig ist, trägt Daniel sie zurück in Nelsons Zimmer. Er legt sie vorsichtig ins Bett, sie ist praktisch eingeschlafen, aber irgendwie weckt die Berührung mit dem kalten Kissen sie wieder auf. Plötzlich macht sie große, neugierige Augen.

»Wir bleiben über Nacht hier. Stimmt's?«

»Das stimmt, Äffchen.«

Sie sagt nichts. Eine Minute verstreicht; er glaubt, sie schläft. Aber dann kommen ihre kalten Finger auf seinem Handrücken zu liegen. »Ich hab dich lieber als irgendjemand sonst.«

Daniel liegt neben ihr, und Iris kann nicht einschlafen. Ihre Gedanken flitzen wie Steine übers Wasser. Nelson, der Sturm, ein japanischer Ahorn, den ihr Vater in ihrem Vorgarten gepflanzt hat und von dem sie immer geglaubt hat, er würde die weißen Nachbarn irritieren mit seinen lila Blättern, die nicht zur Jahreszeit passten ... Iris konnte noch nie neben jemandem einschlafen, mit dem sie zum ersten Mal ins Bett ging; sich auf jemanden einzulassen hieß immer, einen Nachtschlaf dranzugeben. Als Teenager war das mit dem Sex einfacher – sie musste danach in ihr eigenes Bett zu Hause, allein, und sie konnte in den Schlaf sinken, als wäre es eine Art Unschuld. Sogar im College – und warum hatte sie sich nur von ihren Eltern überreden lassen, aufs Spelman College zu gehen, das zu neunzig Prozent schwarz war und zu hundert Prozent weiblich, ein einziges großes Jagdrevier für die Männer von Morehouse, das als Partnerschule konzipiert war, einzig und allein zu Konzeptionszwecken, wie es schien – sogar im College hatte sie ein bisschen den Ruf als das Mädchen, das immer in ihrem eigenen sicheren kleinen Bett übernachten wollte, das Mädchen, das sagte, sie müsse nach Hause, weil ihr Teddybär sie vermisst.

Es ist Jahre her, dass sie mit irgendjemand anderem als Hampton geschlafen hat. Sie verspürt einen Augenblick lang starke Sehnsucht nach ihm, als wäre er Ozeane entfernt, unwiederbringlich, tot. Sie vermisst die Leichtigkeit und Behaglichkeit, mit einem Mann zusammen zu sein, der ihren Körper nun Woche für Woche, Jahr für Jahr gesehen hat und der, so weit sie es einschätzen kann, blind ist für dessen kleine Unzulänglichkeiten. Die sind alle allmählich gekommen, und er hat es nicht bemerkt. Hamptons Kritik an ihr ist eher intellektueller, spiritueller, praktischer Art; es macht ihm größere Probleme, dass sie vergesslich ist, als dass sie älter wird. Ihm wäre es lieber, dass sie ihre Doktorarbeit abschließt – oder hinschmeißt –, als dass sie sich die Brüste korrigieren lässt. Selbst in Momenten, in denen er sie für ihre Begriffe verachtet, bleibt er beinahe unverändert gierig auf ihren Körper. *Ich liebe deinen Körper,* sagt er immer wieder, so oft und mit solcher Plötzlichkeit und ohne Rücksicht auf ihre momentane Stimmung oder auf das, was zwischen ihnen abgelaufen ist, dass sie es allmählich als Affront sieht. Sonst scheint ihm wohl nichts rühmenswert an ihr, seine ganze Verehrung für sie beschränkt sich auf diese simple Aussage. Er sagt weder: *Ich brauche deinen Rat*, noch: *Du faszinierst mich,* und er fragt sie bestimmt nicht, was sie gerade beschäftigt. Er hat wenig Interesse an ihren Gedanken, und manchmal kann sie ihm das nicht einmal vorwerfen. Aber wenn ihr Leben auch ein wenig langweilig ist, dann sieht sie trotzdem keinen Grund, weshalb man ihr das vorhalten sollte. Dieses Leben, und die Rolle, die sie darin spielt, das ist schließlich etwas, das sie beide gewollt haben, es ist ihr gemeinsames Projekt. Und wenn sie die emotionale Kraft aufbringt, trotz allem ihre Meinung zu sagen, dann kann sie sehen, wie er *so tut,* als würde er zuhören, obwohl himmelschreiend klar ist, dass er mit seinen Gedanken woanders ist. Und nachdem er sie so missachtet hat, dann aufzuschauen und zu sagen, wie schön sie ist, wie verdammt heiß sie ihn macht – da könnte er gleich sagen: *Schade, dass du nicht auf meinem Niveau stehst. Schade, dass du eine Idiotin bist.*

Daniel dagegen scheint alles über sie wissen zu wollen. Das ist seine Natur, dagegen kann er nicht angehen. Er wird wissen wollen, ob sie Hampton je untreu war, und wenn sie ja sagt, will er wahrscheinlich auch noch wissen mit wem, wann, wo, aus welchem Grund und was daraus wurde, und wenn sie nein sagt, wird er fragen, warum nicht. Er wird sie danach fragen, was sie träumt, wie sie den Tag verbracht hat, was sie zu Mittag gegessen hat, wo sie ihre Kleider kauft, wie ihre Verwandten heißen, auf welchem Weg sie von zu Hause ins College fährt. Er wird sie mit Knutschflecken aussaugen, er wird an ihrer Haut lecken wie an einer Kugel Eiskrem, bis sie immer kleiner wird, bis sie verschwindet.

Iris streckt den Arm über Daniels liegenden Körper aus, mit seinem tiefen, gleichmäßigen leisen Schnarchen und dem Geruch nach Schlaf, und greift nach der Taschenlampe auf dem Nachttisch. Die ist jedoch in der Erregung umgestoßen worden, auf den Teppich gefallen und über den blanken Boden gerollt. Iris findet sie schließlich halb unter dem Bett. Sie kriecht schnell wieder ins Nest aus Steppdecken und Bettzeug zurück und riskiert dabei, dass Daniel vom Federn der Matratze aufwacht, aber er schläft weiter.

Sie knipst die Taschenlampe an. Sie legt die Hand über den hellen Schein, reduziert ihn auf ein silbernes Leuchten und richtet den Lichtstrahl auf Daniel, um sich anzuschauen, was sie von seinem nackten Körper sehen kann.

Das Verstörendste dabei ist, dass er überhaupt nackt daliegt.

Wie das wohl thermodynamisch funktioniert? Wie solch weiße Haut, die so porös und durchsichtig wirkt und durch die Hitze und Licht dringen, wie solch pigmentlose Haut genug Wärme hält, dass er schlafen kann.

Sie geht mit dem Strahl noch näher an ihn heran. Ein Lichtkegel beleuchtet seinen Brustkorb. Um seine Brustmuskeln wachsen dichte, glatte Haare. Diese elfenbeinweiße Haut und die dunkle Körperbehaarung. Sie starrt ihn an, verblüfft, wie barbarisch es aussieht. Sie muss an die vornübergebeugten Gestalten in den Schulbüchern denken, die zwei Schritte vor den Gletschern über die urzeitliche Tundra wandern. *Wie merkwürdig, dass die Weißen je die Schwarzen mit Affen verglichen haben, wo doch die Weißen so behaart sind.* Auf dem College hat Iris eine Zeitlang mit dem Gedanken gespielt, Ärztin zu werden; der Einfall hatte – wie so mancher ihrer inspirierten Pläne – eine kurze Lebensdauer: Im April hat es sie schon gelangweilt, und am Ende des Semesters hätte sie fast nicht die Prüfungen geschafft. Aber sie erinnert sich noch: Dermis, Epidermis, subkutanes Gewebe, dermale Papillare, Fettgewebe, subpapillares Netzwerk und das gute alte Meissner-Korpuskel, dessen Namen sie nie vergessen wird und dessen Funktion sie sich nie merken konnte. Damals dachte sie an all die Komponenten der menschlichen Haut, die für Afrikaner, Japaner, Europäer absolut identisch sind, und wie ähnlich wir uns unter diesen obersten Schichten alle sind. Aber jetzt, wo sie zum ersten Mal in ihrem Leben mit einem Weißen im Bett liegt, wird ihr der Unterschied deutlich, seltsamer und beunruhigender, als sie erwartet hatte. Sie streicht mit der Fingerspitze über ein kleines Stück von Daniels Haut, über der Schulter, wo die Haut nackt ist und sich kalt anfühlt, mit etwas Gänsehaut, fast ein wenig grobkörnig. Unwillkürlich schiebt sie einen Finger unter seine Achsel und spürt die langen, seidigen Haare, erstaunlich weich, wie Angora. Ein Schweißfilm liegt jetzt auf ihrer Fingerspitze, sie reibt ihn an den Daumen, bringt ihn an die Nase, stößt unter der bitteren Note des versagenden Deodorants auf Daniels Geruch, wie in einer zerbrochenen Nussschale auf das Fleisch der Nuss.

Sie beschattet die Taschenlampe mit der Hand noch stärker, damit nur ein schwacher Schein auf Daniels Gesicht fällt. Seine buschigen Augenbrauen, seine lange, irgendwie weich aussehende Nase, seine schmalen Lippen, der dunkle Bartschatten an seinem Kinn, als hätte jemand Eisenspäne in seine Kinnlade gerieben. Sein Haar steht in Büscheln nach allen Seiten ab. Er sieht etwas verrückt aus, angenehm erschöpft.

Sie hatte sich das seit Monaten so mit ihm vorgestellt. Wie hatte es angefangen? Sie kann sich nicht erinnern. Die Art, wie er ihr aufmerksam zugehört hat? Die stille Ernsthaftigkeit, so wie ein Engel einen anhören würde, nicht unbedingt imstande, dir Wünsche zu erfüllen, aber imstande, genau zu wissen, weshalb du sie geäußert hast. Mit ihm zu reden war wie eine Handvoll Steine aus dem Flussbett in eine dieser Scheuertrommeln zu werfen, so eine, die Kiesel in glänzende Kugeln verwandelt, beinahe in Edelsteine.

Ihr erstes Mal mit einem weißen Mann im Bett. Wie ihm der Schweiß ausgebrochen ist, wie er wimmerte, wie seine Stimme brach, wie etwas Gefrorenes, auf das jemand getreten ist, die reichliche, fast surreale Samenmenge, die aus ihm floss, die unermüdliche Raserei beim Ficken, seine Augen, die sie anstarrten, sie auswendig lernten, sie eroberten und sich gleichzeitig ergaben.

Iris hebt die Bettdecke hoch und leuchtet mit der Taschenlampe weiter an Daniels Körper nach unten. *Werde ich das tatsächlich tun?* Aber sie hält sich nicht zurück, lässt das Licht auf seinem Penis ruhen. Wer hatte noch mal jeden Penis eines

Weißen Pete Rose genannt? War das ihr Vater? Nein, unmöglich, dass so etwas Ungezogenes aus diesem wohlerzogenen Mund kommen würde, dem nie das Wort »Scheiße« über die Lippen ging. Ihre Brüder? Aber die benahmen sich immer so rücksichtsvoll, wenn sie dabei war – und widmeten sich noch mehr als ihre Eltern der anstrengenden Aufgabe, sie als Nesthäkchen zu behandeln. Und doch hat es jemand gesagt, und immer, wenn sie ein Bild von Pete Rose sieht, dem Baseball-Spieler, mit seinem Schuljungenhaarschnitt und dem stets verdutzten Gesichtsausdruck, denkt sie unweigerlich: Pimmel. Und hier ist endlich ein echter Penis eines Weißen, und sie starrt ihn an, schlaff und rosa, wie er so ungeschützt aussieht, verletzlich, roh, unbehaust, wie etwas, das in einen Körper gehört, in seinen eigenen Körper, also wie etwas, das man nicht sehen soll. Genau wie der echte Pete Rose sieht dieses spezielle Glied nicht gerade so aus, als würde es in die Ruhmeshalle aufgenommen werden.

Doch er hat ihr Vergnügen bereitet, Pete Rose hin oder her. Er schlüpfte rein, und irgendwie sorgte die Zärtlichkeit des Eindringens, der bescheidene, anmutige, vollkommene Gaststatus seines sexuellen Auftretens, in ihr für eine lustvolle Explosion.

Plötzlich erinnert sie sich, wer den weißen Penis Pete Rose nennt. Hampton. Der Gedanke an ihn ruft ein schuldbewusstes Unwohlsein in ihr hervor: Er darf es nie erfahrenen.

Aber wie kam Hampton überhaupt dazu, über weiße Geschlechtsorgane zu reden? Sie kann sich nicht erinnern. Bestimmt irgendein langer verächtlicher Wortschwall. Hampton, dem es materiell so gut geht, der so hellhäutig ist, so privilegiert, hat einen Zorn auf die weiße Welt, als wäre er besonders unterdrückt, als wären die Unwürdigkeiten, mit denen er es zu tun bekommt, von größerer Bedeutung, weil sie gegen einen Menschen mit seinen besonders hochstehenden Eigenschaften gerichtet waren. Sogar die himmelschreienden Ungerechtigkeiten, die gegen weniger auf Rosen gebetteten Menschen begangen wurden – die Festnahmen, die Prügeleien –, waren Angriffe auf ihn, weil er sie so umfassend wahrnahm und so stark empfand. Und so schürte er immer von Neuem die Abneigung gegen Weiße in sich, als wäre er ohne sie nicht mehr vollständig am Leben. Seine Wahrnehmung der Weißen ist von Ungerechtigkeitsgefühlen geprägt – wie leicht das Leben für sie ist, wie ihre Macht Darwin widerspricht, denn sie sind bestimmt nicht die Besten –, aber ohne dass er Rachegelüste hätte: Hampton bewundert die weiße Hegemonie, beneidet sie, und er wünscht sich, es wäre andersherum, er wünscht sich die Privilegien für sich, dass man, wenn man in eine schwarze Familie hineingeboren wird, eine besondere schwarze Familie, eine wie seine, eine Art Geburtsrecht verliehen bekommt, das die verwöhnten weißen Blagen als selbstverständlich ansehen. So weit wie möglich hat Hampton beschlossen, in dieser Art von Welt zu leben. Die Leute, die er gern um sich hat, die Leute, mit denen er Geschäfte tätigt, mit denen er trinkt, mit denen er um das Reservoir im Central Park joggt, sind ehrgeizige Afroamerikaner wie er, die den angemessenen Respekt vor Hamptons Stammbaum haben – eine Herkunft von Kultiviertheit und Adel, die ein Weißer nicht einmal erkennen würde, mit Vermögenswerten, die auf solch speziell Schwarzen Unternehmen beruhen wie Kosmetikmarken für dunkelhäutige Frauen, Cadillac-Vertretungen, Wochenzeitungen für die Leute in Newark und der South Side von Chicago, Radiosendern am hinteren Ende der Skala. Wo Hampton auch hinfährt, nach Washington, Boston, Detroit oder San Francisco, gibt es Leute wie ihn, die mehr als willens sind, ihren Respekt zu bezeugen, nicht nur Hampton, auch seiner Herkunft gegenüber, denn wenn sie ihn dafür feiern, was es bedeutet, ein Welles zu sein, bestätigt das auch die Bedeutung ihrer eigenen Familiennamen, die erhabene Stellung ihrer Universitäten, Clubs und Sommerurlaubsorte. Sie verbeugen sich voreinander als eine Art Kniefall vor sich selbst; sie küssen einander, als ob sie mit einem Spiegel knutschen.

Daniel murmelt etwas im Schlaf, und Iris knipst die Taschenlampe aus. Sie legt sich wieder hin, schiebt die Kissen zurecht und erinnert sich mit einer Art freudiger Wehmut an die Laute, die er von sich gab, als sie miteinander schliefen, das Taubengurren wachsender Erregung, den süßen, schutzlosen Schrei der endgültigen Hingabe.

Die Nacht ist vorüber, es hat endlich aufgehört zu schneien. Riesige Bergmassive aus Wasserdampf hat der Sturm aufgetürmt, aber zwischen den Wolken und dem Horizont tauchen Farben auf – hellblau, schiefergrau und gelb. Im Haus ist es hell genug zum Lesen, hell genug, um sich auf die Ellbogen zu stützen und sich im Zimmer umzuschauen und die verstreuten Kleider auf dem Fußboden zu sehen.

Ihre Nasen sind kalt, ihre Stirnen, ihre Füße, ihre Fingerspitzen. Die Heizung ist immer noch aus, die Digitaluhren sind schwarz.

»Guten Morgen«, sagt Daniel. »Hast du auch nur eine Sekunde geschlafen?«

»Ich schlaf ja sowieso nicht viel«, sagt sie.

»Ich glaube nicht, dass ich geschlafen habe. Es war mehr wie ohnmächtig werden.«

»So hat es auch ausgeschaut«, sagt sie.

»Habe ich geschnarcht?«

Sie schüttelt den Kopf.

»Ich will dich was fragen«, sagt er. Er drückt sich an sie. »Ist der Mythos von der sexuellen Potenz des weißen Mannes jetzt in ein klareres Licht gerückt worden?«

»Ja«, antwortet sie. »Das ist er.«

Daniels Lächeln verschwindet langsam. Er sieht eher beunruhigt aus. Ein dünner kalter Luftstrom schiebt sich zwischen die beiden, als er von ihr abrückt.

»Du warst wunderbar«, sagt Iris. »Du *bist* wunderbar. Ich kann dir nicht sagen, wie beeindruckt ich bin. Im Ernst. Haben dich deine Eltern ins Sexlager geschickt?«

»Sexlager?«

»Haben die Weißen nicht all diese verschiedenen Sommerlager für ihre Kinder – Baseball-Lager, Diätlager zum Abnehmen, Computerlager?«

Er rollt neben sie, drückt sie enger an sich. Er ist machtlos dagegen. Er hat zu lange darauf gewartet, neben ihr zu liegen, er muss erst noch satt werden.

»Ich bin ganz wund«, sagt sie und schiebt seine Hand weg.

»Tatsächlich?«, lächelt er.

»Du nicht?«

Jetzt fällt es ihm auf. Er reibt sich das Kreuz.

»Mein Rücken tut nicht weh, das ist so was wie ein Wunder zweiten Grades. Was Mr. Johnson anbelangt, der hat sein Leben lang darauf gewartet.«

Sie lacht, obwohl sie es nicht übermäßig lustig findet – was sie amüsiert, ist seine Absicht, sie aufzuheitern.

Sie fasst Daniel an der Schulter, als wollte sie ihm einen kleinen Stoß versetzen. Aber die Berührung seiner Haut fasziniert sie, bringt ihren Vorsatz, sich ein bisschen mit ihm zu balgen, durcheinander. Sie drückt seinen Arm und küsst ihn dann auf die Schulter, berührt seine Haut mit der Zunge – er schmeckt wie eine Holztheke, auf der jemand den verschütteten Zuckersirup nicht ganz aufgewischt hat.

Er möchte Erklärungen abgeben. Er möchte ihr sagen, wie lange er davon geträumt hat, neben ihr zu liegen, und er möchte ihr sagen, dass die Wirklichkeit seine leidenschaftlichsten Phantasien übertroffen hat – aber all das hat er schon gesagt. Er hat kleine Unvollkommenheiten an ihr entdeckt – ihr Mundgeruch, als sie müde wurde, eine gewisse Fülligkeit, die darauf hinweist, dass sie später mal einen Bauch haben wird –, aber in seinem Zustand haben diese Dinge sie natürlich nur noch begehrenswerter gemacht: Sie haben sie echt gemacht, sie ist *sein* geworden. Er möchte ihr sagen, dass sie schön ist, aber wie oft kann man das in zwölf Stunden sagen, ohne Misstrauen zu erregen? Aber irgendeine Erklärung muss er jetzt abgeben: Oder soll er vielleicht nach Hause gehen und so tun, als sei das alles nicht passiert?

Sie scheint ihm zuvorzukommen. Sie schaut ihn mit großem Ernst an und bittet: »Sag was. Erzähl mir, was ich hören will.«

Sein erster Reflex ist, ihr seine Liebe zu erklären, aber etwas warnt ihn davor.

»Ich will dir was sagen. Ich werde dich nicht bedrängen. Ich weiß, dass dein Leben kompliziert ist.«

»Das ist es«, sagt sie leise.

»Mehr als meines. Wenn ich alles verlieren würde, wäre das nicht sehr viel. Ich bin nicht verheiratet. Ich habe kein Kind.«

»Du hast Ruby.«

»Sie gehört mir ja nicht.«

»Doch, so wie du sie liebst. Und wenn irgendwas passiert, siehst du sie womöglich nie wieder. Das wäre entsetzlich.«

»Bei dir steht noch viel mehr auf dem Spiel. Du hast ein gutes Leben. Du hast deinen Sohn, die Uni, dein Leben, alles. Ich will kein Problem sein.«

»Was denkst du eigentlich von mir? Was denkst du von einer Frau, die im Bett ihres Ehemannes mit irgendeinem Typen vögelt?«

»Ich weiß es nicht. Vielleicht sollte man sie an den Pranger stellen und vor einer großen Menschenmenge zu Tode steinigen.«

Er lächelt, um ihr zu zeigen, dass er einen Scherz macht, aber sie findet es nicht witzig, und der Zeitpunkt irritiert sie.

»Nun, es muss ja keiner wissen, oder?«, sagt sie.

»Was sollen wir denn tun?«, fragt er.

»Glaubst du, ich würde mein ganzes Leben umkrempeln, nur weil du die vergangene Nacht in diesem Bett verbracht hast?« Sie fragt es in etwas scharfem Ton, was sie gleich bedauert. Aber Daniel hatte schon Nerven!

»Ja, ehrlich gesagt glaube ich das«, sagt er. »Es tut mir leid. Ich werde mir was Besseres einfallen lassen. Und in der Zwischenzeit verspreche ich, mich zu benehmen.«

Sie macht eine Handbewegung, um ihn zum Schweigen zu bringen. Da war doch etwas, ein Geräusch am Ende des Flurs?

»Es ist noch niemand wach«, sagt Daniel.

Sie lauscht wieder. Er hat Recht, im Haus ist es ruhig. Sie hört das entfernte Heulen eines Schneemobils, das die Stille dieser weiß emaillierten Welt durchdringt wie ein Zahnarztbohrer. Sie küsst ihn.

»Du gehst jetzt lieber wieder ins Gästezimmer zurück«, sagt Iris. »Nelson kann jeden Moment hier reinkommen.«

»In Ordnung.« Er beugt sich aus dem Bett wie aus einem Rettungsfloß, greift nach den Überbleibseln des nächtlichen Schiffsuntergangs – seinem Hemd, seiner Unterwäsche, seiner Hose.

Sie ist plötzlich verzweifelt, als sie sieht, wie er seinen Abgang vorbereitet. Was ist, wenn das nie wieder passieren kann? Er steht auf und wirft ihr über die Schulter einen Blick zu. Sein rosiger, leicht verknitterter Hintern. Sie taucht über das Bett hinweg nach ihm, packt seine Hüften, er macht es ihr leicht, ihn zurück ins Bett zu ziehen. Als sie mit dem Herumrollen wieder aufhören, kommt er unter ihr zu liegen, sein Kopf zwischen ihren Beinen, sein Mund küsst ihre Öffnung, als wären es die Lippen in ihrem Gesicht. Zu diesem Zeitpunkt ist es kaum erregend, es ist angenehm, es fühlt sich warm an und freundlich und zärtlich.

Schritte. Sind sie die ganze Zeit näher gekommen? In Panik richtet sich Iris auf und dreht sich von Daniel weg. Ihr Schambein schlägt an seine Zähne. Er schaut verdutzt hoch, aber sie muss ihm nicht sagen, dass er aufstehen soll, er weiß, was los ist. Man hört tappende Schritte näher kommen. Er rollt aus dem Bett, schnappt sich die Kleider, die er ein paar Minuten zuvor eingesammelt hat, und versucht vergeblich, sich zu bedecken. Iris zieht die Bettdecke bis ans Kinn.

Es ist Scarecrow. Die alte Hündin tappt herein, den Kopf erhoben, die lange rosa Zunge aus dem Maul hängend, ein gutmütiges Glitzern in den blauen Augen.

»Gott sei Dank!«, sagt Daniel.

Sie sind so erleichtert. Gemeinsam brechen sie in ein hysterisches Gelächter darüber aus, dass es gerade noch mal gut gegangen ist. Iris macht etwas, das sie nicht mehr gemacht hat, seit sie ein kleines Mädchen war: Sie hält die Hand über den Mund, während sie mit zusammengekniffenen Lippen lacht. Und Daniel tut so, als hätte er einen Herzanfall, greift sich an die Brust, bewegt sich steifbeinig, fällt aufs Bett zurück. Iris streichelt sein langes, weiches Haar. Sie beugt sich über ihn, küsst ihren Geschmack von seinem Mund.

Nelsons Schritte sind leiser als die des Hundes. Er steht direkt neben dem Bett, ehe sie ihn bemerken.

»Mir ist kalt«, sagt er und starrt Daniel durchdringend an.

Achtes Kapitel

Hampton fummelte immer noch schwarzes Pulver aus seiner Gesäßtasche, rieb es zwischen Daumen und Zeigefinger. Er hatte lange, sensible Finger; man konnte sich vorstellen, wie er Klavier spielte, eine schlafende Katze streichelte oder eine Frau zärtlich berührte. Er warf das Pulver in die Dunkelheit, als würde er nach einer Feuerbestattung die Asche verstreuen. Dann riss er eine Handvoll Laub von einem Wildkirschenbaum, einem, der noch stand, und wischte sich damit die Hände ab. »Ich habe Iris früher andauernd zum Lachen gebracht.«

»Ich habe Kate auch immer zum Lachen gebracht«, sagte Daniel. Er sagte es, weil er etwas sagen musste. Er konnte Hampton nicht einfach über Iris reden lassen, ohne eine Bemerkung zu machen. Das wäre zu seltsam, und verdächtig wäre es auch. Doch was er sagte, stimmte schon, war so gemeint. »Zumindest in den ersten paar Jahren, da lag sie immer am Boden.«

Hampton hatte plötzlich einen Kratzer auf seinem rasierten Schädel. Es sah aus wie ein kleiner, blutiger Wurm auf der glatten Kopfhaut.

»Und jetzt findet Kate Sie nicht mehr witzig?«

»Nein«, sagte Daniel.

»Iris findet Sie aber witzig. Vielleicht sind Sie ihr gegenüber witziger.«

»Vielleicht ist sie einfach nur sehr nett.«

»Oder sehr einsam.«

Daniel muss jetzt rasch handeln, nachdem Nelson unter die Bettdecke neben Iris gekrochen ist; er schlüpft aus dem Schlafzimmer und auf den Flur hinaus, wo er sich in fliegender Hast und gleichzeitig unglaublich ungeschickt anzieht, bevor er in Nelsons Zimmer geht, um Ruby zu wecken. Er schüttelt sie, bis sie wach ist. *Zeit zum Gehen, meine Süße*. Sie nickt, er wird schon Recht haben. Sie stellt nie etwas in Frage, das er sagt. Sie nimmt an, dass er weiß, was für sie am besten und was richtig ist. Wenn er ihr Erbsen mit Mais serviert, isst sie Erbsen mit Mais. Wenn er sie unter die Bettdecke steckt, macht sie die Augen zu. Wenn er ihr sagt, dass es so etwas wie Gespenster nicht gibt, dann glaubt sie ihm, dann muss er nicht einmal im Schrank nachsehen. Daniel zieht sie rasch an und trägt sie dann die Treppe hinunter und zur Tür hinaus in die betäubte, gefrorene, zerstörte Welt da draußen.

Sein Auto ist verschont geblieben. Kein Baum ist in der Nacht darauf gestürzt, nur Zweige und Äste stecken im Schnee auf dem Dach und auf der Windschutzscheibe. Nebenan, keine zehn Meter entfernt, ist ein Hartriegelbaum in zwei Teile gespalten worden; seine Krone ruht auf dem Dach des Hauses, neben dem Kamin. Ruby starrt mit großer Verwunderung hin, ihre Augen sind so weit aufgerissen, dass man das Weiße unter und über den Pupillen sehen kann. Daniel drückt sie an sich, doch auch ihm ist bei dem Anblick mehr als flau.

Noch ist niemand herausgekommen, um einen Gehsteig oder eine Einfahrt freizuschaufeln, aber es hat endlich zu schneien aufgehört, und der Himmel ist von einem lächerlich heiteren Blau überzogen. Die unberührte Schneedecke reicht so weit er sehen kann – unberührt natürlich nur dort, wo keine

Bäume oder Äste in die Oberfläche eingedrungen sind. Am Ende des Blocks liegt eine lange, eingerollte Stromleitung wie eine Schlange in einem Korb, und hin und wieder spuckt sie warnend Gift in hellorangefarbenen Blitzen.

»Wir fahren heim, mein Liebling«, sagt Daniel. Er streichelt ihre Wangen, die glatt wie Glas sind.

Obwohl es keine Straße gibt, auf der man fahren kann, bereitet Daniel trotzdem die Abfahrt vor. Er fühlt sich gleichzeitig wie betrunken und wie grippekrank, wischt den Schnee vom vorderen Türgriff, zieht die Tür auf, zerbricht dabei die Schicht Zuckerwatte aus Eis, schlüpft ins Auto und lässt den Motor an. Ruby klettert selbständig in den Kindersitz und zieht sich die Gurte über die Schultern. Während der Motor warmläuft, macht Daniel die Front- und Heckscheibe sauber und wischt dann den Schnee und das Gestrüpp vom Dach. Er setzt sich wieder ins Auto und schaut Ruby an. Ihre Augen sind vor Erschöpfung geschwollen, und sie zittert. »Bist du so weit?«, fragt er, und sie nickt. Er legt den Rückwärtsgang ein und tritt das Gaspedal durch, in der Hoffnung, mit Schwung den Schneehaufen am Ende von Iris' Einfahrt zu überwinden. Ihm kommt gar nicht der Gedanke, dass die Straßen unmöglich geräumt sein können, wenn die Räumkolonne noch nicht einmal die Straße von Iris in der Stadtmitte freigemacht hat – von der Schotterstraße, wo Kate und er wohnen, weit außerhalb der Stadt, ganz zu schweigen.

Die Hinterräder seines Autos drehen durch. Er legt den Rückwärtsgang ein, bewegt sich einen halben Meter zurück, schaltet dann auf Vorwärts, in der Hoffnung, durch die Schaukelbewegung freizukommen, immer vorwärts und wieder zurück. Bald fängt der Schnee unter dem Profil der durchdrehenden Reifen an zu schmelzen, und kurz darauf riecht es stark nach verbranntem Gummi.

»Weißt du was?«, sagt Daniel zu Ruby und dreht sich nach ihr um. Er lächelt, versucht, so gelassen wie möglich zu erscheinen. »Sogar wenn wir dieses dumme Auto aus der Einfahrt kriegen, heißt das noch nicht, dass wir den ganzen Weg nach Hause fahren können. Da liegt überall so viel Schnee, mein Liebling.«

»Und was ist mit Mammi?«, fragt Ruby.

»Na, die hat doch Glück gehabt, oder? Sie ist schon zu Hause.«

»Können wir nicht auch nach Hause fahren?«

»Mach dir keine Sorgen, das wird schon.« Er blickt zum Haus von Iris zurück und versucht, seinen Mut zusammenzunehmen und wieder hineinzugehen. Sie kümmert sich wahrscheinlich um Nelsons missbrauchte Empfindungen, aber Daniel hat ein kleines Mädchen draußen im Schnee.

Im selben Moment hört er das durchdringende Winseln eines kleinen Motors, der auf höchsten Touren läuft, und ein paar Sekunden später schlittert ein übergroßes, bunt bemaltes Schneemobil heran. Es ist Ferguson Richmond – gerade hebt er ab, während er über eine Schneewehe fährt, fällt dann wieder auf die verschneite Straße zurück, ein Fächer reinen Pulverschnees stiebt hoch. Er dreht eine große Schleife und biegt in Iris' Einfahrt.

Daniel schaut zum ersten Stock hoch, weil er annimmt, dass Iris aus Neugier wegen des Lärms ans Fenster kommt, aber er kann nur eine flammende Spiegelung des Sonnenlichts auf der Scheibe erkennen.

»Wie gefällt Ihnen der Weltuntergang?«, fragt Ferguson. »Dagegen sind Heuschrecken gar nichts, was?« Seine Stimme dröhnt wie ein Schmiedehammer. Er trägt weder Helm noch Mütze. Sein schütteres Haar ist nass, seine buschigen Augenbrauen sind mit kleinen Eisklumpen besetzt. »Was machen Sie hier?«

»Ich versuche, nach Hause zu kommen«, sagt Daniel. »Und Sie?«

»Ich *bin* zu Hause«, sagt Ferguson mit einer entzückten, weit ausholenden Handbewegung. »Und ich wollte sehen, ob das Ding hier funktioniert.« Er tätschelt das Schneemobil, als wäre es ein Pferd. Seine Hände sind so rot, dass es aussieht, als wäre die Haut abgezogen. »Und dieser mexikanische Junge, der bei uns die Fliesen verlegt, ist halb durchgedreht, also hab ich ihn zum Wohnwagenpark gebracht, damit er bei seiner Frau und den Kindern sein kann. Seitdem bin ich einfach herumgefahren und habe mir den Schaden angeschaut. Es ist phantastisch. Schlimmer, als ich erwartet habe.« Er strahlt. »Soll ich Sie mitnehmen?«

»Schaffen Sie uns beide?«

»Das werden wir gleich sehen!«

Sie fahren los, mit Ruby zwischen ihnen eingezwängt. Block um Block nichts als Ruhe und Stille. Ferguson schätzt nach seiner Erfahrung, wo die Kurven sein könnten, und versucht dort zu fahren, wo er die Straße vermutet, und als sie dann durchs Stadtzentrum kommen, drosselt er das Tempo. Kein Geschäft ist geöffnet, niemand ist auf der Straße, nur vor dem alten Backsteinhaus der Feuerwehr versucht ein halbes Dutzend Freiwilliger, mit Kettensägen und Schneegebläsen den Weg freizumachen.

Am anderen Ende der Stadt nimmt Ferguson eine Abkürzung über ein zehn Hektar großes Maisfeld. Auf dem Feld trifft das Schneemobil auf ein unerwartetes Hindernis. Nasser Schnee spritzt auf. Die gebogenen Spitzen der Ski heben sich schwarz vom leer gefegten blauen Himmel ab. Daniel hält Ruby an der Jacke fest. Hinauf, hinauf. Und dann wieder hinunter, mit einem harten Aufschlag.

»Alles klar bei dir?«, schreit er.

Sie nickt verängstigt, mit hängenden Schultern, atmet flach durch den Mund.

Ich bringe sie in Gefahr, denkt er. *Gibt es irgendetwas, das es wert ist, sie der Gefahr auszusetzen? Oder ihr irgendwie weh zu tun? Was habe ich mir nur dabei gedacht? Und der arme Nelson. Wie muss das für ihn gewesen sein, als er seine Mutter mit einem Fremden im Bett gesehen hat? Die arme Iris.*

Und jetzt kehrt er zu Kate zurück, deren Intelligenz er plötzlich fürchtet wie eine geladene Pistole. Sie rasen durch eine Landschaft mit zerborstenen Bäumen und gleißendem Schnee. Sie kommen zur Chase Farm, wo ein Dutzend Holsteinrinder dreißig Zentimeter tief im Schnee stehen und einander anstarren, dann auf den Boden, und dann wieder einander. Sie scheinen verblüfft zu sein, dass ihre Weide plötzlich verschwunden ist. Über ihnen beginnt der blaue Himmel rissig zu werden, wie billige Farbe, unter der Zement sichtbar wird.

»Halten Sie hier!«, ruft Daniel. Ohne zu fragen weshalb bremst Ferguson und hält an. Daniel rutscht vom Sitz, drückt Ruby kurz und rennt dann ins chaotische Gehölz des zerstörten Waldes gegenüber der Chase Farm. Ferguson glaubt bestimmt, er gehe in den Wald zum Pinkeln. Sobald Daniel außer Sichtweite ist, zieht er die Handschuhe aus, nimmt eine große Handvoll Schnee und reibt sich damit das Gesicht ab. Er muss das einfach tun. Die meisten Ehebrecher haben den Luxus moderner Installationen und können den Geruch von Sex abwaschen, bevor sie ins offizielle Leben zurückkehren. Aber Daniel hat das Gefühl, den Geruch eines jeden Kusses, jeder Körperflüssigkeit, auf seinen Händen, seinem Gesicht, in seinen Haaren zu tragen. Es ist schmerzhaft, sich mit Schnee zu waschen, aber seine Angst wirkt wie eine örtliche Betäubung, und als er mit dem Gesicht fertig ist, schnappt er sich noch mehr Schnee und zerdrückt ihn zwischen den Händen.

Zufällig ist Kate weder in der Lage noch in der Stimmung, den Geruch der Untreue an Daniel zu entdecken; sie ist verängstigt und leicht angetrunken, und als Daniel und Ruby ins Haus kommen, ist sie furchtbar beschäftigt. Sie versucht, eine gewisse häusliche Ordnung zu bewahren, auch wenn es im Haus kein Licht, keine Heizung und kein Wasser gibt. Das einzige Haushaltsgerät, das noch funktioniert, ist der Küchenherd, der mit Gas betrieben wird, das aus zwei silbernen Zylindern neben der Hintertür kommt, und Kate steht davor und kocht alles, was sonst verderben würde, grillt den Lachs, rührt die Eier, brät das Hähnchen und dämpft das Gemüse – ohne Leitungswasser benützt sie Sodawasser, das sie kurzerhand auf den Topfboden schüttet, bevor sie die Flamme aufdreht. Einmal hat sie plötzlich auf allen sechs Flammen des Garland-Herds (geerbt von den vorherigen Hausbesitzern), etwas am Kochen. Dabei nimmt sie abwechselnd einen Schluck aus der Wermut- und der Ginflasche, als wollte sie einen Martini-Cocktail im Mund mixen.

Wenn sie sich nicht gerade in den gruseligen Details der Invasion der Jungs vom Stern von Bethlehem ergeht, verfällt Kate in eine düster-manische Stimmung und scheint den Horizont nach möglichen Angriffszielen abzusuchen. Zu Daniel sagt sie: »Das ist ganz schön romantisch, nicht wahr?« und zieht ihn an den Haaren – nicht fest genug, um wirklich aggressiv zu wirken. »Ich hoffe, ihr seid hungrig«, verkündet sie im Singsang, wie ein albernes Kind, das eine Opernsängerin nachmacht. »Und ich hoffe ihr mögt alle ganz, ganz schlecht gekochtes Essen.« Trotz der Kälte im Haus ist sie rot im Gesicht, mit kleinen Schweißperlen auf dem Gesichtsflaum. »Komm schon, Ruby, ich spiel Verstecken mit dir.« Und als Ruby die Einladung ablehnt – das Letzte, was das Kind tun will, ist, in einem eiskalten, stockdunklen Haus in einen Schrank zu steigen oder unter ein Bett zu kriechen, in einem Haus, das sie immer unbehaglicher findet – reagiert Kate nicht nur enttäuscht, sondern fast beleidigt, als wäre sie selbst ein kleines Kind, ein einsames kleines Kind, das unter der Zurückweisung eines Spielkameraden leidet.

Ohne Strom kann man im häuslichen Bereich noch weniger für sich sein als sonst. Man fällt in eine Art vorindustrielle Abhängigkeit voneinander zurück. Wenn die Haustechnik normal funktioniert, kann jedes Familienmitglied eine selbständige Einheit sein, in einem eigenen Zimmer mit eigener Wärme- und Lichtquelle, wo man Musik auf der eigenen Anlage hören, einen Film anschauen und getrocknete Aprikosen aus Haifa übers Internet bestellen kann. Mit dem Kamin als einziger Heizung wird die Feuerstelle zum Mittelpunkt des Lebens. Wenn Kate eine Kerze nimmt, um mit Licht auf die Toilette zu gehen, bleiben Daniel und Ruby im Dunkeln zurück.

Ruby muss mindestens bei einem von ihnen beiden sein, und ihre ständige Anwesenheit, dazu ihre Ängstlichkeit und ihre Langeweile fallen Kate allmählich auf die Nerven. Schließlich gelingt es ihr jedoch, Ruby zu überreden, doch mal nach oben zu gehen. Sie gibt ihr eine Kerze und kann sie davon überzeugen, dass ihr kleines rotes Radio für etwas Abwechslung gut ist. Mit Ruby außer Hörweite mixt Kate einen Martini für Daniel und drückt ihm das Glas mit einer gewissen Bestimmtheit in die Hand, die ihm klarmacht, dass er es besser nicht ablehnt, obwohl er eigentlich lieber nüchtern bleiben würde, um sich verteidigen zu können, wenn Kate ihn mit ihrem scharfen Verstand aufs Korn nimmt. Außerdem will er weiterhin über eine Möglichkeit nachdenken, wie er das Haus verlassen, zurück in die Stadt gelangen und Iris sehen könnte.

»Weißt du, als ich dir von diesen Männern erzählt habe, die letzte Nacht ins Haus gekommen sind …«

»Ich dachte, du hast von Jungs gesprochen«, sagt Daniel.

»Das waren Männer«, sagt Kate. »So ein Arschloch von Rechtsanwalt könnte vielleicht dafür plädieren, dass es Jugendliche sind, aber die sind hier durchs Haus gestapft wie eine Herde Elefanten.«

Ich nehme mal an, mit »Arschloch von Rechtsanwalt« meinst du mich, will er sagen, aber weshalb Ärger provozieren?

»Und wenn sie mich gefunden hätten«, sagt Kate, »dann wäre das nicht bei einem Dummejungenstreich geblieben, das kann ich dir versprechen.«

»Na, Gott sei Dank haben sie dich nicht gefunden«, sagt Daniel. Er nimmt noch einen Schluck Martini und bemerkt, dass er praktisch das Glas leer getrunken hat.

Als Kate sich ihm nähert, weicht er ihr aus. Sicher riecht er immer noch nach letzter Nacht, und dann fällt ihm ein, dass er etwas körperliche Arbeit verrichten sollte, etwas, das plausiblen Schweiß erzeugt. »Ich hol mal ein bisschen Holz für den Kamin herein«, sagt er. Sie schaut ihn seltsam an.

Der Himmel ist dunkelblau, fast lila, mit einer zunehmenden Mondsichel, die hinter vorbeiziehenden Nachtwolken blitzartig aufscheint. Die Temperatur ist mild; mit einem Feuer im Kamin werden sie es drinnen warm genug haben. Daniel bleibt kurz auf der Veranda stehen, wo Eichen- und Eschenscheite an den grauen Schindeln der Außenwand aufgestapelt sind. Die klare Stille des Abends ist fast unglaublich – wie kann solch eine Ruhe auf ein derartiges Chaos folgen? Daniel holt tief Luft und breitet die Arme aus: *Iris.* Zwei der alten Robinien im Vorgarten sind umgestürzt, eine ist geborsten, die andere als Ganzes aus dem Boden gerissen, die Wurzeln ragen in die Luft. Ein paar verstreute Sterne pulsieren, Diamantsplitter auf

Samt. Ob es ihr gut geht? Sie kann die Kälte schlecht ertragen. Vielleicht hat sie niedrigen Blutdruck, sie sollte sich mal untersuchen lassen. Vielleicht haben die Räumkolonnen das Stadtzentrum schon freigelegt, vielleicht kann sie sich schon wieder ohne Einschränkung bewegen. Vielleicht gibt es in der Juniper Street sogar wieder Strom. Er hofft es. Sie sollte nicht allein in einem dunklen Haus sitzen. Ob Hampton, nachdem er vom Ausmaß des Sturms erfahren hat, zu seiner Familie zurückgekommen ist?

Er bringt einige Armvoll Feuerholz herein und legt sie sorgfältig in den großen Eisenring neben dem Kamin. Die Luft im Haus riecht abgestanden. Der Kamin jedoch duftet angenehm, und sie sitzen zu dritt davor auf dem Boden und genießen die Wärme und das beruhigende Licht. Kate trinkt weiterhin, ohne dass Daniel genau weiß, was sie im Glas hat, und sie zu fragen bringt er nicht fertig. Aber ihr beim Trinken zuzusehen, lässt bei ihm den Wunsch hochkommen, sich ebenfalls zu betrinken – trotz des Risikos –, und er macht sich auf den Weg in die Küche. Die Kerze, die er mitnimmt, lässt bei jedem Schritt Wachs auf seine Hände tropfen. Er kommt mit einem halben Glas Bourbon zurück und setzt sich auf den kleinen Teppich vor der Feuerstelle, wo er und Kate vorhin mit Ruby Uno gespielt haben. Normalerweise gehört so mit Ruby zu spielen für Daniel zu den Dingen, für die es sich zu leben lohnt, und dasselbe könnte für das Sitzen vor einem gut brennenden Feuer gesagt werden, während man sich einen Whiskey genehmigt, sogar für das gemeinsame Zubettgehen mit Kate, wenn sie etwas getrunken hat. Aber heute Abend kommt ihm alles unecht und trübselig vor. Wie kann er hier sein, festgehalten in der Falle, in einer Lage, in der jedes Wort aus seinem Mund eine Lüge ist? Wie kann er denn weitermachen mit diesem traurigen, schäbigen Leben, ein Leben, das jetzt – er hasst den Gedanken, aber was soll er machen? – kaum mehr ist als ein riesiges Hindernis zwischen ihm und dem einfachen, menschlichen Glück?

Später am selben Abend wartet Daniel im Erdgeschoss, bevor er ins Bett geht, stochert in den Scheiten im Kamin und hofft, dass Kate schon schläft, wenn er ins Schlafzimmer kommt. Er löscht die Kerze, als er die Treppe halb hochgestiegen ist; das Einzige, was er sehen kann, sind die roten Lichtpunkte der batteriebetriebenen Rauchmelder. Er tastet sich an der Wand entlang, den Flur hinunter, und so leise wie möglich ins Schlafzimmer. Er zieht die Schuhe aus und legt sich mit den Kleidern ins Bett – eine Cordhose, unter der er lange Unterwäsche trägt, zwei Hemden und ein Pullover, die er alle gegen die Kälte anhat, von denen er aber auch hofft, dass sie jeden möglichen Hinweis auf die Ekstasen der vergangenen Nacht, die sein Körper verraten könnte, vertuschen. Er hat lediglich drei Stunden geschlafen, was ihm erst voll bewusst wird, als er leise ins Bett schlüpft und ihn in langsamen, unbarmherzigen Wellen eine überwältigende Erschöpfung ergreift.

Und Kate schläft nicht. Sie rollt sich neben ihn und legt ihr Bein über seines.

»Was hast du da unten gemacht?«

»Ein Scheit mit dem Feuerhaken traktiert.«

»Ach, was für ein Mann.«

»So bin ich nun mal«, sagt er. Sie drückt sich an seine Hüfte, und er spürt Panik in sich aufsteigen. Weil es merkwürdig und vielleicht sogar herzlos aussehen würde, wenn er es nicht täte, legt er den Arm um sie, obwohl ihn allein diese Geste aufbringt, sogar eifersüchtig macht – wenn er zu diesen kleinen Liebesdiensten fähig ist, könnte Iris es genauso halten. Genau in diesem Augenblick.

»Meinst du wirklich, ich sollte nicht lieber die Polizei anrufen, wegen der Ausbrecher letzte Nacht?«, fragt Kate.

»Ich weiß es nicht. Die können im Moment nicht viel unternehmen in der Sache.« Er will eigentlich nicht reden, und er merkt auch, dass irgendwo im Kern genau dieser Erkundigungen Ärger lauert.

»Du bist ein kleines bisschen auf ihrer Seite, nicht wahr?«, sagt Kate leise, als wäre es möglich, ihm vorzumachen, dass sie bei dieser Vorstellung nicht wütend wäre.

»Natürlich nicht. Ich finde es furchtbar, dass das passiert ist. Es war offensichtlich ein schreckliches Erlebnis. Ich bekomme schon Angst, wenn ich nur davon höre.«

»Was willst du damit sagen? Dass ich aufhören soll, davon zu reden?«

»Kate. Natürlich nicht.«

»Aber das ist es doch. Das sagst du doch, dass ich aufhören soll, darüber zu reden.«

»Na, so habe ich das nicht gemeint.«

»Aber gesagt hast du's.«

»Kate, ich weiß nicht, was du willst. Suchst du die tiefere Bedeutung?«

»Genau, ich suche die gottverdammte tiefer liegende Bedeutung.«

»Ah, die *gottverdammte* Bedeutung.« *Halt die Klappe, halt die Klappe,* sagt er sich. Aber die Erschöpfung, der Bourbon und akute sexuelle Klaustrophobie haben ihn im Griff. Er zwingt sich, die Augen zu öffnen. Eine Sekunde lang glaubt er, er würde einschlafen – mitten in einem Streit.

»Was?«

Er versucht verzweifelt, wieder unbefangen anzuknüpfen. »Wenn du die Polizei anrufen willst, dann tu es«, sagt er. »Oder lass mich. Ich rufe Derek Pabst an.«

»Derek Pabst ist ein Idiot.«

»Dann rufe ich jemand anders an. Vielleicht den Generalstaatsanwalt.«

»Für dich ist es ein großer Witz.«

»Nein. Ist es nicht. Ich weiß nicht, was du willst.«

»Ich will, dass du mitfühlst, bei dem, was mir zugestoßen ist.«

Er hätte am liebsten gesagt, dass ihr ja eigentlich nichts passiert ist, kann sich aber beherrschen. Sie macht jedoch mit solcher Vehemenz weiter, dass er es genauso gut hätte sagen können.

»Weil sie schwarz sind, oder?«, fragt sie. »Du meinst, du müsstest sie beschützen. Als wären sie die Opfer, und die Leute, die versuchen, sie unter Kontrolle zu halten, sind die Bösen.«

»So denke ich nicht.« Er drückt den Ellbogen in die Matratze, um sich aufzurichten, aber ihm fehlt die Kraft dazu.

»Du wirst zu einem dieser lächerlichen weißen Typen, die insgeheim glauben, sie wären schwarz«, sagt Kate. »Woher kommt das übrigens? Willst du mir das erklären?«

»Ich weiß nicht, wovon du redest. Ich glaube nicht, dass ich schwarz bin.«

»Aber du wünschst es dir.«

»Ich wünsche mir nur, dass ich schlafen würde.«

»Das ist wie mit dem Fall Simpson. Seit wann glaubst du eigentlich, dass dieser Scheiß-O. J. unschuldig ist?«

»Das glaube ich gar nicht.«

»Tatsächlich? Du glaubst, er ist schuldig?«

»Ich weiß es nicht! Wie soll ich das wissen? Ich kenne nicht alle Fakten. Und der Prozess läuft noch.«

»Der Prozess läuft noch? Der Mann hat seine Frau abgeschlachtet, ein armes Mädchen, das zu ihren Freunden gesagt hat: ›Wenn mir irgendwas zustößt, dann hat es O. J. getan.‹ Jeder vernunftbegabte Mensch in Amerika weiß, dass er schuldig ist, seine eigenen Anwälte eingeschlossen, und du kannst lediglich sagen: ›Der Prozess läuft noch.‹« Die letzten Worte bringt sie auf diese spöttische Art, in der Frauen die Stimme von Männern nachmachen – die Stimme von jemandem, dem gerade ein Backstein auf den Kopf gefallen ist.

So klinge ich also für dich?, würde Daniel am liebsten sagen und das arme Opfer herauskehren. Aber selbst in den Verstrickungen der Leidenschaft, mit all der Gier und dem Narzissmus, die dazugehören, mit dem Egoismus und der Rücksichtslosigkeit eines Mannes auf dem großen Kreuzzug der Gefühle seines Lebens, gelingt Daniel die moralische Verdrehung nicht, sich voll und ganz auf seine Seite zu stellen. Das Bewusstsein, Kate zu betrügen, ist ihm zu schmerzhaft präsent. Er hat sich nicht nur in jemand anderen verliebt, er macht auch noch ein Geheimnis daraus, und obwohl es sicher schlimmere Dinge auf der Welt gibt, die ein Mann tun kann, gibt es doch nichts Schlimmeres in einer Ehe, und das ist es – er muss es endlich zugeben –, was er mit Kate eingegangen ist. Er würde ihr gern sagen, dass ihre gemeinsame Zeit vorbei ist. Es kann schon sein, dass sie sich gegenseitig verpflichtet haben, die Schweizer Bankiers des Herzens zu sein, aber auch Banken können scheitern. Dennoch weiß er, dass er es ihr nicht sagen kann, nicht sagen darf – denn ausgerechnet jetzt die Wahrheit zu sagen, würde zu einer Bedrohung für Iris führen.

»Weißt du noch, wann du zum ersten Mal gedacht hast, dass O. J. unschuldig ist?«, fragt Kate jetzt.

»Ich habe nie gesagt, dass er …«

»Genau zu der Zeit, als du angefangen hast, über Iris Davenport zu reden.«

»Ach komm, das ist doch Unsinn. *Und:* Du bist betrunken.« Sofort bedauert er seinen Angriff, aber Kate scheint ihn nicht bemerkt zu haben.

»Glaubt Iris auch, dass er unschuldig ist?«, fragt sie.

»Ich habe keine Ahnung.«

»Wirklich? Keine Ahnung? Das ganze Land ist von dem Fall besessen, und ihr beide habt ihn nie erwähnt? Interessant. Worüber sprecht ihr denn?«

»Ich weiß nicht. Über nichts.«

»Nichts? Ihr redet über nichts? Du warst einen Tag und eine Nacht lang in ihrem Haus, und ihr habt über *nichts* geredet?«

»Verhör mich nicht, Kate.«

»Im Bett gibt es kein Recht auf Aussageverweigerung, mein Kumpel. Alle verfassungsmäßigen Rechte sind zwischen den Laken null und nichtig.«

»Dann sollte ich vielleicht aufstehen. Ich mag nicht ohne meine verfassungsmäßigen Rechte sein.«

»Wenn du dieses Bett verlässt …«

»Kate, das ist doch wahnsinnig. Können wir bitte einfach schlafen? O. J. schläft, die Jury schläft, der Staatsanwalt schläft, alle schlafen.« Er wartet auf eine Antwort, zählt bis drei und schließt dann die Augen, und als er sie wieder aufmacht, ist es Morgen und er ist allein.

Daniel und Kate sammeln Schnee in Eimern, benützen einen Teil, um die Toiletten zu spülen, und schmelzen einen anderen, um Trinkwasser zu haben. Kate, die gewöhnlich froh ist, wenn Daniel sich um Ruby kümmert, ist heute in Bezug auf das Mädchen etwas besitzergreifend; Daniel schließt daraus, dass sie ihm eine Ahnung vermitteln will, wie seine Zukunft aussehen wird, wenn die Liebe zu Ruby keine Konstante mehr ist in seinem Leben. Davon abgesehen liegt in ihrem Benehmen wenig von dem Misstrauen und dem Zorn der vergangenen Nacht. Während sie den Schnee sammeln, spielt sie herum, nimmt ein paar Handvoll und bewirft Daniel damit. Sie kocht ihm Kaffee.

Sie ist voll des Lobs über das morgendliche Feuer im Kamin. Trotzdem kommt sich Daniel um elf Uhr schließlich in ihrem Haus so eingesperrt und isoliert vor und hat solch eine rasende Sehnsucht nach Iris, dass er spürt, wie sein Frustrationsgrad nicht nur von einem psychologischen Standpunkt aus gesehen gefährlich wird, sondern auch vom medizinischen.

Er muss hier weg. Unter diesen Bedingungen zu leben, mit den neuen Zwängen des Zusammenlebens rund um die Uhr, macht es ihm unmöglich, mit Iris auch nur zu telefonieren. Er zermartert sich den Kopf, versucht eine Möglichkeit zu finden, sich zu verdrücken und irgendwie in die Stadt abzuseilen, und dann geht er schließlich gegen Mittag nach oben in ihr gemeinsames, trauriges, kaltes Schlafzimmer, wo das Telefon funktioniert, und ruft Ferguson Richmond an.

»Ferguson«, begrüßt er ihn, »hier ist Daniel Emerson. Kann ich Sie um einen großen Gefallen bitten? Wenn Sie irgendwann noch mal mit Ihrem Schneemobil unterwegs sind, könnten Sie mich da abholen und in die Stadt bringen?«

»Kein Problem«, sagt Ferguson ohne zu zögern. »Wann müssen Sie los? Jetzt?«

Daniel ist überwältigt von Fergusons Großzügigkeit und seinem Verzicht auf neugierige Fragen.

»Ja«, sagt er auf dem Bettrand sitzend, »jetzt wäre prima. Wann auch immer. Und vielen Dank.«

Er geht wieder hinunter zu Kate und Ruby in die Küche. Ruby spielt auf dem Fußboden mit Plastikpferden, und Kate schmilzt Schnee in einem großen gusseisernen Topf. Sie will das Spülbecken damit füllen, sodass sich jeder die Hände und das Gesicht waschen kann.

»Wen hast du angerufen?«, fragt sie betont lässig.

»Ferguson Richmond«, sagt Daniel.

»*Sir* Ferguson Richmond«, verbessert Kate. Sie macht sich

gern lustig über den örtlichen Adel, aber ihr eigener Südstaatenhintergrund, mit der Betonung auf Familie und Herkunft, führt bei ihr zu einem beständigen Interesse an solchen Dingen, und Daniel hatte schon immer den Verdacht, dass sie die Aristokratie des Windsor County stärker bewundert, als sie zugibt. »Was ist mit ihm? Ist er dein neuer bester Freund?«

»Er tut mir tatsächlich einen großen Gefallen. Er kommt mit seinem Schneemobil hier raus und nimmt mich in die Stadt mit.«

»Das ist nicht dein Ernst.«

»Es ist sehr nett von ihm.«

»Ja. Erstaunlich nett. Wie weit wohnt er von hier? Zwölf Kilometer? Fünfzehn?«

»Ich weiß nicht. Ich schätze zwölf. Genau das sagen die Leute doch immer über ihn: Er sei dieser totale Reaktionär und ein Snob, aber wenn du tatsächlich mit etwas zu ihm kommst, einem Problem, oder einem Menschen, der Hilfe braucht, dann tut er alles für dich. Er hat kein Geschick mit seinem Besitz, aber viel Mitgefühl. Und eine tief sitzende, fast heldenhafte Großzügigkeit.«

Ruby schaut von ihren Pferden auf. Ihre Augen sind verschwommen, ihre Haut fleckig; sie sieht aus wie ein ausgesetztes Kind. »Wo fährst du denn hin?«, fragt sie Daniel. Sie legt die Stirn in Falten und schiebt die Lippen vor, um ihm zu zeigen, dass sie besorgt ist.

»Ich muss zur Arbeit, Süße«, sagt er. »Ich muss ins Büro.«

»Ich will mitkommen«, sagt sie.

»Willst du?«, fragt Kate das Kind. »Mit Daniel fahren und sehen, was da draußen los ist? Vielleicht sind ein paar Läden auf, und Daniel kann dir ein paar Fruchtgummis kaufen.«

Ruby fängt an, als Vorbereitung zum Aufbruch ihre Spielsachen aufzuräumen.

Daniel ist entsetzt, dass Kate Ruby so zynisch und manipulativ benützt.

»Ich fahre nur in meine Kanzlei«, erklärt er Ruby.

»Ist schon okay«, sagt sie.

Er lächelt erleichtert.

»Deine Kanzlei ist lustig«, sagt Ruby.

»Was machst du da?«, fragt er Kate und hebt ärgerlich die Hände.

»Was *ich* mache? Was machst *du* denn?«

»Ich ersticke in Papierkram. Ich stecke in einem Dutzend Krisen, ein Dutzend weitere brauen sich am Horizont zusammen, und ich habe keine Wahl, ich muss in die Kanzlei.«

»Selbstverständlich musst du das. Aber Ruby wird dich nicht von deinem Papierkram abhalten. Und auf diese Weise vergeht ihr Gefängniskoller etwas.«

»Ich will mit«, sagt Ruby noch einmal.

»Und ich kann ein bisschen was schreiben«, fährt Kate fort. »Oder wenigstens kann ich es versuchen.«

»Du willst sie also fünfzehn Kilometer weit auf ein Schneemobil setzen?«

»Hat doch Spaß gemacht«, sagt Ruby.

»Du hast sie auf genau dasselbe Schneemobil gesetzt«, sagt Kate, »und es wurde von demselben Samariter gefahren, der jetzt kommt, um dich zu retten.«

»Das war ein Notfall. Ich habe versucht, sie nach Hause zu schaffen. Ich habe versucht, das Richtige zu tun. Herr im Himmel.«

»Bitte«, sagt Ruby. »Es hat so Spaß gemacht.«

»Tut mir leid, Süße. Es geht einfach nicht.«

»Ich seh nicht ein, warum«, sagt Kate.

»Kate, das ist lächerlich. Wirklich. Es reicht.«

»Es ist so langweilig hier«, sagt Ruby.

»Nein!«, sagt Daniel, und seine Stimme wird vor Ärger und aus Verzweiflung laut. In der Stille des Hauses klingt es, als hätte er aus vollem Hals geschrien.

Kates Lächeln ist zynisch, verletzt, überlegen. Sie schüttelt den Kopf. »Eine Frage«, sagt sie. »Wie kommst du eigentlich wieder nach Hause, nach deinem … äh, Papierkram?«

»Ich komm schon zurück.« *Vertrau mir*, hätte er beinahe gesagt, aber er bremst sich.

Während er auf Ferguson wartet, kümmert sich Daniel ums Feuer und holt noch mehr Holz herein. Fast eine Stunde vergeht, und er verliert fast die Hoffnung, dass Ferguson noch kommt, aber dann hört er das Winseln des Schneemobils, und er rennt hinaus. Über die Schulter ruft er Auf Wiedersehen zurück.

Auf dem Weg in die Stadt informiert ihn Ferguson über den Stand der Aufräumarbeiten. Obwohl es seit gestern nicht mehr geschneit hat, stürzen immer noch Bäume um. Die Trupps von der Straßenmeisterei und die Reparaturkolonnen von der Stromversorgung haben so gut wie keine Fortschritte beim Räumen der Straßen gemacht. Das Problem war nicht die Schneemenge – es sind nicht viel mehr als 30 Zentimeter gefallen –, sondern dass Hunderte von umgestürzten Bäumen jedes Fahrzeug praktisch nutzlos gemacht haben. Im ganzen Bezirk sind Trupps mit Kettensägen an der Arbeit – sie sind aus jedem Bezirk des Staates gekommen, außerdem aus Connecticut, Massachusetts, Pennsylvania, New Jersey, Vermont und New Hampshire –, und sie zersägen die niedergemetzelten Bäume und räumen sie einen nach dem anderen weg. Man schätzt, dass das Stadtzentrum entweder heute Abend oder morgen früh wieder Elektrizität haben wird; weiter außerhalb werden manche Gebiete erst in drei oder vier Tagen wieder ans Stromnetz angeschlossen sein, nach Fergusons Einschätzung eher noch später.

Ferguson trägt eine abgeschabte dunkle Lederjacke, eine dicke Wollhose und ein Paar Stiefel, die aussehen, als hätten sie mal einem Soldaten im Ersten Weltkrieg gehört. Er riecht von oben bis unten nach Öl und Benzin. Er trägt eine Skibrille mit bernsteinfarbenen Gläsern, die ganz verschmiert und verkratzt sind, es grenzt an ein Wunder, dass er überhaupt etwas sieht. Seine Ohren leuchten wie frisch gekochte Shrimps, und seine grau werdenden Haare flattern im Wind, während er über eine Viehweide rast, Bäumen ausweicht und dann auf etwas einbiegt, das für Daniels Begriffe die Route 100 ist, obwohl der einzige Hinweis auf eine Straße die Briefkästen sind, die vereist und leer auf ihren Pfosten aus Kiefernholz stehen.

»Furchtbar viele Menschen sind verletzt worden«, sagt Ferguson gerade mit seiner festen, durchdringenden Stimme. »Und Tote hat es auch gegeben. Unfälle, Feuer, Herzversagen.«

»O nein, das ist ja furchtbar«, sagt Daniel.

»Das wird ein Festtag für Rechtsanwälte«, sagt Ferguson. Er dreht sich um und grinst Daniel an.

Zwei schwarz und gelb gestrichene Laster von der Stromgesellschaft parken neben einer kaputten Ampel. Zwei der Arbeiter stehen herum, trinken Kaffee und rauchen, während die anderen eine gewaltige umgestürzte Eiche in Stücke sägen. Einen Kilometer weiter stoßen sie auf einen zweiten Trupp und vierhundert Meter weiter auf den dritten. Ein Stück von der Straße entfernt sind die Schultz-Brüder schwer am Schuften: drei langhaarige, graubärtige Junggesellen, die in einem ärmlichen Trailer-Park leben und gefährlich aussehende Kleinlaster mit riesigen Reifen und wütenden Stoßstangenaufklebern gegen Präsident Clinton fahren. Mit Kettensägen schneiden sie die Stämme auf Meterlänge und wuchten sie hinten auf ihre Laster. Ferguson winkt ihnen zu, und die Brüder starren ausdruckslos zurück, die Kettensägen wie Gewehre auf den Boden gerichtet.

»Die machen das Beste draus. Sie werden genug Brennholz verkaufen, dass ihnen den Winter über das Bier nicht ausgeht«, sagt Ferguson. »Burschen wie die Schultz-Brüder sind das Herz und die Seele dieses Bezirks. Das sind unsere Muschiks, unsere speziellen gottesfürchtigen Leibeigenen, und wenn all die Leute aus der City heraufkommen und die Grundstückspreise nach oben treiben – dann werden diese verrückten Brüder von hier vertrieben.«

Bevor sie Leyden erreichen, hält Ferguson zweimal an, beide Male an heruntergekommenen Häusern im Ranchstil, eines bewohnt von einer vielköpfigen polnischen Familie, die erst kürzlich angekommen ist, das andere von einer noch größeren mexikanischen Familie. Er lässt das Schneemobil während seiner kurzen Besuche im Leerlauf, und sobald er sicher ist, dass alle den Sturm und seine Folgen überlebt haben, fährt er Daniel den restlichen Weg bis in die Stadt.

Im Stadtzentrum sind die Gehsteige geräumt und einige der größeren Bäume zersägt und abtransportiert. Bis auf eine der Tankstellen sind alle Geschäfte immer noch geschlossen. Ferguson hält vor dem Koffee Kup an; obwohl es geschlossen ist, sind drinnen ein paar Bedienungen damit beschäftigt, den Boden aufzuwischen. Daniel sitzt von dem Schneemobil ab und geht steifbeinig ein Stück rückwärts – seine Beine fühlen sich verspannt und wie taub an.

»Danke vielmals, Ferguson. Ich weiß es wirklich zu schätzen.«

»Sind Sie sicher, dass ich Sie hier absetzen soll?«, fragt Ferguson.

Er setzt seine Skibrille ab, reibt sein linkes Auge mit fast alarmierender Heftigkeit. »Ich könnte Sie zum Haus von Hampton Welles mitnehmen, das ist nur zwei Blocks entfernt. Ihr Auto steht doch noch dort, oder?«

»Nein, das ist schon gut so.«

»Und hören Sie, wenn Sie nachher zurückmüssen, rufen Sie mich an.«

»Das ist wirklich furchtbar nett von Ihnen.«

»Tatsächlich? Susan sagt, ich führe mich auf wie der große *padrone*, als wäre es meine Aufgabe, mich um all meine Leute zu kümmern. Aber es macht mir einfach Spaß, mit diesem Ding herumzufahren. Und ich habe auch nichts dagegen, mal aus dem Haus zu kommen, falls Sie verstehen, was ich meine.«

Daniel macht sich in der Einfahrt von Iris geschäftig an seinem Wagen zu schaffen. Er will den Eindruck erwecken, dass er nur wegen des Fahrzeugs wiedergekommen sei, aber sie kommt nach kurzer Zeit heraus, legt ihm den Arm um die Schultern und dirigiert ihn hinein. Er ist nass und friert; sie macht ihm eine Tasse Kaffee, schenkt ein bisschen Brandy dazu, fasst ihn dann am Kinn und küsst ihn leidenschaftlich, offen, mit überwältigender Wärme. Sie horchen, ob Nelson in seinem Spielzimmer beschäftigt ist, und als sie davon überzeugt sind, riskieren sie mehr. So fangen die vier Tage an, die sie später »die Verzückung« nennen sollten. Er packt ihre Hüften und drückt sie an sich, in der Hoffnung, der Druck von ihr könnte etwas von der Qual der Sehnsucht lindern, und sie stöhnt vor Freude leise direkt in seinen Mund. Sie sitzen am Küchentisch und spitzen die Ohren wegen Nelson; sie rücken die Stühle zusammen, sodass sie einander berühren können, küssen sich, seine Hand wandert unter ihr Kleid, sie reißt die Wollstrumpfhose herunter, öffnet sich für ihn, sie ist auf ihr eigenes Vergnügen konzentriert, dass sie die Augen zukneift, und dann überfällt es sie plötzlich, und sie öffnet den Mund, und ihr Atem erzeugt kleine Wölkchen, es ist wie bei Atemübungen, und als sie dann kommt, windet sie sich ekstatisch. Daniel hat den Eindruck, als müsste seine Erleichterung noch warten, und das ist ihm schon recht, denn ihr beim Orgasmus zuzusehen ist genug, aber sie wendet ihm sofort ihre Aufmerksamkeit zu, und das ist ihm auch recht. Wirklich wichtig ist nur, dass am nächsten Tag Freitag ist und Hampton nach Leyden kommt. Inzwischen sind die Straßen geräumt und die Stromversorgung teilweise wiederhergestellt; die Red Schoolhouse Road ist immer noch dunkel, aber Daniel hat sein Auto am Tag zuvor durch viele Umleitungen nach Hause gefahren, und jetzt kann er selbständig in die Kanzlei fahren, wo er sich mit Iris trifft, mit heruntergelassenen Rollos und hochgedrehter Heizung, die Tür doppelt versperrt für den Fall, dass Sheila Alvarez auftauchen sollte, was sie aber nicht tut. Samstagnachmittag. Daniel bringt Kate und Ruby zum Bahnhof, da Kate beschlossen hat in New York zu bleiben, bis der Strom in Leyden wieder funktioniert, und zwanzig Stunden später ruft Iris an: Hampton sei zurück in die City gefahren. Minuten später ist Daniel bei ihr. Sie baden miteinander, nervös, weil Nelson aufwachen könnte, aber unfähig, sich besser vorzusehen, als nur die Tür abzuschließen. »Ich wusste gar nicht, dass Weiße so dreckig werden können«, flüstert sie ihm zu und reibt mit dem seifigen Schwamm über seine Schultern, verteilt den Schaum über die seidigen Haare auf seiner Brust. »Ich sehe aus wie ein Brandopfer«, sagt er, hält seinen Arm neben ihren, vergleicht die Farben. Sie schlafen im Gästezimmer miteinander, aus einem taktvollen Einvernehmen heraus, und irgendwann mittendrin sagt Iris: »Mit dir fühle ich mich wirklich sicher, das ist so ein schönes Gefühl«, und obwohl sie es im Plauderton sagt – sobald die Worte heraus sind, bricht sie in Tränen aus, und er hält sie in den Armen und traut sich nicht zu fragen, weshalb sie weint. Er verlässt das Haus, als die Dämmerung grau und rosa am weiten, unschuldigen Himmel anbricht, wo Gott und all seine Engel wohnen; er war noch nie so glücklich. Er fährt an den Straßenräumtrupps vorbei, die rund um die Uhr im Einsatz sind, winkt ihnen zu wie ein Idiot, *Gott segne euch, segne euch alle.* Um zwei Uhr nachmittags kommt Iris von ihrem Seminar nach Hause, sie haben zweieinhalb Stunden, bevor Iris Nelson abholen muss. Gespräche, Bekenntnisse und Sex. »Du bringst mich um«, sagt sie glücklich. Bald werden alle Straßen geräumt sein, sogar die Häuser weiter draußen werden wieder Strom haben, Kate wird zurückkommen, das Leben wird wieder normal verlaufen. Er sieht die Straßenräumtrupps nicht mehr so freundlich an, ihre Rund-um-die-Uhr-Geschäftigkeit kommt ihm wie eine ungebührliche Einmischung vor. Eine letzte Nacht mit Iris, noch ein paar Stunden, und das Wilde an ihrem sexuellen Projekt kommt zum Vorschein: Sie zerreißen sich gegenseitig, verschlingen das Fleisch, bis nichts mehr sie trennt.

Neuntes Kapitel

Was Daniel betraf, war das Folter. Es wäre vielleicht besser, einfach damit herauszurücken, Hampton mitzuteilen: Ich liebe Iris, und sie scheint mich auch zu lieben. Wir gehören zusammen. Wir fühlen uns schlecht dabei. Ach, halt den Mund von wegen schlecht fühlen. Glaubst du, das kümmert ihn? Er würde dir einen Gehirntumor wünschen, das wäre die Art von Leiden, die er für dich möchte. Warum stellst du dein gebeuteltes Gewissen zur Schau – damit er denkt, du bist schon genug gestraft? Hast du solche Angst vor ihm? Und mit dieser Frage war Daniel endlich zum Kern dessen vorgedrungen, was ihn gequält hatte, von dem Moment an, als er und Hampton sich zusammen auf die Suche nach Marie gemacht hatten. Es ging im Endeffekt eigentlich nicht ums Gewissen. Er hatte jetzt seit Monaten mit seinem Gewissen gerungen, sie waren alte Sparringspartner, manchmal legte er es auf die Matte, manchmal rang es ihn nieder, es kam nicht viel dabei heraus, es war eine Show, wie Catchen im Fernsehen. Und außerdem: Die schlimmsten Gewissensbisse waren immer noch besser als das, was vorangegangen war, die unendlich viel größere Qual der Sehnsucht nach Iris. Gewissensbisse waren die Raten, die er für die Erfüllung seiner großen Sehnsucht abzahlen musste. Und es war schließlich ein Preis, den er zu zahlen bereit war. Nein, das Gewissen war es nicht, das sein Innerstes aufwühlte und ihn zusammenzucken ließ, wenn Hampton ihm zu nahe trat. Es war Angst, körperliche Angst.

Wie viele Männer, die die Liebe erst finden, wenn sie nicht mehr in der vollen Blüte ihrer Vitalität stehen, hat Daniel sich vorgenommen, wieder fit zu werden. An zwei Abenden versuchte er zu Hause Gymnastik zu machen, aber es schien ihm rücksichtslos Kate gegenüber, im selben Zimmer seine Sit-ups abzuspulen, wo sie ihre angeschlagene, allmählich auslaufende Beziehung führten. Diese Übungen waren eine Art zeremonieller Gesundheitstanz, und seine Trainingsklamotten – ausgeleierte Baumwollshorts und ein noch stärker ausgeleiertes altes graues T-Shirt – waren im Grunde die Uniform seiner neuen religiösen Überzeugung: Da hätte hinten ebenso gut der Name von Iris draufstehen können. Er trainiert, um ihr Liebhaber zu sein. Eines nicht allzu fernen Tages wird Kate begreifen, dass der sexuelle Mount Everest, für dessen Besteigung Daniel trainiert, nichts mit ihr zu tun hat. Und wenn sich ihr Verdacht zur grausamen Gewissheit verdichtet hat, soll sie dabei nicht vor Augen haben, wie er auf ihrem Schlafzimmerboden Bauchmuskelübungen gemacht hat.

Als weniger demonstrative Form der Körperertüchtigung entschließt sich Daniel, das Mittagessen auszulassen und die Zeit mit strammen Spaziergängen durch das Städtchen Leyden zuzubringen. Neun Tage nach dem Schnee im Oktober kehrt gerade wieder die Normalität zurück. Betriebe, die wegen Stromausfalls lange geschlossen hatten, machen wieder auf, und die Angestellten können endlich wieder zur Arbeit gehen. Die Stimmung in der Stadt ist festlich, wie beim siegreichen Ende eines Krieges. Alle erzählen sich mit Begeisterung, was ihnen während des Sturms und des Stromausfalls passiert ist – was sie erlebt haben, was sie verloren haben, wie sie damit fertig geworden sind. Daniels große Geschichte des Oktobersturms kann allerdings nicht erzählt werden, und dieser notwendige Akt des Verschweigens beeinträchtigt sein sonst so geselliges Wesen. Er ist schon damit zufrieden, ungestört an die Tage und Nächte mit Iris zurückzudenken, während er das Stadtzentrum flott umrundet. Das Problem ist, dass er beim Gehen nicht das Gefühl von Training hat, und nach der ersten Runde wird ihm klar, dass er wohl ziemlich verrückt aussieht, wie er da in Anzug und Straßenschuhen im sportlichen Gehertempo dahineilt, und dass er zu jung ist, um mit Gehen, ob sportlich oder nicht, irgendeine Wirkung zu erzielen. Im Laufe der zweiten Runde durchs Städtchen hört er jemanden seinen Namen rufen, und obwohl er sich vorgenommen hat, alle Ablenkungen zu ignorieren, bleibt er sofort stehen und dreht sich um. Bruce McFadden steht ihm gegenüber, ein alter Freund aus seinen Kindertagen in Leyden.

»Hey, Bro, was liegt an?«, sagt McFadden in einer leicht selbstironischen Annäherung an schwarzen Straßenslang und streckt die Hand aus zum Einschlagen.

McFadden, ein großer, schlaksig gebauter Mann mit langen, glänzenden braunen Haaren, hellgrünen Augen und einem blassen Teint mit hektischen Farbflecken, ist ungefähr so dunkelhäutig wie ein schottischer Volkstanz, und normalerweise spricht er nicht annähernd Hip-Hop-Slang. Aber die Liebe zur schwarzen Kultur war damals der Grundstein für seine Freundschaft mit Daniel, und Bruce macht immer noch gern auf Schwarz. Und weil er zufällig im Moment keine Schwarzen persönlich kennt, beschränkten sich sein »Bro«-Sagen sowie jegliche Gespräche über Satchel Paige und Miles Davis, Chester Himes, Howling Wolf, Antonio Vargas, Peaches and Herb, Sonny Rollins, Sonny Boy Williamson und alle anderen schwarzen Sonnys auf die gelegentlichen Treffen mit Daniel.

Von den paar Jahren in Albany abgesehen, wo er Medizin studierte, hat Bruce nie außerhalb von Leyden gewohnt. Er gehört einer gut gehenden Gemeinschaftspraxis an, führt aber sein Privatleben mit äußerster Diskretion – niemand weiß, was er nach Sonnenuntergang macht, ob er trinkt, allein vorm Fernseher sitzt, oder ob er ein Liebesverhältnis hat oder nicht, und welchen Geschlechts es sein könnte. Sogar Daniel, der Bruce sehr mag, kann nicht sagen, was der Doktor für geheimnisvolle Mittelchen hat, um durch die Nacht zu kommen.

»Warum rennst du denn so?«, fragt Bruce. Er steht mit einem halb aufgegessenen Thunfisch-Sandwich in der einen und einer Papierserviette in der anderen Hand vor einem Stehimbiss.

»Ich trainiere«, sagt Daniel.

»Das bringt nichts, so rumzulaufen, Mann. Wenn du wirklich trainieren willst, dann bringe ich dir den tollsten Sport des weißen Mannes bei.«

Bruce überredet Daniel, ihn nach der Arbeit im Marlowe College zu treffen, wo er seinem Freund beibringen will, wie man Squash spielt. Es ist Freitag; Hampton kommt heute nach Leyden, und Daniel ist dankbar für die Ablenkung, die Gesellschaft. Statt nach Hause zu fahren und seine Turnschuhe, die Shorts und ein T-Shirt zu holen, kauft Daniel all die Sachen neu und kommt ein paar Minuten vor seiner Verabredung mit Bruce um fünf in der Sporthalle des College an. Er geht sofort an die Glaswand zum Schwimmbecken, einem riesigen türkisfarbenen Parallelogramm, das von roten und weißen Kacheln eingefasst ist – Iris schwimmt gern, und er hofft, dass das Glück auf seiner Seite ist.

Aber das Becken ist leer. Ein älterer Mann, wahrscheinlich ein Professor, mit einem kahlen Kopf, Ohren so groß wie Fäusten und einer gewölbten Brust, aus der das Fell in gekräuselten

Büscheln quillt, sitzt in einem Rollstuhl am Rand des Beckens und zieht Grimassen für einen jungen Mann mit olivfarbener Haut, wahrscheinlich sein Physiotherapeut. Der Anblick des alten Mannes erfüllt Daniel mit einem Gefühl von Dringlichkeit: Die Zeit vergeht, die Körper verfallen, jeder Tag ohne Liebe ist für immer verloren, die Zeit kann nicht mehr zurückgeholt oder ersetzt werden. Die Beine des Professors sind so dünn wie die eines Kindes. Er legt dem jungen Mann seine zitternden Schimpansenarme um den Hals und lässt sich von ihm aus dem Rollstuhl heben und in den tiefen Endbereich des Beckens gleiten, links neben den beiden Sprungbrettern. Sobald der alte Mann im Wasser ist, verschwindet er, und Daniel glaubt einen Augenblick lang, er würde zum Zeugen einer Tragödie. Aber dann taucht der alte Mann wieder auf; er ist zur Mitte des Beckens geschwommen und zieht sich mit kräftigen Armzügen weiter voran, wobei er in hohem Bogen Wasser aus dem Mund speit.

Bruce kommt an, und Daniel folgt ihm in die Umkleidekabine. In dem großen, fensterlosen Raum mit seinem grauen Fabrikteppichboden und dem Geruch von Schweiß und Chlor in der Luft halten sich vielleicht ein Dutzend mehr oder weniger bekleidete College-Studenten auf. Ihre Bewegungen wirken nervös, sie ziehen sich hastig um, bedecken mit betonter Schamhaftigkeit die Blößen ihrer jungen, durchtrainierten Körper, schlüpfen in die Shorts, wenn sie sich ein Handtuch um die Hüften geschlungen haben, und duschen in der Badehose. Die älteren Männer um die fünfzig und sechzig stellen ihre verfallenden Körper dagegen ohne Scham zur Schau, ihre schwabbeligen Bäuche, die hängenden Schultern, welken Hintern und auffällig ungleichen Hodensäcke.

»Hast du schon das Neueste über die Kids gehört, die aus dem Stern von Bethlehem ausgebrochen sind?«, fragt Bruce.

»Was ist denn passiert?« Jedes Mal, wenn die Rede auf diese Jungs kommt, durchzuckt ihn das schlechte Gewissen.

»Gottverdammte Diebstahlserie, den ganzen Fluss rauf und runter.« Bruce schüttelt grinsend den Kopf, es ist schwer zu sagen, ob das missbilligend oder bewundernd gemeint ist.

»Ich schätze, früher oder später werden sie festgenommen.«

»Da würde ich nicht drauf wetten. Die Bullen hier oben sind nicht daran gewöhnt, dass sich ihnen jemand widersetzt.«

Daniel und Bruce fangen an, sich auszuziehen, und Bruce stellt die unvermeidliche Frage: »Wo warst du eigentlich während des Unwetters?«

»Am ersten Tag saß ich in einem fremden Haus fest.«

»O Gott, das fände ich ja furchtbar«, sagt Bruce. Er wirft seine Slipper in den Kleiderkasten.

Daniel sieht sich im Umkleideraum um, ob jemand in Hörweite ist. Ein paar Spinde weiter rechts schnallt ein dünner, düster aussehender Mann Ende fünfzig schwer atmend, in Schweiß gebadet, eine komplizierte Knieschiene ab.

»Es war bei Iris Davenport. Im Endeffekt habe ich sogar dort übernachtet.« Daniel hat sich vorgenommen, es nie zu erwähnen, aber jetzt weiß er nicht mehr, weshalb es so wichtig sein soll, das Geheimnis zu wahren.

»Bei Iris Davenport? Heißer Feger. Sie sieht Whitney Houston ein bisschen ähnlich, findest du nicht?«

»Eigentlich nicht.«

»Sie war mal bei mir in der Praxis. Von wegen vertraulich? Ich habe sie auf grünen Star untersucht. Liegt bei ihr in der Familie.«

»Wann?«

»Vor ein paar Monaten. Sie ist hübsch.« Bruce sagt das mit abwesender Stimme, als müsste er beim Reden seine einzelnen Erinnerungen zusammensuchen. »Ihre Augen sind übrigens in Ordnung.«

»Ja«, sagt Daniel, »ich könnte mich glatt für immer darin versenken.«

Bruce blickt zur Seite und räuspert sich. »Was auch immer«, sagt er. Dann fügt er hinzu: »Wie ist sie denn so? Ich fand es irgendwie schwer, sie einzuschätzen.«

»Sie ist ehrlich, verlässlich, immer präsent. Sie ist rein, ohne puritanisch zu sein. Sie ist emanzipiert, ohne Emanze zu sein.«

»Is' ja toll. Jetzt jagst du mir langsam Angst ein.«

Daniel wird rot; in der Gesellschaft eines anderen Mannes kommt ihm seine Glut plötzlich absurd vor. »Ich bin völlig durcheinander wegen der ganzen Sache«, murmelt er. »Ich bin total verliebt in sie, Bruce.« Die Erleichterung, es endlich einem anderen Menschen sagen zu können, hat ihn aus dem Gleichgewicht gebracht, so wie man die Kraft in seinen Beinen verliert und nach vorn stolpert, wenn man sich endlich einer Ladung Feuerholz entledigt hat.

»Lieber Himmel«, sagt Bruce. Seine Turnschuhe sind inzwischen zugebunden; er richtet sich auf und legt Daniel die Hand auf die Schulter und tätschelt ihn kameradschaftlich, als wollte er ihn trösten. »Das geht vorbei«, sagt er. »Da reden wir lieber nicht mal drüber.«

Die Squash-Plätze befinden sich im ersten Stock der Turnhalle, eine Reihe von fünf weißen Räumen mit Holzboden, wobei die hinteren Wände jeweils aus bruchfestem Glas bestehen, damit man den Spielen zuschauen kann. Als Daniel und Bruce ankommen, sind alle Plätze leer, sie nehmen Platz eins, und Bruce führt Daniel in die Grundbegriffe des Spiels ein. Wie bei Männern üblich, fängt er mit den Regeln an. Bruce scheint auf die Regeln fixiert zu sein, er rasselt sie mit unbewegter Miene herunter, als würde er Daniel verdächtigen, sich eine Möglichkeit auszudenken, wie er sie umgehen könnte. Als sie endlich anfangen zu spielen, ist Daniel überrascht, wie wenig der Ball aufhüpft, wie er, weil er hohl und weich ist, fast unbeweglich wird, und er fragt sich, was ihm dieses Spiel für ein Training bringen soll. Aber je wärmer der Ball wird, desto lebendiger wird er, und nach zwanzig Minuten auf dem Platz atmet Daniel heftig und spürt die ersten Schweißtropfen sein Rückgrat hinunterrieseln.

Sie hören die Schläge eines anderen Balls auf einem der angrenzenden Plätze; da ist noch ein Spiel im Gang.

»Du stellst dich gut an für einen Anfänger«, sagt Bruce. »Trinken wir mal einen Schluck Wasser?«

Sie öffnen die Glastür und treten auf den breiten Gang hinaus, wo am Ende ein Wasserbehälter mit Kühlung steht. Daniels erster Blick fällt auf Iris, die auf einer der grellen rotschwarzen Bänke im Gang sitzt. Sein Herz flattert wie ein Tukan im Käfig. Iris sitzt da, Nelson kauert gelangweilt auf ihrem Schoß. Sie trägt eine kupferfarbene Daunenweste, eine Baseball-Mütze von den Baltimore Orioles, Jeans und Gummistiefel. Sie schaut kurz zu Daniel hin und dann wieder weg. Sicher weiß sie schon die ganze Zeit, dass er hier ist, sie müssen ihn ja gesehen haben auf dem Weg zu Platz zwei. Ist das wirklich ihre Strategie? Dass sie einander ignorieren sollten? Das scheint nicht klug zu sein. Und er ist natürlich nicht imstande, es durchzuziehen.

»Iris!«, ruft er, als wäre es eine der netten kleinen Überraschungen des Lebens, sie hier zu sehen.

Er nimmt Bruce am Ellbogen und dirigiert ihn zu Iris hinüber. »Ich glaube, ihr beide kennt euch«, sagt Daniel. Er spürt einen heißen Atem an seinen Beinen und schaut hinunter. Es ist Scarecrow, die an einer dunkelblauen Leine hängt, mit ihrem schwanzlosen Hinterteil wackelt und aufgeregt hechelt.

Daniel ist übertrieben glücklich, sie zu sehen, als wäre die alte Hündin von den Toten auferstanden. »Scarecrow! Bist du Mitglied im Fitnesscenter?«

»Hallo, Iris«, sagt Bruce. Als er ihre verwirrte Miene sieht, fügt er hinzu: »Ich bin Dr. McFadden.«

»Oh, ja, tut mir leid, ich …«

»Ich bin in einer anderen Umgebung.« Er deutet auf seine langen Beine. »Sie haben mich nie in Shorts gesehen.«

Daniel beschließt, diese Bemerkung für den Gipfel der Witzigkeit zu halten. Mitten in seinem Gelächter merkt er, dass Nelson ihn mit offener Feindseligkeit anschaut, ein übertriebenes Mienenspiel, völlig unangefochten von jedweder irgendwelcher sozialen Rücksichtnahme. Er sieht aus wie ein schlechter Schauspieler, der in einem Stummfilm Missvergnügen mimt. Schnell wendet Daniel seine Aufmerksamkeit dem Squashspiel zu, das auf Platz zwei stattfindet.

Hampton spielt gegen seinen jüngeren Bruder James. James Welles' Haut hat den hellen Kupferton seines Bruders – wie die ganze Familie übrigens –, aber seine Erscheinung ist weit entfernt von Hamptons sorgfältig gepflegtem Business-Look. Während Hampton weiße Tenniskleidung trägt, ist James angezogen, als würde er mit einem Bambusstock zum Fischen gehen: abgeschnittene Jeans, ein ausgeblichenes T-Shirt mit einem Loch an der Schulter, schwarze Turnschuhe mit Farbspritzern drauf, keine Socken. Er hat die fröhlich blitzenden Augen eines Jungen, der immer wusste, dass er Mamas Liebling ist, egal, was für Ärger er machte. In letzter Zeit hat er sich einen schütteren Bart wachsen lassen – eigentlich kaum ein Bart, nur drei Bündel Barthaare, eine Art Fu-Manchu-Dekoration, die aus der Mitte seines Kinns sprießt. Seine langen Haare sind zu einer komplizierten Zopffrisur geflochten, die in einen dicken, glänzenden Pferdeschwanz mündet.

Daniel steht hinter der Glaswand und schaut fasziniert zu. James bewegt sich auf dem Platz, als würden die Gesetze der Schwerkraft nur bedingt für ihn gelten, er springt und wirbelt, seine Zöpfe flattern durch die Luft, seine Schnürsenkel flattern ebenfalls, und dabei stößt er kleine Jauchzer feinster animalischer Freude aus, und sein jugendliches, gut geschnittenes Gesicht strahlt vor Wonne über die eigene Körperlichkeit. Der Ball trifft auf die Rückwand, und James rennt ihm mit der grotesken, verschwenderischen Energie eines jungen Hundes hinterher, überholt ihn tatsächlich, aber egal – er spielt den Ball zurück, indem er ihn durch seine dünnen Beine schlägt, und dann kommentiert er den zirkusreifen Schlag mit einem Freudenschrei und hochgereckter Faust.

Hamptons Antwort auf die Showdarbietungen seines Bruders besteht darin, den Ball auf möglichst knappe, formelle und korrekte Art zurückzuspielen. Im Grunde könnten alle Bewegungen von Hampton auf dem Platz in einem Lehrvideo Verwendung finden, die Art, wie er mit dem Schläger jedes Mal weit über dem Kopf ausholt, wie er in die Knie geht, kurz und kraftvoll nachsetzt, seine Rückkehr in die Platzmitte nach jedem Schlag. Seine Bewegungen sind verbissen, mechanisch und unermüdlich. Die einzige sichtbare Gefühlsregung sind etwas gerötete Partien um die Ohren und am Hals, wenn James einen besonders unorthodoxen Schlag anbringt, denn dann quiekt und jubelt Nelson.

»Du sollst nicht gegen deinen Daddy jubeln«, flüstert Iris ihrem Kind zu.

»Onkel James ist lustig«, sagt Nelson.

Bruce macht sich mit einem Blick bei Daniel bemerkbar. *Gehen wir,* formt sein Mund lautlos. Daniel schüttelt den Kopf, und Bruce seufzt ungeduldig.

Daniel zwingt sich, dem Spiel nicht weiter zuzuschauen,

obwohl er inzwischen den Eindruck hat, das Schicksal seiner Liebesaffäre mit Iris *erfordere geradezu,* dass Hampton besiegt wird. »Wie geht es Ihnen?«, fragt er Iris.

»Gut. Nelsons Onkel James ist zu Besuch.«

»Das sehe ich«, sagt Daniel. Daniel war zwar immer schon von der Art berührt, wie Iris ihre Mutterrolle ausfüllte; ihre Freundlichkeit und Kompetenz, wenn es um Nelson geht, beeindrucken ihn so tief, dass es praktisch eine erotische Erfahrung ist, sie mit ihrem Jungen zu sehen, aber im Moment wäre es ihm lieber, wenn sie nur mit *ihm* reden würde.

Doch er macht das Spiel mit. »Freust du dich, deinen Onkel James zu sehen?«, fragt er Nelson, der ihn anscheinend zunächst nicht gehört hat und ihm dann eine Schnute zieht, erst die Lippen vorschiebt und danach seine milchig weißen Zähne zeigt. *Natürlich, er hasst mich jetzt. Er versteht zwar nicht genau, was er gesehen hat, aber er wird mir niemals verzeihen, dass ich bei seiner Mutter im Bett lag.* »Und wie steht's mit dir, Scarecrow?«, sagt Daniel und geht in die Knie auf Hundehöhe. »Alles bestens in Ordnung?« Als Antwort springt die Hündin auf Daniel zu und rammt ihm die nasse Schnauze ins Auge.

»Wie steht's?«, schreit Nelson in Richtung Vater und Onkel. Er windet sich von Iris' Schoß und schlägt mit seinen kleinen Händen an die Glaswand. »Wer gewinnt?«

»Ich«, sagt James, schleudert seinen Schläger in die Luft und fängt ihn am Griff wieder auf. »Ich brenne, ich bin von Sinnen, mich kann keiner aufhalten.«

Nelson jubelt zwar nicht laut, aber er ballt die Fäuste, versteift sich und flüstert bei sich: »Ja!« Nelsons Gemütsregungen sind übertrieben, fieberhaft gesteigert; es ist schwer zu sagen, ob diese Grimassen und Gesten unvermittelt aus seinem Inneren kommen oder ob sie absichtlich theatralisch und spaßhaft gemeint sind. Wo auch immer sie herkommen, sie wirken irgendwie beunruhigend.

Hampton hat gerade den Ball in einem langsamen, lässigen Bogen über den Kopf von James geschlagen, der dann wild draufhaut und genauso wild dazu schreit. Der Ball fliegt über den Platz, erreicht kaum die vordere Wand und berührt sie sanft, bevor er tot und unspielbar herabfällt: noch ein Punkt für den jüngeren Bruder, der ihn feiert, indem er sich mit ausgestreckten Armen auf einem Fuß dreht.

James, der den Punkt gemacht hat, schlägt auf, und Hampton schlägt auf seine methodische Art zurück – es ist Kunst gegen Wissenschaft. James returniert mit einem sehenswerten hinter dem Rücken durchgezogenen Schlag, aber von dem Augenblick an beginnt Hampton, ihn zu demontieren, ihn zu zermürben mit seiner Weigerung zu verlieren. Schließlich gewinnt Hampton das Spiel sogar 9:7.

Nelson hat sich auf den Schoß von Iris zurückgezogen, und dort sitzt er jetzt unbeholfen, seine Beine baumeln herab, seine Arme sind über der Brust verschränkt, er ist offensichtlich aus irgendwelchen dunklen Gründen empört. Bruce, der sich im Licht dessen, was Daniel ihm erzählt hat, unbehaglich fühlt und auch dringend seine Zeit zum Training nutzen möchte, ist auf Platz eins zurückgegangen, wo er alleine Bälle schlägt. Daniel dagegen fühlt sich wie festgewachsen an seinem Platz. Er muss das Spiel bis zum bitteren Ende durchziehen. Er hat sich ein Stück neben Iris gehockt, als wäre er ein Squash-Scout, der das Spiel verfolgt, um nach neuen Talenten zu suchen. Er wagt es zwar nicht, Iris anzusprechen, doch er schaut ständig auf ihre Spiegelung in der Glaswand des Squashplatzes.

Sie wirft ihm einen Blick zu, als wolle sie fragen: *Was machst du da?* Aber er kann sich nicht von der Stelle bewegen.

Schließlich kommen Hampton und James heraus. All die

Unbeschwertheit, Anmut und Fröhlichkeit und sogar die Jugendlichkeit sind James anscheinend ausgetrieben worden, während man dem siegreichen Hampton nichts anmerkt: Er wirkt genauso wie zu Beginn des Spiels, als er am Verlieren war. Seine langen, schlanken Beine sind schweißnass, sein T-Shirt hat dunkle Ringe unter den Achseln und einen langen, eiszapfenförmigen Schweißfleck in der Mitte, und seine Kopfhaut glänzt unter der Deckenbeleuchtung.

»Du hast verloren!«, schreit Nelson anklagend und sticht mit den Finger auf seinen Onkel zu, als wollte er eine Schockwelle erzeugen, die James zu Boden wirft.

»Tut mir leid, o großer Führer«, sagt James. Seine Stimme klingt matt und erschöpft. »Dein Daddy ist einfach zu stark für mich.«

Hampton freut sich, als er das hört, und lächelt James an.

James lässt sich auf die Bank neben Iris fallen. »Du tust mir leid«, sagt er zu ihr. »Der Mann ist unermüdlich.«

Daniel gibt es bei James' kleinem Scherz einen Stich. Er kann den Gedanken an Hamptons ausdauernde Leidenschaft, seine unerschöpfliche sexuelle Energie nicht ertragen.

»Er spült seinen Hüttenkäse, um das letzte Prozent Milchfett rauszuwaschen«, sagt Iris. »Was erwartest du da?«

»Hallo, Daniel«, sagt Hampton. Er macht seine Sporttasche auf und holt ein kleines weißes Frotteetuch heraus, mit dem er sorgfältig erst die Stirn, dann die Nasenflügel und schließlich das Kinn abtrocknet.

»Ich habe Ihnen beim Spiel zugesehen«, sagt Daniel. »Ich bin noch Anfänger.« Er ist sich unmittelbar bewusst, dass alles, was er sagt, sehr wohl mehrdeutig erklärt werden kann, und dass eines Tages, falls – nein, *wenn* – Hampton die Wahrheit erfährt, alles in Erinnerung kommen und nach Bedeutung durchstöbert werden wird.

Nelson hat sich von Iris' Schoß freigestrampelt. Er nimmt seinem Onkel den Schläger aus der Hand, schnappt sich den Ball und schlägt ihn. Der Ball hüpft und rollt den langen Gang hinunter und dann über die Treppe ins Erdgeschoss. Hampton schnippt mit den Fingern und deutet auf Nelson.

»Hol ihn«, sagt Hampton. »Sofort.«

Nelson sagt nichts, aber sein Gesicht wird plötzlich fleckig, er sieht aus wie jemand, der aus der frostigen Kälte kommt.

»Ist ja gut, Hampton«, sagt Iris. »So geht das nicht bei ihm.« Sie wendet sich an den Jungen. »Nun geh schon, Nellie, tu, was dein Vater sagt.«

»Nein!«, schreit Nelson. »Du holst ihn!«

Vor Schreck über Nelsons Heftigkeit lässt Iris die Hundeleine los, und Scarecrow läuft direkt zu Daniel. Nachdem sie an ihm hochgesprungen ist und mit der langen Zunge nach seinem Gesicht geleckt hat, legt sie sich plötzlich vor ihm hin, die Schnauze auf den Pfoten. Dann wälzt sie sich mit lautem Gebell auf den Rücken und stellt ihre nackte, rosa und schwarz gefärbte Bauchhaut zur Schau. Ihre Augen glänzen hingebungsvoll.

»Scarecrow!«, ruft Iris mit scharfer, nervöser Stimme. »Was machst du da?«

Hampton hat die Arme über der harten, flachen Brust verschränkt. »Sieht so aus, als hätte mein Hündchen Sie ins Herz geschlossen«, sagt er ziemlich gedehnt.

In der Zwischenzeit schlägt Bruce auf Platz eins den Ball für sich allein, immer härter werden die Schläge, bis sie knallen wie Pistolenschüsse.

»Macht es Ihnen etwas aus, wenn ich mich einen Moment zu Ihnen setze?«

Kate sitzt in der hintersten Bank der St.-Christopher-Kirche, die zwölf Kilometer außerhalb von Leyden an einer kurvenreichen Schotterstraße steht, umgeben von offenen Feldern, die sich mit ihren vertrockneten Überresten der abgeernteten Maisstauden über die sanft geschwungenen Hügel der Landschaft ziehen, in gerade ausgerichteten Reihen, wie Grabkreuze in einem Friedhof. Erschreckt von der sanften, fragenden Stimme dreht sie sich um und sieht den jungen Priester neben sich, groß, schlank, mit einem asketischen Gesicht und vorzeitig ergrautem Haar. Er ist der Typ von Mann, der immer aussieht wie ein Priester, auch wenn er zufällig Hemden in einem Kaufhaus verkaufen oder mit übergroßen, bunt karierten Schwimmshorts über den Strand laufen würde.

»Ich habe gar nicht gehört, dass Sie sich zu mir gesetzt haben«, sagt Kate.

»Tut mir leid. Habe ich Sie erschreckt? Haben Sie gebetet?«

»Eigentlich habe ich einfach die Augen zugemacht. Ich will nachdenken.«

»Ich habe Sie von Zeit zu Zeit hier hereinkommen sehen«, sagt der Priester. »Da wollte ich Sie einfach mal kennen lernen.«

»Mein Name ist Katherine Ellis. Ich bin nicht katholisch.« Sie streckt ihm die Hand entgegen.

»Ich bin Pater Joseph Sidlowski. Und ich *bin* katholisch.« Er ergreift ihre Hand, schüttelt sie. Sein Händedruck hat etwas Geisterhaftes, Kate könnte dem Mann genauso gut in einem Traum begegnet sein.

»Ich gehe in viele verschiedene Kirchen«, sagt Kate. »Aber diese hier ist so bezaubernd. Es ist eine der schönsten in der ganzen Gegend, finde ich.«

Pater Sidlowski schaut zur holzverkleideten Decke hoch, zu den einfachen blau und gelb gesprenkelten Glasfenstern. »Da haben Sie Recht«, sagt er, als wäre ihm die Schönheit der Kirche noch nie aufgefallen. »Kennen Sie ihre Geschichte?«

»Nein.«

»Die Farm direkt hinter uns und all das Land um uns herum, etwa zweihundert Hektar, gehörten einmal der Familie Bailey. Sagt Ihnen der Name irgendetwas?«

»Ich kenne die Bailey Road.«

»Wir sind hier an der Bailey Road, und mitten im Städtchen steht das Bailey-Gebäude. Der Patriarch der Familie hieß Peter Bailey. Er hat drei Frauen und zehn seiner dreizehn Kinder überlebt. Als er über siebzig war – so um 1880 herum – konvertierte er zum Katholizismus und baute für sich und seine Familie diese Kirche. Es gab nämlich sonst keine katholischen Kirchen in der Nähe. Sie hat etwas von einer Scheune, finden Sie nicht? Na, jedenfalls starb er mit über neunzig Jahren und hinterließ der Erzdiözese eine Stiftung, mit der St. Christopher die nächsten hundert Jahre erhalten werden sollte. Auf dem Friedhof liegen die sterblichen Überreste einer ganzen Reihe von Baileys, ebenso wie die der Priester, die hier gearbeitet haben. Zu meinen priesterlichen Pflichten gehört es, dass ich mich um die Gräber kümmere. Die Baileys sind inzwischen weit verstreut, und die meisten der Priester, die hier begraben sind, haben keine nennenswerte Familie. Wahrscheinlich werden sich die Türen dieser Kapelle in ein paar Jahren zum letzten Mal schließen. Wir haben eine bescheidene Kirchengemeinde, und wenn die hundert Jahre herum sind und es keine Mittel mehr gibt, um St. Christopher zu erhalten, wird aus diesem Ort wohl ein Antiquitätenladen.«

»Genau was die Welt braucht.«

Sidlowski verzieht das Gesicht ganz allmählich zu einem angedeuteten Lächeln. »Darf ich Sie fragen, wie Sie auf St. Christopher gekommen sind?« Seine Stimme ist leise, vertraulich, obwohl sonst niemand in der Kirche ist.

»Hier ist es sehr friedlich«, sagt Kate. Sie schaut sich in der kleinen Kirche um – das dunkle, stark mit Firnis überzogene Gemälde des sterbenden Jesus, hingestreckt auf dem Schoß seiner erschütterten Mutter, ein paar Opferkerzen, die in roten Glasbechern flackern, das einfache Holzkreuz, ungewöhnlich nüchtern. »Ich denke zurzeit über … so manches nach, und in einer Kirche kann ich meine Gedanken besser sammeln als zu Hause.«

»Darf ich Ihnen etwas zeigen?«, fragt Pater Sidlowski. »Es dauert nur einen Augenblick.«

Kate folgt dem Priester durch die Kirche. Ihre Schritte hallen in der Stille, und sie fragt sich, wie er sich neben sie setzen konnte, ohne dass sie ihn gehört hat. Er geht voran, durch eine schmale Pforte neben dem Mittelschiff der Kirche und in sein Büro. Es ist ein kleiner, fensterloser Raum mit Stapeln von Büchern und Zeitschriften in allen Ecken. Ein abgenutzter Metallschreibtisch und ein Drehstuhl sind das einzige Mobiliar. Das Faxgerät auf dem Schreibtisch empfängt gerade eine Nachricht; Kate guckt verstohlen, was da reinkommt – es scheint von einem Reisebüro zu sein, sie sieht die Zeichnung eines Flugzeugs und die Wörter »Weihnachtsreisen im Sonderangebot«. Die Wände sind kahl, abgesehen von einem alten Gemälde in einem verzierten Goldrahmen. Das Bild zeigt eine dunkelhaarige Frau in einer bescheidenen, braunen Robe, die vor einer Kinderkrippe kniet. Ihre Hände sind zum Gebet gefaltet, Blut tropft von ihnen herab. Die Krippe strahlt in goldenem Licht.

»Das ist die heilige Maria Franziska«, sagt Sidlowski. Seine Stimme klingt plötzlich intim, von Zärtlichkeit erfüllt, als wäre das eine erschütternde Nachricht, die er ihr überbringen muss. »Sie ist am Ende des achtzehnten Jahrhunderts gestorben und wurde etwa sechzig Jahre nach ihrem Tod heiliggesprochen.«

»Ich habe noch nie von ihr gehört«, sagt Kate. »Ich weiß

wirklich nicht viel über Heilige. Wie ich schon sagte, ich bin nicht ...«

»Katholisch«, unterbricht Sidlowski. »Das ist mir schon klar. Aber sie ist eine wunderbare Heilige, eine meiner liebsten. Hier kennt man sie zwar nicht so, aber in Neapel wird sie sehr geliebt. Und sehen Sie auch, weshalb ich Ihnen das Gemälde zeigen wollte?«

Kate wendet sich wieder dem Bild zu. Die Leinwand ist alt, die Farbe verblasst, und die Oberflächenlackierung ist in tausend kleine Puzzleteile gerissen.

»Sie sieht Ihnen sehr ähnlich«, sagt Sidlowski. »Sehen Sie die Ähnlichkeit nicht?«

Kate schüttelt den Kopf. Sie sieht nichts von sich im Gesicht von Maria Franziska. Das Einzige, was sie gemeinsam haben, ist das dunkelbraune Haar, die braunen Augen; alles andere an Maria Franziska scheint einfach durchschnittlich zu sein, ganz normal: Durchschnittsgröße, Durchschnittsgewicht. Na ja, vielleicht doch ein kleines bisschen der Mund, die dünne, breite Oberlippe, und vielleicht auch eine gewisse Jungenhaftigkeit des Kinns. Und die Schultern.

»Ich sehe mich immer noch als blond«, sagt Kate. »Obwohl ich das nicht mehr bin, seit ich zehn wurde. Aber es gehörte so sehr zu meiner Persönlichkeit und war meinen Eltern so wichtig. Das Bild, das ich von mir selbst habe, wird immer das eines rosigen kleinen Mädchens mit weißblonden Haaren sein. Mein Gott, was haben meine Eltern gelitten, als mein Haar dunkel wurde.«

»Es ist nicht nur die Haarfarbe«, sagt Sidlowski. Seine ursprüngliche Zurückhaltung fällt jetzt von ihm ab. Seine Stimme wird eifrig, insistiert. »Es ist das Gesicht, die Kopfform und noch etwas anderes, etwas Unsagbares.«

»Das sehe ich eigentlich nicht«, sagt Kate entschuldigend.

»Trotzdem vielen Dank. Ich habe wohl keine Beziehung zu Heiligen, Pater. Ich glaube eigentlich nicht an sie.«

»Die heilige Maria Franziska ist aber historisch belegt. Und jetzt ist ihr Geburtsmonat. Sie wurde am sechsten Oktober geboren. Und am sechsten Oktober war der Sturm«, sagt Sidlowski. »Da musste ich an sie denken.«

»Weshalb denn?« Kate fühlt sich immer unwohl, wenn jemand diesen unerwarteten, Chaos auslösenden Schneefall erwähnt. Der Sturm hat für sie inzwischen zwei Bedeutungen: dass sie den umherschweifenden Jungen vom Stern von Bethlehem knapp entkommen ist und dass Daniel die Nacht bei Iris verbracht hat, eine Nacht, in der, je länger sie darüber nachdenkt, er mit ziemlicher Sicherheit endlich die Erfüllung seiner lange währenden Sehnsucht gefunden hat. Kate kann keinen umgestürzten Baum sehen – und davon gibt es in Windsor County immer noch tausende –, ohne einen Schmerz in der Brust zu fühlen.

»Ist alles in Ordnung?«, fragt Pater Sidlowski sie.

»Erzählen Sie mir von ihr«, sagt Kate und deutet auf das Bild. »Was hat sie an den Händen? Warum blutet sie?«

»Sie hieß Maria Franziska der Fünf Wunden.« Er wartet, ob Kate versteht, dass diese Wunden sich auf die fünf Stiche der römischen Speere in den gekreuzigten Leib von Jesus beziehen. »Sie hatte ein sehr schweres Leben. Selbst nachdem sie einem Orden beigetreten war, hat ihr Vater, der sie verabscheute und, wenn Sie mich fragen, inzestuöse Gefühle für sie gehegt und ausgelebt hat, darauf bestanden, dass sie als Magd in seinem Haus wohnt. Als Maria Franziskas Vater genug von ihr hatte, gab er sie an einen Priester im Ort weiter, einem Fanatiker in der jansenistischen Tradition, der Maria weiterhin schlecht behandelte. Sie blieb für den Rest ihres Lebens die persönliche Dienstmagd des Priesters, noch achtunddreißig Jahre lang.

Doch inmitten all der Erniedrigung, die sie selbst erfuhr, hat Maria darauf bestanden, sich um andere Menschen zu kümmern. Sie kasteite sich regelmäßig, oft auf sehr schmerzhafte Weise, und bat Gott, die Leiden aller, die im Fegefeuer gefangen sind, in ihre Seele zu legen, und sie bat auch darum, die Schmerzen ihrer kranken Nachbarn, die sie meist mit Verachtung behandelten, teilen zu dürfen.«

Er schaut Kate an, sieht ihren schmerzlichen Gesichtsausdruck und senkt die Stimme.

»Sie haben gesagt, Sie gingen von Kirche zu Kirche. Darf ich fragen, weshalb?«

»Auch ich werde mit Verachtung behandelt, Pater«, sagt Kate. Sie geht auf ihn zu. Der Boden ist weich, es ist, als würden ihre Füße im Holz einsinken. Plötzlich ergreift sie ein Schwindelgefühl, die Welt dreht sich, einmal, zweimal. *Was geschieht mit mir?* Sie greift nach Sidlowskis Arm, um das Gleichgewicht nicht zu verlieren.

Jetzt, am Wochenende, wo Hampton zu Hause ist, wird Daniel von Eifersucht gebeutelt. Vermutlich hat allerdings kein Mensch auf der Welt echtes Verständnis für seine Qualen, nicht einmal Iris. Und noch weiter von der tröstlichen Gunst des Mitgefühls entfernt ihn, dass er anderen Menschen wehtut. Er belügt Kate, obwohl er sich einredet, er würde ihr sofort die Wahrheit sagen und die nötigen Schritte zur Trennung ihrer Lebenswege ergreifen, wenn er nur nicht Iris versprochen hätte, keine voreiligen Schritte zu unternehmen. In Wirklichkeit kommt natürlich die Tatsache, dass Iris ihm Schweigepflicht auferlegt hat, seiner Scheu davor entgegen, Kate die schreckliche Sache zu erklären. Er betrügt Hampton, der zwar kein Freund ist und auch kein Mensch der ihm jemals sonderlich sympathisch war, aber immerhin ein Mitmensch, der

Achtung und anständige Behandlung verdient. Und er betrügt Iris – er hat mit Kate geschlafen, um ein kleines bisschen häuslichen Frieden zu schaffen, einfach wie man etwas Tapete an die Wand klebt, um die Risse im Putz zu verbergen.

Sein einziger Trost ist das Windsor-Bistro, das er vor zwei Wochen zufällig entdeckt hat. Vor dem Sturm schien das Windsor unweigerlich auf dem absteigenden Ast zu sein: Es war ein kleines, angenehmes Lokal mit einem kleinen Gaskamin und einem Kronleuchter aus der Kolonialzeit, aber mehr als sechs oder acht Leute aßen dort nie zur selben Zeit. Doris Snyder, die Besitzerin und Köchin, eine schüchterne, bescheidene Frau mit einem korallenfarbenen Muttermal auf der Stirn, kaufte so wenig frische Vorräte wie möglich, weil sie Angst hatte, dass das meiste in der Abfalltonne landen würde. Zu der Zeit, als der Oktoberschnee kam, machte das Windsor-Bistro den Eindruck eines angeschlagenen Boxers, der nur noch einen Platz zum Hinfallen sucht. Aber dann kam der Sturm, das Bistro öffnete als erstes Lokal in Leyden wieder die Pforten, und jeder, der mutig oder unruhig genug war, das Haus zu verlassen, kam dort vorbei, um in Gesellschaft anderer zu sein. Doris' Zuversicht wuchs mit jedem Mal, wenn die Tür aufging, und bald begrüßte sie jeden persönlich, gab Drinks aus und servierte Desserts auf Rechnung des Hauses. Nach zwei Abenden überredete sie ihren Freund, einen psychisch labilen, aber gut aussehenden Mann namens Curtis, der seit sechs Monaten das Haus nicht mehr verlassen hatte, seine Gitarre mitzubringen und sein Repertoire von Neil-Young-, Jim-Croce- und Jackson-Browne-Songs zu singen.

Daniel ist inzwischen Stammgast. Das Lokal ist heute Abend voll, und nur dank seiner bevorzugten Stellung als einer der ersten Gäste ist es ihm erlaubt, allein an seinem Tisch zu sitzen. Der Freund der Besitzerin ist heute nicht da; seinen Platz auf dem Barhocker neben der Theke hat ein Mann mit buschigen Augenbrauen namens Chris Kiley eingenommen, ein alter Freund von Daniel aus der Grundschule, der sich auf einem Yamaha-Keyboard begleitet, während er schwülstige Rhythm-and-Blues-Songs über eheliches Chaos singt, Stücke wie »Me and Mrs. Jones« und »Who's Making Love to Your Old Lady (While You're Out Making Love)«. Diese Songs klingen in der Enge des Bistros wie Hymnen, denn das Windsor hat nicht nur als einziges Lokal in Leyden noch nach Mitternacht geöffnet, es scheint auch ein Zufluchtsort für Leute geworden zu sein, deren innerster Antrieb sie mit dem, was die Gesellschaft erwartet, in Konflikt gebracht hat. Dort an der Theke sitzt der Direktor der Highschool mit der neuen Unterstufen-Lehrerin, die frisch vom College aus Colorado gekommen ist. Dort an dem Tisch neben Daniel sitzt Clive Mason, dessen Frau gerade an Lungenkrebs stirbt, den Arm um Mary Gallagher, deren Ehemann, ein Streifenpolizist, gerade drei Jahre Gefängnis wegen schweren Diebstahls absitzt. Und jetzt setzt sich noch Ethan Cohen dazu, der einen Laden für Damenbekleidung neben dem Washington Inn betreibt, und neben ihn Shane Chilowitcz, der Performance Art drüben am College lehrt, wo er mit seiner Frau wohnt, die sich zu Hause um die sechs Kinder kümmert.

Got no one to turn to
Tired of being alone
Feel like breaking up
Somebody's home.

Ah, nie wurden wahrere Worte gesungen, denkt Daniel. Er schaut von seinem Buch auf und sucht das Lokal gewohnheitsmäßig nach Iris ab. Obwohl er sie in der Woche, seit er hier jeden Abend hereinkommt, noch nie gesehen hat, glaubt er immer noch, sie könnte jeden Augenblick auftauchen. Es macht ihn verrückt, dass er ständig nach ihr Ausschau hält, aber es gibt ihm die glühende Hoffnung des Spielers, dass der entscheidende Glücksmoment kurz bevorsteht.

Der Sänger wiegt sich hinter seinem Keyboard, umringt von Gästen, die sich ebenfalls zur Musik wiegen – ein paar wenige singen sogar mit. An der Bar ist es noch enger geworden. Die Leute stehen in drei Reihen hintereinander, reden, lachen mit durchdringender Ausgelassenheit und geben dem neu eingestellten Barkeeper Zeichen, dass sie Drinks wollen.

Nicht weit von der Bar entfernt steht Mercy, Rubys Babysitter. Sie hat sich auf älter getrimmt – jede Menge Make-up, eine taillierte braune Jacke über einer schwarzen Bluse mit tiefem rundem Ausschnitt, gebügelte Jeans, hohe Absätze. Sie sieht aus wie eine der jungen Frauen in der Bank – Sachlichkeit und Vertrauenswürdigkeit, gepaart mit einer Art von Aufdringlichkeit, wie man sie in Singles-Bars erlebt. Sie versucht schon eine Weile, Daniel auf sich aufmerksam zu machen, und jetzt, nachdem er sie endlich gesehen hat, lächelt sie und kommt an seinen Tisch herüber.

»Hallo, Mr. Emerson«, sagt sie. Ihre Wimpern sind so stark getuscht, dass sie die Augen anscheinend nur mit Mühe aufhalten kann. In der Hand hält sie ein Glas Bier, auf dem eine dünne Limonenscheibe schwimmt.

»Hallo, Mercy«, sagt er, und beinahe hätte er hinzugefügt: *Was machst du denn hier?*, aber die Gebräuche des Bistros verbieten solche Neugier.

Sie nimmt sein Lächeln als Aufforderung, sich zu setzen, und drapiert sich sorgfältig auf dem Stuhl zurecht, als nähme sie ihren Platz in einer Jury ein. Der Rand ihres Glases ist rötlich vom Lippenstift. »Ich habe nachgedacht über das, was Sie mir gesagt haben«, sagt sie und senkt die Stimme bis zum Flüsterton. »Wie man ein selbständiger Minderjähriger wird?«

»Das ist ein großer Schritt, Mercy. Es ist im Grunde ein Akt der Verzweiflung.«

»Ich muss da wirklich raus«, antwortet sie, und kaum hat sie das gesagt, kommt breitbeinig der Mann, mit dem sie das Bistro betreten hat, von der Bar herüber an Daniels Tisch. Er ist mehr als doppelt so alt wie sie, und er heißt Sam Holland; er ist einer der Schriftsteller aus der Gegend, zwar nicht der gefeiertste, aber wahrscheinlich der reichste, und Daniel kennt ihn. Vor zwei Jahren, als Daniel, Kate und Ruby gerade nach Leyden zurückgezogen waren, war Hollands minderjähriger Sohn in ziemlich üble Schwierigkeiten geraten, und Sam hatte mit Daniel darüber geredet, ob er die Verteidigung des Jungen übernehmen würde.

Falls es Sam Kummer bereitet, dass er nicht mit seiner Frau zusammen ist oder dass er sich mit einem Mädchen sehen lässt, das zwei Jahre jünger ist als sein Sohn – man merkt ihm jedenfalls nichts an, als er seine Hand ausstreckt und die von Daniel mit männlichem Druck ergreift.

»Hallo, Danny«, sagt Sam. Er trägt einen Blazer, ein weißes Hemd und Bluejeans; sein dichtes, seit neuestem zinnfarbenes Haar ist glatt zurückgekämmt. »Wie hat Ihr Haus den Sturm überstanden?«

Daniel denkt einen Moment nach. »Wir mussten ein paar Schläge einstecken«, sagt er.

»Bei uns war's verheerend«, sagt Sam mit einem breiten, strahlenden Lächeln. Er hat sich einen Stuhl herangezogen und sitzt neben Mercy. Daniel stellt sich vor, dass ihre Knie sich berühren. »Waren Sie zu Haus, als es passiert ist?«

»Am Anfang nicht.«

»Ich war wenigstens zu Hause«, sagt Sam. »Dadurch konnte ich halbwegs damit klarkommen. Wo warst du?«, fragt er Mercy.

»Bei meiner Freundin. Sie haben uns früher aus der Schule gelassen, und wir sind zu zehnt zu ihr gegangen.«

»Und dann habt ihr Party gemacht«, sagt Sam.

»So was Ähnliches, wenn man eine Zeit ohne Fernsehen und Händewaschen Party nennen kann.«

»Genau das nenn ich Party«, sagt er. »Das ist das Problem mit eurer Generation, ihr erkennt eine verdammte Party nicht mal, wenn ihr sie seht.« Er wendet sich wieder Daniel zu. »Und wo warst du, als der Sturm anfing?«

»Ich war bei Hampton Welles und Iris Davenport«, sagt Daniel.

»Meine Freundin geht dort babysitten«, sagt Mercy. »Der Kleine hat ihr einen Spielzeuglastwagen auf den Kopf gehauen. Sie musste mit zwanzig Stichen genäht werden, aber man sieht sie nicht, weil das Haar drübergewachsen ist.«

»Man muss schon eine Menge aushalten für 3,50 die Stunde«, sagt Sam.

»Versuch's mal mit acht«, sagt Mercy.

»Na gut, für acht Dollar die Stunde würde ich mir auch einen Lastwagen draufbrettern lassen – du hast doch gesagt, es war ein *Spielzeug*laster, oder?« Er schaut Daniel an, ob wenigstens der den Witz kapieren würde: wie wir uns entstellen, um das Brot auf den Tisch zu bringen.

»Keiner will mehr Babysitter machen bei dem Kind«, sagt Mercy. »Er ist irgendwie richtig gemein.«

»Er ist doch nicht mal fünf Jahre alt«, sagt Daniel. »Vielleicht reagieren deine Freundinnen aus anderen Gründen so.«

Mercy, die keine Konfrontation mit Daniel sucht, ihn im Gegenteil auf ihrer Seite haben will, senkt den Blick.

»Ich muss mal auf die Toilette«, sagt sie.

Sobald sie in sicherer Entfernung ist, beugt sich Sam zu Daniel hinüber.

»Ich helfe ihr bei den Hausaufgaben«, sagt er mit todernster Miene.

»Bringen Sie sie heim, Sam«, sagt Daniel. »Sie dürfen sie wirklich nicht mehr treffen. Ihr Vater ist verrückt und ein Bulle, es wird schlimm enden.«

»Ich weiß«, sagt Sam.

»Machen Sie sich denn keine Sorgen um sie, Sam? Wissen Sie, was mit solchen Mädchen passiert? Die landen irgendwann in einem Käfig mit Glitzerschmuck an den Brustwarzen. Wissen Sie, was ich meine?«

»Schauen Sie, so einfach ist das auch nicht. Ich könnte auch in einem Käfig landen und tanzen.«

»Sie könnten im Gefängnis landen und sonst nirgendwo. Sie ist noch ein Kind.«

»Ich liebe sie. Ich fühle mich zu ihr hingezogen, und ich habe keine Liste mit Gründen dafür. Es ist einfach passiert. Glauben Sie, ich hätte das gewollt? Mein ganzes Leben geht gerade den Bach runter.«

»Dann tun Sie doch was dagegen.«

»Ich hab's versucht. Können Sie sich vorstellen, wie blöd ich mir vorkomme, hier mit jemand … mit jemand zu sein, der so unpassend ist?«, sagt er. »Aber die Sache ist die: Ich kann nichts dagegen tun, ich kann buchstäblich nichts dagegen tun. Jeder glaubt, wenn man mit einem jungen Mädchen zusammen ist, das wäre, als hätte man den Jungbrunnen gefunden. Die Wahrheit ist: Es ist genau das Gegenteil. Erstens kann ich mich kaum auf Sex konzentrieren, weil ich die ganze Zeit damit beschäftigt bin, den Bauch einzuziehen. Und dann, wenn ich aus dem Bett steige und ein bisschen rumstöhne, Sie wissen schon, so wie ein Mann das halt macht, das Knie tut weh, der Rücken, ein bisschen Schmerzen in der Schulter, was auch immer … man stöhnt eben – ab fünfundvierzig steigt man aus dem Bett und gibt so kleine Geräusche von sich, auch wenn man Peter Pan ist. Also stehe ich auf, strecke mich, und Mercy verschlägt es den Atem, sie gerät in Panik. ›Was ist los, was ist los?‹, fragt sie. ›Nichts‹, sage ich zu ihr, ›überhaupt nichts.‹ ›Aber du hast so komische Laute von dir gegeben‹, sagt sie. Und ich muss ihr erklären: ›Liebling, das tut man eben, wenn man am Morgen aus dem Bett steigt. Man stöhnt.‹ Und sie nickt möglichst verständnisvoll, aber ich schwöre bei Gott, Daniel, ich bin mir in meinem ganzen Leben noch nie so scheißalt vorgekommen. Diese Typen, die glauben, sie kriegen noch mal eine Chance in der Jugendliga, wenn sie mit einem jungen Mädchen gehen, die haben nicht die geringste Ahnung. Wenn du dich jung fühlen willst, such dir ein altes Muttchen und lauf schwanzwedelnd um sie herum.«

Der Sänger des heutigen Abends macht Schluss; der Applaus prasselt wie Regen auf einem Blechdach. Daniels Blick schweift gewohnheitsmäßig über den Raum; er kann den Traum nicht aufgeben, dass Iris plötzlich auftaucht. Er stellt sich vor, wie sie durch die heitere Menge angetanzt kommt, sich neben ihn setzt, den Kopf leicht schräg und mit einem leicht angespannten, aber zugleich hingebungsvollen Ausdruck im Gesicht, ihr knochiges Knie stupst ihn an, ihre Nachtstimme ist eine Oktave tiefer, etwas brüchig vor Müdigkeit, das Weiße in ihren Augen cremefarben wie französische Vanille.

Durch das Gedränge kommt Ferguson Richmond, ein aufgekratztes Grinsen im Gesicht. Er trägt eine unsägliche braune Hose, sein Haar ist nach hinten gekämmt. Am Arm führt er das blinde Mädchen, Marie Thorne, die trotz der hinter einer Sonnenbrille verborgenen Augen festlich gestimmt und gutgelaunt wirkt.

Ferguson begrüßt ihn wie einen alten Freund, und auch Marie ist überschwänglich. Daniel vermutet deshalb, dass die beiden über ihn geredet haben, Spekulationen angestellt über die Nacht, die er bei Iris verbracht hat, und dass jetzt, nachdem sie ihn hier treffen, im nächtlichen Hauptquartier der Sünder dieser Stadt, ihre Hypothese bestätigt wurde. Ohne abzuwarten, ob er aufgefordert wird, zieht Ferguson noch zwei Stühle an Daniels Tisch. Er setzt Marie neben Daniel und zwängt sich selbst zwischen Sam und Mercy. Dabei scheint er zum ersten Mal zu bemerken, wie jung Mercy ist – tatsächlich schaut er sie auf fast komische Art zweimal an.

Und dann, ohne ersichtlichen Anlass, greift Ferguson über den Tisch und nimmt Maries Hand, führt sie an seine Lippen und küsst sie unter lauten Schmatzern, mit fast burlesker Hingabe. Die Geste wirkt schockierend, und alle am Tisch lachen, Daniel eingeschlossen, obwohl der Anblick von Fergusons phantastisch unzivilisiertem Benehmen Daniels Sehnsucht nach Iris nur noch qualvoller werden lässt.

Ferguson sieht den Unmut in Daniels Gesicht. »Haben Sie die reizende Iris Davenport in letzter Zeit öfter mal gesehen?«, fragt er.

»Nein«, sagt Daniel mit einer Stimme, die nicht genug Kraft hat, auch nur eine einsilbige Antwort zu geben.

»Der gute alte Daniel befand sich in der ersten Sturmnacht zufällig in ihrem Haus«, erklärt Ferguson den anderen, wobei er seine Finger zu Anführungszeichen krümmt, als er »zufällig« sagt.

»Das hat er erzählt«, sagt Sam.

Zu Hause trinkt sich Kate einstweilen durch eine Flasche Zinfandel und telefoniert mit Lorraine Del Vecchio, die sie für ihre beste Freundin hält, obwohl sie sich kaum noch sehen, seit Kate aus New York weggezogen ist. Ihre Telefonate, die vor einem Jahr noch täglich stattfanden, haben sich inzwischen auf zwei-, dreimal im Monat reduziert, doch was sie an Häufigkeit verloren haben, machen sie mit Dauer wett. Von ihren Studienjahren im Reed College abgesehen, wo sie Plato studiert und Amphetamine missbraucht hat, hat Lorraine nie woanders als in Manhattan gelebt. Als Kate sie kennen lernte, war sie Redakteurin bei *Cosmopolitan*; Lorraine hatte Kates Roman *Pfirsiche mit Schlagsahne* gelesen und sich dafür eingesetzt, dass er in Auszügen im *Cosmo* abgedruckt wird, um dann allerdings in letzter Minute von der Chefredakteurin überstimmt zu werden.

Zu dem Zeitpunkt, als das Geschäft platzte, hatten Lorraine und Kate bereits ein Telefonverhältnis aufgebaut. Lorraine mochte Kates spitze Zunge, ihre Mitleidlosigkeit, mit der nicht nur die Nebenpersonen auf die Schippe genommen wurden, sondern auch die Ich-Erzählerin bedacht wurde, die, so nahm Lorraine an, ein Double für die Autorin selbst war. Aber was Lorraine besonders an dem Roman mochte, war die Darstellung der Schönheitsindustrie als einer Welt von Blutsaugern, vor der sich intelligente Mädchen in Sicherheit bringen müssen – tatsächlich war es genau die Art und Weise, wie der Roman sich über die Dermatologie lustig machte, und die zugrunde liegende Wut auf eine Welt, die solch großen Wert auf die Erscheinung legt, die es unmöglich machten, dass Lorraine ihn für ihre Zeitschrift ankaufen konnte. Die Hälfte der Artikel und fast die gesamte Werbung sollten ja junge Frauen dazu bringen, sich unaufhörlich über ihr Aussehen zu ärgern. Als der Abdruck eines Auszugs aus *Pfirsiche mit Schlagsahne* in letzter Minute torpediert wurde, rief Lorraine persönlich bei Kate an, um ihr die schlechte Nachricht zu übermitteln, und sie klang so enttäuscht, dass Kate zusagte, sie am Ende der Woche zum Mittagessen zu treffen.

Daniel hatte Kate vor Lorraine gewarnt. Er kannte sie zwar nicht, aber er bekam allmählich eine Vorstellung von den Frauen, die Kates leidenschaftlichste Leser wurden, und ihm war sehr wohl aufgefallen, wie sich deren Gesichtsausdruck veränderte, wenn sie Kate schließlich trafen und feststellten, dass sie, ganz anders als ihre Romanheldin oder sie selbst, sehr gut aussah. Wie die Heldin war Kate schon als Kind zu Wettbewerben wie »Das schönste Baby« geschleppt worden, ihre Eltern machten kein Hehl aus ihrer Trauer, als Kates Haar von blond nach braun wechselte, und sie gaben ihr Clairol-Spülungen, als sie neun Jahre alt war, und schickten sie mit einem Schal um den Kopf gewickelt ins Bett, der mit Zitronensaft getränkt war. Als mit dreizehn bei ihr ein paar verstreute Pickel auf der Stirn auftauchten, schickte sie ihr Vater, selbst Arzt, zu einem Dermatologen in Washington – immerhin nicht, wie im Roman, bis nach Zürich. Die anderen Erniedrigungen, die der jugendlichen Romanerzählerin begegneten, waren frei erfunden – wie sie eines Tages aufwacht und einen richtigen Schnurrbart hat, die Beteiligung an einer Santeria-Zeremonie, bei der ihr ganzer Körper mit Enthaarungswachs bedeckt wird, das Fettabsaugen um Mitternacht, als wäre es eine Abtreibung, und der Abschnitt, in dem der Bridge-Verein der Mutter sich aus Versehen Abnehmpillen in den Kaffee rührt, weil sie sie mit Süßstofftabletten verwechseln, und danach flippen die Damen total aus, gehen wie Wildkatzen aufeinander los, und eine von ihnen stirbt an Herzinfarkt.

»Du sprichst all die Frauen an, die unvorteilhaft aussehen«, sagte Daniel. »Und wenn sie dich dann sehen, fühlen sie sich ausgetrickst, als hättest du ihnen absichtlich vorgemacht, dass du eine von ihnen bist.«

Zu Kates großer Erleichterung war die Frau, die im Russian Tea Room auf sie wartete, vollkommen präsentabel, tatsächlich sah sie blendend aus – mit kurzem, schwarzem Haar, hellgrünen, aufregenden Augen, einem gelassenen, eindrucksvollen Gesicht und dem üppigen Busen einer Galionsfigur, wie sie in den Bug von Walfangschiffen geschnitzt wurden.

»Ach, schau an«, rief Lorraine, als sie Kate zum ersten Mal sah, »Sie sehen hinreißend aus, Sie Miststück.« Sie fasste sich ans Herz. »Wie können Sie mir das antun?«

Die Anschuldigung war im Scherz gemeint und sollte Kate eigentlich schmeicheln. Doch sie hatte das Gefühl, als wäre sie gerade geohrfeigt worden, und obwohl das Verhältnis der beiden sich bald über das hinausbewegte, was Kate den halluzinogenen Zustand nannte – eine Art scherzhafter Alternativwirklichkeit, in der Lorraine so tat, als sei Kate überwältigend schön und sie selbst rettungslos bieder –, und Kate mit Lorraine eine wahrhaftigere Beziehung entwickelte, hing diese erste Bemerkung doch immer wie ein Schatten über ihrer Freundschaft. Und dieser Schatten behauptete steif und fest, dass Kate das bessere Los von beiden gezogen hatte und Lorraine es schwerer hatte – trotz ihres gut dotierten Jobs, zahlloser sexueller Abenteuer, einer Familie, die sie unterstützte, und einer Wohnung mit offenem Kamin und zwei Oberlichtfenstern. Folglich wurde von Kate unterschwellig erwartet, dass sie die Schieflage ausglich, indem sie sich Lorraine fügte.

Heute Abend ist Lorraine erkältet, und sie nützt den ersten Teil ihres Telefongesprächs, um darüber zu jammern. In letzter Zeit ist Lorraine etwas komisch geworden, was ihre Gesundheit betrifft. Sie wird bald 38, das Alter, in dem ihre Mutter an Gebärmutterkrebs starb, und Lorraine begibt sich immer mehr in die Obhut der Ärzte, aber auch in die eines Akupunkteurs, einer Masseurin, eines Aromatherapeuten, zweier Ernährungsberater und sogar einer Hellseherin, die auf Krankheiten spezialisiert ist.

»Ich lag den ganzen Tag im Bett«, sagt sie.

»Wegen einer Erkältung?«, fragt Kate und hofft, dass ihre Missbilligung nicht erkennbar ist.

»Ja, wegen einer Erkältung. Außerdem war ich in bester O.-J.-Stimmung. Ich wollte den Prozess wirklich mal allein in meiner Wohnung anschauen. Ihn im Büro anzuschauen ist Scheiße, viel zu viel Unterbrechungen.«

»Und? Ist was passiert?« Kate konnte die heutigen Vorgänge nicht verfolgen, sie war zu sehr damit beschäftigt, einen Artikel über den Prozess fertig zu stellen – ein Artikel, den Lorraine bei ihr in Auftrag gegeben hatte.

»Ich hatte diese wilde Vorahnung, dass er zusammenbrechen und mitten in der Verhandlung aufstehen und ein Geständnis ablegen wird.«

»Das wird aber nicht passieren.«

»Ist mir schon klar. Wie kommt der Artikel voran?«

»Ich sollte in zwei Tagen damit fertig sein.« Kate spürt die leichte Veränderung, plötzlich nimmt sie die Haltung »Autorin-wimmelt-Redakteurin-ab« ein. »Höchstens drei.«

»Er bringt uns gar nichts, wenn der Prozess schon vorbei ist.«

»Der Prozess wird noch Monate dauern.«

»Nicht, wenn er ein Geständnis ablegt. Was ist mit Daniel? Wie sieht der die ganze Sache? Ich meine, sieht er es nicht irgendwie als Anklage gegen die Justiz – dieser Typ, der ganz offensichtlich seine arme Ehefrau erschlagen hat und jetzt einfach das Verfahren verzögert, dank der Anstrengungen eines ganzen Teams von hoch bezahlten Anwälten, die wahrscheinlich alle ihren Pakt mit dem Satan abgeschlossen haben.«

Kate schweigt einen Augenblick. »Daniel lässt gelegentlich durchblicken, dass er O. J. für unschuldig hält.«

»Du machst Witze.«

»Er glaubt, rassistische Bullen haben die Beweismittel manipuliert. Er glaubt alles Mögliche.«

»Er glaubt tatsächlich, dass O. J. unschuldig ist?«

»Ich weiß nicht.« Jetzt wird es schwierig. »Lass mich kurz einen Schluck Wein trinken, dann sag ich dir, was ich wirklich glaube.«

»Schluck nur.«

Kate trinkt das ganze Glas aus, tupft ihr Kinn mit der Handfläche ab, wo ein einzelner roter Tropfen hängt, und schenkt dann das Glas wieder voll.

»Er hat sich dumm und dämlich verliebt in so eine schwarze Frau, und ich glaube, er passt seine O.-J.-Meinung an, damit sie zu ihrer passt.«

»Oh, Kate, bist du da sicher?« Lorraines Stimme klingt warm, mütterlich. Lorraines Mitgefühl kommt immer als angenehme Überraschung, obwohl sie es nie daran fehlen lässt.

»Nein, eigentlich nicht. Aber … ich bin ziemlich sicher.«

»Wer ist die Frau?«

»Ach, nur so eine Mutter, die auch hier im Ort wohnt, eine ewige Doktorandin, mit einem Ehemann, der nicht da ist.«

»Ich kriege noch kein klares Bild.«

»Sie heißt Iris. Ich könnte sie wirklich mit bloßen Händen erwürgen, mir ist zumute wie O. J. Sie sieht gar nicht schlecht aus, so auf 'ne sommersprossige Art. Sie leidet unter dem Verwöhnte-Tochter-Syndrom, irgendwie sitzt sie nur da und erwartet alle Aufmerksamkeit für sich. Sie hat ein leicht gestörtes Kind, an dem Ruby sehr hängt, so haben sie all diese Gelegenheiten zusammenzukommen, Daniel und Iris. Du solltest sie mal zusammen sehen. Daniels ganzer Körper wird zum harten Schwanz.«

»Und du?«, fragt Lorraine.

»Was meinst du? Was soll sein mit mir?«

»Lässt du dir von dieser Circe deinen Freund wegnehmen?«

Lorraine nimmt das alles viel zu sehr auf die leichte Schulter, und um ihr das deutlich zu machen, lässt Kate die letzte Bemerkung ein paar Augenblicke lang in der Luft hängen.

»Ich weiß nicht, was ich tun werde, Lorraine. Am Anfang, als ich es bemerkt habe, wie sehr er sich auf diese Frau fixiert hat, dachte ich: Ach je, leben und leben lassen, bumsen und bumsen lassen, was soll's.«

»Und jetzt?«

»Es geht mir nahe. Es hat einen perversen Einfluss.«

»O ja, ich weiß, wie sich das auswirkt. Du fängst an, dich wieder in ihn zu verlieben, stimmt's?«

»So was Ähnliches. Ich brauch nicht viel Pflege und Futter, weißt du. Ich muss nicht bewundert werden oder verehrt, ich brauche keine kleinen Gedichte unterm Kopfkissen oder eine Rose auf dem Frühstückstablett. Aber ich will wirklich *nicht*, dass er mich verlässt. Ich will es einfach nicht.«

»Wir sind solche Idiotinnen.«

»Es ist ja nicht so, dass ich Daniel nicht mehr liebe.«

»Ich weiß.«

»Ich habe mich an ihn gewöhnt, mit all dem Guten und Schlechten, das dazugehört. Egal, aber wir hatten so eine Art Übereinkunft. Wir sind beide moderate Naturen, du weißt, was ich meine? Wir hassen Exzesse, keiner von uns beiden mag *Romeo und Julia*. Deswegen komme ich mir auch betrogen vor. Plötzlich bemerke ich an ihm, dass er willens ist, sich für seine Leidenschaft kreuzigen zu lassen. Bäh. Er ist ein anderer Mensch geworden.«

»Und dann ist da auch noch die kleine Sache mit Ruby«, sagt Lorraine. »Ich dachte, er kümmert sich so rührend um sie.«

»Daran will ich gar nicht denken. Er wird mich bestimmt

nicht *verlassen*. Er würde nie etwas tun, das Ruby durcheinanderbringt. Er betet sie an.«

»Wie ist denn der abwesende Ehemann der Milchkaffeefrau?«

»Er heißt Hampton.«

»O Gott, die haben die besten Namen. Hampton wie?«

»Welles. Er hat an einer Ivy-League-Uni studiert, Wall Street, so bürgerlich, dass Martha Stewart neben ihm exotisch wirkt.«

»Und glaubt er auch, dass O. J. unschuldig ist? Wäre interessant, das rauszufinden.«

»Ich weiß nicht. O. J. könnte ein bisschen zu dunkel sein für Hamptons Geschmack.«

In diesem Moment hört Kate quälendes Husten aus Rubys Schlafzimmer. Ruby leidet seit dem Sturm unter einer Erkältung – die Fahrt nach Hause auf dem Schneemobil hat sie geschafft.

»Kannst du eine Minute dranbleiben?«, fragt Kate.

»Ein anderer Anruf? Nimm nicht ab.«

»Nein, Ruby hustet sich die Lunge aus dem Leib. Ich schau lieber mal nach.«

»Wo ist denn Danny-Boy?«

»Ausgegangen. Ich weiß übrigens nicht mal, wohin.« Als Kate das sagt, geschehen zwei Dinge: Ruby hört auf zu husten, und Kate spürt, wie sie ein starkes sumpfiges Gefühl der Panik ergreift. »Ach, schon wieder gut«, sagt sie. »Falscher Alarm.« Dabei stehen in ihrem Inneren plötzlich alle Zeichen auf Sturm.

»Er ist ausgegangen, und du weißt nicht, wohin?«, fragt Lorraine. »Das sieht ihm gar nicht ähnlich.«

»Nun, in letzter Zeit war's so.«

»Da oben kann man doch nichts machen, nirgends ausgehen. Wo geht er denn hin?«

»Da gibt's so ein Lokal in der Stadt, eine Bar. Da geht er seit einiger Zeit hin.«

»Eine Bar?« Lorraines Stimme klingt wie Spott, der versucht, sich als Ungläubigkeit zu maskieren.

»Das ist doch nichts Besonderes, oder?« Kate versucht, verwundert zu klingen, aber ihr Puls schlägt schon schneller. Sie hat große Lust, einfach den Telefonhörer aufzuknallen, sich ins Auto zu setzen und den kleinen Scheißer in seinem neuen nächtlichen Schlupfwinkel zu überraschen. Aber gerade als sie auflegen will, erinnert sie sich an den Grund, weshalb sie Lorraine ursprünglich angerufen hat. »Wir hatten diesen Monsterschneesturm«, sagt sie.

»Ich weiß. Ich hab's im Fernsehen auf Fox gesehen. Irre.«

»Wir hatten vier Tage lang keinen Strom, keine Heizung, kein Wasser, nichts. Und wir saßen hier fest, keine Autos fuhren mehr, alle Straßen waren gesperrt.«

»Du solltest wirklich nach New York zurückziehen.«

»Letztes Jahr ist bei dir unter der Straße ein Hauptrohr der Wasserleitung geplatzt, und deine ganze Wohnung war voller Schlamm.«

»Das stimmt, aber zumindest hatte ich Heizung. Ich hatte Strom, ich konnte lesen. Und ich konnte rausgehen, in mein Fitnessstudio, ich konnte im Café Luxembourg einen Wasserkressesalat mit Ziegenkäse essen.«

»Es hat irgendwie Spaß gemacht, sich wieder auf die Grundlagen zu besinnen, wir drei beim Camping. Und als es aufgehört hat zu schneien, kam die Sonne heraus, und es war ganz mild.«

»Ich will nie in eine Lage geraten, in der ich froh bin, dass die Sonne rauskommt.«

»Aber am ersten Tag war ich alleine hier, und *das* war etwas seltsam.«

»Wo waren Daniel und Ruby?«

»Bei Iris.«

»Das soll wohl ein Witz sein?«

»Und während ich hier allein war, sind ein paar Jungs ins Haus eingebrochen.«

»Was redest du denn da?«

»Hier ist so ein Erziehungsheim für jugendliche Straftäter, die meisten sind schwarze Jungs aus New York. Ein paar sind während des Stromausfalls entflohen und hier gelandet.«

»Oh, mein Gott. Ist dir was passiert?«

»Nein, mir geht's gut. Sie haben mich nicht entdeckt. Die kamen rein, um aufs Klo zu gehen.«

»Sie haben in dein Haus geschissen?«

»Sie haben die Toilette benutzt.«

»Nun, das war zivilisiert.«

Kate will etwas sagen, merkt aber, dass ihre Stimme plötzlich versagt.

»Hast du dich versteckt?«, fragt Lorraine. »Wo warst du?«

Kate holt tief Luft. *Okay*, denkt sie. *Ganz ruhig.* »Ich hatte ganz schön Angst«, sagt sie. »Das waren keine netten Jungs.«

»Die hätten dich vergewaltigen können, umbringen.«

»Wahrscheinlich. Aber dann ist ein Baum aufs Haus gekracht, und sie sind wie verrückt davongerannt.«

»Ein Baum.« Lorraine schnieft verächtlich. »Und Daniel war bei Iris?«

»Da war nichts zu machen. Er konnte nicht nach Hause fahren.«

»Das arme Lämmchen. Hör mir zu, Kate. Okay?«

»Nein, bitte. Versuch in dieser Sache nicht schlauer zu sein als ich, öffne mir nicht die Augen fürs Offensichtliche, ich will nicht mit deinen Einsichten bombardiert werden.«

»Ich will ja nur …«

»Ich weiß. Ich bin noch nicht so weit. Im Übrigen muss ich jetzt los.«

»Wo willst du denn hin?«

»In diese Bar, wo Daniel immer abhängt. Windsor-Bistro.«

»Gut. Und wenn er mit ihr da ist …«

»Ist er nicht.«

»Denk immer daran, wenn O. J. damit durchkommt, dann du auch.«

Nachdem Kate aufgelegt hat, trinkt sie ihr Glas Wein aus und wartet darauf, dass ihr Puls sich beruhigt. Dann tritt sie ans Fenster an der Vorderseite des Hauses. Der Handwerker, der die Scheiben ersetzt hat, hat schlampig gearbeitet, und die Rahmen sind mit Kitt verschmiert. Sie schaut in die Nacht hinaus. Der Himmel ist eine hoch aufragende Kuppel mit hellen Sternen. Der Mond ist blass und dünn wie eine Oblate; er wirft sein Licht auf die zersplitterten und umgestürzten Bäume in der Umgebung des Hauses; ein kleiner heller Fleck spiegelt sich im Chrom der Heckstoßstange an ihrem Auto.

Plötzlich fällt ihr Ruby ein – mit einer Art Ruck, so wie wenn man von zu Hause losfährt und mit einem Mal merkt, dass man den Herd nicht abgestellt hat. Wie kann sie ins Windsor-Bistro fahren und Ruby ganz allein lassen? Wie weit entfernt ist das? Zehn Minuten, gut, das macht zwanzig Minuten hin und zurück. Sagen wir fünfundzwanzig, mit kleinen Verzögerungen. Und länger als fünfzehn Minuten müsste sie nicht im Bistro bleiben. Das sind alles in allem fünfundvierzig Minuten und wahrscheinlich viel weniger.

Sie geht in Rubys Schlafzimmer. Der Raum ist schwach erhellt vom Schein eines Nachtlichts mit einer Märchenprinzessin. Kate steht über dem Bett ihrer Tochter – ihrer Gefängniswärterin – und schaut auf sie hinunter. Sie schläft auf dem Rücken, die Satinborte der Decke bis zum Kinn hochgezogen.

Ihre Haut ist cremefarben, die Brauen dunkel und sinnlich. Tiefe, kindliche Atemzüge, mit einem bronchitischen Schnarren am Ende eines jeden. Ruby hat einen festen Schlaf, sie taucht ein in die schwach erleuchteten Landschaften ihres Innenlebens, hundert Faden tief, träumt von riesigen Pforten und sprechenden Tieren. Sie wacht fast nie auf in der Nacht – sogar dieser qualvolle Husten hat ihren Schlaf nicht beeinträchtigt. *Fünfundvierzig Minuten*, denkt Kate. *Sie merkt es doch gar nicht.* Aber einen Augenblick später nimmt die Ängstlichkeit wieder ihren angestammten Platz in Kates Bewusstsein ein, sitzt da mit der Autorität einer alten Wahrsagerin und dreht eine Karte nach der anderen um: Hier wacht das Kind auf und ruft nach dir, hier kommen aus dem Heizkessel giftige Dämpfe, hier kokelt ein ausgefranster Draht in der Wand vor sich hin, hier ist ein Dieb, hier ein Kidnapper, und diese Karte hier, das sind fünf schwarze Jungs, die aus unerfindlichen Gründen zurückkommen. Was stellst du dir denn vor? Wie hast du dir das bloß gedacht? Du bleibst schön zu Hause. Und das weiß er.

Zehntes Kapitel

Das Problem war: Es gab keine Wege mehr, auf denen man gehen konnte; der Wald war implodiert. Sie liefen anscheinend im Kreis, blieben ständig an Ranken hängen, stolperten über umgestürzte Bäume, wurden von Ästen zerkratzt, stapften in plötzlich auftauchende Pfützen, und manchmal rannten sie direkt in einen Baum. Es war fast beleidigend, als ob mit ihnen gespielt würde. Jeder mit seiner Verzweiflung beschäftigt, liefen sie eine halbe Stunde dahin, ohne zu reden.

Dann, plötzlich, ein Waldstück, wo der Sturm im letzten Monat anscheinend nur wenig Schaden angerichtet hat. Sie konnten ganze drei Minuten laufen, ohne den Kurs zu ändern. Und obwohl sie nicht wussten, in welche Richtung sie gingen, ließ sie das Gefühl, einfach geradeaus weitergehen zu können, neuen Mut schöpfen. Sie waren also doch nicht mitten in einer weiten, unerforschten Wildnis. Sie waren nur hundertfünfzig Kilometer nördlich von New York. Wie weit konnte man da laufen, ohne auf die nächste Straße oder den Hinterhof von irgendjemand zu stoßen? Aber dann erreichten sie ein verwüstetes Waldstück mit Robinienbäumen, von denen die jüngeren Dornen an der Rinde hatten und aussahen wie riesige, versteinerte Rosen. Es lagen so viel davon auf dem Boden oder standen schwankend aneinandergelehnt, dass es selbst am helllich-

ten Tag unmöglich gewesen wäre, durchzukommen oder sie zu umgehen.

Nachtgedanken. Daniel kommt die Treppe herunter. Er trägt einen Flanellpyjama, ein House-of-Blues-T-Shirt. Hier kommt das Fastwaisenkind, hier kommt der Beinahevater, hier kommt der schlechteste Ersatzehemann der Welt. Aber nichts dergleichen kommt ihm in den Sinn. Die Nacht ist die Zeit der Sehnsucht, und ihn packt die Liebe, schüttelt ihn bis zur Besinnungslosigkeit. Draußen: Ein fröhlicher kleiner Schneeflockentanz weht am Verandalicht vorbei. Sein Herz singt in der Brust wie ein Cello.

Am Leben zu sein ist ein ständiger Prozess des Sich-Selbst-Vergebens, und Daniel vergibt sich. Er weiß, dass er sich schlecht benimmt. Er weiß, dass er vor Scham Fieber haben sollte. Aber er hat keines, er hat ihm widerstanden, wie diese Ärzte, die eine Station mit infizierten Patienten betreuen, selbst aber nicht krank werden. Daniel hat seinen eigenen Schuldgefühlen widerstanden, er ist gegen sich selbst immun geworden.

Schließlich wird die Schönheit der Welt überwältigend, sie ist zu zerbrechlich, zu vollkommen, er muss sich abwenden. Er steht vor einer Wand und schaut sich die Luftaufnahme seines Hauses an, die da hängt. Letztes Jahr waren zwei Männer an die Tür gekommen, ein breitschultriger Pilot mit einem harten Gesicht und einem verunglückten Schnauzer und ein schlaksiger Fotograf mit Trotzki-Brille und einer Satinwindjacke von Planet Hollywood. Für 300 Dollar boten sie an, über das Haus zu fliegen und eine Luftaufnahme zu machen. »Dann können wir uns sehen, wie Gott uns sieht«, hatte Kate gesagt und war seltsam begeistert von der Idee. Das fertige Produkt wurde sechs Monate später geliefert, als die Provinzvertreter wieder nach Windsor kamen, und jetzt hängt es im Wohnzimmer hinter dem grünen Sofa.

Daniel, dessen liebendem Herz Flügel gewachsen sind, fliegt jetzt selbst, und er kommt in vollem Flug ins Bild, schwebt über seinem Haus und den schneebedeckten vier Hektar Grund. Der Rauch aus dem Kamin, ein Faden dunkleren Graus als die kalte, wolkenverhangene Luft, steigt auf und brennt ihm in den Augen. Seine Arme sind ausgestreckt, er rudert weg davon, fragt sich, ob er wohl jeden Moment auf den Boden aufschlägt, weiß aber instinktiv, dass er in Sicherheit ist. Er streckt die Hände nach oben, hört das Zischen der Luft, während er auf den Dämmerungsmond zurast, der voll aufgegangen bleibt und am Himmel klebt wie eine Münze, die unter einer dünnen Eisschicht eingefroren ist. Er zieht das Kinn ein und blickt hinunter auf die kleine Stadt – die kalte Luft trifft wie ein Paukenschlag auf seine Augen. Dort ist der Fluss, eine blaugraue Schlange, auf deren kalten Schuppen sich der abnehmende Mond spiegelt. Die Berge im Westen sind in Dunst und Dunkelheit gehüllt; die Lichter von wenigen Häusern und Autoscheinwerfern glitzern wie funkelnder Tau auf dem Pelz eines schlafenden Bären.

Er fliegt durch das Schlafzimmerfenster seiner Eltern, wo Karl und Julia Emerson Seite an Seite auf dem Rücken liegen und schlafen, so unbewegt wie Schnitzwerk auf einem Sarkophag. Die Digitalziffern auf ihrem Wecker pulsieren orangefarben im Dunkel des Raums. Auf Julias Seite des Bettes stapeln sich Bücher auf dem Nachttisch, während auf Carls Tisch nur eine Lampe steht und die Armbanduhr liegt, als wüsste er schon alles, was er wissen will. Auf die alte Couch und Truhe am Ende des Bettes, in der Reservelaken und empfindliche Quilts mottensicher verpackt sind, haben sie ihre zueinanderpassenden karierten Bademäntel abgelegt. Die Ordnung und Bescheidenheit des Zimmers erwecken bei Daniel eine schmerzliche Liebe und eine rätselhafte Art von Mitleid, ein Mitleid, das auch höchste Achtung bedeutet. Das Zimmer riecht nach Salben, Eukalyptus, Putzmittel und schleichendem menschlichem Verfall. Daniel schwebt über seinen Eltern, möchte sie berühren, aber er zögert, denn entweder ist er unkörperlich oder sie sind es. Er nähert sein Ohr der Brust seines Vaters, horcht auf den bedächtigen Herzschlag des alten Mannes. Es wird Zeit, all die Versöhnlichkeit auszudehnen, die er sich selbst seit Neuestem entgegenbringt. *Danke, dass ihr mich ernährt habt, danke, dass ihr mich auf die Schule geschickt habt, danke, dass ihr auf Kurs geblieben seid.* Er küsst Julias kühle Stirn, ein glatter Stein in einem rauschenden Fluss, *Danke, danke.*

Er zieht sich durch das Fenster wieder zurück. Während er an Höhe gewinnt, streifen ihn die Äste einer Schierlingstanne. Er sieht ein Polizeiauto, dessen Scheinwerfer von einer Straßenseite zur anderen schwenken. Er fliegt daneben her. Sein alter Freund Derek Pabst sitzt am Steuer und schlürft Kaffee aus einem Styroporbecher; seine Uniformmütze liegt auf dem Beifahrersitz. Er hat sich Fotokopien von den Bildern der Jungs, die aus dem Stern von Bethlehem entkommen sind, ans Armaturenbrett geklebt. Er fährt schnell, seine blutleeren Lippen sind zusammengepresst, sind wie eine Wand, durch die keine Wörter dringen können. Derek biegt von der Bezirksstraße ab und rast über eine kurze Brücke auf eine ungepflasterte Straße. Seine Reifen wirbeln lange, dichte Staubfahnen hoch.

Nun schwebt Daniel über dem Fluss, schwebt an den Herrenhäusern vorbei. Er betritt Eight Chimneys. In der Eingangshalle jagen ein paar Eichhörnchen wild hintereinander her. Die Luft ist kalt in dem alten, dumpfigen Haus, kälter als draußen. Er hört ein Geräusch und stößt in der riesigen, unaufgeräumten, alles andere als sauberen Küche auf Ferguson. Der trägt eine Pyjamahose, steht vor dem Kühlschrank und kratzt sich unschlüssig die blasse, nackte Brust. Plötzlich nimmt er das Endstück eines Roastbeefs und einen Karton mit Orangensaft und geht wieder nach oben. Daniel folgt ihm. Im ersten Stock des Hauses wendet sich Ferguson nach rechts, geht an einem Dutzend geschlossener Türen entlang, bis er an die Treppe zum zweiten Stock gelangt, wo einst die Bediensteten gewohnt haben. Marie erwartet ihn nackt am oberen Ende der Treppe. Der kleine Wirbel ihrer Schamhaare wirkt besonders schwarz gegen ihre farblose Haut. Die Höfe um ihre Brustwarzen sind vor Kälte gerunzelt. Sie steht auf Zehenspitzen und windet sich in freudiger Erwartung. »Beeil dich«, flüstert sie. »Ich hab solchen Durst.« Sobald Ferguson den Treppenabsatz erreicht, nimmt Marie den Karton mit dem Orangensaft, schnuppert daran und trinkt ihn aus. Am Ende stößt sie einen lauten, komisch überzogenen Seufzer aus, schüttelt den Karton, um sicherzugehen, dass er leer ist, lässt ihn dann fallen und legt die Arme um ihren fassungslosen Geliebten. Er hebt sie hoch, und sie küssen sich, sie umschlingt ihn mit den Beinen.

Mit einem Schlag seines geflügelten Herzens fliegt Daniel weiter zu Iris, und er segnet jedes Haus unter sich, während er zu seiner Geliebten schwebt. Sie liegt im Bett, wach und alleine, sie hat sich aufgesetzt, hat die Kissen im Rücken, und ihr Laptop ruht auf der Bettdecke zwischen ihren Knien. Er landet neben ihr, legt seinen Arm um sie, berührt ihren Hals mit den Lippen, küsst ihre Wangen, ihre Augenwinkel und wirft dann einen Blick auf den Bildschirm. *Lieber Daniel,* hat sie geschrieben, weiter noch nichts. Ihre Finger ruhen auf den Tasten. Kate sieht beim Schreiben begeistert aus, es ist wie Nahrung, und sie genießt jeden Bissen, aber Iris hat eine gewisse Schüchternheit, sogar in der Intimsphäre ihrer eigenen Gedanken, als ob sie einen Teil ihrer selbst beobachtet und sich die andere Hälfte hinter einer Säule verbirgt.

Danke, sagt er zu ihr. Irgendwie wird sie das sicher hören. *Danke dafür, dass du so schön bist, danke, dass du nicht zu schön bist für mich, danke für dein Leben, danke für deine Brüste, lass sie mich anfassen, spürst du das? Das ist meine Hand, das ist mein Mund, danke, dass du so offen und feucht bist, danke, dass du mich in den Mund nimmst, danke, dass du das Laken gepackt hast, als ich dich zwischen die Beine geküsst habe, danke, dass du deine Finger in meinen Rücken gegraben hast, danke, dass ich an deinem Tisch sitzen durfte, danke, dass du mich mit deinem Hund hast spielen lassen, danke, dass du mich mit deinen tiefen, klaren Augen angesehen hast …*

Iris stößt einen langen Seufzer aus und schaltet ihren Computer ab. Sie greift durch Daniel hindurch, als sie den kleinen Compaq auf ihren Nachttisch stellt. Sie legt die Kissen wieder an ihren Platz und legt sich hin, zieht die Bettdecke bis ans Kinn.

Und in diesem Moment trifft es ihn wie ein Schlag: Das wird nicht gut ausgehen. Er hat seine Grenzen überschritten, er hat irgendwie mehr bekommen, als er verdient, plötzlich kommt ihm die schreckliche Erkenntnis, dass solch unermessliches Glück nur zu Leid führen kann. Die Freude hebt dich in die Höhe, und die Freude wirft dich nieder.

Jetzt schaltet sie das Licht aus. Ihre Berührung ist zu heftig, die Nachttischlampe wackelt, aber Iris fängt sie rechtzeitig auf, und stellt sie richtig hin. Gut gemacht, Mädchen. Er liegt neben ihr in der Dunkelheit, kein lebendes Gespenst hat sie jemals glühender geliebt. Er schiebt seine Nase fast bis zur Biegung ihres Halses und atmet sie ein: der Geruch von frisch gewaschener Baumwolle und irgendein unbeschreiblicher Duft.

Er fliegt wieder durch die Luft, knapp über den Baumwipfeln, auf dem Heimweg. Er schlüpft in sein eigenes Bett, Kate schläft fest. Ein leichter Alkoholdunst steigt von ihrer Haut auf. Er stützt sich auf einen Ellbogen und streicht ihr ein paar Haare aus dem Gesicht, die sich in ihrem feuchten Mundwinkel festgesetzt hatten. »Verzeih mir«, flüstert er ihr ins Ohr.

Sie öffnet die Augen. Sie sieht angeschlagen aus, schlimm mitgenommen. »Was hast du gesagt?«, fragt sie.

Elftes Kapitel

Sie gingen weiter in der Hoffnung, eine Lichtung zu finden, einen Orientierungspunkt. Früher war der größte Teil dieser Gegend Weideland, das von Rindern abgegrast wurde, aber seit über hundert Jahren hatte es keinen Pflug mehr gesehen, und sich selbst überlassen wurde es wieder zur Wildnis. Sie stiegen den soundsovielten Hügel hinauf – der mag steiler gewesen sein als die anderen, denn beide mussten sich an Bäumen festhalten, um sich hochzuziehen, aber vielleicht wurden sie auch müde.

Und als sie ihn erklommen hatten, sahen sie nur noch mehr Wald – außer auf einer Seite, wo ein steiler Abhang in die Tiefe führte, zu etwas, das aussah wie ein großer Teich mit schwarzem Wasser.

»Aus der Richtung sind wir gekommen«, sagte Hampton ohne Überzeugung. Er deutete den Hügel hinunter, auf dem sie standen, und etwas nach links. Die Nacht kam rasch, die Dunkelheit drang ein wie Wasser durch den Bug eines Schiffes und deckte alles zu.

Kate hat sich durchgesetzt gegen Daniel. Sie werden einen Tag und eine Nacht außer Haus verbringen, zusammen, und er kann es ihr anständigerweise nicht abschlagen. Sie lassen Ruby bei Daniels Eltern und fahren dann auf der Bezirksstraße aus der Stadt hinaus, einer kurvenreichen Asphaltstraße, die an den beiden übrig gebliebenen Milchwirtschaftshöfen von Leyden vorbei führt – ausgeleierte Drahtzäune, Silos in Delfter Blau, schwarz-weiße Holsteinrinder –, bis sie auf eine Mündung treffen, wo sie auf die Straße nach Massachusetts abbiegen. Kate hat ihnen ein Zimmer reserviert – ihr altes Zimmer, ihr erstes Zimmer – in einem großen, verwinkelten Hotel in Stockbridge, dem »Gasthaus zum schlafenden Riesen«.

Auf der Fahrt liest Kate ihm aus dem Artikel vor, den sie gerade über den Fall O. J. Simpson geschrieben hat. Daniel hört ohne ersichtliche Regung zu oder auch nicht – sie hat noch nie erlebt, dass er den Straßenbedingungen solch fanatische Aufmerksamkeit schenkt, sogar die Schatten der windzerzausten Schierlingstannen bringen ihn zum Abbremsen, ständig stellt er den Außen- und den Innenspiegel neu ein, wechselt den Griff am Steuer, schaut auf die Tankuhr und die Temperaturanzeige, alles, um den paar Seiten zu entgehen, die sie über O. J. geschrieben hat. Kate wird klar, dass es nicht die beste Art und Weise ist, zu Beginn ihres Samstagsausflugs den Fall anzusprechen, aber perverserweise kann sie sich nicht zurückhalten. Sie hat nicht die Absicht, so zu tun, als hätte sie auch nur die geringste Sympathie für einen Mann, der so unbarmherzig einen Mord begangen hat und der jetzt versucht, sich den Weg freizukaufen. Wenn sie nur die richtigen Fakten findet, den richtigen Ton, die richtige logische Abfolge, dann wird sich Daniel doch selbst aus seinem lächerlichen Bann lösen und sehen, wie jeder andere, den sie kennt und achtet, dass O. J. so schuldig ist wie der Würger von Boston oder Richard Speck oder irgendein anderes dieser Monster, oder?

»Was hältst du davon?«, fragt sie. Sie biegen gerade vom Taconic-Highway ab, auf den Weg nach Stockbridge, wo es an der

Straße ein altes Lokal gibt, mit einem Neonschild, auf dem ein großer, edler Indianer zu sehen ist.

»Unzulässig«, sagt er.

»Wahrscheinlich«, antwortet Kate. »Es ist auch für eine Zeitschrift. Für Leute, die unter der Trockenhaube sitzen, verstehst du?« Doch sie muss seinen juristischen Standpunkt in Frage stellen. »Aber weshalb sollte eine derartige Information nicht vor Gericht benutzt werden? Es *ist* relevant, dass er schon früher gewalttätig war, damit kann man ein Muster erstellen, dass er häusliche Konflikte auf brutalste Art löst.« Nein, das ist es nicht, worüber sie ihrer Meinung nach reden sollten, aber sie kann die Suche nach den richtigen Worten nicht aufgeben, die verbale Alchemie, die ihn umstimmen könnte. Obwohl sie sich durch eine schlammige Schicht nach der anderen wühlen muss, bewahrt sie die Hoffnung auf den Durchbruch, den erregenden Schwall plötzlicher Erkenntnis.

»Ich glaube, wenn ich eines schrecklichen Verbrechens angeklagt wäre«, sagt Daniel langsam, offenbar genauso abgeneigt wie Kate, über diesen Fall zu diskutieren, »dann könnte ein Rechtsanwalt oder ein Autor wahrscheinlich eine frühere Freundin finden, die mich mit Wonne in die Pfanne haut.«

»Na ja, ich würde es nie tun. Egal, was irgendjemand sagt, ich würde immer glauben, dass du ein guter Mensch bist.«

Er schaut zu ihr hinüber und wird rot. Einen Moment lang sieht es aus, als ob er weinen würde, und Kate denkt: *Gut. Der Punkt geht an mich.*

Der frühe Nachmittagszug aus Leyden fährt in die Penn Station ein, und Iris, die fast die ganze Fahrt verschlafen hat und trotzdem kaum die Augen offen halten kann, steht unsicher auf und zieht die schwarze Nylonreisetasche aus der Ablage herunter. Sie hat ein paar Kleider zum Wechseln eingepackt, ein Nachthemd, einen Plastikbeutel mit Reißverschluss voller Toilettenartikel (darunter ihr Diaphragma) und zwei dicke, schwere Bücher – was Hampton mit seiner Johnny-Carson-Stimme »dicke Schinken« nennt –, die sie für ihre Studien zur Doktorarbeit lesen wollte und die mehr Platz brauchen als alles andere, was sie mit nach New York bringt. Sie hat sich in einer Art Dämmerzustand neutraler Empfindungen eingerichtet, die zwei Stunden Ruhe und das rhythmische Schwanken des Zuges haben sie in eine sonderbare, traurige Friedlichkeit gelullt. Ihr wird klar, dass diese Zeit, die sie allein mit Hampton in der City verbringt, von ihr wohl einen gewissen Grad an Wachsamkeit erfordern könnte, eine gewisse Wendigkeit in Gefühlsangelegenheiten.

Sie hatten ausgemacht, dass sie ein Taxi zur Wohnung nehmen würde und Hampton – der mit einem jamaikanischen Rumabfüller im Downtown Athletic Club Squash spielen soll – sie dort in einer knappen halben Stunde treffen würde. Aber sobald Iris aus dem Zug steigt, sieht sie Hampton auf dem Bahnsteig den Hals recken, um sie aus dem Strom der Ankommenden herauszupicken. Sie weiß, dass das eine angenehme Überraschung für sie sein soll, aber sein Anblick lässt ihre Stimmung abstürzen. Hampton sieht aus wie ein Lehrer, der zwischen den Bankreihen durchgeht und die Fragen für eine unangekündigte Schulaufgabe austeilt.

Er sieht sie. Er winkt ihr zu, und er hält – o Schreck – eine langstielige Rose in der Hand. Er hat sie zweifellos einem der Verkäufer hier in der Penn Station abgekauft, aber trotzdem winkt er ihr damit zu, um ihr zu zeigen, dass dieser Samstag in Manhattan höchst romantisch werden soll.

»Was ist mit deiner Squash-Partie?«, fragt Iris, als Hampton sie auf die Wange küsst, ihr die Tasche von der Schulter nimmt und sie auf seine wuchtet.

»Ich wollte dich abholen«, sagt er.

Damit bleibt die Frage nach der Squash-Partie unbeantwortet. Es sieht Hampton nicht ähnlich, sein Privatleben übers Geschäftliche zu stellen – tatsächlich hat Iris diese Seite an ihm immer gemocht –, und sie vermutet, dass er sich hier auf diesem stickigen, verrauchten, nach Dieselöl stinkenden Bahnsteig befindet, weil seine Partie abgesagt wurde.

Auf dem Rausweg bleibt sie hinter ihm zurück. Es gibt eine Rolltreppe, aber Hampton entscheidet sich aus Fitness-Gründen immer für die Treppen. Während sie hinter ihm hergeht, bewundert sie seinen Körper. Er trägt seine Samstagskluft: eine Khakihose, ein weißes Polohemd unter einem dunkelgrünen Kaschmirpullover, braune Slipper. Sogar seine Freizeitkleidung ist sorgfältig ausgewählt und frisch gebügelt, aber selbstverständlich gibt es für Hampton keine Freizeit, nicht beim Abendessen, nicht im Bett und ganz gewiss nicht in der Öffentlichkeit.

»Alles in Ordnung bei euch auf dem Land? Was macht Nellie?«

Sie gibt sich nicht die Mühe einer Antwort. Er erwartet eigentlich auch keine Antwort, er möchte nur gefragt haben. Doch als sie die Haupthalle des Bahnhofs erreichen, überrascht er sie mit einer Wiederholung der Frage: »Ist alles in Ordnung mit Nellie?«

Die einfache, ehrliche Antwort hieße nein. Nelson klammerte und nörgelte, war nervös, aufbrausend und störrisch. Vorgestern hat er sich ohne ersichtlichen Grund Pflaster auf Hände und Knie geklebt. Er hat Scarecrow bis zu dem Punkt gequält, dass die normalerweise geduldige und gutmütige alte Hündin den Raum verlässt, wenn sich Nelsons Schritte nähern. Seit dem Sturm ist Nelson jedes Mal – außer wenn Hampton zu Hause war – zwischen Mitternacht und zwei Uhr in ihr Bett gekommen und hat dort geschlafen, bis er sich und seine Mutter aufweckte, weil er in seinen Pyjama gepinkelt hatte. Und wenn sie ihm zuflüsterte: »Nelson, lass uns aufstehen und deinen Pyjama wechseln«, hat er sie angeschrien wie ein ausgeflippter Autofahrer auf der Autobahn nach einem glimpflichen Unfall. Als sie heute Morgen ihr Auto aus der Einfahrt fuhr, hatte er wie wild gekämpft, um sich von Iris' Schwester loszureißen, die mit ihrem kleinen grünen Mazda-Sportwagen zwei Tage vorher aus Baltimore heraufgefahren war, um vor dem Wochenende etwas Zeit mit Iris zu verbringen und Nelson die Gelegenheit zu geben, sich an sie zu gewöhnen. Wie weit er sich auch mit ihr vertraut gemacht und sich wohl gefühlt hatte, es schien in die Brüche zu gehen, als er sah, dass Iris tatsächlich wegfuhr: Er trat nicht nur um sich und heulte, er versuchte sogar, die Hand seiner Tante zu beißen, die ihn festhielt.

»Ganz gut«, sagte Iris. »Er war nervös, weil ich gefahren bin, aber er liebt Carol, das macht es ein bisschen leichter.«

»Er wird schon zurechtkommen«, sagt Hampton. Er mag Carol nicht, hält sie für flittchenhaft, albern und ungebildet; er kann es nicht ertragen, wenn sie über ihr Immobiliengeschäft plappert. Sie ist nicht verheiratet, ihre Tage sind angefüllt mit Büroarbeit, ihre Nächte mit Freunden. Dennoch darf er jetzt nichts Kritisches über Carol sagen, schließlich war es seine Idee, dass er und Iris das Wochenende allein in New York verbringen sollten, und dann war es ja wohl ihre Sache, jemand auszusuchen, der sich um Nelson kümmert.

Ihm ist klar, dass die Energie zwischen ihnen zur Zeit auf Tiefstand ist, und er hat eine ziemlich klare Vorstellung davon, woher die Schwierigkeiten kommen: Sie fühlt sich vernachlässigt, die romantische Liebe in ihrem Zusammenleben ist dem Alltag untergeordnet worden, es ist die alte Geschichte, selbst die Männer, mit denen er geschäftlich zu tun hat, machen manchmal Andeutungen, dass ihre klugen Ehefrauen darüber klagen, zu wenig Aufmerksamkeit zu bekommen – selbst wenn die Frauen berufstätig sind und Abschlüsse tätigen und bis in die Nacht hinein telefonieren. Und Iris kommt sich isoliert vor, vielleicht sogar verlassen da oben in Leyden – zu ihren Schwierigkeiten trägt sicherlich bei, dass sie dort in einem weißen Meer schwimmt.

Und so nimmt Hampton sie, ohne es konkret so zu planen, auf eine Tour durch die schwarze Kultur von Manhattan mit: Mittagessen in einem von Schwarzen geführten und zum größten Teil von Schwarzen frequentierten Restaurant im Theaterviertel, einem Lokal mit großen, bequemen Nischen und Art-déco-Spiegeln, wo hinreißende schwarze Frauen in schwarzen Hosen und schwarzen Seidenblusen ihnen Krabbenbrot und Grünkohl aus den Südstaaten servieren, und nach dem Mittagessen fahren sie im Taxi hinauf in die Nähe von Harlem, wo Hampton Iris einen Block heruntergekommener Backsteinhäuser zeigt, die ein Bauträger gerade erwerben will. Der Bauträger sucht nach Investoren, und er ist zu Hampton gekommen, damit dieser ihm hilft, ein Angebot zu erstellen, aber Hampton will jetzt wissen, ob Iris es nicht für sinnvoll hielte, wenn sie selbst 100 000 Dollar aus dem Familienvermögen einbrächten, denn auf diese Weise könnten sie ein bisschen Geld verdienen und zugleich etwas Gutes tun, es sei doch immer schön, wenn man beides verbinden könne. Von der Amsterdam Avenue gehen sie in ein neu eröffnetes Museum für schwarze Kultur, das vor einem Monat mit einigem Wirbel am Adam Clayton Powell Boulevard eingeweiht wurde. Es stellt sich heraus, dass es nicht viel mehr als ein Laden ist, aber es gibt immerhin eine Ausstellung mit schönen Fotografien aus dem 19. Jahrhundert. Der Laden ist voller Leute, die man normalerweise nicht in einem Museum sieht – fromme Kirchgängerinnen, angezogen wie Paradiesvögel in zinnoberroten, hellgrünen und lachsfarbenen Kleidern, und runzelige alte Männer in zu großen Anzügen.

Danach nehmen Iris und Hampton ein Taxi bis hinunter zur Jane Street, durch den kriechenden, brodelnden, hupenden Samstagsverkehr. Um nicht ständig auf die Taxiuhr zu starren und die Zeit mit Iris bestmöglich zu nützen, tut Hampton etwas, was nicht so ganz sein Stil ist: Er beginnt, sie zu küssen, hier im Taxi, obwohl sie der chinesische Fahrer zweifellos beobachtet. Es war Iris, die immer darauf gedrängt hat, dass sie in der Öffentlichkeit etwas vertrauter miteinander umgehen, was Hampton exhibitionistisch, geschmacklos und, offen gesagt, gefährlich vorkam – man wusste ja nie, wer plötzlich ausrastet, wenn zwei Afroamerikaner sich küssen. Und jetzt, wo er nicht unbedingt in der Stimmung für öffentliches Zurschaustellen ist, trotzdem aber glaubt, dass ein bisschen eheliche Vulgarität genau das ist, was der Doktor verschrieben hat, entdeckt er, dass er, o weh, Iris erfolgreich das Küssen im Taxi abgewöhnt hat. Ihre Lippen reagieren kaum auf seine, und als er seinen Druck verstärkt, schiebt sie ihn sanft weg und schaut ihn an, als wäre er ein unartiger kleiner Junge oder ein Narr. »Ich fühl mich nicht ganz wohl nach diesem Mittagessen«, sagt sie entschuldigend. »Ich glaube, die Krabben waren nicht mehr ganz in Ordnung.« Und dann, als wollte sie dem Tag endgültig den Dolchstoß versetzen, sagt sie: »Ich glaube, dass wir nicht in diese Wohnhäuser investieren sollten, Hampton, wirklich nicht. Ich finde sie trostlos, und diese Bauträger renovieren sie nur, damit sie ein paar leichtgläubige Naivlinge reinlegen können, und damit will ich nichts zu tun haben.«

In der Wohnung angekommen, wirft Iris einen Blick auf den Himmel im Osten; ein paar Wolken sind vom Widerschein der untergehenden Sonne rötlich getönt. Die Fenster der Gebäude am Sheridan Square und noch weiter östlich an der Fifth Avenue glühen in schillerndem Orange. Unten schalten die Autos plötzlich ihre Scheinwerfer ein, und das Licht strömt aus ihnen so kalt wie der Mond. Hampton ist im Badezimmer und das schon seit einigen Minuten. Er ist noch nie in ein Badezimmer gegangen, ohne sich gehörig Zeit zu lassen. Sie hat ihn nie gefragt, weshalb er so lange braucht, sie weiß es nicht und hat es nie wissen wollen. Vielleicht hat er ein Problem, das er vor ihr geheim halten will. Vielleicht muss er auch nur ein paar Mal am Tag eine Viertelstunde für sich sein. Im Augenblick ist sie froh, allein zu sein; sie kann das Gefühl nicht abschütteln, dass sie sich für eine Prüfung oder vielleicht ein Kreuzverhör nicht richtig vorbereitet hat.

Sie sieht Hamptons Spiegelung im Fenster, als er zu ihr kommt, über die Häusersilhouette projiziert, schwebend, wie ein Geist. Er hat seinen Pullover und das T-Shirt ausgezogen, und wenn sie sich nicht täuscht, kommt er tänzelnd auf sie zu, in einer Art Calypso-Rhythmus. Iris weiß, dass Hampton sich verletzlich und irgendwie gefangen unter dem Eis seiner Würde fühlt, wenn er sie braucht. Oft überdeckt er sein eigenes Verlangen mit beschützender Ironie. In der Vergangenheit fand sie das liebenswert, aber jetzt kommt ihr sein kleiner Tanz lächerlich vor, und ein wenig erniedrigend. Er besucht die Freuden, die ihm ihr Körper bereitet, wie ein Tourist, der sich im Urlaub so aufführt, wie er es sich zu Hause niemals träumen ließe. Und wie bei Touristen, die von der Gastfreundschaft auf den Inseln schwärmten, liegt in Hamptons Bewunderung für sie ein bisschen koloniale Herablassung. Sie ist seine Zuflucht vor der harten Wirklichkeit des Lebens. Er billigt ihr zu, dass sie natürlicher ist als er, besser im Einklang mit dem Ursprünglichen – Mutterschaft, Kochen, Zuhören, Fellatio, diese Sachen halt.

Sie geht mit ihm ins Bett; ihn an diesem Nachmittag zurückzuweisen wäre unklug und undenkbar. Sie hat den Eindruck, dass er auf sie wirken, dass er seinen Anspruch auf sie erneuern möchte, und obwohl es ihr das Herz bricht und sie das Gefühl hat, sie sei die treuloseste und unwürdigste Frau, die je geatmet hat, können alle Bemühungen Hamptons nichts daran ändern, dass ihre Gedanken heimlich um die Erinnerungen an Daniel kreisen. Jeder Kuss von Hampton ist nicht nur das, was er ist, sondern auch, was er nicht ist.

Sie legt eine Hand auf Hamptons Brust, greift mit der anderen nach seiner Hüfte. Sie lehnt sich zurück, bis er aus seiner Stellung gebracht ist, und dreht sich dann um, drückt ihre Stirn auf die Matratze, streckt die Arme über den Kopf, erhebt sich auf die Knie. Er ist schweißgebadet. Er ist hinter ihr, und sie fängt an, seinen persönlichen Geruch zu bemerken, der durch die Schichten von irischer Seife und italienischem Männerparfum dringt. Er spricht ihren Namen aus, leise, guttural. Dann herrscht einen Augenblick Stille, als er sich mit ihr abgleicht, und dann spürt sie, wie er wieder in sie eindringt. Sie entzieht sich ihm, ergreift seinen Schwanz und drückt ihn dann, während sie sich rückwärts bewegt, an ihren Anus. Sie ist verhältnismäßig trocken, aber er ist glitschig, ölig. Es verschlägt ihm den Atem, als er merkt, was sie vorschlägt.

»Bist du sicher?«, flüstert er.

»Ja. Tu's. Tu's einfach.«

Er breitet sich auf ihr aus, sein Gewicht ist erdrückend. Er zieht die Nachttischschublade auf und holt eine Dose mit irgendeiner nach Kokosnuss duftenden Creme heraus. Ihre Augen sind jetzt geschlossen, mit den praktischen Vorbereitungen will sie nichts zu tun haben. Sie hört das Wispern des Plastikgewindes, als der Deckel abgeschraubt wird, und dann hört sie Hamptons plötzlich schweres, übererregtes Atmen. Er nimmt etwas Creme heraus und wirft dann die Dose auf den Boden. Er klatscht die Creme auf sie, barsch und unpersönlich. Sie kann die Wärme seiner Finger hinter der glitschig kalten Creme spüren. Und dann ist er wieder über ihr. Wann immer sie das getan haben, hat sie sich vorgestellt, wie ihre Mutter hereinkommt. Er ist in wenigen Augenblicken fertig.

Er lässt sich auf seine Bettseite fallen und bedeckt die Augen mit dem Unterarm.

»Hab ich dir weh getan?«, flüstert er, ohne sie anzuschauen.

»Nein. Ein bisschen. Alles in Ordnung.« Was sie wohl sagen soll, wenn er sie fragt, ob sie auch kommen will? Aber er ist nicht so zuvorkommend wie sonst.

»Ich habe Angst, dich zu verlieren, Iris.«

Sie sagt nichts. Das Zimmer ist mit einem Mal dunkler, kälter geworden. Sie wühlt sich unter die Decke. Das Gewicht von Hamptons Körper drückt das Bettzeug und die Decke auf sie.

»Ist die berechtigt?« fragt er. Er drückt sich auf die Ellbogen hoch, schaut sie aus den Augenwinkeln an. Sie spürt seine wache, raubtierhafte Intelligenz. Er hätte Rechtsanwalt werden sollen, er liebt es, einen auszufragen. »Gibt es irgendeinen Grund, weshalb ich so besorgt sein sollte, wie ich es bin?«

»Was fragst du mich da, Hampton?«, schafft sie gerade noch zu sagen. Sie hat die Geschichte auf ihrer Seite; er war misstrauisch und eifersüchtig, solange sie verheiratet sind, und sogar davor. »Hast du mich deshalb in die Stadt kommen lassen? Um mich *auszufragen*?«

Er sagt nichts. Sie kann spüren, wie er sich zurückzieht, aber sie hat das Gefühl, dass er nicht sehr weit weggeht.

»Der schlafende Riese« ist ein mächtiges weißes Hotel, dessen Außenwände mit Schindeln verkleidet sind, mit Fensterläden und klapprigen Feuerleitern aus Eisen. Als sie zum ersten Mal hier ankamen – ihre Beziehung war gerade ein paar Wochen alt –, erlebten sie einen dieser dunkelblauen Herbstabende, wenn das letzte Licht des Sonnenuntergangs jeden Berg hervorhebt. Aber heute ist der Himmel wie Zement, es wird keinen Sonnenuntergang geben, und ihr damaliges Zimmer, das Kate bestellt hat, ist nicht so, wie sie es in Erinnerung haben. Daniel und Kate stehen da, schauen sich das Himmelbett an, das geräuschvoll und unbequem aussieht und über die Hälfte des Zimmers einnimmt, den kleinen Sekretär, den unvermeidlichen Fernseher auf einem Rolltisch aus Metall und die beigefarbenen Tapeten mit dem Muster von übertrieben bunten Pfingstrosen, die einen praktisch erschlagen. Daniel sieht die Enttäuschung auf Kates Gesicht. »Ich finde, das Zimmer hat was Nettes«, sagt er.

»Es hat sich verändert«, gibt Kate zurück.

»Na ja, wir haben uns auch verändert. Das Zimmer tut sich bestimmt schwer, *uns* zu erkennen.«

Sie spürt die Großherzigkeit bei dem, was er sagt, und einen Augenblick fühlt sie sich zu ihm hingezogen, aber schnell fällt ihr ein: Er kann es sich leisten, großherzig zu sein, er ist so glücklich, so voller Leben.

Jetzt verlassen sie ihr Zimmer im »Schlafenden Riesen«, zuerst, um zum Empfangsschalter zu gehen, wo Kate das Faxgerät benützt, um ihren Artikel an Lorraine zu schicken, und dann zur Drachenhöhle, einer der beiden Hotelbars. Es ist ein dunkler Raum mit alten, verkratzten Tischen und Fotos von der Komikergruppe *Three Stooges* in Postergröße an den Wänden. Die Imbisshäppchen, die zur Happy Hour umsonst gereicht werden, haben etwas Zeitgeistiges – kleine Hühnchenstücke mit Sesam und paniertem Wegerich sieden in den Warmhalteschalen aus Aluminium vor sich hin –, und die Musik kommt von einem bulligen Kerl mit einem offenen Gesicht, der einen

Rollkragenpullover trägt und Songs von U2 und REM singt und sich selbst auf der Gitarre begleitet.

»Setz dich ruhig schon mal«, sagt Kate zu Daniel und zeigt auf einen leeren Tisch. »Ich hol uns was zu trinken. Was willst du? Ein Heineken?« Sie wartet kaum auf eine Antwort. Während sie zur Bar eilt, ruft sie ihm über die Schulter zu: »Ich besorg uns ein paar Aperitife.« Der Klang der eigenen Stimme macht sie verlegen – sie klingt wie ein Büroflirt. Trotzdem ist es ihr lieber, selbst mit dem Barkeeper zu reden; Daniel muss ja nicht unbedingt wissen, wie viel sie trinken wird.

Im Fernseher über der Bar läuft ein Samstagsspiel der Football-Liga, das in Florida stattfindet. Die männlichen Cheerleader werfen die Frauen kunstvoll in die tiefblaue Luft. Der Barkeeper ist ein Mann über sechzig, groß und stattlich, mit geplatzten Äderchen in den hohlen Wangen und dichten, Respekt einflößenden Augenbrauen. Er sieht aus wie ein protestantischer Patriarch aus Neuengland, er sollte Bezirksrichter sein, und Kate fragt sich, welche falschen Entscheidungen ihn wohl an diesen Ort hier gebracht haben, wo er in einem roten Cutaway und mit einer schwarzen Fliege hinter einer lauten Bar steht.

»Ich hätte gern einen großen Tanqueray-Martini, keine Oliven, kein Eis, sehr trocken, und ein Heineken«, sagt Kate.

Der Barkeeper verengt seine blauen Augen, während seine zitternden Hände, die gescheckt sind wie das Fell eines Rehkitzes, an den Silberdeckeln der Mixbecher herumfummeln. »Ich muss Sie um irgendeinen Ausweis bitten«, sagt er freundlich.

»Ist das Ihr Ernst?«

»Am besten einen Führerschein.«

»Danke für das Kompliment.« Sie wartet, aber der Barkeeper rührt sich nicht. »Wie alt muss man in Massachusetts sein, um Alkohol trinken zu dürfen?«, fragt sie. »Vierzig?«

Als Kate an den Tisch zurückkommt, hat Daniel eine Unterhaltung mit einem Paar am Nebentisch angefangen. Der Mann, der wie um die fünfzig ausschaut, trägt einen dicken, blauen Seemannspullover; sein kurzes Haar ist zinngrau, und seine Haut ist dunkel und intensiv schwarz. Die Frau an seiner Seite, die gerade, als Kate ankommt, den Kopf zurückgeworfen hat und ein schrilles Gelächter erschallen lässt, ist jung und weiß. Sie trägt einen kurzen, flitterbesetzten Rock, der für Kates Geschmack selbst für eine Frau mit langen, schlanken Beinen riskant wäre. Kate kann nur annehmen, dass der Schwarze wohl von der weißen Hautfarbe und der Jugend der Frau geblendet ist und ihre Pummeligkeit noch nicht bemerkt hat.

»Kate!«, sagt Daniel mit übertriebener Begeisterung, so wie Männer reagieren, wenn sie bei etwas erwischt worden sind und alles vertuschen wollen.

Kate setzt sich, und Daniel stellt sie einander vor. Der Mann heißt Erick Ayinde; sein Akzent klingt wie eine Mischung aus britisch und noch etwas weit Exotischerem, wobei Kate auf Afrika tippt. Der Name der Frau ist Christine Kirk; sie spricht leise, behutsam, als nähme sie sich vor ihrer wirklichen Stimme in Acht.

»Erick ist Privatdetektiv«, verkündet Daniel.

»Tatsächlich«, sagt Kate. »Na, schau einer an.«

»Daniel hat uns erzählt, dass Sie Schriftstellerin sind«, sagt Christine. »Ich liebe Bücher. Könnte es sein, dass ich etwas von Ihnen gelesen habe?«

»Ich weiß nicht«, sagt Kate. »Sagen Sie mir doch, was Sie gelesen haben.«

Daniel hört diese Antwort nicht zum ersten Mal, und er weiß, dass er lachen muss, um die Aggression darin zu überspielen.

»Und Sie, Christine?«, fragt Kate. Sie nimmt einen langen

Zug von ihrem Martini. Zu viel Wermut, schmeckt scheußlich. »Sind Sie auch Detektivin?«

»Ja, ich bin Ermittlerin«, sagt Christine mit einem kleinen, zufriedenen Lächeln. Sie weiß, dass sie unterschätzt worden ist. »Erick und ich waren Geschäftspartner, aber dann ist es ein *kleines* bisschen zu inzestuös geworden.«

»Welche Art von Detektivarbeit machen Sie denn gewöhnlich?«, fragt Kate. »Ehesachen?«

»Das nicht so viel«, sagt Christine.

»Meist Geschäfts- und Industrieermittlungen«, sagt Erick.

»Und Vermisstenmeldungen«, sagt Christine. »Das mach ich am liebsten.«

»Darf ich Sie vielleicht mal etwas eher Persönliches fragen?«, sagt Daniel auf einmal.

»Das Persönliche ist unsere Spezialität«, sagt Erick lächelnd. Er lehnt sich mit einem Ruck auf seinem Stuhl zurück und legt den Arm um Christine.

»Ich nehme mal an, dass Sie verheiratet sind?«

»Richtig«, sagt Erick.

»Kriegen Sie öfter mal Ärger, weil Sie ein gemischtes Paar sind?«

Kate kann nicht glauben, dass er diese Frage gestellt hat. Weniger, weil sie ganz schön aufdringlich ist, sondern weil sie deutlich macht, was Daniel tatsächlich im Kopf hat.

»Willst du das übernehmen?«, fragt Erick Christine.

»Nein, schon recht, mach nur.«

»Also erst einmal, danke für Ihre Frage. Christine und ich überlegen oft, weshalb uns nicht mehr Leute danach fragen. Sogar unsere Freunde stellen uns nie die Frage, was das für ein Gefühl ist, wenn man diese Erfahrung macht.«

Hier unterbricht Christine. »Kurze Antwort? Es ist extrem anstrengend. Wir werden ständig angeschaut.«

»Oder entschieden ignoriert«, sagt Erick. »Wir wohnen in Beacon Hill, in einer besseren Wohngegend. Also sind wir in gewisser Hinsicht abgeschirmt von den eher bösartigeren Formen des Rassismus. Wir leben in einem geschützten Raum. Da, wo wir einkaufen, wo wir essen gehen, da gibt's keine Probleme.«

»Ich sehe so manches, was Erick nicht sieht«, sagt Christine. »Ich seh's an den Augen der Leute.«

»Damit kann ich leben, mit dem, was in ihren Augen ist«, sagt Erick.

Das ist ein verdammter Alptraum, denkt Kate. *Unser Abend wird uns gerade von diesen Leuten gestohlen. Und ich muss hier rumsitzen, während Daniel stellvertretend über Iris phantasiert.*

»Aber was hat es für Auswirkungen auf Ihre Beziehung?«, fragt Daniel. Er hatte schon immer diesen ernsthaften, die Augen weit aufgerissenen Charakterzug, aber so infantil ist er Kate noch nie vorgekommen. Sie möchte ihn am liebsten an den Haaren aus dieser Bar schleifen. »Ich könnte mir vorstellen, dass Sie das entweder auseinanderbringt oder zusammenschweißt.«

»Oh, wir sitzen gemeinsam in der Wagenburg, falls Sie das meinen«, sagt Erick. »Es steht außer Frage, dass es unsere Bindung stärkt, wenn wir die Abneigung engstirniger Menschen gemeinsam erfahren. Aber das ist nicht die Quelle, aus der unsere Ehe Kraft schöpft.«

»Was ist es dann?«, fragt Daniel. Sein Benehmen erinnert Kate an etwas, das ihr englischer Verleger einmal über Amerikaner gesagt hat, dass sie einem Fremden im Flugzeug mehr erzählen als ein Engländer seinem besten Freund mitteilt.

»Nun, was uns verbindet, ist genau das, was uns angeblich trennen sollte – unsere Unterschiede«, sagt Erick. »Die schreckliche Falle, in die Verheiratete geraten, ist der Glaube, der Ehepartner sei tatsächlich eine Version von einem selbst und würde so handeln wie man selbst, würde das wollen, was man will, und das glauben, woran man selbst glaubt. Wenn der Ehepartner das nicht tut, wenn, nur mal als Beispiel genommen, der Ehemann einfach das Gegenteil des Erwarteten tut, dann meint die Frau unweigerlich, er wollte sie ärgern oder er respektiere sie nicht, obgleich er in seinen Handlungen sehr wohl mit der Art und Weise übereinstimmt, wie er erzogen wurde, seiner eigenen psychologischen Dynamik also, aber sie kann das nicht richtig sehen, weil sie im Grunde genommen glaubt, sie wären gleich, wären zwei Seiten derselben Münze, genauso Bruder und Schwester wie Mann und Frau.«

Kate schaut Daniel verblüfft an, denn der ist hingerissen, als ob dieser Angeber eine Art Scheißorakel wäre. Sie zerbricht sich den Kopf, um auf eine Geste oder eine Bemerkung zu kommen, mit der sie sich umgehend zurückziehen könnten, sich zum Abendessen oder, noch besser, hinauf in ihr Zimmer begeben könnten, ihr liebes, altes, antikes Zimmer, wo, so glaubt Kate, sie sich wieder in gegenseitige Zuneigung zurückbumsen könnten.

»Aber bei Chrissie und mir«, fährt Erick fort, »sind die Unterschiede offensichtlich und nicht zu leugnen. Ich bin in Nairobi geboren, in Wales zur Schule gegangen und in Montreal und dann in Palo Alto auf die Universität, und sie kommt aus Worcester in Massachusetts und ihr Vater war Polizist. Wir bleiben uns dessen bewusst bei allem, der ganzen seltsamen Last der Geschichte, unser Zusammenleben ist ein ständiger Kampf ums Verstehen. Wir setzen nicht einfach etwas voraus, und wir haben wenig Erwartungen. Es ist eine Reise, verstehen Sie?«

»Ja«, sagt Daniel. »Ich verstehe, was Sie meinen.«

»Wie haben Sie sich denn kennen gelernt?«, fragt Kate. »Ich bin neugierig.«

»Erick war einer meiner Professoren am Boston College«, sagt Christine. »›Kontroversen in der Kriminologie des 20. Jahrhunderts‹.«

Kate lächelt. »Tatsächlich«, sagt sie, »ich dachte, die Universitäten missbilligen so was irgendwie.«

»Kate!«, sagt Daniel mahnend, aber gleichzeitig neckend, als ob sie lediglich exzentrisch erscheinen wollte.

Falls Erick und Christine sich von Kates Bemerkung beleidigt fühlen sollten, bleiben sie dennoch gelassen. »Und wie steht's mit Ihnen?«, fragt Erick. »Wo haben Sie sich kennen gelernt?«

Kate erkennt ein vertrautes Gesicht im Fernseher über der Bar – ein rotgesichtiger, stämmiger Mann mit beginnender Glatze, der aussieht wie eine finstere Erscheinung auf einem deutschen Expressionistengemälde. Er heißt Otto Fischer, und er ist einer der Hauptkorrespondenten der Fernsehsender beim Simpson-Prozess. Was machte der Mann an einem Samstag im Fernsehen?

»Pssst«, sagt Kate zu Daniel, Erick und Christine. Sie schauen zum Fernseher, und Christine stößt einen unzufriedenen Seufzer aus. »Barkeeper?«, ruft Kate. »Könnten Sie bitte den Ton lauter drehen?«

Otto Fischer steht vor dem Gerichtsgebäude in Los Angeles, er sieht erhitzt aus und fehl am Platz in seinem dunklen Anzug vor dem hellblauen Himmel hinter ihm. Er hat erfahren, dass einer der Rechtsanwälte, die Simpson verteidigen, gedroht hat, das sogenannte Dream Team zu verlassen, weil er dagegen ist, die Strategie zu verfolgen, die sogenannte Rassismuskarte zu spielen. Der Rechtsanwalt wird mit den Worten zitiert: »Je weiter dieser Prozess fortgeschritten ist, desto mehr ging es um Politik – besonders um *Rassen*politik – und immer weniger um den Buchstaben des Gesetzes. Ich glaube daran, dass Mr. Simpson unschuldig ist, aber ich glaube auch ans Gesetz …«

»Dieser Scheißkerl«, sagt Kate. »Er glaubt ans Gesetz, wie er an den Weihnachtsmann glaubt.« Sie nimmt ihren Martini und entdeckt, dass das Glas leer ist. »Er hat Monate damit verbracht, die Zeugen der Anklage in den Dreck zu ziehen, und auf einmal ist er zu feinfühlig, um den Fall weiterzuführen?«

»In meinem ganzen Leben habe ich noch nie so einen Wirbel um einen Prozess erlebt«, sagt Erick.

»Dieser elende Trittbrettfahrer legt sein Mandat nieder, weil er weiß, dass sie O. J. schuldig sprechen werden«, sagt Kate. »Denkt an meine Worte. Der will nur seinen fetten Arsch retten. Und er hasst den neuen DNS-Experten, die sind vollkommen zerstritten.«

»Sie scheinen viel über die Personen zu wissen, die da beteiligt sind«, sagt Erick.

»Ach, vergessen Sie's. Ich bin völlig süchtig nach diesem Prozess.«

»Warum eigentlich?«

»Warum?«, sagt Kate. »Der Mann hat seine Frau umgebracht.«

»Wahrscheinlich, aber wer weiß das schon?«

»Er hat seine Frau umgebracht.«

»Nun, er ist bestimmt nicht der erste Mann in der Geschichte, der dieses Verbrechen begangen hat. Warum gibt es diesmal so ein Aufsehen?«, fragt Erick.

»Ja, das möchte ich auch wissen«, sagt Christine.

»Das ist doch lächerlich«, sagt Kate. »Er ist reich, er ist berühmt, er sieht gut aus, und er hat seine Frau umgebracht. Warum sollte das kein Aufsehen erregen?«

»Sie glauben nicht, dass es irgendetwas mit der Tatsache zu tun hat, dass er ein Schwarzer ist, der mit einer weißen Frau verheiratet war?«, fragt Erick.

»Wissen Sie«, antwortet Kate, »wenn schwarze Männer ihre weißen Frauen umbringen, verstößt das immer noch gegen das Gesetz.«

Erick will etwas darauf sagen, aber er hält sich zurück und stößt stattdessen ein abfälliges Schnauben aus.

»Und wie steht's mit Ihnen, Daniel?«, fragt Christine. »Sie sagten doch, dass Sie Rechtsanwalt sind?«

»Ich bin froh, dass ich nicht zu den Geschworenen gehöre«, sagt Daniel. »An einem Tag denke ich so, am nächsten wieder anders. Ich war ein großer Fan von O. J., als er noch gespielt hat.«

»Nein, warst du nicht«, sagt Kate. Das ist Meuterei, offener Verrat. Jetzt erfindet Daniel auch noch aus heiterem Himmel irgendwelche Lügen. »Dir ist Sport doch scheißegal.«

Erick legt einen 20-Dollar-Schein auf seine Rechnung und steht dann so abrupt auf, dass der Tisch beinahe umkippt. »Ich glaube, es wird Zeit zum Abendessen, Chrissie«, sagt er mit gepresster, wütender Stimme. Er verbeugt sich kurz auf preußische Art in Richtung Daniel und sagt: »Guten Abend, Daniel.«

Daniel will aufstehen, aber Erick bedeutet ihm, sitzen zu bleiben. Christine packt ihre Handtasche und ihren Angoraschal, und ein paar Sekunden später sind beide verschwunden.

»Mein Gott«, sagt Daniel und schüttelt den Kopf. Er ist sichtlich wütend. »Wie konnte das passieren?«

»Ich möchte Czeslaw Milosz zitieren«, sagt Kate. »›In einem Raum, wo Leute übereinstimmend eine Verschwörung des Schweigens aufrechterhalten, wirkt ein wahres Wort wie ein Pistolenschuss.‹«

»Das war es also? Der überwältigende Klang der Wahrheit?«

Seine Augen blicken reptilienhaft und leer, als er das sagt, und Kate denkt, *da wartet viel Arbeit auf mich.*

Sie verlassen die Bar mit der vagen Vorstellung, zum Abendessen zu gehen, nicht weil einer von ihnen Hunger hat, sondern weil es jetzt dunkel und anscheinend Zeit dafür ist. Auf dem Weg zum Hotelrestaurant nimmt Kate Daniel am Arm und sagt mit einer Art verschreckter Geisterhausstimme: »Und wenn *die* jetzt auch dort zu Abend essen?« Sie hofft, dass Daniel auch schaudern würde und sie etwas verbinden würde – der gemeinsame Wunsch, nichts mehr von Erick und Christine sehen zu wollen, und dass irgendwann einmal die Geschichte von dem alten schwarzen Detektiv und seiner unförmigen jungen weißen Frau Teil ihrer ureigenen Liebesanekdoten wird und ihren Platz in der gemeinsamen Geschichte der Pannen und Fehltritte einnimmt, die zum Stoff einer jeden dauerhaften Beziehung gehören.

Aber Daniel findet das überhaupt nicht komisch. Er bleibt abrupt stehen und sagt dann: »Du hast Recht. Wir können da nicht hinein. Also? Was schlägst du vor?«

Sie schlägt vor, zurück auf ihr Zimmer zu gehen. »Es ist sowieso noch zu früh zum Essen«, sagt sie. »Früher haben wir nie vor neun Uhr zu Abend gegessen, manchmal erst um Mitternacht.«

»Das war in New York. Wenn wir hier draußen zu lange warten, bleibt uns nur noch eine Tüte Chips vom Seven-Eleven.«

»Na ja, warten wir wenigstens bis neun, oder meinetwegen bis halb neun.« Sie will ihn auf ihr Zimmer bringen. Es ist Zeit für sie, reumütig zu sein, ihn anzubeten, all die phallozentrischen Rituale zu vollziehen. Sie zieht an ihm, sie hofft, das würde ihm spielerisch vorkommen, aber sie fragt sich, ob sie vielleicht ein bisschen zu stark zieht. Alles ist ein oder zwei Punkte auf der Skala daneben, sie muss sich wirklich abstrampeln, er lässt sie schmoren, und wenn sie ihn einmal zurückgewonnen hat, wird er dafür bestraft werden müssen, nicht hart, nicht einmal so, dass er die Bestrafung merkt, aber er wird trotzdem leiden. *Gott ist mein Zeuge, ich werde nie wieder zu Kreuze kriechen.*

Zimmer 301. Nachdem sie wieder in ihrem alten Zimmer sind, wird Kate klar, dass dieses Himmelbett mit seiner freudlosen Yankee-Bettdecke und den Schaumstoffkissen wohl kaum ein Denkmal der Ekstase ist. Die erste Nacht zusammen war sonderbar, angespannt, ein bisschen verpfuscht. *Wir haben es vollzogen, aber vorzüglich waren wir nicht,* wie sie es einer Freundin beschrieb. Es gibt viele gute Argumente dafür, eine Freundschaft zu pflegen, bevor man miteinander schläft, das hat etwas Nettes und kann die Sache sogar spannend machen, aber in ihrem speziellen Fall waren all die Stunden des Redens und der Keuschheit kein Vorspiel für Sex, sondern eine Alternative. Sie und Daniel hatten bereits Verhaltensweisen angenommen, die nichts mit Sex zu tun hatten, sie hatten gelernt, sich miteinander zu entspannen, sie fühlten sich beieinander geborgen, und so schön diese Dinge waren, sie hatten wenig zu tun mit der Dringlichkeit und der Leidenschaft, der Kopflosigkeit und dem Alles-über-Bord-Werfen des erotischen Vergnügens. Ihre Freundschaft trübte die Lust an der Liebe. Die Freundschaft musste nicht nur überwunden, sondern in Frage gestellt, verleugnet werden.

»Erinnerst du dich an unsere erste Nacht hier?«, fragt Kate. Sie sitzt auf dem Bettrand, klopft auf die Matratze, damit er sich setzt. »Wir waren so schüchtern.«

»Ja«, sagt Daniel. »Ich kann mich gut dran erinnern.« Er dreht ihr den Rücken zu, er steht am Fenster und schaut auf die Hauptstraße der Stadt hinaus. Ein Lastwagen fährt vorbei; Getriebe heult auf, als der Fahrer schaltet. Arbeiter haben Leitern aufgestellt und hängen weihnachtliche Ketten an die Pfosten der Straßenlampen und die Zweige der Ahornbäume.

»Willst du dich nicht zu mir setzen?«, fragt Kate. Sie möchte es neckisch klingen lassen, und der leicht bettelnde Tonfall soll eine Art Parodie auf den ganzen Einfall sein, dass eine Frau versucht, einen Mann auf sich aufmerksam zu machen. Aber die Satire ist bleiern. Es ist zu wahr, um amüsant zu sein.

»Du hast dich wirklich sonderbar verhalten zu den Leuten da unten«, sagt Daniel.

»Ich weiß, ist schon gut. Die sitzen jetzt gemeinsam in ihrer Wagenburg.«

»Ich weiß nicht, wieso du das gemacht hast«, sagt Daniel und schüttelt den Kopf.

»Warum hast du dich denn so sehr für sie interessiert?«, fragt Kate.

Sie fühlt sich von der Selbstgefälligkeit in seiner Stimme einfach beleidigt. »Weil sie ein *gemischtrassiges* Paar sind?«

»Mein Gott, du solltest dich mal hören«, sagt Daniel. Der dumpfe Schleier hebt sich von seinem Blick, er erwacht plötzlich wieder zum Leben. »Du hast wirklich ein Problem damit. Wirst du auf deine alten Tage noch ein bisschen rassistisch?«

»Meine alten Tage? Was zum Teufel erlaubst du dir eigentlich?«

»Siehst du? Es macht dir mehr aus, wenn man auf dein Alter anspielt, als wenn man dich rassistisch nennt.«

»Tja, mein Lieber, ich werde nun mal älter, deshalb bin ich da empfindlich. Und ich bin nun mal *nicht* rassistisch, deshalb bin ich da nicht so empfindlich. Okay?«

»Du bist besessen vom Simpson-Fall, und diese Jungs vom Stern von Bethlehem …«

»Diese schwarzen Kriminellen standen plötzlich bei uns im Haus, und du scheinst auf *ihrer* Seite zu stehen.«

»Ich stehe nicht auf ihrer Seite. Aber es ist Tatsache, dass die Hälfte der Jungs nun mal in dieser Einrichtung eingesperrt sind, weil sie schwarz sind. Du weißt das, ich weiß das, jeder weiß es.«

»Sie standen bei uns im Haus«, sagt Kate, und ihre Stimme wird lauter. »Und ich wusste nicht, was sie vorhaben! Sie hätten mich umbringen oder vergewaltigen können, oder beides. Ich war allein, ich war vollkommen allein.« Sie ist aufgestanden, geht auf Daniel zu und bleibt vor ihm stehen. Sie sind einander zugewandt, keinen halben Meter voneinander entfernt. »Während du warm und gemütlich bei Iris Davenport warst.«

»Ich weiß, ich weiß«, sagt Daniel leise. »Es muss beängstigend für dich gewesen sein. Tut mir leid.«

»Was ist eigentlich tatsächlich gelaufen in diesem Haus, Daniel?«, fragt Kate. Sie streckt die Hand nach ihm aus, aber er wendet sich ab.

»Lassen wir das, Kate.«

»Dafür ist es zu spät, Daniel. Ich will wissen, was tatsächlich passiert ist.«

»Wir waren eingeschneit, wie alle andern auch.«

»Ich weiß, dass ihr eingeschneit wart. Danach habe ich nicht gefragt.«

Daniel zuckt die Schultern, als könnte er sich nicht vorstellen, was sie sonst noch will.

»Ich frage dich, ob du mit ihr geschlafen hast.« Kaum sind die Worte ausgesprochen, bedauert sie es. Und in der folgenden Stille sucht sie verzweifelt nach einem Ausweg, um der Unterhaltung eine andere Wendung zu geben oder sie zu beenden. Ist es möglich, ihn einfach in die Arme zu nehmen und zu sagen: *Vergiss es, ich will es nicht wissen*? Eigentlich könnte sie es doch noch Jahrzehnte in der Ungewissheit aushalten, aber wenn die Gewissheit da ist, wird sie sie peinigen, wird sie ihr Gift in sie spritzen, und dann muss sie sich davor in Sicherheit bringen.

»Nun?«, fragt sie. »Du sagst ja gar nichts.«

Er tritt einen Schritt zurück, er zittert. Offenbar hat er mehr Appetit auf Untreue als Talent dazu. »Was soll ich dir denn sagen, Kate? Ich weiß nicht mehr, was ich machen soll.«

»Was ist das denn für eine Frage? Jetzt soll ich dich auch noch an die Hand nehmen! Sag es mir einfach, bring's hinter dich. Hast du mit ihr geschlafen?«

»Ja. Es tut mir leid.«

Im ersten Augenblick glaubt sie ihm nicht. Er will es ihr nur zeigen, gibt ihr einen Geschmack davon, wie es wäre, wenn er versucht, sie zu erschrecken, damit sie den Mund hält. Und dann ist der Augenblick vorbei, und sie glaubt ihm immer noch nicht, aber eigentlich hat sie es die ganze Zeit längst gewusst.

»Hast du das wirklich getan?«, sagt sie und setzt sich wieder aufs Bett.

»Es tut mir leid, Kate. Es ist mir unerträglich, dass ich dir weh tue.«

Kate lacht, aber sie kann ihm ansehen, dass dieses Lachen oder irgendein anderes Zeichen von Instabilität ihm direkt in die Hände spielt. Er würde sich nur zu gern auf die relativ sichere Position zurückziehen, dass sie ja wohl jetzt etwas ausgerastet sei.

»Ich glaube, wir sollten abreisen«, sagt er.

»Wirklich? Hast du was vor? Eine heiße Verabredung oder so was?«

»Nein«, sagt er ruhig.

»Darf ich dir eine Frage stellen?«, sagt sie. »Wäre das in Ordnung?«

Er zuckt die Schultern. Seine Augen sind plötzlich hellrot, als wären sie von ihrem Anblick entzündet.

»Bist du in sie verliebt?«

Er versucht etwas zu sagen, aber seine Lippen zittern, er

wird sich nicht gestatten zu weinen, er wird nicht versuchen, ihr Mitleid zu erwecken. Er nickt.

»Sehe ich da ein Ja?« *Der Griff kommt auf meine Hand zu. Lass mich dich ergreifen.*

Er schlägt die Hände vors Gesicht. Plötzlich kommt es Kate wichtig vor, eine Sache auf Leben und Tod, dass er das nicht tut. Sie springt vom Bett auf, packt seine Hände und zieht sie herunter. Sein Gesicht strotzt vor Selbstmitleid.

»Verschwinde hier!«, schreit sie. »Verschwinde!«

Er tritt einen Schritt zurück und schaut sie argwöhnisch an, als wollte er unterstellen, das Problem zwischen ihnen habe mit ihrer geistigen Gesundheit zu tun. Der Gedanke, hier einfach abzuhauen, erscheint ihm verlockend. Seine Hand liegt schon auf der Türklinke, aber er lässt Kate nicht aus den Augen, als ob sie ihn attackieren könnte. Soll er das Auto nehmen? Nach Leyden zurückfahren, direkt zu Iris? *Ich habe es ihr gesagt. Sie weiß Bescheid,* wird er sagen.

»Wo willst du hin?«

»Ich weiß nicht. Du hast doch gesagt …«

»Nein, geh nicht. Wir bringen das jetzt ins Reine, okay?«

»Kate.«

»Nimm dir ein anderes Zimmer, aber du gehst hier nicht weg. Du kannst in einem anderen Zimmer schlafen, kannst in Frieden von deinem Schätzchen träumen. Aber du wirst nicht das Auto nehmen und mich hier zurücklassen. Wir bringen das morgen früh ins Reine, oder wann auch immer. Ich lasse das nicht zu, verstehst du mich? Du wirst Ruby das nicht antun, und dir nicht, und mir auch nicht.«

»Kate, ich glaube, wir müssen einfach weiterziehen.«

»Weiterziehen? Was soll das denn heißen? Weiterziehen? Was sind wir denn? Cowboys? Du besorgst dir ein anderes Zimmer, und morgen früh reden wir darüber.«

Er steht da. Er sagt nichts. Er schließt die Augen. Ist das ein Akt der Reue, oder wägt er seine Alternativen ab?

»In Ordnung«, sagt er.

Sie ist unendlich erleichtert. Dass er zugestimmt hat, sich ein anderes Zimmer zu nehmen, gibt ihr Boden unter den Füßen, ist ein kleiner Triumph. Sie hat sich einen Plan ausgedacht, und er hat zugestimmt. Sie steht da, während er zur Reisetasche geht und herausholt, was er braucht.

Doch was er dann macht, ist unsäglich. Er wirft seine Toilettentasche in die Luft – ein hellbrauner Lederbeutel, den sie ihm vor zwei Jahren zum Geburtstag geschenkt hat – und fängt sie wieder auf. Sie spürt, wie ihr das Blut ins Gesicht steigt. »Ruf Ruby an«, sagt sie, als er gerade rausgehen will, »teil ihr mit, was du für wichtig hältst.«

Ihre Blicke treffen sich, und sie spürt, was sie für ihre wundersame Stärke hält, für ihren Überlebenswillen. Die Gedanken sickern in ihr Bewusstsein, wie eine Narkoseinfusion. Er hat sie nicht zerstört, er hat ihre Beziehung zerstört. Die Bombe ist explodiert, aber das Loch ist nicht groß genug für ihn, um hindurchzukriechen. Und schau ihn dir nur an, er weiß es auch, er wird nirgendwo hingehen. Lass ihm doch diese Nacht, lass ihn weinen und sich die Haare raufen. Morgen in aller Frühe wird sie frisch gebadet und frisiert vor ihm stehen, in ausgewaschener Jeans, einem schwarzen Kaschmirpullover, ein bisschen Make-up im Gesicht, den Kulturteil und die Buchbesprechungen aus der Wochenendbeilage unterm Arm, in der Hand die Autoschlüssel und eine Tüte Frühstücksleckereien für unterwegs. Und wenn sie dann im Wagen sitzen, wird sie den Satz sagen, der diesem Wahnsinn ein Ende bereitet: Sie wird ihm vergeben.

Carol Davenport hat die letzten zwei Stunden damit zugebracht, ihrem Neffen vorzulesen, der in seinem Bett lag und sie von unten mit seinen trotzigen Augen ansah – sogar beim Gähnen weigerte er sich, sie zu schließen. Nachdem sie ein Dutzend von Nelsons Büchern vorgelesen hatte, war sie gründlich gelangweilt und erschöpft. Wenn sie weiterlesen musste, um den Jungen zum Einschlafen zu bringen, dann bitte wenigstens nicht noch eine Geschichte über eigensinnige Kaninchen und tapfere kleine Toaster; also las sie ihm aus dem Roman vor, den sie selbst gerade las – ein Buch von Barbara Kingsolver, das ihre Lesegruppe zu Hause in Baltimore ausgewählt hatte –, und das half dann tatsächlich. Jetzt steht sie im Flur des ersten Stocks im abgedunkelten Haus ihrer Schwester und horcht besorgt, ob aus Nelsons Zimmer irgendwelche Anzeichen von Wachsein zu hören sind.

Als sie keine hört, geht sie hinunter und überlegt, ob sie müde genug ist, selbst ins Bett zu gehen. Sie hat ihr Buch in Nelsons Zimmer vergessen, aber sie will nicht riskieren, dass er aufwacht, wenn sie es sich holt.

Sie sitzt auf dem Sofa und nimmt die Fernbedienung für den Fernseher vom Couchtisch. Plötzlich klingelt das Telefon, und sie stürzt sich darauf, weil sie fürchtet, dass das Hightech-Getriller Nelson aufwecken wird, der so dickköpfig und frech war, und sie hat Angst, ihn zu erdrosseln, falls er vor morgen früh auch nur ein einziges weiteres Wort zu ihr sagt.

»Hallo?«, flüstert sie ins Telefon.

»Ach, Gott sei Dank bist du es«, sagt eine Männerstimme am anderen Ende. »Ich weiß, dass du nicht sprechen kannst. Oder? Bist du allein?«

Verblüfft über die Dringlichkeit – und die eindeutig weiße Färbung – in dieser Stimme, ist Carol einen Augenblick sprachlos. Sie kommt sich ausgeliefert vor, da draußen mitten im Nirgendwo, mit nichts als Weißen, Weißen in Autos, Weißen in ihren Häusern, Weißen um sie herum auf der Polizeistation und im Krankenhaus, sie fühlt sich unendlich allein und schutzbedürftig.

»Ich habe es Kate erzählt, sie weiß Bescheid«, sagt der Mann. »Ich wollte nur, dass du das weißt. Und noch was, noch was: Ich liebe dich. Wann kann ich dich sehen?«

Carol nimmt ihren Mut zusammen. Sie packt das Telefon fester und hält es sich direkt an den Mund, damit dieser Mann ihre ganze Verachtung zu spüren bekommt. »Verdammte Scheiße, wer spricht da?«

Zwölftes Kapitel

»Ich glaube, hier waren wir schon mal«, sagte Hampton.

»Wirklich? Wie kommen Sie darauf?«

Es war zu dunkel, als dass er Hamptons Gesicht gesehen hätte, aber Daniel konnte aus der Art des Schweigens spüren, dass Hampton ihn wütend anfunkelte. Inzwischen hätten wohl auch Freunde angefangen, einander auf den Wecker zu gehen. Sich verirrt zu haben erzeugt die Art von Angst, die nur zu leicht in Wut übergeht.

»Wie ich darauf komme?«, fragte Hampton. Seine Stimme klang, als wäre sie völlig unabhängig von seinen Gefühlen; sogar wenn er wütend war, hörte sie sich noch melodiös an. Vielleicht gab es auch eine Verbindung, aber Daniel kannte ihn nicht gut genug, um diese zu erkennen.

»Ich glaube, wir machen Fortschritte«, sagte Daniel.

»Nein, das tun wir nicht. Wir laufen im Kreis.«

»Hampton. Ich bin Ihnen nachgegangen, okay?«

»Wir laufen im Kreis.«

»Tja, Sie haben uns hierhergebracht.«

»Daniel?«

»Was?«

»Darf ich einen Vorschlag machen?«

»Sicher. Was denn?«

»Fick dich ins Knie.«

Nicht weit entfernt erhob sich ein Felsen, tief im Waldboden eingebettet, mit Moos und Flechten überzogen. Hampton wollte hinaufklettern, um wenigstens irgendwo eine Lücke im Wald zu entdecken, aber kaum stand er auf dem Felsen, rutschte er mit seinen Ledersohlen aus und fiel hin. Ein paar Sekunden blieb er, wo er gelandet war, auf allen vieren, mit hängendem Kopf.

Daniel ging zu ihm hin, berührte ihn sanft an der Schulter.

Hampton schaute hoch. »Verdammt«, sagte er.

»Hier«, sagte Daniel und hielt ihm die Hand hin. Hamptons Finger waren hart und kalt; er ergriff Daniels Hand wie eine Statue, die zum Leben erwacht ist. Daniel trat zurück und half Hampton auf die Beine. Es war merkwürdig, diesen Mann zu berühren, der einmal alles gehabt hatte und jetzt dabei war, alles zu verlieren.

Wochen gehen vorbei. Angst. Verstellung. Lügen. Daniel und Iris treffen sich, wann und wo auch immer sie können. Die Gefahr ist natürlich auch ein Aphrodisiakum – ein Afro-disiakum, denkt Daniel, aber er spricht es nicht aus. Iris hat klargestellt, dass sie nicht »seine schwarze Freundin« sein wird. Sie hat ebenso klargestellt, dass sie Hampton nicht die Wahrheit sagen wird, was bedeutet: Daniel muss sicherstellen, dass Kate nicht selbst mit Hampton spricht. Wenn also Kate mit Daniel schlafen will, dann schläft er mit ihr, und wenn sie darauf besteht, dass sie ihre Beziehung allmählich wieder reparieren und dazu einen Therapeuten aufsuchen, dann ist er auch damit einverstanden.

Und jetzt ist Dienstag, zwei Tage vor dem Erntedankfest, drei Uhr nachmittags, und Daniel und Kate sitzen im Wartezimmer des Familienberatungszentrums von Windsor. Daniel schnappt sich eine alte, zerfledderte Ausgabe von *Redlook*, nur damit er etwas mit seinen Händen und Augen anfangen kann, schlägt die Zeitschrift auf und sieht einen Golden Retriever, der seiner menschlichen Familie auf einem offenen Feld fröhlich voranspringt, eine Anzeige für Arthritismedikamente für Hunde. Sie reden zwar mit einem Therapeuten, weil Kate darauf bestanden hat, aber in dieses spezielle Büro sind sie auf Daniels Empfehlung gekommen. Daniel hat den Psychiater gefragt, der auf demselben Flur von Daniels Kanzlei arbeitet, und ihm wurde gesagt, der Beste für solche Sachen sei Brian Fox. Aber mit dem Einholen der Empfehlung war es noch nicht getan, das allein galt noch nicht als Akt männlicher Wiedergutmachung, nichts galt. »Du rufst ihn an, an dem ganzen Schlamassel bist du schuld, du machst einen Termin aus«, sagte sie, und statt mit ihr darüber zu streiten, kam es Daniel einfacher vor anzurufen. Jetzt sitzen sie hier, und Kate ist entsetzt, wie zwanglos es in dem Zentrum zugeht. Sie leidet im Voraus an dem, was zur Sprache kommen wird, hat schon das Gefühl, dass man in ihre Privatsphäre eindringt, ihre Würde bedroht ist und ihr verwundeter Stolz öffentlich zur Schau gestellt wird. Daniel streckt die Füße aus, blickt auf die Schuhspitzen, legt die Hände auf die Knie. Er muss sich sammeln, muss daran denken, was er sagen wird und was er nicht sagen wird, wenn Dr. Fox sie reinruft, um seine Fragen zu stellen. Er schließt die Augen.

Vor zwei Tagen waren Iris und er, nachdem sie sich in ihrem Schlafzimmer geliebt hatten, beide schweißgebadet, und Iris holte einen kleinen braunen Ventilator aus dem Schrank. Sie steckte ihn ein, stellte ihn auf ihre Kommode, und ergriff dann Daniels Hand, um ihn aus dem Bett zu ziehen und sich mit ihm vor die kühle Brise zu stellen. »Das ist besser als eine Dusche«, sagte sie. »Ich will dich nicht abwaschen.«

Er versucht, sich auf die Zeitschrift zu konzentrieren. Er betrachtet noch einmal die Anzeige für Hundemedikamente gegen Arthritis und denkt an Scarecrow, die arme Krähe, die von Woche zu Woche langsamer wird, von Tag zu Tag, und bei Iris in Haus und Garten herumtappt und Güte verströmt. Daniel hat in seinem ganzen Leben noch keinen so hinreißenden Hund erlebt, aber ihm ist auch klar, dass seine schier anbetende Haltung dem Hund gegenüber mit seiner schier anbetenden Haltung gegenüber allem in Iris' Haus übereinstimmt: dem ordentlich organisierten Gewürzbord, der duftenden Handseife, den durchsichtigen Eiswürfeln, dem witzigen Bildschirmschoner (Kängurus mit Sonnenbrillen), dem türkischen Seidenteppich, den ihr Bruder aus Istanbul mitgebracht hat, den Schwarzweißfotografien von Nelson in ihren einfachen Holzrahmen, Bilder die Iris aufgenommen und selbst vergrößert hat, in der kurzen Phase, als sie sich für Fotografie interessiert hat.

Eine Tür neben dem Fenster des Empfangsschalters geht auf, und Dr. Fox kommt heraus. Er trägt einen dunkelblauen Anzug, ein weißes Hemd und eine blau-weiße Krawatte. Mit seinen kurz geschorenen Haaren, der Nickelbrille und dem eleganten Kinnbart sieht er aus wie ein Diplomat aus einem kleinen marxistischen Land. »Katherine? Daniel?«, erkundigt er sich leise und lächelt freundlich.

Kate starrt Fox mit offensichtlicher Verblüffung an und fängt unwillkürlich an zu lachen. Daniel, der selbst auch keinen Schwarzen erwartet hatte, versteht zwar die Ironie, die Kate darin sieht, dass sie ausgerechnet mit einem Afroamerikaner ihre häuslichen Probleme besprechen sollen, aber trotzdem findet er, dass sie sich schlecht benimmt.

Falls Dr. Fox einen rassistischen Unterton in Kates Lachen vermutet, lässt er es sich jedoch nicht anmerken, sondern geleitet Daniel und Kate in sein Büro, einen kleinen, schwach erhellten Raum, der mit Büchern, grünen Lampen und einer kleinen Sammlung antiquarischer Schreibmaschinen angefüllt ist. Vor seinem Fenster steht ein alter Apfelbaum, der beim Oktobersturm in zwei Teile gespalten wurde. Als sie alle sitzen – Kate und Daniel in khakifarbenen Regiestühlen, Fox in einem gepolsterten, burgunderroten Lederstuhl –, fängt der Beziehungsberater die Sitzung damit an, nach ihren Namen, ihrem Alter und ihrer Versicherung zu fragen. Er spricht mit fester Stimme, emotionslos und eindringlich – es ist, als würde man von einem Streifenpolizisten angehalten.

»Wir sind hier, weil Daniel mit einer anderen Frau zusammen war«, sagt Kate unvermittelt, weil sie nicht abwarten kann, bis Fox die Standarddaten erhoben hat.

Daniel ist überrascht, wie roh das klingt. Jeder Schurke, den er als Anwalt kennen lernt, beklagt sich ja darüber, dass man ihn nicht im Zusammenhang zitiert hat, aber sein eigenes Verhalten nun auf den einfachen Akt der Untreue reduziert zu sehen, kommt ihm nicht nur unzutreffend, sondern auch ungerecht vor. Was war denn mit all den einsamen Nächten, die dazu geführt haben? Was mit der nie erfahrenen Leidenschaft?

»Wie haben Sie davon Kenntnis erhalten?«, fragt Fox auf taktvolle Art, wie bei einem Begräbnis.

»Das war ganz offensichtlich«, sagt Kate.

»Ich habe es ihr gesagt«, fügt Daniel leise hinzu.

»Na dann«, sagt Fox und holt tief Luft. Er zupft an der Haut an seinem Adamsapfel, schiebt die Lippen vor. »Also lassen Sie mich mit Ihnen anfangen, Katherine. – Daniel, Sie bekommen auch Gelegenheit zu reden, aber ich will mit Katherine beginnen, wenn Ihnen das recht ist. Katherine, diese Lage, in der Sie sich befinden, wie hätten Sie die am liebsten geklärt?« Kate wird rot, und Daniel zerreißt es bei dem Anblick das Herz. Sie ist nervös, fühlt sich blamiert, und ausgerechnet sie mit ihrer spitzen Zunge bringt jetzt fast kein Wort heraus.

»Ich will das retten, was man als meine Ehe ansehen kann«, sagt sie, und ihre Stimme ist kaum mehr als ein Flüstern. Sie räuspert sich. »Wir mögen zwar keine offiziellen Papiere haben, aber diese Beziehung bedeutet mir sehr viel. Bestimmt mehr als meine tatsächliche Ehe, die nur einfach … Mist war. Wahrscheinlich mehr alles andere. Und ich vermisse mein früheres Leben, ich vermisse die Umstände, wie sie vor diesem ganzen Chaos waren. Wenn wir das wiederhaben könnten, dieses angenehme Leben von früher, dann wäre ich, glaube ich, bereit, alles zu vergessen, was seit Oktober passiert ist.«

Daniel hat das Gefühl, er solle zu etwas verlockt werden, was ein Mann in seiner Situation niemals tun darf: ins Herz des Menschen sehen, den er verlässt. Einen Augenblick denkt er daran, aufzustehen und zu gehen. Er kann ihr keine Hoffnungen machen und auch keinen Trost bieten. Wenn Kate hier ist, um für sich zu sorgen und ihre Wunden zu heilen, dann sollte er nicht hier sein. Er ist die Ursache für ihren Schmerz, er ist die Quelle; dieses Zerren in ihrem Magen, er hat es ihr beschert, dieses Gefühl, ausgeschlossen und ins Exil geschickt worden zu sein – es kommt von ihm.

Aber was kann er tun? Er kann nicht allein sein und gleichzeitig mit ihr zusammen, ihre Interessen stehen sich direkt entgegen. Es gibt keinen Mittelweg. Was er will, ist das, was Kate zerreißt, und er kann und will nicht aufhören, Iris zu begehren, Iris ist das Wichtigste.

Fox streicht über seinen Kinnbart, und seine tief liegenden, mandelförmigen Augen scheinen weicher zu werden, was Daniel auffällt, als würde er versuchen, die Sympathien eines Geschworenen einzuschätzen. »Können Sie dazu noch mehr sagen?«, fragt Fox.

Daniel rutscht in seinem Stuhl zurück und wartet auf den scharfen Stachel in Kates Erwiderung. Er kennt sie gut genug, um zu wissen, wie ärgerlich die geistlose Aufforderung von Fox für sie sein muss.

Aber Kate versucht zu tun, worum Fox sie gebeten hat. »Ich bin sehr wütend, verletzt«, sagt sie. »Daniel weiß das. Die Atmosphäre zu Hause ist offensichtlich angespannt. Sehr angespannt. Praktisch unerträglich. Wir gehen alle auf Eierschalen. Wir warten ab, wollen wissen, was Daniel tun wird. Ich glaube, selbst Daniel wartet ab und will wissen, was er tun wird. Er ist ein anständiger Mensch, sehr freundlich, und er geht ganz wunderbar mit meiner Tochter um. Ich bin sicher, die Situation ist äußerst schmerzlich für ihn.«

Fox wendet sich kurz Daniel zu, nicht um ihn zu einer Entgegnung oder einer weiteren Klärung von Kates Bemerkungen zu ermuntern, sondern anscheinend nur, um seinen Gesichtsausdruck zu sehen.

»Und Sie sagen, Sie waren schon einmal verheiratet«, sagt Fox.

»Ja, mit einem Mann, den ich nicht geliebt habe. Und an den ich selten denke. Er hat keinen Kontakt zu meiner Tochter, er lebt in Hawaii mit etwas Geld der Familie, und er ist vollkommen verantwortungslos.«

»Was uns auf Daniel bringt«, sagt Fox.

»Ich habe ihn gebeten, diese Frau nicht mehr zu treffen.«

»Ah ja«, sagt Fox. »Und hat er aufgehört, sie zu treffen?«

Die reden über mich, als ob ich gar nicht da wäre, denkt Daniel.

»Ich glaube nicht«, sagt sie.

Tatsächlich hat er sie heute Morgen gesehen, erst vor drei Stunden haben sie sich verabschiedet, und er ist wie immer halb wahnsinnig, weil er sie gerade gesehen hat oder weil er sie bald sehen wird. Heute hat er sie in einen gigantischen Supermarkt südlich von Leyden begleitet und ist mit ihr durch die Regalreihen gegangen, während sie für das Thanksgiving-Dinner ihrer Familie einkaufte. Trotz allem freute sich Iris auf den Feiertag. Es war ihr Lieblingsfeiertag überhaupt – was Daniel wunderte, denn er würde den Tag ziemlich am Schluss einordnen. Dahinter käme höchstens noch Weihnachten mit seiner gezwungenen Fröhlichkeit, miserablen Küche und den typischen Gefühlen von Leere und Einsamkeit. Die Eltern von Iris kamen zu Besuch, dazu ihre Schwester Carol und ihr Bruder Andrew mit seiner Frau und den beiden Kindern. Hamptons Eltern würden auch da sein, zusammen mit seiner Tante Margaret, seiner Schwester Victoria samt Familie sowie seinem Bruder James, und die Aussicht, sie alle unterbringen zu müssen, Schlafgelegenheiten und Schlafzimmer zu improvisieren und, dabei kleine Intimsphären zu schaffen, sich um die Wäsche zu kümmern, um den Wasserdruck und die einzelnen Zeiten für die Benutzung der Badezimmer, um Tante Margarets Allergien auf Pekannüsse und Austern, ohne die ein richtiges Thanksgiving-Dinner für Iris undenkbar wäre, all das und ein Dutzend weitere häusliche Ablenkungen beschäftigten Iris, während sie ihren Einkaufswagen füllte: Beutel mit Preiselbeeren, Bierkästen, Riesenflaschen Mineralwasser und Cola, drei Pfund Butter, Tüten mit Marshmallows, eine Zehn-Pfund-Packung Zucker, eine Zwölferpackung Toilettenpapier. Daniel ging hinter ihr her, hörte ihr zu und wurde dabei neidisch auf all die Leute, die von ihr umsorgt wurden. Wie sie das nur schaffte – in diesen Marathon von Hausfrauenpflichten eingespannt zu sein und trotzdem die Begeisterung und ihren Familiensinn nicht zu verlieren. Sie war ein Gefühlsgenie. Wenn er nur irgendwie dem tiefgefrorenen Truthahn Marke Butterball entkommen könnte, der da verdrießlich in seinem Kühlschrank saß, irgendwie weggezaubert werden könnte von dem streitgeladenen Abendessen, das darauf wartete, zu Hause aufgetragen zu werden, wenn nur alle Regeln der Logik und der guten Sitten aufgehoben werden könnten und er sich zu dieser Mahlzeit bei Iris einfinden könnte, mit Ruby an seiner Seite, und Hampton wäre nicht nur verschwunden, sondern völlig vergessen, verpufft wie eine kleine Rauchwolke.

»Daniel?«, sagt Fox gerade. »Das ist eine schwere Zeit für Sie, nicht wahr?«

»Ja«, sagt Daniel, obwohl er nicht ganz sicher ist, was er da bejaht.

»Das verstehe ich.«

»Ja«, sagt Daniel automatisch. »Danke.«

»Gibt es etwas, was Sie Kate jetzt gerade sagen wollen? Stellen wir uns vor, wir wären in einem geschützten Raum, wir könnten sagen, was auch immer uns am Herzen liegt, und es gäbe keine Vorwürfe deswegen, überhaupt keine Vorwürfe. Was würden Sie in diesem geschützten Raum sagen?«

»Es tut mir leid.«

»Das ist gut, Daniel. Aber Sie schauen mich an.«

Er wendet sich Kate zu. »Es tut mir leid.«

»Wir sind aber nicht in einem geschützten Raum, Dr. Fox«, sagt Kate. »Wir sind eher in der Hölle.«

Daniels Herz fließt über vor Zuneigung zu Kate, ein merkwürdiger Ausbruch nostalgischer Erinnerung an ihre frühere Liebe, als hätte sich Kate schon längst aus seinem Leben verabschiedet. Wäre es nicht schön, wenn Iris solche beißenden und scharfsinnigen Bemerkungen machen würde? Aber Scharfsinn ist nicht das, worauf Iris' Anziehung beruht. Sie hat eine andere Art von Anmut, unverfälscht und total, die Anmut der See, die Anmut von Engeln, die Anmut von Sex.

Und was Kate betrifft: Sie leidet, aber wie kann er sie davor beschützen, wie kann er ihr Leid auch nur lindern, wenn er selbst der Bote des Unheils ist? Die unaussprechliche Wahrheit ist, dass er seiner Wege gezogen ist. Nein. Schlimmer. Er hat etwas Besseres gefunden. Er hat eine höhere Gefühlsebene erreicht, eine höhere Ebene der Hingabe und eine höhere Ebene der Lust. Wie kann er Kate das verständlich machen? Er ist nicht nur im Begriff, sie zu verlassen, er verlässt sich ja selbst, lässt alles Vertraute hinter sich, er schlüpft über die Grenze mit nichts als den Kleidern, die er anhat.

»Ich habe gedacht, dass wir über einen bestimmten Aspekt dieser ganzen Sache nicht zu reden bräuchten«, sagt Kate und schlägt die Beine übereinander, »aber da wir schon mal hier sind ... und Sie auch hier sind« – sie deutet elegant auf Dr. Fox –, »scheint er mir wert, erwähnt zu werden. Die Frau, die Daniel getroffen hat, oder vielleicht sollten wir sagen, *trifft*, ist schwarz.«

»Was hat denn das damit zu tun?«, sagt Daniel sehr viel nachdrücklicher als beabsichtigt.

»Ach komm, Daniel, natürlich hat das was damit zu tun. Du wolltest immer schwarz sein, und jetzt hast du eine Möglichkeit gefunden, wenigstens pseudoschwarz zu sein.«

Daniel wirft Fox einen Blick zu, dessen kurze, schwarze Augenbrauen praktisch bis zum Haaransatz hochgewandert sind. »Stimmt das?«, fragt Fox.

»Dass die Frau Afroamerikanerin ist? Ja. Aber ich finde, Kates Bemerkung hat etwas Rassistisches an sich, tut mir leid.«

»Daniel«, sagt Fox. »Sie schauen mich an.«

»Ich weiß.«

»Wollen Sie das Kate sagen?«

»Sie hat mich gehört.«

»Und sie wird es keiner Antwort würdigen«, sagt Kate.

»Sie verdient praktisch ihren Lebensunterhalt mit Artikeln

über O. J. Simpson«, sagt Daniel zu Fox, als appellierte er an ihn, eine Art Bund zu schmieden, und er spürt sofort, wie unklug das ist, als der Therapeut auf seinem Stuhl herumrutscht.

»Triffst du sie noch oder nicht?«, fragt Kate mit ruhiger, gefasster Stimme. Sie legt herausfordernd den Kopf schief, irgendwie erweckt sie den Eindruck, dass jedwede Antwort für sie eine Erleichterung bedeutet.

Aber ganz überzeugt ist er nicht. Es ist gut möglich, dass Kate nicht nur leiden wird, wenn er ihr erzählt, dass er die Liebesbeziehung mit Iris immer noch weiterführt und sie trifft, wann immer es geht: Kate wird zurückschlagen.

Wenn Iris es doch Hampton endlich selber erzählen würde. *Bald*, hat sie gesagt. *Ich kann nicht*, hat sie auch gesagt. Sie fürchtet sich vor ihm, fürchtet den Schmerz, den er ihr zufügen wird, und allein die Vorstellung von dem Schlamassel, der sich daraus ergeben würde, macht sie fix und fertig. Sie macht sich Gedanken, dass sie das Sorgerecht für Nelson verlieren könnte – obwohl Hampton bestimmt nicht so vermessen ist zu glauben, er hätte die emotionalen Voraussetzungen, um sich um den Jungen zu kümmern.

Wenn es nach Daniel ginge, wüsste Hampton längst Bescheid. Dann würde er nämlich einfach in New York bleiben, und diese unerträglichen Besuche würden aufhören. Aber Iris zögert nicht nur, es ihm zu erzählen, sie hat regelrecht Angst, weshalb er sich fragt, ob sie wohl fürchtet, dass Hampton ihr gegenüber gewalttätig wird, dass er mit den Fäusten auf sie eintrommeln wird, dass unter diesem goldbraunen Äußeren von Reichtum und Eleganz, nobler Herkunft und dem Konkurrenzdenken eines Verbindungsstudenten so ein narzisstischer, sexbesessener und im Endeffekt raubtierhafter Schwarzer steckt, wie er in Kates Artikeln über O. J. reißt, schmollt und wütet.

»Also, triffst du sie noch?«, fragt Kate. Diesmal klingt ihre Stimme etwas zittriger, wie bei einer Seiltänzerin ohne Netz, die den Fehler gemacht hat, nach unten zu schauen.

Wenn er ihr die Wahrheit erzählt, wird er dafür büßen müssen. Sie wird versuchen, einen Keil zwischen ihn und Ruby zu treiben. Sie wird ihm das Leben zur Hölle machen.

»Diese Frage habe ich schon beantwortet«, sagt er.

»Antworte noch einmal«, sagt Kate.

Er schüttelt verneinend den Kopf, denn auf eine kleingeistige Art und Weise könnte man sein stummes Nein schließlich so interpretieren, dass er Iris nicht mehr sieht, und es könnte auch bedeuten, dass er nicht noch einmal antwortet.

»Was sagen Sie dazu?« Dr. Fox wendet sich an Kate.

»Wozu? Er hat mir nicht geantwortet. Er hat den Kopf geschüttelt. Das kann alles bedeuten.«

»Ich sehe sie nicht mehr«, sprudelt es aus Daniel heraus. »Ich treffe mich nicht mit Iris. Okay?« Bei dieser Lüge wird ihm weniger schlecht, als er angenommen hatte. Sie hatte ihm ohnehin auf der Zunge gelegen, es war nicht schwer, er hat sich einfach gehen lassen.

»Was halten Sie von dem, was Daniel gesagt hat?«, fragt Fox noch einmal.

Kate schüttelt den Kopf. »Ich weiß nicht. Ich möchte ihm gerne glauben.«

»Du glaubst mir nicht?«, fragt Daniel, als fände er das unerhört.

»Nein. Ich glaube dir nicht.«

»Dann lass mich doch überwachen. Nimm dir einen Privatdetektiv.«

»Das habe ich schon.«

Sofort denkt Daniel an heute Morgen, nachdem er und Iris den Supermarkt verlassen haben und in nördlicher Richtung nach Leyden zurückgefahren sind – ist ihnen da nicht in kurzem Abstand ein Auto gefolgt, ein unauffälliger Kombi, genau die Art, die ein professioneller Schnüffler fahren würde? Nach ein paar Kilometern wollte Iris bei Windsor Motors vorbeifahren und sich die neuen Volvos angucken. Daniel wäre überall hingegangen, um noch ein paar Minuten mit ihr zusammen zu sein. War der Kombi ihnen gefolgt? Sie liefen auf dem Gelände herum, ein paar Mal fing es an, leicht zu schneien und hörte dann wieder auf. Ein Verkäufer kam auf sie zu. Iris deutete auf ein Auto, das ihr gefiel, und schon befestigte der Verkäufer Händlerschilder an dem Wagen und winkte ihnen ein »Bis bald« zu, während Iris das neue Auto für eine Probefahrt aus der Einfahrt steuerte. Daniel saß auf dem Beifahrersitz. Sie hatte Tränen in den Augen. *Was ist los?,* fragte er. Sie schüttelte den Kopf, reihte sich in den Verkehr ein und fuhr ein wenig zu schnell. Er sah eine Träne über ihre Wange laufen, er hielt sie mit seiner Fingerspitze auf – er erinnerte sich, dass Kate einmal gesagt hatte, Tränen enthielten Ausscheidungsstoffe, sie wären giftiger als Pisse – und leckte dann seinen Finger ab. *Du weinst,* flüsterte er. *Er hat uns das Auto einfach gegeben,* sagte Iris. Er wollte keinen Ausweis sehen, keine Kreditkarte, nichts. »Hier sind die Schlüssel. Bis später, fahren Sie vorsichtig.« Sie zog die Nase hoch, verbannte die Reste ihrer spontanen Reaktion auf diese neuartige Erfahrung, und dann schaute sie Daniel mit einem wilden, fast barbarischen Gesichtsausdruck an, als hätte sie gerade einen Bereich betreten, in dem mehr möglich war, als sie sich jemals erträumt hatte.

»Schauen Sie ihm ins Gesicht«, sagt Kate zu Dr. Fox. »Sie müssen doch so etwas wie ein Experte für die Gesichter sein, die Männer machen, wenn sie völlig in der Scheiße sitzen.«

Fox hat eine Digitaluhr, man hört also nicht einmal ein Ticken, sondern nur das langgezogene Schschsch des Geräts, das weiße Rauschen, das klingt wie ein riesiger Ballon, dem die Luft ausgeht. Und dann hört man aus einem anderen Beratungszimmer den gedämpften Klang einer männlichen Stimme, die schreit: »Nicht beim Essen, das ist alles, was ich will, sonst verlange ich gar nichts. Nicht beim Essen!«

»Was ist das?«, fragt Kate.

»Ein fremdes Elend«, antwortet Daniel.

»Nicht das. Das da.«

»Das ist das Gerät fürs weiße Rauschen«, sagt Fox.

»Ach«, sagt Kate lächelnd. »Weißes Rauschen? Weißes Jammern trifft es doch eher, oder?« Sie lacht.

»Ich kann es nicht fassen, dass du jemand beauftragt hast, mir zu folgen«, sagt Daniel.

»Na ja, das habe ich auch nicht. Aber ich werde nie deinen Gesichtsausdruck vergessen, als du gedacht hast, ich hätte.«

»In Ordnung«, sagt Fox. »Ich würde hier gern etwas versuchen, wenn es Ihnen beiden recht ist.«

»Er hat meine Frage noch nicht beantwortet, ob er sie noch trifft oder nicht.«

»Was ich versuchen möchte ...«, sagt Fox.

»Eine Sekunde, Dr. Fox. Bitte? Es hat keinen Sinn, mit dieser kleinen Sitzung fortzufahren, wenn Daniel meine Frage nicht beantworten will.«

»Er hat Ihre Frage beantwortet«, sagt Fox fast warnend, was Daniel mit Erleichterung für sich und einem Gefühl des Mitleids für Kate registriert – arme Kate, erst fünfzehn Minuten in der Therapie, und schon bringt sie den Doktor gegen sich auf.

»Ich muss Ihnen etwas über Daniel erzählen, Dr. Fox. Er ist nicht besonders geradeheraus. Er würde lieber lügen, als jemanden zu verletzen. Er ist ein Lavierer. Nein, ich sage Ihnen, was er ist.« Sie schlägt das andere Bein über. »Er ist wie ein

Waisenkind. Er versucht immer, in Deckung zu bleiben, damit er nur nicht wieder ins Heim zurückgesteckt wird. Er fühlt sich nirgendwo zugehörig. Er zieht in seine Heimatstadt zurück – und nimmt mich so nebenbei mit. Er weiß nicht, warum. Seine Eltern schmeißen ihn aus ihrem dämlichen Testament raus? Er reagiert kaum. Er will, dass ihm etwas Großes zustößt, etwas, das ihm sagt, wer er ist, oder das etwas aus ihm macht. Da muss es doch einen Begriff dafür geben, er muss doch ein bestimmter Typ sein oder so was. Er könnte Ihnen alles erzählen. Womöglich sogar, dass er schwarz ist. Das würde mich nicht überraschen. Leute wie er können nie die Wahrheit sagen, weil sie die Wahrheit nicht kennen. Daniel ist ein netter Junge, ein guter Mensch, und trotz seines Verhaltens hat er ziemlich moralische Grundsätze. Aber er hat seine eigenen Gefühle schon so lange verdreht, dass sie sogar ihm rätselhaft sind.«

Fox nickt weise, aber als er seinen Kinnbart streicht, zittern seine Finger. Er räuspert sich und murmelt etwas von »Vertrauensfragen« und noch etwas über den unglückseligen »geschützten Raum«.

Abrupt streckt Kate die Hand aus und drückt Daniels Knie, so kräftig sie kann. »Sag was«, quetscht sie mit zusammengepressten Zähnen hervor.

»Liebst du mich, Kate?«, fragt er mit leiser, fast schläfriger Stimme. Der Druck, den sie auf die Muskeln über dem Knie ausübt, ist leicht schmerzhaft, aber auch entspannend. Die körperliche Bestrafung scheint einige der anderen, beharrlicheren Leiden zu vertreiben.

»Darum geht es hier wirklich nicht«, sagt Kate. »Aber egal, selbstverständlich tue ich das.«

»Ich betrachte das als ein Nein«, sagt er.

»Sehen Sie? Ich kann nicht gewinnen.«

»Also gut, dann will ich dich mal fragen …«

»Es ist besser, Ihre eigenen Gefühle auszudrücken, als Fragen zu stellen«, sagt Dr. Fox.

»Da stimme ich zu«, sagt Daniel. »Aber lassen Sie mich erst einmal diese Fragen aus dem Weg schaffen.«

»Er sagte: keine Fragen, Daniel«, sagt Kate.

»Du hast die Gelegenheit gehabt, mich ins Kreuzverhör zu nehmen. Jetzt ist die Verteidigung dran.«

»Das Grundkonzept der Paartherapie«, sagt Fox, »besteht darin, sie aus dem Gerichtssaal herauszuhalten.«

»Hast du jemals die Art von Liebe für mich empfunden«, sagt Daniel zu Kate, »dass du lieber sterben würdest, als ohne mich zu leben?«

»Was soll ich hier tun? Vorsprechen?«

»Ich mache es dir leichter. Ich glaube nicht, dass du das je empfunden hast, wenigstens nicht für mich. Und ich glaube, das ist ein trauriges Leben und eine Verschwendung. Wir sind dazu imstande. Wenn ich es kann, dann kannst du es …« Er deutet auf Dr. Fox, der ihn erschrocken anschaut. »Und Sie auch. Wir können es alle. Es ist in unserem System, unserer DNS, es ist die Poesie, die wir alle schreiben können, wenn wir den gottverdammten Mut dazu finden.«

»Du bist verrückt geworden«, sagt Kate und zieht langsam die Hand zurück. »Wer bist du denn? Der heilige Soundso der Liebe? Wie kannst du so etwas zu mir sagen?« Einen Moment sieht es aus, als würde sie wütend werden, als würde sie ihn anschreien, ihn ohrfeigen, ihre Krallen in seine Haut schlagen, aber dann erschlafft ihre Miene, und sie fängt an zu weinen. Sie nimmt ein Taschentuch aus ihrer Handtasche und bedeckt die Augen.

Wenn sie unerträglich findet, was er da sagt, sollte sie erst hören, was er nicht sagt. Da versucht er, Kate zu besänftigen, und dabei würde er sie am liebsten schütteln, bis sie sieht, wie sehr er sich verändert hat, dass er nicht mehr der emotional blutarme Mann ist, den sie sich ausgesucht hat. Am liebsten würde er sie fragen: *Hast du jemals ein sechs Stunden langes Liebesspiel erlebt? Hast du jemals neun Orgasmen in einer Nacht gehabt? Hast du je erlebt, dass ich beim Anblick deiner Schönheit geweint habe? Wann haben wir uns zuletzt beim Schlafen umarmt? Hast du je meine wilde Seite erlebt? Hast du mich jemals gesehen, wenn ich vor Leidenschaft völlig hilflos war? Hat jemals einer seine Zunge in deinen Hintern gesteckt? Hast du jemals für mich riskiert, in Schande zu leben? Hast du ein Doppelleben erfunden und warst du willens, aus Liebe zu mir einen anderen Menschen zu verletzen? Warst du jemals bereit, alles für einen anderen Menschen aufzugeben? Das würdest du nicht einmal für Ruby tun.*

Fox entlässt sie schließlich, und sie verlassen eilends sein Büro, wütend und beschämt, die Augen gesenkt, die Gesichter verschlossen. Sie haben einen Termin für nächsten Mittwoch ausgemacht, aber sie wissen beide, dass sie ihn nicht einhalten werden. Keiner von beiden will jemals wieder an diesem Ort sein. Die Medizin hier kann sie nicht heilen.

Der Novemberhimmel ist schmutzig grau; ein kalter Wind fegt über den Parkplatz, als Daniel in sicherem Abstand hinter Kate her zu ihrem Auto geht. Sie steigt ein, und er wartet einen Augenblick, will ihr die Chance geben, ohne ihn davonzufahren, wenn es das ist, was sie tun will. Sein Auto steht bei seiner Kanzlei, in zehn Minuten zu Fuß zu erreichen, was er lieber tun würde, als mit Kate auf engem Raum zusammen zu sein. Doch er kann jetzt einfach nicht losrennen; trotz der gefährlichen Situation findet er, die Logik des Lebens, die Anstandsregeln schreiben vor, dass er auf dem Beifahrersitz Platz nimmt, die Tür hinter sich schließt, den Sicherheitsgurt anlegt. Der Automotor springt an. Das Radio schaltet sich ein, ein Gewirr aufgeregter Stimmen, das Kate sofort wieder abstellt.

»Fertig?«, fragt sie. Und dann, ohne auf seine Antwort zu warten – er wollte gerade sagen, sicher, lass krachen –, legt sie den Rückwärtsgang ein und steuert das Auto schnell und ohne zu zögern über den kleinen Parkplatz des Beratungszentrums und in die Kühlerhaube eines roten Toyota. Daniel wird kaum aus seiner Sitzhaltung gestoßen, aber Kate, die leichter ist, fällt nach vorne und schlägt mit dem Kopf ans Steuerrad. Sie reagiert kaum darauf, berührt die Schramme, aus der Blut sickert, nicht mal mit dem Finger. Sie legt den Vorwärtsgang ein, ihr Auto löst sich aus der Verkeilung mit dem Toyota, und sie fährt es frontal in einen grauen Honda, der auf der anderen Seite des Parkplatzes steht. Als die letzten Leute aus dem Zentrum strömen – niemand dort drinnen hat das krachende Metall und das splitternde Glas überhören können –, steht Kates Wagen reglos da, und sie und Daniel schreien aufeinander ein.

Am nächsten Morgen will Daniel unbedingt Iris treffen, um ihr zu erzählen, was im Beratungszentrum passiert ist. Er bringt Ruby zur gewohnten Zeit hin, aber zu seiner großen Enttäuschung ist Nelson bereits da. Während er Ruby aus der Jacke hilft, sucht er die plötzlich nüchtern und luftleer aussehende kleine Tagesstätte mit den Blicken ab, für den Fall, dass er ihre Anwesenheit irgendwie übersehen hat, für den Fall, dass sie sich mit einer Kindergärtnerin unterhält oder vielleicht in der Küche aushilft. Verkrampft mühen sich seine Finger mit den Knöpfen ab, und Ruby sieht bestürzt zu ihm hoch.

Als Nelson Ruby sieht, kommt er herüber und zieht sie am Ärmel. »Komm mit«, befiehlt er. Im Allgemeinen folgt Ruby ihm, aber heute widersetzt sie sich. Sie streckt Daniel ihre kleinen Hände entgegen und spitzt die Lippen zu einem Abschiedskuss, während Nelson beide finster anblickt.

»Okay, ihr beiden, ich wünsche euch einen tollen Tag«, sagt Daniel.

»Ich mag dich überhaupt nicht«, erwidert Nelson, zieht die Augenbrauen hoch, schiebt die Unterlippe vor und zuckt die Schultern.

Ruby ist über seine Bemerkung entsetzt. Ihre Wangen glühen, als sei sie geohrfeigt worden. »Doch, das tust du!«, ruft sie mit heller Stimme. »Er ist mein Daddy!«

»Nein, ist er nicht«, sagt Nelson grinsend, als wäre Ruby ihm auf den Leim gegangen. Um endgültig zu demonstrieren, wer der Herr im Haus ist, nimmt er Rubys Arm und zieht sie weg. Ohne Zielvorstellung fährt Daniel vom »Litte Wooden Shoe« fort.

Er ist sich nur vage des Verkehrs bewusst und der Tatsache, dass er für eine schwere, bewegliche Maschine verantwortlich ist. Sein Bewusstsein verarbeitet fast keine Informationen, eher steckt es fest, auf der einen Seite behindert von Iris' Abwesenheit und auf der anderen Seite von der Tatsache, dass Nelson ein großes Maß an Feindseligkeit gegen ihn hegt. Am Ende der gewundenen Wohnstraße, in der außer der Tagesstätte noch eine Reihe Bungalows verstreut sind, wo Daniel normalerweise rechts abbiegen würde, um in die Stadt zu seiner Praxis zu fahren, biegt er stattdessen links ab, was ihn auf die Chaucer Street bringt, die wiederum am staatlichen Highway endet, der neun Kilometer nach Norden zum Marlowe College führt. Er drückt den Einschaltknopf auf seinem Handy, um Sheila Alvarez zu sagen, dass er etwa eine Stunde später kommen wird, aber der Akku ist leer, und das Telefon bleibt dunkel. *Ich ruf in der Kanzlei an, sobald ich angekommen bin,* nimmt er sich vor.

Aber wo angekommen? Er weiß nur, dass Iris mit hoher

Wahrscheinlichkeit im College ist und dass er mit hoher Wahrscheinlichkeit eine Chance hat, sie zu treffen, wenn er dorthin fährt.

Das Leben kann doch so einfach sein: Du spürst, wo du hingehen willst, und dann gehst du hin. Du lässt dich von deinen Beinen führen. Wenigstens der Körper sagt einem treubrav die Wahrheit.

Vor siebzig Jahren war Marlowe eine verschlafene, mittelmäßige episkopale Lehranstalt, an der 500 Studenten eingeschrieben waren. Jetzt ist das College konfessionslos und hat 4000 Studenten, davon 2400 Frauen. Die ursprünglichen alten Gebäude stehen noch – mit Efeu überwachsene, graue Steinhäuser mit Bleiglasfenstern und burgunderfarbenen Schieferdächern –, aber sie werden überragt von den modernistischen Neubauten, dem Fitness Center aus Glas und Stahl, dem Kunstinstitut mit seiner verwinkelten Geometrie und den Wohnheimen im Bauhausstil. Der Campus ist gewachsen, aber es sind immer noch nur zwölf Hektar Grund, mit einer gewundenen Straße in Nord-Süd-Richtung und einer weiteren, die von Ost nach West verläuft, und auf der steuert Daniel jetzt sein Auto, fährt langsam, während Studenten über die Straße schlendern, ohne im Geringsten aufzupassen. Die Luft ist kalt und feucht wie ein eingeweichtes Leintuch. Zwei große Krähen landen auf einer Stromleitung und drehen einander den Kopf zu, während der Draht von ihrem Gewicht nach unten gedrückt wird.

Daniel findet das Auto von Iris auf dem Parkplatz zwischen der Turnhalle und dem Studentenzentrum; mit größerer Wahrscheinlichkeit ist sie im Zentrum, also versucht er es da zuerst. Er entdeckt sie sofort, in der Cafeteria, wo sie in Gesellschaft eines früh ergrauten Mannes Ende dreißig mit olivfarbener Haut an einem kleinen Holztisch sitzt. Er trägt ein

Seidenhemd und einen langen, eleganten Schal und hält einen Stift wie eine Zigarette in der Hand und beugt sich zu Iris. Iris hat sich mit einem schwarzen Rock und einem dunkelgrünen Chenille-Pullover in Schale geworfen, dazu trägt sie ein Silberarmband und passende Ohrringe. Daniel, kalt erwischt von ihrem Anblick und dann noch einmal kalt erwischt, weil er sie bei der Unterhaltung mit dem gut aussehenden Mann an ihrem Tisch sieht, bleibt abrupt stehen. Ein stetiger Strom junger Studenten zieht an ihm vorbei und teilt sich, um ihm auszuweichen. Daniel steht fest auf seinem Fleck; plötzlich kommen ihm ernste Zweifel an seinem Besuch hier, und ihm wird etwas schlecht vor Eifersucht beim Anblick von Iris mit einem anderen Mann. Doch es dauert nur ein paar Augenblicke, bis Iris in seine Richtung schaut und ihm winkt, er solle kommen und sich zu ihr setzen. Sie fragt nicht, was er hier will, und macht selbstverständlich keine Andeutungen, dass sie mehr sind als zwei Menschen, deren Kinder zufällig in denselben Kindergarten gehen. Sie stellt ihn John Ardizzone vor, der, wie sich herausstellt, der neu ernannte Doktorvater für ihre Dissertation im Amerikanistik-Department ist. Daniel erzählt, obwohl er nicht nach seinem plötzlichen Auftauchen gefragt wird, dass er gekommen ist, um die College-Bibliothek zu benützen. Er wolle etwas über die örtliche Geschichte nachschlagen, als Teil seiner Recherchen über Eight Chimneys, aber sobald er mit dieser unnötigen Ausrede angefangen hat, bedauert er es und belässt es dabei. Ardizzone entschuldigt sich eilig und sagt, er müsse zu einer Konferenz ins Department. Er tippt mit seinem Stift ein paar Mal auf den Tisch, als wolle er die Asche von der Spitze abklopfen, und bevor er davoneilt, sagt er zu Iris, dass er ihre neuen Ideen für ihre Doktorarbeit gut findet, und er hoffe, sie könne eine erste Fassung noch vor dem Ende des Frühjahrssemesters fertig stellen.

»Du hast ein neues Thema für die Doktorarbeit?«, fragt Daniel, sobald Ardizzone in sicherer Entfernung ist.

»Ja. Was machst du hier eigentlich?«

»Ich weiß nicht. Ich glaube, ich verfolge dich. Es tut mir leid.«

»Es ist seltsam, dich hier zu sehen.« Sie dämpft ihre Stimme. »Es ist seltsam, dich angezogen zu sehen.«

»Mach mich bloß nicht scharf«, sagt er.

»Du hast beim Rasieren eine Stelle übersehen«, sagt Iris und berührt seine Oberlippe. Ihr kurzes Haar glänzt, und ihre Finger riechen nach dem Öl, das sie sich in die Kopfhaut gerieben hat. »Fällt es dir schwer, dich im Spiegel anzuschauen?«

»Nein.«

»Mir schon.«

»Ich habe mich einer höheren Macht überantwortet«, sagt Daniel lächelnd. »Und das bist du.«

»Klingt nach bequemer Lösung.«

»Es ist vieles, aber wenn bequem auf der Liste steht, habe ich es noch nicht bemerkt.«

»Schon in Ordnung«, sagt Iris. »Ich will dir nicht die Hölle heißmachen. Aber mir fällt das alles gerade sehr schwer.«

»Das tut mir leid, Iris. Ich weiß nicht, was ich tun soll.«

»Willst du die Wahrheit hören? Ich fühle mich beschissen, ich habe Angst, ich habe ein schlechtes Gewissen, ich kann nicht schlafen, ich komme mir vor wie eine Verbrecherin, und ich glaube, ich kriege die Grippe oder so was, und außerdem bin ich glücklich, so glücklich wie noch nie.« Sie blickt sich um. »Ach du Scheiße, da kommt sie, perfektes Timing.«

»Wer?«

»Kalilah Childs. Dieses junge Mädchen, ich treffe sie dauernd in der Bibliothek. Sie will mich unbedingt zum Eintritt in die Schwarze Studentenvereinigung bewegen.«

»Vielleicht geht sie weg, wenn wir anfangen zu knutschen.«

»Zu spät«, sagt Iris.

Im nächsten Augenblick steht Kalilah Childs an ihrem Tisch, ein sehr dunkelhäutiges, molliges, neunzehnjähriges Mädchen in einem ausgewaschenen Overall aus Jeansstoff und klobigen Stiefeln, mit großen Augen und dünnen, eng am Kopf geflochtenen Zopfreihen. Sie trägt eine Vielzahl von Ringen, Armbändern und Halsketten. Der Schmuck ist größtenteils afrikanisch, aber sie trägt auch eine Perlenkette, die sie von ihren Eltern bekommen hat, als sie ihren Abschluss an der Quäker-Highschool in Philadelphia als Klassenbeste schaffte. Der Geruch von Sandelholz hängt in ihrer Kleidung. Selten in heiterer Stimmung – in Marlowe ist sie als Genie anerkannt, und der Druck ist enorm – ist Kalilah gerade besonders aufgeregt. Sie beugt sich über Iris und sieht aus, als ob sie sich auf sie stürzen würde.

»Hast du gehört, was Alysha passiert ist?«, sagt Kalilah. Daniels Anwesenheit nimmt sie überhaupt nicht zur Kenntnis. »Drei Typen sind in so einer Pizzeria draußen an der Route einhundert über sie hergefallen, und einer von ihnen hat sie an den Kopf getreten.«

»O nein«, sagt Daniel, aber sobald sein kleiner Schreckensschrei heraus ist, wird ihm klar, dass er in dieser speziellen Situation zu schweigen hat.

»Wie geht es ihr?«, fragt Iris.

»Sie musste ins Krankenhaus. Jetzt ist sie in ihrem Wohnheim. Ihre Mutter kommt extra aus Brooklyn, um sie mit nach Hause zu nehmen.«

Iris nickt und denkt darüber nach. »Sag mal«, fragt sie, »ich glaube, ich kenne Alysha überhaupt nicht.« Sie spricht den Namen unsicher aus.

»Du würdest sie aber kennen, wenn du je zu einem Treffen

kommen würdest«, sagt Kalilah und droht Iris mit einem dreifach beringten Finger.

Iris schenkt Kalilah ein kleines, gefasstes Lächeln, das Kalilah auf der Stelle gestoppt hätte, wenn sie zwei Jahre älter oder ein paar Prozent aufmerksamer wäre.

»Wann soll ich denn zu irgendwelchen Treffen gehen, Kalilah?«, sagt Iris. »Ich versuche, meine Arbeit zu erledigen und eine Familie großzuziehen. Und wenn man schon älter ist, fällt einem das Studium nicht so leicht. Das kannst du nicht verstehen. Du bist noch beweglich im Kopf und hast dieses ganze Feuer und Optimismus und Zielstrebigkeit. Ich strample mich einfach ab, um fertig zu werden, und ich habe keine Zeit übrig, um zu irgendwelchen verdammten Treffen zu gehen.«

»Du bist doch noch keine Oma!« Kalilah wird lauter – schwer zu sagen, ob aus Überzeugung oder weil sie sich unbehaglich fühlt. »Und wir brauchen jeden von uns. Schau nur, was Alysha passiert ist.«

»Was ihr passiert ist, tut mir leid.« Iris legt besondere Betonung auf das erste Pronomen.

»Das hätte dir passieren können, oder mir, oder jedem von uns«, sagt Kalilah. »Deshalb brauchen wir die Schwarze Studentenvereinigung, und deshalb brauchst du sie auch, Iris.« Als Kalilah das sagt, dreht sie langsam den Kopf und nimmt Daniel ins Visier.

»Weißt du was, Kalilah?«, sagt Iris. »Ich trete grundsätzlich in keine Vereine oder Gruppen oder sonst was ein. Okay? Ach, tut mir leid. Kalilah Childs? Das ist Daniel Emerson.«

»Freut mich«, sagt Daniel und steht halb von seinem Stuhl auf.

»Hallo«, sagt Kalilah mit freundlicher, ein wenig selbstgefälliger Miene.

Eigentlich könnte er sich jetzt verabschieden, denkt Daniel.

Iris spürt seinen Gedanken und legt ihm die Hand auf den Arm.

»Was wäre, wenn mein Freund Daniel eurem Verein beitreten wollte?«, sagt Iris. »Ginge das in Ordnung?«

»Nein, und ich wette, dass er hier sowieso kein Student ist.«

»Na, sagen wir mal, er wäre einer. Könnte er dann beitreten?«

»Komm schon. Das ist nur für Afroamerikaner, ob bei den Studenten oder den Dozenten.«

»Tja, so einem Verein würde ich nie beitreten. Ich glaube nicht, dass ich mit Daniel befreundet sein könnte, wenn ich einem Verein angehöre, der ihn ausgrenzt. Was glaubst du, wie es mir ginge, wenn Daniel einer Organisation angehören würde, die keine Afroamerikaner zulässt? Glaubst du, das wäre mir recht? Glaubst du nicht, dass das Gründe wären, um die Freundschaft zu beenden?«

»Er gehört doch einem Verein an, der dich ausschließt«, sagt Kalilah. »Genannt die weiße Rasse. Ich nehme an, du hast davon gehört. Versuch mal, da beizutreten.«

»Daniel ist nicht beigetreten«, sagt Iris.

»Aber er ist drin.«

»Eigentlich bin ich ausgetreten«, sagt Daniel, der endlich wieder den Mund aufbringt. »Aber die sind wie die Mafia, weißt du, die ziehen einen immer wieder rein.«

»Sehr witzig«, sagt Kalilah.

Iris schaut auf ihre Uhr. »Ich muss ins Seminar«, sagt sie. Sie nimmt ihre Aktentasche, zieht den Reißverschluss zu. Ihre Hände zittern, und Daniel bemerkt, wie verärgert sie ist. »Weißt du, Kalilah«, sagt sie. »Du hast eine große Zukunft in der Politik vor dir.«

»Aus deinem Mund klingt das fast wie eine Beleidigung«, sagt Kalilah.

»Du bleibst einfach hartnäckig, und vielleicht ist das gut so. Aber mir hilft das nichts. Glaubst du, du bist der erste Mensch, der mir sagt, ich solle dies oder das für meine Leute machen? Glaubst du, ich habe das nicht von beiden Seiten meiner Familie gehört? Und von beiden Seiten der Familie meines Ehemanns? Ich sage dir jetzt dasselbe, was ich denen sage. Du glaubst an die Freiheit? Großartig. Dann lass mir meine. Ist das so schwer? Ich habe nur ein einziges kleines Leben zur Verfügung, weiter nichts. Habe ich nicht das Recht, es so zu leben, wie ich es wünsche? Warum muss ich das tun, was du von mir verlangst? Warum muss ich deiner Gruppe beitreten und sagen: Du bist wie ich, und ich bin wie du, und wir gehören alle zusammen? Das ist doch bescheuert. Weißt du das, Kalilah? Richtig bescheuert. Und wenn du über Rassismus reden willst – tun wir das ruhig: Du schaust mich an, und du siehst nur meine braune Haut. Du weißt nicht, was ich mitmache in meinem Leben. Du weißt nicht, welche Verantwortung ich habe oder unter welchem Druck ich stehe oder sonst irgendwas. Du weißt nicht, was ich esse oder wo ich wohne oder was ich will, du weißt nicht, ob ich auf dem Rücken schlafe oder wegen Mord in Tennessee gesucht werde. Alles, was du wahrnimmst, ist die Pigmentierung. Also wo liegt da der Unterschied zu einem weißen Rassisten?«

»Du gibst uns ja keine Gelegenheit, dich kennen zu lernen«, sagt Kalilah.

Inzwischen ist Iris aufgestanden. »Das mache ich jetzt«, sagt sie, küsst ihre Fingerspitzen und berührt damit Daniels Wange. Dann, bevor noch ein Wort gesagt werden kann, dreht sie sich um und geht rasch davon.

Daniel und Kalilah schauen ihr nach, wie sie durch die Cafeteria geht, und sind dann allein miteinander und dem Schweigen zwischen ihnen.

Thanksgiving ist da. Daniel und Kate sind vorübergehend verbündet, zusammen erfinden sie eine Geschichte, die das Heftpflaster auf Kates Stirn erklärt, ebenso ihr blaues Auge, wobei sie am pflichtschuldig reich beladenen Tisch sitzen, mit Ruby und mit Carl und Julia Emerson.

Die Emersons sind erstaunt, aber nicht weiter neugierig, als sie die Geschichte vom blockierten Gaspedal von Kates Auto hören, und Daniel deutet der besseren Glaubwürdigkeit halber düster an, dass eine sehr ernsthafte Haftungsklage erwogen werde und dass Kate schon im nächsten Jahr finanziell sorgenfrei leben könnte. »Und für mich fällt bei dieser Sache auch noch was ab«, sagt er. Er zieht den Korken aus der Flasche, geht nervös um den Tisch herum und füllt die Gläser.

Carl und Julia sehen aus, als hätten sie gerade die preußische Haltungsakademie als Klassenbeste absolviert. Mit zurückgezogenen Schultern und Wirbelsäulen gerade wie Billardqueues wärmen sie immer wieder die Hände, reiben und drücken sie, gedeckt von dem gestärkten Leinentischtuch. Als der Truthahn dampfend und duftend an den Tisch gebracht wird, verfolgen sie ihn mit aufmerksamen Blicken, geben aber keinen Kommentar dazu, kein vergnügtes *Ooooh*, kein erwartungsvolles *Aaaah*. Ihre Gesichter zeigen keinen Frohsinn; tatsächlich waren sie nahe daran, überhaupt nicht zu Kate und Daniel zu kommen. Nach über siebzig Thanksgiving-Feiern erschien ihnen die Vorstellung, eines zu verpassen, alles andere als tragisch, und darüber hinaus vermuteten beide, dass sich irgendwann an diesem langen, gefräßigen, mit Tryptophan angereicherten Nachmittag eine sehr gute Gelegenheit ergeben könnte, bei der ihr Sohn seine Wut darüber auslässt, dass er um ihr Erbe gebracht wurde.

Was Daniel betrifft, so hat er keine derartigen Pläne. Er ist froh, dass seine Eltern da sind und er und Kate und Ruby dieses Festessen nicht allein absolvieren müssen.

Kate ist ebenfalls froh über die Anwesenheit der Emersons. Obwohl sie die beiden nicht als besonders angenehme Gesellschaft empfindet und noch dazu zu Recht vermutet, dass sie ihnen ziemlich egal ist – ihre Südstaatenherkunft lässt sie als etwas Fremdes erscheinen, ihr Leben als Schriftstellerin kommt ihnen eitel vor, dass sie allein stehende Mutter ist, war schlechte Planung, und außerdem trinkt sie höchstwahrscheinlich –, trotzdem gehören die beiden zur Familie, und im Moment ist das Familienkonzept für Kate sehr wichtig.

Ruby findet vor allem, dass alle zu laut reden. Das Essen riecht nach Medizin. Ihre Lackschuhe, die sie seit Monaten nicht getragen hat, fühlen sich an, als wären sie voller Sand. Ständig hat sie das Gefühl, auf die Toilette zu müssen, aber wenn sie geht, kommt nichts raus. Den ganzen Tag hat ihr der Bauch wehgetan, und am Tag davor, und am Tag davor auch. Was wohl alle machen würden, wenn sie jetzt plötzlich mit den Fäusten auf den Tisch trommeln und schreien würde?

Drei Stunden später machen sich Carl und Julia wieder auf den Weg – erschöpft vom Essen, von der Spannung im Haus, von Ruby und ihrem ständigen Drängen, zu ihr auf den Fußboden zu kommen und mit ihren Legosteinen zu spielen oder ihr vorzulesen. Sie lassen die Überreste des fünfzehnpfündigen Truthahns zurück, hinterlassen Schüsseln mit Füllung, zitternde Massen Preiselbeersoße, eine Kasserolle mit Süßkartoffeln und Rosenkohl, zwei Kuchen, einen mit Kürbis und einen mit Pekannüssen, sie lassen einen Kerzenwachsfleck auf dem Mitgiftweiß der Tischdecke hinter sich, Schüsseln mit Nüssen und Weingläser, die mit fettigen Fingerabdrücken verschmiert sind. Alles in allem ist nicht viel verzehrt worden, und noch weniger wurde genossen, aber die Mahlzeit wird im großen Buch der Feiertage registriert, und Daniels Eltern nehmen ihn zu seiner großen Überraschung in letzter Minute in den Arm, als sie aus der Tür gehen – ein kleiner Ausbruch von Zuneigung, der nach seiner Einschätzung die unendliche Erleichterung ausdrückt, endlich abhauen zu dürfen. »Bleib in Verbindung!«, ruft Carl über die Schulter zurück, als sie zu ihrem Auto hasten. Der Himmel ist flach und kreideschwarz, trüb wie Wasser, in dem man einen Malerpinsel ausgewaschen hat.

Daniel schließt die Tür, dreht sich um und versucht, sich über die Bedingungen seines Hausarrests klar zu werden. Er kann das Esszimmer nicht sehen, aber er kann das ärgerliche Klappern des Geschirrs beim Abräumen hören; auch das kleine Wohnzimmer kann er nicht sehen, wo sie ihren Fernseher stehen haben, aber auch den kann er hören. Ruby schaut sich »Unsere kleine Farm« an, ihre Lieblingssendung. Es scheint um Thanksgiving zu gehen, sie will Märchengestalten zusehen, wie sie den Feiertag genießen. Daniel wird ein paar Minuten warten, bevor er hineingeht, um Kate beim Aufräumen zu helfen – im Augenblick trinkt sie bestimmt noch den Wein aus, der in den Gläsern übrig gelassen wurde, und dabei will er sie nicht überraschen, will nicht darauf reagieren müssen. Er schaut auf die Uhr. Es ist erst kurz nach acht, der restliche Abend steht noch bevor, und Daniel fühlt sich kraftlos und niedergeschlagen, als ob er über einen Fluss schaut, der zu breit ist zum Überqueren. Er stellt sich das Abendessen in der Juniper Street vor – wahrscheinlich setzen sie sich in all dem Wirbel und der Fröhlichkeit eines großen Familientreffens gerade erst zum Essen nieder. Er stellt sich das Gelächter vor, die kleinen Seitenhiebe, die vertrauten Sprüche unter Geschwistern.

Daniel zwingt sich, ins Esszimmer zu gehen. Tatsächlich,

die Weingläser sind leer. Alle vier liegen umgekippt und um das Truthahngerippe drapiert auf der großen, weißen Platte, die Kate gerade vom Tisch hochgehoben hat. Daniel sammelt die beiden Flaschen des chilenischen Cabernet ein, und sie sind wie erwartet beide leer: nicht der kleinste Tanninspritzer am Boden ist übrig. Er rechnet es ungern nach, aber zwei Flaschen, das gibt zwölf schöne Gläser Wein … Er selbst hat zwei gehabt, sein Vater eines, seine Mutter die feiertagsüblichen null, bleiben neun für Kate. Neun Gläser Rotwein können ein verlorenes Wochenende nicht ersetzen, aber trotzdem: Es sind immer noch neun Gläser. Aber Moment! Es gab ja Cocktails, bevor die erste Flasche entkorkt wurde, dazu einen Teller Oliven und eine kleine Platte Räucherlachs, die Daniel eigenhändig am Vormittag bei einem der neu eröffneten Feinkostläden in Leyden eingekauft hatte. Die kleinen Vorspeisen waren aufgetragen worden, und Kate hatte gefragt: »Wer will einen Drink?« Eigentlich wollte keiner, aber Daniel, der dachte, er müsste sie irgendwie decken, sagte, er nähme auch einen. Daraufhin holte sie eine Flasche skandinavischen Wodka und schenkte erst Daniel, dann sich selbst auch ein großes Glas ein, und jetzt, wo er daran denkt, fällt ihm ein, dass sie ihr Glas ohne mit der Wimper zu zucken austrank, also konnte man davon ausgehen, dass es nicht der erste Drink des Tages war.

Daniel kann sich nicht verkneifen, die leeren Flaschen mit großer Geste in den Recycling-Beutel zu stecken. »Arme, alte Soldaten«, murmelt er an ihrem umweltfreundlichen Grab, und als Kate nicht darauf eingeht, legt er nach. »Das war ganz anständiger Wein, oder?« Kate steht am Spülbecken und wendet ihm den Rücken zu. Das dampfende Wasser strömt aus dem Hahn – er darf nicht vergessen, die Temperatur am Heißwasserboiler niedriger einzustellen, solange der noch funktioniert –, und eine Dampfwolke steigt aus dem Becken auf. Kate bewegt sich nicht; die Teller und Gläser bleiben auf der Anrichte neben der Spüle, und Daniel merkt, dass sie von ihm hier einen echten Beitrag erwartet, etwas, das ein bisschen mehr Nutzen bringt, als die leeren Weinflaschen zu kontrollieren. Er stellt sich zu ihr ans Spülbecken – er wird spülen, und sie kann die Sachen in den Geschirrspüler stellen, die Töpfe und Pfannen können bis morgen früh eingeweicht bleiben. Aber sobald er neben ihr steht, oder eigentlich ein paar Sekunden später, weil er ein paar Takte braucht, um den Mut zusammenzunehmen und sie anzuschauen, sieht er, dass ihr Gesicht schmerzlich gerötet ist, ihre Augen geschlossen sind, und ihre hohlen, flaumigen Wangen von Tränen glänzen. Er legt ihr die Hand auf die Schulter.

»Nimm deine Scheißhand da weg«, flüstert sie.

Er hebt langsam die Hand, lässt sie einen Augenblick in der Luft schweben und dann sinken.

»Was soll ich denn tun, Kate?«

»Sterben sollst du.«

Er seufzt, schüttelt den Kopf und sagt: »Damit kann ich nicht dienen.« Er kann kaum glauben, dass er so nonchalant geantwortet hat, und versucht, es schnell zu überspielen. »Lass mich doch den Abwasch machen. Du hast den größten Teil des Kochens erledigt.«

Sie nimmt die fünf Essteller und lässt sie ins Spülbecken fallen. Sie landen mit lautem Krach, aber aus irgendeinem Grund zerbricht keiner. Dann macht sie sich an die Platte, auf der immer noch der Truthahn liegt, aber Daniel hält sie zurück, ehe sie die auch fallenlassen kann. Langsam entwindet er ihr die Platte.

Zuerst leistet sie Widerstand, aber dann scheint sie das Interesse an weiterer Randale zu verlieren. Sie nimmt die Hände hoch und tritt einen Schritt zurück, wie ein Verbrecher, der gerade entwaffnet wurde.

»Du willst Geschirr spülen? Dann spül doch das Scheißgeschirr«, sagt sie.

Er ist so verstrickt in die grässliche Gefühlslogik einer Liebesaffäre, die am Endpunkt angelangt ist, dass er beinahe schreit, nein, gottverdammt noch mal, er wird das Geschirr *nicht* spülen. Kate hat zwar den Truthahn gebraten, aber er, der sich in ihrer ehemaligen häuslichen Partnerschaft immer mehr um Haushaltsdinge gekümmert hat, war schließlich zuständig für die Preiselbeersoße, das Gemüse, den Salat. Und was soll schon dabei sein, einen Truthahn zu braten? Du steckst ihn in den Herd, verpasst ihm eine Art Katastrophenschutzanzug, guckst jede Stunde, wie weit er ist, und in der Zwischenzeit kannst du dir heimlich den einen oder anderen Schluck vom alten Absolut genehmigen. Aber dann kommen Vernunft und Eigeninteresse, die ja nicht immer gute Kumpel sind, zum Synchronschwimmen in seinem Gehirnkochtopf zusammen, und ihm wird klar: Kate von allen Haushaltspflichten zu entbinden ist das Beste, was er im Augenblick machen kann.

»Na fein«, sagt er, »mach ich gern. Du solltest dich etwas ausruhen.«

Sie schaut ihn von oben bis unten an, will eigentlich streiten, aber sie ist zu erschöpft, zu voll mit Wein, als dass sie sich auch nur die Mühe macht, etwas zu sagen. Sie trägt eine weite, fließende schwarze Hose, eine weiße Satinbluse, sie hat ihr Haar geflochten und zu einer geschickten Rolle hochgesteckt, aber ihre ganze Schönheit ist verpufft. Sie zieht die Füße nach, als sie sich über den Küchenboden schleppt, die kleinen quadratischen Absätze ihrer schwarzen Pumps kratzen und klappern über den Boden; es sind die lauten, wackligen Schritte eines kleinen Mädchens, das die Schuhe ihrer Mutter trägt. Daniel sagt nichts weiter, er hat Angst, sie anzuschauen. Er will nichts tun, was den Verlauf ihres Rückzugs behindert. Er will nur, dass sie nach oben geht, sich hinlegt und dann wegkippt, angezogen, ausgezogen, es ist egal.

Er spült die Teller, die Gläser, das Besteck, steckt alles, was reinpasst, in die Geschirrspülmaschine, und dann schleicht er die Treppe hoch und schaut ins Schlafzimmer, und tatsächlich, Kate ist bereits weggekippt, sie liegt nicht nur im Bett, sondern unter der Decke, und das Licht ist aus. Ein schwacher, matter Lichtseufzer aus dem Flur wirft seine blasse, stumpfe, deprimierende Patina ins Schlafzimmer; Daniel kann etwas erkennen, was anscheinend Kates weiße Bluse und die Spitzen ihrer Schuhe am Fußboden sind. Also hat sie sich ausgezogen. Das bedeutet: Sie macht nicht nur ein Nickerchen, sie hat sich für heute Abend verabschiedet; das ist kein Boxenstopp, das ist der Zusammenbruch. Kate erwähnt ihren kurzfristigen Ehemann selten, aber mehr als einmal hat sie davon gesprochen, dass Ross sie liebend gern gevögelt hat, wenn sie besoffen weggetreten war. Alkohol war wie ein Betonblock, der an ihrem schlafenden Gehirn festgebunden war und es zwanzig Faden tief versenkte und unerreichbar machte für menschliche Stimmen, bellende Hunde, Müllabfuhrlaster, Telefone, Weckerklingeln, Licht, Kälte, Hitze, Schulterrütteln, Küsse auf die Lippen, Finger in ihrer Vagina, und, von Zeit zu Zeit, vollzogenen Geschlechtsverkehr. Gelegentlich wurde sie jedoch kurz aus ihrer Betäubung geweckt und trudelte hinauf zur Oberfläche des Bewusstseins, wie ein Taucher, der durch einen dickflüssigen, rotsamtenen Ozean aus Wein nach oben schwimmt, und konnte Ross dabei erwischen. Sie sagte ihm dann entweder, dass er aufhören soll, oder auch nicht – beide Reaktionen brachten ihr eine düstere Befriedigung.

Das Ergebnis einer dieser erschlichenen Kopulationen war

Ruby, und Daniel schlüpft aus dem Schlafzimmer und geht nach unten, um nach dem kleinen Mädchen zu schauen, das vor dem Fernseher eingeschlafen ist. Ein Schwachkopf unter den Programmverantwortlichen hat beschlossen, am Thanksgiving-Abend *Platoon* zu zeigen. Im Soundtrack hört man das Adagio für Streicher von Samuel Barber, die durchdringende Melodie begleitet die Männer, wie sie in dem üppigen Dschungel töten und sterben. Daniel sucht unter den Sofakissen und findet die Fernbedienung, stellt den Ton ab, in der Hoffnung, Ruby zu schützen, aber die plötzliche Stille weckt sie auf.

»Hey, Äffchen«, flüstert Daniel und hofft, sie wird schläfrig bleiben.

»Was ist das?«, fragt sie und schaut auf den Bildschirm.

»Nichts«, sagt er und drückt auf den Ausschaltknopf. »Es ist Zeit zum Schlafengehen.«

»Was war das?«

»Ein Film.«

»Kann ich ihn anschauen?«

»Du wirst ihn nicht mögen, mein Schatz. Er ist nicht für Kinder.« Er setzt sich neben sie. »Ist alles in Ordnung?«

Sie will es nicht zugeben – hauptsächlich, weil sie nicht will, dass er es als Argument gegen ihr Fernsehgucken benützt. Trotzdem möchte sie etwas Zuneigung, den gelegentlichen Zauber der mitfühlenden Stimme eines Erwachsenen. »Mein Bauch tut weh.«

»Immer noch?«

Sie nickt. Sie kann an seiner Stimme hören, dass er erschrocken ist, und das treibt ihr die Tränen in die Augen – die seltsamen, die, von denen sie weiß, dass sie nicht vergossen werden.

»Wo tut's denn weh?«

»Mein Bauch.«

»Aber wo?«

Sie bewegt ihre Hand in einem unbestimmten Kreis über dem Magen, als würde sie eine Tischfläche polieren.

»Fühlst du dich eher wie Brechen oder wie Pupsen?«

Sie zuckt die Schultern, schaut weg, plötzlich ist sie empfindlich. Er hat das Gefühl, bei einem Rendezvous etwas Falsches gesagt zu haben.

»Wie lange hast du das schon?«, fragt er. »Seit dem Essen?«

»Jeden Tag«, sagt sie. Sie greift nach der Fernbedienung; Daniel zieht sie ihr weg, aber sie bleibt hartnäckig, und er gibt sie ihr. Sie drückt auf den Einschaltknopf, und das Gerät schaltet sich in dem Moment ein, als sich einer der Soldaten in *Platoon* eine Kugel in den Rücken einfängt. Ihr Gesicht bleibt so unbeteiligt, dass Daniel nicht sagen kann, ob sie das Bild mitbekommen hat. Sie beginnt, durch die Kanäle zu zappen, einen nach dem anderen, und sucht nach einem Sender, der Zeichentrickfilme zeigt.

»Wo ist Cartoon Network?«, fragt sie.

Sie haben jetzt seit Monaten eine Satellitenantenne auf dem Dach, aber mit Hunderten von Kanälen zur Auswahl ist Daniel immer noch der Einzige, der weiß, wo die verschiedenen Fernsehanstalten und Kabelsender auf der Liste stehen. Sogar Kate, die große Anhängerin von CNN, fragt Daniel oft nach der dreistelligen Codenummer. Er ist derjenige, der die Lebensmittel nach Hause bringt, er schleppt sie aus dem Auto ins Haus, er mäht den Rasen, recht das Laub zusammen, schaufelt den Schnee weg, salzt den vereisten Gehweg, trägt die Holzscheite aus dem Schuppen und stapelt sie neben dem Kamin auf, er öffnet den Abzug im Oktober und verriegelt ihn wieder im Mai, er drückt den Schalter wieder rein, wenn der Boiler sich auf unerklärliche Weise abgeschaltet hat, er stellt die Fallen für die Eichhörnchen in der Küche auf, er fängt die

Milchschlangen im ungepflasterten Keller, er öffnet das Fenster, damit die gelegentliche Fledermaus rausfliegen kann, er ist derjenige, der die Batterien in den Rauchmeldern austauscht – wie in aller Welt wird sie ohne ihn zurechtkommen?

»Es ist zu spät für Zeichentrickfilme«, sagt er zu Ruby.

»Wie spät ist es denn?« Ein Anflug von Verzweiflung liegt in ihrer Stimme – sie weiß, was kommt.

»Fast zehn«, sagt er gähnend.

»Wo ist Mammi?«, fragt sie.

»Sie schläft auch. Komm schon.« Daniel steht auf. Er ergreift sie unter den Achseln, die Hitze kommt direkt durch den Stoff ihres Baumwollrollkragens. Er hebt sie hoch, sie schlingt ihre Knie um seine Rippen. Was, wenn es das letzte Mal ist, dass er sie in die Arme nimmt? Sicher ist es das noch nicht, sagt er sich. Aber er weiß auch, dass dieser Tag kommen wird. Vielleicht wird sie ihn am Ende wieder lieben, aber erst wird es Hürden geben, die man in einem langen Hindernisrennen des Hasses überwinden muss.

Das gewöhnliche Schlafgehritual – Waschen, Zähne putzen, die Geschichten, das Rückenreiben – dauert bei Ruby fast eine Stunde, aber heute lässt sie sich in zwanzig Minuten ins Bett bringen. Danach schaut Daniel noch mal zu Kate rein, und dann geht er die Treppe hinunter, zieht seinen Mantel an und verlässt das Haus. Die Nachtluft ist kalt und schmeckt nach Holzrauch. Die Sterne pulsieren wie Wunden. Er steigt in sein Auto, lässt den Motor an und fährt rückwärts vom Haus weg, ohne die Scheinwerfer einzuschalten. Als er in sicherer Entfernung vom Haus ist, schaltet er das Licht ein und überrascht zwei Rehe, die am Straßenrand stehen. Er überlegt, ob er einen furchtbaren Fehler macht – die Art von Fehler, die man in seinem ganzen Leben nicht mehr gutmachen kann, die Art, die das weitere Leben bestimmt –, wenn er Ruby allein mit ihrer Mutter zu Hause lässt. Aber er beruhigt sich: Ist das nicht der Lauf der Welt? Liegen jetzt nicht Millionen Kinder in ihren kleinen Betten, und den Gang runter liegen ihre betrunkenen Eltern?

Als er die sprichwörtliche Meile zwischen sich und das Haus gelegt hat, wird Daniel klar, dass er wieder einmal kein bestimmtes Ziel hat. Das Bistro ist wegen des Feiertags geschlossen – obwohl bestimmt die Hälfte der Kundschaft einen Platz zum Zurückziehen brauchen könnte –, und er wagt auch nicht, bei Iris vorbeizufahren. Er findet sein Handy im Handschuhfach und wählt ihre Nummer. Einer seiner Mandanten, der seiner Frau nach der Scheidung nachstieg und von dem Daniel unbewusst gewisse verzweifelte Techniken zum Beschaffen von Informationen und Verwischen von Spuren gelernt hat, hatte Daniel erzählt, wenn man jemanden anrufen möchte und nicht will, dass die eigene Nummer auf der Anruferanzeige auftaucht, oder wenn der Angerufene *69 drückt und man so den Anruf zurückverfolgen kann, dann kann man verhindern, dass die eigene Nummer auftaucht, wenn man *67 vor dem Anruf eingibt. Das macht Daniel jetzt, bevor er die Nummer von Iris wählt. Sein Plan: Wenn Iris abhebt, sie fragen, ob sie ihn in seiner Kanzlei treffen kann; wenn jemand anders abhebt, einfach auflegen.

Der Anruf wird nach dem zweiten Klingeln beantwortet. Eine Männerstimme. Hampton. *Verdammte Scheiße.* Daniel drückt die Trenntaste auf seinem Telefon, wirft es zur Seite und drückt aufs Gaspedal, taucht mit dem Auto tiefer in die Nacht ein.

Nur von der Logik und der Gewohnheit des Fahrens geleitet, rast er durch Leyden und biegt auf eine zwei Block lange Strecke von Fachwerkhäusern ab, der man den grandiosen Namen Vanderbilt Drive verpasst hat; von dort biegt er links auf die

Hammersmith ab, zu seiner Kanzlei. Irma Thomas singt auf seinem Kassettendeck: *It's raining so hard I can scarcely catch my breath …* Er fährt in die Einfahrt, die zum Parkplatz hinter dem Gebäude führt, einem unbeleuchteten Asphaltstreifen, auf dem amateurhaft gezogene gelbe Linien die Parkplätze für die Kunden des Gebäudes anzeigen, und er bemerkt das Auto von Iris erst, als er auf seinen eigenen Platz biegt und die Scheinwerfer seines Autos über die Seitentüren ihres Volvo streifen.

Er schlägt mit der Faust auf das Steuerrad, wirft den Kopf zurück.

Iris ist aus ihrem Auto gestiegen und kommt auf ihn zu. Er eilt ihr entgegen, nimmt sie in die Arme.

»Du bist es«, sagt er, redet und küsst sie gleichzeitig.

»Ich wollte gerade losfahren«, sagt sie.

»Hast du Zeit?«

Sie schüttelt verneinend den Kopf. »Und du?«

»Kate schläft. Weggekippt, genau genommen.« Es kommt ihm fürchterlich vor, so etwas zu sagen, aber sogar als er das bemerkt, macht er es noch schlimmer. »Ich bin tatsächlich besorgt, Ruby mit ihr allein gelassen zu haben.«

»Du solltest zurückfahren. Das sollten wir beide tun.«

»Woher konntest du wissen, dass ich hier bin?«, fragt Daniel.

»Ich wusste es nicht. Ich musste nur aus dem Haus, und ich beschloss hierherzufahren. Hamptons Brüder Jordan und James …«

»James habe ich kennen gelernt«, wirft Daniel ein.

»… und seine Schwester Victoria sind völlig besessen von diesem Scheißvideospiel, das James mitgebracht hat. Dieser ganze brüderliche Wettstreit, es ist wirklich anstrengend. Und Nelson haben sie auch schon damit angesteckt. Es ist die schlimmste Art von gewalttätigem Phantasiespiel für einen kleinen Jungen wie Nelson, aber versuch das einmal, Hampton zu erklären. Er lacht nur, als wäre meine Besorgnis irgendwie niedlich und naiv.«

»Verlass ihn doch und leb mit mir zusammen.«

Ohne irgendeine besondere Veränderung in ihrem Gesicht, wechselt der Ausdruck von Ärger und Frustration zu Melancholie, wie wenn man die Anzeige auf einem Radio um die Breite eines Grillenbeins bewegt und völlig andere Musik hört. »Nicht«, sagt sie. »Das ist nicht witzig.«

»Lache ich etwa? Lächle ich auch nur?«

»Wo warst du denn mein ganzes Leben lang?«, sagt sie. »Warum warst du nicht da, als es Zeit zum Heiraten war? Wo warst du? Was hast du gemacht?«

»Ich kann mich nicht erinnern«, sagt er und zieht sie an sich. »Lass uns raufgehen«, murmelt er in ihr Ohr.

Sie waren schon einige Male in seiner Kanzlei übereinander hergefallen; sie haben es am Boden gemacht, mit Iris auf Daniels Schoß und Daniel auf seinem Schreibtischstuhl, mit Iris nackt und über den Schreibtisch gebeugt, auf die Ellbogen gestützt, die Hände wie zum Gebet gefaltet, oder mit ausgestreckten Armen sich mit den Händen am Schreibtischrand festhaltend, während Daniel sich von hinten in sie entlädt. Als sie heute Abend eintreten und Daniel eine Stehlampe einschaltet und dann hinter Iris tritt, um ihr aus dem Mantel zu helfen, wird ihnen beiden klar, dass dieser gewerblich genutzte Raum, mehr als irgendein anderes Zimmer, mit den Klagen und der Beseitigung von Missständen in den verglasten Bücherregalen, mit dem Beweis für verschwendete oder stillstehende Zeit in den gängigen Zeitschriften auf dem niedrigen Tisch im Wartezimmer, und der von der Steuer abziehbaren Eleganz in dem blauen und goldenen Gewebe des türkischen Teppichs, den Daniel bei einer Auktion im Holiday

Inn auf der anderen Seite des Flusses erworben hat, diese Zwei-Zimmer-Suite, dieser berufliche Außenposten eines Mannes, der willentlich seine größte Chance, sich einen Namen auf seinem Gebiet zu machen, über Bord geschmissen hat, dass der so nahe dran ist wie irgendetwas, das sie ein Zuhause nennen können. Wohin in aller Welt können sie gehen? Sie haben Iris' Haus benutzt, sind von Zimmer zu Zimmer gegangen, haben versucht, ein Bett zu finden, wo sie sich nicht wie Kriminelle vorkommen, sie haben wie Teenager am Rand verschiedener Schotterstraßen und Waldwege geparkt, und sie waren zusammen im Catskill Motel, der Bittersweet und der Stuyvesant Lodge, in einem Sheraton, einem Motel 6, dem Flying Dutchman und in der Kabine 3 einer heruntergekommenen Ansammlung winziger Touristenhütten, die Morpheus Arms hießen, wobei sie immer unter falschen Namen eincheckten und in bar bezahlten; manchmal blieben sie nur eine halbe Stunde, und nirgends gingen sie ein zweites Mal hin.

»Wo glauben denn alle, dass du bist?«, fragt er, hängt ihren Mantel auf den Kleiderständer und seinen darüber.

»Hamptons Mutter braucht etwas Pepto, und ich habe gesagt, ich schau mal, wo offen ist, und besorge ihr welches.« Sie schaut auf die Uhr und zuckt die Schultern. »Wir haben sogar welches zu Hause – Pepto Bismol ist für die Welles-Familie dasselbe wie Hühnersuppe für Juden –, aber ich habe es einfach in meiner Handtasche versteckt, damit ich eine Entschuldigung hatte, dort wegzukommen.« Sie holt eine ungeöffnete Flasche mit der undurchsichtigen, pinkfarbenen Flüssigkeit aus ihrer Handtasche und zeigt sie Daniel.

Er ist entzückt von ihrer Verschlagenheit. Die verlogene, berechnende Art dabei stört ihn überhaupt nicht.

»Irgendwie niederträchtig, oder?«, sagt sie und wirft die Medizin zurück in die Tasche.

»Ich glaube, wenn Menschen einander lieben, tun sie alles, um zusammen zu sein«, sagt Daniel. »Alles, was im Weg steht, muss entweder beiseitegeschoben oder in den Staub getreten werden. Man tut, was immer nötig ist.«

»Großartig, lass uns mit der Mordserie anfangen.«

Daniel deutet auf die Aktenschränke aus Eichenholz. »Bei den meisten meiner Fälle steckt nicht viel Leidenschaft dahinter, aber hin und wieder muss ich jemand verteidigen, der von einer Sehnsucht getrieben wird – nach einem anderen Menschen, nach Geld, was auch immer –, und ich habe früher nie verstanden, wie jemand riskieren kann, sein Leben zu zerstören oder das der Menschen um ihn herum zu ruinieren oder tatsächlich jemanden zu verletzen, nur um zu bekommen, was er haben will. Aber ich glaube, das kommt daher, dass ich früher nie etwas wollte, ich meine, richtig wollte, so wie ich dich wollte.«

»Du meinst, das tust du jetzt nicht mehr?«

»Jetzt mehr denn je. Es ist das einzig Reale.«

»Wir haben keinen Platz auf der Welt, Daniel. Es wird nie etwas daraus werden. Nur Erinnerungen, phantastisch schmerzliche Erinnerungen.«

»Das muss aber nicht so sein.«

»Es steht zu viel gegen uns«, sagt Iris. »Siehst du, wie uns die Leute anschauen, wenn wir in der Öffentlichkeit sind?«

»Scheiß drauf.«

»Nun, eines Tages werden wir es satthaben, im Kuriositätenkabinett zu sein.«

»Das kommt daher, dass wir hier in der Kleinstadt leben. Wir könnten in eine Großstadt ziehen.«

»Wo könnten wir denn hin?«

»Überall hin. Nach New York.«

»New York? Das gehört Hampton. Da könnte ich nie hin.

Wo könnten wir hin? Hier könnten wir nicht bleiben. Auch nicht in Washington, Atlanta, San Francisco, Chicago. Er hat an so vielen Orten Familie. Wo könnten wir leben?«

»Überall. In London. Hongkong. Amsterdam. Oslo. Was macht es schon für einen Unterschied? Ich würde überall hingehen. Und alles tun. Ich würde durch Glasscherben kriechen, wenn ich nur sicher sein könnte, dass ich mich am Ende neben dich ins Bett legen kann.«

»Du konzentrierst dich zu sehr auf das, was du willst, Daniel.«

»Ich kann nicht anders. Ich glaube, ich bin darauf programmiert, mit dir zusammen zu sein. Iris, für mich ist nichts sonst von Bedeutung.« Er hat ihre Ellbogen ergriffen und zieht sie an sich, aber sie wendet ihr Gesicht ab.

»Ich bin sehr gern mit dir zusammen«, sagt sie. »Ich mag, was du in mir siehst, und ich mag mich selbst mit dir zusammen.« Sie sieht ihn mit solch plötzlicher Ernsthaftigkeit an, dass er fast lachen muss. »Es ist die größte Freiheit, die ich je erlebt habe«, sagt sie. Er will gerade etwas sagen, aber sie stoppt ihn. »Aber was sollen wir tun?«, sagt sie. »Wenn ich jemals versuchen würde, Hampton zu verlassen, dann wäre das wie Krieg.«

»Fünfzig Prozent aller Ehen werden geschieden.«

»Nicht fünfzig Prozent von Hamptons Ehen oder von sonstigen Welles-Ehen. Bei der Familie ist jede Hochzeit eine Fürstenhochzeit, Teil irgendeiner großartigen Allianz. Die demonstrieren alle irgendeine Vorstellung, die sie von einem perfekten Familienleben haben, und eines kann ich dir garantieren: Er würde mir das Leben zur Hölle machen. Und was das Finanzielle anbelangt …«

»Wen kümmert das denn?«

»Mich, Daniel. Komm schon, sieh es realistisch. Wir reden über mein Leben. Und auch das von Nelson. Er würde das Sorgerecht haben wollen, Hampton, meine ich, er würde versuchen, mir auf jede erdenkliche Art weh zu tun.«

»Er könnte das Sorgerecht beantragen. Das bedeutet nicht, dass er es bekommen wird. Er wird es nicht bekommen. Die Gerichte sind an diese Typen gewöhnt, die plötzlich als Vater des Jahres auftreten. Hampton kann in seiner Lage kein Kind aufziehen. Und er geht auch nicht so toll um mit Nelson. Er schüchtert ihn ein.«

»Ach, weißt du, diese Familienrichter«, sagt Iris.

»Idioten«, sagt Daniel.

»Tja, viele von ihnen sind Afroamerikanerinnen, schwarze Frauen. Ich glaube, die würden Hampton zugestehen, was auch immer er beantragen würde. Oder nicht? Sag mir, wenn ich nicht Recht habe. Bitte. Ich würde es so gern hören. Aber du kannst es nicht! Ich will meinen Sohn nicht verlieren!«

»Iris ...«

»Und ich sag dir noch etwas«, fügt Iris hinzu. »Wenn Hampton meint, ich verlasse ihn wegen eines weißen Typen, das würde alles noch viel schlimmer machen.«

»So weiß bin ja gar nicht.«

»Ich meine es ernst, Daniel.«

»Tut mir leid, aber er ist nicht so besonders schwarz, das ist schon mal sicher.«

»Was redest du denn da? Er ist nicht besonders schwarz? Du weißt wirklich nicht, wovon du redest. Hampton ist ein Schwarzer, so fühlt er sich, darauf beruht seine Welt, sein gesellschaftliches Leben, sein Geschäft, seine Identität. Er mag zwar hellhäutig sein und wie ein Banker denken, aber ich kann dir versprechen, wenn er jemals herausfinden würde, dass ich mit einem Weißen vögle, verwandelt er sich in Louis Farrakhan persönlich. Das wäre der schlimmste Verrat.«

»Bist du deswegen hergekommen, um darüber zu sprechen?«,

fragt Daniel. Er lässt sie los, und wie er befürchtet hat, war seine Berührung das Einzige, was sie in der Nähe hielt.

Sie driftet von ihm weg, steht am Fenster. Tropfen einer Flüssigkeit – Regen? Schnee? – bilden sich auf dem schwarzen Glas.

»Nein. Ich wollte irgendwohin, wo du sein könntest, oder wenigstens irgendwohin, wo du hingehörst. Ich bin einfach so verrückt nach dir, es ist lächerlich.«

Das Telefon auf seinem Schreibtisch läutet mit einem Geräusch, das so plötzlich kommt wie ein Stein durch ein Fenster. Das muss entweder falsch verbunden sein oder es gibt Ärger, schießt es Daniel durch den Kopf. Der Anrufbeantworter schaltet sich ein, die beruhigende Stimme von Sheila Alvarez. Nach dem Ton kommt Kates Stimme: »Ich hab dich gerade auf deinem Handy angerufen, aber du antwortest nicht, also hinterlass ich dir diese frohe Feiertagsbotschaft in der Kanzlei, Arschloch. Ich bin aus meinem Nickerchen aufgewacht, zu dem du mich so fürsorglich überredet hattest, und stell dir vor, was ich gefunden habe? Ein Kind, auf das niemand aufpasst, und ein Spülbecken voll mit dreckigem Geschirr. Also, Arschloch, hast du viel Spaß?«

Daniel kann sich aus seiner Erstarrung lösen und den Ton des Gerätes abstellen. Als einziger Hinweis, dass Kates Schimpfkanonade weitergeht, blinkt das Licht – so rot wie Blut nach einem Nadelstich.

Dreizehntes Kapitel

Am schwarzen Himmel tat sich eine Öffnung auf, und das platinfarbene Mondlicht strömte auf sie herab. Das Weiße in Hamptons Augen glitzerte. Sein Hemd war schmutzig, seine Khakihose hatte überall Risse und war an den Knien schwarz vom Schlamm. Daniel schaute auf seine eigenen Hände hinunter. Und dann ging der Riss im Himmel wieder zu, und das Mondlicht verschwand.

Zwei Sonntage darauf gibt es eine Nachmittagsparty im Eight Chimneys, zur Einführung der Eight-Chimneys-Stiftung, die Marie Thorne als ersten Schritt auf der Umwandlung des Hauses in ein historisches Wahrzeichen des Staates New York eingerichtet hat. Obwohl Susan Richmond dem Projekt ablehnend gegenübersteht – sie kann den Gedanken, dass Fremde mit Eintrittskarten in der Hand auf ihrem Besitz herumtappen, nicht ertragen, und sie weiß auch, dass der ganze Plan einen kleinen intimen Bereich geschaffen hat, einen geheimen Ort, an dem Ferguson und Marie ihre abstoßende Flirterei fortführen können –, übersteigt es ihre Geduldskräfte, die Vorbereitungen zur Party Ferguson und Marie zu überlassen. Ferguson ist so häuslich wie Buffalo Bill, und Maries Vorstellungen von einer Einladung sind jämmerlich, das Abfallprodukt aus einem grotesken »Leitfaden zum eleganten Leben« – Partyservice kocht und serviert warme Vorspeisen, teure Alkoholika, Kammermusiker vom Marlowe College, Vasen, gefüllt mit Casablanca-Lilien. Obwohl Marie auf dem Besitz geboren und aufgewachsen ist, scheint sie keine Ahnung zu haben, dass dieser Flitterkram auf Eight Chimneys fehl am Platz ist, wo man seine Gäste einfach und billig bewirtet. Für Susans Begriffe gehört Protzerei zur Mittelschicht, die anscheinend immer sagen will: »Schaut mal, was wir haben!« Während man sich auf Eight Chimneys gern auf eine Weise benimmt, als wollte man ausdrücken: »Wir haben alle genug Kammermusik und Porcini-Häppchen gehabt, und der lange, ermüdende Zug durch die Gärten des Überflusses hat uns zu der Überzeugung gebracht, dass es verdammt noch mal mehr Spaß macht, ein paar Schüsseln mit Kartoffelchips zu füllen, beim Discountmarkt die Ladenmarke Sodawasser zu holen, dazu billigen Wein in großen Flaschen, und nicht so ein Getue um das Ganze zu machen.« Susan kann es sich nicht verkneifen, ihr künstlerisches Talent walten zu lassen, und auf alle neunzig Einladungen, die verschickt werden, malt sie ein winziges Aquarell, gewöhnlich nur ein paar Wellenlinien, die den Fluss symbolisieren sollen, aber manchmal einen sorgfältig ausgeführten Kamin oder eine Kuh.

Die Einladung in Kates Hand wurde mit den blauen Wellenlinien persönlicher gestaltet. Unter den Zeiten für die Party, von 2:00 bis 4:00 nachmittags, ist eine Zeile, die besagt SPENDE: FÜNFUNDZWANZIG DOLLAR PRO PERSON. Auf der Einladung für Daniel und Kate hat Susan einen Kreis um die Summe gezogen, mit einer Linie, die vom Kreis wegführt und zur Nachricht KEINE AUSNAHMEN! Kate hat sich über die ungehobelte Art dieses Hinweises seit Dienstag, als die Einladung kam, ausgelassen, und als sie jetzt vor ihrem Ankleidetisch sitzt und ihren Lippenstift aufträgt, sieht sie plötzlich Daniel im Glas und fängt wieder davon an.

»Glaubt Susan Richmond wirklich, wir würden versuchen, uns reinzuschleichen, ohne zu bezahlen?«, fragt sie. Sie dreht sich nicht zu ihm um, sondern schaut sein Spiegelbild an. Seine Haare sind noch nass von der Dusche; seine Augen sind dunkel und sehen mitten in seinem frisch rasierten Gesicht bestürzt aus. In letzter Zeit hat er sein Äußeres akribisch gepflegt, so wie er es auch mit jedem anderen Detail des häuslichen Lebens gemacht hat, vom Aufstehen mit Ruby jeden Morgen und Frühstückzubereiten für die Familie, bis hin zu den pflichtschuldigen Gutenachtküssen, die er abends auf Kates Wange drückt. Er ist wie ein britischer Offizier in Gefangenschaft, der seine Moral mit sorgfältiger Rasur und zackigen Grüßen aufrechterhält.

»Sicher soll das ein Witz sein«, sagt er. Er schaut auf die Uhr. »Du siehst gut aus.« Womit er auf seine Art ausdrücken will: »Beeil dich, wir müssen los.«

»Ich habe mit einem neuen Roman angefangen«, verkündet sie plötzlich.

»Das ist gut. Das ist großartig. Ich bin wirklich froh.«

»Bist du das?«

»Selbstverständlich bin ich das.«

»Na ja, wir werden sehen. Aber es sieht so aus, als ob diese eheliche Glückseligkeit damals meiner Kreativität im Weg stand. Seit dem Zeitpunkt … du weißt schon, seit der großen Beichte, fühle ich mich wirklich inspiriert. Und dieses Buch – nun ja, ich will eigentlich gar nicht darüber reden. Ich will es nicht vermasseln. Es könnte alles verschwinden. Ich könnte den Rest meines Lebens damit zubringen, Artikel zu schreiben.«

»Ich bin wirklich froh darüber«, sagt Daniel. »Bist du gleich fertig?«

»Ruby?«, fragt sie und schaut immer noch in den Spiegel.

»Ich glaube, die ist schon so weit. Ich schau mal nach.«

Abgesehen davon, dass er Kate nicht liebt, ist Daniel seit seiner Beichte in dem Hotelzimmer vor zwei Wochen ein vorbildlicher Partner. Keine Socken auf dem Fußboden, untadelige Tischmanieren, er hat übers Internet ein Spray gekauft, das er abends in seine Kehle sprüht und das tatsächlich sein Schnarchen abgestellt hat. Die Achtung, die er vor ihrem Schlaf hat, ist grenzenlos. Er hat nicht nur mit Schnarchen aufgehört, er zieht auch nicht mehr an der Bettdecke, und wenn er sich umdreht, berührt er sie dabei kein bisschen, sie kann nicht einmal sein Atmen spüren, er hat weniger Präsenz als ein Toter, und am Morgen ist er leiser als die aufgehende Sonne, wenn er aus dem Bett schlüpft, um sich um Ruby zu kümmern und sie in die Tagesstätte zu bringen. Aber er ist nicht völlig kalt, so wie jemand, der zornig ist oder der einen bestrafen will. Wenn sie im Bett zu ihm rüberrollt, akzeptiert er das. Wenn sie sich an ihn drückt, zieht er sie an sich. Wenn sie ihn küsst, küsst er sie zurück. Wenn sie vögeln will, dann vögelt er. Er steht ihr vollkommen zur Verfügung. Jeder ihrer Wünsche ist ihm anscheinend … nein, nicht Befehl, aber er gibt ihm Gelegenheit, weiterhin Buße zu tun. »Ich hab mir einen dieser reuigen Kerle eingehandelt«, sagte Kate neulich am Telefon zu Lorraine. »Sind die besten«, antwortete Lorraine.

Ruby ist in ihrem Zimmer. Sie bürstet das hellblonde Haar einer pausbäckigen Puppe mit eingedrückter Nase, einem pedantischen kleinen Mund und blauen, unerbittlichen Augen. Weder Daniel noch Kate hätten Ruby so ein Spielzeug gekauft – sie versorgen sie lieber mit kleinen Autos, Plastikpferden, Bausteinen, Büchern –, aber sie ist dem Zauber der Puppe in der Tagesstätte erlegen, und die Kindergärtnerinnen haben ihr erlaubt, sie nach Hause mitzunehmen. »Bist du bald so weit,

Äffchen?«, fragt Daniel. Er hat solche Schuldgefühle, wenn er mit Ruby zusammen ist, dass seine Stimme übertrieben aufgekratzt klingt.

»Ich will mit Ginkie spielen«, sagt Ruby. Sie dreht die Puppe auf ihrem Schoß um und starrt in ihre hellblauen Augen.

»Du kannst Ginkie mitnehmen, wenn du willst.«

»Nein. Sie kann nicht weggehen.« Ruby behauptet schon seit einiger Zeit, dass die Puppe Angst hat, aus dem Haus zu gehen – das scheint Teil einer Strategie zu sein, damit Ginkie bestimmt nicht mehr an die Tagesstätte zurückgegeben wird.

»Es wird bestimmt lustig«, sagt Daniel. »Und außerdem werden keine Erwachsenen zu Hause sein, also musst du mitkommen.«

»Was ist mit Mercy?«

»Die hat anderes zu tun.«

»Ist sie auch auf der Party?«

»Das kann man nie wissen.«

»Kann ich Ginkie wirklich mitnehmen?«

Daniel hebt Ruby hoch, setzt sie auf seine Hüfte. Ihr Gewicht bringt ihn ins Lot, dämpft irgendwie seine Nervosität.

Die drei fahren durch einen milden Novembernachmittag zur Party. Die Sonne steht hoch und dunstverhangen am Himmel, sie sieht aus wie ein kleiner Fleck auf einem Hemd. Die Zerstörungen des Sturms im letzten Monat sind fast überall zu sehen – eingestürzte alte Scheunen, umgekippte Bäume, erschütternde Kränze am Straßenrand, wo Menschen ihr Leben gelassen haben.

Er fährt langsam, um nicht zu verraten, wie sehr er sich wünscht, zur Party zu kommen. Kate, die seit dem Beginn an ihrem Roman wieder raucht, zündet sich eine Zigarette an und macht das Fenster einen Spalt auf, um den Rauch hinauszulassen.

»Rauch nicht!«, ruft Ruby, so wie sie es alle gemeinsam in der Tagesstätte tun, während der Übungen, wenn den Kindern alle Gefahren dieser Welt vorgeführt werden: *Rauch nicht! Trink nicht! Fass mich nicht an!*

Kate verdreht die Augen und lädt Daniel ein, sich ihrer Verzweiflung anzuschließen, aber gleichzeitig greift sie hinter sich und zwickt Ruby scherzhaft ein bisschen ins Knie.

»Sind da auch noch andere Kinder auf der Party?«, will Ruby wissen.

Nach einer kurzen Stille antwortet Daniel: »Ich weiß es wirklich nicht. Ich stell's mir mal vor.«

»Ich will, dass Nelson da ist«, sagt Ruby. »Ist er eingeladen?«

»Ich weiß nicht, wer eingeladen wurde«, sagt Daniel. Er spürt, dass Kate ihn anschaut, und seine Stimme zittert.

»Ach, hoffentlich ist Nelson ganz bestimmt da«, sagt Ruby und streckt Arme und Beine aus. Der Kindersitz scheint ihr plötzlich eine Nummer zu klein zu sein.

»Ja, er ist toll«, sagt Kate. »Die ganze Familie ist toll.«

Sie wirft Daniel einen Blick zu, bemerkt sein Unbehagen und legt die Hand auf seine Armbeuge, was ihn einen Augenblick das Steuer verziehen lässt. Sie fahren jetzt durch Leyden, vorbei an der Kirche, in der sie vor ein paar Wochen zu viert den *Messias* gehört haben. Es kommt ihr wie Monate vor, wie Jahre. Sie erinnert sich an Daniel und Iris, die kurzen Blicke, die sie austauschten. Hatte er sie damals schon gebumst? Er behauptet, nein, aber wahrscheinlich ist es lächerlich, von ihm Ehrlichkeit zu erwarten. Vielleicht hat er. Vielleicht wurde Kate schon zum Narren gehalten. Als sie jung war, stand der Gedanke, irgendwie eine Witzfigur abzugeben, an höchster Stelle bei ihrer Eifersucht, nichts war schlimmer, als zu glauben, dass sich jemand daran weiden könnte, ihr eins auszuwischen. Aber jetzt macht ihr, zu ihrer eigenen Überraschung, die Vorstellung, dass Daniel und Iris irgendwie stolz darauf sein könnten, sie ausgetrickst zu haben, die wenigsten Sorgen. Das kommt ihr wie der trivialste Teil der Geschichte vor. Dies ist eine Geschichte über Traurigkeit und Verlust, über einen Weckruf, ihr Haus wieder in Ordnung zu bringen, das ist eine Geschichte darüber, was sie lernen muss, um die Dinge wieder ins Lot zu bringen. Sie fragt sich, ob sie sich etwas vormacht, aber der Gedanke ist einfach zu schmerzlich. Stattdessen denkt sie: *Ich sollte ihnen dankbar sein,* und probiert aus, wie das passt. Aber es passt auch nicht. Zu groß. Oder zu klein. Irgendwas.

Sie fahren auf der gewundenen, ländlichen Asphaltstraße, die an Leydens Herrenhäusern am Fluss entlangführt. Der Besitz neben Eight Chimneys, der zweihundert Jahre lang als Eliade bekannt war, ist schließlich vom leichtlebigen Nachkommen der ursprünglichen Besitzer verkauft worden und heißt jetzt Leyden Farms.

Gegenüber der Toreinfahrt wurde ein hölzerner Verkaufsstand am Straßenrand errichtet, wo Berge von Golden-Delicious- und Macintosh-Äpfeln verkauft werden – eine etwas rätselhafte Seite des neuen Besitzers. Er ist ein Fernsehproduzent in mittleren Jahren, der sich auf Krankenhausserien spezialisiert hat, und er hat an die acht Millionen Dollar für den Besitz hingelegt. Es ist schwer zu verstehen, welchen Unterschied da die zwei- oder dreihundert Dollar für ihn machen, die er jährlich am Verkauf der Äpfel verdient. Vielleicht sind sie ein Steuertrick.

Eineinhalb Kilometer weiter kommen sie an die zerbröckelnden Steintore von Eight Chimneys. Das Pförtnerhaus des Besitzes steht am Straßenrand – ein kleines Steinhaus, eine architektonische Miniatur des Herrenhauses, und in noch schlimmerem Zustand.

»Diese Leute sind so verrückt«, sagt Kate. »Alles verfällt, überall ist einfach Chaos.«

»Ich hätte gedacht, du magst so was«, sagt Daniel. »Es ist irgendwie südstaatenmäßig. Es ist faulknerianisch.«

»Wenn ich im Süden leben wollte, wäre ich im Süden geblieben. Ich finde, die Leute sollten sich um das kümmern, was sie haben. Ich kann es nicht leiden, wenn die Dinge dem Untergang und dem Verfall ausgesetzt sind. Und, Daniel? Das ist nicht faulknerianisch. Nicht alles, was gespenstisch und südstaatenmäßig ist, muss faulknerianisch sein, so wie nicht alles Verdrießliche kafkaesk ist.«

Die lange Auffahrt zwischen der Straße und dem Hauptgebäude ist irgendwie noch schlechter geworden, seit er hier das letzte Mal gefahren ist. Die Schlaglöcher sind doppelt so tief, und jetzt muss Daniel den Kronen umgestürzter Bäume ausweichen – einmal fährt er direkt in einen der Krater hinein. Als sie das Hauptgebäude erreichen, stehen nur fünf Autos davor, und eines davon hat keine Reifen und ist offensichtlich schon eine Weile da.

»Du hast doch gesagt, es wird eine große Party«, sagt Ruby.

»Das wird es auch«, sagt Daniel. »Wir sind nur ein bisschen früh dran.«

»Wann kommt Nelson?«, fragt Ruby. Sie drückt ihre Puppe an sich.

»Ich weiß nicht, ob er überhaupt kommt, Äffchen«, sagt Daniel. »Aber es werden noch andere Kinder da sein, das verspreche ich.«

»Das versprichst du?«, fragt Kate erstaunt.

»Ja«, sagt Daniel. Und Kate schüttelt den Kopf, womit sie durchblicken lassen möchte, dass Daniel, wenn er das rechte Maß an Bescheidenheit hätte, sein Leben lang nie mehr etwas versprechen würde.

An der Tür werden sie von Susan empfangen, die einen rostfarbenen Samtanzug trägt, wie man ihn bei einem Schulmädchen erwarten würde. Ihr ergrauendes Haar ist zu einem Zopf geflochten. Ihr Gesicht sieht feucht und angespannt aus, wie das Innere eines Apfels.

»Hallo, Kate«, sagt Susan und streckt die Hand aus. Ihre Stimme ist frostig, etwas verächtlich. Sie bestraft Daniel für seine konspirative Mitwirkung an Fergusons und Maries Komplott. »Schön, Sie kennen zu lernen. Die Mäntel legen wir hier rein.« Dann wendet sie sich an Daniel. »Wenn irgendein Politiker auftaucht, die überlasse ich Ihnen. Ich kann Politiker nicht ausstehen.«

Sie führt sie in einen Raum, der früher als Treibhaus gedient hat, mit Flügeltüren vom Boden bis zur Decke. Der Raum ist leer, bis auf ein antikes Teleskop, das idyllisch in einer Ecke steht, und einen langen Eichentisch, wo die Gäste ihre Mäntel ablegen können. »Ist das nicht der Raum, in dem Professor Plum es getrieben hat, unter Verwendung eines … Kerzenleuchters?«, murmelt Kate Daniel zu. Susan geht einen Meter vor ihnen, ihre Hand ruht auf Rubys Schulter.

»Wir haben uns noch nicht kennen gelernt«, sagt Susan zu Ruby. »Ich bin Susan Ferguson.«

In so einem Ton hat bisher kaum jemand mit Ruby gesprochen. In Susans Stimme deutet nichts darauf hin, dass sie mit einem Kind redet. Verwirrt und auch ein bisschen aufgeregt schaut Ruby zu der fremden Frau hoch. »Ist das dein Haus?«, fragt sie. Sie hält ihre Puppe hinter dem Rücken, um sie vor Susan zu verstecken.

»Oh, bitte, erinnere mich nicht daran. Schau.« Sie deutet auf die Tapete – verblichenes Blau, schmutziges Weiß –, die ein sich wiederholendes Muster zeigt. Ein Mädchen in einem Trägerkleid hält einen Ring hoch, durch den ihr schmuddeliger kleiner Hund springt. »Ganz zu schweigen …« Sie deutet auf die verzogenen Bodenbretter, dann auf die kupferfarbenen Flecken an der Decke. Susan seufzt und nimmt Ruby den Mantel ab. »Weißt du, an einem gewissen Punkt gibt man einfach auf.« Sie schaut auf Ruby hinunter, zieht im Scherz die Stirn kurz in Falten, als ob sie sich fragt, weshalb dieses Kind so wortkarg ist. »Gehst du zur Schule?«, fragt sie.

Das Zentrum der Party ist das, was die Richmonds immer noch den Ballsaal nennen, und tatsächlich wird hier manchmal getanzt – aber jetzt ist es entweder rauer, schwitzender Rock'n'Roll, oder die heiligen zeremoniellen Schritte von Apache-Regentänzern oder Sufi-Derwisch-Künstlern, die von Susan eingeladen werden. Die ersten Gäste kommen an, aber inzwischen ist Daniel zu nervös, um ihnen mehr als ein distanziertes Hallo zuzunicken. Ihm wird plötzlich mit großer Wucht deutlich, dass es ein schwerer Fehler war, auf diese Party zu kommen. Wenn Iris nicht auftaucht, wird es ihm das Herz brechen, seine Enttäuschung wird ihm ins Gesicht geschrieben sein, so deutlich wie Blut auf einem Laken. Wenn sie aber auftaucht – was dann? Wie wird er imstande sein, sich von ihr fernzuhalten?

Er steht mit Kate am Kamin, in dem überdimensionale weiße Birkenstämme glühen. Die Backsteinwand des Kamins ist mit Kohleteer überzogen, schwarz und klebrig. Kate raunt Daniel zähneknirschend zu: »Bloß gut, dass wir uns so beeilt haben. Es ist ja so wichtig, zu den Ersten zu gehören, die ankommen, findest du nicht?«

»Hier sind keine Kinder«, sagt Ruby.

»Die kommen schon noch, da bin ich sicher«, sagt Daniel.

»Ich will Nelson«, sagt Ruby.

Daniel starrt ins Feuer. Er weiß, dass Kate ihn direkt anschaut, aber er tut so, als wäre er vom Fortschreiten der Flamme absorbiert, wie sie langsam die Stämme verbrennt. Sein Gesicht glüht; das Feuer brennt ihm die Gedanken weg, und er steht da wie hypnotisiert. Als er sich schließlich abwendet, sieht er, dass noch einige Leute angekommen sind und dass Ruby die Knabbereien am anderen Ende des Raumes gefunden hat und sich mit vollen Händen bei den Kartoffelchips bedient. Susan hat es persönlich auf sich genommen, Kate, die einen Plastikbecher mit Wein in der Hand hat, auf ein Gemälde an der Decke des Ballsaals hinzuweisen.

»Fergusons Urgroßvater Payson Richmond beauftragte einen portugiesischen Künstler, dieses Deckengemälde anzubringen. Payson wollte ein Bild des Himmels, er wollte Sterne, die man sehen kann, und einen Mond da drüben, und er wollte Gott sehen. Mehr als alles andere wollte er Gott da oben haben, der auf all die wunderbaren Menschen herabblickt. Aber der Künstler, ein gewisser Barbieri, war überzeugter Atheist. Sie wissen schon, keine Heiligen und schon gar keinen Gott. Payson bestand darauf, dass Barbieri wieder auf das Gerüst steigt und Gott irgendwo integriert, aber Barbieri weigerte sich selbstverständlich, und bevor jemand eingreifen konnte, rauften die beiden wie kleine Kinder, ohrfeigten einander, stießen sich herum, und Payson rutschte schließlich aus und schlug mit dem Kopf auf, wobei er das Gehör in seinem rechten Ohr einbüßte.«

Kate scheint sich beim Zuhören zu amüsieren. Sie findet Geschmack an dieser Art Selbstbespiegelungsanekdoten, die Familien wie die Richmonds gern erzählen. Sie selbst benützt Ausdrücke wie »alte Familie« oder »gute Familie«. Sie glaubt an Abstammung, sie glaubt an Geburtsrechte, sie spürt, dass die Taten und Untaten unserer Vorfahren einen großen Teil dessen ausmachen, was wir sind. Daniel glaubt lieber nicht an solche Dinge, die Vorstellung, dass das, was wir sind, von unseren Vorfahren abhängt, hat ihm nie zugesagt, und inzwischen findet er sie regelrecht abstoßend. Doch er ist erleichtert, Kate mit Susan zu sehen, wie sie zusammen zum Deckengemälde hinaufstarren. Kate hat einen langen, immer noch straffen Hals. Sie trägt einen schwarzen Rock, schmeichelnd und eng, eine Bolerojacke, Ohrclips mit Perlen. Sie stützt die Hände auf die Hüften. Sie sieht geschmeidig aus, hochintelligent, wenn er sie nicht kennen würde, er würde sie kennen lernen wollen. Was für ein merkwürdiges Gefühl, sie nicht zu lieben. Diese Liebe ist ihm einmal so stabil vorgekommen, so verlässlich, die fehlende Dramatik verlieh ihr ein Gefühl von Ewigkeit, und jetzt so wenig zu fühlen, fast nichts zu fühlen, das über Achtung hinausgeht, und den Wunsch, sie nicht zu sehr zu verletzen, das ist so, wie wenn man eines Morgens aufwacht und feststellt, man mag den Geschmack von Brot nicht mehr.

Ferguson hält sich unterdessen im zweiten Stock auf, in dem Zimmer, in das Marie eingezogen ist. Auf dem Boden liegt ein kleiner, bestickter Teppich; die Wände sind kahl bis auf eine alte Messingglocke, die einmal mit einem System von Seilzügen verbunden war, das bis ins Anrichtezimmer des Butlers reichte. Damit konnte jedes Dienstmädchen, das dieses Zimmer benutzte, herbeigerufen werden. Ferguson sitzt am Rand von Maries Bett. Er hat Arbeitshosen an und ein fadenscheiniges weißes Hemd und lässt sich von ihr mit einem Kamm, den sie in ein Glas Wasser taucht, frisieren. »Hey, nun mal langsam«, sagt er, als sie ihm den Kamm durchs Haar zieht, aber sie ist entschlossen, seine ungebändigte Mähne unter Kontrolle zu bringen. Sie kämmt sein Haar glatt nach hinten, und als sie schließlich fertig ist, steht Ferguson auf und geht steifbeinig zum Fenster, wo er sein Spiegelbild undeutlich in dem alten, welligen Glas sehen kann. »Toll«, sagt er. »Jetzt sehe ich aus wie ein Mexikaner.«

»Das bezweifle ich«, sagt Marie. Sie küsst ihn auf die Stirn. »Wenn ich dir helfe, Eight Chimneys zu retten …«

»Dann bin für immer in deiner Schuld«, sagt Ferguson.

»Das ist es in etwa, womit ich rechne. Es würde uns auf dieselbe Stufe stellen. Ich werde nicht mehr die arme kleine Marie sein, sondern das Mädchen, das dich gerettet hat.«

Wenn die Party voll im Gange ist, plant Marie, will sie eine kleine Ansprache halten. Sie will allen danken, dass sie gekommen sind, und einen kleinen Einblick in das Eight-Chimneys-Projekt geben, denn so nennt sie jetzt ihren Plan, das Haus zu einem historischen Wahrzeichen zu machen. Ferguson ist jedoch nicht nur in ihr Zimmer gekommen, um sie zu küssen und mit ihr in den alten Ballsaal hinunterzugehen, sondern auch, um ihr das mit der Ansprache auszureden. Susan darf nicht so in den Schatten gestellt werden, das wäre demütigend für sie, obendrein unfreundlich und sogar ein bisschen gefährlich. Aber als er jetzt bei Marie ist, hat er nicht den Mut, ihr zu sagen, dass sie keine Rede an die Gäste halten soll. Es ist ihre Leistung, und sie verdient die Anerkennung. Die persönliche Bedeutung, die dieser Nachmittag für Marie haben muss, ist ihm plötzlich auf berührende Art und Weise klar geworden. Was für ein Triumph, was für ein Umschwung, was für eine glückliche Wendung. Hier ist schließlich ein Mädchen, das von einem der alten Bedienten des Besitzes aufgezogen wurde, ein Mädchen, das vom Schicksal für ein Leben in schierer Bedeutungslosigkeit ausersehen schien. Wie konnte irgendjemand, der ein Herz hat, ihr diesen glorreichen Moment verpatzen? *Ich werde mich neben Susan stellen, wenn Marie ihre Rede hält,* denkt er. *Vielleicht lege ich meinen Arm um sie.*

»Bist du so weit?«, fragt er Marie.

Sie berührt ihren Hals und dann die Perlenkette, die Susan und Ferguson ihr zum sechzehnten Geburtstag geschenkt haben. Sie trägt ein haferflockenfarbenes Wollkostüm, das aussieht wie ein Businessgewand. Ferguson hat keine Ahnung, wie sie ihre Kleidung auswählt; er wollte sie schon immer mal fragen, aber er vergisst es ständig.

»Seh ich gut aus?«, fragt sie.

»Wunderschön. Du machst mich sehr, sehr glücklich.«

Sie scheint ehrlich überrascht zu sein von seiner Zärtlichkeit. Er sagt kaum mal zärtliche Dinge, außer sie sind zusammen im Bett – tatsächlich ist es der beste Teil, wenn sie mit ihm schläft, diese sanfte Stimme zu hören.

»Ach, wenn doch Papa hier wäre«, sagt sie.

»Ja, das wäre schön, mein Schatz«, sagt Ferguson. »Wirklich schön. Lass uns jetzt runtergehen und alle aufs Äußerste schockieren.«

Marie bleibt abrupt stehen. »Was meinst du damit?«

»Ich weiß nicht. Nichts. Ich habe keine Ahnung, weshalb ich das gesagt habe. Dämpfe aus dem Bleianstrich dieser alten Wände.« Er hängt sich bei ihr ein und führt sie durch die Tür.

Als Ferguson und Marie herunterkommen, trifft gerade Senator Phil Russell auf der Party ein. Russell ist ein untersetzter, machtgieriger Mann, der einen braunen Anzug trägt. Vor dreißig Jahren war er Football-Star an der Sacred-Heart-Highschool, einer katholischen Schule im Windsor County, und sein Kinn, seine Nase und seine Stirn zeigen immer noch Narben aus seinen drei Jahren als Angriffsspieler. Er blickt sich sorgenvoll im Raum um – diese Bastion der verblassten Aristokratie fällt aus dem gewöhnlichen Rahmen. Russell vertritt die Position der Republikaner und der Abtreibungsgegner; er wurde von seinen Mitarbeitern gewarnt, dass die republikanischen Wurzeln der Richmonds zwar tief reichten, Ferguson und Susan aber die letzten Ausläufer seien, und ihr Haus sei ein Tummelplatz für Exzentriker und Spinner.

Als Ferguson und Marie auf Russell zugehen, schnappt sich Susan den Senator und führt ihn hinüber, damit er Daniel kennen lernt. Inzwischen sind an die 40 bis 50 Leute aufgetaucht, nur nicht Iris, und Daniel versucht, sich zusammenzunehmen.

»Daniel, ich bin sicher, dass Sie Phil Russell kennen«, sagt Susan. »Mr. Russell, Daniel Emerson vertritt uns in der ganzen Angelegenheit als Anwalt. Ist das nicht nett von ihm?«

Einen Augenblick fragt sich Daniel, ob Susan etwa glaubt, er würde ihnen keine Rechnung schicken, aber dann merkt er, dass es einfach ihre Art ist.

»Schön, Sie kennen zu lernen«, sagt Russell und quetscht Daniels Hand und seine Schulter. »Was für eine wundervolle Party.«

»Ja, wirklich«, sagt Daniel. Er hat einen Stehplatz in der Mitte des Raums gefunden, wo er den kühlen Luftzug spüren kann, wann immer die Eingangstür aufgeht, so dass er sofort merkt, wenn neue Leute eingetroffen sind. Er spürt das Flattern des Luftzugs an seinen Hosenbeinen, aber als er an Russell vorbeischaut, sieht er Upton Douglas, einen wohlbeleibten, weißhaarigen Immobilienhändler, der sich gerade auf zwei gelben Krücken hereinschwingt. Douglas wurde während des Oktobersturms von einem herabfallenden Ast zu Boden geworfen und hat sich an vier Stellen das Bein gebrochen. Sie kennen einander seit Jahren flüchtig, und als Douglas sieht, dass Daniel ihn anstarrt, lächelt er.

Daniel bemerkt plötzlich, dass Phil Russell ihn seltsam anschaut, und so sagt er rasch: »Das wird großartig sein, wenn man diesen Platz wieder im alten Glanz sehen kann.«

»Das ist schon was Besonderes«, sagt Russell. Er hat sich seine Umgebung angesehen, und seine Augen zeigen einen verschreckten Ausdruck. Der heruntergekommene Zustand von Eight Chimneys macht ihn nervös, da liegt irgendeine Art von Wahnsinn in der Luft. »Was glauben Sie, hat dieses Gebäude an Wohnfläche?«

»Ich glaube nicht, dass man bei solchen Häusern nach Quadratmetern rechnet.«

»Da gebe ich Ihnen Recht.« Er glättet das Hemd über seinem kesselförmigen Bauch. »Es wird viel mehr als ein bisschen staatliches Geld für Geschichtsprojekte nötig sein, um dieses Hündchen wieder auf die Hinterbeine zu stellen. Da werden wir über Bundesgelder und private Spenden nachdenken müssen.« Er strahlt sein Highschool-Helden-Lächeln. »Aber das ist schon in Ordnung, wir werden es schon hinkriegen. Schließlich ist es für einen guten Zweck.«

Daniel sieht Kate auf der anderen Seite des Raums, wie sie sich lebhaft mit einem Mann Mitte fünfzig unterhält, einem Schriftsteller aus New York namens Barry Braithwaite. Braithwaite, ein kleiner, kränklicher Mann mit blutunterlaufenen Augen und gelblichen Fingern, hat einige Artikel über O. J. Simpson geschrieben, von denen sich die meisten auf die krankhafte Sozialisation des verhätschelten Sportlers konzentriert haben. Kate hat ihm die Hand auf die Schulter gelegt und flüstert ihm etwas ins Ohr. Braithwaite zieht das Kinn ein und schaut sie mit beträchtlichem Erstaunen an, als hätte sie gerade die gewagteste Bemerkung gemacht, die er je gehört hat, und dann lacht er.

Genau in dem Moment kommt Derek Pabst herein, im dunkelbraunen Anzug mit gelbem Hemd und brauner Krawatte. Ihm ist offensichtlich unwohl, wie er so in der Eingangstür des Ballsaals lehnt, seine großen Hände zusammenpresst, mit den breiten Schultern rollt und seine Blicke schweifen lässt, um ein bekanntes Gesicht zu sehen. Nicht dass Derek für die Leute hier ein Fremder wäre, aber die meisten von ihnen sind zu reich, um zu seinem Bekanntenkreis zu gehören. Er hat ihnen

Strafzettel für zu schnelles Fahren ausgestellt, ihnen traurige Nachrichten über vermisste Hunde und Katzen überbracht, hat tollwütige Waschbären auf ihren Veranden erschossen, war nach Einbrüchen in ihren Häusern und kam auch auf zwei Anrufe wegen häuslicher Gewalt, aber an einem Sonntagnachmittag in einem Herrenhaus am Fluss Wein zu trinken und mit dieser Ansammlung von Doktoren, Anwälten, Schriftstellern und reichen Müßiggängern zu plaudern, gehört nicht zu seinen gewohnten Erfahrungen. Als er auf der anderen Seite des Raumes Daniel sieht, hellt sich sein Gesicht erleichtert auf.

»Hallo, alter Kumpel«, sagt er und packt Daniel am Ellbogen.

»Hallo, Derek«, sagt Daniel. *Was machst du denn hier?*, hätte er beinahe gefragt, aber er kann sich zurückhalten.

Derek schaut sich um, macht sich ein Bild von seiner Umgebung. »Man hört all die Gerüchte, wie dieses Haus von innen ausschaut, aber es ist gar nicht so schlimm, wie ich gedacht habe.«

»Derek Pabst«, sagt Daniel. »Das ist Phil Russell.«

Russell streckt die Hand aus, und Derek schüttelt sie, aber er ist ganz offensichtlich abgelenkt.

»Ist Kate da?«, fragt er.

»Sie steht da drüben. Wo ist Stephanie?«

»Zu Hause bei Chelsea.« Derek blickt sich um. »Wo ist Kate? Ich muss mit ihr reden.« Er sieht die Verwirrung in Daniels Augen. »Ich habe jetzt etwas mehr Informationen über diese entlaufenen Jungen vom Stern von Bethlehem, und ich weiß, dass sie sich Sorgen macht.« Plötzlich sieht er sie. »Da ist sie.« Er streicht über seine Krawatte und drückt sie gegen das Hemd. »Ich bin gleich zurück.«

Sobald Derek weg ist, schaut Russell auf seine Uhr. »Würden Sie mir Marie Thorne zeigen?«, fragt er Daniel. »Sie hat uns die Einladung geschickt.«

»Marie. Die steht gleich da drüben, kommen Sie, ich stelle sie Ihnen vor.«

Russell wiederholt den Namen leise für sich, um ihn in Erinnerung zu behalten.

Während sie sich auf die andere Seite des Raums begeben, schaut Daniel nach Ruby, die plötzlich verschwunden ist. Inzwischen sind die meisten Gäste eingetroffen. Die Unterhaltung ist laut und angeregt; die Leute reden immer noch über ihre Sturmgeschichten. Ferguson steht vor dem Kamin, wuchtet einen meterlangen Birkenstamm hinein, und Susan steht neben ihm, einen Finger in seiner leeren Gürtelschlaufe verhakt. Es sieht aus, als würde sie in größter Verärgerung auf ihn einreden. Marie, die einen Plastikbecher mit Weißwein in der Hand hält, unterhält sich mit Ethan Greenblatt, dem jungen Präsidenten des Marlowe College. Marie hört mit angespannter Aufmerksamkeit zu, aber sie scheint nicht zu merken, wie ungewöhnlich groß Greenblatt ist, und ihre Augen richten sich nicht auf sein Gesicht, sondern auf seine Brust. Falls Greenblatt das enervierend findet, lässt er sich dennoch nicht dabei stören, sich in einiger Ausführlichkeit über Merkwürdigkeiten in der Geschichte von Eight Chimneys auszulassen – denn obwohl er in Montreal geboren und in Palo Alto aufgewachsen ist, weiß Greenblatt so viel wie jemand aus der Flussaristokratie über die große Vergangenheit der Stadt.

»Wissen Sie«, sagt er mit einer Stimme, die zugleich theatralisch und ironisch klingt, »dass Mark Twain, Charles Dickens, Edith Wharton und Ernest Hemingway in diesem Haus übernachtet haben und dass man kein anderes Gebäude kennt, in dem diese Berühmtheiten alle vier gewesen sind?« Als Greenblatt sieht, dass Daniel und Russell sich nähern, legt er die Hand auf Maries Schulter, als wolle er verhindern, dass die beiden sie ihm wegschnappen. »Und die politische Vergangenheit des Anwesens ist sogar noch bedeutender und noch paradoxer als seine kulturelle Vergangenheit. Dorothy Day, Frederick Douglas, Winston Churchill, Octavio Paz, alle Roosevelts und, selbstverständlich, Woodrow Wilson …«

»Tut mir leid, wenn ich Sie unterbreche«, sagt Daniel.

»Ich bin gleich fertig, Daniel«, sagt Greenblatt, »mit meinem Plädoyer.« Er hebt beide Hände, als wolle er Daniel zurückhalten, und sucht dann noch einmal Maries Aufmerksamkeit zu erlangen, indem er sie leicht berührt. »Ich möchte, dass das Marlowe College in irgendeiner Weise am Eight-Chimneys-Projekt beteiligt ist, entweder bei der Kuratierung oder der Verwaltung des Museums, wenn es tatsächlich verwirklicht wird. Es ist offensichtlich, dass wir bei der Finanzierung nicht behilflich sein können, aber wir könnten eine Menge Fachwissen und Legitimität in das Projekt einbringen, und es wäre ein echter Segen für unser Geschichtsdepartment, das übrigens bereits mit den besten Geschichtsdepartments im Land konkurrieren kann.«

»Wir haben genug Legitimität, Ethan«, sagt Marie. »Was wir brauchen, ist Geld.«

Im selben Moment hört Daniel die Stimme von Ruby, die schrill das Gemurmel im Raum übertönt. Zuerst erschreckt ihn der Ton, aber dann hört er heraus, um was es geht: Ein lang gezogenes Freudengeheul, und er weiß, dass es nur einen Menschen gibt, der Ruby so glücklich machen kann. Nelson ist hier.

Daniel eilt in die Eingangshalle. Ruby hält Nelsons Hand und hüpft auf und ab, versucht, ihn mit ihrer irren Freude anzustecken, aber Nelson will nichts davon wissen. Er schaut über die Schulter nach seinen Eltern, die ihre Mäntel ausziehen und herauszufinden versuchen, wo man sie ablegen kann.

»Ruby, Ruby, beruhig dich wieder«, sagt Daniel, um auf sich aufmerksam zu machen. Er würde gern glauben, dass er unbefangen lächelt, aber sicher ist er sich nicht.

»Du hast Recht gehabt«, sagt Ruby. »Sie sind hier!« Sie schiebt Daniel ihre Puppe hin. »Halt die mal«, sagt sie und dreht sich dann zu Nelson um. »Willst du Chips?«

»Hallo, ihr beiden«, sagt Daniel zu Iris und Hampton. Bei seinen Bemühungen, munter zu klingen, redet er viel zu laut. »Die Mäntel sind da drin, im Gewächshaus.« Ihm wird schwindlig. Er scheint vergessen zu haben, wie man im Stehen das Gewicht verteilt. Er versucht, nur Hampton anzuschauen, aber er ist nicht imstande, den Blick von Iris abzuwenden. Sie trägt einen schwarzen Pullover und Jeans; sie hat ein kleines Pflaster am rechten Daumen, und er widersteht dem Impuls, sie zu fragen, wie sie sich verletzt hat, und er widersteht auch noch dem absurderen, aber genauso mächtigen Drang, ihre Hand zu nehmen und zu küssen. Iris hat Hamptons Mantel in der Hand und trägt ihn zusammen mit ihrem weg. Einen Augenblick lässt sie die beiden Männer allein. Die Enttäuschung trifft ihn wie ein heftiger Stich – hätte Iris die Mäntel Hampton gegeben, wären sie und Daniel zehn Sekunden allein gewesen.

»Nelson, komm wieder her«, befiehlt Hampton. Nelson bleibt stehen, als hätte er das Ende einer Leine erreicht, dreht sich um und schaut seinen Vater an. Hampton krümmt den Finger, und Nelson kommt gehorsam zu ihm zurück. Wie Daniel – tatsächlich genau wie Daniel – trägt er eine Khakihose und einen blauen Blazer, auch wenn seine Kleider von einem teureren Schneider stammen. Die Deckenleuchten werfen ein strahlendes Licht auf seine haarlose Kuppel.

»Wo sind wir?«, fragt Hampton Nelson.

»Tut mir leid«, sagt Nelson.

»Frage wiederholt: Wo *sind* wir?«

Iris kommt aus dem Raum mit den Mänteln. Sie schiebt die Ärmel ihres Pullovers hoch. Ihr Gesicht ist ausdruckslos.

»In einem Haus«, sagt Nelson.

»Korrekt. Also? Können wir uns bitte so benehmen, wie man sich *drinnen* benimmt? Das bedeutet, nicht herumrennen, kein Geschrei. Alles klar?«

Was würde passieren, wenn ich ihm eine reinhauen würde?, überlegt Daniel.

Nelson nickt und geht rückwärts aus der Eingangshalle, ohne seine Augen von Hampton abzuwenden, so wie man nie dem König den Rücken zuwendet.

Dann gehen Daniel und Hampton, mit Iris zwischen ihnen, in den Ballsaal, ohne einander anzuschauen, ohne ein Wort zu sagen. Ferguson steht gerade auf einem alten Stuhl mit Harfenlehne vor dem Kamin und hält die Hände wie einen Trichter vor den Mund. »Bitte mal herhören alle miteinander«, ruft er. Seine Stimme klingt Achtung gebietend, aber es liegt auch etwas Gutmütiges darin, etwas, das merkt, wie absurd es ist, in einem Raum voller Leute an einem warmen Sonntagnachmittag im November in Windsor County herumzuschreien. »Wir laden Sie alle zu einer großen Führung durch dieses Haus ein, durch dieses wunderbare Haus, von dem ich nicht mit dem Stolz des Besitzers rede, sondern mit der Bescheidenheit des Verwalters.« Donnernder Applaus setzt ein; jemand sagt sogar *hört, hört*.

»Worum geht's da?«, fragt Hampton.

»Wir sind hier, um bei der Rettung des Hauses zu helfen«, sagt Iris. »Also wollen sie es uns zeigen. Was ist daran ein Problem?«

Hampton schüttelt den Kopf. Er ist offensichtlich gegen seinen Wunsch hier. Er sieht Nelson und winkt ihm, worauf der Junge sofort herkommt, gefolgt von Ruby.

Ferguson springt von seinem Stuhl und schüttet Wein aus seinem Plastikbecher ins Feuer, so dass die Flammen plötzlich zischen. »Alle stellen sich an der Westseite auf, und wir verlassen den Ballsaal durch die Flügeltür und gehen direkt in die Porträtgalerie.«

Die Gäste fügen sich gutmütig, und sofort bildet sich eine Schlange. »Ich muss nach Kate schauen«, verkündet Daniel und zwingt sich, Iris und Hampton allein zu lassen.

Er reckt den Hals, um sie in der Menge zu finden.

»Ruby kann ja mit uns kommen«, sagt Iris. Der Vorschlag kommt ihm vertraulich und freundlich vor. Daniel kann sie nicht einmal anschauen, aus Angst, alles zu verraten. Er hat immer noch keine Spur von Kate gesehen, und als die Führung beginnt, verlässt Daniel als Letzter den Ballsaal. Dann sieht er sie aus einem Badezimmer neben der Haupttreppe kommen. Sie scheint verblüfft zu sein, dass alle Gäste in einer Reihe die Treppe hochgehen. Ihre Nasenspitze ist gerötet; es sieht aus, als hätte sie geweint.

»Schlossführung«, sagt Daniel.

»Lass uns hier verschwinden.« Sie schaut auf die Puppe in Daniels Hand, zieht die Brauen zusammen.

»Wir sind doch gerade erst angekommen. Komm schon. Sie führen uns herum. Du hast dieses Anwesen doch noch nie richtig gesehen.«

Sie können Fergusons Stimme vom Treppenabsatz im ersten Stock hören. »Auf dem Weg zur Porträtgalerie werden Sie ein paar erstklassige Bilder im Gang entdecken. Und Sie werden auch ein paar leere Stellen bemerken, wo Gemälde abgenommen und zu Sothebys gebracht worden sind.«

»Hast du gewusst, dass sie hier sein wird?«

»Wer?«

»Bitte, beleidige mich nicht.«

Er hat es nicht so gemeint, es war nur das erste Wort, das ihm aus dem Mund schlüpfte. »Nein«, sagt er. »Wie hätte ich das wissen sollen?«

»Beantworte meine Frage nicht mit einer Gegenfrage. Mir wäre es lieber, belogen zu werden, als dem ausgesetzt zu sein. So hat mein Vater immer mit mir geredet, in diesem herablassenden, patriarchalischen Scheißton.«

»Ich habe nicht gewusst, dass sie hier sein wird.« Er hat das Gefühl, es ginge etwas leichter, wenn er Kate jetzt nur berühren könnte, einfach eine Hand auf ihre Schulter legen, aber er bringt die Geste irgendwie nicht zustande. Es ist, als ob diese Hand, die Hand, die Kate beruhigen könnte, amputiert worden wäre, er hat sie sich abgeschnitten wie Van Gogh das Ohr.

Kate atmet aus, als hätte sie lange Zeit die Luft angehalten. »Wir hätten mit zwei Autos herkommen sollen«, sagt sie.

Die Führung geht genau über ihnen vorbei und bringt die Decke donnernd zum Beben. »Die Zimmer auf Ihrer Linken werden nicht öffentlich zugänglich sein«, erklärt Marie, »aber hier auf der rechten Seite ...«

»Die beiden werden von einer blinden Frau herumgeführt«, sagt Kate.

Sie werden unterbrochen, weil sie Schritte auf der Treppe hören. Es ist Susan Richmond, die sich wie im Schwindel bewegt und am Geländer Halt sucht. Sie bleibt auf halber Höhe stehen und schaut auf Daniel und Kate hinunter, dann schüttelt sie den Kopf und setzt ihren Abstieg fort, das Kinn jetzt gereckt, um eine gewisse Größe anzudeuten. »Unerträglich«, sagt sie, und als sie den Fuß der Treppe erreicht hat, geht sie auf Daniel und Kate zu, als wären das genau die Leute, die sie zu finden gehofft hat. »Dieses kleine Wiesel macht eine Führung durch mein Haus. Wenn ich nur eine Sekunde länger da oben geblieben wäre, ich wäre auf der Stelle verrückt geworden.« Sie tritt vor den Spiegel, der in der Eingangshalle hängt, das Glas wellig, der Hintergrund scheint durch, der Rahmen ist aus einfachem Holz, die Form wie eine große Scheibe Brot. Sie wirft einen Blick auf ihr Spiegelbild und zieht die Stirn in Falten. »Hmm. Vielleicht bin ich ja schon verrückt geworden.« Und dann wendet sie sich an Kate und sagt: »Ich habe Ihnen nie gesagt, wie gut mir *Pfirsiche und Sahne* gefallen hat. Ich habe gebrüllt vor Lachen, dieses arme, hässliche Mädchen und all die Probleme, die sie hatte. Ich habe es Ferguson zum Lesen gegeben, aber er liest nie etwas. Immerhin tut er nicht so, als ob, er ist tatsächlich ganz offen und sagt, dass er Lesen hasst. Entweder stimmt er mit dem Autor nicht überein, dann ärgert er sich, oder er stimmt ihm zu, dann sieht er es als Zeitverschwendung an.«

»Ich kann mir nicht vorstellen, wie er meinem Buch zustimmen oder es ablehnen kann«, sagt Kate. »Es ist ein Roman, es wäre, als würde man den Traum eines anderen Menschen ablehnen.«

»Ja, ich weiß, was Sie meinen. Das ist wunderbar.« Sie wendet sich an Daniel. »Wir werden bei dieser Sache den Stecker rausziehen müssen, Daniel«, sagt sie. »Es ist mir egal, was Fergie und seine kleine Freundin dazu sagen. Es ist unerträglich. Wenn wir Geldprobleme haben, müssen wir einfach einen anderen Weg finden, um sie zu lösen, auch wenn es bedeutet, dass wir jeden Tag ins Dorf gehen und im Eisenwarenladen arbeiten. Alles wäre besser als das.«

Als Susan das verkündet, kommt die Führung, mit Marie an der Spitze, die Treppe heruntergestiegen. Die Kraft der kollektiven Schritte ist so groß, dass eine dünne Wolke aus dem Verputz aufsteigt und im Sonnenlicht aufscheint, das in die Eingangshalle fällt.

»Als Nächstes«, sagt Marie gerade, »gehen wir in den ursprünglichen Keller des Hauses hinunter, der in den Jahren vor und nach dem amerikanischen Bürgerkrieg Teil der berühmten ›Untergrundeisenbahn‹ war.« Die Anstrengung und die Aufregung, diese Führung geben zu dürfen, scheinen ihren Preis zu fordern. Maries Stimme ist ein bisschen schrill geworden, und sie gestikuliert wild mit den Armen, als wollte sie einen Schwarm Stechmücken verscheuchen. »Wir betrachten das als einen der Höhepunkte der Führung. Im Augenblick müssen Sie noch Ihre Vorstellungskraft bemühen, aber wenn wir alles eingerichtet haben, wird es zu einer Art Diorama dieser Epoche, mit lebensähnlichen Sklavenfiguren.« Sie wendet ihr Gesicht den Gästen zu und kommt plötzlich ins Straucheln. Ethan Greenblatt, der direkt hinter ihr geht, erwischt sie an der Jacke – ohne ihn läge Marie jetzt wie ein Bündel am Fuß der Treppe.

»Die könnte uns auch noch verklagen«, sagt Susan zu Kate. Dann, zu Daniel: »Erwähnen Sie Marie gegenüber nichts davon, dass wir dieses lächerliche Projekt von ihr stoppen werden. Ich sage es ihr selbst, das erscheint mir nur fair.«

Marie ist von ihrem Beinahesturz erschüttert, aber sie setzt die Führung fort, bringt die Gäste ins Erdgeschoss, wendet sich in der Eingangshalle nach links und führt sie alle durchs Gewächshaus, das Esszimmer, die Hauptküche und die Sommerküche, wo sich die Tür zum Keller befindet.

Iris und Hampton gehen durch die Eingangshalle, gefolgt von Ruby und Nelson. Als Ruby Kate und Daniel sieht, ruft sie ihnen mit der gewohnten Begeisterung zu: »Mensch, ihr verpasst noch alles! Kommt schon, wir gehen hinunter, um zu sehen, wo sich die Sklaven versteckt haben.« Sie streckt ihre Hand aus.

»Lass uns einen Blick draufwerfen«, sagt Daniel zu Kate und ergreift Rubys Hand.

Ferguson hat sich darum gekümmert, dass der Keller für die heutige Party gut beleuchtet ist – alle paar Meter sind Stehlampen oder Klemmlampen angebracht –, aber es ist ihm nicht gelungen, die Düsternis des Ortes zu vertreiben. Mit dem gestampften Erdboden und den dicken, tuchartigen Spinnweben sieht der Keller mehr wie eine Höhle aus als wie ein Teil eines Wohnhauses. Es riecht nach Regen und Schimmel. Streifen pinkfarbener Fiberglasisolierung hängen von der Decke herab. Generationen ramponierter Holzstühle sind an der Wand aufgereiht und warten darauf, repariert zu werden. Tatsächlich ist der ganze Keller ein Depot für hoffnungslos kaputte Möbel, manche zu wertvoll, um sie wegzuwerfen, manche aus keinem ersichtlichen Grund aufgehoben. Aus alten Ledersesseln quillt Baumwolle, Dutzende von Eichenstühlen stehen die Wände entlang, die geflochtenen Schilfrohrsitzflächen beschädigt, zerrissen oder ganz verschwunden. Hier steht ein kleines Sofa im Queen-Anne-Stil, und irgendwer scheint weiße Farbe darüber gekippt zu haben. Dort steht ein Schreibtisch mit Rolldeckel, bei dem alle Schubladen fehlen, und eines seiner Beine ist von einem unbemalten Holzblock im Format fünf mal zehn Zentimeter ersetzt worden. Hier sind Skier, Tennisschläger, ein Krocket-Set, Schlafsäcke, ein Sandsack zum Boxen, der staubbedeckt von der Decke hängt. Es scheint buchstäblich Hunderte von Farbdosen zu geben, manche ohne Deckel sehen leer aus, andere scheinen nagelneu zu sein. Es gibt mindestens zwanzig große Kartons mit Porzellan, ein Dutzend zusammengerollte Teppiche, die mit Schnüren gesichert sind und aufrecht dastehen, zusammengesackt und aneinandergelehnt wie eine Familie Betrunkener. In einer Ecke hat jemand eine alte, aufwändig installierte Modelleisenbahn hinterlassen, mit herausgerissenen Gleisen und umgestürzten Waggons, die Miniaturlandschaft mit Bäumen, Kühen, Wassertürmen durcheinandergeworfen – es sieht aus wie das Verkehrssystem eines Landes nach einem langen, verheerenden Krieg.

Am Nordende des Kellers steht ein gusseiserner Kohleheizkessel, der seit Jahrzehnten nicht mehr benutzt worden ist. Etwa sechs Meter neben dem Heizkessel ist die Wand aus Steinen und Erde mit breiten Holzbrettern verkleidet, die in frischem Weiß gestrichen sind. Marie stolpert einen Moment, und als sie an der Wand ankommt, legt sie die Hand darauf. »Schauen alle her?«, ruft sie.

Sie spreizt ihre kleine Hand, so weit ihre Fingerspanne reicht, drückt gegen die Wand und verschiebt ein Stück der Verkleidung um ein paar Zentimeter. Dann ergreift sie den Rand des geöffneten Paneels, zieht es noch weiter zur Seite und legt einen großen, dunklen Hohlraum frei.

»Hier wurden die entlaufenen Sklaven versteckt«, ruft sie. »Manchmal waren es nur einer oder zwei, manchmal bis zu zehn. Dann, wenn die Luft rein war, wurden sie herausgebracht und losgeschickt – meist nach Kanada. Wo sie frei sein konnten. Das Großartige an diesem Raum ist, dass die Temperatur immer sechzehn Grad beträgt, Winter wie Sommer, was übrigens für viele der Räume in Eight Chimneys zutrifft.«

Marie redet noch eine Weile weiter, erzählt von Wendell Richmond, dem Hausherrn von 1820 bis 1882, und von der entflohenen Sklavin, die in diesem Keller ein Kind geboren hat, und von den Überresten aus dieser Zeit, die vor kurzem entdeckt wurden – den kleinen Blechohrringen, dem Tagebuch voller Skizzen von Bäumen, Feldern und Sklaven auf der Flucht und von dem menschlichen Gebiss, von dem keiner weiß, woher es kommt. Dann tritt sie endlich in den alten Gang und tastet nach der Lampe, die dort angebracht wurde – nie hat sie mehr wie ein blindes Mädchen gewirkt als in diesem Moment, als sie mit fast spastischen Wellenbewegungen nach dem Schalter sucht, wie ein Kind, das so tut, als hätte es das Augenlicht verloren.

Das Licht geht an und bringt zwei Modepuppen zum Vorschein, die Ferguson bei Fashion Bug im Windsor-Einkaufszentrum besorgt hat. Eine trägt einen Overall und einen Strohhut, die andere ein altes langes Baumwollkleid, und beide sind frisch mit brauner Farbe bemalt. In Zehnergruppen gehen die Gäste in den abgeschiedenen Raum, blicken sich um und stellen sich vermutlich vor, wie es wäre, wenn sie an einem solchen Ort versteckt wären und hungerten. Es riecht nach Schlamm, der seit Urzeiten da ist, und nach der Farbe, die gestern auf die Gesichter der Puppen gesprüht wurde. Als Daniel sich in den Raum zwängt, ist Kate, die sich weigerte, beim großen Finale der Führung mitzumachen, schon wieder oben, und als er eine Fingerspitze an seiner Wirbelsäule spürt, schlägt sein Herz schneller: Er weiß, dass es Iris ist. Er holt tief Luft und spürt es noch einmal. Es ist nur ein Finger, eine umsichtige Geste, die eines Kindes, eines Gefangenen, aber die Kraft ihrer Fingerspitze bringt sein Blut in Wallung. Dann ist es Zeit für alle zum Umdrehen, damit die nächste Schicht von Gästen hineingehen kann, um einen Blick auf etwas zu werfen, was im Grunde nur ein Lagerraum im Keller eines alten Hauses ist. Als Daniel sich umdreht, steht er hinter Iris und Hampton, Nelson und Ruby. Er könnte die geheime kleine Berührung erwidern, aber er wagt es nicht. Er traut seiner Hand nicht; es ist nicht unvorstellbar, dass er, sobald er Iris berührt, nicht mehr aufhören kann.

Oben im Ballsaal ist die Party lebhafter geworden. Die Gäste, erlöst vom pflichtschuldigen Marsch durch das Haus und dem klaustrophobischen Abschluss in der Geheimkammer des Kellers, und dazu noch erlöst vom tyrannischen Tonfall in Maries Stimme, plaudern und scherzen immer aufgekratzter miteinander. Daniel hält nach Kate Ausschau und sieht sie schließlich auf der anderen Seite des Raums, wo sie neben Derek steht, der, das Gesicht nah an ihrem, mit offensichtlich großer Ernsthaftigkeit auf sie einredet. Daniel sieht auch Iris; sie unterhält sich mit Ethan Greenblatt. Dann sieht er Susan mit Marie. Susan hält Marie am Oberarm fest und scheint sie auszuschimpfen. Marie versucht, ihren Arm wegzuziehen, aber Susans Griff ist zu fest. Sie redet weiter auf Marie ein, mit einem ziemlich grausamen und machtbewussten Lächeln, und plötzlich reißt sich Marie los.

Marie verlässt den Ballsaal und geht direkt aus dem Haus, ohne auch nur eine Jacke oder einen Pullover dabeizuhaben. Als er das sieht, macht sich Daniel etwas Sorgen, aber bevor er weiter darüber nachdenken kann, wird er von Upton Douglas in Beschlag genommen, der sich auf seinen Krücken zu ihm hinschwingt, in Begleitung einer gertenschlanken Frau mittleren Alters mit einem vornehm unglücklichen Gesicht, einer Witwe aus Buffalo, der Douglas Häuser in der Umgebung gezeigt hat. Upton will, dass Daniel ihr erzählt, wie phantastisch das Leben in Leyden ist, wie schön und wie bequem mit seiner freundlichen Atmosphäre und den unzähligen kulturellen Veranstaltungen, und dieser nicht enden wollenden Unterhaltung kann Daniel sich nicht entziehen.

Schließlich spürt er, wie ihn jemand an der Hosentasche zupft. Es ist Ruby.

»Kann ich Ginkie haben?«, fragt sie.

Er braucht einen Augenblick, um zu verstehen, dass sie ihre Puppe meint, und noch einen, um zu merken, dass er Ginkie nicht mehr in der Hand hält. Und dann erinnert er sich: Als er Iris' Finger an seiner Wirbelsäule spürte, haben sich seine Hände instinktiv geöffnet, und er ließ die Puppe los.

»Oh, weißt du was, Ruby?«, sagt er und nimmt sie auf den Arm. »Ich glaube, ich habe sie aus Versehen unten gelassen.«

»Wo?«

»Wart einfach hier. Such nach Mammi, und ich hole Ginkie.«

Er stellt Ruby auf den Boden und wartet einen Augenblick, während sie davoneilt, um Kate zu suchen. Als sie in der Menge verschwunden ist, geht Daniel aus dem Ballsaal und macht sich auf den Weg durch das Esszimmer, die Küche und die Sommerküche, wo Ferguson und Derek in intensivem Gespräch die Köpfe zusammenstecken. Fergusons Schuhe sind mit frischem, nassem Schmutz bedeckt; an seinem rechten Knie hat er einen Schlammfleck.

»Daniel«, sagt Ferguson. »Marie wird vermisst.«

»Hast du sie gesehen?«, fragt Derek.

»Ich habe gesehen, wie sie weggegangen ist«, sagt Daniel. »Vielleicht vor einer halben Stunde.« Er hat die Hand auf der Tür, die in den Keller führt. Er traut es sich kaum zu denken, aber Tatsache ist, dass er Iris eine Weile nicht gesehen hat, und er überlegt unwillkürlich, ob sie vielleicht noch im Keller ist.

»Nun, du weißt, was *ich* denke«, sagte Derek zu Ferguson. »Sie ist blind. Mir ist es gleich, wie gut sie den Besitz kennt, da draußen ist alles entwurzelt, und wo früher Pfade waren, gibt es jetzt nichts als umgestürzte Bäume. Und diese Jungs vom Erziehungsheim laufen immer noch frei herum, und nach allem, was wir wissen, könnten sie genau jetzt da draußen sein.«

»Mein Gott«, sagt Daniel. »Du und Kate, ihr habt diese Jungs wirklich auf dem Kieker.«

»Dir würde es genauso gehen, wenn du zu Hause gewesen wärst«, sagt Derek in scharfem Ton.

»Was glauben Sie, was ich tun soll?«, fragt Ferguson. »Soll ich es in der Zentrale melden?«

Ferguson wendet seufzend den Kopf ab, und Derek drängt ihn.

»Ich weiß es zu schätzen, dass Sie Diskretion bewahren wollen …«

Ferguson seufzt. »Melden Sie es«, sagt er.

»Ich bin gleich wieder da«, sagt Daniel und öffnet die Kellertür.

»Wo gehen Sie hin?«, fragt Ferguson.

»Meine Kleine hat ihre Puppe da unten liegen lassen«, sagt Daniel. Er wartet einen Moment und geht dann rasch die Treppe hinunter, wobei er sich am Geländer festhält. Seine Beine zittern.

Ein paar Lichter brennen noch, und er geht unbekümmert am ausrangierten Familienbesitz der Richmonds vorbei. Die Schiebetür zur Geheimkammer ist immer noch halb geöffnet, und als er sie ganz zur Seite geschoben hat, klopft sein Herz wie wild.

»Hallo«, sagt Iris. Sie saß auf einer kleinen, grob gezimmerten Bank und erhebt sich, als Daniel eintritt. Sie hält Rubys Puppe in der Hand. Iris und Daniel stehen einander einen Augenblick gegenüber, dann reicht sie ihm die Puppe. »Hier.«

»Danke«, sagt er. Die zwei bemalten Schaufensterpuppen scheinen ihn anzustarren. Einen Moment lang betrachtet er Rubys Puppe, dann lässt er sie fallen und umarmt Iris.

»Ich habe auf dich gewartet«, flüstert sie.

Vierzehntes Kapitel

Daniel und Iris bringen ihre Kleidung wieder in Ordnung. Sie sind im Taumel. Ihre Beine geben nach. Die Sehnsucht heraufbeschworen, ohne Erlösung zu finden, so bleiben sie erregt zurück, aber unsicher, wie Menschen, die aus dem Traum geweckt werden.

»Warte hier«, flüstert Iris, mit den Lippen zwei Zentimeter von seinem Mund entfernt. Sie wendet sich zum Gehen, aber er greift nach ihr, hält sie fest, nur um zu zeigen, dass er es kann. Sie entzieht sich ihm und eilt aus dem Keller, er hört ihre Absätze auf die Holztreppen hämmern, *bäng, bäng.* Es ist, als würde man lebendig begraben und hört zu, wie der Hammer die Nägel in den Sarg schlägt.

Er wartet, und als er schließlich wieder nach oben kommt, zittert er immer noch, aber niemand nimmt von seiner Ankunft Notiz, niemand fragt, wo er war oder was los ist. Alle stehen erwartungsvoll vor Ferguson.

»Also gut«, sagt er, »wir werden Folgendes tun. Zunächst einmal möchte ich euch allen für eure Hilfe danken. Meine Familie weiß es zu schätzen und ich auch, und ich glaube, wenn wir da rausgehen und uns Mühe geben, werden wir Marie finden, bevor sie sich verletzt. Die Polizei ist informiert, aber so viel können die im Moment auch nicht machen. Ich weiß nicht, wofür wir unsere Steuern bezahlen, jedenfalls nicht für Hubschrauber. Also müssen wir uns selbst drum kümmern.«

Neun Männer und fünf Frauen melden sich freiwillig, um eine Suchmannschaft zusammenzustellen und die arme Marie aufzuspüren. Alles, was Ferguson an Fähigkeiten und Ausstrahlung hat, kommt zur Geltung, als er sich an die Freiwilligen wendet. Seine Stimme ist kraftvoll, zuversichtlich; er hat sogar eine topographische Karte seiner Liegenschaften aufgetrieben, und er steht jetzt davor und tippt mit seinem dicken, ölfleckigen Zeigefinger darauf.

»Hier sind wir jetzt. Das Haus ist genau in der Mitte des Besitzes, plus minus drei Grad. Wir können vom Haus ausschwärmen, und da wir sieben Teams haben, kann jedes Team grob geschätzt ein 45-Grad-Stück von der Torte absuchen.«

Susan ist neben ihn getreten. Ihre Miene drückt gleichzeitig den Status der Besitzerin und Gelassenheit aus, wie eine Katze, die sich gleich neben der Beute, die sie getötet hat, ausstrecken wird. Sie hält einen großen Weidenkorb in beiden Händen; er ist anscheinend mit dicken, roten Zigarren gefüllt, auf die Bilder von mittelalterlichen Löwen gedruckt sind.

In der Eingangshalle, wo sie sich unter der verblassenden Pracht des Deckengemäldes versammelt haben, wählen die Freiwilligen ihre Partner. Daniel ist es egal, mit wem er zusammenkommt, solange es nicht Hampton ist, aber der Zufall will es anders. Hampton mag Daniel vielleicht nicht besonders, aber wenigstens kennt er ihn, wie unbehaglich auch immer er sich dabei fühlt, und ohne irgendetwas zu sagen, stellt er sich neben Daniel, als wäre ihre gemeinsame Suche nach Marie schon im Voraus beschlossen.

»Wir müssen auf irgendeine Art Signal geben, wenn wir sie gefunden haben«, sagt Susan. »Ich habe Feuerwerkskörper, und jeder sollte einen mitnehmen. Wenn ihr sie findet, zündet ihr die Schnur an, und der Rest der Suchmannschaft wird Bescheid wissen.«

»Wo hast du die denn her?«, will Ferguson wissen.

»Erinnerst du dich an die burmesische Reinigungszeremonie im September vor zwei Jahren?«, fragt Susan und stellt den Korb auf den Boden. Sie muss daran denken, wie Ferguson sich über das Ritual lustig gemacht hat, so wie er sich über alle Rituale lustig macht oder über alles, was neu ist – bis auf das Ritual der Untreue und die Neuheit eines anderen, jungen Körpers. »Bedient euch«, sagt sie. Vermutlich weiß jeder hier im Raum, dass Ferguson mit Marie vögelt, und wahrscheinlich nehmen sie an, Marie sei aus dem Haus geflohen, weil Susan der kleinen Hure endlich gesagt hat, was sie von ihr denkt – und im Wesentlichen haben sie damit Recht, aber »endlich« mag nicht das richtige Wort sein, denn Marie hat längst über Susans Feindseligkeit Bescheid gewusst, und weshalb sie ausgerechnet den heutigen Tag gewählt hat, um so übertrieben zu reagieren, kann sich jeder selbst ausdenken. Eines allerdings weiß Susan bestimmt: Marie wird versuchen, dieses ärgerliche kleine Drama zu ihrem Vorteil zu nützen.

»Seid vorsichtig«, verkündet Susan, als die Gäste die Feuerwerkskörper aus dem Korb nehmen. »Die gehen ganz schön ab.«

Die Suchmannschaft geht aus dem Foyer auf die Veranda hinaus. Daniel und Hampton wenden sich nach Südsüdwest und laufen über ein heruntergekommenes Brachland mit wildem Gras, das bald in einen dichten Wald aus Fichten, Robinien, Ahorn und Eichen übergeht.

Als sie schließlich im Wald sind, scheint das Restlicht des Nachmittags zu verschwinden. Die Schatten der Bäume – eine erschreckend große Anzahl war unter dem Gewicht des unerwarteten Schneesturms letzten Monat umgeknickt – sehen aus, als wären sie aufeinandergestapelt, ein Schatten über dem anderen, als bildeten sie eine einzige dunkle Mauer. Früher einmal hatte es Pfade durch die Wälder gegeben, entweder von den Rotwildrudeln oder aus den alten Zeiten, als noch genug Geld da war, um den Besitz von Richmond zu unterhalten und sogar zu pflegen. Aber der Oktobersturm hatte Tausende von Bäumen entwurzelt, und die Pfade waren irgendwo darunter begraben, nirgends mehr zu erkennen. Daniel und Hampton können keine zwei Schritte machen, ohne dass sie über die Krone eines umgekippten Baums klettern oder über mehrere Stämme steigen, die übereinanderliegen und ganz glitschig und verrottet sind. Und wo es keine umgestürzten Bäume gibt, wachsen Brombeerranken, die sich über den Waldboden ausbreiten wie ein mit Stacheln bewehrter, böswilliger Nebel.

Hier und da liegen kleine Schneeflecken, wie Bettvorleger.

»Diese Ranken hier sind wie Stacheldraht«, sagt Daniel. Alles, was er sagt, scheint einen Hauch von Katastrophe zu haben, jedes Wort ist randvoll mit Schwarzpulver und einer kurzen Zündschnur.

»Verdammt noch mal!«, sagt Hampton. Ein Rankengeflecht hält seine Hosenumschläge fest, und als er sein Bein losreißen kann, kratzt der Dorn ihm durch die Socke hindurch die Haut auf.

»Ist alles in Ordnung bei Ihnen?«, fragt Daniel. Sie sind einen leichten Abhang zur Hälfte hochgelaufen – für Daniel sieht es so aus, als könnten sie vielleicht über die Bäume hinwegsehen, wenn sie da oben wären, und sich eine Vorstellung verschaffen, wo sie sind.

»Ja, alles klar.« Hampton berührt seinen Fußknöchel und

schaut dann seine Fingerspitze an: rot. »Ich hätte nur den Wunsch, dass Ferguson sich um seinen eigenen Schlamassel kümmert.«

»Meinen Sie Marie?«

»Er schläft mit ihr in seinem Haus, während seine Frau da ist. Irrsinn. Was erwartet der Mann denn?« Sogar jetzt spricht er förmlich, mit tiefer, honigglatter Stimme, jede Silbe betont.

»Das hier jedenfalls nicht.« Daniel steht drei Meter von Hampton entfernt. Er spürt, wie die Feuchtigkeit des Waldbodens durch die dünnen Sohlen seiner Sonntagsschuhe dringt. »Und im Übrigen, sind wir wirklich sicher, dass Fergie mit Marie schläft?«

»Iris hat mir das erzählt«, sagt Hampton. »Ferguson hat Marie schon als kleines Mädchen gekannt. Und nachdem er und Susan keine Kinder haben, ist es wie sublimierter Inzest.«

»Sagt Iris das?«

»Hat sie Ihnen das nicht gesagt?«, fragt Hampton und zieht die Augenbrauen hoch.

O Gott, er rückt mir auf die Pelle, denkt Daniel.

Sie laufen weiter. Das Knirschen ihrer Schritte. Die Stimmen der unsichtbaren Vögel. Daniel hält die Hände vor den Mund und ruft Maries Namen, womit er die Vögel zum Schweigen bringt. Das Geräusch ihrer Schritte auf dem mürben Laubbelag am Waldboden hört sich an wie eine Säge, die unermüdlich hin und her geht. Sie haben keine Ahnung, wohin sie gehen.

Sie laufen im Zickzack um gestürzte Bäume und Flächen mit Brombeersträuchern. Daniel geht voraus. Er dreht sich um. Hampton fällt es schwer, das Gleichgewicht zu halten.

»Ich ruiniere diese Schuhe«, sagt Hampton. Er lehnt sich an einen halb umgestürzten Kirschbaum und besieht sich die Sohle seines Schuhs aus Korduanleder. Es glänzt rosig und feucht, wie die Zunge eines Menschen.

»Alles in Ordnung?«, fragt Daniel.

Hampton nickt schroff. »Ich hasse Wälder«, sagt er. »Ich mag nicht mal Bäume. Ich ziehe eine Landschaft vor, die flach und offen ist, wo man sehen kann, was da draußen passiert.«

»Nun, Sie sind ein Mensch, der auf lange Sicht vorausplant«, sagt Daniel. »Das passt.«

Hampton zieht die Stirn in Falten. Er scheint Daniels Recht in Frage zu stellen, schlagfertige Verallgemeinerungen über ihn zu äußern.

»Meine Frau sagt mir, dass sie Sie unter der Woche öfter mal sieht«, sagt er.

»Na ja, Sie wissen schon, die Kinder«, sagt Daniel. »Kates Tochter liebt Ihren Sohn abgöttisch. Es ist Nelson dies und Nelson das. Ständig.«

Hampton versucht sich an den Namen des kleinen Mädchens zu erinnern. Er weiß noch, es war der Name einer seiner Tanten – aber seine Mutter hatte vier richtige Schwestern und drei Stiefschwestern, und dazu kamen all die Schwägerinnen. Hampton war in einem wirbelnden, zänkischen Strudel üppiger, lebhafter Frauen aufgewachsen.

»Es ist, als ob man schon sehen könnte, wie es mal sein wird, wenn Ruby sich verliebt«, sagt Daniel.

Ah, richtig: Ruby. Tatsächlich heißt keine seiner Tanten so, am nächsten kam dem Namen höchstens noch seine Tante Scarlet, eine dick gepuderte Bibliothekarin, deren Oberarme wie Oberschenkel waren und die trotzdem gewöhnlich ein ärmelloses Kleid trug, das nicht nur ihre fleischigen Arme, sondern auch noch die Impfnarben zur Schau stellte, eine erhöhte Hauttrübung von der Größe einer Taschenuhr. Und sie hieß nicht einmal Scarlet – sie hieß Charlotte, aber einer der anderen Neffen hat es falsch ausgesprochen und es blieb hängen.

Hampton drückt auf einen Knopf an seiner Uhr, einen Augenblick lang leuchtet das Zifferblatt wie ein Glühwürmchen auf.

»Es ist fast fünf Uhr.«

»Es wird bald dunkel«, sagt Daniel. »Ob sie wohl schon jemand gefunden hat?«

»Das ist doch alles ein Irrsinn.«

»Marie!«, ruft Daniel, aber seine Stimme wird sofort vom Wald verschluckt.

»Ich muss heute Abend den Neun-Uhr-Zug erreichen. Dieser Zug Montag früh bringt mir nichts.«

Daniel sagt nichts, obwohl er inzwischen Hamptons Ankunfts- und Abfahrtszeiten genau kennt. Untreue ist ein hässliches Geschäft, aber man achtet pedantisch auf Details. Man ist ein Fluglotse, und der Himmel ist voller Lügen, alle kreisen und kreisen, und manchmal nähern sich ihre Flügelspitzen auf wenige Zentimeter.

Sie erreichen die Kuppe des kleinen Hügels, den sie hochgestiegen waren, aber die Sicht ist nicht besser als unten. Vom Himmel können sie nur den Ausschnitt direkt über sich sehen, er geht von Grau in Schwarz über.

»Was meinen Sie?«, fragt Daniel.

»Ich glaube, wir haben uns verirrt«, sagt Hampton kopfschüttelnd.

»Als Nächstes schicken sie eine Suchmannschaft nach uns aus«, sagt Daniel. Er bemerkt etwas am Boden und guckt es sich genauer an. Ein toter Kojote, wie ein flacher, grauer Schatten. Manchmal, nachts, können Kate und er Kojoten in der Ferne hören, ein Rudel, das sich in ein rasendes Geheul und Gejaule hineinsteigerte, aber dieses vertrocknete Fell, ohne Augen und Zunge, ist das Erste, was er tatsächlich je von einem gesehen hatte. Wodurch das Tier wohl umgekommen war?

»Was haben Sie denn da?«, fragt Hampton.

»Einen Ex-Kojoten«, sagt Daniel.

Daniel bricht einen niedrigen, nackten Ast von einer abgestorbenen Schierlingstanne ab und stochert in den Überresten des Kojotens herum. Hampton steht neugierig daneben. Ein Wölkchen farblosen Staubs steigt auf. Die Welt kommt den beiden auf einmal zutiefst unwirtlich vor – aber das ist sie natürlich nicht: Sie sind nur an einem Ort, der für sie nicht geschaffen ist. Hier gehört Rotwild hin, gehören Füchse, Waschbären, Vögel und Mäuse hin, chitingepanzerte Insekten, Fische, Kröten, Schnecken und Maden. Hampton tritt einen Schritt zurück und hält sich die Hand vor den Mund, als wäre es gefährlich für ihn, den Staub aus dem Wölkchen einzuatmen, das von dem Kojoten aufgestiegen war. Iris hat sich oft über Hamptons Zimperlichkeit beklagt, seine Abscheu vor Unordnung, seine Furcht vor Bakterien. Er hat den Heißwasserboiler so weit hochgedreht, dass kochend heißes Wasser aus der Leitung kommt, heiß genug, um die meisten haushaltsüblichen Bakterien abzutöten. Neben jedem Waschbecken im Haus stehen Pumpbehälter mit antibakterieller Seife; wenn Iris eine Erkältung hat, schläft Hampton im Gästezimmer, und wenn Nelson auch nur einen Schnupfen bekommt, vermeidet es Hampton, dem kleinen Jungen einen Gutenachtkuss zu geben. Er schüttelt ihm stattdessen buchstäblich die Hand, und gleich danach presst er die helle, smaragdgrüne Seife auf die Handfläche.

Eine riesige Eiche liegt auf dem Boden. Hampton stellt den Fuß darauf und schreit Maries Namen. Die Adern an seinem Hals schwellen an; Daniel bekommt einen Eindruck, wie es wohl wäre, mit Hamptons Zorn konfrontiert zu werden, über den Daniel von Iris schon viel gehört hat. Kein Wunder, dass Iris ihm nichts gesagt hat. Sie hat Angst. *Wieso habe ich das nicht schon früher erkannt?*, fragt sich Daniel. *Sie hat es ihm nicht erzählt, sie wird es ihm nie erzählen, und wenn sie es tut, wird Hampton sie umbringen. Oder mich.*

Entmutigt und erschöpft setzt sich Hampton auf den umgestürzten Baum – und springt sofort wieder auf. Er hat sich auf den Feuerwerkskörper in seiner hinteren Hosentasche gesetzt und ihn dabei zerbrochen.

Er zieht ihn mit hektischen Bewegungen heraus, als ob das Ding explodieren könnte, und wirft die obere Hälfte des bonbonbunt gestreiften Papprohrs so weit von sich, wie er nur kann.

Jetzt ist seine hintere Tasche voll Schwarzpulver aus dem Feuerwerkskörper, einer Mischung aus Salpeter, Schwefel, Arsen und Strontium. *Wenn ich ihn in den Arsch trete, könnte er explodieren,* denkt Daniel. Er stellt sich vor, wie Hampton davonfliegt, hoch über die Baumwipfel, mit einer Rauchfahne, die aus seinem Hintern zischt.

Plötzlich können sie in der Entfernung einen Knall hören, und dann steigt eine funkelnde Rauchsäule über den Bäumen auf, wie eine bunte Träne im dunklen, seidigen Himmel.

»Jemand hat sie gefunden«, sagt Daniel. »Ich habe gerade eine Rakete gesehen.«

Hampton schaut nach oben. Nur ein kleiner, kreisförmiger Ausschnitt des Himmels ist zu sehen. »Was hat ein verdammtes blindes Mädchen überhaupt hier draußen zu suchen? Sogar mit sehenden Augen kommt man hier nicht durch.«

»Sie ist hier aufgewachsen«, sagt Daniel. »Ihr Vater war Hausverwalter. Sie ist zurückgekommen, um ihn zu pflegen, als er krank wurde. Smiley.«

»Smiley? Was meinen Sie damit?«

»So hat ihn jeder genannt. Als ich noch klein war, habe ich ihn immer in der Stadt gesehen.«

Hampton schüttelt den Kopf. »Diese Leute leben doch im vorigen Jahrhundert. Sie haben ihre Familientraditionen, ihre Fuchsjagd-Klubs, ihre Eissegelboote, sie spielen Tennis mit diesen winzig kleinen Holzschlägern, und an Silvester ziehen sie die verstaubten Fräcke an, die ihre Großväter immer getragen haben.«

»Ein paar von Ihnen«, sagt Daniel. »Sie sind verrückt, aber das ist schon in Ordnung, wenn man es mit Humor nimmt.«

»Das war das Erste, was Iris immer über Sie gesagt hat, dass Sie diesen wunderbaren Sinn für Humor haben.«

»Klassenclown«, sagt Daniel. »In meinem Fall Mittelklasse.«

Hampton fummelt immer noch schwarzes Pulver aus seiner Gesäßtasche, reibt es zwischen Daumen und Zeigefinger. Er wirft das Pulver in die Dunkelheit, als würde er nach einer Feuerbestattung die Asche verstreuen. Dann reißt er eine Handvoll Laub von einem Wildkirschenbaum, einem, der noch steht, und wischt sich damit die Hände ab. »Ich habe Iris früher andauernd zum Lachen gebracht.«

»Ich habe Kate auch immer zum Lachen gebracht«, sagt Daniel. Er sagt es, weil er etwas sagen muss. Er kann Hampton nicht einfach über Iris reden lassen, ohne eine Bemerkung zu machen. Das wäre zu seltsam, und verdächtig wäre es auch. »Zumindest in den ersten paar Jahren, da lag sie immer am Boden.«

Hampton hat plötzlich einen Kratzer auf seinem rasierten Schädel. Es sieht aus wie ein kleiner, blutiger Wurm auf der glatten Kopfhaut.

»Und jetzt findet Kate Sie nicht mehr witzig?«

»Nein«, sagt Daniel.

»Iris findet Sie aber witzig. Vielleicht sind Sie ihr gegenüber witziger.«

»Vielleicht ist sie einfach nur sehr nett.«

»Oder sehr einsam.«

Was Daniel betrifft, ist das Folter. Es wäre vielleicht besser, einfach damit herauszurücken, Hampton mitzuteilen: *Ich liebe Iris, und sie scheint mich auch zu lieben. Wir gehören zusammen. Wir fühlen uns schlecht dabei.* Ach, halt den Mund von wegen schlecht fühlen. Glaubst du, das kümmert ihn? Er würde dir einen Gehirntumor wünschen, das wäre die Art von Leiden, die er für dich möchte. Warum stellst du dein gebeuteltes Gewissen zur Schau – damit er denkt, du bist schon genug gestraft? Hast du solche Angst vor ihm? Und mit dieser Frage ist Daniel endlich zum Kern dessen vorgedrungen, was ihn gequält hatte, von dem Moment an, als er und Hampton sich zusammen auf die Suche nach Marie gemacht hatten. Es geht im Endeffekt eigentlich nicht ums Gewissen. Er hat jetzt seit Monaten mit seinem Gewissen gerungen, sie waren alte Sparringspartner, manchmal legte er es auf die Matte, manchmal rang es ihn nieder, es kam nicht viel dabei heraus, es war eine Show, wie Catchen im Fernsehen. Und außerdem: Die schlimmsten Gewissensbisse waren immer noch besser als das, was vorangegangen war, die unendlich viel größere Qual der Sehnsucht nach Iris. Gewissensbisse waren die Raten, die er für die Erfüllung seiner großen Sehnsucht abbezahlen musste. Und es war schließlich ein Preis, den er zu zahlen bereit war. Nein, das Gewissen ist es nicht, das sein Innerstes aufwühlt und ihn zusammenzucken lässt, wenn Hampton ihm zu nahe tritt. Es ist Angst, körperliche Angst.

Sie gehen weiter in der Hoffnung, eine Lichtung zu finden, einen Orientierungspunkt. Früher war der größte Teil dieser Gegend Weideland, das von Rindern abgegrast wurde, aber seit über hundert Jahren hatte es keinen Pflug mehr gesehen, und sich selbst überlassen wurde es wieder zur Wildnis. Sie steigen den soundsovielten Hügel hinauf – der mag steiler gewesen sein als die anderen, denn beide müssen sich an Bäumen festhalten, um sich hochzuziehen, aber vielleicht werden sie auch müde.

Und als sie ihn erklommen haben, sehen sie nur noch mehr Wald – außer auf einer Seite, wo ein steiler Abhang in die Tiefe führt, zu etwas, das aussieht wie ein großer Teich mit schwarzem Wasser.

»Aus der Richtung sind wir gekommen«, sagt Hampton ohne Überzeugung. Er deutet den Hügel hinunter, auf dem sie stehen, und etwas nach links. Die Nacht kommt rasch, die Dunkelheit dringt ein wie Wasser durch den Bug eines Schiffes und deckt alles zu.

Es kommt Daniel vor, als wären sie den Hügel hinuntergegangen, aber auch hochgestiegen. Tatsächlich könnte es auch sein, dass sie ihn drei- oder viermal rauf- und runtergetappt sind. Aber er beschließt, deswegen keinen Streit anzufangen.

»In Ordnung«, sagt er. »Ich habe keine Ahnung.« Er berührt den Feuerwerkskörper in seiner Gesäßtasche. Vielleicht sollte man ihn jetzt abschießen, bevor es noch dunkler wird. Aber wie viel dunkler konnte es werden? Besser die Rakete für später aufheben, falls Sie sie brauchten.

»Wissen Sie, wie man hier rauskommt?«, fragt Hampton.

»Nein.«

»Na, dann los.«

»In Ordnung, Sie gehen voran.«

Halb laufen sie, halb rutschen sie den Hügel hinab, die Arme vor den Gesichtern, um sich gegen die jungen Bäume zu schützen.

Das Problem ist: Es gibt keinen Platz, wo man gehen kann; der Wald war implodiert. Sie laufen anscheinend im Kreis, bleiben ständig an Ranken hängen, stolpern über umgestürzte

Bäume, werden von Ästen zerkratzt, stapfen in plötzlich auftauchende Pfützen, und manchmal rennen sie direkt in einen Baum. Es ist, als ob mit einem gespielt wird. Isoliert jeder mit seiner Verzweiflung beschäftigt, laufen sie eine halbe Stunde dahin ohne zu reden.

Dann, plötzlich, ein Waldstück, wo der Sturm im letzten Monat anscheinend nur wenig Schaden angerichtet hat. Sie können ganze drei Minuten laufen, ohne den Kurs zu ändern. Und obwohl sie nicht wissen, in welche Richtung sie gehen, lässt sie das Gefühl, einfach geradeaus weitergehen zu können, neuen Mut schöpfen. Sie sind also doch nicht mitten in einer weiten, unerforschten Wildnis. Sie sind nur hundertfünfzig Kilometer nördlich von New York. Wie weit können sie da laufen, ohne auf die nächste Straße oder den Hinterhof von irgendjemand zu stoßen? Aber dann erreichen sie ein verwüstetes Waldstück mit Robinienbäumen, von denen die jüngeren Dornen an der Rinde haben und aussehen wie riesige, versteinerte Rosen. Es liegen so viele davon auf dem Boden oder stehen schwankend aneinandergelehnt, dass es selbst am helllichten Tag unmöglich wäre, durchzukommen oder sie zu umgehen.

»Ich glaube, hier waren wir schon mal«, sagt Hampton.

»Wirklich? Wie kommen Sie darauf?«

In der Schwärze der Nacht kann Daniel aus der Art der Stille erkennen, dass Hampton ihn anfunkelt.

»Wie ich darauf komme?«, fragt Hampton. Seine Stimme klingt, als wäre sie völlig unabhängig von seinen Gefühlen; sogar wenn er wütend ist, hört sie sich noch melodiös an. Vielleicht gibt es auch eine Verbindung, aber Daniel kennt ihn nicht gut genug, um diese zu erkennen.

»Ich glaube, wir machen Fortschritte«, sagt Daniel.

»Nein, das tun wir nicht. Wir laufen im Kreis.«

»Hampton. Ich bin Ihnen nachgegangen, okay?«

»Wir laufen im Kreis.«

»Tja, Sie haben uns hierhergebracht.«

»Daniel?«

»Was?«

»Darf ich einen Vorschlag machen?«

»Sicher. Was denn?«

»Fick dich ins Knie.«

Nicht weit entfernt erhebt sich ein Felsen, tief im Waldboden eingebettet, mit Moos und Flechten überzogen. Hampton will hinaufklettern, um wenigstens irgendwo eine Lücke im Wald zu entdecken, aber kaum steht er auf dem Felsen, rutscht er mit seinen Ledersohlen aus und fällt hin. Ein paar Sekunden bleibt er, wo er gelandet ist, auf allen vieren, mit hängendem Kopf.

Daniel geht zu ihm hin, berührt ihn sanft an der Schulter.

Hampton schaut hoch. »Verdammt«, sagt er.

»Hier«, sagt Daniel und hält ihm die Hand hin. Hamptons Finger sind hart und kalt; er ergreift Daniels Hand wie eine Statue, die zum Leben erwacht ist. Daniel tritt zurück und hilft Hampton auf die Beine. Es ist merkwürdig, diesen Mann zu berühren, der einmal alles gehabt hat und jetzt dabei ist, alles zu verlieren.

»Wissen Sie«, sagt Hampton, »sogar im Dunkeln kann ich Sie immer noch sehen. Ihre weiße Haut schnappt sich jedes bisschen Licht, das da ist.«

»Ach ja?«

»Sie können mich wahrscheinlich überhaupt nicht sehen, oder?«

Daniel will nicht nein sagen; er schüttelt einfach den Kopf. Er fragt sich, ob der Duft von Iris an ihm hängt – Hampton würde ihn bestimmt erkennen. Er tritt einen Schritt weg. Sein großes geheimes Leben fühlt sich plötzlich an wie Lebensmittel, die aus einer nassen Papiertüte herausfallen.

»Wie ist das eigentlich, hier draußen verirrt zu sein, mit einem großen alten Afroamerikaner, den Sie im Grunde nicht kennen?«

»Wovon reden Sie, Hampton?«

»Nur so. Ich bin neugierig. Ich sehe die ganze Zeit Weiße, aber ich habe selten Gelegenheit, sie gewisse Dinge zu fragen. Kennen Sie viele Schwarze, Daniel?«

»Ein paar. Früher waren es mehr, aber hier draußen ist das natürlich schwieriger.«

»Aber Sie sind ja nun freiwillig hier *hergezogen.*«

»Nicht, um von Schwarzen wegzukommen.«

»Sind Sie da sicher?«

»Wenn Sie die Wahrheit wissen wollen, ich glaube, mein Vorurteil geht in die andere Richtung. Schwarze haben etwas, das ich schon immer gewollt habe.«

»Rhythmus?«

»Das ist doch lächerlich.« Er zieht sich noch weiter zurück, stolpert, steht wieder gerade.

»Okay. Tut mir leid. Was haben wir Schwarzen, das Sie schon immer wollten?«

»Familie. Gemeinschaft.«

Hampton lacht – ein plötzliches, raues Freudengebell.

»Ich weiß, wie das klingt.« Daniel zerbricht sich den Kopf nach einem Ersatzbegriff, einer harmlosen Verallgemeinerung, nach etwas Bewunderndem, das nicht nur dumm und herablassend klingt.

Hampton schweigt. Er holt tief Luft, ein Mann, der seine Wut unter Kontrolle hält.

»Sehen Sie das in Iris?«, fragt er schließlich. »Jemand, die mit ihren Gefühlen in Berührung ist und Sie mit Ihren wieder zusammenbringt?«

Da ist es also, denkt Daniel. Plötzlich hat er keine Lust mehr auf Strategien, auf all die Laviererei, die Ausweichmanöver. Die Lügen, die er erzählt hat, ziehen ihn runter, als wären sie Steine, mit denen er seine Taschen gefüllt hat. Sein psychologischer Gang wird zunehmend schwerfällig und unsicher. Eines Tages, denkt Daniel, wird Hampton diese Unterhaltung in seinem Kopf noch einmal abspielen, und jede Lüge, die er erzählt hat, wird für ihn klar und abscheulich dastehen. Aber im Augenblick muss Daniel seinen Kurs halten.

»Ich sehe alles in Iris«, sagt Daniel leise.

»Lassen Sie sich nicht von der Haut und den Haaren täuschen. Sie ist so weiß wie die Banker, die ich in der Stadt treffe.«

»Verschieben wir dieses Gespräch, okay, Hampton? Sie wollen darüber reden, ich rede darüber. Aber erst müssen wir aus diesem Wald heraus und irgendwohin, wo wir uns zusammensetzen können.«

»Sie stellen hier also die Regeln auf?«

»Ich bitte Sie um etwas.«

Wieder Schweigen. Daniel hört Hampton ausatmen.

»In Ordnung. Warten Sie hier eine Sekunde, ja? Ich muss urinieren.« Sogar bei dieser Ankündigung klingt Hamptons Stimme, als würde er eine Rede halten.

Der schwarze Himmel öffnet sich, und das platinfarbene Mondlicht strömt auf sie herab. Das Weiße in Hamptons Augen glitzert. Sein Hemd ist schmutzig, seine Khakihose hat überall Risse und ist an den Knien schwarz vom Schlamm.

»Ich warte hier«, sagt Daniel.

Hamptons Schritte knirschen auf dem Laub, werden immer leiser. Wo geht er hin? Den Abhang hoch? Für Daniel ist es schwierig zu sagen, in welche Richtung Hampton läuft, und dann, zehn Sekunden später, höchstens fünfzehn, kann er ihn überhaupt nicht mehr hören.

Daniel geht ein paar vorsichtige, schlurfende Schritte, bis er auf einen weiteren umgestürzten Baum stößt. Er kauert sich davor, lässt die Hände über die Rinde gleiten. Keine Äste, keine großen Knoten. Er setzt sich vorsichtig auf den Baumstamm und wartet. Er kann mit diesen Lügen nicht weitermachen – er erinnert sich, das schon einmal gedacht zu haben. Er wird sich daran erinnern, wie er dachte, dass ihm der geordnete Ablauf, die sorgfältige Festlegung des Zeitpunkts, an dem die Wahrheit enthüllt werden kann, dass ihm das alles aus der Hand genommen worden ist.

Hampton scheint für sein Gepinkel außerordentlich lang zu brauchen. Der kalte Wind raschelt in den Baumspitzen. Ob da Geister sind? Wer weiß das schon? Von irgendwoher, ganz in der Nähe, hört man den Lärm eines Kojotenrudels, ein rasendes Heulen und Jaulen.

Daniel verliert die Geduld, steht auf. »Hampton? Ist alles in Ordnung?« Keine Antwort. Sogar die Kojoten sind einen Augenblick still. Ob Hampton einfach beschlossen hat, ihn abzuhängen, ihn in diesen zerstörten Wäldern allein zu lassen? Eine Welle von Boshaftigkeit erfasst ihn, wie ein Komet mit seiner aus Fels und Eis hingestreuten Brillanz, seinem sengenden, schmutzigen Licht. Einen Moment lang verabscheut er Hampton so sehr wie in den allerschlimmsten Nächten der Sehnsucht nach Iris, als er nicht einschlafen konnte und der Hass gegen den Mann, der alles hatte, was Daniel wollte, unendlich war.

»Hampton?«, sagt Daniel, diesmal viel lauter. Er hört die leichte Hysterie in seiner Stimme, spürt sie in der Kehle. »Hampton? Hampton! Sind Sie noch da?«

Er unternimmt einige vage, stolpernde Anstrengungen, ihn zu finden. Daniel sieht fast nichts, als er sich auf den Weg den steilen Hügel hinauf macht. Er muss sich beim Gehen an den Bäumen festhalten, um sich hochzuziehen. Waren sie nicht schon einmal auf diesem steilen Hügel gewesen? Ist es der mit dem schroffen Abhang, der fünfzehn Meter tiefer an einem Teich mit schwarzem Wasser endet? Oder ist das ein anderer, der genauso aussieht?

Daniel kriecht mit Händen und Füßen auf die Hügelspitze. Sein Gesicht brennt, und als er es berührt, merkt er, dass ihn ein Ast erwischt haben muss. Seine Fingerspitzen sind rot. Er blutet.

»Hampton?« Schweigen. Er spürt einen Windstoß im Rücken und dreht sich schnell um. Er ist genau am Rand des fünfzehn Meter tiefen Abgrunds.

Ein Schreck durchzuckt ihn. Er hat eine Vision, wie Hampton aufspringt und ihn mit den Handflächen an den Schultern stößt und er vom Hügel hinunter ins Wasser stürzt.

Und sobald ihm der Gedanke kommt, merkt er, dass Hampton genau dort ist, in diesem schwarzen Wasser da unten. Er ist abgestürzt. Diese Schuhe, diese teuren, etepetete Scheißschuhe. Er ist da unten, wahrscheinlich mit dem Gesicht nach unten im Wasser.

Daniel steht da und weiß nicht, was er tun soll. Sollte er hinunterrutschen und nach Hampton suchen? Das scheint Wahnsinn zu sein. Hampton könnte in eine andere Richtung gegangen sein, er könnte jetzt wieder genau an der Stelle sein, wo sie sich getrennt haben, und sich fragen, wo Daniel hingegangen ist.

Der kalte Wind treibt die Wolken auseinander, und Mondlicht scheint wieder herab. Daniel schaut nach unten, sieht, dass er nur einen halben Meter vom Abgrund entfernt steht. Wieder tritt er zurück. Sein Herz hüpft in seiner Brust, wie ein Tier, das in einem Brunnen gefangen ist. Er ist plötzlich erschöpft. Er hat den überwältigenden Wunsch, sich hinzusetzen und seine Augen zu schließen, aber er zwingt sich, sich dem Abgrund vorsichtig, Zentimeter um Zentimeter, zu nähern. Der Boden ist eine dicke Paste aus Kieseln, Tannennadeln und glitschigem, kaltem Schlamm.

Er lässt sich auf alle viere wieder. Die Wolken schieben sich wieder auf den Mond zu, er hat nur ein paar Sekunden lang Licht. Er schaut auf den Teich hinunter – und da ist es: das Undenkbare. Hampton. Mit dem Gesicht nach unten im Wasser. Die Arme nach vorn ausgestreckt, das Jackett aufgebläht wie ein Ballon, so dass er wie ein Buckliger aussieht.

Daniel schlägt die Hand vor die Augen, wendet sich ab, sitzt da, zieht die Knie an, zittert.

Tu etwas.

Er kommt sich wie gelähmt vor.

Tu etwas. Jetzt!

Wenn er nur hinuntergerannt wäre, wenn Daniel nur diesen steilen Abhang ohne alle Bedenken hinuntergestürzt wäre. Er schrie zwar *O mein Gott, o mein Gott,* aber er rannte nicht selbstlos los. Er hielt sich bedeckt. Er ging langsamer, als er den Halt verlor und ins Rutschen kam. Und als sich sein Fuß an einer vorstehenden Wurzel verhakte und er hinfiel, blieb er extra einen Herzschlag oder zwei liegen und versuchte, seine Kraft zusammenzunehmen. Er sollte sich noch an die ungeschickte Vorsicht bei seinem Abstieg erinnern.

Als er fast unten angelangt ist, verliert er erneut den Halt unter den Füßen. Er fällt nicht hin, aber um sein Gleichgewicht zu halten, muss er verrenkt und steifbeinig laufen. Sein Schwung treibt ihn bis zu den Knien ins Wasser. Die Kälte fühlt sich an wie ein Schlag auf die Schienbeine mit einem Montiereisen. Hamptons Gestalt ist bis zur Mitte des Tümpels getrieben. Daniel ruft seinen Namen. Diesmal ist sein Ruf nicht totgeboren, er setzt sich als Echo fort. Aber es kommt keine Antwort, nichts rührt sich.

Als Daniel noch einen Schritt macht, fällt der Boden des Tümpels urplötzlich ab.

Instinktiv prallt er zurück, stoppt seine Vorwärtsbewegung, seinen Untergang. Panik hat ihn erfasst, gnadenlos und zerstörerisch. Das Wasser zieht in seine Kleider, es ist wie der lähmende Stich eines Insekts, etwas, das ihn hilflos machen soll, damit er verschlungen werden kann. Er war nie ein guter Schwimmer, im Grunde kann er kaum schwimmen. Er hat keine Chance, Hampton zu retten, falls von Hampton noch etwas übrig ist, was man retten kann. Daniel geht einen Schritt zurück und dann noch einen, er greift in seine Tasche und holt den Feuerwerkskörper heraus.

Er hockt sich am Rand des Tümpels hin, drückt den unteren Teil des Feuerwerkskörpers in den Boden. Die Zündschnur ist an der Seite des Pappzylinders angeklebt, und Daniel muss sie mit den Fingernägeln aufrichten, damit sie gerade absteht und er sie anzünden kann. Er sucht in seiner Hosentasche nach Streichhölzern. Münzen fallen heraus, seine Schlüssel auch. Er findet die Streichhölzer. Sie sind feucht, und das erste brennt nicht. Aber das zweite brennt. Seine Hände zittern, aber schließlich schafft er es, die Flamme an die Zündschnur zu halten. Plötzlich sprühen mit nervösem Zischen Funken. Jemand wird es sehen, jemand wird kommen. In der Zwischenzeit wird er versuchen, sich noch einmal ins Wasser zu zwingen, wenn das überhaupt geht. Der Wind teilt wieder die Wolken, das Mondlicht kommt wieder durch, eine platinfarbene Lichtspeiche jedenfalls. Die Zündschnur brennt auf den ersten Zentimetern langsam, aber dann wird sie schneller.

Er rappelt sich hoch. Dann hört er es, gegen alle Wahrscheinlichkeit: eine Stimme in der Dunkelheit. »Hey, was machen

Sie denn?« Er schaut hoch und sieht Hampton oben auf dem Hügel stehen.

Einen Moment lang spürt Daniel eine wilde Erleichterung. Es ist, als würde er Hampton so sehr lieben wie Iris.

Der Feuerwerkskörper geht los, und die erste Feuerkugel steigt auf und fliegt mit einem Geräusch los, als würde die Luft durch eine Röhre gesaugt. Sie schießt in einem 45-Grad-Winkel davon und erreicht nie den Himmel. Sie trifft Hampton und dringt tief in den weichsten Teil seines Halses ein. Hampton steht einfach da. Das Mondlicht ist jetzt hell genug, um seinen Gesichtsausdruck zu zeigen. Er ist verblüfft, verletzt. Sein Mund öffnet sich. Seine Hände greifen nach dem Gegenstand an seinem Hals, aber es sieht nicht aus, als würde er versuchen, ihn herauszuziehen. Es ist, als würde er ihn an seinem Platz festhalten. Seine Beine knicken ein, und dann sind sie nutzlos. Er setzt sich schwer auf den Boden, sein Kopf fällt nach vorn, und dann knickt sein Körper seitlich zusammen. Er fällt vornüber und beginnt zu rollen.

Daniel rennt schreiend den Hügel hinauf. Aber sogar jetzt wird er dabei aufgehalten; er schaut über die Schulter, zurück auf den Tümpel. Die Vorstellung lässt ihn nicht los, dass Hampton, ein anderer Hampton, der richtige Hampton, im Wasser treibt, er kann sie nicht ganz abschütteln. Jetzt aber bewegen sich die Wolken schnell, und das Mondlicht strömt herab, und Daniel kann sehen, was er vorher nicht gesehen hat – im Wasser liegt ein halb versunkener Stamm, die obere Hälfte eines Baumes, der vom Sturm abgeknickt wurde, die Ganglien seiner abgestorbenen Äste von Blättern umgeben.

Fünftzehntes Kapitel

Sechs Monate vergehen. Der Frühling neigt sich dem Ende entgegen, kehrt zur frechen, unvorhersehbaren Art von Wetter zurück, mit der er begonnen hat: einen Tag kalt, am nächsten warm. Obwohl es noch Wochen dauert, bis die Schulen für den Sommer geschlossen werden, benehmen sich die Teenager in Leyden, als hätten die Ferien schon begonnen, streifen am späten Nachmittag durch die Straßen und bleiben mit ihrer Clique bis zum Abend zusammen. Jetzt ist es etwa vier Uhr nachmittags, ein heller, milder Tag, der Himmel wie eine Kinderzeichnung, und Derek Pabst fährt seinen Streifenwagen durch die Gegend mit dem kleinen Geschäftszentrum von Leyden, vorbei am Koffee Kup, wo anscheinend jeder in der Stadt bedient wird, der ein amerikanisches Auto fährt, und dann am Taste of SoHo vorbei, wo die meisten Kunden Importautos fahren, und dann vorbei am Windsor-Hardware-Laden, der jetzt italienische Steinguttöpfe und reich verzierte englische Kaminutensilien führt. Zum größten Teil sind die Läden auf dem kleinen Broadway von Leyden dieselben, die schon da waren, als Derek ein kleiner Junge war – der Smoke Shop, Mountain-Stream-Immobilien, Buddy's Landkartenladen, Candyland, Donna's Arbeitskleidung, die Windsor-Apotheke, Kirk's Gemischtwarenladen, Flosse und Feder, Köder und Haken und die Versicherungsagentur von Stoller und Hoffmann.

Derek fährt in der Stadt herum, ohne zu erwarten, dass er etwas sehen würde, bei dem er eingreifen müsste. Abgesehen von Verkehrsübertretungen hat er nie in seiner zwölfjährigen Dienstzeit eine Straftat gesehen. Meistens war er erst nach dem Vorfall da – wenn in einem Haus eingebrochen wurde, wenn eine Wand mit Graffiti bemalt worden war oder wenn eine Frau von ihrem betrunkenen Ehemann geschlagen wurde. Als er im letzten November Marie Thorne in den Richmond-Wäldern gefunden hatte, war das der aufregendste Augenblick in Dereks Dienstzeit. Aber die Befriedigung, dass er es geschafft hatte, wurde so gut wie aufgehoben, zum einen, weil Marie gar nicht gefunden werden wollte, und zum anderen von dem grässlichen Unfall, der sich eine halbe Stunde später in denselben Wäldern ereignete. Trotzdem bleibt Derek wachsam, während er seine gewohnten Runden dreht. Man zeigt, dass man da ist, man zeigt Flagge. Es erinnert die Leute daran, dass es Recht und Ordnung gibt, jeder fühlt sich dadurch sicherer, das bringt das Beste in ihnen zum Vorschein. Er hält an der zentralen Ampel, wo der Broadway die Route 100 kreuzt, die Bezirkshauptstraße, die in südlicher Richtung nach New York City und nördlich nach Albany führt. Der Wind bewegt die Ampel hin und her wie ein Weihrauchfass. Ein ganzer Schwarm von Highschool-Kids geht vor ihm über die Straße, Fünfzehn- und Sechzehnjährige in Cargohosen und knappen Oberteilen, eine gemischte Gruppe von Jungen und Mädchen, die Scherze machen, sich herumschubsen – Gelächter, glänzende Haut, alle unter hormonellem Überdruck.

So wie Derek. Im Frühling erwacht immer seine Sehnsucht. Er taut auf wie ein Fluss, sein Blut gerät in Wallung, er kann es hören, wenn er im Bett liegt und einzuschlafen versucht. Die Konstellationen, die sich am Frühlingshimmel drehen, scheinen unmäßigen Einfluss auf ihn auszuüben. Nicht nur, dass er der Jahreszeit entsprechend von Begehren erfasst wird, sondern das Begehren selbst wird ihm zu einer melancholischen Last. Er schaut den Teenagern zu, wie sie über die Zebrastreifen laufen und sich auf dem Bürgersteig verteilen. Ist das Buddy Guyettes Tochter in diesen blassen, fadenscheinigen Jeans? Mein Gott, was hat die einen Arsch! Er spürt einen Anflug von sinnlichen Qualen. Dann sieht er Mercy Crane, deren Vater auch Polizist in Leyden ist. Sie ist allein, läuft mit gesenktem Blick, trägt unförmige Klamotten, um ihre Figur zu verstecken. Sie sieht ausgestoßen aus, ihre Haare hängen ihr glatt und ungewaschen über die Augen, sie hat ihren Rucksack über die Schulter geschlungen und hält mit einer Hand den Gurt fest.

Mercy schaut auf, sieht Derek durch die sonnenbeschienene Windschutzscheibe, mit ihren Spiegelungen von Dächern und umgekehrten Bäumen. Sie hebt eine praktisch leblose Hand zum Gruß und quält sich ein Lächeln ab.

Derek fährt noch einen halben Kilometer und biegt in die Einfahrt zur Richmond-Bibliothek, die ursprünglich vor hundert Jahren von Ferguson Richmonds Familie gegründet wurde. Jetzt ist es eine öffentliche Bücherei und wird halb vom Staat und halb von der Stadt finanziert. Es ist ein ansehnliches altes Backsteingebäude, erinnert etwas an eine russische Datscha, flankiert von Robinienbäumen. Derek kommt gern hierher, um allein eine zu rauchen, auf der Kühlerhaube seines Autos zu sitzen, dabei den Tabakgeschmack zu genießen und über sein Leben nachzudenken. Vor einigen Jahren hat die Stadt hinter der Bibliothek einen Basketballplatz gebaut, und obwohl der Beton rissig geworden ist und die Körbe nicht in einer den Regeln entsprechenden Höhe angebracht sind, läuft öfter mal ein spontanes Spiel, dem Derek beim Rauchen dann zuschaut.

Er steuert sein Auto mit dem Ballen der linken Hand und benützt die rechte, um eine Zigarette aus der Packung in seiner Brusttasche zu ziehen. Als er bei der Bibliothek um die Ecke biegt, kann er die aufgeregten jungen Männerstimmen hören, das Klatschen des Balls auf den Beton, und dann sieht er etwas, das ihn elektrisiert, ihm einen Adrenalinstoß verpasst.

Zwei männliche Afroamerikaner, zwischen fünfzehn und achtzehn Jahre alt, einer groß, der andere noch größer, einer dünn, der andere noch dünner, einer schwarz, der andere noch dunkler, und auf beide passt die Beschreibung von zwei der entflohenen Jungen aus dem Stern von Bethlehem, die immer noch frei herumlaufen. Derek zieht den Riemen an seinem Pistolenhalfter auf, während er aussteigt, und geht mit schnellen Schritten auf den Basketballplatz zu. Es ist ein Spiel zwei gegen zwei über den ganzen Platz, Hemden gegen ohne Hemden, beide schwarzen Jungs haben die Hemden ausgezogen. Derek nähert sich von Norden, gespielt wird gerade unter dem Südkorb, also sieht ihn zunächst keiner. Aber dann wirft jemand einen Korb, der Ball ist aus dem Spiel, und jetzt wird auf die andere Seite gespielt. Derek ist immer noch fünfzehn oder zwanzig Meter vom Zaun entfernt, der den Platz umgibt. Sobald er merkt, dass er gesehen worden ist, fängt er an zu rennen und schreit: »Hey, ihr da, sofort stehen bleiben! Keine Bewegung!«

Die weißen Jungs folgen der Anordnung, aber die schwarzen besinnen sich eines Besseren. Sie fliegen praktisch durch die Pforte am Südende des Platzes und in das Maisfeld, das im Osten an die Richmond Library grenzt. In vergangenen Jahren wäre der Mais zu dieser Jahreszeit nicht einmal kniehoch gewesen, aber der Farmer, der diese zwölf Hektar normalerweise aberntet, ist nach Arizona gezogen, und der Ertrag des letzten Jahrs, drei Meter hoch und dunkelbraun, steht immer noch. Die Jungen sind unsichtbar.

Derek macht sich nicht die Mühe, hinter ihnen herzujagen. Als Junge ist er vor Freunden davongelaufen, vor Rivalen, sogar vor der Polizei, durch genau dieses Maisfeld, und er weiß genau, wo die Jungen rauskommen werden – sie werden den natürlichen Pfad nehmen, der genau hinter dem Veteranenstützpunkt ins offene Land hinausführt. Er geht schnell zu seinem Auto zurück, aber bevor er einsteigt, ruft er den weißen Jungen zu: »Ihr bleibt da, bis ich zurückkomme.«

Es dauert kaum eine Minute, um zum Veteranenverein zu kommen. Es ist ein flacher, mit Asphaltplatten gedeckter Bau, mit winzigen Fenstern und weißem Kies auf dem Parkplatz. Zwei Fahnen knattern laut in der Brise – die rot-weiß-blaue und die schwarze vom Verband der Kriegsgefangenen und Vermissten. Derek parkt sein Auto davor und geht um das Gebäude herum zur Rückseite. Ein langer, abfallender Rasen führt genau zum Maisfeld. Er geht ein paar Schritte in die trockenen, braunen Reihen des letztjährigen Anbaus, gerade weit genug, um sich zu verstecken, etwa drei Meter von dem Wildwechsel entfernt, den Jugendliche seit wahrscheinlich hundert Jahren benutzt haben. Sein Herz schlägt erwartungsvoll. Er wird auf ihre Schritte horchen, und wenn sie fast aus dem Feld heraus sind, wird er ihnen mit gezogener Pistole in den Weg treten. Einen Moment lang denkt er daran, den Sicherungshebel umzulegen, aber er überlegt es sich anders. Er kennt sich ein wenig, und er spürt in sich den Wunsch, jemandem weh zu tun.

Derek wartet im Feld. Ein Flugzeug dröhnt über ihn hinweg, der Verkehr dröhnt, Tausende von Fliegen, die von dem verfaulenden Mais angelockt worden sind, summen in der Luft, ein Motorrad heult auf beim Beschleunigen. Er spürt, wie ihm kalter Schweiß übers Rückgrat rieselt. Er entsichert seine Pistole.

Nach zehn Minuten ist es offensichtlich, dass diese schwarzen Jungs einen anderen Ausweg gefunden haben müssen. Trotzdem wartet Derek noch länger, während sich der Schweiß an seinem Gürtel sammelt und das Summen in seinem Kopf immer intensiver wird. Schließlich zwingt er sich zuzugeben, dass sein Plan nicht aufgegangen ist. Er geht zu seinem Auto und fährt zurück zum Basketballplatz.

Die weißen Jungs haben auf ihn gewartet, wie er es ihnen aufgetragen hat. Er hat die beiden aufwachsen sehen. Früher haben sie einen roten Kopf bekommen, haben buchstäblich die Hände gerungen vor Vergnügen, wenn er sie angesprochen hat, aber jetzt sind sie im Geheimniskrämeralter, und keiner von beiden kann ihm direkt in die Augen schauen. Sie behaupten, dass sie die Namen der beiden Schwarzen, mit denen sie noch vor einer Viertelstunde Basketball gespielt haben, nicht kennen.

»Habt ihr einen der beiden je zuvor gesehen?«, fragt Derek und tut so, als würde er ihnen glauben, hält die Fiktion aufrecht, dass sie bei dieser Sache alle auf derselben Seite stehen.

Das wird nicht einmal einer Antwort gewürdigt, keinem Grunzen, keiner Gewichtsverlagerung.

»Wie steht's damit, Todd?«, fragt Derek, in der Annahme, er könnte mehr Glück haben, wenn er sie einzeln anspricht. Er wählt Todd, weil Todd ein guter Junge ist, der einen Bruder bei den Marines hat und dessen Mutter Lehrerin ist, wogegen sich sein Vater nach Hawaii davongemacht hat, um in einer Nudistenkolonie zu leben – also müsste Todd richtig und falsch eigentlich unterscheiden können.

»Wir kennen ihn nicht, Wachtmeister Pabst«, sagt Todd. Herr im Himmel, was für ein Stück Arbeit dieser Junge geworden ist, wie die Lüge um seine Stimme gewickelt ist wie die roten Streifen um einen Lutscher. »Wir haben nur ein bisschen B-Ball mit ihnen gespielt.«

»Ein bisschen B-Ball«, wiederholt Derek.

»Liegt etwas gegen uns vor?«, fragt Avery Hoffmann, ein alternder Barockengel mit einem verwilderten Schnurrbart. Averys Vater ist öffentlich bestellter Pflichtverteidiger und hat so viele Fälle in den Sand gesetzt, dass er zu einem dieser ausgeflippten Kleinstadtzyniker geworden ist, die hinter allem ein Geschäft, eine Absprache oder eine Verschwörung vermuten. Derek wirft dem Jungen einen schlagstockstrengen Blick zu, aber Avery bleibt standhaft, folgt ihm nicht. »Denn wenn nichts vorliegt, würden wir gern weiterspielen.«

Derek lacht einladend, aber die Jungen schweigen. »Ich sag euch was, das war eine wirklich schöne Stadt, um aufzuwachsen.« Die Jungen tauschen Blicke aus, die Derek rasch einzuschätzen versucht. Behandeln sie ihn wie einen Oldtimer? Schlimm genug. Oder versichern sie sich eines kleinen Geheimnisses, das sie teilen? Noch schlimmer. Er senkt die Stimme, schiebt sie sozusagen zur Seite, wie wenn man einen Jackenaufschlag zurückschlägt, um ein Schulterhalfter herzuzeigen. »Und ich will, dass das hier eine schöne Stadt bleibt, habt ihr verstanden? Diese Typen, mit denen ihr Basketball gespielt habt? Die gehören nicht hierher, nicht auf freiem Fuß.«

»Warum das denn, Wachtmeister Pabst?« Todd trägt jetzt ganz schön dick auf.

»Weil sie aus einem Erziehungsheim entflohen sind«, sagt Derek und vermittelt Todd das Gefühl, dass er ihn ernst nimmt. »Und seitdem haben sie eine ganze Menge Gesetze gebrochen. Sie sind den Fluss rauf- und runtergezogen, sind eingebrochen, haben Leute belästigt, Sachen geklaut, ihre eigenen Regeln aufgestellt. Sie haben hier beinahe eine Frau vergewaltigt.«

»Wenn Sie so viel über die wissen«, sagt Avery, »warum fragen Sie dann ›wie heißen sie‹ und all das?«

»Komm her«, sagt Derek und winkt Avery sanft nach vorn.

»Nein«, sagt Avery.

»Ich habe gesagt, komm her.« Derek packt Avery am Hemd und zieht ihn nach vorn, bis ihre Nasen sich berühren. »Sei nett«, flüstert er ins plötzlich grau gewordene Gesicht des Jungen.

»Wir kennen die Typen wirklich nicht«, sagt Todd, und seine Stimme wird lauter. »Wir haben vorhin einfach gespielt, und sie sind vorbeigekommen. Wir kennen sie nicht.«

Derek hört Todd zu, schaut aber weiterhin Avery an. »Stimmt das?«, fragt er fast tonlos und hält Avery fest, bis der schließlich einbricht und nickt. Derek schiebt ihn von sich.

Wieder im Streifenwagen hat Derek genug Zeit, alles noch einmal zu überdenken und zu bedauern. Er hat aus seiner eigenen Jugend nur wenig vergessen, erinnert sich nicht nur an seine eigenen kleinen Delikte, die Lügen, die ausgelassenen Abenteuer, sondern auch mit schmerzlicher Klarheit an das *Gefühl* dabei – diese heilige Loyalität den Freunden gegenüber, wie es im Herzen anschwoll, dieser verrückte Glaube aneinander, wie man alles für die anderen getan hätte und die anderen genauso viel für dich, und weil alle füreinander da waren, konnte einen niemand unterkriegen. Was diese Jungs betrifft, ist er der Feind: nicht nur viel zu alt, auch noch ein Bulle.

Ohne sich einzugestehen, wohin er die ganze Zeit wollte, biegt Derek in Kates Einfahrt ein, gerade als ein gelb-schwarzer Lieferwagen von Centurion-Sicherheitssysteme wegfährt, mit durchdrehenden Rädern, dass die Kieselsteine spritzen. Kate steht noch in der Tür und hält den unterschriebenen Durchschlag ihres Wartungsvertrags mit Centurion in der Hand, und als sie Derek sieht, winkt sie heftig mit dem Papierbogen, weil der Polizist seit Monaten auf sie eingeredet hat, eine Alarmanlage einzubauen.

Wie es sich eingebürgert hat, lädt sie ihn zum Kaffee ein. Sie bekommt ihren Kaffee von UPS geliefert, aus einem Lagerhaus in Louisiana, hellgelbe Dosen dunkler Röstung mit Zichorie, und Derek sagt ihr bei jeder Tasse, dass es der beste Kaffee ist, den er je getrunken hat. »Und als Polizist, das kann ich dir sagen, da kenne ich meinen Kaffee.« Sie weiß, dass er mit ihr flirtet, wenn er das sagt, aber ihr ist das schon recht. Als sie und Daniel gerade nach Leyden gezogen waren, hatte sie eine Abneigung dagegen, in Daniels früheres Leben in der Stadt einbezogen zu werden, und Derek versinnbildlichte all die alten Freunde, mit denen Kate nichts zu tun haben wollte. Derek begegnete Daniel voller Verehrung und mit flehentlicher Anhänglichkeit, und seine Frau, die in Parfum getränkte und gesellschaftlich ehrgeizige Stephanie mit ihrem gebleichten Haar und der rauen Haut, war Kate verhasst und lieferte ihr noch einen Grund, Derek zu meiden. Aber jetzt freut sich Kate auf Dereks Besuche, und sein Interesse an ihr erlöst sie für Augenblicke aus der Einsamkeit ihrer Tage als allein stehende Frau. Er ist bestimmt nicht der Mann, den sie sich ausgesucht hätte, aber sie genießt ihn, wie sie das Fernsehen genießt, als leicht nervende Ablenkung. Er hat eine angenehme Stimme, tief und männlich, schöne Hände mit langen, spitz zulaufenden Fingern, und die Haare auf seinen Armen sind honiggelb wie bei einem kleinen Jungen.

»Ich weiß nicht, weshalb ich so lange damit gewartet habe, eine Alarmanlage einbauen zu lassen«, sagt Kate. Sie hat nur noch ein paar Tropfen kalten Kaffee in ihrer Tasse, während sie Derek zuschaut, wie er seine frische Tasse genießt. Sie haben sich ins Wohnzimmer gesetzt, auf das schwarze Cordsamtsofa vor dem Kamin, der jetzt mit getrockneten Goldruten und lilafarbenem Weiderich dekoriert ist.

»Ich bin froh, dass du sie hast einbauen lassen«, sagt Derek. »Besonders ...«

»Was?«

»Nun, ich wollte es dir eigentlich nicht sagen, aber ich glaube, ich habe heute zwei der Jungs aus dem Stern von Bethlehem sich herumtreiben sehen, zwei von der Gang, die in dein Haus eingebrochen sind.«

»Wo?«

»In der Stadt. Ich habe versucht, mit ihnen zu reden, aber sie haben mich kommen sehen und sind abgehauen. Jetzt habe ich natürlich noch weniger Zweifel, ob es die zwei waren ...«

»Es ist so merkwürdig. Sie wollen einfach nicht weggehen, oder? Warum gehen sie nicht zurück nach New York, oder wo auch immer sie herkommen? Sie wollen auf dem Land leben, am Fluss, und die Vielfalt unserer Kultur und der Natur genießen. Ist es das?«

Kate lacht, aber ihre Stimme ist sanft, weit entfernt von ihrem gewohnten provokanten Ton.

Als Derek anfing vorbeizukommen, nahm Kate eine weiblichere und unterwürfigere Stimme an, mit der Vorstellung, etwas auszugleichen, so wie sehr große Menschen sich etwas vornüberbeugen, wenn sie mit anderen zusammen sind, damit sie sie nicht überragen. Sie wollte Derek nicht einschüchtern – den sie »der arme Derek« nennt, wenn sie ihn Leuten wie Lorraine gegenüber erwähnt – und schlüpfte bei ihm in eine eher zerbrechliche Rolle: Sie fragt ihn um Rat, wendet sich an ihn bei alltäglichen, praktischen Fragen und achtet darauf, ihre verbalen Gewohnheiten wie Sarkasmus, hintergründige kulturelle Anspielungen und Wortspiele in Zaum zu halten. Derek hat seinerseits auch ein alternatives Ich für die Treffen mit Kate geschaffen. Statt an ihrem Tisch zu sitzen als ein Mann, der sein ganzes Leben in den engen Grenzen einer kleinen Gemeinde verbracht hat, ein Mann, der seine Schulfreundin geheiratet hat, hat er sich in eine Art Großstadt-Cop im Exil verwandelt, der aufgrund einer geheimen Katastrophe damals in der großen City in Leyden gelandet ist. Dass sowohl Kate als auch Derek sich verstellen, gibt der Zeit, die sie zusammen verbringen, etwas Irreales, doch es trägt auch zur Entspannung bei; es ist wie auf einem Maskenball, aber einer, bei dem die Verkleidungen nicht so aufwändig sind, und man weiß immer, mit wem man tanzt.

Kate und Derek reden weiter über die neue Alarmanlage. Kate erzählt, einer der Gründe, weshalb sie dem Umzug aus der City zugestimmt habe, sei gewesen, dass sie gern an einem Ort leben wollte, wo sie sich keine Sorgen um Kriminalität machen musste. Derek erzählt ihr, dass die Kriminalität im Windsor County in den letzten vier Jahren um fast zehn Prozent angestiegen sei, obwohl das hauptsächlich für die größeren Städte im Süden des Bezirks gelte. Dann reden sie eine Weile über den O.-J.-Fall, obwohl Kate hier vorsichtig sein muss, denn Derek weiß so gut wie nichts darüber, er gibt die größten Allgemeinplätze von sich, wie »Mann, der Typ hatte alles, und schau ihn dir jetzt an«. Sie tun ihr Bestes, um den unvermeidlichen kritischen Punkt ihrer Unterhaltung zu umgehen: das Thema Daniel, dessen Verhalten, Motive und gegenwärtiges Leben bei jedem Gespräch schließlich ins Zentrum gerückt sind.

Dieses Mal bringt Derek es auf. »Irgendeine Nachricht von unserem Wandersmann?«, fragt er. Die Art und Weise, in der er über Daniel redet, ist anders, als wenn er über Kriminalität und Sicherheit spricht. Wenn er Daniel erwähnt, ist seine Stimme tolerant, nachdenklich und moralisch überlegen.

»Tatsächlich habe ich heute mit ihm gesprochen.«

»Wirklich?«, sagt Derek und seine Stimme wird etwas lauter.

»Er wollte Ruby in der Tagesstätte abholen.«

»Du machst Witze.«

»Mir war es schon recht. Ich wusste, dass sie mir die Alarmanlage einbauen würden, aber ich wusste nicht genau, wann.«

»Und? Wird sie die Nacht dort verbringen?«

»Ja«, sagt sie. »Ich könnte einen freien Abend brauchen.«

»Na, ich glaube, es ist ganz gut für sie, ein männliches Vorbild zu haben.«

Und nachdem das Thema jetzt aufgebracht ist, schwebt es über ihnen wie ein großer, träger Ballon.

»Dieses Haus, wo er wohnt«, sagt Kate. »Endlich habe ich den Mut aufgebracht, hinzugehen und es mir anzusehen.«

»Er wohnt doch drüben an der Salter Turnpike.«

»In einem kleinen Vororthaus, mit Garage und falschen Fensterläden.« Sie bricht ab, denn ihr wird klar, dass diese Art von Architektur Derek nicht stören würde, dass sein Haus sogar genauso beschrieben werden könnte. »Und innen sieht es richtig trübsinnig aus. ›Wer hat das denn eingerichtet?‹, habe ich ihn gefragt. ›Lee Harvey Oswald?‹«

»Vor drei Jahren wurde ich mal wegen häuslicher Gewalt raus zur Salter Turnpike gerufen, und es stellt sich heraus, der Typ war mein Englischlehrer aus der zehnten Klasse, Mr. Machias. Mann, wie gern habe ich den festgenommen. Und als ich ihn rausbringe, versucht er so eine Art Handel mit mir: ›Mr. Pabst‹, sagt er, ›wir sind doch beide Männer von Welt.‹ Männer von Welt. Seine arme Frau ist da drinnen mit gebrochener Nase und einem ausgeschlagenen Schneidezahn, und er versucht, sich mit mir zu verbünden.«

»Was willst du damit sagen, Derek, dass es eine schlimme Nachbarschaft ist?«

»Ich sage dir, was ich glaube. Es gibt keine schlimmen Nachbarschaften, es gibt nur schlimme Menschen.«

Oh, danke für deine hart erworbene Straßenweisheit. »Daniel hat sich sichtlich unwohl gefühlt, als ich im Haus war«, sagt sie. »Er ist von einem Fuß auf den anderen getreten, hat geredet wie ein Wasserfall und hat sich mit der Hand die Nieren massiert, wie er es macht, wenn er sehr, sehr nervös ist.«

»Er war nervös? *Schämen* sollte er sich. Er sollte dich auf Knien um Vergebung bitten.«

Kate zuckt die Schultern, aber Derek sagt genau, was sie hören will. Sie hat inzwischen gemerkt, dass sie ein schier grenzenloses Bedürfnis hat, ihre Seite der Dinge zu hören, wenn es um das Auseinanderbrechen ihres Haushalts geht. Früher hätte sie angenommen, sie würde ihren Stolz bewahren wollen, dass sie eine tapfere Fassade aufrichten und auf die herkömmliche Art von romantischer Abwehr in der Form von Nonchalance setzen würde, oder von philosophischer Akzeptanz. Aber das war nicht der Fall. Kate will, dass niemand einen falschen Eindruck bekommt, wessen Idee es war, sich zu trennen. Sie ist diejenige, der Unrecht angetan wurde, jede Verdrehung dieser Tatsache wäre unmoralisch. Und immer, wenn sie glaubt, dass sie jetzt genug Mitleid bekommen hat, bekommt sie Heißhunger auf mehr.

»Er sieht furchtbar aus«, sagt Kate. »Er muss mindestens zwanzig Pfund abgenommen haben, und er hat dunkle, faltige Augenringe. Seine Gesundheit ist richtig angeschlagen.«

»Er sollte mit dir eigentlich nicht über seine Gesundheit reden«, sagt Derek. »Das Recht hat er verwirkt.«

»Das ist nicht wie bei Räuber und Gendarm, Derek, das ist das richtige Leben. Was auch immer er getan hat, er ist immer noch wichtig für mich. Und wenn er irgendwie herzkrank wird …«

»Er hatte einen Herzanfall?«

»Ich weiß nicht, was er hatte. Aber ich weiß, dass er immer schwächer wird. Und weswegen?«

»Wegen Hampton Welles«, sagt Derek leise.

»Aber das war doch nicht Daniels Schuld!«

Derek nickt. Das glaubt er eigentlich auch, aber er mag es nicht, wenn Kate das sagt.

»Ich glaube außerdem«, fährt Kate fort, »dass das in Bezug auf ihn und Iris verheerend war. Ich glaube, es fällt ihnen schwer, einander überhaupt zu sehen.«

Derek ist ziemlich sicher, dass Daniel und Iris sich öfter sehen, als Kate wahrhaben will – er hat die beiden aus dem Windsor Bistro kommen sehen, hat ihr Auto vor Daniels Haus gesehen –, aber er beschließt, es lieber nicht zur Sprache zu bringen. Manchmal ist die ganze Wahrheit nicht das Wichtigste.

»Du bist eine sehr tapfere Frau, Kate«, sagt er. »Ich mein das wirklich. Du hältst dich gut.«

»Darf ich dir noch eine Tasse Kaffee anbieten?«

»Nein, lieber nicht. Ich habe sowieso Schlafprobleme. Und dieses Zeug ist um einiges stärker als alles, was ich zu Hause kriege.«

»Miau«, sagt Kate und löst damit bei Derek einen solch hysterischen Lachanfall aus, dass er scharlachrot wird im Gesicht. Kate sieht ihn mit milder Nachsicht an, aber bald muss sie auch lachen, und die beiden lachen weiter, als wäre ihr Scherz ein Kuss, den sie ausdehnen wollten.

Und dann verebbt das Gelächter, und sie sind allein miteinander und mit dem Schweigen, das Derek schließlich nicht mehr ertragen kann.

»Man fragt sich schon«, sagt er kopfschüttelnd.

»Was?«

»Was man in ihrer speziellen persönlichen Lage tun würde.«

»In Iris' Lage? Mit Daniel, meinst du?«

»Unfall hin oder her, immerhin hat Daniel die Zündschnur in Brand gesteckt. Was würdest du mit jemandem machen, der deinem Ehemann so was angetan hat?«

»Tja, erst einmal hätte ich gern einen Ehemann.« Sie merkt sofort, dass das kein guter, nicht einmal ein akzeptabler Scherz ist. Sie weiß, dass Derek sie anziehend findet, dass er in der Hoffnung vorbeikommt, sie eines Tages ins Bett zu bekommen, und sie will ihn nicht ermutigen, genauso wenig wie sie ihn völlig entmutigen will. Und wie es kommen musste: Der blöde Witz sorgt dafür, dass er sich unbehaglich fühlt. Er rutscht auf dem Sitz herum, schlägt seine Beine anders übereinander.

»Du kennst Hampton, nicht wahr?«, fragt Derek.

»Ein bisschen.«

»Wie ist er eigentlich?«

»Extrem würdevoll, früher hätte man gesagt, er macht den Seinen alle Ehre.«

»Oh, Mann«, sagt Derek und schüttelt traurig den Kopf, was er oft tut, wenn von Hamptons Schicksal die Rede ist. Er fasst sich an den Hals, was auch eine praktisch ritualisierte Geste bei dem Thema ist.

»Armer Daniel«, sagt sie. »Manchmal meine ich, dass Iris ihn irgendwie als Geisel hält.«

»Als Geisel?«

»Psychologisch gesehen.«

Derek schaut weg, als wäre das ein bisschen zu ausgefallen für seinen Geschmack.

»Daniel fühlt sich verantwortlich … Und Iris ist kein Dummkopf. Sie ist durchaus in der Lage, Daniel höllisch zu manipulieren, ohne sich groß anstrengen zu müssen. Er kauft für sie ein, er mäht ihren Rasen, er ist wie ihr Diener.«

»Ich fass es nicht«, sagt Derek. »Du sitzt hier, und er tut dir leid. Die ganze Stadt spricht darüber, was für eine Ratte er ist, und die Person, die er am meisten verletzt hat, empfindet Mitleid mit ihm. Du bist ein sehr verständnisvoller Mensch.«

»Ich bin nicht verständnisvoll. Ich bin verletzt. Ich bin unglaublich verletzt. Es ist nur … na ja, es ist *Daniel*. Er ist so ein lieber Mensch. Aber er ist entwurzelt, das kann das Problem sein. Ich hätte es mir zusammenreimen können, als er mit dem Plan ankam, hierher zurückzuziehen. Er wollte in der Nähe seiner Eltern sein, so seltsam das klingt. All diese unerledigten Angelegenheiten, es stimmt schon, was man so sagt. Diesen ungeliebten Kindern fällt es oft am schwersten, von zu Hause wegzugehen. Sie glauben immer, jetzt passiert es gleich, all das, auf das sie ihr Leben lang gewartet haben. Und dann fixieren sie sich auf die Vorstellung von Leidenschaft, eine Art Urknalltheorie. Weißt du, was ich meine? Eine Explosion, die die ganze Welt neu erschafft. Vielleicht hat er sich deshalb so an diese Frau gehängt, die im Grunde doch eine Fremde für ihn ist. Er will sich vor seiner eigenen Leere retten. Und ich glaube, er sieht in ihr auch die perfekte Mutter – obwohl sie willens war, ihre Ehe zum Fenster rauszuwerfen. Aber mit ihrem Kind ist sie furchtbar einfühlsam, hat es dauernd auf dem Schoß. Daniel liebt das, weil er es versteht und weil ihm das gefehlt hat. Dann nimmst du das alles und mischst Daniels verdammten Idealismus dazu und seine ganze Fixierung auf alles, was *schwarz* ist, und dass die angeblich mehr Gefühle haben als wir, emotional präsenter sind. Diesen ganzen Unsinn.«

»Unsinn? Du nennst das, was er getan hat, Unsinn?«

»Daniel wollte niemandem weh tun.«

»Hat er aber«, sagt Derek. »Er kann von Glück reden, dass niemand Anklage erhoben hat.«

»Es war ein Unfall, ich glaube, so viel war doch für jeden

offensichtlich. Es war einfach verdammtes Pech. Da geht diese Rakete ab und schneidet dem armen Hampton die Halsschlagader durch. Gott im Himmel. Es wäre besser gewesen, wenn er gleich an Ort und Stelle gestorben wäre.«

»Das ist er ja mehr oder weniger.«

»Ach was. Er kann herumlaufen, er kann selbst essen. Wahrscheinlich vögelt er sogar mit der Frau, die er da hat.« Sie hebt die Hände, als wollte sie sich schützen. »Tut mir leid. Ich weiß nicht, wo das herkam.«

Schweigen tritt ein. Von draußen können sie die Blauhäher hören, die sich mit heiseren Stimmen das Vogelhäuschen streitig machen; sie scheinen wild entschlossen zu sein, sich für einen Schnabel voll Disteln gegenseitig abzuschlachten. Manchmal wird es so offensichtlich: Die Welt ist ein Ort unbarmherziger Brutalität, die Lebewesen bleiben nur am Leben, wenn sie andere Lebewesen umbringen.

Derek hat das Fenster an seinem Auto offen gelassen, und das Funkgerät krächzt in die Stille des frühen Abends hinaus.

»Dein Funkgerät«, sagt Kate.

»Ich hör's.«

»Was geben sie durch? Was ist los?«

»Nichts, absolut nichts.« Und dann beschließt er auf eine Eingebung hin, alles in einem Satz zu riskieren. Plötzlich ist das leichter, als sich zurückzuhalten, leichter, als so zu tun, als hätte er nicht von Kate geträumt, als hätte er sich nicht in sie verliebt. Alles, was geschehen ist, hat seinen Grund gehabt, angefangen mit Daniel, der die Treppe hinuntergestoßen wurde und nach Leyden zurückgekehrt ist, dann der ungewöhnlich frühe Schnee und diese dunkelhäutigen Kids, die Kate terrorisiert haben, die ganze karmische Ereigniskette mit Marie Thorne, die sich im Wald verirrt hat, als Schlusspunkt. Es musste sich alles genau so zusammenfügen.

Kate zieht die Stirn in Falten. Sie steht am offenen Fenster, durch das das Geräusch des Funkgerätes hereinweht.

»Solltest du nicht darauf achten?«, fragt sie.

Er nimmt ihre Hand. »Alles, worauf ich wirklich achten möchte, ist genau hier«, sagt er.

Sechzehntes Kapitel

Obwohl er unter ständiger Anspannung steht, immer wieder an den Augenblick denkt und ihn von Neuem durchlebt, als er die Zündschnur an diesem Feuerwerkskörper in Brand gesetzt hat, obwohl er wegen des Auseinanderbrechens seiner Familie Gewissensbisse hat und sich dabei vorkommt, als hätte er Grippe, obwohl er sich ständig Sorgen um Rubys Wohlergehen macht, um ihre seelische und körperliche Gesundheit, sogar um ihre Laune, obwohl er das Foto des lieben kleinen Mädchens von der Wand in seinem Schlafzimmer entfernt hat, weil es ihn zum Heulen brachte, obwohl sie am Telefon oft abgelenkt war und nicht reden wollte, obwohl er sie zum Füttern der Schwäne mitgenommen hatte, die in einem Weiher bei einem nahe gelegenen Kloster wohnten, wo er sich eine halbe Minute umgedreht und sie fast zehn Minuten lang aus den Augen verloren hatte, obwohl er zahlreiche nächtliche Trink-und-Wähl-Anrufe von Kate erhalten hatte, obwohl er sich manchmal fragt, wie er nur einen Augenblick lang denken konnte, er könnte ohne sie leben, obwohl er nicht wenige seiner Mandanten vor den Kopf gestoßen hat, obwohl er seine Kanzlei, seine Karriere und seinen Ruf zerstört hat, obwohl er sich von einem angesehenen, beliebten Bürger seiner kleinen Stadt in ein Subjekt verwandelt hat, über das geklatscht wird, in dessen Gegenwart die

Leute sich nicht wohl zu fühlen scheinen, obwohl es problematisch ist, Iris zu treffen nach Hamptons Verletzung, obwohl sich in seiner Ferse ein brennender, stählerner Schmerz ausgebreitet hat, als wäre sie von einem Pfeil durchbohrt worden, besonders am Morgen, wenn er vor lauter Schmerzen kaum aus dem Bett kommt, obwohl seine Gehilfin Sheila Alvarez ihn herablassend behandelt und schon mal vor seinem Gesicht mit den Fingern geschnippt und »Hallo?« gefragt hat, als er auf eine ihrer Schnellfeuerfragen nicht antwortete, obwohl der kleine Junge von Iris immer noch eine Abneigung gegen ihn hat, sich bei jeder Berührung von ihm wegwindet und ihn über den Tisch bei Burger King finster anstarrt, obwohl Daniel Anfälle von fiebriger Sehnsucht nach seiner alten Häuslichkeit hat, nach den geregelten Abläufen und den Bequemlichkeiten, obwohl er das Haus und die Gegend, wo er jetzt wohnt, mehr oder weniger verabscheut, weil er noch keine Nacht gut geschlafen hat, weil er gezwungen ist, lästige, kiloschwere Flaschen mit Quellwasser zu kaufen, weil das, was aus der Leitung kommt, nach leprösen Fröschen riecht, weil der Idiot von Hausbesitzer, der nie zuvor einen Mieter hatte, dauernd herumlungert und am Samstagmorgen den Rasen mäht, die dürren, kärglich blühenden Rosenbüsche gießt, die Wacholdersträucher schneidet, die wie Katzenurin riechen, und Daniel ständig in seinen Umgang mit dem Haus hineinredet, als wäre der deprimierende kleine Bungalow eine Jungfrau und Daniel ein notorischer Schwerenöter, obwohl er zehn Pfund Muskeln und nicht ein Gramm Fett verloren hat, obwohl plötzlich drahtige graue Haare an seinen Koteletten auftauchen, obwohl er fünfzehn Bücher angefangen und keines zu Ende gelesen hat, war er noch nie in seinem Leben so glücklich.

Vieles an diesem Glück ist rein körperlich. Es ist eine animalische Freude, eine verblüffende erotische Vollständigkeit, wie er sie noch nie erlebt hat. Daniel hatte immer insgeheim geglaubt, die Leute, die von ihrem sexuellen Glück schwärmten, würden übertreiben. Sie waren wie diese Restaurantkritiker, die eine Schüssel Suppe mit einem Blick ins Himmelreich verglichen. Sie waren sexuelle Feinschmecker, sie waren wie diese Weinkritiker, die ihre maßlosen Spesen mit Wörtern rechtfertigten, die nicht nur ihre einfachen, menschlichen Freuden zu einer Art tollkühnem Abenteuer der Sinne erhoben, sondern auch noch behaupteten, verborgene Nuancen des Genusses herauszuholen, die nur sie ausmachen konnten.

Doch jetzt, da er mit Iris zusammen ist, gehört Daniel *zu diesen Leuten*. Seit der Nacht mit dem Oktoberschnee ist er ein Feinschmecker in Sachen Sex, und wenn es irgendjemanden auf der Welt geben würde, mit dem er seine neu gefundene Freude teilen könnte, wäre er zu einem Prediger für die heilige Kirche der körperlichen Liebe geworden.

Zum Beispiel ist er endlich wieder imstande, beim Liebesspiel die obere Stellung einzunehmen, was er nicht mehr gekonnt hatte, seit er damals in der Perry Street die Treppe hinuntergestoßen wurde. Der lange Sturz hatte ihm eine Zerrung im unteren Rücken beschert, eine Anfälligkeit für Muskelkrämpfe und einen Ischiasnerv, der wie die dritte Schiene in einem U-Bahntunnel war und vor lauter Schmerzen summte. Es war ihm von da an auch unmöglich zu tun, was die Missionarsstellung erforderte, und so stieg Kate wochen- und dann monatelang auf ihn und machte, in ihren Worten, »die ganze Arbeit«. Aber jetzt sind die Schmerzen weg, und das hat eine verjüngende Wirkung auf ihn. Daniels jugendliches Selbst ist wiederhergestellt, durchpulst von der Lebenskraft und der Anpassungsfähigkeit eines Mannes in seinen Zwanzigern, aber eines geläuterten, klug gewordenen Mannes in seinen Zwanzigern, eines Mannes, der seine Jugend nicht verschwenden wird.

Es ist Nacht, und Daniel schwebt vielleicht fünfzehn Meter über der Stadt, sitzt in der Luft so bequem wie in einem Sessel, die Beine übereinandergeschlagen, die Hände im Schoß gefaltet, seine Daumen tippen aneinander. Die ersten paar Male verwandte er beim Fliegen unglaublich viel Mühe darauf, sich umherzubewegen oder nur oben zu bleiben. Er streckte immer die Arme nach vorn aus, weil Superman sich auf diese Art im Film aerodynamisch machte. Dann, nach einer Weile, in einem Augenblick der Irritation und der Erschöpfung, dachte er: *Es macht mir eigentlich nichts aus, wenn ich abstürze,* und er gab auf, er überließ sich einfach den Elementen, wie ein Schwimmer, der sich dem Meer hingibt, und es war gut so. Seine Anwesenheit dort oben ist so ungezwungen und steht so wenig in Frage wie seine Anwesenheit auf der Erde. Er ist bereits über die ganze Stadt geflogen, hat seine Gebete um Liebe und Glück an alle hinuntergeschickt, die schlafen, und an alle, die keinen Schlaf finden.

Jetzt, wo er in den Strömungen der Nachtluft auf und ab schaukelt und sich mit Gedankenkraft von hier nach dort bewegen kann, schwebt er schützend über dem Haus von Iris, spürt all die wilde, tierische Sehnsucht nach ihr, die früher lediglich ein Traum war, und spürt tatsächlich eine größere Sehnsucht nach der Iris, die er nun kennen gelernt hat, als nach dem Phantom Iris. Die Iris, die er kennen gelernt hat, die Iris, die er geküsst hat, die Iris, die ihm gehört, ist nicht genau die Iris, nach der er sich einmal gesehnt hat. Diese Iris wurde verdrängt, als Hampton seinen Schlag bekam. Keine der Veränderungen, die sie erfahren hat, ist wirklich so, wie er es sich einmal erhofft hätte. Die Iris, die er einmal so rasend begehrt hatte, war träge, während die Iris, die er jetzt kennt, erschöpft ist, die Iris, der er den Hof gemacht hatte, wollte unterhalten werden, und die Iris, die er bekommen hat, will getröstet werden. Und nicht unbedingt von ihm.

Und dann, als er hin und her schwebt, ein paar Meter über ihrem Dach, aber unfähig, ihr Haus auch nur als Geist zu betreten, bemerkt Daniel zum ersten Mal, dass er nicht allein ist im nächtlichen Himmel über Leyden. Zuerst glaubt er, er hätte eine Eule oder einen anderen Raubvogel der Nacht gesehen, und sein zweiter Gedanke ist, dass irgendein kleiner Gegenstand aus dem Weltraum gefallen ist, ein Meteorit, ein Brocken kosmischen Abfalls. Er dreht sich um und sieht, ausgerechnet, Derek Pabst, der aufgeregt Richtung Westen fliegt, bekleidet mit dunkelblauen Boxershorts und einem T-Shirt der Boston Red Sox. Derek scheint Daniel nicht bemerkt zu haben, und obwohl Daniel nicht den Wunsch hat, mit Derek zu reden, überkommt ihn ein kameradschaftlicher Instinkt, und er ruft nach seinem alten Freund. Derek, dessen Miene ausgesprochen besorgt ist, dreht sich nach dem Klang von Daniels Stimme um, kann ihn nicht sehen, beginnt dann, sich um die eigene Achse zu drehen, und zoomt wie ein Kugelblitz in die Außenbezirke des Städtchens.

Als er wieder die Wacht über Iris' Haus aufnimmt, ist Iris da, ihm zugewandt. Sie ist nur Zentimeter entfernt, ihr Nachthemd fließt hinter ihr, sie blickt ihn erstaunt und verwirrt an.

»Träume ich?«, fragt sie. Sie beginnt wegzutreiben, und er fasst sie am Handgelenk, zieht sie an sich.

»Du bist wach.«

»Ich habe eine schreckliche Nacht gehabt, eine ganz, ganz schreckliche Nacht.«

»Wegen Hampton?«

»Wenn man die ganze Zeit mit jemandem verbringt, der nicht sprechen kann, wird man auf sich selbst zurückgeworfen, aber auf die schlimmste Art. Wir sind nicht zum Schweigen geschaffen, aber für ihn haben die Wörter keine Bedeutung. Also sitze ich da mit ihm, und ich denke an dich, und wenn sonst niemand da ist…« Sie hört auf zu reden, schaut hinunter. Sie beginnt, an Höhe zu verlieren, aber Daniel fängt sie wieder ein. Sie drückt ihre Lippen auf seine Handfläche und legt sie dann auf ihre Brust. Ihr Atem kommt in abgebrochenen Stößen, als wollte er ihr immer wieder entfliehen. »Wenn niemand da ist«, sagt sie, »sage ich einfach, was ich denke. Ich sage: ›Hampton, ich bin verliebt. Ich bin verliebt in einen Mann, der mich klug und schön findet.‹«

»Jeder hält dich für klug und schön, Iris.«

»Ich liebe ihn nicht mehr, Daniel. Seit langem nicht mehr. Wenn du mit jemandem zusammen bist, der so gebrochen ist – sogar wenn du ihn liebst, das verlangt dir alles ab. Aber wie verhält man sich, wenn man jemanden sowieso nicht mehr liebt? Wenn man sich sowieso wie in der Falle gefühlt hat? Wenn dein Herz… woanders ist. Er ist jetzt ein Bild des Jammers. Er hat Angst, er weint, und jeden Tag wird er körperlich stärker. Aber wie kann ich ihn verlassen?« Ein plötzlicher Windstoß kommt vom Fluss her und schiebt sie näher an Daniel.

»Die ganze Welt sagt uns, dass wir nicht zusammengehören«, murmelt er bekümmert.

»Liebst du mich nicht mehr?«

»Selbstverständlich liebe ich dich. Aber das hat damit nichts zu tun, nicht in unserer Situation. Wie viel kann die Liebe schon ausrichten? Das ist doch alles begraben.«

»Ich komme mir nicht begraben vor. Früher ja, aber jetzt nicht mehr. Schau doch mal her!« Sie breitet die Arme aus, streckt sie dann nach oben und beginnt aufzusteigen, erst langsam, dann in größere Höhen.

»Ich will ihn sehen!«, ruft Daniel ihr nach, aber falls sie ihn hört, lässt sie sich nichts anmerken und steigt noch höher. Beunruhigt kehrt Daniel in sein eigenes Bett zurück.

Er schaltet das Licht auf seinem Nachttisch an. Die Lampe hat die Form einer Callalilie; er hat sie in der Stadt gekauft, im Glauben, es sei eine Iris und dass er Iris damit rühren könnte oder sie die Lampe wenigstens mögen würde. Aber so oft sie auch in dieses Zimmer gekommen ist, die Lampe hat sie anscheinend nie bemerkt. Genauso wenig hat sie das teure Messingbett erwähnt, das er gekauft hat, oder die 500 Dollar teure Daunenbettdecke oder die schwarz lackierten Beistelltische oder den Navajo-Teppich oder das Poster von dem Pariser Jazzklub, auf dem die Pianotasten wie ein schwarz-weißer Wollschal ausgebreitet sind. Es scheint alles eine Fehlkalkulation zu sein, die ganze ausgefallene Boudoirausstattung. Er stopft ein Kissen vor die kalte Messingstange am Kopfteil des Bettes und nimmt das Buch, in dem er gerade gelesen hat. Er bleibt auf dem Rücken liegen, blättert die Seite um und legt sich dann auf die Seite, den Kopf auf eine Hand gestützt. Die Hand bedeckt sein rechtes Auge, und sofort verschwindet die Welt. Er sitzt kerzengerade im Bett, sein Herz rast; sobald er den Handballen von seinem rechten Auge nimmt, kehrt die Welt zurück. Er bedeckt sein Auge noch einmal. Dunkelheit. Er ist auf einem Auge blind.

Siebzehntes Kapitel

Daniel lernt, mit nur einem sehenden Auge zu leben, lernt, wie man mit der seltsamen Flachheit der Welt zurechtkommt, der merkwürdigen Verstärkung der Töne, der entmutigenden Gleichgewichtsverluste, der Beklommenheit angesichts von Treppen, dem Gefühl abzustürzen, wenn er nur von einem Randstein heruntergeht, und er lernt sogar, mit dem ständig vorhandenen Gefühl zu leben, dass jemand oder etwas hinter oder genau neben ihm ist, etwas Bedrohliches, das außerhalb seines eingeschränkten Gesichtsfeldes liegt, und dass dieses periphere, strafende Phantom gerade dabei ist, über ihn herzufallen, ihn zu packen, zu stoßen, zu erstechen oder zu erschießen. Besondere Schwierigkeiten hat er immer noch damit, diese verborgene Behinderung geheim zu halten. Er will darüber reden, er will Hilfe, er will ein bisschen Anerkennung dafür, dass er so gut zurechtkommt; Verheimlichen widerspricht seiner Natur, und jetzt muss er diese plötzliche teilweise Blindheit seinem Vorrat an Geheimnissen hinzufügen.

Schließlich unterzieht sich Daniel doch einer Anzahl von Untersuchungen, unter der Obhut von Bruce McFadden. Zuerst macht Bruce seine eigenen Tests, und dann, als er nichts findet, schickt er Daniel zu Windsor Imaging, um magnetische Resonanzaufnahmen und eine Computertomographie machen zu lassen, und als alle Ergebnisse vorliegen, setzt er sich mit Daniel in seine Praxis und geht die Unterlagen mit ihm durch. Zur Dekoration in McFaddens Praxis – und es ist ein ungewöhnlicher alter Raum, verwinkelt und angefüllt mit bizarren Dingen – gehören gerahmte Schwarzweißfotografien von einigen seiner blinden Lieblingsmusiker: Ray Charles, Stevie Wonder, Roland Kirk, Al Hibler, Ivory Joe Hunter, Blind Willie McTell, The Five Blind Boys of Mississippi *und* The Five Blind Boys of Alabama, zusammen auf demselben Foto, was es zu einem ganz besonderen Sammlerstück macht, dazu der englische Jazzpianist George Shearing, das einzige weiße Gesicht in der Versammlung.

»Es ist wie in dem alten Witz«, sagt Bruce, der sich in seinem schwedischen Orthopädiestuhl mit der kindlich hellblauen Polsterung und den glänzenden Chromstangen zurücklehnt, »wo es heißt: ›Ich habe eine gute und eine schlechte Nachricht.‹« Seine Füße liegen auf dem Schreibtisch, die Hände hat er im Nacken gefaltet. »Aber die gute Nachricht ist gut genug, vielleicht magst du die schlechte gar nicht hören. An deinem Auge ist alles in Ordnung, Daniel. Die Netzhaut, die Hornhaut, der Sehnerv, alles tipptopp. Du hast die Sehkraft eines Teenagers. Du brauchst nicht mal eine Brille.«

»Nur kann ich nichts sehen«, sagt Daniel.

»Ja, nun, das ist die schlechte Nachricht«, sagt Bruce. »Wir müssen die Möglichkeit in Betracht ziehen, dass die Ursache deines Problems nicht physisch ist.«

»Und das heißt?«, fragt Daniel, obwohl sich die Frage einen Augenblick später selbst beantwortet.

»Dein Auge ist in Ordnung. Deine Sehkraft kommt wahrscheinlich zurück. Sobald dein Leben …«

»Du glaubst, mein Leben hat mich blind gemacht?«

»Ich weiß nicht, was dich blind gemacht hat, Daniel. Ich kann dir nur sagen, was die Untersuchungen ergeben haben. Und die sagen alle, dass dein Auge gesund ist.«

Daniel sagt nichts. Er hört ein Geräusch, wendet den Kopf in die Richtung. Der Ast eines Ahornbaums mit handtellergroßen Blättern bewegt sich im Wind und kratzt an die Außenseite des Fensters.

»Schuldgefühle bringen nichts«, sagt Bruce. Er setzt sich aufrecht hin, faltet die Hände, die vorgesehene Zeit ist allmählich abgelaufen.

»Ich fühle mich nicht schuldig. Wie sollte ich auch? Ich bin auf einem Auge blind für alles.«

Bruce lächelt, er schaut erleichtert aus. »Vielleicht wird sich herausstellen, dass es genauso einfach ist«, sagt er.

»Das sollte ein *Witz* sein, Bruce.« Daniels Kinn springt vor, seine Augen weiten sich. »Herrgott noch mal.«

»Es tut mir leid für dich, Daniel. Wirklich. Du stehst ganz schön unter Druck.«

Daniel versucht zu lächeln, aber als ihm das nicht gelingt, versucht er es mit einer mannhaften Grimasse, aber sogar die bringt nichts. Er spürt, wie seine Lippen zittern und ihm die Tränen hochsteigen. Er holt tief Luft und bedeckt seine Augen. Es gibt gewisse Dinge, die er noch nicht sagen konnte, nicht einmal zu Iris. Ausgerechnet sie, in deren Bewusstsein er sich verströmen wollte, seit er sie zuerst gesehen hat, ist wohl der letzte Mensch, mit dem er über die Gewissensbisse reden kann, die ihn wegen Hampton, wegen Ruby und wegen Kate plagen. Sie hat bereits einen gebrochenen Mann in ihrem Leben. Jeder Schritt, den er in das Licht von Iris' Liebe gemacht hat, scheint ihn gleichzeitig auf den Weg, wenn schon nicht ins Herz der Dunkelheit, so doch in die Dunkelheit des Herzens geführt zu haben. Es ist nicht so, wie er es sich vorgestellt hatte. Was ist aus der Welt, die so weit offen stand, geworden, was aus der

Freude? Wie konnte die Erfüllung all seiner Sehnsucht ihn in eine solch entsetzliche Isolation treiben?

»Ich glaube, dass man das nicht extra erwähnen muss, Daniel«, sagt Bruce. »Aber kein Mensch schiebt dir die Schuld zu. Das ist dir doch klar, oder?«

Daniel streckt die Hand über den Tisch und reicht sie Bruce. »O mein Gott«, sagt er. »Ich kann wieder sehen! Ich kann wieder sehen!«

Einen Augenblick lang schaut Bruce verwirrt, als würde er gleich glauben, dass eine Art Wunder geschehen ist. Aber dann findet er seine Fassung wieder. »Sehr witzig«, sagt er. »Ha ha ha.«

Sogar mit der schrecklichen Gewissheit von Hamptons Ruin direkt vor Augen bleibt die realistische Vorstellung von dem, was ihm, ihr, was ihnen allen passiert ist, für Iris rätselhaft. Der Wachtraum des Alltagslebens lässt Hamptons Verletzung nicht so deutlich werden, es gibt so viele andere Dinge zu tun, so viele Menschen, so viel Arbeit – Geschirr muss gespült werden, Kleidung zusammengefaltet, Lieder gesummt, eine Minute vergeht, zehn, und der Ort in ihrem Bewusstsein mit dem Etikett »Hampton« wird, ohne ihr Zutun, stillschweigend von dem vertrauten Mann eingenommen, dem sie einst die Treue versprochen und den sie dann betrogen hat, von diesem Menschen, der einen mit seiner Herablassung so wütend machte.

Und der ganze Aufzug von Leuten, die im Haus ein- und ausgehen. Es ist wie am nationalen Gedenktag. Hier kommt die Feuerwehr, hier die Jugendmannschaft, hier der Elks-Klub. Iris hat ein Tagebuch angefangen, das zuerst als Auffanggefäß für ihren Schmerz gedacht war, für die Reue, die Schuldgefühle, die sie mit jemandem teilen muss, wegen dem, was Hampton zugestoßen ist, und als Ort, um eine Karte des dunklen Meers von Sex und Glück zu zeichnen und es zu beschreiben, in dem sie manchmal schwimmt, manchmal segelt und manchmal versinkt – aber wenig davon schafft es ins Tagebuch. Es wird verdrängt, überdeckt und dann unkenntlich gemacht von einem ständig wachsenden Ensemble von Personen, die in der Welt des Hauses kommen und gehen.

Es kommen Ärzte und Krankenschwestern, Medizintechniker, alle mit Namen und mit Geschichten, einer hinkt, einer ist Diabetiker, einer hat zu Friedenszeiten in der polnischen Armee drei Finger durch Frostbeulen verloren, einer raucht Nelkenzigaretten, einer ist Sufi, einer war im Back-up-Chor von Paula Abdul – alle und jeder von ihnen nimmt einen Teil ihrer Aufmerksamkeit für sich in Anspruch.

Und dann: die Familie. In ihrem Tagebuch sind Seiten über Seiten mit dem Kommen und Gehen ihrer Familie und der von Hampton gefüllt. Sie sind alle mit dem Ereignis über sich hinausgewachsen. Iris' Schwester Carol ist ständig präsent. In den ersten neunzig Tagen von Hamptons Rekonvaleszenz – obwohl das vielleicht das falsche Wort ist, denn Rekonvaleszenz bedeutet einen Prozess mit einem Ziel, und Hamptons Totalverlust des Sprechvermögens ist permanent – hat Carol mehr als die Hälfte der Zeit bei ihnen gewohnt. Und abgesehen von Carol war Hamptons Mutter die Erste, die ankam, die in die Hölle der Juniper Street hinabstieg, im dunkelblauen Kostüm und mit silbernen Haarwellen, mit orangefarbenem Lippenstift und einem großen Brillantring; sie schien anzunehmen, wenn sie Hampton einmal das Sprechen beigebracht hat, könnte sie es auch ein zweites Mal tun. Dann kam Hamptons Bruder James, der mit all seinen Hippiegewohnheiten, seiner verwirrenden Aufgeschlossenheit für spirituelle Randerscheinungen, allerdings keine Hilfe war; er schluchzte und heulte völlig außer sich, bis Iris ihn schließlich trösten musste. Dann kam Hamptons ältester

Bruder Jordan an, ein Kongregationalistenpfarrer aus Bethesda, hager, verwitwet und unzugänglich, und als Iris ihn fragte, ob er für Hampton beten würde, schaute er sie an, als hätte sie von ihm verlangt, Schlangen zu beschwören oder sich am Boden zu wälzen und in fremden Zungen zu reden. Danach kamen ihre beiden Lieblingsbrüder an, Louis und Raymond, die zu Hause gemeinsam Geschäfte machten und reich wurden, indem sie BMWs verkauften (LouRay Motors) und mit Immobilien spekulierten (Davenport, Inc.). Dann kam ihr Vater an, einen Monat nach dem Unfall, als hätte er gewartet, bis sich der Rauch verzogen hatte, damit er die Dinge zurechtrücken konnte. Er schlenderte in die Zerstörung wie Yojimbo, wobei er die medizinische Autorität des gesamten Richmond-Memorial-Krankenhauses mitbrachte, wo er 38 Jahre lang als Leiter der Verwaltung fürs Essen verantwortlich war. Dann Hamptons alte Freunde, die Morrison-Rosemonts, von Atlanta heraufgekommen, und dann noch mehr Brüder, mehr Schwestern, noch einmal seine Eltern, noch einmal ihre Eltern. Sie leitet eine Frühstückspension für die ernsthaft Besorgten, und Mittag- und Abendessen gibt es auch noch. Alle haben unterschiedliche Vorstellungen, unterschiedliche Ansprüche, unterschiedliche Diätvorschriften. Manche sind hilfreich, manche Nervensägen, und alle, jeder von ihnen, wollen schließlich dasselbe wissen: Wer hat Hampton das angetan?

»Ach, der Mann, den ich liebe, der Mann, wegen dem ich mich von hier wegschleiche, wenn die Luft rein ist, mit dem ich mich treffe, sobald ich dich hinter der Tür des Gästezimmers schnarchen höre«, das sagt Iris nicht. »Ein Freund von mir namens Daniel, es war ein Unfall«, das sagt sie auch nicht. »Wenn du jemandem die Schuld zuschieben willst, dann schieb sie mir zu«, steht ebenfalls auf der Liste der Dinge, die sie nicht ausspricht. Aber sie kann nicht einfach stumm bleiben, sie kann sich nicht weigern, die durchaus vernünftigen Fragen von ihnen zu beantworten, sie kann sich auch nicht einfach an die Stirn tippen. Und so erzählt sie die Geschichte immer wieder, malt sie aus, damit es aussieht, als würde sie nicht mit Einzelheiten knausern, angefangen bei der Party in Eight Chimneys, den Problemen bei den Richmonds, dem Verschwinden von Marie Thorne, den vom Sturm verwüsteten Wäldern, den Feuerwerkskörpern, und immer so weiter, und egal, wie sie es ausspinnt, das Ende ist immer dasselbe – ihr Schweigen vermischt sich mit dem Schweigen ihres Zuhörers, und die beiden Schweigen verbinden sich in der Luft und schaffen einen Heiligen Geist des Unausgesprochenen, und dieser Geist schaut auf sie herab und flüstert: *Ein Weißer hat ihm das angetan.*

Es ist spät am Abend, irgendein Wochentag, Mittwoch, Donnerstag, es kommt wirklich nicht drauf an. Daniel ist vor dem Fernseher eingeschlafen, die Hände im Schoß gefaltet, die Füße auf dem Couchtisch. Es ist eine schäbige, fadenscheinige Art Schlaf, vermischt mit dem Ton des Films, den er angeschaut hat – *Die Kanonen von Navarone* –, und ebenso mit den immer noch ungewohnten Eigengeräuschen des Hauses. Sein Traumleben ist dünn und bricht immer wieder ab, nur Bilder, Momente, nichts, woran er sich recht erinnern kann, es ist, wie wenn man die Buchrücken in einem großen Buchantiquariat liest. Mal dekantiert er eine Flasche Rotwein, mal versucht er, einen Rasenmäher durchs nasse Gras zu schieben, mal wird er von Anthony Quinn vor Gericht gebracht, und dann taucht Ruby auf, sie sieht erhitzt aus, als wäre sie gerannt, sie öffnet den Mund, aber statt Worten oder irgendeines menschlichen Tones kommt der Klang einer Türglocke, *ding-dong, ding-dong.*

Daniel wacht auf, sein Herz rast. Er versucht aufzustehen,

aber seine Beine sind Granit. Er greift nach seiner Hose, hebt ein Bein vom Tisch, dann das andere, er hat das Gefühl, als hätte man ihn für tot gehalten und am Straßenrand liegen lassen. Die Türglocke läutet weiter. »Ich komme sofort!«, ruft er.

Er hat weder die Geistesgegenwart noch den Selbsterhaltungstrieb, um zu fragen, wer da ist, er schleppt sich einfach durchs Wohnzimmer, tritt unter dem kleinen ovalen Bogen hindurch in den Vorraum, öffnet die Tür – und sieht Iris auf seiner Veranda stehen, in einem Pullover, der viel zu groß für sie ist – Hamptons? –, und mit dunkler Brille, obwohl es elf Uhr abends ist. In der Luft hängt der Geruch von nachtblühenden Pflanzen.

»Ich muss dich sehen«, sagt sie.

Er streckt die Hand nach ihr aus, zieht sie an sich, und als er sie umarmt, kommt ihm eine Intuition: Hampton ist gestorben. Sie kuschelt ihr Gesicht an seine Halsbeuge. Er nimmt etwas Abstand, um sie besser sehen zu können.

»Ist alles in Ordnung?«, flüstert er.

»Ich musste einfach herkommen.«

»Was ist los? Ist irgendetwas passiert?«

»Hamptons Mutter ist da und seine Schwester, mit ihrer Tochter, Christine, diesem dünnen, zehnjährigen Nervenbündel, das Angst hat vor ihrem eigenen Schatten und dauernd zu weinen anfängt. Sie sind alle Nervenbündel, und mit ihnen und der Krankenschwester im Haus ist kein Platz mehr für mich. Ich kann nicht pinkeln gehen, ohne dass jemand an die Badezimmertür klopft.«

»Wie geht's Hampton?«

»Immer dasselbe. Jeder Tag, dasselbe. Nur kräftiger wird er. Er läuft herum, er isst, aber die Sache mit dem Sprechen, du weißt schon. Er kann nicht aus dem Haus, weil er nicht sprechen kann. Er hat ein Wort, Da-da, da-da. Es bedeutet ja, es bedeutet nein, es bedeutet, ich habe Hunger, mir ist kalt, es bedeutet, was immer er auch will. Und glaub mir, jeder soll gefälligst verstehen, dass dieses da-da bedeutet, er will ein weich gekochtes Ei, und dieses da-da bedeutet, er will eine Rückenmassage.« Ihre Stimme ist fest, etwas hart, aber ihren Augen sieht man die Verletzung an, das Mitleid und den Zorn, mit einem Mann zu leben, der ruiniert ist.

»Eines ist wirklich seltsam, weißt du«, sagt Daniel. »Dass ich ihn seitdem noch nie gesehen habe.«

»Wie könntest du auch? Was willst du denn tun? Reingehen? Ihm einen Besuch abstatten?«

»Ich weiß nicht. Aber es kommt mir seltsam vor, ich finde, ich sollte es tun. Nach allem …«

»Aber es ist einfach unmöglich.« Sie ist selbst überrascht, wie harsch sie klingt. »Vielleicht irgendwann mal«, fügt sie hinzu. »Aber nicht jetzt.«

»Ich muss die Verantwortung übernehmen«, sagt Daniel.

»Ich übernehme die Verantwortung«, sagt Iris. »Jeden Tag. Und das reicht. Er weiß nicht einmal genau, was ihm zugestoßen ist. Er glaubt sicher nicht, dass es etwas mit dir zu tun hat. Ich müsste ihm eine Reihe von Cartoons zeichnen, und dann würde er es wahrscheinlich immer noch nicht verstehen. Komm schon. Bitte. Ich will nicht darüber reden. Ich brauche eine Pause von allem.«

Brüsk, sogar grob – er entschuldigt die drängende Hast dabei und freut sich sogar darüber – führt sie ihn ins Schlafzimmer, stupst ihn an den Schultern. Er fällt aufs Bett, und sie stürzt sich mit wütendem Verlangen auf ihn. Als er versucht, unter dem verzweifelten Druck ihrer Küsse etwas zu sagen, klicken ihre Zähne aneinander.

Er hat das Gefühl, dass sie noch nicht so weit ist, aber sie will ihn jetzt sofort in sich haben. Plötzlich zieht sie zwischen den zusammengebissenen Zähnen pfeifend die Luft ein. Ihre Augenlider flattern, und sie drückt ihre Finger drängend auf seinen Rücken. Sie flüstert ihm die Einzelheiten und das Ausmaß ihres Vergnügens ins Ohr, und obwohl er sich freut, mit und in ihr zu sein, kommt ihm ein Gedanke: *Warum,* so fragt er sich, *hat sie nicht zugelassen, dass ich sie vorbereite, bevor ich in sie eindringe? Warum hat sie nicht gewollt, dass ich sie anfasse, warum wollte sie, dass ich mich reinzwänge?* Es ist ein furchtbar kleinlicher Gedanke – wie konnte der Mann, der sich einst so inbrünstig danach sehnte, den Rist ihres Fußes zu küssen, jetzt an Details der Gleitfähigkeit herumkritteln? Aber sogar als er sie weiterliebt, als er spürt, wie ihm der Schweiß ausbricht, sogar als er seine Bewegungen darauf abstimmt, ihr Lust zu verschaffen, den verwunderten, verzweifelten und schutzlosen kleinen Schrei hört, den sie ausstößt, sogar als ihr Griff fester wird und er sich in den unvermeidlichen Wirbel des Orgasmus gezogen fühlt, sogar da kann er die Erinnerung an den scharfen Atemzug nicht unterdrücken. Das kann nur eines bedeuten: Sie ist an das gewaltsame Eindringen gewöhnt, das hat sie früher mit Hampton gemacht, und danach hungert ihr Körper, danach hungert sie, und im Moment ist es das, was sie benötigt.

Und dennoch, durch Willenskraft und indem er gehorsam die Befehle seines eigenen Begehrens erfüllt, kann er bei ihr bleiben, und jetzt liegen sie nebeneinander, schwer atmend und erleichtert. Im Dämmerlicht seines Exilschlafzimmers (er kann sich nicht vorstellen, sein Leben in diesem Haus einzurichten; er bewohnt es wie ein Flüchtling) schlummert Iris ein, die Beine aneinandergepresst, die Arme seitlich angelegt, wie ein Kind, das so tut, als würde es schlafen. Ein sanftes Schnarchen entschwebt ihren Lippen. Daniel stützt sich auf den Ellbogen und betrachtet sie von oben. Ihre Brüste liegen fast flach auf ihr, mit abstehenden Nippeln und etwas hängend, nachdem sie zwei Jahre Nelson gestillt hat. Ihr Bauch hebt sich sanft bei jedem Atemzug. Was wäre, wenn sein Kind da drinnen wächst?

Er will ihren Schlaf nicht stören, und weil er selbst nicht glaubt, dass er sich zurückhalten kann, sie zu berühren, schlüpft Daniel aus dem Bett und geht so leise er kann in das vordere Zimmer. Nackt setzt er sich aufs Sofa, findet die Fernbedienung unter einem Kissen und schaltet den Fernseher ein. *Die Kanonen von Navarone* sind vorbei, und er geht die Kanäle durch, um etwas zu finden, was ihn zehn oder fünfzehn Minuten lang interessieren könnte, denn danach, sagt ihm sein Gefühl, muss er Iris aufwecken. Er bleibt bei einem Nachrichtenkanal hängen, wo ein schwarzer Rechtsanwalt namens Reginald McTeer sich über den Fall Simpson auslässt. Daniel hat McTeers ständig lächelndes, medienfreundliches Gesicht schon oft im Fernsehen gesehen. Der Sender muss ein Team in McTeers Büro geschickt haben, denn der Mann sitzt an einem großzügigen Schreibtisch, und Bücherregale mit juristischen Bänden rahmen hinter ihm einen Blick auf den mittleren Teil von Manhattan ein. FRÜHER AM TAG AUFGENOMMEN, blinkt unten über den Bildschirm. McTeer ist ein untersetzter Mann im dunklen Anzug, und sein Markenzeichen ist ein Cowboyhut, strahlend weiß mit einem roten Satinband. Ein Bild von seiner hellhäutigen Frau und ihren drei hellhäutigen Kindern steht auf dem Schreibtisch, dazu Fotografien von McTeer, wie er seine teuren Hobbys und Urlaubsreisen genießt – auf Safari, im Cockpit seiner Mooney, beim Reiten sowie mit verschiedenen Prominenten aus der Welt der Politik und des Showgeschäfts. Er spricht wie ein Mann, dem seine eigene Stimme angenehm ist, mit der mahnenden Begeisterung eines Predigers oder eines Cadillac-Verkäufers.

»Sie wissen ja, Jim, alle Medien spielen verrückt, weil Mr. O. J. Simpson sich ein Team erstklassiger Rechtsanwälte genommen hat. Alle reden dauernd über Käuflichkeit des Rechts. Und ich sage: mehr Macht für ihn. Dies ist Amerika, Baby. Alles ist käuflich. Glauben Sie denn, dass die Armen dieselbe Gesundheitsfürsorge bekommen wie die Reichen? Alles ist käuflich, von oben bis unten. Was man verstehen muss, ist Folgendes: So funktioniert das System, genau das muss der Mann tun. In Amerika sticht grün immer noch schwarz *und* weiß.«

McTeer lächelt, und dann zeigt der Fernseher plötzlich Jim Klein, der im Studio eines Kabelsenders sitzt und McTeer auf einem großen Monitor anschaut. Klein, ein silberhaariger Mann in einem blauen Blazer, der früher einmal für eine der großen Fernsehgesellschaften gearbeitet hat und sich jetzt dem Ende seiner Medienkarriere nähert, dreht sich auf seinem Stuhl um und blickt auf einen anderen großen Monitor.

Es ist Kate, in Leyden, und sie sitzt auf dem Sofa im Wohnzimmer. Daniel schaut ein paar Sekunden auf ihr Bild und glaubt nicht ganz, dass sie es tatsächlich ist. Sie sieht entspannt aus. Die Beine sind übereinandergeschlagen, ihre zarten Patrizierhände hat sie auf dem Schoß gefaltet. Sie trägt eine weiße Bluse, eine Perlenkette. Als sie spricht, erscheint ihr Name am unteren Bildschirmrand: KATE ELLIS, AUTORIN UND SIMPSON-EXPERTIN, NEW YORK.

»Wissen Sie, Jim, es ist sehr interessant«, sagt Kate gerade, »und nicht ohne Bedeutung, dass Mr. McTeer bei all seinem Gerede über Recht und Gerechtigkeit und über grün und weiß und schwarz nicht erwähnt hat, dass er selbst zu dem ursprünglichen Rechtsanwaltsteam gehörte, das für Simpsons Verteidigung zusammengestellt wurde.« Sobald sie das sagt, schaltet die Übertragung auf geteilten Bildschirm, und man kann sehen, wie

McTeer den Kopf schüttelt und eine abfällige Handbewegung in Richtung Kamera macht und damit deutlich darauf verweist, dass Kates Bemerkungen unter aller Kritik sind.

Aber Kate kann McTeer nicht sehen, und sie fährt unbeeindruckt fort, ihre kultivierte Stimme strotzt vor Selbstbewusstsein. Daniel beugt sich vor und stützt die Hände auf seine eckigen, nackten Knie. Kate scheint vollkommen sie selbst zu sein, andererseits aber auch perfekt fürs Fernsehen. Es ist Monate her, dass er sie so entspannt gesehen hat. »Mr. McTeer wurde in O. J. Simpsons Dream Team gebeten, und er hat dankend abgelehnt. Warum? Nun, eine Bemerkung, die Mr. McTeer letztes Jahr in der Presse gemacht hat, sollte ein klares Licht auf seine Handlungen werfen. Er hat gesagt…« Kate schaut in ein kleines Notizbuch, das sie neben sich auf dem Sofa liegen hat. Ein Taumel erfasst ihn, als er es erkennt – es ist ein kleines Spiralheft mit dem Bild eines Wales drauf, das er im Sommer vor zwei Jahren bei einem Wochenendausflug nach Nantucket gekauft hat. »›Das Leben ist kurz, und das Leben ist kostbar, und es gibt immer noch Dinge auf der Welt, die man mit Geld nicht kaufen kann.‹«

»Bei allem Respekt, Ms. Ellis, Sie dürfen nicht alles glauben, was in der Zeitung steht«, sagt McTeer. »Da draußen gibt es mehr Schreiber, als man mit dem Knüppel bedrohen könnte, und manche von ihnen verdienen ihren Lebensunterhalt damit, eine Menge dummes Zeug über O. J. Simpson zu schreiben.«

»Okay«, sagt Jim Klein. »Ich möchte Sie etwas fragen, Kate Ellis. Sie werden von manchen Leuten als mächtigster Feind von O. J. Simpson in der Presse betrachtet, und manche sagen – ich bin sicher, dass Sie davon gehört haben, also sage ich nicht irgendetwas, womit Sie sich nicht auseinandergesetzt haben, und ich will bestimmt keine Übereinstimmung mit dieser Aussage andeuten –, aber manche haben gesagt, dass Ihre Artikel über den Fall …« Klein nimmt ein dickes Hochglanzmagazin in die Hand und hält es in die Kamera: Auf dem Titelbild ist ein Porträt von O. J., seine Hautfarbe ist um einige Schattierungen dunkler als in Wirklichkeit, er posiert auf einer dunklen Straße, grinsend, mit einem Paar Lederhandschuhe in einer Hand, die andere hinter dem Rücken versteckt. »… eine gewisse Insensibilität für die rassistischen Zusammenhänge des Falles gegen O. J. Simpson zeigen.«

»Es gibt keine rassistischen Zusammenhänge, Jim. Jedenfalls keine, die von Bedeutung sind.«

»Das können Sie leicht sagen, Miss Ellis«, sagt McTeer lachend.

»Dies ist ein Mordfall, Mr. McTeer«, sagt Kate. »Keine Debatte über Bürgerrechte.«

»Sind Sie in Ihrer Freizeit Rechtsanwältin, Miss Ellis?«, fragt McTeer.

»Nein. Aber falls das etwas ausmacht, ich lebe zufällig mit einem Rechtsanwalt zusammen, und noch dazu einem sehr guten …«

Instinktiv greift Daniel nach der Fernbedienung, aber dann ist er nicht sicher, ob er den Ton lauter oder leiser stellen will. Er richtet sie auf das Gerät, ohne auf irgendeinen Knopf zu drücken. Hinter Kate, etwas unscharf, ist der Kamin zu sehen, auf dem Sims stehen die gerahmten Schnappschüsse von ihnen drei.

»Ich bin eingeschlafen.«

Erschreckt, beschämt, als wäre er bei einer Pornosendung erwischt worden, schaut Daniel zu Iris. Sie ist ebenfalls nackt, mit einer Hand reibt sie sich die Augen, und die andere hält sie wie ein Feigenblatt über ihre Körpermitte.

»Eine Frau ist brutal ermordet worden«, sagt Kate gerade,

»und zu diesem Zeitpunkt stehen die Chancen gut, dass der Mann, der ganz klar für ihren Tod verantwortlich ist, freikommen wird. All das Gerede über rassistische Polizisten …«

»Was ist das?«, fragt Iris und setzt sich neben Daniel und legt ihr Bein auf ihn.

»Fernsehen«, sagt Daniel.

»Von wem redet sie?«

»O. J. Simpson. Von wem denn sonst?«

»Ich weiß nicht.«

»Dass dieser Mann so eine Art Rebellenheld für die afroamerikanische Gemeinschaft geworden ist«, sagt Kate gerade, »ist vollkommen grotesk und beleidigend. Dass Rapper und andere prominente Schwarze T-Shirts tragen, auf denen steht ›Freiheit für O. J.‹, ist ebenfalls grotesk und beleidigend. Wir müssen uns fragen: Sind wir ein Land mit Gesetzen oder sind wir es nicht?«

»Wir sind ein Land mit Gesetzen«, sagt McTeer.

»Wer ist denn dieser Spinner?«, fragt Iris.

»Reginald McTeer, ein Rechtsanwalt.«

»Und die Grundlage unseres Rechtssystems«, fährt McTeer fort, »besteht darin, dass ein Mann oder eine Frau als unschuldig angesehen werden, bis erwiesen ist, dass sie schuldig sind. Ohne diese Annahme gibt es keine Gerechtigkeit. Und ohne Gerechtigkeit gibt es keinen Frieden.«

Kate verdreht die Augen. »Ich kenne niemanden, der nicht glaubt, dass O. J. Simpson Nicole Brown und Ron Goldman ermordet hat.«

»Ich kenne eine Menge Leute, die ernsthafte Zweifel daran haben, Miss Ellis«, sagt McTeer. »Sie sollten mehr ausgehen. Die Welt besteht nicht nur aus den Redaktionsbüros einer schicken Zeitschrift. Gehen Sie in die Küche von einem der teuren Restaurants, in dem Sie essen, und fragen Sie die Leute, die Ihr Essen gekocht haben, fragen Sie sie, was sie denken, oder fragen Sie die Frau, die bei Ihnen putzt.«

»Ich bin die Frau, die bei mir putzt, und ich sage, er ist schuldig.«

»Sie ist in eurem Haus«, sagt Iris.

»Ich weiß.«

»Schau auf das Fenster. Es ist hell draußen. Wann war das?«

Daniel hebt eine Hand, um sie zum Schweigen zu bringen. »Warte.« Er ist selbst überrascht. Vor ein paar Monaten hätte er praktisch alles getan, um den Klang von Iris' Stimme zu hören, und jetzt verbietet er ihr den Mund. »Ich will das gerade hören«, fügt er leise hinzu. Dann, weil er immer noch beunruhigt ist, dass er ihre Gefühle verletzt haben könnte, sagt er noch: »Es wurde heute im Lauf des Tages aufgenommen.« Er tätschelt ihr beruhigend das Knie.

Iris ergreift seine Hand, heftig, aber doch spielerisch. Sie küsst den Handrücken, dreht sie um und küsst die Handfläche und steckt dann erst einen Finger in den Mund und dann noch einen und saugt daran, und dann, als er unwillkürlich lustvoll wimmert, rutscht sie vom Sofa zwischen seine Beine, drückt seine Knie auseinander – nicht dass er sich mehr als mechanisch dagegen gewehrt hätte – und vergräbt ihr Gesicht in seinem Schoß, küsst seinen Schwanz, bis er hart wird, woraufhin sie mit dem Kopf etwas zurückgeht und ihn in den Mund nimmt.

»Wir sind Zeugen geworden, wie der Gerechtigkeit Hohn gesprochen wurde«, sagt Kate gerade.

Daniel, der die Augen jetzt geschlossen hat, greift nach der Fernbedienung und stellt das Gerät ab.

Iris geht kurz danach. Daniel kehrt ins Bett zurück, das erfüllt ist von der Wärme und dem Aroma von Sex. Er versucht, darin zu versinken, aber der Schlaf hat ihm anscheinend den Rücken gekehrt, und er zieht sich an und fährt für ein oder zwei Drinks (oder drei oder vier – wen kümmert's?) ins Windsor's Bistro, obwohl es nach Mitternacht ist. Als er sich dem Bistro nähert und sieht, dass die dunkelrote Neonreklame noch leuchtet und ihre kräftigen, angenehm düsteren Farben in die schwarze Luft verströmt, erfasst ihn eine kleine Anwandlung purer Dankbarkeit für dieses Lokal und alle Menschen, die es am Laufen halten: wie schauerlich die Nacht wäre, wenn es keinen Platz gäbe, wo man hingehen könnte.

Es ist voll im Bistro, voller, als er es je erlebt hat. Verzehrt sich die ganze Stadt vor Sehnsucht und kann deshalb nicht schlafen? Daniel steht am Eingang, neben der Garderobe, die jetzt im Sommer mit aufwendigen Blumenarrangements geschmückt ist. Er sieht sich die Leute an, die heute da sind, er ist noch nicht ganz bereit, weiter reinzugehen. Nicht, dass die Leute heute Abend für ihn Fremde wären – man kennt, bis zu einem gewissen Grad, jeden in Leyden –, aber es sind keine Leute dabei, die er wirklich kennt, keine, die er vertraulich mit dem Namen anreden könnte. Es ist ein ausgelassener Haufen, sie sind in Gruppen zusammen, zu sechst, zu siebt oder zu acht, heute Abend ist wildes Gelächter angesagt. Die Gäste führen sich auf, als hätten sie ihre letzte aufgekratzte Runde Grog auf einem sinkenden Schiff. Der normalerweise finstere Freund der Besitzerin singt mit einigen der Gäste »Rainy Day Woman«. *And I would not feel so all alone / Everybody must get stoned.*

Daniel hält sich für einen der ersten Gäste des Bistros, einen seiner Gründungsväter, aber was auch immer die Besitzerin, Doris Snyder, für ihn an Sonderbehandlung übrig hatte, heute Abend gibt es nichts davon. Sie arbeitet fieberhaft hinter der Theke, mixt mit einer Hand Margaritas und füllt mit der anderen Schüsseln mit Salzbrezeln, und als Daniel ihr flehentlich zuwinkt, sind ihre Augen so ausdrucksvoll wie Reißnägel.

Er findet einen kleinen, leeren Tisch in einer entfernten Ecke und setzt sich, eingestellt auf eine lange Wartezeit, bis er bedient wird. Er sieht sich im Raum um, hält nach Deirdre, Johnnie Day, Calliope oder irgendeinem der anderen Mädchen im College-Alter Ausschau, die es noch nicht geschafft haben, aus Leyden abzuhauen und die ihren Lebensunterhalt aus Töpferei, Yogakursen, Bio-Gärtnern und Naturkost-Catering durch Jobben im Bistro aufbessern. Doch die erste Person, mit der er Augenkontakt hat, ist Susan Richmond, die einen Bierkrug in der Hand hält und zur Musik schunkelt wie ein schüchterner Mensch, der ganz allein ist und so tut, als würde er sich bestens amüsieren.

Vor einer Stunde war sie zu Hause in Eight Chimneys im Bett gelegen und konnte nicht einschlafen, und in diesem verletzlichen Zustand wurde sie von dem sehnlichen Wunsch erfasst, ihren Ehemann zu sehen – es war, als hätte das Wachliegen das Autoimmunsystem ihres Bewusstseins geschwächt und zu einer leichten Beute für Bitterkeit und Verlangen gemacht. Die Eifersucht war wie die Tollwut, sie bestimmte über sie, sobald sie damit infiziert war, wollte sie die Zähne in irgendetwas schlagen. Sie fühlte sich dieser Macht hilflos ausgeliefert. Sie wanderte durch die Düsternis ihres seufzenden Hauses, machte das Licht an, ging in Zimmer, in denen sie seit Monaten nicht mehr gewesen war, überraschte die bulgarischen Volkstänzer, die in der Bibliothek Gin tranken und über alten Landkarten brüteten, stieß auf geschäftige Backenhörnchen im Ballsaal und die Fledermäuse, die in der Küche kreisten, und sie warf sogar einen unerschrockenen Blick in Maries kleine Kammer.

Susan hat zugestimmt, dass Marie in Eight Chimneys bleiben darf. So erscheint es weniger demütigend. Das Mädchen kann bleiben, aber was auch immer zwischen Ferguson und seiner blinden Hure abläuft, muss verborgen werden, nicht nur vor Susan, sondern auch vor der Außenwelt – besonders vor der Außenwelt. Doch trotz dieser Übereinkunft weiß Susan, dass Ferguson und Marie manchmal vom Anwesen verschwinden, und dann ist das Bistro einer der Orte, wo sie hingehen. Susan ist hierhergekommen, um sie aufzuspüren, aber sie hat sie nicht gefunden, also ist sie eine gute Stunde hiergeblieben, teils um die Charade weiterzuführen, dass sie nur wegen der Nachtluft und ein paar Drinks weggegangen sei, und teils auch, weil diese Drinks sie betrunken gemacht haben.

Ihr Gesicht leuchtet auf, als sie Daniel sieht. Sie hat ihn zwar nie besonders gemocht – tatsächlich haben seine Verbindung zu Ferguson und Marie und dann dieser katastrophale Unfall mit Hampton auf ihrem Land, mit *ihrem* Feuerwerkskörper, Daniel bei Susan in die Kategorie »schlechte Nachrichten« verfrachtet. Aber heute Abend reagiert sie auf den Anblick seines vertrauten Gesichts mit einem Winken und einem breiten, erleichterten Lächeln, denn seit sie im Bistro sitzt, hat sie nicht einen Menschen gesehen, den sie kennt.

»Hallo«, sagt sie und setzt sich schwer an seinen Tisch. Der Geruch von Alkohol steigt aus ihrer Haut auf. »Was für ein verrücktes Lokal!«

»Hallo, Susan«, sagt Daniel und gibt ihrem Namen besondere Betonung. Er benutzt gern häufig ihren Namen, wenn sie sich zufällig treffen, hauptsächlich weil er sicher ist, dass sie sich seinen nur mit Mühe merken kann. »Ich muss zugeben, Susan, dass ich etwas überrascht bin, Sie hier zu sehen.«

»Warum sagen Sie dauernd meinen Namen? Mein Gott, das ödet ja an.«

»Tut mir leid. Susan Richmond anöden ist mit Sicherheit das Letzte, was ich will.«

»Tun Sie das, weil Sie glauben, ich könnte mich nicht an Sie erinnern? Ich weiß genau, wer Sie sind. Sie sind Daniel Emerson, und Sie haben Ihre ganz wunderbare, äußerst scharfsinnige Frau verlassen. Sie sind einer von den Treulosen.« Sie mustert ihn mit ihren großen, verhangenen Augen und hebt dann ihr Glas zu einem spöttischen Salut.

Daniel überlegt, wie er darauf reagieren soll – soll er es einfach spielerisch nehmen, so tun, als wäre es nur ein etwas grober Scherz –, oder soll er zurückschlagen? Eine Bedienung kommt an ihren Tisch. Susan bestellt noch ein Bier, obwohl ihr Glas längst nicht leer ist, und Daniel bestellt einen Kognak und entscheidet sich für den Weg des geringsten Widerstandes: Er tut so, als würde sie ihm nichts Böses wollen.

Bevor er irgendetwas sagen kann, lächelt Susan bitter und droht ihm mit dem Finger. »Wann fangen die Leute hier in der Gegend endlich an, sich ihrer Verantwortung im Leben zu stellen? Man sollte meinen, beinahe einen Menschen umzubringen, hätte Ihnen den Kopf zurecht gesetzt, aber nach dem, was ich so höre, sind Sie und Iris immer noch heftig zugange.«

»Heftig zugange?« Daniel ist darauf reduziert, auf kleine Übertreibungen in der Ausdrucksweise hinzuweisen.

»Ja. Es ist doch komisch, oder? Oberflächlich gesehen, könnten Sie und Ferguson gar nicht unterschiedlicher sein. Er kommt aus dieser ganzen historischen Tradition, und Sie kommen aus dem Nichts. Bei ihm dreht sich alles um Kontemplation, bei Ihnen um die Arbeit. Aber darunter seid ihr beide Männer, oder alternde Jungs, das passt besser, und ihr führt euch auf genau dieselbe widerliche Art auf. Wie mein Onkel Peter immer gesagt hat: ›Den kleinen Kopf für den großen denken lassen.‹ Darf ich Sie etwas fragen?«

»Schauen Sie, Susan, es ist nicht…«

»Was gibt Ihnen das Recht dazu – das ist es, was ich nicht verstehen kann. Was gibt Ihnen das Recht, so viel Schaden anzurichten und so vielen Menschen weh zu tun? Ihnen wirklich, wirklich weh zu tun. Es ist die schlimmste Art von Schmerz, schlimmer, als jemanden ins Gesicht zu schlagen oder ein Messer ins Herz zu stechen. Denn was macht man denn im Grunde genommen? Man hält jemanden zum Narren.«

»Glauben Sie, dass Kate sich zum Narren halten lässt? Das wäre ein großer Fehler.«

»Was würden Sie sagen, wenn Ihre Frau in diesem Moment zu Hause ist und sich so verzweifelt fühlt, dass sie beschließt, Gift zu trinken? Wie würden Sie das empfinden?«

»Denken Sie daran, sich zu vergiften, Susan?«

»Ich? Ganz gewiss nicht.«

»Weshalb glauben Sie dann, dass Kate es tun könnte?«

»Manche Leute machen genau das.«

»Die meisten nicht.«

»Ich will nur sagen, dass das, was Sie tun, sehr unehrenhaft ist, mehr sage ich nicht. Die ganze Angelegenheit ist schäbig.«

Die Bedienung kommt mit ihren Drinks zurück und stellt sie auf den Tisch. »Die schickt Ihnen Doris mit den besten Empfehlungen.«

Daniel wird klar, dass Doris den leeren Blick wiedergutmachen will, den sie ihm zugeworfen hat, als er hereinkam, und dann überlegt er unwillkürlich, ob sie diese flüssige Wiedergutmachung auch leisten würde, wenn er hier mit Iris sitzen würde und nicht mit dieser unförmigen, irgendwie lächerlichen Frau mit ihrer fleckigen weißen Haut und den stechenden, rechthaberischen Augen. Iris hat ihn schon in Leyden herumgeführt und auf die verschiedenen Läden hingewiesen, in denen sie gewöhnlich wie eine Diebin behandelt wird, entweder richtiggehend von einem Angestellten beschattet oder ständig gemustert wird von dem, der gerade an der Kasse arbeitet. Alles Orte, an die er aus seiner Jugend angenehme Erinnerungen hat.

Die Führung erfolgte am letzten Samstag, als er es wagte, sie zu einer Besorgung in der Windsor-Apotheke zu begleiten, wo der Angestellte sie freundlich und respektvoll behandelte – seit Hamptons Rekonvaleszenz ist sie dort Stammkundin und man kennt sie. Nachdem sie Gummihandschuhe und einen Matratzenschoner aus Schafwolle gekauft hatte, schlenderten sie noch ziellos den Broadway hinunter, wobei Daniel ihre Päckchen trug, als wären es Bücher und er würde sie von der Schule nach Hause begleiten. Sie hätte ihre Streitereien mit Leydens Einzelhändlern aller Wahrscheinlichkeit nach nicht erwähnt, wenn Daniel nicht geseufzt und auf all die kleinen Läden gezeigt und gesagt hätte: »Was für ein netter kleiner Ort, nicht wahr?«

»Es kommt darauf an, wer du bist«, hatte sie leise gesagt, weil es sie deprimierte, über all die Gelegenheiten zu reden, bei denen sie Diskriminierung erlebt hatte, die schiere Boshaftigkeit, die sie praktisch jeden Tag ihres Lebens erfuhr. Iris hatte keine Lust, über die Einzelheiten ihres Lebens als Teil der langen, schrecklichen Rassengeschichte in Amerika zu reden – sie glaubte, dass sie sowohl mehr als auch weniger verdiente, als zu den Opfern des Rassismus gezählt zu werden. Aber da war etwas in Daniels Stimme, als er Leyden »nett« nannte, das bei ihr den Wunsch erweckte, ihm den Kopf zurechtzusetzen. Sie wollte ihn wissen lassen, dass sie *hier* fünfzehn Minuten warten musste, bis irgendwer kam, um ihre Bestellung aufzunehmen, und *hier* musste sie drei verschiedene Ausweise vorzeigen, bevor man ihren Scheck über siebzehn Dollar annahm, und *hier* würde sie nie im Leben auch nur einen Wanderrucksack kaufen, weil das Miststück, dem der Laden gehört, Nelsons Kopf gerieben und dabei einer Freundin zugeflüstert hatte, *Das soll ja Glück bringen.*

Daniel hat Susan nicht zugehört, und als er sich nun angestrengt auf sie konzentriert und mit gespieltem Interesse die Augen aufreißt, wird er von Kate abgelenkt, die plötzlich durch das Lokal auf seinen Tisch zukommt. Ihre Freundin und Redakteurin Lorraine Del Vecchio folgt ihr. Beide Frauen tragen schwarze Sommerkleider mit Spaghettiträgern, und beide Frauen haben einen Kognakschwenker in der Hand. Ohne großes Aufhebens setzt sich Kate auf den leeren Stuhl neben Daniel, atmet mit einem hörbaren Seufzer aus und erlaubt ihrer Schulter, die seine einen Augenblick zu streifen. Lorraine jedoch bleibt stehen.

Nervös, mit dröhnender Stimme, stellt Daniel Lorraine und Susan einander vor, aber Susan wendet sich sofort an Kate. »Ich habe diesem Schwachkopf hier gerade ein Stück weit meine Meinung gesagt«, erklärt Susan.

»Na, da müssen Sie vorsichtig sein«, sagt Kate. »Daniel hat bereits zu den meisten Dingen zwei Meinungen, und wenn Sie ihm jetzt auch noch Ihre gesagt haben, dann könnte ihm das vielleicht zu viel werden.«

Daniel spürt einen sehnsüchtigen Stich von Dankbarkeit, dass Kate ihn verteidigt, ohne dass es so aussieht, und dass sie so schlagfertig ist: Ihr spielerischer Verstand, der manchmal während ihres Zusammenlebens eine betäubende und antierotische Wirkung gehabt hat, hatte sich als eines der Dinge erwiesen, die er am meisten vermisst.

»Ich hab dich im Fernsehen gesehen«, sagt Daniel.

Kate kreischt entsetzt auf und schlägt die Hände vors Gesicht, spreizt aber die Finger, damit sie ihm einen Blick zuwerfen kann.

»War sie nicht *fabelhaft*?«, fragt Lorraine. Sie spricht es so aus, dass wenig Zweifel bleiben, sie könnte zu der Art von Leuten gehören, die normalerweise »fabelhaft« sagen.

»Du warst großartig«, sagt Daniel. »Besonders der Seitenhieb über die Putzarbeit hat mir gefallen.«

»Diese Sendung kommt so spät, ich habe gehofft, dass sie niemand anschaut.«

»Und hat sie nicht *phantastisch* ausgesehen«, sagt Lorraine, wieder mit komischer, sich distanzierender Betonung.

»Findest du wirklich, dass ich gut war?«, fragt Kate Daniel. »Das heißt schon was, wenn das von dir kommt.« Sie ergreift seine Hand und tätschelt sie, als wollte sie ihn beruhigen. Ihre Berührung ist so warm wie ein Atemhauch. Ihr Parfüm ist eine Mischung aus Moschus und Orange. Die Falten um ihre Augen sind tiefer geworden. Sie trägt ein zierliches kleines Kreuz, das halb zwischen ihren Brüsten verschwunden ist. »Ich wollte nicht mal zu Hause sein, als sie es gesendet haben. Lorraine ist hier, um mich abzulenken.«

Lorraine bemerkt einen leeren Stuhl an einem Tisch in der Nähe, aber gerade, als sie ihn holen will, fliegen die Türen des Bistros auf, und drei Männer, besser gesagt Jungs, stürmen herein, einer mit einer Pistole und die anderen zwei mit Gewehren. Ihre Gesichter sind hinter Halloween-Masken aus Gummi versteckt: Frankenstein, Dracula und Micky Maus. Frankenstein, der mit der Pistole, springt auf die kleine Bühne hinter der Bar und hält dem Sänger die Waffe an den Kopf. Dracula und Micky Maus schieben sich in den Raum und wedeln mit den Gewehren hin und her, wobei sie rufen: »Auf den Boden, auf den Boden, schafft eure armseligen Ärsche auf den Scheißboden!« Und obwohl die Gäste des Bistros in kollektives Entsetzen verfallen, dauert es einige lange Augenblicke, bis sie gehorchen.

Daniel und seine Tischgenossinnen liegen am Boden. Er und Kate sind beide auf dem Bauch ausgestreckt, das Kinn auf dem linken Unterarm, um Mund und Nase aus dem nach Alkohol riechenden Schmutz zu halten, und ihre rechten Arme strecken sich nacheinander aus, bis sich die Finger berühren.

»Mach dir keine Sorgen«, flüstert Daniel.

Kate gibt keinen Laut von sich, formt aber mit dem Mund das Wort »Scheiße«.

Was gerade noch eine ausgelassene Menge von Nachtschwärmern war, das sind jetzt 58 verstummte Männer und Frauen, alle auf dem klebrigen Fußboden, außer Doris, die hinter der Bar stehen geblieben ist. Ihr Freund hat die Augen weit aufgerissen, alle Farbe ist ihm aus dem Gesicht gewichen, er ist ein Leichnam mit Gitarre. Er sitzt auf seinem Klappstuhl, mit einer Pistole an der Schläfe, die ein Räuber hält, der als Frankenstein verkleidet ist. Irgendwann während der Zeitspanne, in der sich dieser Raum voller Trinker in einen Raum voller Menschen verwandelte, die flach am Boden liegen, hat jemand zu Doris gesagt, sie solle die Kasse aufmachen, und jetzt überreicht sie den Inhalt Frankenstein, der seltsam mager und anmutig aussieht und seine Hand zu ihr hinstreckt, um seine Prämie entgegenzunehmen, während er immer noch seine Pistole an die Schläfe von Doris' Freund hält. Als er das Geld hat, kommt Dracula herüber und nimmt es ihm ab. Er steckt es in einen Wäschesack aus Netzgewebe, und im selben Moment reißt Frankenstein die Leitung des Bartelefons aus der Wand. Er packt den Sänger am Hemdrücken und zieht ihn vom Stuhl hoch.

Micky und Dracula gehen von einem zum andern und sammeln Bargeld, Kreditkarten, Handys, Schlüssel, Uhren und Schmuck ein. Micky Maus steht über ihnen, in Hockstellung, um ihren weltlichen Besitz einzusammeln; Daniel hat sich vorgenommen, nichts zu tun, um ihn nicht gegen sich aufzubringen. Er kann aber dem Impuls nicht widerstehen, durch die Augenlöcher in die Maske zu schauen, um irgendwie mit den menschlichen Augen darin Kontakt aufzunehmen: glänzende braune Augen, jung, arrogant, glitzernd vor Energie. Er lässt seine Brieftasche und vierzig Dollar Bargeld in den Wäschebeutel fallen, der damit voll ist. Mickey zieht die Schnur zu, macht einen Knoten und schubst dann den unförmigen Sack über den Fußboden, zur Bar hin, wo Frankenstein ihn aufhebt. Dracula hat noch einen Wäschebeutel unter seinem Hemd, er holt ihn heraus und hält ihn Kate geöffnet hin. Sie leert betont langsam ihre Tasche aus, er piekt sie mit dem öligen Gewehrlauf – der ein gebrochenes O auf ihrer Haut hinterlässt –, und sie stößt einen Unmutslaut aus, eher aus Überraschung als sonst etwas.

»In Ordnung«, sagt Daniel mit fester, fast väterlicher Stimme. »Wir werden hier alle sehr, sehr vorsichtig sein. Okay?« Er möchte zwar keine beruhigende Handbewegung machen oder sonst irgendeine Geste machen, aber er öffnet die Augen etwas weiter, als wollte er sagen: *Hört her, ich weiß, was ihr durchmacht.*

»Fick dich ins Knie«, erwidert Dracula, seine Stimme klingt gedämpft hinter der Maske. Schließlich, nachdem sie alle Wertgegenstände eingesammelt haben – sogar Krawattennadeln, Manschettenknöpfe und Feuerzeuge –, gehen die Männer. Keiner hat versucht, den Helden zu spielen. Sogar als die Leute wieder aufstehen, denen man gesagt hat, dass sie sich hinlegen sollen, bleibt das Bistro verängstigt still, vom Geräusch der Füße und dem Kratzen der Stühle und Tische auf dem Boden abgesehen. Kate hat den Arm um Lorraine gelegt, die leise schluchzt, und Daniel, der sich jetzt, nach der überstandenen kritischen Situation, unbekümmert fühlt, fast schwindlig vor Erleichterung, steht neben Kate und klopft ihr begütigend auf die Schulter.

»Das waren dieselben Jungs, nicht wahr«, sagt Susan Ferguson. »Die Typen, die während des Sturms ausgerissen sind. Ich habe gehört, dass sie immer noch in der Gegend sind, Sachen klauen und in den Wäldern oder in leer stehenden Häusern campen. Das waren sie.«

Kate nickt langsam, mit vorgeschobenen Lippen. »Ich glaube, Sie haben Recht«, sagt sie.

»Ach, das wissen wir doch nicht«, sagt Daniel. »Wir wissen gar nichts.« Seine Stimme ist total daneben, er klingt, als wollte er sie aufheitern.

Marcia Harnack, eine Rechtsanwältin, die sich auf Immobilien spezialisiert hat, steht ein Stück daneben und hat die Unterhaltung gehört. »Das habe ich mir auch die ganze Zeit gedacht«, sagt sie. Sie ist eine Frau mit dem Körper eines starken Mannes und der Stimme eines schüchternen kleinen Mädchens; sie ringt beim Sprechen die Hände, als wollte sie um Vergebung bitten, dass sie zu groß sind. »Stern von Bethlehem. Das habe ich sofort gedacht, als sie reinkamen.«

»Warum haben Sie das gedacht?«, fragt Daniel.

»Schwarz waren sie auf alle Fälle«, sagt George Schwab, klein, kräftig, glatzköpfig, eine kleine Bombe im blau-weißen Seersucker-Anzug. Er hat die alten Obstgärten seiner Familie in 20 000-Quadratmeter-Parzellen verkauft, und Marcia hat ihn bei der Projektierung des Geschäfts beraten.

»Und wie sind Sie darauf gekommen?«, fragt Daniel.

»Ich habe ihre Hautfarbe gesehen, ganz einfach«, sagt George. Er stellt sich in seinen Bommelslippern auf die Zehenspitzen und ballt die kleinen Fäuste, als wäre gerade ein Zornesblitz in ihn gefahren. »Wir wurden hier fast abgeschlachtet wie Rinder.«

»Sie haben ihre Hautfarbe nicht gesehen, George«, sagt Daniel. »Niemand hat sie gesehen.«

»Erzählen Sie mir nicht, was ich gesehen habe oder nicht«, sagt George, wobei seine Stimme höher wird, als hätte auch sie Zehenspitzen, auf die sie sich stellen kann. »Sie haben Ihr eigenes Süppchen am Kochen.«

Damit meint er ganz klar Iris und Daniels Verbindung zu ihr, aber Daniel hat keine Wahl, er muss es ignorieren. Inzwischen rufen zwei Gäste, deren Handys übersehen worden sind, die Polizei; andere beteiligen sich an den Spekulationen und der Diskussion.

»Das sind die Typen, die das Goulianos-Haus ausgeraubt haben«, sagt Fortune Pryor.

»Und das süße, kleine Haus, wo Esther Rothschild 'mal gewohnt hat, haben sie völlig verwüstet«, sagt Libby Young.

»Das ist doch wirklich bescheuert«, sagt Daniel. Am liebsten würde er sich auf einen Stuhl stellen und eine Mahnrede schwingen. Seine Nachbarn sind zu einer gefährlichen Masse geworden, die sich an ihren eigenen schlimmen Vorstellungen berauscht. »Das ist wirklich völlig total bescheuert«, sagt er jetzt lauter. Er spürt Kates ehefraulich begütigende Berührung an seinem Ellbogen. »Das hätten Chinesen sein können«, ruft Daniel. »Das hätten Mexikaner oder Polen sein können, oder irgendwelche Kerle von hier.«

»Halt die Klappe, Emerson!«, brüllt einer von der Theke her. Es gibt vereinzelt Beifall, zustimmendes Gemurmel.

»Niemand hat ihre Haut gesehen«, sagt Daniel, so entschieden er kann.

»Doch, ich.« George ruft das.

»Ich auch.«

»Ich auch.«

»Ich auch.«

Je mehr Opposition Daniel entgegenschlägt, umso selbstgerechter wird seine Empörung. Seine Augen brennen in ihren

Höhlen, Wut erfasst ihn, seine Knie zittern. »Ich schäme mich für diese Stadt!«, brüllt Daniel.

Jetzt bekommt Kates sanfte Berührung eine gewisse Dringlichkeit. Sie zieht ihn zu sich und sagt ihm ins Ohr: »Daniel. Bitte. Wir haben dich alle gehört.«

»Das ist doch nicht zu fassen, oder?«

»Die glauben einfach, du redest so daher, weil du mit Iris zusammen bist.« Sie sagt das mit außerordentlicher Freundlichkeit. Ihr Blick ist sanft und mitfühlend, sie schüttelt den Kopf.

»Können wir nicht einfach hier abhauen?«, fragt Lorraine. »Bitte?«

Derek Pabst und ein anderer Cop aus Leyden sind die Ersten, die von der Polizei ankommen, kurz darauf folgen noch vier Beamte der Bundesstaatspolizei. Es dauert fast zwei Stunden, um Protokolle aufzunehmen und Berichte zu schreiben, und als die Gäste des Bistros schließlich gehen können, ist es fast drei Uhr morgens. Autos wurden zwar nicht gestohlen, aber da alle Schlüssel mitgenommen wurden, müssen die Gäste sich entweder abholen lassen oder zu Fuß gehen. Daniel hat jedoch die Angewohnheit, seine Schlüssel im Auto zu lassen, und er führt Kate und Lorraine durch den kühlen Nachtregen zu seinem Auto, das zwei Blocks entfernt steht.

Als er sie zurückfährt zu dem Haus, das einmal auch seines war, ruft Lorraine plötzlich vom Rücksitz nach vorn: »Ich kapier's einfach nicht. Du hast deine Schlüssel im Auto gelassen? Wieso machst du bloß so was?«

»Er lässt den Schlüssel immer in der Zündung stecken«, sagt Kate. Sie sind schon eineinhalb Kilometer aus dem Dorf heraus und fahren durch die nasse, hell erleuchtete Nacht.

»Das ist doch nicht normal«, sagt Lorraine.

Daniel fällt ein, dass sie vielleicht andeuten will, er für seinen Teil hätte eine Vorahnung gehabt oder gar bis zu einem gewissen Grad eine geheime Absprache mit den Räubern. Und obwohl es für Daniels Temperament so abwegig ist, mit Lorraine einen Streit anzufangen, wie über den Sitz nach hinten zu langen und ihr ins Gesicht zu schlagen, kann er sich nicht verkneifen, sie zu fragen: »Was willst du damit andeuten, Lorraine?«

»Jeder in diesem Lokal schien zu wissen, wer diese Typen waren«, sagt sie. »Und du hast alle möglichen Kapriolen geschlagen, um sie davon abzubringen.«

»Und?«

»Es ist nur merkwürdig, sonst nichts.« Lorraine ist in sich zusammengesunken und drückt sich den Handrücken auf die Stirn.

»Wir sind mit den Nerven fertig«, sagt Kate. »Wir alle. Ich bin noch nie ausgeraubt worden.« Sie fasst sich an die Brust, versucht, es leicht zu nehmen. »O mein Gott, ich bin in der Kriminalstatistik.«

»Als sie das erste Mal in dein Haus kamen, haben sie dich da nicht ausgeraubt?«, fragt Lorraine.

»Nein, eigentlich nicht. Ich hab's dir doch erzählt. Die wollten die Toilette benutzen.«

»Nicht zu fassen.« Lorraine schüttelt sich. »Aber du warst im Nebenzimmer. Waren es dieselben, die uns gerade überfallen haben?«

»Woher soll sie das wissen?«, fragt Daniel.

»Es ist aber wichtig«, sagt Lorraine. »Die sollten diese Scheißkerle erwischen und an die Wölfe verfüttern.«

»Natürlich«, sagt Daniel. »Oder vielleicht lynchen.«

»Wir sind alle mit den Nerven fertig«, wiederholt Kate. Sie tätschelt Daniels Knie und lässt dann ihre Hand darauf liegen.

»Mir haben sie zweihundertdreißig Dollar abgenommen«, sagt Lorraine. »Und meine Brieftasche, mein Adressbuch, mein Filofax, alle meine Kreditkarten. Mein *Leben* war in dieser Handtasche.«

»Das könnte genau das Problem sein«, sagt Daniel.

»Fick dich ins Knie«, sagt Lorraine.

Sie kommen bei Kates Haus an. Die Fenster sind hell erleuchtet. Ein leicht ramponierter alter Ford steht in der Einfahrt. Kate sieht, wie Daniel auf das ungewohnte Auto reagiert, und sagt zu ihm: »Der gehört dem Babysitter.« Er nickt, überrascht von dem Anflug von Dankbarkeit, der ihn durchrieselt. Lorraine steigt hinten aus und dreht beiden den Rücken zu, während sie auf Kate wartet. Kate lässt ihr Fenster runterfahren und sagt zu Lorraine: »Ich komme gleich nach. Ich will nur noch mit Daniel reden. Eine Minute.« Lorraine zuckt ohne sich umzusehen die Schultern und trottet zum Haus.

Kate wartet, bis Lorraine drinnen ist, und wendet sich dann Daniel zu. »Du fehlst mir. Was meinst du? Fehl ich dir auch?«

»Derek hat sich da drinnen so seltsam verhalten dir gegenüber. Ist dir das aufgefallen? Als ob er auf dich wütend wäre.«

»Das ist schon in Ordnung. Wir hatten ein Kommunikationsproblem, aber es ist alles ausgebügelt. Kannst du meine Frage beantworten? Fehle ich dir?«

»Natürlich. Und Ruby auch. Wie geht es ihr?«

»Gut, uns geht's beiden gut, wir möchten, dass du nach Hause kommst.« Die Wucht dieses leisen Geständnisses lässt ihr die Stimme versagen.

»Kate …«

»Weißt du was?«, fragt sie. »Ich habe es dir nie gesagt, ich meine, ich habe nie tatsächlich die Worte ›Ich liebe dich‹ gesagt. Aber es stimmt. Ich liebe dich.« Ihre Augen glitzern, die Farbe steigt ihr ins Gesicht. Anscheinend ist sie von ihren eigenen Worten berührt, sogar angeregt. Nachdem sie gesagt hat, was so lange unaussprechlich war, fühlt sie sich jetzt imstande, alles zu sagen. »Ich liebe dich. Du bist mein Typ, du bist mein Süßer. Ich habe immer gedacht, dass du das weißt, aber jetzt sehe ich, dass es manchmal gesagt werden muss.«

»Es tut alles so weh, Kate.«

»Du bist mit ihr in eine Sache verstrickt, die nie im Leben gut gehen kann, und ich will dir die Chance geben, da rauszukommen und zurückzukehren. Die Chance hast du verdient, Daniel. Wirklich. Die Menschen stecken in ihren falschen Entscheidungen fest, und sie glauben, nichts kann sie ändern. Darf ich ehrlich zu dir sein? Du siehst aus, als ob du gleich umkippst. Aber ich weiß, was in ihrem Haus vor sich geht. Dieser Mann wird nicht plötzlich gesund. Sie wird sich sehr, sehr lange um ihn kümmern müssen. Und das im besten Fall. Über den schlimmsten wollen wir gar nicht reden. Aber die Tatsache ist, du hast ihm das angetan. Aus welchem Grund auch immer, das warst du.«

»Aus welchem Grund auch immer? Es war ein Unfall!«

»Vielleicht wolltest du eine Rechnung begleichen, seit dich diese schwarzen Typen die Treppe hinuntergestoßen haben.«

»Das ist der dümmste Quatsch, den ich je gehört habe.«

»Schwarze und Weiße kommen nicht miteinander aus«, sagt sie. »Da ist zu viel passiert. Die Sache ist hoffnungslos. Wenn etwas nicht gut anfängt, wie kann es dann gut enden?«

Daniel sagt nichts, versucht zu überlegen, was er antworten könnte, wie die Unterhaltung beenden, ohne Kate wütend zu machen, wie sie auf eine Art und Weise ins Haus schicken, die nicht demütigend ist. Aber Kate interpretiert sein Schweigen, als sei er ins Schwanken geraten oder sogar *betroffen* von dem, was sie sagt. Sie legt ihm auf eine vertraute, nostalgische Art die Hand auf die Brust und beugt sich dann rasch hinüber zu einem tiefen, besitzergreifenden Kuss.

Achtzehntes Kapitel

Morgen. Warmes, staubiges Licht fällt durch die nackten Fenster. Daniel hat die Bettdecke weggestrampelt, und obwohl er nur vier Stunden geschlafen hat, ist er hellwach. Sein Penis ist hart, ein etwas auffälliger und sogar irritierender Kontrapunkt zu seiner ansonsten düsteren Stimmung. *Entspann dich, du Idiot.* Er starrt an die Decke mit dem geweißten Verputz und denkt an das Geld, das er letzte Nacht verloren hat. Die Picadore plötzlicher Geldsorgen stechen in seinen Kopf. Er hat den Fehler gemacht, das Geld zusammenzuzählen, das er verdient hätte, wenn er bei seiner alten Firma in New York geblieben wäre. Durch diese schöne Entscheidung hat er etwa 300 000 Dollar minus gemacht. Zwei Jahre hat er nun im Halbleben seines früheren Überflusses verbracht, aber vor einiger Zeit waren, ohne dass er es sich eingestand, seine Ersparnisse aufgebraucht, die Kleidung, die er gekauft hatte, als er flüssig war, hatte angefangen, wie alte Kleidung auszusehen, sein Haar hat vergessen, wie es ist, von einem Meister geschnitten zu werden, und er hat nicht länger den zuversichtlichen, ironischen, gesunden Tierglanz eines jungen Mannes mit mehr Geld, als er braucht. Er hat nie ausgerechnet, wie viel Geld er durch das Zusammenleben mit Kate gespart hatte. Auch wenn er für die Hälfte ihrer monatlichen Hypothekenrate aufgekommen war – und in letzter Zeit kam ihm der Verdacht, dass sie weniger als die Hälfte verlangt hatte, dass sie ihn in gewisser Weise unterstützt hatte –, er musste immerhin Telefon-, Strom- und Heizungsrechnungen bezahlen; und die Lebensmittel, die er gewöhnlich vollständig übernahm, hatten vorher im Monat weniger gekostet, als er jetzt pro Woche für Restaurants ausgibt.

Iris den Hof zu machen hat ihn ein fürstliches Lösegeld gekostet. Bevor er sich das kleine Haus für 1400 Dollar im Monat leistete – dass das Wucher ist, weiß er –, hat er Hunderte von Dollar wöchentlich für Hotels, Motels und Gasthöfe ausgegeben. Er hat 3800 Dollar für Diamantohrringe ausgegeben, die er sich nicht leisten und die Iris nicht tragen kann. (Manchmal steckt sie die Ohrringe an, wenn sie zu ihm kommt, aber meistens vergisst sie es, und als er sie fragte, weshalb sie sie nicht trägt, sagte sie, Diamanten würden sie an die Apartheid erinnern, was ihm unfair und aggressiv vorkam.) Er gibt Geld dafür aus, dass ihr Gehsteig geräumt und ihr Rasen gemäht wird, wenn er sich nicht selbst darum kümmern kann. Er bringt Tüten mit Lebensmitteln in ihr Haus, wenn die Luft rein ist, und stellt sie auf die Veranda, wenn Mitglieder von Hamptons oder von Iris' Familie da sind, und er hat nicht einen Penny Rückzahlung dafür angenommen. Er hat ihr Auto in die Werkstatt gebracht, um ein neues Getriebe einbauen zu lassen, und hat einfach die Rechnung bezahlt. Er hat ihr einen lila-schwarzen Quilt von den Amish gekauft, der im Fenster eines Antiquitätenladens in der Stadt hing, weil sie im Vorbeigehen langsamer gegangen ist und ihn sich angesehen hat. Er zwingt sich, nicht an die Rechnungen zu denken, die er übernommen hat, die Freigebigkeit, die ihm zur zweiten Natur geworden ist. Er bereut es nicht, nicht eine Geste, nicht einen Penny. Diese Dinge zu bekommen hat Iris immer große

Freude gemacht. Im Gegensatz zu ihm achtet sie sehr auf das Geld; Hamptons Schatztruhen sind ziemlich gut gefüllt, und seine Berufsunfähigkeitsversicherung kommt nicht nur mit vierzehntäglichen Schecks an, die annähernd so hoch sind, wie das, was er vor dem Unfall verdient hat, sie zahlt auch noch die gelegentlichen medizinischen Kosten, vor denen sich seine Krankenversicherung drückt. Trotzdem scheint Iris immer sparsamer zu werden. Sie patroulliert durch ihr Haus, schaltet Lampen aus. Daniel hat erstaunt zugesehen, als sie eine einzelne Briefmarke von einem Umschlag kratzte, weil die Post vergessen hatte, sie zu stempeln, und Iris fand, die könne man nochmals benutzen. Wenn irgendetwas auf ihrem Teller übrig bleibt, bittet sie den Kellner sogar im bescheidensten Restaurant, es einzuwickeln – eine halbe Backkartoffel, dreißig Erbsen, ein Hähnchenflügel. Einer der Gründe, weshalb Daniel sie so oft bittet, diese Diamantohrringe zu tragen, ist wohl Daniels Verdacht, dass sie sie längst verkauft hat.

Geld, Geld, Geld.

Daniels Telefon klingelt, und er stürzt sich auf den Hörer. Es ist erst halb acht. Er hat noch nicht Zeit gehabt, um sich eine plausible Geschichte zurechtzulegen, weshalb ihn jemand so früh anrufen könnte, und einen Moment hat er die nackte Angst, bevor er Kates Stimme hört, die aus irgendeinem Grund seine Nerven beruhigt.

»Ich hab dich doch nicht aufgeweckt, oder?«, fragt sie. Das ist eine Fortsetzung eines alten Beziehungsmythos – weil er weniger schläft als sie, nimmt sie an, er braucht überhaupt keinen Schlaf.

»Was gibt's?«, fragt er. Er setzt sich mühsam im Bett auf; sobald er sich bewegt, bringt ihm die veränderte Durchblutung die Erinnerung an ihren Kuss vor fünf Stunden zurück.

»Ruby dreht hier durch. Sie will um alles in der Welt von dir zur Schule gebracht werden.«

»Tatsächlich?«

»Kannst du das einrichten? Das würde ihr wahnsinnig viel bedeuten.«

Er vermutet, dass etwas weniger als die absolute Wahrheit in dem steckt, was Kate sagt. Es kann schon sein, dass Ruby gesagt hat, sie möchte von Daniel zur Tagesstätte gebracht werden, aber höchstwahrscheinlich hat Kate sie gefragt: *Willst du, dass Daniel dich heute in den Kindergarten bringt?*, und Ruby sagte okay. Schließlich sind Monate vergangen, seit Daniel aus dem Haus ausgezogen ist, und nicht einmal hat Ruby in dieser Zeit seine Chauffeurdienste erbeten. Es scheint mehr als nur ein Zufall zu sein, dass Ruby plötzlich an einem Morgen nach ihm fragt, an dem Kate ein paar zusätzliche Stunden Schlaf besonders nötig hat, und nach einer Nacht, in der sie ihn geküsst hat. Und Kates Bereitschaft, ihm Ruby anzuvertrauen, ist ebenfalls suspekt – sie war immer besonders zögerlich, wenn sie ihm erlauben sollte, Zeit mit dem kleinen Mädchen zu verbringen, das praktisch seine Stieftochter war. Wenn die Erlaubnis gegeben wird, dann immer verbunden mit der Warnung, sie bloß nicht mit zu Iris zu nehmen, und dass Iris und auch Nelson nicht in irgendeinem Plan auftauchen, den er vorhaben sollte. Trotzdem hat Daniel nicht die Absicht, eine Chance auszuschlagen, mit Ruby zusammen zu sein, und er sagt, er werde in zwanzig Minuten dort sein, um sie abzuholen.

Er ist sogar schon früher dort. Obwohl er regelmäßig herkommt, um Ruby zu ihren traurigen kleinen Rendezvous abzuholen – außerdem war er ja erst vor einigen Stunden hier, um Kate und Lorraine abzusetzen –, überrascht ihn die Lieblichkeit und Ruhe des Hauses und des Grundstücks doch etwas. Die Rosenbüsche scheinen, nach zwei zurückhaltenden

Sommern, ihr Selbstvertrauen wiedergefunden zu haben und sind jetzt in voller roter und weißer Blüte. Der Rasen hat ein besonders üppiges Dunkelgrün. Die Läden sind endlich gestrichen worden; Betonkästen mit üppig blühenden Geranien stehen auf der Veranda. Hat dieses Haus jemals so nach Entspannung ausgesehen? Ein böser kleiner Anflug von Neid überkommt ihn. Er lebt in einem schäbigen Haus zur Miete. Auch das Haus von Iris ist gemietet, auch wenn es nicht gerade armselig ist. Von ihnen dreien ist ausgerechnet Kate diejenige mit Wurzeln – wie merkwürdig das doch ist, denn ihm scheint, als hätte sie am wenigsten Grund, in Windsor County zu leben. Kate hat die Tür aufgelassen, was wohl bedeutet, dass die Alarmanlage deaktiviert ist und er einfach reingehen soll, aber er klopft und wartet trotzdem. Sie kommt an die Tür, und ihre Augen blicken skeptisch unter zusammengekniffenen Brauen hervor, sie scheint anzudeuten, er mache es absichtlich kompliziert, weil er nicht einfach reinwalzt.

»Ist sie fertig?«, fragt Daniel. Als Ruby seine Stimme hört, kommt sie aus der Küche gerannt und freut sich wie verrückt. Er hat sie seit zwei Wochen nicht mehr gesehen, und als Erstes fällt ihm auf, dass sie ein bisschen füllig geworden ist. Eigentlich ist sie nicht mehr pummelig, sondern richtig dick. Dass er das bemerkt, sieht er selbst als kleinlich und pedantisch an, und er hebt sie hoch und drückt sie an sich, als ob er es wiedergutmachen wollte. »Mein Gott«, rutscht ihm heraus, »du wirst ja ganz schön schwer!«

»Es ist nett von dir, dass du das übernimmst«, sagt Kate. Sie sieht überraschend frisch und gefasst aus, wenn man bedenkt, dass sie gewöhnlich neun bis zehn Stunden Schlaf braucht und höchstens vier gehabt hat.

»Ich freue mich über die Gelegenheit. Ist Lorraine noch da?« Er weiß nicht einmal, warum er das fragt, er schlägt einfach den Ball in hohem Bogen zurück auf Kates Seite des Netzes.

»Sie ist vom Land geflohen, um in der City Sicherheit zu finden. Ich habe um sechs Uhr aus dem Fenster geschaut, da stand ein Taxi in der Einfahrt, und dann habe ich gesehen, wie sie angerannt kam. Ich nehme an, sie hat versucht, den Sechs-Uhr-zwanzig-Zug zu erreichen.«

Sie fährt Ruby mit den Fingern durchs Haar, schaut dabei aber weiterhin Daniel an.

Er fährt mit Ruby so schnell los, wie es anstandshalber möglich ist – er kann die Vorstellung nicht loswerden, dass Kate das Ganze arrangiert hat, um ihn stärker ins Leben seiner früheren Familie einzubeziehen, und da er nicht die kleinste Möglichkeit ausmachen kann, dass es ihn wieder in die alte Häuslichkeit zurückziehen wird, scheint es humaner zu sein, kurz angebunden und sogar ein bisschen distanziert zu wirken. Er guckt Kate nur kurz an, als sie ihm Rubys Iso-Pausenbrotbeutel aus hellrotem Stoff mit einem purpurfarbenen Klettverschluss gibt. Als er jedoch Ruby im Kindersitz hinten im Auto festschnallt – er hat das unförmige grau-beige Ding dringelassen, trotz der veränderten Umstände –, überkommt ihn eine unerwartete Aufwallung von Einsamkeit und Sehnsucht nach früher. Die Gurte festzuschnallen ruft ihm ferne Zeiten in Erinnerung, als er jeden Tag mit Ruby begann, und die Freuden dieser Fahrten zum »Little Wooden Shoe«, als ihre süße Anwesenheit das Auto erfüllte, ihre dünne, flötende Stimme wie Vogelgezwitscher klang und er zehn Minuten lang die Welt durch ihre ungetrübten Augen sehen konnte, zehn Minuten, in denen die Bäume Kobolde waren, die Krähen sie direkt anschauten, der Himmel ein Zoo war und die Grundschule eine schimmernde Stadt auf dem Berg.

»Wie läuft denn alles so da hinten?«, fragt er. Er greift nach hinten, um sie zu tätscheln, aber er verrechnet sich und seine Hand landet in der Luft.

»Fein«, sagt sie. Sie packt seine Finger und drückt sie liebevoll.

Oh, ich wünsche mir, ich wünsche mir, ich wünsche mir, denkt er, obwohl er nicht mit Sicherheit sagen könnte, was er sich wünscht. Wieder mit Kate zusammen zu sein? Eigentlich nicht. Dass Ruby irgendwie zu ihm gehören würde? Das kommt gar nicht in Frage. Aber es gibt etwas, wonach er sich sehnt, etwas, das er verloren hat, und dann, in einem kurzen Aufflackern von Selbsterkenntnis, weiß er, was es ist. Das Privileg seines eigenen Wohlbefindens. Er hat sein leichtes Leben verloren. Er hat Kates Haus verloren, ihre Gespräche, ihr weiches, schönes Haar – er kann kaum glauben, dass er das denkt, aber es ist so. Er hat Ruby verloren, er hat seinen guten Schlaf verloren, er hat seine Energie verloren, er hat seinen Sinn für Humor verloren, er hat die Sehkraft auf einem Auge verloren, er hat, wenn nicht den Verstand, dann zumindest seine Seelenruhe verloren. Und er hat das alles aufgegeben für etwas, das ihm durch die Finger zu gleiten scheint.

Als sie in der Nähe von »My Little Wooden Shoe« sind, kommt dieses Gefühl der Vorfreude zurück, ein reiner, wilder animalischer Eifer. Iris könnte sehr gut in genau diesem Augenblick in den Parkplatz einbiegen. Es ist Viertel nach acht. Er weiß, dass sie ein Neun-Uhr-Seminar im College hat. Die Krankenschwester, die in der Morgenschicht Hampton versorgen hilft, bringt Nelson manchmal in die Tagesstätte, aber Iris versucht, wann immer es geht, es selbst zu tun, und jetzt, unter einem sanften, blaugrauen frühen Sommerhimmel, beschleunigt Daniel den Wagen auf den letzten eineinhalb Kilometern des Wegs.

Ihr Auto ist da, die Türen mit Schlamm gesprenkelt. Rasch

nimmt Daniel Ruby aus dem Autositz und trägt sie über den Parkplatz, wobei die Kiesel erwartungsvoll unter seinen Füßen knirschen.

Noch bevor er und Ruby die Tür erreichen, kommt Iris heraus, anscheinend in großer Eile. Sie trägt einen kastanienbraunen Rock und eine gleichfarbige Jacke, dazu schwarze, hochhackige Schuhe. Sie sieht gehetzt und verzweifelt aus. Nelson läuft neben ihr und versucht Schritt zu halten. Dann sieht Iris Daniel mit Ruby auf dem Arm. Daniels erster Gedanke ist, dass Iris das irgendwie falsch verstehen könnte, glauben wird, dass er die Nacht in Kates Haus verbracht hat oder sich in einem Versöhnungsprozess befinden könnte. Aber Iris hat wirklich keinen Sinn für Spekulationen.

»Mrs. Davis hat gerade den Kindergarten angerufen«, sagt sie und geht dabei an Daniel vorbei. »Sie muss in einer Viertelstunde weg, und es ist niemand zu Hause, der sich um Hampton kümmern kann.«

»O nein«, sagt Daniel und geht hinter ihr her. »Was ist denn mit Mrs. Davis passiert?«

»Das ist doch egal. Ich muss nach Hause. Er schläft, er wird vor Mittag nicht aufstehen, frühestens. Aber er darf nicht in einem leeren Haus sein.«

Daniel stellt Ruby auf den Boden, und sie und Nelson fangen zu reden an, lächeln, gestikulieren, wie alte Freunde Mitte vierzig.

»Du hast dich fein gemacht«, sagt Daniel. »Musst du irgendwo hin?«

»Ja.« Sie bewegt hilflos die Arme, in einer Mischung aus Wut und Ergebenheit in ihr Schicksal.

»Ich habe einen Termin bei meinem Doktorvater. Ich weiß nicht, was ich tun soll. Blöde Mrs. Davis!« Sie bemüht sich gar nicht, ihre Stimme zu senken. »Und der da auch noch …«

Sie winkt in Nelsons Richtung. »Er will unbedingt mit nach Hause. Na, soll er. Hat keinen Sinn, ihn in die Tagesstätte zu stecken, wenn ich sowieso ans Haus gebunden bin.« Sie streckt die Arme nach Nelson aus, zieht ihn an sich, streichelt sein Gesicht, seinen Kopf. Einen Moment lang genießt er die Liebesbezeugungen seiner Mutter, aber dann windet er sich plötzlich aus ihren Armen.

»Ich habe gedacht, du hast wieder lauter Besuch«, sagt Daniel.

»Sie sind weg, sie sind heute früh am Morgen abgereist. Das hält schließlich kein Mensch aus.«

»Ich kann nach ihm sehen. Er schläft schließlich. Er wird es nicht merken. Ich werde nur da sein.«

»Das kannst du nicht machen«, sagt Iris.

»Wie lange brauchst du?«

»Eineinhalb Stunden, zwei im Höchstfall. Nein, ich kann nicht. Das ist zu merkwürdig.«

»Es ist schon in Ordnung. Vergiss nicht.« Er lächelt. »Ich habe fast keine Arbeit. Ich muss lediglich ein paar Telefonate erledigen, das kann ich auch von dir aus.« Er will noch sagen, *das ist doch das Mindeste, was ich tun kann,* aber er hält sich zurück. Iris sieht ihn aufmerksam an; er braucht einen Augenblick, bis ihm klar wird, weshalb: Sie versucht zu entscheiden, unter welchem Verhaltenskodex es möglich wäre, dass Daniel sich um Hampton kümmert, auch wenn es nur für neunzig Minuten ist, auch, wenn Hampton es nie erfährt, auch, wenn die Notfallnummern mit Klebeband an der Wand neben jedem Telefon im Haus angebracht sind, und auch, wenn das nie wieder passiert.

»Du wirst ihn gar nicht zur Gesicht bekommen, weißt du«, sagt sie. »Nicht, wenn du nicht nach oben gehst und ihn im Schlaf anschaust. Und ich will nicht, dass du das tust, Daniel.

Ich verbiete es dir, ich meine es ernst, ich verbiete dir, das zu tun.«

»Ich werde es nicht tun. Würde ich nie. Ich versuche schließlich, dir zu helfen, Iris.«

»Es tut mir leid.«

»Also okay?«

»Okay.«

»Gut, dann machen wir das.« Er ringt die Hände, versucht, Iris nicht zu berühren.

»Ich weiß es wirklich zu schätzen. Du musst überhaupt nichts machen. Nur da sein.«

»Beeil dich lieber.«

»Danke.« Sie ist überrascht, wie formell das klingt. Sie räuspert sich. »Ich weiß es wirklich zu schätzen.«

»Ich helfe doch gern. Ich nehme Ruby mit, okay?« Sobald er das gesagt hat, tut es ihm leid, aber er will die Dinge nicht komplizieren, indem er es zurücknimmt. Außerdem wird sich Ruby um Nelson kümmern, was Daniel wirklich nicht schafft. Und Kate wird es nie erfahren.

Ich liebe dich, formt Iris mit dem Mund.

Er drückt die Hand aufs Herz, als hätte ihn ein Messer getroffen.

»Ruby«, sagt er, »hättest du Lust, für den ersten Teil des Vormittags zu Nelson mitzukommen?«

Iris hat keine Zeit, um nach Hause zurückzufahren, sie hat keine Zeit, um den Kindersitz von Nelson zu Daniels Auto zu bringen, und sie hat bestimmt nicht die Zeit, um Nelson aus seiner Verdrießlichkeit aufzuheitern, weil er jetzt doch nicht den Morgen mit seiner Mutter verbringen darf. Daniel fährt mit den Kindern auf dem Rücksitz zur Juniper Street, Ruby schön festgeschnallt, während Nelson, als ob er seine totale Ablehnung jeglicher Kooperation mit Daniel verdeutlichen wollte, sich weigert, seinen Sicherheitsgurt umgeschnallt zu lassen. Jedes Mal, wenn Daniel einen Blick in den Rückspiegel wirft, sieht ihn Nelson mit finsterer Miene an, und nach kurzer Zeit wird die Antipathie des Jungen so verletzend und, offen gesagt, so ärgerlich, dass Daniel findet, es wäre ein angemessener Disziplinierungsakt, auf die Bremse zu latschen und den Jungen nach vorn fliegen zu lassen.

Mrs. Davis, eine hagere, erschöpft aussehende, fünfzigjährige schwarze Frau, wartet nervös an der Eingangstür. Sie ist so aufgeregt, dass sie nicht einmal nachfragt, weshalb Daniel hierherkommt und sich um Hampton kümmert, obwohl sie ihn nie zuvor gesehen hat. Vielleicht wird seine Legitimität dadurch bewiesen, dass er mit Nelson kommt. Sie gibt Daniel keine Anweisungen, sie hat auch keine Erklärung oder Entschuldigung parat. Sie sagt nur kurz Hallo zu Nelson und »Jetzt bin ich wirklich zu spät dran« zu Daniel, und dann zieht sie eine braune Skijacke über ihre Schwesterntracht, obwohl es draußen mindestens 21 Grad hat.

»Mrs. Davis!«, ruft Daniel, als sie schon fast zur Tür raus ist. »Warten Sie!«

Sie dreht sich zu ihm um mit einem einstudierten, unergründlichen Gesichtsausdruck, unnahbar. »Ja«, sagt sie in einem Ton, der nein bedeutet.

Er weiß nicht genau, was er sagen soll, aber er hat plötzlich Angst, in dem Haus die Verantwortung zu übernehmen. »Muss ich hier irgendetwas wissen?«

»Wann kommt Mrs. Welles nach Hause?«, fragt Mrs. Davis.

»In etwa eineinhalb Stunden.«

»In den nächsten neunzig Minuten geht dieser Mann nirgendwo hin«, sagt sie und geht an Daniel vorbei auf die Veranda. Ein alter Ford Taunus steht am Randstein, mit einem bulligen Jungen von vielleicht achtzehn Jahren am Steuer.

Er trägt ein ärmelloses Hemd. Das Auto knattert im Leerlauf, tintiger Rauch kommt aus dem Auspuffrohr. Daniel steht auf der Veranda und schaut Mrs. Davis nach, wie sie zu dem wartenden Auto eilt – war das schon die ganze Zeit da gestanden? Der Fahrer will aussteigen, aber sie winkt ihm zu, dass er drinbleiben soll; sie geht zur Beifahrerseite und steigt ein, und einen Augenblick später röhrt der Taunus mit schalldämpferlosem Motorengeräusch davon.

Daniel geht ins Haus zurück, und sobald er drinnen ist, kann er an der Art von Stille erkennen, dass die Kinder nicht mehr da sind. Er geht in die Küche und schaut in den Hinterhof. Ein olivgrünes Zelt ist zwischen zwei Schierlingstannen aufgeschlagen worden; Nelson steht neben dem Eingang, während Ruby gerade hineinkriecht, dann kriecht er selbst hinein. Daniel überlegt einen Augenblick, ob er rausgehen und die Erwachsenenflagge zeigen sollte, aber dann findet er, dass es sinnlos wäre.

Er wandert durchs Haus, sieht sich nach einem Platz um, wo er unaufdringlich sitzen kann, während die Zeit verstreicht. Was zuerst wie ein Gefallen ausgesehen hatte, den er Iris tun konnte, kommt ihm jetzt gefährlich, töricht und merkwürdig vor. Der gesamte Erfolg der Geste hängt davon ab, dass Hampton im Bett liegenbleibt. Und obwohl Daniel immer noch optimistisch genug ist, um zu glauben, dass Hampton nicht aufwachen wird, ehe Iris zurückkommt, wird ihm jetzt, in diesem Haus – wo man überall die Zeichen des Leids sieht, eine Krücke in der Ecke, einen Tisch voller bernsteinfarbener Medizinflaschen, bunte Plastikkörbe mit Wäsche, Stapel von Bettwäsche für die häufigen Hausgäste, die liebende Familie, die kommt, wenn sie nur kann, um die Bürde von Hamptons Gebrechen zu teilen –, jetzt, als er die lysolgetränkte Hitze dieses sonnigen Zimmers atmet, in dem die Luft stillsteht, wird ihm also klar, dass er nicht nur am Abgrund des Desasters lehnt, sondern dass er jetzt seit Monaten mit zunehmender Erschöpfung an dieser Kante steht.

Er sitzt auf dem Sofa und blickt in den leeren Kamin. Daneben steht ein großer Weidenkorb mit Post. Daniel, der nichts zu tun hat, schaut hinein und sieht, dass alles für Hampton ist. Daniel nimmt ein paar Umschläge heraus und lässt sie wieder fallen; es ist wie eine Unterschriftenaktion, eine Eingabe an den Gouverneur, neurologische Gnade walten zu lassen. Lasst Hampton frei, lasst ihn zurückkommen und seine Abonnements erneuern, seine Spenden verteilen, seine Bestellungen aufgeben, sein Konto ausgleichen, sich um seine Investitionen kümmern, auf die Bermudas fliegen.

Scarecrow kommt die Treppe heruntergetappt; sie ist an ihrem Platz neben Hamptons Bett aufgewacht. In den letzten sechs Monaten scheint sie um Jahre gealtert zu sein. Sie ist dick geworden, ihr Gang langsam und unsicher, ihr braunes Auge ist wachsam, aber ihr blaues, das einmal kühn und energisch aussah, ist jetzt milchig und undurchsichtig. Sie geht auf Daniel zu, senkt die Schnauze und drückt ihre Stirn an seine Beine. Er krault ihre seidigen Ohren, und sie gibt ein tiefes, sanftes Freudenknurren von sich.

»Oh, Scarecrow, Scarecrow, was um alles in der Welt sollen wir machen?«, fragt Daniel und murmelt dabei in der klagenden Art, in die Menschen verfallen, wenn sie einem Tier ihr Herz ausschütten. Die alte Schäferhündin hebt die Schnauze, schaut zu ihm hoch, und ihre Zunge fährt aus dem Maul, landet an Daniels Kinn und schleckt ihm über den Mund. »Was sollen wir nur tun, Scarecrow? Was wird aus uns werden? Es ist ganz schön verfahren, was, Scarecrow? Wie konnte nur alles so kaputtgehen?«

Daniel lässt sich wieder in den Sessel fallen und tätschelt

den Hund weiter. Er schließt die Augen und ist gerade am Einschlafen, als er aufgeschreckt und wiederbelebt wird, weil er direkt über sich das Geräusch von Schritten hört. Hampton ist wach. Daniels erster Impuls ist, sich zu verstecken; er steht auf, seine Beine zittern, weil sie fliehen wollen, sein gutes Auge blickt sich nach dem schnellsten Weg aus dem Zimmer um. Er versucht sich zu beruhigen, indem er sich vorstellt, dass vielleicht noch jemand außer Hampton da oben ist; und wenn es Hampton ist, dann kann es auch sein, dass er nicht herunterkommt – er holt sich ein Glas Wasser, oder er geht pinkeln, oder er hat die Kinder hinten im Garten gehört und geht an ein Fenster, um nach ihnen zu schauen. Aber nein: Das ist lediglich eine Geschichte, die Daniel sich einredet, eine kleine, erklärende Fabel, die es ihm zu glauben ermöglicht, dass das Schlimmste nicht bevorsteht.

Jetzt sind die Schritte auf der Treppe, kommen herunter, und Daniel ist nicht weggelaufen, hat sich nicht versteckt. Er setzt sich. Er wird weniger bedrohlich wirken, weniger wie ein Eindringling, wenn er sitzt. Er kreuzt die Beine, links über rechts, rechts über links, lässt sie dann nebeneinander stehen, die Knie leicht geöffnet, die klammen Hände gefaltet dazwischen. Er überlegt angestrengt, was er sagen könnte – irgendeine Erklärung, warum er hier ist, eine Entschuldigung, ein bisschen Smalltalk, und dann erinnert er sich an etwas, das man eigentlich nicht vergessen konnte. Hampton kann kein Wort verstehen, weder gesprochen noch geschrieben, und alles, was Hampton selbst sagen kann, ist diese eine verdutzte Silbe: da. Da Da Da.

Wie seltsam ist es dann, ihn schließlich zu sehen, diesen starken, schönen Mann, in dessen Kehle eine Rakete eindrang, diesen gestürzten Fürsten, der alles verloren hat. Er trägt einen kupferfarbenen Pyjama mit weißen Streifen um die Taschen und die Beine entlang. Die oberen Knöpfe seiner Jacke sind offen, die Narbe unterhalb des Adamsapfels sieht aus wie ein Wulst aus durchgekautem Kaugummi, und jemand hat ihm Talkumpuder auf die Kehle bis hinunter auf die Brust gestreut. Er ist frisch rasiert, aber seine Brille ist zerbrochen und dann mit Isolierband repariert worden, à la Ferguson Richmond. Es scheint undenkbar, dass Hampton eine zerbrochene Brille trägt, es ist, im Augenblick, die traurigste Sache der Welt. Trauriger, als sein hängender Mund, dessen Winkel nach unten und zur Seite gezerrt sind, trauriger als seine stumpfen Augen mit den unbewegten Lidern, trauriger als das Kölnisch Wasser, mit dem Mrs. Davis ihn bespritzt hat, und sogar noch trauriger als die Tatsache, dass er seine Armbanduhr trägt, mit ihrem Echsenlederband und den neunzehn Brillanten, ihrem teuren Schweizer Uhrwerk und den Miniuhren im unteren Teil, die die Zeit in London und Tokio anzeigen.

»Hallo, Hampton«, sagt Daniel. Er weiß, dass er nichts versteht, aber er kann nicht einfach dastehen und nichts sagen. Und sogar wenn die Worte für Hampton dummes Geschwätz sind, sogar wenn für sein ausgebombtes Gehirn die Töne, die Daniel von sich gibt, nicht leichter zu entziffern sind als das Geschnatter eines Affen, nützt ihm vielleicht der Zusammenhang, die Logik des Augenblicks, das Winken mit der Hand, der lächelnde Mund, die ehrerbietige kleine Verbeugung.

»Da«, flüstert Hampton. Er schlurft einen Schritt weiter. Er hat nicht bemerkt, dass Scarecrow jetzt zu seinen Füßen liegt, und beim zweiten Schritt erwischt er die Pfote des Hundes unter seinem Fuß. Scarecrow stößt ein hohes, durchdringendes Geheul aus. Hampton ist erschrocken. Seine Augen weiten sich, sein Mund öffnet sich – sein Gesichtsausdruck ist arglos und breit. Sein Charakter, der nicht mehr durch das Tuch der Sprache projiziert wird, ist jetzt von unerträglicher Reinheit.

Er schaut auf den Hund hinunter und lächelt. Zuerst kommt es Daniel grausam vor, aber dann tätschelt Hampton den Kopf des Hundes mit hölzernen, abgehackten Bewegungen, und Daniel wird klar, dass es ein erkennendes Lächeln war: Scarecrows Schrei hat für Hampton mehr Sinn ergeben als Daniels Hallo.

Als er Scarecrow streichelnd um Verzeihung gebeten hat, richtet sich Hampton wieder auf und schaut Daniel an, erfasst ihn mit einem langen, stillen Blick.

Daniel hat das Gefühl, er müsste irgendwie kommunizieren, aber die einzige Zeichensprache, die ihm einfällt, sind Demutsgesten. Er faltet die Hände, senkt den Kopf und schüttelt ihn sorgenvoll. Doch sogar das scheint nicht zu genügen – was könnte auch genug sein? Er will, dass Hampton wiederhergestellt wird. Und wenn das nicht geht, dann will er wenigstens Vergebung erfahren, er will, dass Hampton ihn freispricht, eine vergebende Hand auf Daniels Schulter legt und zugibt – sich die Vorstellung zu eigen macht, wenn das nötig ist –, dass das Geschehen im Wald ein Zufall war und nichts mit Daniel und Iris zu tun hatte. Daniel wird sich nicht gestatten, um Vergebung zu bitten, er wird nicht versuchen, Hampton zu der Sichtweise zu drängen, dass sie beide einfach Männer sind, die in der Maschinerie des Lebens wie bei dem Cartoonisten Rube Goldberg gefangen waren.

Dann, aus keinem bestimmten Grund, kommt ihm ein flüchtiger Gedanke: Ruby. Wie lang sind die beiden schon da draußen? Eine halbe Stunde? Länger?

Doch der Gedanke löst sich in Luft auf, denn Hampton weint. Er trommelt sich mit seinen langen Fingern auf den Kopf – rasiert von Mrs. Davis, die hier und da ausgerutscht ist und die Schnitte der Luft zum Trocknen überlassen hat –, und er schüttelt den Kopf, heftiger als bei einem einfachen

Nein, er schüttelt ihn, um ihn klarzukriegen, um ein mitleidloses, zerstörerisches Raubtier zu vertreiben, das da drin lebt und seine Worte auffrisst. Tränen so dick wie Glycerin laufen ihm über die Wangen, und sein Mund ist in düsterer Qual verzogen. Daniels Herz macht in einer Aufwallung von Mitgefühl einen Sprung, als ob es sich selbst vernichten wollte.

Im Innern von Nelsons Zelt ist das Sonnenlicht, das durch die Nylonwand gefiltert wird, blassgrün. Die unbewegte Luft riecht nach Schmutz, Bonbons und Kind. Nelson und Ruby sitzen auf zwei Badetüchern, die in Nelsons Versteck als Boden dienen. Zwischen ihnen steht eine Kühlbox aus Styropor, die Nelson als Aufbewahrungsort für seine Spielhausutensilien verwendet. Der Deckel ist offen, und er zeigt Ruby seine Schätze, einen nach dem andern, einige gehören ihm, andere hat er sich unter den Nagel gerissen. Eine Flasche Klebstoff, ein Manikürset in einer Lederschachtel, ein halb aufgegessener Schokoriegel, ein Augenbad, eine Taschenlampe, ein paar Batterien, lose Küchenzündhölzer, eine Handpuppe, die eine Art Indianerprinzessin darstellt, eine Tafel Blockschokolade und eine Pistole, die Hampton von seinem Vater für die Sicherheit im Haus bekommen hat, aufbewahrt und dann halb vergessen in seiner Nachttischschublade, zur Hand, falls ein Einbrecher ins Haus kommt oder irgendwelche bösartigen weißen Jungs, die ein bisschen auf Rassenkonflikte aus sind, eine Pistole, die Nelson vor einigen Tagen aus dem Haus geschmuggelt hat, die nicht vermisst wurde, eine Pistole, die ihre besseren Tage gesehen hat – die Vorderseite ist abgesplittert, das Schwarze am Abzugsbügel und am Lauf blättert ab –, aber mit einem Geruch, den Nelson berauschend findet, narkotisierend, eine Mischung aus altem Stahl und Öl. Er nimmt sie in die Hand, passt auf, dass die Mündung auf den Boden gerichtet ist, und beugt den Kopf feierlich darüber, atmet das scharfe, männliche Bukett ein und nimmt die Pistole dann mit beiden Händen und hält sie Ruby hin.

Hampton geht durch den Raum und setzt sich auf das Sofa, auf dem zuvor Daniel gesessen ist. Er bedeckt sein Gesicht mit den Händen, seine Füße bewegen sich auf und ab, als ob er laufen würde. Auf dem Sofa ist noch Platz, aber Daniel kann sich da nicht dazusetzen. Stattdessen kniet er sich vor Hampton hin. Hampton gibt sein Gesicht frei, und zögernd, als wären er und Daniel Lebewesen verschiedener Gattungen, hält er ihm die Hand hin. Und Daniel wird in einem schmerzlichen Moment klar, als er sie nimmt und das kalte Gewicht von ihr spürt, einfach die Haut und die Knochen, was er von Anfang an gewusst hat und sich nur immer nicht eingestanden hat – das Wissen, das er im Bauch getragen und geleugnet hat: Sie sind alle ruiniert, Iris, Hampton und er auch, ruiniert.

»Oh, Hampton«, sagt Daniel.

Hampton schaut weg, ein stumpfer Glanz liegt wie Folie über seinen Augen. »Da da«, sagt er, kaum hörbar.

»Es tut mir leid«, sagt Daniel, im Wissen, nicht verstanden zu werden. Aber vielleicht hört ja Gott zu. »Es tut mir so leid.«

»Da.«

»Brauchen Sie etwas? Was zu trinken oder zu essen? Irgendwas? Kann ich irgendwas für Sie tun?«

»Da.« Hampton wendet sich auf dem Sofa weiter um, verdreht seinen Körper, schaut jetzt fast hinter sich. Der Stoff strafft sich zwischen den Knöpfen seines Kupferpyjamas. Seine Füße pumpen weiter auf und ab, seine Beine wackeln, er windet sich, wie ein Kind, das sich dringend erleichtern muss.

Die Kinder haben eine Pistole. Die Pistole ist geladen. Sie ist ungesichert. Und als die Pistole abgefeuert wird, ist das Geräusch so weit von Daniels Erwartung und so fern seiner Lebenserfahrung, dass er zunächst kaum darauf reagiert. Ein

Lastwagen hat eine Fehlzündung, ein ferner Überschallknall. Aber Hampton reagiert sofort. Er springt vom Sofa hoch, rennt durchs Wohnzimmer in die Küche und zur Hintertür, und Daniel, durch Hamptons Reaktion in die Wirklichkeit gerissen, folgt ihm, und jetzt weiß er, dass er einen Pistolenschuss gehört hat.

Hampton und dann Scarecrow und dann Daniel rennen über den Hinterhof. Daniel schreit jetzt; er kann nicht verstehen, was passiert ist. In den wenigen Sekunden, die er braucht, um von der hinteren Veranda zum Zelt zu kommen, hat Daniel zwei Gedanken. Nur ein Schuss ist abgefeuert worden, ist der erste Gedanke, und lass es Ruby sein, die unverletzt ist, der zweite.

Hampton hat in der Eile seine Pantoffeln verloren. Daniel, der warten muss, bis Hampton ins Zelt gekrochen ist, bevor er selbst hineinkann, ruft Rubys Namen, aber er bekommt keine Antwort, und dann ruft er nach Nelson, und es bleibt genauso still.

Schließlich ist Hampton im Zelt, und Daniel folgt ihm, und die Kinder stehen da, Rubys Gesicht angstvoll zur Maske erstarrt, Nelson gelassen, ausdruckslos, aber an seinen leicht zugekniffenen Augen und dem trotzigen, unerschütterlichen Zug um den Mund wird deutlich, dass er bereit ist, alles zu leugnen. Die Kugel ist an der Seite durchs Zelt geschlagen, etwa 30 Zentimeter über Rubys Kopf, und ein blendend heller, sich langsam drehender Lichtstrahl scheint durch das Loch. Daniel starrt es einen Augenblick an, als sei es die Gegenwart Gottes.

Das Zelt ist zu klein, als dass die Erwachsenen darin stehen können. Daniel erhebt sich zu einer affenartigen Verbeugung und nimmt Ruby auf die Arme. Sie zu spüren, das beruhigende Gefühl ihres Gewichts, bringt ihn dazu, sich aufzurichten, und der Druck seines Kopfes gegen das Zeltdach reißt es von den Heringen los. Die Mittelstange biegt sich durch, und einen Augenblick später bricht das ganze Zelt zusammen und kippt um.

»Du machst das Zelt kaputt!«, schreit Nelson.

»Wo ist die Pistole, Nelson?«, fragt Daniel. Seine Stimme ist ruhig, sanft. Die Kinder sind am Leben, unverletzt, die Wut ist verflogen. Das Leben ist so kostbar, die Zeit so kurz, wir gehören alle zusammen …

»Du machst das Zelt kaputt!«, schreit Nelson weiter.

»Da da da«, sagt Hampton schluchzend, die Tränen laufen ihm über die Wangen. Er legt seine Hand auf Nelsons Schulter, zieht ihn an sich. »Da«, ruft er. Und dann hebt er das Gesicht und ruft es noch einmal, zum Himmel hinauf.

»Wo ist die Pistole, Ruby?«, murmelt Daniel Ruby ins Ohr, und sie deutet auf die Styroporbox, die jetzt zum Teil von dem zusammengefallenen Zelt verdeckt wird. Daniel stellt sie auf dem Boden ab – ihre verängstigten kleinen Hände halten seine Hose fest – und er zieht das grüne Nylon vom Deckel der Kühlbox, macht sie auf, und da, oben auf Nelsons Schätzesammlung, liegt die Pistole.

»Okay, bitte, alle bleiben da weg«, sagt Daniel und holt die Pistole heraus. Aber Hampton kann nicht verstehen, worum Daniel bittet, und Nelson bleibt bei seinem Vater, und Ruby hängt sich an Daniel. Daniel nimmt die Pistole, achtet sorgfältig darauf, mit der Hand so weit wie möglich vom Abzug wegzubleiben, richtet den Lauf gerade nach unten. Er schiebt sich rückwärts hinaus, bewegt sich, als ob die Pistole spontan noch einmal losfeuern könnte. Hampton, Nelson, Scarecrow und Ruby folgen ihm, und jetzt steht er mitten im Garten, hält die Pistole in der Hand und versucht dem Impuls zu widerstehen, sie zwischen die Bäume zu schleudern.

Und jetzt hackt er die Ferse in den Boden, gräbt ein Loch, in dem er die Pistole vergraben kann, aber nach ein paar Augenblicken wird ihm der Irrsinn deutlich, und er hört auf.

Hampton drückt Nelson die Hand auf die Schulter, weist ihn an, genau an der Stelle zu bleiben, und dann geht er zu Daniel hin und streckt die Hand nach der Pistole aus. »Da«, sagt er sanft, auf irgendwie begütigende Art. Daniel, verstört und begierig, die Pistole loszuwerden, gibt den unguten Besitz preis und tritt dann zurück, um Ruby aufzusammeln. Was habe ich gerade getan?, überlegt er, als er sich vorstellt, dass Hampton die Pistole abfeuert. Aber Hampton legt den Sicherungshebel um, schiebt die Magazinentriegelung zurück, die gleich hinter dem Abzugsbügel ist, und zieht dann das Magazin unten am Griff heraus und entnimmt drei Patronen. Er steckt die Patronen in die Tasche seiner Pyjamahose und reicht Daniel die leere Pistole.

Als sie gemeinsam aufs Haus zugehen, kommt Iris gerade durch die Hintertür und tritt auf die Veranda. Zunächst runzelt sie verblüfft die Stirn, dann schrillen alle Alarmglocken. Ihren Liebhaber, ihren Ehemann, zwei Kinder und eine Pistole zu sehen, übersteigt ihr Verständnis, aber es gibt sicher eine Erklärung dafür.

»Daniel, Herrgott noch mal, was geht hier vor?«

»Da da da«, sagt Hampton, der sich freut, sie zu sehen.

»Hast du gewusst, dass ihr eine Pistole im Haus habt?«, fragt Daniel.

»Da da da ...«

»Sagst du mir, was passiert ist?«

Der Schock des Pistolenschusses kommt Daniel erst jetzt zu Bewusstsein, wie diese Momente auf dem Highway, wenn es gerade noch mal gut ging und man eine Minute oder zwei braucht, bis es einen durchschüttelt, bis die Hände zittern und das Herz rast. »Hast du gewusst, dass ihr eine verdammte Pistole im Haus habt?«, fragt er, und seine Stimme wird lauter. »Hast du das gewusst?«

»Ja. Eigentlich schon. Aber ich denke da nicht dran.«

»Da da …«

»Du denkst nicht dran? Nun, dein Sohn aber. Dein *Sohn* …« Seine Stimme erstarrt bei dem Wort. Er hört es selbst, wundert sich einen Augenblick über die Hässlichkeit, mit der er es aufgeladen hat, und dann sieht er Iris' Blick, der plötzlich stählern ist. Scheiß drauf. Doch sogar der Satz und die Art und Weise, wie er seine Gefühle abwürgt, die Art und Weise, wie er die Liebe verdrängt und ihn in die Leere und die Ewigkeit seines Einsamseins stößt, kann die Wut nicht stoppen, die ihn wie in Trance hüllt, und als Nelson an ihm vorbeigeht, ist Daniel von seinem eigenen Wunsch überrascht, den Jungen zu erdrosseln.

»Da da da da da da.«

»Was macht er denn hier unten?«, fragt Iris.

»Er ist aufgestanden und heruntergekommen. Was sollte ich machen?«

»Herr im Himmel«, sagt Iris und macht dabei eine Reihe beruhigender Gesten für Hampton. *Ganz ruhig jetzt, es ist alles in Ordnung, ich bin da, schon gut, schon gut …* Nelson steht inzwischen neben ihr und drückt seine Stirn an ihren Bauch. Sie stolpert einen Schritt zurück, berührt ihn, hält ihn im Arm.

»Was zum Teufel machen Leute wie ihr mit einer Pistole im Haus?«, fragt Daniel.

»Leute wie ihr?«, fragt Iris. »Ich hör wohl nicht richtig.«

»Du weißt, was ich meine, versuch jetzt nicht, da was draus zu konstruieren.«

»Nun, *Leute wie wir* fühlen uns nicht immer sicher, wenn wir in einem Haus wohnen, das von *Leuten wie euch* umgeben ist.«

»Da! Da!«

»Schon gut, Iris.« Er spürt, wie jemand an seinem Hemd zupft, und schaut auf Ruby hinunter. Ihr Gesicht ist rot, ihre Augen sind aufgerissen und glitzern.

»Warum sagt er das, Daniel?«

»Ist schon gut, Liebling. Wir gehen jetzt.«

»Aber warum sagt er das immer wieder?«

»Er fühlt sich nicht wohl, Baby.«

»Er fühlt sich nicht wohl?«, fragt Iris.

»Na gut«, sagt Daniel. »Dann gib du ihr die Antwort. Dein Kind hat gerade eine Kugel fünf Zentimeter über ihren Kopf geschossen, also ist jetzt bestimmt genau der richtige Zeitpunkt, um ihr die ganzen neurologischen Einzelheiten zu erklären.«

Daniel hebt Ruby hoch. »Tut mir leid«, sagt er. »Das ist eben so, wenn ein Kind eine Kugel in den Kopf bekommt, werde ich leicht ein wenig gereizt.«

»Ich hab's nicht getan«, wimmert Nelson und schaut flehentlich zu Iris hoch.

»Psst«, sagt sie und streichelt ihm beruhigend die Stirn. Dann, zu Daniel: »Niemand ist verletzt worden. Hampton ist der einzige Mensch hier, der verletzt ist.«

»Was mir zu verdanken ist.«

»Okay, wenn du es so sehen willst.«

Hampton, der jetzt auf die Veranda zugeht, zu seiner Familie, stößt Daniel an, und Daniel nimmt ihm mit einer heftigen Gemütsaufwallung die Pistole aus der Hand. Er weiß nicht, was er damit tun soll – er denkt wieder daran, sie einfach wegzuschleudern –, aber er ist sicher, dass Hampton sie nicht länger besitzen sollte, und auch sonst niemand von ihnen. Er wird sie zum Fluss bringen. Oder zur Polizei. Ja, die Polizei ...

Die Polizei, die Polizei ... Er überlegt hin und her, bringt die ungewohnte Idee in einen kleinen Winkel seines Bewusstseins. Und dann dreht er sich um und sieht, dass die Polizei schon gekommen ist – Derek Pabst und Jeff Crane. Sie betreten den Garten von Hampton und Iris, strahlen mit jedem langen Schritt Selbstsicherheit und Unnachgiebigkeit aus. Ihre Dienstrevolver sind noch im Halfter. Sie halten die Mützen in der Hand, wie Leute auf dem Land, die bei ihren Nachbarn vorbeischauen.

»Da da da da …«

Crane, der mit vierzig jungenhaft aussieht, mit sauber gekämmtem rötlichem Haar und einem pedantischen, selbstgerechten Mund, sieht, dass Daniel eine Pistole in der Hand hält. Hampton und Iris stehen zusammen auf der Veranda.

»Du legst die Waffe besser auf den Boden, Dan«, sagt Crane.

Daniel tut sofort, was ihm gesagt wurde.

»Wir haben einen Anruf bekommen, dass hier jemand herumschießt«, sagt Derek.

»Das war ich«, sagt Daniel, weil er weiß, dass er es muss, weil er weiß, jede andere Antwort wird mehr Ärger bringen, als wenn er alles auf seine Kappe nimmt.

Crane nimmt die Pistole, überprüft, ob Patronen darin sind. Daniel sieht ihm zu und überlegt, ob Crane eigentlich weiß, was seine Tochter Mercy alles tut, um aus seiner Welt zu entkommen.

»Da da da da da da da da da da da da da da …«

»Was zum Teufel sagt er da?«, fragt Crane.

»Nichts Beunruhigendes«, sagt Derek. »Mach dir keine Sorgen deswegen.« Dann, zu Daniel: »Wem gehört die Pistole?«

»Mir.«

»Dir?« Derek zieht das Kinn ein und schüttelt den Kopf. »Warum hast du sie abgefeuert?«

»Derek, komm schon. Das war offensichtlich ein Zufall.«

»Das ist aber ein verdammter Zufall, Mann.«

»Wurde jemand verletzt? Ist etwas getroffen worden?«

»Der Schuss hat mindestens zwei Leute in Angst und Schrecken versetzt. Genug, um anzurufen.« Daniel sieht, wie es läuft. Derek glaubt ihm nicht, er weiß, dass Daniel keine verborgene Waffe in dieses Haus gebracht hat, aber er wird es auf sich beruhen lassen.

»Ist diese Waffe auf Ihren Namen registriert?«, fragt Crane.

»Ja, das ist sie.«

»Können wir einen Blick auf den Schein werfen?«

»Ich hab ihn nicht bei mir«, sagt Daniel. Er wendet sich von Crane ab und richtet seine Frage an Derek. »Wie wäre es, wenn ich den Papierkram später vorbeibringe?«

Derek schaut zu Iris, Hampton und Nelson auf der Veranda, und während er den Blick über sie schweifen lässt, sagen die drei nichts, ihre Gesichter sind ausdruckslos, ihr Blick leicht abgewandt. Zufrieden wendet sich Derek wieder an Daniel und deutet auf Ruby. »Du trägst hier eine ziemlich kostbare Fracht, mein Lieber.«

»Das weiß ich Derek, ich weiß.«

»Das wäre ganz großer Mist.«

»Ich weiß.«

»Weiß Kate, dass du hier bist?«

»Nein.«

Derek nickt, seine Unterlippe leicht vorgeschoben. Nach einem Schweigen, das immer länger und länger zu dauern scheint, fragt er: »Alles klar bei dir?«

»Bei mir?«, fragt Daniel.

»Ja.«

»Mir geht's gut, Derek. War nur ein dummer Fehler.«

Derek winkt Crane zu, Zeit zum Gehen. Crane gibt Daniel die Pistole zurück.

»Alles klar bei dir?«, fragt Derek Ruby.

»Mir geht's gut«, sagt sie. »Es war dumm.«

Während sie sich unterhalten, gehen Iris, Hampton und Nelson ins Haus. Daniel bemerkt es nicht, bis er hört, wie sich die Tür hinter ihnen schließt.

Er will eigentlich nur nach Hause, aber er fährt erst noch in die Kanzlei. Er kann sich das Gehalt für Sheila Alvarez nicht mehr leisten – und ihren gelegentlichen Hochmut kann er auch nicht mehr ertragen –, so dass er ihre Stunden auf zwei halbe Tage in der Woche gekürzt hat. Als er die Kanzlei aufsperrt, ist er daher überrascht, sie dort zu sehen. Sie sitzt hinter ihrem Schreibtisch, hinter einem Stapel, der nach mindestens hundert Ordnern aussieht.

»Was machen Sie da, Sheila?«

»Ich bin die Ordner durchgegangen. Wussten Sie, dass Ihnen eine Menge Leute Geld schulden?«

Er schüttelt den Kopf.

Sie schaut zu ihm auf und schüttelt dann ebenfalls den Kopf. »Sie armer Kerl«, sagt sie. »Schauen Sie sich bloß mal an.« Sie dreht ihren Stuhl, wendet Daniel den Rücken zu und tippt wieder Zahlen in eine Rechenmaschine. »Vor etwa zwanzig Minuten waren Ihre Eltern hier«, sagt sie. »Sie haben einen Umschlag auf Ihren Schreibtisch gelegt.«

Er geht in sein Zimmer. Er und Iris haben seinen Schreibtisch abgeräumt, als sie sich hier das letzte Mal geliebt haben, und jetzt sind nur zwei Dinge darauf, sein Telefon und der Umschlag, den Carl und Julia hinterlassen haben. Er macht ihn auf.

Lieber Dan,
du wirst glauben, wir seien senil geworden, aber wir haben beschlossen, unsere Testamente doch nicht zu ändern. Das Raub-

vogelzentrum kommt auch ohne uns zurecht, und wir belassen alles so, wie es war.

Alles Liebe,
Mutter und Vati

Er starrt die Worte auf der Seite an, bis sie unscharf werden und verschwimmen. Also kriegen die Vögel doch nicht das Geld seiner Eltern. Er vergräbt das Gesicht in den Händen. Ist er deswegen diesen ganzen Weg gegangen? Hat er gerade bekommen, was er die ganze Zeit gesucht hat, diese kleine, flüchtige Liebkosung?

Er ist erschöpft, fühlt sich der Aufgabe seines Lebens nicht gewachsen. Er ist für solche Schwierigkeiten nicht gebaut.

Drei Stunden später, um zwei Uhr nachmittags, steht Daniel in seinem Haus, trinkt ein warmes Bier und starrt zu seinem kleinen Wohnzimmerfenster hinaus auf das, was er von der weißen Eiche davor sehen kann. Er kauert tief unten im Keller seiner selbst, wartet darauf, dass der Sturm sich legt. Er tut sein Bestes, freundlich und vernünftig mit sich zu reden, aber er ist untröstlich. Er denkt an den Ton in Iris' Stimme, als sie von ihrer Veranda aus mit ihm gesprochen hat, die Distanz, die Verachtung. Sobald es Ärger gab, hat sie mit ihm gesprochen, als sei er zuerst und vor allem ein Weißer. Was ist mit der Liebe geschehen, die die Geschichte in die Knie zwingen sollte? Wie konnten nur all die alten Widrigkeiten zurückkommen?

Er weint. Hört auf. Trinkt. Rülpst. Starrt vor sich hin. Weint. Weint. Versucht, auf sich einzureden, als ob sein Leben eine Droge wäre, eine schlimme, eine fürchterliche, eine höchst machtvolle und zerstörerische Droge, die er überleben muss, während sie in seinem System wirksam ist.

Er hat alles verloren, und er kann sich nichts einreden, was daran etwas ändern könnte.

Kate wird ihm Ruby nie wieder anvertrauen.

Hör auf. Versuch, an etwas anderes zu denken.

Hampton. Nein. Nicht jetzt. Etwas anderes.

Der Affengeist schwingt sich von Ast zu Ast.

Eine vollständige, niederschmetternde Erinnerung, wie er jene Treppen hinunterfiel.

Mein Gott, es gibt keinen sicheren Gedanken, nichts in seinem Kopf, das nicht tödlich ist?

Rubys Hände. Kates Kuss.

Diese Jungs mit ihren Masken.

Das Feuer der Rakete in der tiefen Waldnacht.

Und dann, das Schrecklichste von allem: Wo auch immer der Affe schwingt, da ist Iris. Der Geruch ihrer Kopfhaut, ihr Atem. Die zehntausend Einzelheiten ihres Lebens erfüllen den Baum und fliegen wieder weg, mit einem angsteinflößenden Flügelschlagen. Säg den Baum um, zieh die Wurzeln heraus, und ein Fluss tritt an seine Stelle. Und in diesem Fluss ist sie. Ihre Hände, der Geschmack von ihr, ihre Haare, ihre Dunkelheit, ihr Auto, ihre Schlüssel, was sie als Nächstes sagen könnte.

Das Telefon liegt auf seinem Schoß, aber es klingelt nicht, und er kann auch nicht wählen. Er kann ihre Stimme nicht hören, nicht die Stimme von der Veranda. *Wenn du es so sehen willst.*

Stunden vergehen. Die Dunkelheit breitet sich über den Boden aus, er schiebt seinen Stuhl zurück, aus Angst, sie könnte ihn berühren.

Dann klingelt schließlich das Telefon, aber er geht nicht dran. Es trillert in seinem Schoß, der Anrufbeantworter schaltet sich ein, er hört seine eigene schreckliche Stimme, und dann ein Freizeichen. Die Nacht füllt den Raum wie Flutwasser. Er hebt die Füße und zieht sie unter sich.

Um acht Uhr kommt Iris. Zuerst sieht er ihre Scheinwerfer an den Fenstern, dann hört er ihre Schritte. Sie kommt herein, ohne anzuklopfen.

»Daniel?«, sagt sie leise in die Dunkelheit.

Er räuspert sich, hat Angst vor seiner eigenen Stimme. »Hier«, sagt er.

Sie tastet nach einer Lampe, schaltet sie ein, die Birne ist schwach, ganz hilflos gegen die Nacht. Sie trägt ein rotes T-Shirt, weite Shorts, Sandalen. Sie hat einen durchsichtigen blauen Plastikbehälter mit Essen in der Hand.

»Was machst du?«, fragt sie.

An ihrem Gesicht kann er ablesen, wie er aussehen muss. Daran kann er jetzt nichts ändern.

»Nachdenken.«

Sie seufzt. Sie versteht, was das bedeutet.

»Das war so schrecklich, Daniel. Es tut mir leid.«

»*Dir* tut es leid? O mein Gott, Iris, ich weiß nicht mal, was ich sagen soll.«

»Es gibt nichts zu sagen. Schau.« Sie hält den Plastikbehälter höher. »Ich habe etwas Reis und Bohnen gemacht. Hast du Hunger?«

»Ich weiß es nicht.«

Sie nimmt seine Hand, zieht ihn aus dem Sessel und führt ihn in die relative Neutralität der Küche. Sie setzt ihn an den Tisch, öffnet den Behälter und holt aus der Besteckschublade eine Gabel. Sie setzt sich ihm gegenüber und bedeutet ihm mit Gesten, dass er essen soll.

»Ich habe extra noch scharfe Soße dazugegeben«, sagt sie. »So wie du es magst.«

Er probiert. Die Schärfe hat etwas Reinigendes.

»Und fast überhaupt kein Salz«, sagt sie. »Ich habe bemerkt, dass du dein Essen nie salzt.«

Er nimmt noch einen Mund voll. Er hat seit gestern nichts gegessen. Er sieht, wie sie rasch auf die Uhr guckt.

»Musst du gehen?«

»Nein. Na ja, eigentlich bald.« Sie steht auf, trägt ihren Stuhl neben seinen und setzt sich wieder. Sie streicht ihm mit den Fingern durchs die Haar.

»Wer ist zu Hause?«, fragt er.

»Ich habe jemand Neues, eine wirklich liebe jamaikanische Frau namens Sandra.« Sie kreuzt die Finger. »Willst du was sehen?« Sie steht auf, zieht ihr T-Shirt hoch und zeigt ihren Bauch. »Schau nur, wie dick ich werde.«

»Das sehe ich nicht. Du siehst genauso aus wie immer.«

»Machst du Witze? Schau!« Sie packt ein paar Zentimeter Haut und rüttelt daran. »Es könnte sein, dass ich schwanger bin.«

Daniel kämpft darum, eine unbeteiligte Miene zu bewahren. Aber er denkt, *wenn es nur so wäre.* Er schiebt sich noch einen Bissen in den Mund.

»Das könnten wir gerade noch gebrauchen, was?«, sagt Iris.

»Glaubst du wirklich, dass es sein könnte?«

»Ich weiß nicht. Ich fühl mich jedenfalls aufgedunsen. Wer weiß? Vielleicht können wir eines dieser Paare sein, die glauben, man kann die Probleme der Welt lösen, indem man eine neue Rasse schafft, oder eine Nichtrasse, oder was auch immer.«

»Das klingt nach einer guten Idee.«

Sie lächelt, schüttelt den Kopf. »Ich muss wirklich gehen. Ich habe Sandra gesagt, dass ich gleich zurückkomme.«

»Wie geht es Hampton? Nelson?«

»Lass uns gar nicht über sie reden, geht das?«

»Ich weiß nicht.«

»Ich muss los, Schatz. Es tut mir leid.«

»Danke fürs Essen.«

»Du warst ausgehungert.«

»Es schmeckt gut. Soul-Food.«

»Eigentlich nicht. Da ist kein geräucherter Beinschinken drin oder so altmodisches Zeug.«

»Es ist trotzdem Soul-Food.«

Iris küsst ihn auf die Stirn, streicht ihm wieder durchs Haar.

»Liebst du mich noch?«

»Ja«, sagt Daniel.

»Es ist so schwer.«

»Ich weiß.«

»Wünschst du dir nicht manchmal …?«

Er streckt die Hand nach ihr aus. »Nein«, sagt er. »Dafür ist es zu spät. Es führt kein Weg zurück.«

btb

Irina Korschunow

Langsamer Abschied

Roman. 160 Seiten
ISBN 978-3-442-74035-2

Pierre und Nora, zwei, die zusammengehören, gemeinsam reden und schweigen, sich streiten und vertragen, Pläne machen und sie wieder verwerfen. Aber gerade als ihre Ehe zu zerbrechen droht, rast Pierre mit seinem Auto in die Katastrophe und nichts ist mehr so wie zuvor. Wird Nora je aus dem Labyrinth von Schmerz und Schuldgefühlen herausfinden? Vielleicht sogar noch einmal von Liebe reden können?

»Irina Korschunow besitzt eine Kraft und eine Ruhe, die auch ihre Geschichten mit Kraft und Ruhe und Sicherheit erfüllen.«
Sybil Gräfin Schönfeldt

»Ein Buch wie ein Liebesbrief.«
Emotion